북한의 시학 연구 3

비평

1945~1967

엮은이 이상숙(李相淑 Lee, Sang-sook) 가천대학교 글로벌 교양학부 교수
고려대학교 국어국문학과 및 동 대학원을 졸업했다. 1995년 「정현종론」으로 『세계일보』 신춘문예 문학평론 부문에 당선하여 등단하였으며 2005년 제6회 젊은비평가상을 받았다. 2006~2007년 Harvard University Korea Institute에서 Fellow로 '남북한 문학 전통론 비교' 연구를 진행하였다. 고려대학교·서울산업대학교·한경대학교에서 강의하였고 2007년 이후 가천대학교 글로벌교양학부 교수로 재직 중이다. 논저로는 「북한문학의 민족적 특성론 연구」, 「북한문학 속의 백석」, 문집 『시인의 동경과 모국어』(2004, 월인), 『북한문학예술의 지형도』 1~3(공저) 외 다수가 있다. 우리 문학의 전통 시론과 남북 문학의 비교 연구에 관심이 있다.

책임편집 남원진(南元鎭 Nam, Won-jin) 건국대학교 강사
저서로 『한국 현대 작가 연구』, 『남북한의 비평 연구』, 『이야기의 힘과 근대 미달의 양식』, 『양귀비가 마약 중독의 원료이듯…』, 『1950년대 비평의 이해』(편저), 『이북명 소설 선집』(편저), 『북조선 문학론』(편저), 『반공주의와 한국 문학의 근대적 동학』 1·2(공저), 『총서 '불멸의 력사' 연구』 1~3(공저), 『해방기 북한문학예술의 형성과 전개』(공저) 등이 있으며, 논문으로 「역사를 문학으로 번역하기 그리고 반공 내셔널리즘」, 「반공의 국민화, 반반공의 회로」, 「혁명적 대작의 이상과 '총서'의 근대소설적 문법」, 「한설야의 「모자」와 해방기 소련에 대한 인식 연구」, 「한설야의 「혈로」와 김일성의 항일무장투쟁에 대한 인식 연구」, 「북조선의 정전, 한설야의 「승냥이」 재론」, 「문학과 정치」, 「북조선의 역사, 자주성의 욕망」 등 다수가 있다.

북한의 시학 연구 3 비평(1945~1967)

초판인쇄 2013년 9월 25일 **초판발행** 2013년 9월 30일
엮은이 이상숙 외 **펴낸이** 박성모 **펴낸곳** 소명출판 **출판등록** 제13-522호
주소 서울시 서초구 서초동 1621-18 란빌딩 1층
전화 02-585-7840 **팩스** 02-585-7848 **전자우편** somyong@korea.com **홈페이지** www.somyong.co.kr

값 42,000원 ⓒ 이상숙, 2013

ISBN 978-89-5626-845-3 94810
ISBN 978-89-5626-842-2 (세트)

이 저서는 2010년도 정부 재원(교육과학기술부 인문사회연구역량강화사업비)으로 한국연구재단의 지원을 받아 연구되었음(NRF-2010-32A-A00141).

북한의
시학 연구
3

비평

1945~1967

A Study on Poetics of North Korea 3 : Criticism(1945~1967)

책임편집 **남원진**

일러두기

- 『비평(1945~1967)』은 '강령, 규약, 결정서' 등의 자료와 1946년에서 1951년까지의 자료는 원문을 최대한 살리는 범위 내에서 현행 한글맞춤법에 따라 수정하였고, 일부 기호들도 고치는 것을 원칙으로 했다(다만 단체명이나 특수한 명칭은 북조선의 표기 방식을 그대로 따랐다). 1952년에서 1967년까지의 자료는 북조선의 표기 방식을 그대로 따르는 것을 원칙으로 하되, 작가, 작품이나 강조 표시, 진한 글씨, 기호 등은 일부 수정했다. 다만 이 시기 약물은 여러 기호가 섞여 사용되었으므로 장편소설, 시집, 작품집, 기관지, 단행본은 『 』, 단편소설, 서정시, 서정서사시, 서사시, 희곡, 시나리오는 「 」, 강조는 ' ', 인용은 " "로 통일하여 표기했다.

- 『비평(1968~2010)』는 철자와 외래어 표기, 띄어쓰기, 약물 등의 북조선의 표기방식을 그대로 따르는 것을 원칙으로 하되, 김일성·김정일과 관련된 여러 강조표시는 없애고, '장, 절, 1, 1), ①'의 기호는 '1, (1), 1), ①'로 통일하는 등 일부분만을 수정했다.

- 부록의 평론 목록은 원문의 제목과 부제를 그대로 수록하는 것을 원칙으로 했고, 글자나 기호 등은 일부 수정했다. 다만 기관지(『조선문학』, 『청년문학』, 『문학통보』, 『문학신문』 등)의 목차와 본문의 제목이 다를 경우 본문 제목을 따르는 것을 원칙으로 했고, 잘못된 글자나 부분은 그대로 두었다.

　『북한의 시학 연구』(1~6권)는 한국연구재단 지원으로 진행된 '북한의 시학' 연구팀의 연구 결과물이다. 본 연구팀은 2010년 5월부터 3년간 북한의 시를 모으고 분석하며 북한 시학의 형성과 전개 과정을 일본, 중국, 미국, 러시아와의 관계 안에서 파악하려고 노력했다.

　북한시 연구는 북한문학 분야에서도 특히 연구 기반이 취약하므로 1차 자료를 모으는 일부터 시작해야 했다. 보통 북한문학 연구자들은 자료 접근에서 여러 가지 어려움을 겪는다. 북한문학은 모두 특수자료이기 때문에 이에 접근하기 위해서는 까다로운 절차를 거쳐야 하는데 그러고서도 제한된 자료만 제한된 방식으로 얻을 수밖에 없다. 기존 연구 성과가 많지 않아 참조할 선행연구가 부족한 현실, 문학성이 떨어지고 정치성 강한 북한문학 연구 방법론에 대한 고민 등도 북한문학 연구의 어려움이다. 여기에 하필 왜 그런 문학에 관심을 두느냐는 특별한 시선까지 감당해야 하는 것이 사실이다. 특히 연구자가 적은 북한시 연구의 사정은 더욱 심각하다. 북한시 연구를 위해 시와 시인, 시론에 대한 자료가 축적되고 이에 대한 통시적·공시적 연구가 이루어져야 하는데, 시 연구를 위한 기본적 자료, 즉 시, 시집, 시인, 문예이론, 창작법, 장르 명칭, 예술 용어에 대한 기본 정보가 정리는커녕 집적조차 되어 있지 않기 때문이다.

　연구팀은 먼저 시와 시 비평에 대한 1차 자료를 확보하는 일에 주력하였다. 시집, 잡지, 신문 등에 게재된 시의 목록 및 비평 목록을 작성하고 본문을 확보하였다. 더불어 시에 대한 문학사 서술 부분을 시기 구분에 따라 정리하였다. 북한시에 대한 기본적 이해와 평가를 위해 꼭 필요한 일이라 생각했다. 이 일만으로도 연구 기간 3년이 촘촘히 흘러갔다.

북한의 문예지 『조선문학』과 『문학신문』, 『청년문학』, 『문학예술』 등에 실린 시들을 모아 입력하고, 개인시집과 종합시집을 확보하였다. 이 작업을 위해 국립 중앙도서관 북한자료센터, 국회도서관, 대학도서관들을 정기적으로 방문하였다. 일본, 중국, 러시아, 미국에 산재한 자료들은 현지 유학생의 도움을 받아 목록을 조사하고 복사본을 입수하였으며, 방학을 이용해 연구팀이 직접 방문하여 자료 발굴과 수집 작업을 진행하였다. 이 과정에서 국내에 처음 소개되는 몇몇 시집과 문예지 수록 시편들을 확보할 수 있었다. 일본 방문 시에는 동경대 도서관이나 학습원대학 등 북한 관련 자료 소장처로 이미 알려진 곳보다 지바현의 아시아경제연구소에서의 성과가 컸다. 문헌이나 복사본으로만 보았던 뜻밖의 시집 원본들을 대면하는 기쁨도 맛보았다. 문학 도서관이 아닌 경제연구소 도서관에 자리한 북한시집들은 찾는 이가 없어서인지 보관 상태도 좋았고 자료 접근성도 좋았다. 중국에서는 연변대 도서관과 주립도서관에서 많은 시집을 볼 수 있었다. 러시아의 모스크바대학 도서관과 레닌도서관, 외국문학도서관에 소장된 북한문학 관련 목록은 현지 유학생의 도움을 받아 정리하였는데 이는 아마도 처음 시도하는 목록 작업이 아니었을까 생각한다. 이 책들 또한 복사본을 우편으로 받아보았고 연구팀이 방문하여 실물을 확인하고 추가 자료를 수집하였다. 또 미국의 워싱턴 DC의 국립문서보관소를 방문하여 6·25전쟁 당시 노획문서 중에서 국내에 소장되지 않은 『조소문화』 6집 및 몇몇 미공개

시집들을 찾아내었다. 몇몇 시집 앞에는 '박헌영 외무상' 소장이었음을 증명하는 수기(手記)가 선명하였다. 60여 년 전 전쟁포로처럼 봉인되어 태평양을 건너 워싱턴 DC 외곽의 자료실에서 갇혀 있던 시집과 문예지들은 어쩌다 한 번 들르는 북한 연구자들이 호명할 때만 회색 박스 안에서 나올 수 있었다. 우리의 호출이 몇 번째였는지 알 수 없으나 연구팀은 이국(異國)에 가서야 또 하나의 한국문학, 다른 체제의 우리 문학을 만날 수 있었다.

3년간의 자료 수집 작업으로 300여 권의 북한시집, 수천 편의 문예지 수록 시, 수백 편의 북한시 관련 평론들이 수집되었고 파일 형태로 입력되었다. 북한에서 발행된 몇 편의 문학사 중 시문학 관련 서술 부분도 시대별로 정리되었다. 연구팀의 여정이 끝나갈 때쯤에는 방대한 자료 중에 무엇을 추려 결과물로 묶어 낼 것인가의 고민이 커졌다. 그러나 곧 자료 수집 과정이 곧 연구의 과정이며 자료의 취사선택에 학문적 판단이 개입될 수밖에 없으며 그것이 연구 결과를 좌우할 수 있다는 것을 깨닫게 되었다. 무엇을 싣든 무엇을 싣지 않든, 중요한 것은 자료 수집과 정리 과정 중에 이미 연구가 시작되고 이루어졌으며 후속 연구에 도움이 될 것이라는 사실이다.

국내외에서 자료를 모아 입력·분류하는 작업과 함께 본 연구팀은 전문가 자문회와 학술세미나를 정기적으로 개최하였다. 이를 바탕으로 2011년 1월 우리어문학회 전국학술대회에 '북한문학' 분과로, 2011년 12월 한국근대문학회 학술대회에는 '북한시학과 동아시아' 분과로 참여하여 연구 성과를 발표하였다. 북한시학의 형성과 전개 과정을 한반도를 둘러싼 주변국 및 그 문학계와의 영향관계 안에서 파악하려는 본 연구팀의 기획을 위해 공동연구원으로 참여한 일본문학 전공자 오미정 교수와 중국사 전공자 정문상 교수의 연구가 그 중심에 있었다. 이분들과의 공동연구를 통해 본 연구팀의 시각은 한반도의 경계를 벗어나 넓고 깊어질 수 있었다. 한국, 중국, 일본은 근대화와 제국주의, 전쟁과 재건, 사회주의와 자본주의 갈등, 냉전체제의 긴장과 자위권 문제 등을 나란히 경험했다. 그런 점에서 일본과 중국은 우리에게 타자인 동시에 현대사를 함께 겪으며 서로의 운명에 개입한 동아시아적 공동주체이기도 하다. 한반도를 둘러싼 여러 국가의 평행한 시간을 이해하는 것이 남북문학을 이해하는 시작임을 느리게나마 깨달을 수 있었다.

3년간 연구의 결실로 제출하는 『북한의 시학 연구』 1, 2권에는 북한의 대표 시인 50인의 작품과 관련 평론을 수록하였다. 북한의 시를 소개하고 연구한 선행 업적에 힘입어 『북한의 시학 연구』 1, 2권이 시작될 수 있었다. 북한의 대표 시인 50인을 고르고 비중에 따라 작품 수에 차등을 두어 수록한 『북한의 시학 연구』 1, 2권이 기존 북한시 총서 혹은 자료집과의 다른 점은 시인별로 작품을 모았다는 점과 기존 문헌에서 찾아볼 수 없는 많은 작품을 대거 수록하고 관련 평론을 함께 수록하였다는 점이다. 특히 해당 시인, 해당 작품을 언급한 평론에서 대표적인 목적문학인 북한문학의 존재와 활용방식을 확인하는 것은 물론 기본 자료에 목마른 연구자들이 도움을 얻으리라 자부한다. 50인을 고르는 과정에서 선택되지 못한 시인들에 대한 아쉬움이 있지만 북한의 시인 모두를 망라할 수는 없고 그럴 필요도 없으리라 판단했다. 선택의 과정에 이미 남한 연구자가 북한의 시를 바라보는 시각과 북한 문학계에서 평가받는 시의 요건이 드러나 있고, 그것이 연구의 과정이라고 생각하기 때문이다.

3권과 4권에서는 북한의 시문학 관련 주요 비평문과 함께 강령, 규약,

결정서, 보고문, 문예이론 등을 수록하였다. 북한의 문학 비평은 문학 작품이 추구해야 할 바를 제시하고 평가하고 질책하여 창작의 방향을 선도하는 이른바 지도비평의 범주에 있다. 이러한 북한 비평에서 강령, 결정서, 보고문 등은 비평의 현상으로서뿐 아니라 작가의 창작 방향을 제시 또는 제한하는 텍스트로 의미가 있다. 권력자의 선언과 교시, 당의 정치적 결정, 문예당국의 결정과 보고가 창작을 지도하고 제한하며 감독하는 견인차가 되는 북한문학의 특징을 잘 보여주는 구성이라 할 수 있다. 3권과 4권에는 시 관련 비평만이 수록되었지만 문학 비평 전반의 주제와 주장을 충실히 반영하고 있어 북한문학의 흐름과 변화를 감지할 수 있다.

5권에서는 기존의 북한문학사에서 시문학사 관련 부분만을 추려 북한학계의 문학사 시기 구분에 맞추어 재구성하였다. 동일 시기를 설명하는 문학사 서술 방식의 변화와 거론되는 작품의 차이점 등이 드러나고 있어 연구자에게 시사하는 바가 적지 않을 것이다.

6권에서는 본 연구팀의 구성원들이 중심이 된 학술대회, 전문가 자문회, 라운드테이블 등을 통해 산출한 연구 성과를 묶었다. 북한의 시학이 형성되는 과정의 정치성과 평론의 역할, 미-소와 북한문학의 관계 및 일본문학계의 북한문학 수용, 북한문학과 중국과의 연관성 등을 이 연구서를 통해 살펴볼 수 있을 것이다.

북한시, 북한시 관련 평론, 북한시문학사와 북한시학 관련 연구 논문을 결집한 『북한의 시학 연구』(1~6권)가 북한시 연구의 기반이 되기를 바란다. 그리고 언제일지 알 수 없으나 남북의 시와 문학이 '통일문학사'의 이름으로 논의될 때 충실한 자료로서 활용되기를 기대한다.

그동안 함께 '북한의 시학 연구팀'을 이끌어온 연구원들께 감사의 말씀을 드리고 싶다. 연구의 중추였던 남원진 연구교수와 신지연 연구교수, 공동연구원으로 연구의 진폭을 넓혀준 이승윤 교수와 이경수 교수, 낯선 국문학회 발표를 두 번이나 감당하신 오미정 교수와 정문상 교수, 처음부터 끝까지 성실하게 임해준 김승일 연구원, 연구 성과를 품격있게 마무리해 준 신철규 연구원, 김기희, 정미선, 김규헌, 박해든실, 안우상 등 궂은일을 함께 해준 여러 연구보조원에게 감사한다. 국외 자료의 문헌 조사를 맡아주신 일본 동경대의 김주현 선생님, 중국 연변대의 이미숙 선생님, 러시아 모스크바대의 김동희 선생님께도 감사드린다. 김성수, 김재용, 유임하 선생님을 비롯하여 10년을 함께 마음을 모아 북한문학을 공부해나가는 남북문예연구팀, 그 외에도 저희의 부름에 흔쾌히 응해주신 모든 연구자분들께 감사드린다.

출판사에 득이 될 리 없는 무모한 출간 기획서를 망설임 없이 받아 결실로 만들어 주신 소명출판 박성모 사장님과 임직원 여러분, 이예은 편집자께 특별한 감사를 드린다.

이분들 모두의 최선이 여기에 담겨 있다.

2013년
연구책임자 이상숙

북조선 문학은 익숙한 듯도 하지만 매우 낯설다. 이런 북조선 문학 연구는 월북 문인들에 대한 해금 조치 이전에는 냉전적 시각에 입각한 몇몇 저서들이 출간되었다. 해금 조치 이후엔 월북 문인 연구와 함께 북조선 문학에 대한 본격적인 연구가 시작되었다. 초기의 연구 방향은 월북·재북 문인 연구가 중심이었다면 최근에는 북조선의 연구 방법론 및 문예이론, 문학사, 작품의 분석이라는 방향으로 전개되고 있다. 이런 의미 있는 연구의 진척에도 불구하고 여전히 자료 수집의 한계 때문에 이에 대한 집적과 검토는 중요한 과제로 남아 있다. 그래서 북조선 시학 자료집『비평』에서는 북조선 시문학의 전반을 이해하기 위한 자료들을 실었는데, '문예총'의 문건과 주체문예이론, 시문학론, 시비평, 시 강좌, 평론 목록 등의 여러 자료를 수록했다.

해방 직후 평양에서는 최명익을 회장으로 한 순수문학단체인 '평양예술문화협회'가 발족된 이후 1946년 3월 '북조선예술총련맹'(1946.3.25)이 결성되었으며, 1946년 10월 이 단체를 재정비하여 리기영을 위원장으로 한 '북조선문학예술총동맹'(1946.10.13~14)이 결성되었다. 또한 1951년 3월에는 남북문화단체를 통합하여 한설야가 위원장이 된 '조선문학예술총동맹'(1951.3.10)이 결성되었다. 6·25전쟁 후 1953년 9월 26~27일에 제1차 '전국작가예술가대회'에서 '조선문학예술총동맹'이 해산되고 각 동맹으로 개편되는데, 그중에 '조선문학동맹'은 '조선작가동맹'(위원장 한

설야)으로 변경되었으며, 그 후 1956년 10월 14~16일에는 제2차 '조선작가대회'(위원장 한설야)가 개최되었다. 그 후 1961년 3월 2~3일에 '조선문학예술총동맹 결성대회'가 개최되었는데, 한설야를 위원장으로 한 '조선문학예술총동맹'이 재결성된 후 현재까지 지속되고 있다. 이런 '문예총'은 여러 강령 및 규약, 결정서 등의 중요한 문건들을 발표했다.

북조선『비평』에선 '문예총'의 강령 및 규약, 결정서, 보고문 등의 문건들을 수록했는데, 중요한 자료는 「북조선예술총련맹 강령」(『문화전선』 1, 1946.7), 「북조선예술총련맹 규약」(『문화전선』 1, 1946.7), 「북조선문학예술총동맹 각 동맹 상임위원 급 부서」(『문화전선』 2, 1946.11), 「제2차 북조선예술총련맹 전체대회 초록」(『문화전선』 3, 1947.2), 「'시집'『응향』에 관한 북조선문학예술총동맹 중앙상임위원회의 결정서」(『문화전선』 3, 1947.2), 「북조선문학예술총동맹 제1차 확대 상임위원회 결정서」(『문화전선』 4, 1947.4), 「조선문학예술총동맹 및 각 동맹 중앙위원」(『문학예술』 4-1, 1951.4), 「전국작가 예술가 대회 결정서」(『조선문학』 1, 1953.10), 「제1차 조선 작가 동맹 회의 결정서」(『조선문학』 1, 1953.10), 「동맹 각급 기관들의 선거와 각부서성원들의 임명」(『조선문학』, 1956.11), 「조선작가동맹 규약」(『제2차 조선 작가 대회 문헌집』, 조선작가동맹출판사, 1956), 「조선 문학 예술 총 동맹 결성 대회 진행」(『문학신문』 322, 1961.3.3), 「조선문학예술총동맹 규약」(『조선문학』 163, 1961.3) 등과 한설야의 보고문 「전국 작가예술가 대회에서 진술한 한설야 위원장의 보고」(『조선문학』 1, 1953.10), 「전후 조선 문학의 현 상태와 전망」(『제2차 조선 작가 대회 문헌집』, 조선작가동맹출판사, 1956), 「천리마 시대의 문학 예술 창조를 위하여」(『조선문학』 163, 1961.3) 등이다.

1960년대 중반 북조선에서는 중소이념분쟁 속에서 소련의 우경수정주의나 중국의 좌경모험주의를 비판하면서 1967년 5 · 25교시를 통해서 독자적 · 고립적인 사회주의 체제를 구축했다. 유일사상체계가 구축된 후 북조선 문학을 이해하기 위해서는 주체문예이론에 대한 점검이 필요하다. 그래서 북조선『비평』에선 주체문예이론의 일단을 파악할 수 있는 글들을 수록했는데, 이에 대해 검토하기 위한 저작들은 김정일의『영화예술론』(1973)(『김정일 선집』 3, 조선로동당출판사, 1994), 사회과학원 문학연구소의『주체사상에 기초한 문예리론』(사회과학출판사, 1975), 류만 · 김정웅의『주체의 창작리론 연구』(사회과학출판사, 1983), 한중모 · 정성무의『주체의 문예리론 연구』(사회과학출판사, 1983), 류만의『당의 령도 밑에 대전성기를 맞이한 주체적문학예술』(과학백과사전출판사, 1984), 한중모의『주체의 인간학』(사회과학출판사, 1987), 김정일의『주체문학론』(조선로동당출판사, 1992), 윤종성 · 현종호 · 리기주의『주체의 문예관』(문학예술종합출판사, 2000) 등이다. 또한 북조선 시문학에 대한 이해를 돕기 위한 저작들은 박팔양의『시 창작의 길』(국립문학예술서적출판사, 1959), 류만의『현대조선시문학연구』(사회과학출판사, 1988), 장정춘의『조선현대시와 운율문제』(문예출판사, 1989), 리수립의『혁명송가문학』(문예출판사, 1989), 강성만의『주체의 시가문학건설』(문예출판사, 1990), 장용남의『서정과 시 창작』(문예출판사, 1990), 최길상의『시문학』(문학예술출판사, 2006) 등이다.

　북조선『비평』에선 시문학 비평의 역사적 전개를 이해하기 위한 여러 논자들의 평문을 실었는데, 민병균의「북조선 시단의 회고와 전망」(『문학예술』 1, 1948.4), 한효의「시단 소감」(『문학예술』 2-6, 1949.6)과「새로운 시문학의 발전」(『문학의 전진』, 문화전선사, 1950), 안함광의「싸우는 조선의 시문학이 제기하는 주요한 몇 가지 특징」(『문학예술』 4-6, 1951.9), 리정구의「최근 우리 시문학 상에 제기되는 몇 가지 문제」(『조선문학』, 1954.9), 김명수의「서정시에 있어서의 전형성 · 성격 · 쓰찔」(『조선문학』, 1955.10), 조령출의

「시 형식의 다양성」(『조선문학』 108, 1956.8), 김북원의 「시문학의 보다 높은 앙양을 위하여」(『제2차 조선 작가 대회 문헌집』, 조선작가동맹출판사, 1956), 김순석 「시의 새로운 전진과 목표」(『조선문학』 126, 1958.1), 윤세평의 「시 문학에서 부르죠아 사상 잔재를 반대하여」(『문학신문』 110, 1959.1.4), 박종식의 「서정시와 현대성」(『조선문학』 167, 1961.7), 방연승의 「서정시의 전투적 기능을 제고하기 위하여」(『시문학』 8, 1963.2), 강성만의 「서정시와 일반화의 특성」(『조선문학』 204, 1964.8), 김진태의 「서사시에서의 슈제트와 성격」(『조선문학』 206, 1964.10), 강능수의 「서정시—시대의 가치」(『조선문학』 234, 1967.2), 류만의 「서정시에 천리마의 정신이 나래치게 하자」(『조선문학』 275, 1970. 7), 엄호석의 「혁명적시문학의 사상예술적질을 전진하는 시대의 요구에 맞게 훨씬 높이기 위하여」(『조선문학』 294~295, 1972.2~3), 리동수의 「어머니 당에 대한 우리 인민의 다함없는 흠모와 충성의 서정」(『조선문학』 427, 1983. 5), 현종호의 「자주적인민의 주도적사상감정을 진실하게 노래하여온 주체적시문학의 40년」(『조선문학』 453, 1985.7), 조성관의 「시문학의 서정성에 대한 생각」(『조선문학』 456, 1985.10), 원석파의 「시의 서정구조에 대한 문제」(『조선문학』 466, 1986.8), 최길상의 「시대의 넋과 시인의 심장」(『조선문학』 525, 1991.7), 류만의 「영생의 노래」(『조선문학』 606, 1998.4), 최희건의 「고향과 서정」(『조선문학』 638, 2000.12), 김의준의 「서정의 힘은 진실성에 있다」(『조선문학』 645, 2001.7), 김일수의 「생활의 깊이에서 울려 나오는 선군시대의 서정」(『조선문학』 653, 2002.3), 류만의 「시인은 누구나 시를 쓰고 있다. 그러나」(『조선문학』 655 · 659 · 633, 2002.5 · 2002.9 · 2003.1), 한미영의 「생활의 '진주'는 어디에 있는가」(『조선문학』 667, 2003.5), 김철민의 「경애하는 장군님의 선군정치를 노래한 시문학의 사상정서적 특성」(『총대와 문학』, 사회과학출판사, 2004), 박춘명의 「조국해방전쟁의 포화속에서 창작된 시작품들을 더듬어」(『조선문학』752, 2010.6), 서재경의 「백두산과 더불어 영원무궁할 위인찬가」(『조선문학』753, 2010.7) 등이다.

북조선『비평』에선 시문학 강좌에 대한 글도 실었는데, 중요한 시강좌를 소개하면 정문향의 「서정시 창작의 기초(1~3)」(『청년문학』74~76, 1962.6~8), 리효운의 「서사시에 대하여(1~3)」(『청년문학』88~90, 1963.8~10), 리정구의 「서정시의 특성」(『청년문학』102, 1964.10), 엄호석의 「시 문학 쟌르와 형태」(『청년문학』103~104, 1964.11~12), 김순석의 「서정시와 체험」(『청년문학』106, 1965.2), 현종호의 「사와 운률」(『청년문학』107, 1965.3), 방연승의 「서정시와 민족적 특성」(『청년문학』108, 1965.4), 리수립의 「풍자시의 기초」(『청년문학』109, 1965.5), 리시영의 「서정적 주인공」(『청년문학』110, 1965.6), 정문향의 「서정시에서의 구성의 특성과 형태」(『청년문학』111, 1965.7), 전동우의 「시적 일반화」(『청년문학』115 · 116, 1965.11 · 12) 등이 있으며, 허수산의 「시문학의 일반적특성과 그의 다양한 형태」(『청년문학』385, 1990.12) 및 「시문학의 고유한 특성은 그의 풍부한 서정성」(『청년문학』386, 1991.1), 「생활에 대한 정서적체험」(『청년문학』387, 1991.2), 「정서적으로 파악된 시의 종자탐구」(『청년문학』388, 1991.3), 「시의 서정구조와 시적일반화」(『청년문학』389, 1991.4), 「시문학의 언어형상」(『청년문학』390, 1991.5), 「시문학의 운률창조」(『청년문학』391, 1991.6), 「서정시창작의 특성」(『청년문학』392, 1991.7), 「가사창작의 특성」(『청년문학』393, 1991.8), 「서사시창작의 특성」(『청년문학』394, 1991.9), 「우리 시대 인민들의 주도적인 감정의 반영」(『청년문학』395, 1991.10), 「시창작의 독창성」(『청년문학』396, 1991.11), 「시인의 정치사상적준비와 그 제고」(『청년문학』397, 1991.12)와 최남순의 「생활에 대한 정서적체험(1~4)」(『청년문학』618~621, 2010.5~8) 및 「생활에 대한 정서적체험을 잘하기 위한 방도(1~2)」(『청년문학』622~623, 2010.9~10) 등이 있다.

부록에서는 1946년에서 2010년까지 평론 목록을 수록했는데, 북조선 기관지 『문화전선』, 『문학예술』, 『조선문학』, 『청년문학』, 『문학신문』, 『문학통보』, 『시문학』 등에 실린 '평론, 사설, 론설, 단평' 등의 목록을 수록했다.

편자는 5권 분량의 시문학 자료를 정리했는데, 지면 관계로 많은 자료들을 싣지 못한 것을 매우 안타깝게 생각한다. 또 하나 적어둘 것이 있는데, '북한'과 '북조선'이란 용어 문제이다. 편자는 '북조선'이란 용어가 타당하고 주장했지만 여러 의견이 상충되어서 어쩔 수 없이 책표지에선 기존의 '북한'이란 용어를 그대로 사용할 수밖에 없었다. 즉, 책표지의 '북한'이란 용어는 편자의 입장과는 근본적으로 다르다는 것을 이 자리에서 밝혀둔다.

마지막으로 여러 가지 도움을 준 '가천대 시학 연구팀'의 정문상, 이승윤, 이경수, 이상숙, 오미정, 신지연 선생님과 여러 가지 번잡한 일들을 함께 한 신철규, 김승일, 김규헌, 김기희, 정미선, 이수민 등에게 감사의 마음을 전한다.

2013년 익숙하면서도 낯선 도시 서울에서

남원진

차례

1부

강령 · 규약 · 결정서

2부

시문학 비평

3부

보고문

제1부

강령·규약·결정서

북조선예술총련맹 강령

△ 진보적 민주주의에 입각한 민족예술문화의 수립
△ 조선예술운동의 전국적 통일조직의 촉성
△ 일제적 봉건적 민족반역적 파쇼적 모든 반민주주의적 반동예술의 세력과 그 관념의 소탕
△ 인민대중의 문화적 창조적 예술적 계발을 위한 광범한 계몽운동의 전개
△ 민족문화유산의 정당한 비판과 계승
△ 우리의 민족예술문화와 소련예술문화를 비롯한 국제문화의 교류

—『문화전선』1, 1946.7(1946.7.25)

북조선예술총련맹 규약

총칙
1. 본 연맹은 북조선예술총련맹이라 일컬음.
2. 본 연맹은 평양시에 둠.
3. 본 연맹은 강령 규약의 실천을 목적으로 함.

가맹 단체
4. 본 연맹은 본 연맹의 강령 규약을 승인하는 도 연맹으로서 구성한다.
5. 도 연맹은 중앙의 결의에 복종하고 대회에 대표를 파견하여 소정의 의무금을 납입할 것.
6. 가맹 단체는 소정의 수속을 밟은 후 중앙집행위원회의 승인을 받아야 함.

조직
7. 본 연맹의 조직체계는 민주주의적 중앙집권제로 함.
8. 본 연맹의 조직체계는 아래와 같다.
    가. 북조선 대회 ― 중앙의원회
    나. 도총회 ― 도의원회
    다. 시군읍 총회 ― 시군읍의원회
9. 본 연맹의 최고기관은 북조선 대회이다.
10. 북조선 대회는 각 도 대의원으로 구성하되 각 도 연맹회에 비준하여 중앙집행위원회에서 이것을 결정한다.
11. 본 대회는 대의원 정원수의 반수 이상의 출석이 있어야 한다.
12. 본 대회는 연에 3차식 매년 월에 정기로 소집하되 긴급히 필요할 때는 중앙집행위원회의 결의에 의하야 임시대회을 소집한다.
13. 북조선 대회는 위원장 1인 부위원장 2인 중앙집행위원 약간 인을 선출하여 중앙집행위원회를 구성한다.
14. 본 연맹은 명예위원장 1인 급 고문 약간 명을 둔다.

15. 중앙집행위원회는 위원장 또는 위원 3분지 1이상의 요구에 의하여 집행위원장이 이것을 소집한다.
16. 본 대회는 다음과 같은 사항을 처정(處定)한다.
   가. 중앙집행위원회의 사업보고에 대한 토의 급 결정.
   나. 사업계획제의 급 토의 결정.
   다. 예산 편성 급 결산 보고
   라. 중앙집행위원 위원장 부위원장의 선거.
      '단' 중앙집행위원의 임기는 차기 대회까지로 하되 재선할 수 있음.
   마. 강령 규약의 수정.
   바. 기타
17. 중앙집행위원장은 집행위원을 대표 통솔하며 부위원장은 위원장을 보좌하고 위원장이 유고시는 이것을 대행한다.
18. 도 이하의 조직은 중앙조직에 준하되 증감할 수 있다.

부서 편성

19. 중앙집행위원회는 대회의 결의를 집행하기 위하여 위원장 부위원장 밑에 아래와 같은 부서를 두고 각 부에는 책임자를 선정한다.
   가. 예술위원회
   나. 서기장 1인
      명예위원장 위원장 부위원장 서기장 외 약간 명으로 구성한다.
   다. 서기국 총무국 출판국 조직국 국제문화국을 설치함.
20. 도 이하 위원회의 부서는 중앙위원회에 준하되 지방 실정에 의하여 간략히 할 수 있다.
21. 중앙위원회의 회의를 집행하기 위하여 상무위원을 선출한다. 상무위원은 위원장 부위원장 서기장 각국 책임자 외에 약간 명의 집행위원으로 구성한다.

재정

22. 본 연맹의 재정은 사업 수입금 각 도 연맹 의무금 급 기타 수입금으로 한다.
23. 각 도 의무금은 중앙집행위원회서 결정한다.
24. 본 연맹의 예산은 중앙집행위원회에서 결정하고 재정 보고는 정기대회에서 한다.
25. 각 도의 재정은 각 시군읍면의 의무금 급 기타 수입으로 하고 각 시군읍면의 동맹은 동맹원의 의무금 기타 수입으로 한다.

부칙

26. 본 규약은 북조선 대회 통과일로부터 효력을 발생한다.

― 『문화전선』 1, 1946.7(1946.7.25)

전 국 작 가 예 술 가 대 회 결 정 서

1. 전국작가예술가대회 결정서 (1)

전국 작가 예술가 대회는 조선문학예술총동맹 사업 총결에 대한 한설야 동지의 보고를 청취 토의하고 다음과 같이 지적한다.

우리 조국의 민주기지 강화를 위한 평화적 건설 시기와 조국해방전쟁 기간을 통하여 조선문학예술은 거대한 발전을 가져왔다.

문학예술 각 부문에 걸쳐 인민대중을 조국의 영예를 수호하기 위한 성스러운 사업에 궐기시키며 고상한 애국주의와 영웅주의로 교양함에 있어 우리는 거대한 성과들을 쟁취하였다.

대회는 조선문학예술이 8·15 해방 이후 8년 동안에 달성한 성과를 민족적 높은 긍지와 자부심을 가지고 총화하면서 아직도 우리 문학예술 부문에 존재하고 있는 결함, 일체 부정적 요소들과의 가강한 투쟁을 계속 전개할 것을 전체 작가 예술가들에게 호소한다.

정전 협정과 관련하여 "모든 것을 민주기지 강화를 위한 전후 인민 경제 복구 발전에로!"라고 말씀하신 우리의 경애하는 수령 김일성 원수의 호소는 우리 작가 예술가들의 모든 역량을 영웅적 로동계급의 건설투쟁에 충실히 복종시킬 것을 요구하고 있다.

대회는 우리 작가 예술가들의 총역량을 전후 인민경제 복구 발전을 위한 전 인민적 과업 수행에 총동원하는 새로운 정세하에서 문학예술의 역할을 더한층 제고시키며 발전시키기 위하여 다음과 같이 결정한다.

첫째, 전체 작가 예술가들은 우리 조국의 국토 완정, 통일 독립의 강력한 담보로 되는 전후 인민경제 복구 발전을 위하여, 우리나라의 공업화를 위하여 자기의 창조적 재능과 정력을 다 바칠 것이다.

그리하여 노동계급의 가장 선진적 인물의 전형을 창조할 것이며 경제 건설 투쟁에 궐기한 전체 인민들의 승리에 대한 신심을 더욱 강고케 할 것이며 전쟁 승리를 위하여 우리 인민들이 발휘한 애국주의와 대중적 영웅주의를 건설 투쟁의 승리에로 계속 앙양시키도록 할 것이다.

둘째, 전체 작가 예술가들은 현실의 거대한 전변 속에 대담하게 들어가 노동계급의 실지 생활을 체득할 것이며 그들에게서 배움과 동시에 그들을 교양하며 노력 혁신자들의 위훈을 생동한 형상을 통하여 전체 인민들에게 보여주며 우리의 청소년들로 하여금 노력을 사랑하며 노동 속에서 기쁨을 느끼는 고상한 도덕성으로 교양할 것이다.

셋째, 우리의 문학예술을 더 찬란히 발전시키기 위하여 오랜 역사를 가진 우리 인민의 고유한 민족적 전통과 민족적 형식들을 비판적으로 계승 발전시켜 새로운 내용에 부합시키는 민족 고전 연구 사업을 더욱 광범히 추동할 것이다.

그러기 위하여 우리 작가 예술가들은 서구라파 문학예술에 대한 비굴한 굴종으로부터 우리 민족 고전을 경시하며 이를 타매하는 경향들과 견결히 투쟁할 것이며 고전 민요, 이언, 속담, 전설 등 우리의 훌륭한 인민창작으로 되는 고전들과 문화유산들을 광범하게 수집 정리하며 과학적으로 체계화할 것이며 우리의 선조와 선배들이 창작한 귀중한 노작들을 인민들 속에 광범히 보급하는 사업을 강화할 것이다.

넷째, 우리는 아동들을 위한 문학예술 창조 사업을 더욱 왕성히 전개할 데 대하여 특별한 관심을 돌려야 한다.

오늘 우리나라의 미래의 주인공들인 아동들의 정서를 교양하는 사업은 전 인민적 과업으로 제기되고 있다.

전쟁 기간에 아동들의 정서는 거칠어지고 고갈되었으며 그들의 성격은 비정상적인 생활을 통하여 왜곡되었다. 이러한 실정에 근거하여 우리의 미래의 주인공이며 후계자인 아동들의 정서 교육을 강화하는 문제는 우리의 가장 중요한 당면 임무 중의 하나로 되는 것이다.

아동들을 위한 문학예술 사업을 강화하기 위하여서는 이 사업이 가지는 역할의 중요성을 인식하지 못하고 여기에 대한 관심을 덜 돌리며 심지어는 천시하는 경향들과 용서 없는 투쟁을 전개할 것이며 전문적 아동문학 작가들만이 아니라 각 부문 전체 작가 예술가들을 동원하여 아동들을 위한 문학, 미술, 음악, 연극, 무용 등 각 부문의 작품을 보다 더 많이 창작하기 위한 대책을 취할 것이다.

다섯째, 문학예술 사업의 가장 중요한 부문인 평론 사업은 우리 문학예술에서 제기되는 중요한 문제들에 대하여 정확한 이론적 해명을 주며 우리 문학예술 발전의 원수인 일체 반동적 독소들의 침입으로부터 우리 문학예술의 당성 및 인민적 원칙성과 사회주의 리얼리즘의 원칙성을 수호하며 작가 예술가들의 정치적 예술적 및 역량을 제고하며 우리의 독자들을 교양하는 것을 자기의 임무로 삼아야 한다. 그러나 우리 평론 사업은 극히 낙후한 상태에 처하여 있다.

특히 우리 평론은 추상적 개념, 곤봉식 중상 비방으로써 작품을 공격하는 관료주의적 경향이 있으며 평적 기준을 아첨과 융화에 두는 사교적 경향이 계속 존재하고 있다.

평론 사업에 있어서 이러한 참을 수 없는 현상은 우리 문학 예술 발전에 커다란 장애로 된다. 이러한 결함들을 급속히 퇴치하고 우리의 평론 사업을 높은 단계로 이끌어 올리기 위하여서는 우선 평론가들이 마르크스-레닌주의적 미학 원칙과 사회주의 리얼리즘의 원칙으로 자기를 더욱 튼튼히 무장하여야 할 것이며 사상 전선의 선진 투사로서, 선진 이론가로서의 확고부동한 계급적 입장과 진실에 대한 강한 애착을 가져야 하며 문학상에 발로되는 일체의 허위와 봉건적인 것에 대한 비타협적 정신으로 자기를 무장하여야 할 것이다.

우리의 문학예술 평론은 현상의 추수자가 될 것이 아니라 항상 지도적 입장에 서서 일체 반동적 해독적 사상과의 비타협적 투쟁 정신으로 작가 예술가들을 교양하며 문학예술의 당성 및 계급성을 수호하는 선진 투사가 되어야 한다.

문학예술 평론의 급속한 발전을 위하여 평론 활동의 수공업적 방법을 퇴치하고 전체 작가 예술가들과 광범한 독자층을 이 사업에 인입할 것이며 평론 간부의 새로운 육성을 위한 대책을 세울 것이다.

여섯째, 전체 작가 예술가들은 우리 문학예술의 사상성을 더욱 견고히 하며 사회주의 리얼리즘에 입각한 다종 다양한 우리 문학예술 작품들의 질적 제고를 위하여 선진 소련문학예술을 비롯한 세계 진보적 문학예술을 연구 섭취하는 사업을 더욱 강화할 것이다.

소비에트 문학예술의 제 달성 — 그것은 우리 문학예술 발전의 등대이며 앞길이다. 우리 작가 예술가들은 허심하게 배우는 사람의 입장에서 선진 문학예술의 제 성과들을 섭취하는 사업에 자기의 온갖 정력을 경주할 것이다. 특히 위대한 조국전쟁 시기와 전후 인민경제 복구 건설에서 소비에트 작가 예술가들이 달성한 성과와 체험을 습득하기 위하여 백장의 노력을 기울일 것이다.

일곱째, 신인 육성 사업은 오늘 우리 문학예술 운동 앞에 제기되는 가장 중요한 과제의 하나이다. 우리 문학예술의 화려한 미래는 우리들이 오늘 얼마나 훌륭하며 믿음직한 우리의 후대들을 육성해내는가에 달려 있다. 우리는 지금까지 신인 육성 사업에서 나타난 무계획적이며 무책임한 경향들을 철저히 배격하고 이 사업을 체계 있게 광범히 전개하기 위하여 특별한 조직적 대책이 요구된다.

신인들을 체계 있게 육성하기 위하여 1. 신인들을 위한 강습을 계획성 있게 정상적으로 진행할 것이며 2. 신인들의 작품을 광범히 게재하며 이들의 작품의 사상적 및 예술적 질과 이론적 수준을 제고시키는 역할을 수행할 수 있는 출판물을 발간할 것이며 3. 신인들과의 회합을 정상적으로 조직하며 매개 작가 예술가들로 하여금 분공하여 책임적으로 신인들을 지도하는 방법을 취함으로써 신인들에 대한 계통적이며 책임 있는 지도 사업을 강화할 것이다.

여덟째, 우리의 출판물들의 내용을 더욱 다채롭게 하며 그의 질을 제고하는 사업은 우리들 앞에 제기된 긴급한 과제의 하나이다. 지금까지 우리의 출판물들은 날로 장성 발전하는 인민들의 욕구를 원만히 충족시키지 못하였다.

우리 출판물들이 가지고 있는 제반 결함들을 퇴치하고 인민의 욕구에 충실히 보답하기 위하여 편집 일꾼들의 사업 수준을 더욱 제고할 것이며 우리 출판물의 계급성과 목적지향성을 더욱 강화하며 그의 체계와 편집방법을 연구 개선할 것이다. 그러기 위하여 편집위원회의 역할을 제고하며 수시로 독자들과의 회합을 조직함으로써 인민들의 의견을 널리 반영할 것이다.

아홉째, 오늘 우리 문학예술 운동에 있어서 사회주의 리얼리즘의 원칙성을 고수하며 우리 문학예술의 당성과 계급성을 더욱 제고하는 문제는 전체 작가 예술가들 앞에 제기된 가장 중요한 기본적 과제이다.

이 과업의 실천은 무엇보다도 우리 문학예술의 발전을 저해하는 자연주의 형식주의 코즈모폴리터니즘 등 일체 반동적인 것과 낡은 잔재의 완전한 숙청으로써만이 가능하다. 우리 문학예술에서 자연주의 및 형식주의와의 투쟁은 곧 계급투쟁이며 새것과 낡은 것과의 투쟁이며 전형 창조의 투쟁이다.

오늘 우리의 영웅적 시대는 무한한 문학예술의 소재들과 현상들로 충만되어 있다. 사회주의 리얼리즘의 창작방법은 새로운 환경 속에서 새로운 전형들을 창조할 것을 요구하고 있다. 이 요구에 충실히 복무하기 위하여서는 우리 작가 예술가들이 우리의 주위에서 벌어지고 있는 모든 현상들의 본질을 파악한 기초 위에서 전형적인 것과 비전형적인 것을 분간할 줄 알며 사멸해가는 모든 낡은 것들과 시시각각으로 산생하며 발전하는 새것들을 구별하는 능력을 소유하는데서만이 가능하다. 이 능력을 소유하기 위하여 우리 작가 예술가들은 마르크스-레닌주의 세계관으로 자기를 더욱 튼튼히 무장하는데 더욱 노력할 것이며 현실 속에 대담하게 들어가야 할 것이다.

사회주의 리얼리즘의 창작방법은 내용과 형식의 변증법적 통일의 완성을 요구하고 있다. 우리 작가 예술가들은 새로운 현실이 요구하는 새로운 형식을 부단히 연구 탐색할 것이며 우리 문학예술 작품들의 정치성 예술성의 제고를 위하여 정력적인 노력을 경주할 것이다.

열째, 우리 작가 예술가들은 백전백승의 학설이며 현실에 대한 옳은 파악을 주는 마르크스-레닌주의 사상으로 더욱 튼튼히 자기를 무장해야 한다.

마르크스-레닌주의를 이해하지 못하고는 현상을 옳게 파악할 수 없으며 우리들의 창조 사업을 사회주의 리얼리즘의 요구에 적응시킬 수 없다. 때문에 마르크스-레닌주의로 무장한다는 것은 곧 작가 예술가들의 창조 사업의 질을 높이는 문제와 일치된다.

우리들은 마르크스-레닌주의를 교조식으로 학습하는 경향들을 일소하고 현실에 결부시킬 줄 알아야 하며 우리의 문학예술 창조 사업에 활용할 수 있게 그의 본질을 평가함에 특별한 노력을 경주할 것이다.

대회는 전체 작가 예술가들이 전후 조국에 조성된 새로운 역사적 환경과 웅대한 복구 건설 위업에서 제기되는 자기의 영예롭고 고귀한 사명을 관철하기 위하여 당과 수령의 기치를 더욱 높이 들고 왕성한 창조 사업에서 거대한 승리적 성과를 달성하기 위하여 총진군할 것을 호소한다.

2. 전국작가예술가대회 결정서 (2)

본 대회는 문예총 조직 문제에 관한 홍순철 동지의 보고를 청취 토의하고 다음과 같이 지적한다.

해방 후, 오늘에 이르기까지 우리의 민족문학예술은 조선로동당과 공화국 정부와 경애하는 수령 김일성 원수의 올바른 시책과 영도를 받들고 선진 소비에트 문학예술의 풍부한 경험과 우수한 모범을 섭취함으로써 일찍이 조선 민족역사에서 찾아볼 수 없는 거대한 발전을 쟁취하였다.

본 대회에서 지적된 모든 사실은 오늘에 있어서는 우리 문학예술의 조직적 및 창조적 역량이 비상히 장성하였음을 실증하여 준다. 이것은 또한 문학동맹, 미술동맹, 음악동맹, 영화동맹, 무용동맹, 사진동맹들이 각기 독자적으로 자기들의 창조 사업을 진행할 수 있는 조직적 및 창조적 역량을 갖추었음을 의미한다.

조선문학예술총동맹은 이미 자기의 역사적 사명을 수행하였으며 오늘에 와서는 벌써 조선문학예술총동맹의 연합체적인 조직체계는 산하 각 동맹들의 사업 발전에 적용할 수 없는 낡은 조직체계가 되었다. 이러한 사정에 비추어 본 대회는 우리 문학예술의 더욱 높은 발전을 도모하기 위하여 새로운 조직적 대책이 필요하다고 인정하고 다음과 같이 결정한다.

조선문학예술총동맹을 다음과 같이 조직 개편하였다.

조선문학예술총동맹 산하 동맹 중―조선문학동맹은 조선작가동맹으로, 조선미술동맹은 조선미술가동맹으로, 조선음악동맹은 조선작곡가동맹으로 각기 조직을 발전적으로 개편할 것이다.

기타 산하 동맹 즉 조선연극동맹, 조선음악동맹(연주 부분), 조선무용동맹,

조선영화동맹, 조선사진동맹 맹원들을 그가 소속되어 있는 해당 기관 또는 해당 단체에 이관한다.

본 대회는 새로 결성되는 조선작가동맹 중앙위원회 선거를 위한 회의 소집을 한설야 동지에게, 조선미술가동맹 중앙위원회 선거를 위한 회의 소집을 정관철 동지에게, 작곡가동맹 중앙위원회 선거를 위한 회의 소집을 리면상 동지에게 각각 위임한다.

1953년 9월 27일

—『조선문학』 1, 1953.10(1953.10.25)

조 선 작 가 동 맹 규 약
제2차 조선작가대회에서 채택됨

제1장 동맹 및 그 목적 임무

제1조 조선작가동맹은 조선로동당의 문예정책을 받들고 우리나라 노동계급과
전체 인민의 이익에 복무하는 작가들의 자원적 조직체이다.

제2조 조선작가동맹은 마르크스-레닌주의와 그 미학 이론을 자기의 창작활동
의 지침으로 삼는다. 조선작가동맹은 사회주의적 사실주의를 창작의 기본방
법으로 한다. 조선작가동맹은 우리나라의 유구한 역사를 통하여 개화 발전
한 민족문화유산의 진보적 전통과 조선프롤레타리아문학예술동맹(카프)의
혁명적 전통을 계승한다. 조선작가동맹은 위대한 소련 중국을 비롯한 인민
민주주의 제 국가의 문화적 성과와 전 세계 인류의 진보적 문학의 경험을 섭
취한다.

조선작가동맹은 우리 문학의 개화 발전을 위하여 투쟁하며 당성, 계급성, 인
민성을 고수하며 일체 반동적 부르죠아 문예 사상을 반대한다.

조선작가동맹은 자체의 문화활동을 통하여 조국의 평화적 통일과 공화국 북
반부에서의 사회주의 건설을 위하여 투쟁하며 조선 인민과 위대한 소련, 중
국을 비롯한 인민민주주의 제국가 인민들과 전 세계 평화 옹호 인민들과의
국제주의적 친선 단결을 강화하며 공고한 평화를 위하여 투쟁한다.

제3조 조선작가동맹은 맹원들을 애국주의와 프롤레타리아 국제주의 정신으로
교양하며 그들의 창조적 역량을 장성 발전시킨다.

특히 우리 문학의 후비대로서의 신인 육성을 위하여 노력한다.

조선작가동맹은 맹원의 작가적 권리를 옹호한다.

제2장 맹원 및 그 의무 권리

제4조 조선작가동맹 맹원으로는 조선 공민으로서 동맹의 규약을 승인하며 문
학창작 분야 및 이론 분야에서 작품을 가졌으며 그 기능이 전문적 수준에 도
달한 사람이 될 수 있다.

맹원은 규정된 맹비를 바친다.

맹원은 선거권 피선거권 및 결의권을 가진다.

제5조 맹원의 의무는 다음과 같다.

　ㄱ. 맹원은 문학활동을 통하여 조선로동당과 공화국 정부의 정책을 실현하는 투쟁에 적극 참가하여야 한다.

　ㄴ. 맹원은 근로대중의 교양자로서의 의무에 충실하여야 한다.

　ㄷ. 맹원은 마르크스-레닌주의 학설과 문학 이론으로 무장하여야 하며 창조적 기능의 연마를 위하여 꾸준히 노력하여야 한다.

　ㄹ. 맹원은 현실 속에 침투하며 생활을 연구하며 인민들에게서 배우며 후진들의 육성을 위하여 일상적으로 관심을 돌려야 한다.

제6조 조선작가동맹은 맹원의 자격과 자질을 가진 가맹 신청자와 후보 맹원 가운데서 동맹이 요구하는 수준에 도달되었다고 인정되는 사람을 맹원으로 받아들인다.

가맹은 개별적으로 수리하되 그 절차는 다음과 같다.

　ㄱ. 가맹하려는 사람은 개별적 가맹원서에 그를 잘 아는 맹원 2명의 보증서를 첨부하여 자기의 창작 및 저작 활동을 증명할 수 있는 자료들과 함께 직접 해당 분과위원회 또는 도지부(반)를 걸쳐 해당 분과위원회에 제출한다.

　ㄴ. 가맹은 해당 분과위원회에서 가맹 청원자와 2명의 보증인 중 적어도 1명의 참가 밑에 그를 토의하고 가부를 결정한다.

　　단 가맹에 대한 분과위원회의 결정은 동맹 상무위원회의 비준을 요한다. 보증인은 상무위원회의 토의에는 참가하지 않아도 좋다.

　ㄷ. 맹원의 유일 맹증은 상무위원회가 수여한다.

제7조 맹원으로서 다음과 같은 사실이 있을 때는 해당 분과위원회, 도 지부(반)의 제기에 의하여 상무위원회가 그를 맹적에서 제명한다.

　ㄱ. 반인민적 행동을 하였을 때.

　ㄴ. 재판에 의하여 공민권을 박탈당했을 때.

　ㄷ. 동맹의 규약과 결정을 엄중히 위반하였을 때.

　ㄹ. 장기간 창작생활을 정지하고 그 이유가 작가생활을 포기한데 있다고 인정되었을 때.

제3장 후보 맹원

제8조 조선작가동맹은 동맹의 규약을 승인하며 장래 전문작가로 활동할 것을 희망하는 사람으로서 이미 창작적 실적과 역량이 있는 사람을 후보 맹원으

로 받아들인다.

후보 맹원은 규정된 맹비를 바친다.

후보 맹원은 선거권, 피선거권 및 결의권이 없다.

제9조 후보 맹원의 가맹 절차는 맹원의 가맹 절차와 같다.

후보 맹원의 의무는 맹원의 의무와 같다.

제10조 후보 맹원이 맹원으로서의 자격이 인정될 만큼 창작적 성과와 동맹 생활에서의 장성이 있을 때는 해당 분과위원회의 추천에 의하여 상무위원회의 다수가결로 그를 맹원으로서 승격시킨다.

제11조 후보 맹원이 동맹의 지도와 방조에도 불구하고 최대한 5년을 두고 작가적 자격을 가질 수 없다고 인정되었을 때는 그를 맹적에서 제명하되 해당 분과위원회의 제의에 근거하여 상무위원회가 이를 결정한다.

제4장 동맹의 구조

제12조 동맹의 구조는 민주주의 중앙집권제의 원칙에 의하여 조직하며 모든 활동은 집체적 협의제에 의하여 추진한다.

ㄱ. 동맹 지도기관 및 검사기관은 동맹 대회에서 직접 선거한다.

동맹 중앙위원회는 동맹 대회 앞에 책임진다.

ㄴ. 동맹 중앙위원회 안에는 각 부문별 분과위원회와 필요한 부서를 둔다.

ㄷ. 동맹 중앙위원회는 각 도별로 맹원 5명 이상의 도에는 도 지부를, 5명 이하 3명 이상의 도에는 도 작가반을 둔다.

ㄹ. 동맹 중앙위원회 매개 분과위원회와 도 지부(반)는 상무위원회 앞에, 상무위원회는 중앙위원회 앞에 자기 사업을 정기적으로 총화하며 책임진다.

제13조 동맹 중앙위원회는 사업상 필요에 따라 동맹의 조직 형태와 동맹 기관의 사업 방식을 따로 결정할 수 있다.

제5장 동맹 각급 기관

제14조 동맹의 최고기관은 동맹대회다.

동맹 정기대회는 3년에 1회 동맹 중앙위원회가 소집한다.

동맹 비상대회는 동맹 중앙위원회의 제의에 의하여, 또 전 맹원 반수 이상의 요청에 의하여 소집한다.

제15조 동맹대회의 사업은 다음과 같다.

ㄱ. 동맹 중앙위원회 및 각급 기관들의 사업 총화를 청취 토의하고 이를 승인한다.

ㄴ. 동맹의 규약을 채택 또는 수정한다.

ㄷ. 동맹의 문학 창작 및 문학 이론의 사상 예술적 방향에 대한 문제를 토의 결정한다.

ㄹ. 동맹대회가 규정한 위원수에 준하여 동맹 중앙위원회와 동맹 중앙위원회 검사위원회를 선거한다.

제16조 동맹 중앙위원회에 결원이 있을 때에는 후보 위원 중에서 이를 보선한다.

제17조 동맹 중앙위원회는 1년 1회 이상 동맹 중앙위원회 전원회의를 소집한다. 동맹 중앙위원회 후보 위원은 동맹 중앙위원회 전원회의에 참가하되 발언권만 가진다.

제18조 중앙위원회는 전원회의와 전원회의 사이의 동맹 중앙위원회 사업을 지도하기 위하여 상무위원회를 조직하며 동맹 중앙위원회 위원장과 부위원장들을 선거한다.

제19조 동맹 중앙위원회는 동맹 대회와 대회 사이에 전체 동맹 사업을 지도하며 대내 대외의 관계에 있어서 동맹을 대표하며 동맹 재정을 관리한다.

제20조 동맹 중앙위원회 검사위원회는 동맹 중앙위원회 각 부서의 행정 사무와 재정을 검사한다.

제21조 동맹 중앙위원회 상무위원회는 중앙위원회의 위임에 의하여 동맹의 지도에 필요한 결정을 채택하며 그것을 추진하며 일반적 행정 사무를 집행하며 동맹 각급 기관 책임자와 산하 기관 책임자들을 임명한다.

상무위원회는 2개월에 1회 이상 소집한다.

제22조 동맹 중앙위원회 매개 분과위원회는 동맹 상무위원회의 결정과 지시에 의하여 해당 분야의 창조상 문제와 분과 맹원의 맹 생활 정형을 토의하고 동맹 상무위원회에 제반 의견을 제기한다.

분과위원회는 3개월에 1회 이상 수시로 소집한다.

제23조 동맹 중앙위원회 각 도지부(반)는 동맹 상무위원회 결정과 지시에 의하여 해당 지부(반) 사업에서 제기되는 제반 문제를 토의하며 집행한다.

지부 협의회는 3개월에 1회 이상 소집한다.

제6장 동맹의 재정 맹비

제24조 동맹의 재정 원천은 다음과 같다.

ㄱ. 맹비 및 가맹비

ㄴ. 국가기관들의 보조

ㄷ. 동맹 출판사의 수입

제25조 맹원의 맹비는 매 분기 250원이며 후보 맹원의 맹비는 매 분기 100원이다.

제26조 맹원의 가맹비는 500원이며 후보 맹원의 가맹비는 100원이다.

— 한설야 외, 『제2차 조선 작가 대회 문헌집』, 조선작가동맹출판사,
1956(1956.12.25)

조선문학예술총동맹 규약

제1장 총칙

1. 조선문학예술총동맹은 작가 예술가들의 자원적 조직체인 부문별 동맹의 연합체이며 그의 지도적 단체이다.

   조선문학예술총동맹은 조선로동당의 영도하에 문학예술활동을 통하여 근로인민을 공산주의 사상과 혁명 전통으로 교양하는 사업을 자기의 기본 임무로 한다.

   조선문학예술총동맹은 작가 예술가들의 통일과 단결을 강화하고 그들을 당 주위에 결속시켜 혁명 과업 수행에로 적극 조직 동원한다.

   조선문학예술총동맹은 마르크스-레닌주의 미학이론을 창작활동의 지침으로 삼으며 내용에 있어서 사회주의적이고 형식에 있어서 민족적인 우리 문학예술은 사회주의적 사실주의를 유일한 창작 방법으로 한다.

   조선문학예술총동맹은 우리나라의 유구한 역사를 통하여 발전한 진보적인 민족문화유산과 조선프롤레타리아문학예술동맹(카프)의 문학예술전통 특히 1930년대 항일무장투쟁 시기의 혁명적 문학예술전통을 계승 발전시킨다.

   조선문학예술총동맹은 문학예술 부문에서 수정주의를 반대하며 교조주의와 형식주의를 극복하고 주체를 확립하며 우리 문학예술의 당성, 계급성, 인민성을 침해하는 일체 반동적 부르주아 문예사상과 견결히 투쟁한다.

   조선문학예술총동맹은 작가 예술가들을 당적 사상체계로 무장시키기 위한 교양사업을 진행하며 그들로 하여금 창작활동을 통하여 당 문예정책을 실현하게 한다.

   조선문학예술총동맹은 문학예술 각 부문 간의 창작적 연계를 밀접히 하며 서로 협조하여 집체적 재능과 역량을 발휘하며 창작 및 이론 문제들을 공동적으로 연구하며 창작경험들을 서로 교류하여 일반화하며 작가 예술가들의 예술적 기량을 높이는 사업을 진행한다.

   조선문학예술총동맹은 우리나라 문학예술의 가일층의 발전을 위하여 각 생산기업소, 농촌, 어촌 등에서 광범히 조직 운영되고 있는 문학예술 각종 서클 사업들을 체계적으로 지도 방조하며 노동자, 농민을 비롯한 근로대중 속에서 우리 문학예술의 후비대인 신인들을 군중적으로 선발 육성하는 사업을 진행한다.

조선문학예술총동맹은 남반부로부터 미제국주의 침략군대를 철거시키며 남반부 작가 예술가들의 민주주의적 권리와 문학예술활동의 자유를 보장하기 위하여 투쟁한다.

조선문학예술총동맹은 남북조선문학예술단체, 작가 예술가들 간의 접촉과 문학예술의 교류를 실현하기 위하여 투쟁한다.

조선문학예술총동맹은 소련을 비롯한 사회주의 진영 제 국가 인민과 전 세계 진보적 인류가 달성한 문학예술의 성과와 경험들을 창조적으로 섭취하며 그들과의 국제주의적 친선 단결을 강화 발전시키기 위하여 노력한다.

제2장 동맹의 조직 원칙

2. 동맹은 민주주의적 중앙집권제의 원칙에 의하여 조직되며 모든 활동은 집체적 협의제에 의하여 진행된다.

   ㄱ. 밑으로부터 위에 이르기까지 동맹 각급 지도기관은 동맹 총회, 대표회, 대회에서 선거한다.

   ㄴ. 동맹 각급 지도기관은 선거받은 동맹 단체 앞에 자기 사업을 정기적으로 총결 보고 한다.

   ㄷ. 동맹 상급기관은 동맹 하급기관 사업을 지도 방조한다.

3. 총동맹 산하 조직체인 부문별 동맹은 문학예술의 부문별 원칙에 의하여 조직된다.

4. 동맹 각급회의는 그 회의에 참가할 인원의 3분지 2이상의 참가로써 성립되며 결정은 회의 참가자의 반수 이상의 찬성으로써 채택된다.

5. 동맹 각급 지도기관과 동맹 대표회 및 대회 대표자는 비밀투표에 의하여 선거한다.

   동맹 각급 지도기관 선거는 문학예술총동맹 중앙위원회가 따로 규정하는 선거 세칙에 의하여 진행한다.

6. 동맹 지부 조직은 문학예술총동맹 도위원회에서 승인하며 동맹기관의 기구는 문학예술총동맹 중앙위원회가 결정한다.

제3장 총동맹 중앙 조직

7. 문학예술총동맹의 최고기관은 전국대회이다.

   문학예술총동맹 전국대회는 4년에 1회 총동맹 중앙위원회가 소집한다.

   문학예술총동맹 임시대회는 총동맹 중앙위원회의 제의에 의하여 또는 전맹원 반수 이상의 요청에 의하여 소집한다.

   전국대회의 소집 기일과 의정은 2개월 전에 발표하여야 한다.

   문학예술총동맹 중앙위원회는 전국대회 대표자 선출 비율을 규정한다.

8. 문학예술총동맹 전국대회의 사업은 다음과 같다.

   ㄱ. 문학예술총동맹 중앙위원회 및 중앙재정검사위원회의 사업 총결 보고를 청취 토의하고 승인한다.

   ㄴ. 총동맹 규약을 채택 또는 수정한다.

   ㄷ. 문학예술총동맹 중앙위원회와 중앙재정검사위원회를 선거한다.

   ㄹ. 문학예술 창작 및 이론의 사상 예술적 제문제를 토의 결정한다.

9. 문학예술총동맹 중앙위원회는 전국대회 결정을 집행하며 전국대회와 전국대회 사이에 총동맹의 모든 사업을 지도한다.

   문학예술총동맹 중앙위원회는 전원회의를 1년에 1회 이상 소집한다.

10. 문학예술총동맹 중앙위원회의 기본임무는 다음과 같다.

    ㄱ. 당의 노선과 정책을 관철하기 위한 동맹 단체들의 전반적 또는 매 시기의 당면과업들과 문학예술 창작상 제 문제를 토의 결정하고 지도한다.

    ㄴ. 작가 예술가에 대한 사상 교양사업과 그들의 창작적 기량을 높이기 위한 예술 교양사업을 진행한다.

    ㄷ. 근로대중 속에서 문학예술을 대중적으로 발전시켜서 신인들을 군중적으로 선발 육성하는 사업을 진행한다.

    ㄹ. 총동맹 간부를 양성하기 위한 대책을 토의 강구한다.

    ㅁ. 대외관계에서 문학예술총동맹을 대표한다.

    ㅂ. 총동맹 예산을 승인하며 동맹 재정을 관리한다.

    ㅅ. 총동맹 기관지 및 기타를 출판한다.

11. 문학예술총동맹 중앙위원회는 전원회의와 전원회의 사이의 총동맹 중앙위원회 사업을 지도하기 위하여 집행위원회를 조직하며 위원장 부위원장들을 선거한다.

12. 총동맹 집행위원회는 중앙위원회의 위임에 의하여 동맹 지도에 필요한 결정을 채택하고 집행하며 일반 행정 사무를 지도하며 동맹 부서 및 산하기관 간부들을 임명한다.

13. 문학예술총동맹 중앙재정검사위원회는 문학예술총동맹 중앙위원회 재정과 산하 부문별 동맹 재정을 검열한다.
14. 문학예술총동맹 중앙위원회는 전국대회와 전국대회 사이에 필요에 따라 전국대표회를 소집할 수 있다. 전국대표회는 총동맹 앞에 제기된 중요문제들을 토의 결정하며 중앙위원회 위원을 소환 또는 선거할 수 있다.

제4장 각 부문별 동맹 조직
15. 각 부문별 동맹은 자기 규약을 가지며 동맹의 목적과 임무, 맹원의 의무와 권리, 가맹과 출맹, 후보 맹원, 동맹의 조직과 구조, 동맹의 각급기관, 동맹의 재정과 맹비를 규정한다.

제5장 문학예술총동맹 도 조직
16. 문학예술총동맹 도 위원회는 문학예술총동맹의 말단기관이다.
17. 문학예술총동맹 도 위원회의 최고기관은 도 대회이다.
    도 대회는 2년에 1회 문학예술총동맹 도 위원회가 소집한다.
    문학예술총동맹 도 위원회는 대회 소집 기일과 의정을 1개월 전에 발표하여야 한다.
18. 문학예술총동맹 도 대회의 사업은 다음과 같다.
    ㄱ. 문학예술총동맹 도 위원회의 사업 총결 보고를 청취 토의하고 승인한다.
    ㄴ. 문학예술총동맹 도 위원회를 선거한다.
19. 문학예술총동맹 도 위원회는 도 대회와 도 대회 사이의 동맹 사업을 지도한다.
    문학예술총동맹 도 위원회는 전원회의를 6개월에 1회 이상 소집한다.
20. 문학예술총동맹 도 위원회의 기본임무는 문학예술총동맹 중앙위원회 결정 지시들과 창작 및 이론상 제 문제를 토의하고 집행하며 작가 예술가들에 대한 사상 예술 교양사업과 신인 육성사업을 진행하며 도 위원회 재정을 관리한다.
21. 문학예술총동맹 도 위원회는 전원회의와 전원회의 사이에 도 위원회 사업을 지도하기 위하여 위원장 부위원장들을 선거하며 도의 실정에 따라 집행위원회를 조직할 수도 있다.

제6장 부문별 동맹 지부 조직
22. 문학예술총동맹 산하 부문별 동맹의 기본조직은 동맹 지부이다.

23. 동맹 지부의 최고기관은 동맹원 총회이다.

　　동맹원 총회는 3개월에 1회 이상 소집한다.

24. 동맹 지부는 동맹 상급기관의 결정 지시들과 창작 및 이론상 문제들을 토의하고 집행하며 작가 예술가들에 대한 사상 예술 교양사업과 신인 육성사업을 진행한다.

— 『조선문학』 163, 1961.3(1961.3.9)

제2부

시문학 비평

북조선 시단의 회고와 전망

민병균

해방 후에 얼마 되지 않는 단촉한 기일 내에 우리 북조선에서는 모든 문학예술 부문에 있어서 그러했던 것과 같이 시단에 있어서도 실로 획기적인 성과를 달성하였다.

그것은 지난 8·15 해방 2주년을 기념하는 북조선 문학예술축전에 장편서사시 단시를 아울러 약 3백 편에 달하는 기성 신진의 우수한 작품들이 참가되었다는 사실 하나에서만도 가히 짐작할 수 있는 것이다.

그러면 우리는 어떻게 하여 불과 2년이라는 이 짧은 기간에 조선 민족 역사상에 있어 그 유례를 찾을 수 없는 시문학의 찬연한 토대를 닦을 수 있었던가? 그것은 두말할 것도 없이 해방 후 때를 같이하며 연속 실현된 모든 민주개혁이 우리들 앞에 무한대의 시적 영역을 열어주었으며 또 하나는 우리 시인들이 조국과 인민을 위하여 자유스럽게 노래할 수 있는 객관적 조건을 보장받음에서만 가능하였던 것으로 오늘날 양심적인 시 한 편을 공개하는 시인에게까지 검거 투옥의 마수를 뻗치고 있는 미제국주의 반동 군경과 매국노들의 탄압밑에서 신음 고통하는 남조선 인민의 정형을 생각하면서 우리는 시를 말하기 전에 우선 우리 민족의 영명한 지도자 김일성 위원장을 수반으로 하는 북조선 인민위원회와 우리 민족의 자주 독립과 번영을 위하여 끊임없는 우의와 원조를 주고 있는 해방군 소비에트 군대에게 뜨거운 감사를 표하지 않을 수 없는 것이다.

그러면 이제 북조선의 시단은 해방 후 얼마만한 자기 대오와 역량을 갖추었는가? 먼저 과거 2년 간에 걸쳐 꾸준한 활동을 계속하여 온 기지(旣知)의 시인과 새로 배출된 허다한 기예(氣銳)의 신진 시인들 가운데서 기억에 떠오르는 이름만을 소개하더라도 강승한, 김광섭, 김귀련, 김명선, 김북원, 김상오, 김순석, 김우철, 김조규, 김춘희, 이경희, 이원우, 이정구, 이찬, 이호남, 마우룡, 민병균, 백인준, 박세영, 박석정, 서순구, 신동철, 안용만, 양명문, 윤시철, 원종관, 조기천, 조명환, 한명천, 황민, 한식, 홍순철(이상 가나다순) 등 실로 풍부한 명단을 이루는 것으로 시인 각자가 가지는 사상적 깊이와 그 표현 기량에 있어서의 약간의 차이는 있었다고 하더라도 모든 시인들이 보다 더 우수하게 조국과 인민에게 복무하며 그와 동시에 민주주의 조선 시문학의 영예스러운 체계를 세우는 하나의 초석이 되려고 노력하는 그 열의와 지향에 있어서는 근본적 귀일점을 발견할 수 있었다는 것을 우리는 먼저 기뻐하는 바이다.

특히 1947년도에 들어서면서 인민대중이 해방 초기의 위대한 전변에 따르는 민족적 흥분에서 일보전진하여 실천적인 조국 창건 사업에로 모든 역량과 기능을 경주함으로써 금년도 인민경제계획의 거대한 승리적 성과를 거두었던 것처럼 우리 시인들에게 있어서도 금년도는 출발초기의 주로 슬로건적인 행정을 거쳐 본신사업(本身事業)에로의 결정적 전환을 가져온 의의 깊은 연도였다는 것을 여기에 지적해야 될 것이다.

그 구체적인 실증으로써 우리는 이미 인민대중의 절대한 호평리에 많은 교양적 성과를 거두었을 뿐만 아니라, 그 스케일의 웅장성과 고도의 형상성으로 우리 시인 자신들에게도 새로운 시사를 준 조기천 씨의 혼신의 역작 장편서사시 「백두산」을 위시하여 많은 시인들이 작품집에 수록되었고 혹은 신문, 잡지에 발표된 개인의 우수한 작품들을 들 수 있는 것이다.

더욱이 금년도에 와서 우리는 북조선 시단이 질적으로 얼마나 장성되었는가 하는 것을 각자 시인들에게 발견되고 있는 '개성' 속에서 찾아볼 수 있는 것이니 이를 좀더 구체적으로 해명하면 이 해에 어깨를 같이하여 출간된 김조규 씨의 『동방』, 이정구 씨의 『새 계절』, 이찬 씨의 『쏘련 시초』, 박세영 씨의 『진리』, 백인준 씨의 『인민의 노래』, 이원우 씨의 『장성하는 노래』, 양명문 씨의 『송가』, 김우철 씨의 『나의 조국』, 필자의 『해방도』, 기타 제 시집과 기타 많은 시인들의 일련의 작품들이 크나 적으나 자기의 성격을 갖추고 있었다는 것이다.

우리는 이밖에도 외국문학, 특히 우리들이 응당 섭취해야 할 소련의 선진 시문학 작품을 소개하는 사업에 있어 누구보다도 우수한 기량과 열성적 활동으로 우리 시단이 기여한 바 많은 정률, 전동혁, 양 씨의 공적을 여기에 특기해야 할 것이다.

이상과 같은 시인들의 극명한 노력과 활발한 창작 사업은 필연적으로 일반 인민대중의 시문학에 대한 관심과 이해력을 제고시키며 확장시키는 결과를 가져왔으니 그 일례로 과거 왜정시대에는 전 조선을 통하여 발행되는 시집 부수가 보통 몇 백부이고 기껏해야 전부를 넘지 못하던 것이 오늘날 북조선에 있어서는 어떤 시집을 막론하고 최저가 5천 부며 그 위에 만 부, 2만 부의 엄청난 숫자로 발간되고 있으며 그것도 수월이 소화되고 있다는 놀라운 현상이다. 이것은 북조선의 시문학이 이미 협소한 시문학 동호인들의 울타리를 멀리 벗어나 광범한 인민층으로 깊이 침투되고 있음을 말하는 역력한 실증으로써 우리 시인들에게 있어서는 이 위에 더 큰 영광이 없을 것이다.

×

그러나 우리는 이상과 같이 1947년도를 중심으로 하여 해방 후 혜택받은 환경과 조건 밑에서 장족적 발전의 길을 걸어온 북조선 시단을 커다란 자부로써 회고하면서 그와 동시에 아직까지 우리들이 극복하지 못하였고 달성치 못한 많은 결점과 부족감을 스스로 느끼게 되는 것이니 이제 그 몇 가지를 들면

첫째로 주제의 빈곤성이다.

전장에서도 언급한 바와 같이 해방 후 연속하여 실현된 모든 민주개혁의 위대한 성과는 실로 우리들 시인에게 무진장의 소재를 제공하고 있다. 다시 말하면 북조선의 방방곡곡(농촌, 어촌, 공장) 사업장과 그 속에서 조국 건설을 위하여 일야(日夜) 투쟁 노력하고 있는 노동자 농민 전체 근로인의 일거수일투족이 그대로 모두 생생한 시적 요소 아님이 없는 것이다. 그럼에도 불구하고 오늘날 많은 시인들 가운데서 그 내용의 예술적인 빈곤성과 또는 테마 선택에 대한 난색을 발견케 됨은 결국 무엇을 말함인가?

그것은 우리 시인들이 현실면에 대한 탐구적 노력이 부족하다는 것과 사물에 대한 파악력이 결여되고 있음을 스스로 폭로하는 것밖에 아

무엇도 아니다. 이와 관련하여 한 가지 생각나는 것은 정률 씨가 일찍이 어느 회합석상에서 "북조선의 근로인민대중은 모든 생산장과 전야와 또는 가두에서 조국을 위하여 자기의 열정을 불태우는 훌륭한 시인들로 되고 있음에 반하여 정작 시인들이란 사람은 물론 전체는 아니지만 일부분 그렇지 못한 감을 준다"고 한 말이다.

그런데 우리가 여기에서 내용의 빈약성을 말하면서는 반드시 빼놓아서 안될 것은 취재의 비적극성이다. 물론 우리는 해방 초기에서와 같이 구호시나 행사시만으로는 만족할 수 없다. 그것은 앞서도 말한 바와 같이 오늘의 북조선 현실이 슬로건적인 행정을 거쳐 실지 건설 단계로 들어온지 이미 오래이기 때문이다. 따라서 우리 시인들은 인민의 일상생활 간에서도 얼마든지 주제를 선택할 수 있다. 그러나 어느 때 어떠한 경우에 있어서도 우리는 취재 내용의 적극적 의욕을 망각해선 안될 것이다. 즉 우리는 모든 창작 의욕을 오늘날 우리들이 원하고 있는 최대의 목적 의욕에 결부시켜야 할 것이다.

그러면 이 최대의 목적이란 무엇인가? 그것은 두말할 것도 없이 조국의 완전 자주 독립과 인민의 승리를 쟁취하는 것이다. 그러기 때문에 우리는 가령 오늘의 북조선 인민들이 누리고 있는 행복한 생활 감정을 노래하면서도 그것이 다만 어떠하니까 행복하다든가 또는 어떻게 행복스럽다는 데서 그칠 것이 아니라 개개 인민이 자기의 행복한 생활을 통하여 앞으로 그것을 더욱 튼튼히 고착시키며 향상시키려는 강렬한 투쟁적 건설적 의욕을 북돋도록 격려하며 절규하는 것이래야 할 것이다. 특히 근자에 와서 많은 시인들이 공장, 광산, 농촌 등 직접 생산면에서 테마를 선택하고 있음은 응당 그래야 할 것으로 좋은 현상이라고 하겠으나 이 경우에 있어서도 우리는 아직 만족한 창작적 성과를 거두지 못하고 있다. 즉 대개의 시인은 가령 공장을 취급함에 있어서도 그 공장이 2·4반기 또는 어느 돌격 주간에 계획량을 몇 퍼센트로 초과 구현했다느니 승리적 성과를 달성했다느니 모범적 역할을 수행했다느니 하는 외형적 현상면을 묘사하거나 또는 현실과 생활을 미화시키는데 그칠 뿐으로 공작기계를 땀투성이가 되어 돌리고 있는 노동자들의 불타는 생산 의욕과 고귀한 애국 정신을 생산적 성과와 유기적으로 관련시킴으로써 보다 더 그것을 확대시키며 강화시키는 인간 정신의 참된 기술적 역할을 못하였다는 것이다.

둘째로 지적해야 할 것은 사상적 애매성이다.

그러나 여기에서 필자가 말하려는 사상성이란 결코 인간 그 자신에 대한 것이 아니라 작품을 통하여 나타난 결과를 의미하는 것이다. 즉, 우리는 작자의 근본 의도와 실제 창작면에 있어서의 내용성이 상반되는 경우를 종종 발견케 되는 것이다. 우리는 이에 대한 구체적 실례로써 이찬 씨의 시집 『승리의 기록』에 관한 박금석 씨의 비평을 중심으로 하여 상당한 논의를 일으켰던 사실을 상기할 필요가 있을 것이다. 그러나 여기에서 논의 초점이 되었던 어구 해석의 양면성과 표현 결과의 사상적 애매성은 비단 전기 『승리의 기록』에 있어서만이 아니라 그 정도의 차이는 있을망정 그리고 또 부차적이고 극소 부분의 것이라고는 하더라도 우리 전체 시인에게서 공통적으로 발견될 수 있는 결점이었다는 것을 명기해야 할 것이다. 그러면 우리는 이에 대한 원인을 어데서 찾아야 할 것인가. 그것은 무엇보다도 먼저 시인들이 오늘의 새 현실에 대한 근본 이념을 파악하고 있으나 직접 행동 세계에서 부딪히는 사물에 대한 과학적 판단력 내지는 정확한 인식력을 결여하고 있는 데서와 또 하나는 자기의 사고방식과 표현수단에 새로운 현대적 성격을 구체화하지 못한 데서 연유되는 필연적 결과였다고 봄이 타당할 것이다.

　다음 셋째로 말해야 할 것은 용어의 비인민성이다.

　우리는 해방 후 온갖 문학예술작품을 인민에게 복무시켜야 한다는 것을 입이 아프도록 부르짖어왔다. 그럼에도 불구하고 실제에 있어서는 모든 문학예술부문을 통하여 아직도 대중과 거리가 먼 곳에서 자기모색을 계속하고 있는 문학예술인들이 있음을 발견케 된다. 매한가지로 우리 시인들에게 있어서도 용어의 대중성에 대하여 하등의 고려와 노력이 없이 난해한 문구와 기발한 형상어를 무제한하고 사용하는 시인들이 있음을 보게 된다. 그러면 이 원인은 어데서 있었던가? 첫째는 누구보다도 능난해야 할 시인들이 우리말 서툰 데서와 둘째는 문학에 대한 낡은 개념의 잔재가 아직도 활짝 가시지 않는데 있는 것이며 또 하나는 자기의 공백한 내용 세계를 언어 자체의 과장성이라던가 장대성으로 호도하려는 의식적 수단에서 나온 결과였다. 그밖에는 달리 생각할 수가 없는 것이다.

　이제 이에 대한 호개(好個)의 실례로써 우리는 홍순철 씨의 시집 『새 건설의 보표』를 들 수 있는 것이니 실로 이 시문학 동호인들도 충분히 해득할 수 없는 기발하고 생소한 새 술어들이 허다히 나열되어 독자를 미궁에서 방황케 한다. 물론 여기에 있어서도 우리는 작자의 새로운 어휘 탐구의 끈기 있는 노력을 전적으로 무시하지는 않으나 그러나 그것의 비대중적인 경우에는 이유 여하를 막론하고 무의미한 것이다. 우리가 탐구하며 창조해야 할 언어의 성격은 어데까지나 소박성에 있다.

　그러나 여기에서 한 가지 엄연히 갈라야 할 것은 소박성과 범속성에 대한 혼동이다. 다시 말하면 우리는 시를 쉽게 쓸 것이라고 해서 그저 평범한 말을 나열해서는 안될 것이다. 우리는 가장 쉽고도 심각한 형상력을 갖춘 어구를 창조해야 할 것이다.

그런데 여기에서 한 가지 생각나는 것은 시를 논하는 모 회합석상에서 용어의 문제가 나왔을 때 시어를 창조한다함은 새로운 어떤 명사나 동사, 부동사 등을 만들어냄을 의미하는 것이냐, 그렇지 않으면 이미 인민들이 가지고 있는 말을 옳게 씀으로써 하나의 보통적 언어를 시어로 살려내는 것을 말하는 것이냐의 경향이다. 물론 우리는 장구한 일제의 탄압 밑에서 우리의 일상생활면으로부터 깊이 숨어버린 아름다운 민족어를 많이 발견하며 또한 새로운 어휘를 창조하도록 노력해야 할 것이다.

그러나 실제에 있어 무엇보다도 먼저 우리들이 공부해야 할 것은 우리에게 이미 존재하고 있으며 보통화되어 있는 일체적 생활용어를 시어로 살리는 문제일 것이다. 다시 말하면 어떤 시작품에 있어서는 가장 꿋꿋한 정치적 술어 또는 평이한 일상적 용어까지가 하나의 생소한 시어로써 우리의 감정에 어필해 오는 반면에 어떤 작품들에 있어서는 그대로 딱딱하고 범속하여 논문이나 수필 같은 어떤 대목의 한 구절을 빌려온 듯한 느낌밖에 주지 못하고 있다는 이 사실을 우리는 결코 우연한 것이라 생각할 수 없는 것이다. 산문과 달리 단문으로된 시에 있어서는 실로 구 한마디를 어느 위치에다 어떻게 쓰느냐 하는 것이 작품 전체를 살리고 죽이는 중대한 관건으로 되는 경우까지가 왕왕히 있는 것이다.

즉, 가장 수월한 어구라도 그것이 제자리에 안배되었을 때는 훌륭한 시구로 살게 되는 것이며 그렇지 못한 경우에는 제 아무리 아름다운 말이라도 진실한 의미의 시구를 이루지 못하는 것이다. 그러면 우리는 이에 대한 해결 방도를 어데서 구해야 할 것인가? 그것은 시인들이 첫째로는 어구 그 자체가 가지는 시대적 생활성과 다음은 전체 행문에 조화되는 음율적 가치성을 옳게 판정하며 취사할 줄 아는 풍부한 감성과 예민한 직관력을 소유하는 데서만 가능할 수 있을 것이다.

×

이상과 같이 우리들이 국부적으로 아직까지 퇴치하지 못하고 있는 결점과 아울러 앞으로 응당 해결하여야 할 몇 가지 문제를 그것도 이미 논의되어 온 범위 내에서 지적하면서 필자 자신부터가 먼저 느끼게 되는 것은 우리들 시인 내지는 일반 문학예술인들이 자기의 창작적 생명의 원천을 이루고 있는 사상적 토대를 다만 관념세계에서가 아니라 오늘의 새 현실면에서 보다 넓히며 심화시키는 일단의 실천적 노력과 생활적 학습을 가져야하겠다는 것이며 이와 동시에 상시적으로 매개 시인들의 창작적 성과를 검토하는 호상 토론과 비평 활동을 광범히 전개해야겠다는 것이다. 더욱이 오늘날 소비에트 문학자들이 그 내용면에 있어서 뿐만 아니라 고도로 발전된 형상력에 있어서도 일반적으로 세계적 수준을 초과하고 있음에도 불구하고 개개 작가의 작품이 창작되어 나올 때마다 발표 전 합평 사업 같은 것을 통례로 하고 있다는 사실을 들을 때 우리는 쥐뿔만한 자존심 밑에 자기의 작품을 발표전에 공개하는 것을 꺼려왔던 어리석은 고집을 부끄럽게 생각하지 않을 수 없는 것이다.

이러한 의미에서 근자 북조선문학예술총동맹이 문학예술 제 부문에 걸쳐 개최해 온 많은 보고 연구회 중 시부문에 있어서도 수차에 긍한 회합을 가졌던 것은 사상적으로 또는 기술적으로 우리 시인들의 실제 창작사업에 커다란 유익과 계몽을 주는 쾌거사였다고 아니 생각할 수 없는 것이다. 특히 최근에 열렸던 서사시 연구의 밤 같은 데에서는 구라파 제국과 소련의 고전작품을 비롯하여 현대시가에 이르기까지의 서사시의 역사적 발전 단계를 상당히 구체적으로 해명해 준 조기천 씨의 보고를 중심으로 많은 시인들의 심각한 토론을 거쳐 비단 서사시에 있어서뿐만 아니라 일반 시문학의 앞으로 발전되어 나아갈 필연적 방향을 일층 명확케 하는 바 있었던 것이다.

또 이 자리에서 안막, 전동혁 양 씨를 중심으로 하여 논의되었던 조선시가 형식 문제는 우리들 시인에게 새로운 암시와 자극을 주는 중요한 문제라고 생각한다. 만일 세계 각국의 시문학이 자기의 정형을 갖추고 있는 것이 항례라면 우리는 다만 조선시 형식의 무정형성을 특수한 구조를 가진 민족어에다 귀결시킬 것이 아니라 응당 이에 대한 적절한 타개책을 강구하는 노력이 있어야 할 것이다.

다음 한 가지 우리의 시문학을 앞으로 더욱 찬연케 발전시킬 수 있는 원동력으로써 우리는 이때까지도 기회 있는 대로 누누이 말해온 신인 육성 문제를 일층 더 강화시켜야 될 것이다. 그것은 오늘날 조선의 새현실이 모든 건설 부문에 있어서와 마찬가지로 시 창작면에 있어서도 새로운 감정 새로운 호흡, 즉 다시 말하면 사고와 이론보다도 새 육체와 행동을 가지고 나오는 새 사람을 요구하는 때문이다. 그러나 여기에서 한 가지 밝혀야 할 것은 진정한 의미의 신인이란 그 내용 세계에 있어서뿐만 아니라 기량에 있어서 기성층이 가지고 있지 못하는 새로운 것을 들고 나오는 사람이래야 한다는 것이다. 이와 관련하여 우리는 해방 후 북조선에서 간행되어지는 일반 출판물 특히 지방 신문과 잡지면을 통하여 허다히 나타나는 새로운 이름을 보게 되었다. 그러면 우리는 이들에게 모두 신인이라는 관사를 족히 부칠 수 있겠는가? 물론 이들 중에는 우수한 역량과 재능을 가진 명실상부되는 신인도 있는 것이다. 그러나 대체적 경우에 있어서는 그 안이성과 무성격에 실망하지 않을 수 없었던 것이다. 이것은 본인 자신이나 또는 조선시단의 장래 발전을 위하여 우리들이 관심하지 않을 수 없는 것으로 신인의 양적 확대 문제와 아울러 질적 제고를 위한 지도 사업을 활발히 전개시켜야 할 것이다. 따라서 무릇 시문학을 지망한 분들은 급급한 발표욕만을 가질 것이 아니라 자기 실력을 위한 일단의 노력과 공부가 있어야 할 것이다. 그렇게 함으로써만이 우리는 앞으로의 조선시단의 새세대를 창조할 수 있을 것이며 우리 시문학의 찬란한 개화를 약속할 수 있을 것이다.

그리고 끝으로 하나 더 부언하고 싶은 것은 근자에 와서 지상과 회석을 통하여 비평 행동이 어느 정도로 활발히 전개되는 반가운 현상이 일어나고 있는 반면에 시인들의 작품 활동이 침체 상태로 들어가는 듯한 느낌을 준다는 사실이다. 이것이 만일 시인 각자의 자기 반성과 탐구를 위한 긍정적인 일시적 현상이라면 가하거니와 그렇지 않고 모처럼 대두한 비평 행동이 시끄럽다거나 귀찮게 생각하는 데서 나오는 침묵이라면 가탄할 노릇이다. 우리는 자기 개인의 명예를 위하여 시를 쓰는 것은 결코 아닐 것이다. 또 우리들 시인 가운데는 모든 면에 있어서 근본적으로 재출발하게 된 지난 2년 간 남짓의 단촉한 경력으로 자기 완성을 고집하거나 자만하는 자도 모름지기 없을 것이다. 그렇다면 우리는 그 어떤 가혹한 평이라도 그것이 편견적이 아니고 공정할 때는 달게 받아드릴 뿐만 아니라 스스로 나아가 접수할 수 있는 아량과 겸손을 가져야 할 것이다.

이렇게 하는 진지한 태도에서만 우리 시인들은 더욱 자기 완성을 촉진시킬 수 있을 것이며 보다 더 우수하고 참되게 조국과 인민에게 복무하는 새로운 시문학을 창조할 수 있을 것이다.

1947년 12월

—『문학예술』1, 1948.4(1948.4.25)

시단 소감

한효

    올해에 들어서면서 문예총 출판 사업이 활발해짐을 따라 많은 시작품들이 계속 발표되고 있다. 금년 우리 시의 중요한 테마는 우리의 은혜로운 해방자인 위대한 소비에트 군대에 대한 감사이며 소비에트 인민과 조선 인민의 영원불멸한 친선이며 위대한 소비에트 나라에 대한 끓어 넘치는 동경이다.

    작년 12월 26일로써 북조선 지역에 주둔하고 있던 소비에트 군대가 완전히 철거한 사실과 조소 양국 간에 외교 및 문화협정을 체결하게 된 거대한 역사적 사변들이 시인들에게 이러한 테마를 제공한 것이다.

    이 거대한 현실 앞에서 시인들은 우리 조국을 해방시켜 준 소비에트 군대의 가지가지의 공훈을 노래하지 않을 수 없었으며 그 공훈에 대한 뜨거운 감사를 노래하지 않을 수 없었으며 고국으로 돌아가는 그들을 위하여 석별의 노래를 부르지 않을 수 없었으며 조소 양국 간의 영원한 친선과 아울러 세계 평화와 안전의 성새인 위대한 소비에트 동맹에 대한 무한한 동경을 노래하지 않을 수 없었다.

푸르러

휘영한 북녘 하늘을 우러러

내 오늘 동토의 가난한 시인이

머리 숙이어 삼가 지성을 고이노니

광활한 대지

로씨야의 하늘에 떠오른

빛나는 하나의 태양—

— 김조규 작 「쓰딸린에의 헌시」

이렇게 지성을 고이어 시인들은 노래를 지었고 그 노래를 모아 소련
군 환송기념시집 『영원한 친선』을 출판하였다. 이 시집을 비롯하여 매
호마다 『문학예술』에 실리는 시들 가운데는 올해의 우리 시단을 치장
하는 훌륭한 작품들이 많으며 해방군에게 바치는 시인의 뜨거운 정서
가 유감없이 노래되어 읽는 사람으로 하여금 감명을 느끼게 하는 시편
들이 적지 않다.

보뚝에 올라

아득히 고동소리 들려 오면

귀에 익혀진 발자욱 소리들

금시 눈앞에 달려오는듯

머리들면 굴속을 달려 나오는 기관차

차창마다 건장한 노래소리

가슴깊이 우정이 풍겨져 오는

미더운 사람의 미더운 얼굴들―

― 김광섭 작 「찻굴있는 보뚝에 올라」

"빗바람 눈보라 모진 날도 양덕 산악 험준한 고개 오고가던 성의"를 생각하면서 시인은 가슴깊이 풍겨져 오는 소비에트 병사들에게 대한 우정을 막을 수 없었다.

그 미더운 얼굴들은 언제나 시인들의 가슴속에 살아 한없는 감격을 자아낸다.

그러기 때문에 시인들은 그들을 보내는 날에 일찍이 그들이 우리를 해방시켜주던 날 8월 15일의 그 크나큰 감격을 마음속에 아로새기는 것이다.

막시모프
그대 떠나는가
그대 떠나시는가 ……
나는 손들어 보내인다
가로수 드리운 가지밑으로
그는 걸어가신다
그의 어깨 넘어론
지금도 들려오는듯
그소리
그해 8월의 함성
그 날의 그 파도소리 ……

― 김북원 작 「막시모프 그대 떠나시는가」

이렇듯 감격을 금할 수 없기에 시인들은 떠나는 이들의 손을 그만 으스러질 듯이 찾고 또 찾는 것이다.

쏘—냐
내 떨리는 두손아귀가
당신의 손을 으스러질듯 찾음은
어찌
내 혼자만의 감격이리오

— 김귀련 작 「환송회의 밤」

그렇다. 그것은 시인 혼자만의 감격은 아니다. 그것은 모든 시인의 감격이며 모든 인민들의 감격이다. 그리하여 그 감격은 결코 감격 그것만으로도 그치지 않는다. 감격은 곧 굳은 결의로 된다.

잊히지 안는 회상과
꺼짐없을
나의 결의를 간직한
너 굵직한 잣나무처럼
한 태양을 향하여
우러러 벗과 나 왼인류가 맹서하는것

자라리라 일어서는
새나라의 젊은이
나도 더욱 강직히

언덕위에 오르는 볕살을 받아

잎색 번적어리며

거연히 서있는 너 잣나무처럼

— 김순석 작 「잣나무」

소비에트 군사들은 떠났어도 그들이 남겨준 가지가지의 공훈과 교훈
은 "언덕 위에 하냥 오르는 볕살"처럼 이 땅에 길이 남아 있다. 그 공훈
과 교훈을 받아 인민들은 그리고 시인들은 더욱 강직히 자라날 것을 결
의하는 것이다.

우리 언제나

그대들처럼

그대들이 들려준

쏘베트로씨야의 수많은 영웅들처럼

원수와 싸워 용감하고

인민앞에 충직한

헌신의 열정으로

저 하늘의 태양을 닮는

삼천만 한덩이

크고 뜨거운 불길로 살리라

— 민병균 작 「환송의 노래」

시인들은 이렇게 해방의 은인을 보내면서 다만 그들에게 감사하며
감격의 눈물을 흘리는 것으로 그치는 것이 아니라 참말로 그들처럼 또

그들이 들려준 소비에트의 수많은 영웅들처럼 살아날 것을 맹세한다. 이렇게 살아나가는 것만이 그들의 은공에 대한 최대의 갚음으로 된다. 그것을 시인들은 누구보다도 똑똑히 알고 있다.

그러기 때문에 우리 시인들이나 인민들에게 있어서는 소비에트 용사들이 우리 조국으로부터 떠나가게 되는 것이 곧 그들과의 더욱 굳은 친선의 맹세로 되며 국토 완정과 조국의 완전 자주 독립을 위한 투쟁과의 더욱 높은 헌신적 열정을 표명하는 계기로 된다. 시인들의 이와 같은 성찰과 결의들은 그들이 소비에트 군대의 해방적 역할을 깊이 인식하고 우리 시의 높은 수준을 말하는 것이다.

그러나 일부 우리 시인들 가운데는 아직도 소비에트 군대의 해방적 역할을 깊이 이해하지 못하고 다만 순간적 인상만을 노래하는 사람이 있으며 조소친선의 깊은 역사적 의의를 인식하지 못하는 경지에서 형상 이전의 구호나 추상적 찬사만을 늘어놓는 사람이 있으며 특히 조소 양국 간의 외교 관계 설정의 근본 의의와 소비에트 정부의 외교 정책을 깊이 이해하지 못하고 있는 사람들이 적지 않다. 『문학예술』 제1호에 실린 오장환의 「탑」은 소비에트 군대의 해방적 역할을 깊이 이해하지 못하고 다만 시인의 순간적 인상을 아주 낮은 수법으로 노래한 시다. 이 시에서 오 씨는 해방탑을 천년 전의 오래인 탑과 대비하여 노래하면서 그 오래인 탑이 마치 우리 인민들의 희망과 원망의 그 어떤 상징인 것처럼 노래하였다.

오래인 탑이어!
너 한번도
항거하는듯

바램의 몸짓을
멈추지 않은 탑이어!
일찌기는 자유잃은
천민의 손으로
돌을 다듬고 옮기어
네 몸
은연히
그들의 원망을 손저어 오더니—

이렇게 노래하는 오 씨에 의하면 '오래인 탑'은 원수들 앞에 굴하지 않고 버티고 싸워 온 인민들의 희망과 원망의 상징으로 된다. 탑은 "넓은 하늘이 무겁기만 하던 날에도" "천년 오욕속"의 어두운 하늘 밑에서도 언제나 우리 인민들로 하여금 "젊음을 잊지 않게" 하였고 "끝없는 바램의 세계로" 이끌었다고 한다. 그러면 오 씨에 의하여 이렇게 노래된 탑은 어떠한 탑인가? 그것은 오 씨 자신의 노래에서 밝혀져 있듯이 천년 전에 천민인 석공들의 손으로 건립된 것이며 "단청한 사찰도" 허물어지고 "비인 들판에" 홀로 서 있는 "오래된 탑"이다. 이 "오래된 탑"의 유래는 이 이상 더 고증할 필요도 없이 대체로 고구려 시대에 건립되었다는 것을 알 수 있다. 그리고 그것은 이른바 '사리숭배 조탑공덕'의 낡은 봉건 사상을 표지하는 기념물에 불과하다.

이 '오래인 탑'을 노래함에 있어 오 씨가 그것을 인민들의 희망과 항거의 상징으로 노래한 것은 지나친 과장이며 특히 그것이 우리 인민들을 "끝없는 바램의 세계로" 이끌었다고 하는 것은 완전한 거짓이다. 만일 이 탑을 다듬고 쌓아올린 사람이 석공이었다는 이유로 그렇게 생각할 수 있다면 봉건주의의 폭정과 수탈을 본거로서 인민들의 원한의 표지이었던 창덕궁과 경복궁도 역시 천민들의 손으로 돌과 재목을 다듬고 옮기어 건립된 건물인 까닭이다.

오 씨는 그의 시에서 '오래인 탑'과 오늘 우리 인민들과의 소비에트 군대에 바치는 뜨거운 지성으로 건립된 해방탑을 대비시키었다. 오 씨는 소비에트 군대의 해방적 역할을 '오래인 탑'이 천년 오욕 속에 손저어 오던 그 어떤 '원망'과 결부시키어 노래하였다. 이것은 실로 깊은 시정의 표출인 것이 아니라 순간적 인상의 과장적 표백에 불가하다.

나는 간다
오래인 탑이어!
한동안
너에게 기대어섰던 나는
저 높은 봉오리
새로운 탑이 있는 곳으로!

탑이어! 오래인 과거에!
천년을 찌눌린
우리의 역사도
오늘은
힘차게
새로운 길로 나간다.

오 씨는 오늘의 우리 시가 요구하지 않는 낡은 수법으로 이 시를 썼다. 뿐만 아니라 오 씨는 오래인 탑을 통하여 조선 인민들의 희망을 노래하려고 하였다. 그러나 '조탑공덕'의 낡은 봉건 사상의 유물인 '오래인 탑'이 어떻게 인민들의 희망과 항거의 상징이 될 수 있겠는가? 오 씨는 자기의 시재를 충분히 연구하지 않고 다만 그의 낡은 수법과 시상에 자극을 준 어떤 순간적 인상만을 가지고 이 노래를 썼다. 그러기 때문에 그는 '오래인 탑과 오늘 우리 인민들의 공적으로 건립된 해방탑을 대비시키는 무모를 시험하지 않을 수 없게 되었다.

이와 같은 낡은 인상주의적 수법과 아울러 일부 우리 시인들 가운데는 아주 안이한 태도로 형상 이전의 구호와 추상적 찬사만을 늘어놓는 경향들이 있다.

예를 들면 김우철 씨는 그의 시 「영명한 수령 앞에 가시거든」이란 작품에서 귀국하는 소련 장병들을 위하여 어떤 애끓는 석별의 정을 노래한 것도 아니며 깊은 감사를 노래한 것도 아닌 그야말로 구호와 찬사를 나열하고 있다.

서에서 팟쇼를 동에서는 일제를 무찔러
이땅에 오신 슬기로운 전열은
레닌 스딸린의 기치 드높이
아 평화와 자유의 노래여!
새세기의 화음에 귀가 쩡 열리어 ……

이것은 시라기보다 차라리 신문기사나 논문의 문장이다. 이 1절에서 시인은 과연 무엇을 노래하려고 하였으며 어떤 감정을 전달하려고 하였는가? 감정을 노래하는 것이 시일진대 과연 우리는 이 구절들에서 어떠한 시인의 감정을 읽을 수 있는가! 이러한 이야기들은 우리들이 매양 신문기사나 논문들에서 수 없이 읽고 있지 않은가? 그 이야기들을 시가 반복한다면 도대체 시는 무엇 때문에 존재하는 것인가?

이 시에서 우리는 "우리에게 해처럼 벗처럼 믿음성이 풍겨왔다"느니 "은혜의 나라"라느니 "모든 사람은 그 은공을 찬양하여라"라느니 또는 "영원불멸의 친선을 다지"느니 등 소련 군대와 소비에트 동맹에 대한 가지가지의 찬사를 읽을 수 있다. 그러나 이러한 찬사만으로서는 시가 될 수 없다.

그것은 그러한 찬사는 신문기사로 얼마든지 볼 수 있으며 또 쓰고 있기 때문이다. 신문기사와 시의 차이는 전자가 단순한 사실의 반복인 데 반하여 후자는 인간의 고귀한 정서의 표백이며 시인의 뜨거운 감정의 표상인데 있다. 시에 있어서 중요한 것은 누구든지 부르짖고 또 이야기할 수 있는 구호나 찬사인 것이 아니라 시인의 마음 속에서 우러나오는 그 정서이며 그 감정인 것이다. 다시 말하면 '은혜의 나라'라든가 '모든 사람은 그 은공을 찬양하여라'라든가 이러한 기사적인 서술이 아니라 위대한 소비에트 동맹을 은혜의 나라로 생각하며 그 은공을 찬양하지 않고서는 견딜 수 없는 그 마음 깊이 가슴 속으로부터 우러나오는 그 감정이 노래되어야만 할 것이며 또한 "형처럼 벗처럼 믿음성이 풍겨왔다"든가 "영원불멸의 친선"이라든가 이러한 정형적인 외침인 것이 아니라 소비에트 인민들을 형처럼 벗처럼 믿지 않을 수 없는 그 간절한 심정 …… 그들과 더불어 영원한 친선을 다지지 않을 수 없는 그 불타는 심장 …… 이것이 노래되어야 할 것이다. 그러나 김우철 씨의 시나 그밖에 몇몇 시인들의 시에는 그러한 감정이나 정서가 전혀 노래되어 있지 않다.

다음 소비에트 동맹의 외교 정책을 옳게 이해하지 못하고 있다는 사실이다.

『문학예술』 제3호에 실린 황민 씨의 시 「글월」에 다음과 같은 1편이
있다.

> 지금 지음은
> 어느 큰 눈벌을 지나
> 위대한 로씨야를 횡단하면서
> 벌써
> 모쓰크바가 가까운 곳에서 세계를 굽어보시는
> 높은 자리에 당신들은 오르시었겠지요

황 씨는 이 시에서 조소친선의 감정을 노래하였다. 그러나 황 씨는
용어에 대한 깊은 고려가 없었기 때문에 시조구사(詩藻驅使)에 있어 부분
적으로는 마치 소비에트 용사들이 귀국함으로써 세계를 굽어보는 그
어떤 '높은 자리에' 오른 듯이 노래하였다. 또 이 시인은 "먼 조선 인민공
화국의 오늘을 굽어보시겠지요"라고 노래하였다.

내가 구태여 해석할 것도 없이 굽어본다는 동사는 아래로 내려본다
는 말이다. 그렇다면 소비에트 사람들은 과연 어떤 높은 자리에서 우리
나라 사람들을 아래로 내려 보고 있는가?

일찍이 소분조약(蘇芬條約) 체결될 당시에 스탈린은 소비에트 외교 정
책에 대하여 다음과 같이 말하였다.

"많은 사람들은 강대국과 약소국 사이에는 동등한 관계가 있을 수 없
다는 것을 믿지 않으려 한다. 그러나 소비에트 사람인 우리들은 이런 동
등한 관계가 있을 수 있고 또는 있어야한다고 인정한다. 소비에트 사람

은 어느 민족을 물론하고 다 한가지로 크나 적으나 할 것 없이 다른 민족에게는 없는 본질적 특징 또는 자기의 고유한 특수성을 가지고 있다는 것을 인정한다. 이 특징들은 각 민족들이 세계문화의 일반적 보고(寶庫)를 보충하며 또는 풍부히 하는데 공헌하고 있다. 이런 의미에서 대소를 막론하고 각 민족은 동일한 입장에 서고 있으며 또한 각 민족은 어떤 다른 민족들 사이에 있어서도 동등한 것이다."

소비에트 외교 정책에 대한 스탈린의 이 말씀은 우리 시인들에게 큰 경고가 되지 않을 수 없다. 어떤 민족이든지 그 대소를 막론하고 동일한 입장에 서 있으며 또 동등한 관계를 가지고 있는 것이다. 스탈린이 이렇게 명확하게 소비에트 외교 정책을 밝히고 있을 때에 우리 시인 황 씨가 용어에 대한 깊은 고려가 없었던 탓으로 해서 본의는 아니겠으나 소비에트 사람들은 어떤 높은 자리에 올라앉아서 전 세계를 그리고 우리 공화국을 굽어보고 있는 사람들인 듯한 인상을 주었다는 것은 큰 잘못이 아닐 수 없다. 소비에트 사람들은 결코 어떤 높은 자리에서 우리를 굽어보는 사람들이 아니다. 그들은 우리를 해방시켜주고 우리를 끊임없이 도와주는 은혜로운 사람들이며 또한 외교 관계에 있어서는 전혀 우리와 동등한 입장에 서 있으며 동등한 관계를 맺고 있는 것이다. 그들은 언제든지 우리를 그리고 모든 세계 사람들을 굽어보는 일이 없으며 또 굽어볼 수도 없으며 그리고 앞으로도 영원히 굽어보지 않을 것이다.

소련 군대의 철거와 조소친선을 노래한 시들 가운데서 이상과 같은 엄중한 경향들을 발전하게 되는 것은 일부 우리 시인들이 아직도 인민들의 입장에 튼튼히 서 있지 못하며 사상적으로 무장되어 있지 못하다는 것을 의미하는 것이다. 그들은 그들 자신을 사상적으로 무장시키는 대신에 아직도 그들의 머릿속에 남아 있는 부르주아 이데올로기의 잔재와 낡은 수법에 의거하고 있으며 정치적으로 인민의 입장에 서서 인민의 감정을 노래하는 대신에 인민들로부터 떨어져 있는 그들 자신의 소부르주아적 감정을 그대로 노래하고 있다. 그리하여 그들 가운데 어떤 사람은 그들이 이전에 비교적 호평을 받은 시들의 수준에 도취하고 있으며 또 어떤 사람들은 낡고 보잘 것 없는 기교에 괴상한 자신을 가지고 있으며 또한 반대로 어떤 사람들은 아무런 감정도 정서도 없이 구호나 찬사를 늘어놓으면서 남작(濫作)을 일삼고 있다.

오늘 우리 시인들 앞에는 가장 광범하고 다채한 시의 제재가 제공되고 있다. 우리의 위대한 현실이 시인들에게 무수한 테마를 제공하는 것이다. 우리 시의 내용은 우리의 위대한 현실에 의하여 발기된 시인의 정서이며 현실에 생동하고 있는 인민들의 뜨거운 감정인 것이다. 그리하여 우리 시가 이러한 내용을 갖추기 위해서는 무엇보다도 먼저 시인이 현실을 똑바로 이해하며 인민들의 입장에 튼튼히 입각하여야 한다. 시인들이 흔히 현실을 옳게 이해하지 못하는 데서 그리고 인민들의 입장에 튼튼히 입각하지 못하는 데서 이상에 지적한 바와 같은 옳지 못한 경향들이 나타나게 되는 것이다.

시인들은 자기의 노래에 대하여 인민들 앞에서 책임을 져야 한다. 시인들이 만일 노래를 쓰는 자기의 책임에 자각하고 그 책임이 얼마나 큰가를 알게 된다면 그들은 그 노래의 한 줄 한 줄에 일층 높은 주의와 창조력을 기울이게 될 것이며 무엇보다도 남작을 그만두게 될 것이다. 그리하여 그들은 책임 있는 노래를 쓰기 위하여 현실을 똑바로 이해하는 데 노력할 것이며 자기 머릿속에 남아 있는 낡은 잔재 의식을 퇴치하기에 노력할 것이며 새로운 과학적 사상으로 자기를 무장하는 데 노력하게 될 것이다.

그러기 때문에 나는 다시 한번 시인들은 모름지기 자기의 책임을 자각하며 그 책임이 얼마나 무거운가를 알아야 한다고 강조하는 바이다.

—『문학예술』2-6, 1949.6(1949.6.15)

새로운 시문학의 발전

한효

바다여!
이제 너는 너의 몸뚱이를
마음껏 뒤척여라! 솟구쳐라!
검은 구름이 흐터지고
산마루에는
자유의
우리 깃발이 펄럭이지않는가!

잃었던 너의
장쾌한 노래를 불러라

나는 언제까지나 서있고싶다
동트는 수평선을 향하여
아침을 향하여
우리의 청춘을 향하여

끝없이 어두웠던 바다 — 축축히 해기 서리가 검푸른 안벽이 흐느끼
고 갈매기도 날지 않는 해면에 눈만이 하염없이 내리던 바다 — 그 바다
에 자유의 깃발이 펄럭이던 날 그는 그 바다를 향하여 노래를 부르라고
외쳤다. 그리고 그는 동트는 수평선을 향하여 아침을 향하여 그의 청춘
을 향하여 그 자신이 노래 부르기 시작하였다. 아니 노래 부르지 않을
수 없었다.

그리하여 그는 자유에의 갈망이 태풍처럼 그의 가슴을 흔들어 놓는
것을 느끼면서 결연하고 정열적인 우리 시대의 새로운 시인이 되었다.

아아 산악도 허물어져 폐허가되고
담정위에 놓여진 돌맹이 하나까지
망국의 슬픔을 말하던 이땅에
오늘은 八·一五, 8·15! 팔 일오!

내 이제 거리로 뛰어나가
유리창마다 전신주마다
八·一五를 새기리라, 8·15를 그리리라
우리를 해방시킨 쏘련군인마다 붓잡고
'팔 일오'라고 손바닥에 써주리라

— 백인준 작 「八·一五 첫돐맞이」에서

그는 거리로 뛰어나가지 않을 수 없었다. 집안에 앉아 있기에는 그의

감격은 너무도 컸고 그의 가슴은 너무도 울렁거렸다. 거리를 내닫는 억센 인민의 발굽소리, 너그럽고도 뜨거운 해방군의 손길 — 그것이 그를 거리로 불러낸 것이다.

그리하여 그는 이 거리에서 '인민의 노래'를 부르는 새로운 시인이 되었다.

> 삼형제바위
> 세 갈래 길을 돌아
> 대를 이어 온 조상의 가난한 애원을 불며
> 우리는 푸른들로 간다
> 반작이없는 푸른 벌로
> 내땅을 내가 가는
> 푸른 벌로 간다.
>
> — 정문향 작 「푸른 들로」에서

오래인 숙망이 달성된 농민들이 가슴 가득히 벅차오르는 기쁨을 안고 첫 밭갈이 하는 푸른 들에서 그는 "내땅을 내가 가는" 그 말 못할 감격을 억제할 수 없었다. 조상의 간절한 애원이 풀린 반지(半地), 영원히 반작(半作)이 없어진 땅이 영광의 푸른 들을 어떻게 노래하지 않을 수 있으랴! 그리하여 그도 또한 우리 시대의 새로운 시인이 되었다.

위대한 소비에트 군대는 우리 인민들에게 역사상 처음으로 인민적인 새로운 조국을 창조할 가능성을 주었다. 조상의 모든 생활은 인민들의 심장을 뜨겁게 하였다. 조국의 모든 땅은 인민들의 것이 되었다. 오랫동안의 착취와 억압의 쇠사슬을 끊어버리고 인민들이 진정으로 자기의 새로운 생활의 창조자로 되고, 젊은 민주주의 조국의 창조자로 된 이 벅찬 현실은 그대로 거대하고 웅장한 시며 우리 자랑스러운 시적 현실인 것이다.

이 거대한 시적 현실과 이 현실 속에서 수백만 인민들이 느낀 감정은 다만 기성 시인들만의 오무라진 시정신만을 자극한 것이 아니라 우리가 오늘 무한한 자랑을 가지고 이야기할 수 있는 수없이 많은 새로운 시인들을 불러 일으켰다. 김상오, 백인준, 정문향 모두 해방 전에는 없던 새로운 이름이다. 어찌 이 이름들뿐이랴! 우리들은 오늘 얼마나 많은 새 이름들을 들 수 있는가! 날마다 늘어가는 각종 출판물들과 해마다 출판하는 8·15 기념 시집과 이밖에 종합시집 『영광을 쓰딸린에게』와 『영원한 친선』과 『조국의 깃발』과 『한 깃발 아래에서』 등에서 우리들은 얼마나 많은 새 시인들의 작품을 읽었는가! 그들은 모두 그들 자신이 인민들 속에서 느낀 새로운 감정을 — 새로운 조국의 아침을 그들 자신의 젊음과 함께 무한히 젊은 인류의 청춘을 그리고 모든 인민들의 가슴마다를 뜨겁게 하는 거대한 행복을 노래하였으며 또 하고 있다. 그들은 모두 고상한 리얼리즘의 방법을 지침으로 하면서 인민들에게 새로운 말을 가져다 주고 있으며 놀랄 만치 거대한 중대성을 가지는 이데올로기적 재산을 창조하고 있다. 그들의 노래는 우리 시문학이 걷고 있는 위대하고도 새로운 길의 높은 희망이 약속된 하나의 출발인 것이다.

우리 시문학에 있어서 8·15 해방과 새로운 민주주의 제도는 다만 새로운 시인들을 무수히 길러내었다는 의미에서만 새로운 출발로 되는 것이 아니라 우리 문학사상 일찍이 없던 웅장한 시형식을 탄생시켰다는 점에서 또한 새로운 출발로 되는 것이다.

일찍이 마야콥스키가 소비에트의 영웅적 현실을 노래하면서 "너를 사랑하리라 우리의 날이여!"라고 읊은 것처럼 우리 시인들도 역사상 처음으로 그가 진정으로 사랑할 수 있는 현실에서 살게 되었으며, 또한 그 현실과 그 사상을 노래하게 되었다. 그리하여 우리의 벅찬 현실은 벅찬 언어를 요구하며 또 그 벅찬 언어는 그가 아무런 약속도 없이 담기어질 수 있는 형식을 요구하게 되었다.

> 삼천만이여!
> 오늘은 나도 말하련다!
> '백호'의 소리없는 웃음에도
> 격파솟아 구름을 삼킨다는
> 천지의 푸른 물 줄기로
> 이땅을 파몰아치던 살풍에
> 마르고 탄 한가슴을 추기고
> 천년이끼 오른 바위를 벼룻돌삼아
> 곰팽이 어렸던 이 붓끝을
> 육박의 창끝인 듯 고루며
> 이 땅의 이름없는 시인도
> 해방의 오늘 말하련다!

이렇게 시작되는 머리시를 가지고 시인 조기천 씨는 장편서사시 「백두산」을 썼다.

> 삼천만이여 그대에게
> 높아도 낮아도 제목소리로

가슴헤쳐 마음대로 말하련다!

과연 어느 한때에 우리 시인들 중 그 누가 정말 제 목소리로 가슴을 헤쳐놓고 제가 하고 싶은 말을 마음대로 인민들과 더불어 나눌 수가 있었는가? 과연 어느 시인이 이 땅을 파몰아가던 살풍(殺風)앞에서 그 마르고 찬 한가슴을 헤쳐놓고 이렇게도 큰 목소리로 "삼천만이여" 하고 외쳐본 일이 있는가!

오늘의 우리의 위대한 시대는 시인 조기천 씨로 하여금 그의 마르고 찬 가슴을 추기게 하였고 곰팡이 낀 그의 붓끝을 고르게 하였고 그리하여 그의 심장으로부터 우러나오는 웅장한 노래에 합창하면서 그로 하여금 이전에는 없던 웅대한 장편서사시를 쓰게 하였다.

해방 전 우리 문학에도 물론 서사시의 형식은 있었다. 그러나 그 어느 서사시편이 오늘 조기천 씨에게서 볼 수 있는 그렇듯 웅장한 형식으로 또 그렇듯 웅대한 내용으로 노래된 일이 있는가!

시정신이 가혹하게 억눌리우고 시인들의 감정이 말할 수 없이 오무라져 있던 그러한 환경에서는 실제에 있어서 웅대한 시형식의 탄생이란 바라기 어려운 일이다. 이것은 오늘 남조선에서 마치 제 세상을 만난 듯이 도사리고 앉아있는 부르주아 문학이 어떠한 방향으로 나가고 있는가 함이 무엇보다도 똑똑히 말해주고 있다.

1948년에 시인 영랑은 다음과 같이 노래하였다.

대체 내노래는 어데로 갔느냐
가장 거룩한것 이 눈물만
아윈 마음 끝내 못빼았고

주린 마음 끄득 못배불리고
어차피 몸도 괴로워졌다
바삐 관에 목을 다제라
아무려나 한줌 흙이 되는구나

— 「한줌의 흙」의 1절

시를 잃어버린 시인 …… 그에게 있어서는 눈물만이 가장 거룩한 것
이다. 괴로워진 그의 몸은 바삐 관에 다지어지기를 원하고 있으며 아무
려나 한줌 흙이 될 날을 고대하고 있는 것이다. 건져낼 수 없는 퇴폐 이
외에 과연 무엇을 이 시에서 읽을 수 있는가! 이 암울한 퇴폐의 세계에
서 과연 어떠한 새로운 시형식과 웅장한 리듬이 나올 수 있겠는가!

그러므로 시에 있어서 진실로 새롭고 웅대한 형식은 그 형식 속에 담
기어질 영웅적인 현실 — 웅장한 리듬에 조화되는 위대한 우리의 환경
에만 가능한 것이다.

조기천 씨는 우리 시문학에서 다만 새롭고 웅대한 형식만을 창조한
것이 아니라 항상 억센 파도를 연상시키는 웅장한 리듬에 태양처럼 뜨
거운 정열의 언어를 창조하였다.

오오—압록강! 압록강!
허나 오늘밤엔 그대 날뛰라
격랑을 일으켜
쾅 쾅 강산을 울리라
이 나라의 빨찌산들이
해방전의 불길을 뿌리며

그대를 넘어왔다

격랑을 일으켜 강산을 울리라! 이 얼마나 억센 리듬이며 이 얼마나 뜨거운 외침인가!

일찍이 압록강을 노래한 시인은 수없이 많다. 그러나 그들은 거의 예외 없이 이 강의 흐름에만 도취하여 그 거창한 풍경의 노예가 되어버리었다. 그 어느 시인도 일찍이 강줄기에서 이 거창한 흐름을 타고 진행되는 인민의 생활을 인민의 투쟁을 노래한 일은 없다.

시인 조기천 씨에서 볼 수 있는 웅장한 리듬과 정열의 언어는 다만 생활속에 깊이 자리를 잡고 생활 자체의 법칙을 투철하게 이해하고 인민들의 무한한 가능성을 확인하는 시인만이 가지고 있으며 또 읊을 수 있는 고귀한 보배다. 그렇기 때문에 조기천 씨에게 있어서는 그의 리듬과 언어가 항상 생활 자체의 그것으로 되어 있는 것이다.

기억의 지도를 펴들고
선전공작의 길을 찾노라면
골짜기도 벌판도 일어서고
트럭의 벅찬 숨소리에
반빙의 서해도—
그러면 밀물의 십리길로 벌어지느니 ……

— 장편시 「우리의 길」에서

조기천 씨의 시의 특징은 그것이 하나의 거대한 생활의 파도라는 점에 있다.

골짜기도 벌판도 그리고 바다도 일어서고야마는 그러한 벅찬 생활이 그의 모든 시편들에 물결치고 있는 것이다.

> 너의 노호소리
> 천지를 뒤울리거던
> 어이 내 모르랴!
> 하루밤새
> 수많은 겨레들이
> 동강난 집밑에서
> 불붙는 거리에서 죽었다
> 그리고 너의 품속에 자란 나도
> 오늘 이렇게
> 산마루턱 바위틈에 숨어
> 척후의 매운 눈ㅅ살을 쏘며
> 너와 말하는 것이 아니냐!
>
> —「항쟁의 려수」에서

조기천 씨는 산마루턱 바위틈에 숨어 척후의 매운 눈쌀을 쏘는 그러한 치열한 싸움속에서 바다와 더불어 말하며 바다를 불러일으킨다. "애국의 장엄한 파도여! 박차라! 넙떠부시라!" 이렇게 그의 노래는 바다와 함께 또 바다처럼 노호한다. 이 고무적인 언어들은 모든 인민들을 조국의 통일 독립을 위한 영예로운 투쟁의 마당으로 불러일으키는 우리 위대한 현실 우리 위대한 생활에 근원을 두고 있다. 우리 위대한 제도는 다만 시인 조기천 씨만을 낳은 것이 아니라 조기천 씨에 의하여 창조된 시문학의 새로운 형식과 새로운 언어를 낳았다. 그리고 이 새로운 형식과 언어는 우리의 제도가 제공하여 주는 사회적 유리성(有利性) 가운데서 끝없이 장성하며 발전한다. 조기천 씨의 「백두산」이 출현한 뒤에 우리 시단에는 얼마나 많은 장편서사시들이 나왔는가…….

> 우와—
> 우와—
> 산악인양 노도인양
> 어깨 걷고 동가슴 내미는
> 3백명 광부의
> 우람찬 함성과 함께
> 윙—돌팔매가 날아가고……
> 지끈 곤봉이 부닥치고……
>
> —「분노의 서」에서

시인 민병균 씨는 이렇게 미제국주의의 침략을 반대하여 일어난 남반부 인민들의 영용한 투쟁을 노래하였다. 그 벅찬 투쟁을 노래하는 이 벅찬 말들은 벌써 시인의 서정 세계에만 만족하지 않고 끝없이 억센 힘과 깊고 뜨겁고 웅장한 형식을 구하게 되었다. 그리하여 그는 처음으로 장편서사시를 쓰게 되었다.

젊은 시인 한명천 씨와 강승한 씨도 또한 장편서사시를 썼다. 한명천 씨는 일제의 악독한 침략 정책을 폭로하면서 북간도로 쫓겨간 우리 인민들의 피맺힌 생활을 노래하여 장시 「북간도」를 썼으며 강승한 씨는 남조선에 대한 미제국주의자들의 침략 정책을 폭로하면서 제주도 인민들의 영웅적 투쟁을 그의 장시 「한라산」에서 노래하였다. 거대한 역사적 테마와 영웅적 현실 앞에서 시인들은 끝없이 넓은 폭과 깊은 심도를 자기의 노래에 요구하게 되었으며 또한 그 요구를 충족시켜줄 웅장한 형식으로 장편서사시를 택하게 되었다.

본시 서사시 또는 서사문학은 인민의 정신이 그가 성장하는 과정에서 여러 가지 곤란을 만나게 되면서도 항상 그것을 이겨나가며 자기를 실현하고 확대해 나가는 기록이다. 오늘의 영웅적 현실에서 침략자들을 반대하여 일어난 우리 인민들이 온갖 억압을 물리치고 영용하게 싸워나가는 영웅적 모습을 그 역사적 모멘트에 있어서나 또는 현실적 모멘트에 있어서나를 막론하고 고립적 또는 단편적으로서가 아니고 전체적인 폭에서 묘사함에 있어 우리 시인들이 장편서사시의 길로 나가게 된 것은 지극히 당연한 일이다. 그것은 실로 우리 현실 자체의 요구이며 또한 특징인 것이다.

해방 전 우리 시문학이 다만 영웅적인 현실일 뿐만 아니라 창조 사업에 대하여 가장 유리한 사회적 조건을 지어주고 있는 그러한 현실에서 창조되고 있는 사실은 시인들에게 얼마든지 예술적 창의를 발휘할 수 있으며 또는 그 내용의 무한한 다채성과 다양성을 보장하여주는 요인으로 된다. 그리하여 우리들은 오늘 무한한 자랑을 가지고 다만 새로운 형식에서뿐만 아니라 또한 새로운 내용에서 우리 시문학이 달성한 제 성과를 이야기할 수 있는 것이다.

우리 시의 근본 내용은 두말할 것도 없이 애국주의 사상이다. 우리 민족의 영웅이며 경애하는 수령인 김일성 장군에 의하여 고무되고 있는 이 사상은 우리 시에 있어 실로 현대의 테마의 초점으로 되고 있다. 이 사상을 떠나서 우리의 시는 존재할 수 없다. 1947년 해에서 "문학예술인들은 민주개혁의 성과를 정확하게 반영하여 앞으로 추진시키는 사상적 예술적으로 고상한 작품을 생산할 것이다"라고 하신 김일성 장군의 말씀은 그대로 우리 시의 방향이며 내용이다. 이것이 바로 우리 시문학이 지향하는 애국주의에의 길인 것이다.

> 참말로 우리들의 생활은 어떻게 향기높은것인가
> 기쁨이 꽃포기로 향내 밀치며 흐터질
> 풍만한 생활의 가지가지이야기 ……
> 별과 샘과 풀포기
> 이름없는 풀한포기도 기쁨에 젖는
> 오! 빛나는 태양에의 길―
>
> — 안용만 작 「축제의 날도 가까워」

우리 위대한 민주 건설 그것은 곧 빛나는 태양에의 길이다. 수많은 공장의 기관과 용광로에서 터지는 것 그것은 정녕 태양의 길에 끌어 오르는 환희다! 오늘 우리 북반부 인민들에 의하여 창조된 향기로운 생활 그것은 곧 인민들의 자기 조상에 대한 뜨거운 사랑에 근원을 두고 있다. 조국에 대한 열렬한 사랑이 없이는 어떠한 향기로운 생활도 창조될 수 없는 것이다. 그렇기 때문에 시인 민병균 씨는 「조국을 위하여」에서 이렇게 노래하였다.

> 무엇이
> 그대들로 하여
> 눈보라 지동치는 밤, 지열 뜨거운

대낮을
부르며 내달아
항시 피곤할줄 모르게 하는가

그는 오직
아름다운 내 조국
사랑하는 인민의 나라를 위하여
한줄기 불타오르는
애국의 뜨거운 충성이어라

그는 다만
침략자와 역적들에게
매 맞고 짓밟혀온
조상의 천대와 굴욕을 잊지않는
젊은 핏줄의 대답이어라

  사랑하는 내 조국을 위하여 사랑하는 인민의 나라를 위하여! 조국과
인민에의 복무의 사상 이외에 과연 그 무엇이 오늘의 우리의 향기로운
생활의 창조에로 모든 사람들을 불러일으킬 수 있으며 또 불러내었겠
는가!
  그리고 이 향기로운 생활에 대한 이해는 널리 우리 시인들의 의식 속
에 인민에의 복무의 사상을 굳힌다. 그렇기 때문에 시인 김북원 씨는
「용광로 앞에서」라는 작품 속에서

나는 용광로 집에서
　　　뜨거운 화열속에서 조국을 알았다

고 노래하였으며 정문향 씨는 「승리의 선언」 속에서

　　　우리들은 용광로의 화열을 안고 웃었고
　　　채광장에 맑아온 조선의 하늘도 보았다.

고 노래하였다. 용광로의 뜨거운 화열(火熱)은 시인들에게 있어 그대로 우리 새 조국의 모습이며 힘이며 미래인 것이다.

　우리의 애국주의는 모든 시인들을 용광로의 뜨거운 화열이 끓어오르는 새 생활의 마당으로 불러낸다. 이것은 우리 시문학의 새로운 내용이 우리 현실에게서 현실적 노력에 참가한 현실적 인민들의 진실을 확인하는 것이기 때문이다. 소비에트 문학의 창작방법인 사회주의 리얼리즘에 의하여 부단히 고무되고 있는 우리 고상한 리얼리즘은 "생존을 행동으로 확인하며 또 인간의 자연에 대한 행복을 위하여 인간의 건강과 장생을 위하여 그리고 지상에서 생활하는 커다란 특권을 위하여 가장 가치 있는 개인적 능력의 부단한 발전을 목적으로 하는 창조적 노력인 것으로 확인한다."(고리키)

　그리하여 우리 시인들은 가장 가치 있는 개인적 능력의 발전을 자기의 머리 속에서와 추상적인 사상에서 찾을 것이 아니라 화열이 끓어오르는 용광로 앞에서 아침 햇발이 빛긴 채광장(採鑛場)에서 크레인 소리 울리는 작업장에서 찾는다.

책상 곁에서

그를 찾지말라

대체로 그는

거기에 없을것이다

만약 그를 만나려거든

당신에게 권한다

공장안의 어려운 구석을

참을성 있게 도라다니라

　이렇게 시인 김상오 씨는 노래하면서 "용광로 곁에 서있는 말없는 조고만한 사람 그러나 당신은 조선을 세우고 있는 …… 큰사람을 보리라"고 우리 시대의 진정한 영웅들의 화폭을 보여줄 것을 시인들에게 그리 자기 자신에게 요청하고 있다. 우리 시대의 진정한 영웅은 일찍이 스탈린이 민족들과 국가들의 운명에 대하여 "무엇보다도 먼저 또는 주로 백만 대중의 노동자들에 의하여 결정되는 것이다"라고 말씀하신 바와 같이 공장들과 광산들에서 말없이 고요히 건설하며 모든 곤란을 이겨나가고 있는 노동자들인 것이다. 그들이야말로 조선을 세우고 있는 큰 사람들인 것이다.

　오늘 우리 시인들은 직접 자기 자신에게서 이 '큰 사람'들의 호흡을 의식하며 그 감정을 느낀다. "우리는 오늘 이 강대한 기계 속에 새 생명의 약동을 듣는다"(시집 『기적』에서 – 신막기관구 김용학 작)고 읊었고 또 "우리의 일은 조국에의 숨결일러라"(써클문집 『승리』에서 – 본궁 공장 이신흠 작)로 노래한 그 노동자들의 호흡과 감정을 그대로 우리 시인들의 그것으로 되었다. 벌써 1947년에 시인 이정구 씨가 읊은 모범노동자 표창식에서

오오 빛나는 눈이 눈이
자꾸만 더많은 눈을 부르는데
누가 그대들을 부러워하지 않겠는가
누가 그대들을 따르지 않겠는가

— 시집『새 계절』에서

하고 노래한 것은 다만 그 노동자의 보람 있는 생활만을 노래한 것이 아니고 자기 자신이 노동계급의 대오에서 일하며 그 호흡과 감정 속에 살고 싶다는 것을 노래한 것이다. 그리하여 시인들은 오늘에 있어 그 호흡과 감정을 완전히 체득하였으며 끊임없이 전진하는 노동계급의 대오 속에 튼튼히 들어서고 있는 것이다.

시인들이 노동계급의 대오 속에 있으며 그 호흡 속에 살며 그 감정을 자기 자신의 것으로 삼고 있다는 것은 얼마나 행복스러운 일인가! 오늘 우리 시대의 선진계급이며 새 조국의 진정한 주인공이며 건설자인 노동자들을 마음껏 노래할 수 있다는 것은 우리 시문학에 있어 얼마나 영광스러운 일인가! 과거의 어떤 시인들이 진정 이렇듯 억세고 영용한 자기 조국의 건설자들의 대오 속에 살아보았으며 또 그들을 노래해 본 일이 있는가.

낮에 밤을 잇는
제2호로 복구의 보람 큰 작업장
그 어느날 가슴 흐뭇해오는 자랑에
너를 생각지 않았으랴만
그 어느날

이처럼 큰 자랑으로

너를 불렀으랴!

— 김순석 작 「공장지구의 별빛아래서」에서

그 어느 날 그 어느 시인도 일찍이 불러보지 못한 것을 이처럼 큰 자랑을 가지고 노래할 수 있다는 것은 얼마나 행복스럽고 영광스러운 일인가! "기계와 보일러와 용광로 움직여 가는 모든 동력이 뜨거운 우리의 숨결로 돌아치는" 그러한 공장지구의 밤을 시인들은 무한히 사랑할 수 있으며 노래부를 수 있는 그러한 시대와 그러한 대오 속에 살고 있는 것이다. 그리고 우리 시인들에게 있어서 이렇듯 행복스럽고 영광스러운 일들은 그 사실 자체로서 우리 시대를 특징지어 주는 역사적 사건인 것이다. 그렇기 때문에 시인 김춘희 씨는 자기가 우리 공화국의 공민임을 자기 자신에게 무한한 자랑을 가지고 확인시키면서 다음과 같이 노래하였다.

모든 투쟁과 노력의 영예의길

자유의 넓은 터전에서 우리는 살고

인류의 오랜 염원이 이룩되며있는

빛나는 새날속에서

처음으로 삶의 보람을

우리는 받았다.

— 「공민증」에서

조국과 인민에의 의무의 정신으로 일관된 우리의 애국주의는 공화국 북반부에 있어서의 인민들의 거대한 창조 사업만이 아니고 남반부에서 미제국주의자들의 침략과 그의 앞잡이인 이승만 도당을 반대하여 영용한 투쟁을 전개하고 있는 인민의 오랜 염원이 이룩되면서 있는 자유의 넓은 영예로운 투쟁과 도덕의 산물인 것을 확인한다. 그러므로 시인들은 또한 이 자유의 터전을 지켜주는 인민군대와 경비대를 무한한 감격을 가지고 노래하는 것이다.

> 인민의 소리를 마음에 품고
> 인민의 힘으로 자란 몸이기에
> 저 마다가 천 사람처럼 억세게
> 인민의 원쑤를 무찔러 가오니
> 어머니
> 지금은 스산한 남반부 산봉마다
> 공화국기 꽂구야 말
> 끓는 마음에서
> 이 해는 가렵니다
>
> — 박세영 「경비대 전사의 노래」에서

저마다가 천 사람처럼 억세게 인민의 원수를 무찔러 전진하는 전사들의 영용한 모습 — 그러기에 시인 김람인 씨는 "대지에서 싸우는 농민들아 공장에서 싸우는 노동자들아 높이 바라보자!"고 하면서 "우리 포병의 위력은 얼마나 장쾌한 것이냐!"고 노래하였다.

> 대지의 바위

터지는 화살인듯
거포의 차거운 날
적을 향한 탄도에는
언제나 승리의 태양이
훤하게 비치어온다.

— 김람인 작 「장엄한 포병」에서

　　조국 보위의 초소에 튼튼히 서 있는 인민군대와 경비대와 보안대 —
인민의 진정한 아들딸인 전사들을 시인들은 무한한 사랑 속에서 노래
한다. 그것은 우리 전사들의 힘찬 전진에서 승리의 태양이 훤하게 비치
어 오는 것을 보았기 때문이다. 조국과 인민에의 복무의 정신으로 일관
된 우리의 애국주의는 공화국 북반부에 있어서의 인민들의 거대한 창
조 사업만이 아니고 남반부에서 미제국주의자들의 침략과 그의 앞잡이
인 이승만 도당을 반대하여 영용한 투쟁을 전개하고 있는 남반부 인민
들의 영웅적 모습을 노래하도록 시인들을 고무하였다.

　　시인 조기천 씨는 1948년 10월에 여수에서 일어난 군대 폭동과 노동
자들을 선두로 한 이 항구 사람들의 영웅적 투쟁을 노래한 다섯 편의 서
정시를 묶어 시집 『항쟁의 려수』를 내었다.

이밤도 불빛 하나없이
거리들이 어둠속에
영히 잠겨 버린듯

허나 시가의 가슴을 들으라—

무슨 고동인지 아느냐?

그것은

조국의 자유를 위해 싸우려는

수만의 심장들

'딸라'에 목처맨 매국도배를

모주리 부시려는 애국의 억찬 고동!

제주의 밤은 무시무시 깊어가고

가두는 항거의 햇불을 품고

반격의 신호 기다린다.

— 「밤은 깊어가도」

불빛 하나 없이 어둠 속에 깊이 잠긴 항구의 거리에서 조기천 씨는 조국의 자유를 위하여 싸움에 신호를 기다리고 있는 수만의 심장과 그리고 그 억센 고동을 노래하였다. 묵묵히 총을 받아들고 대열에 들어서는 부두 노동자들 "내 백발이 되었을망정 오늘 그 개놈들을!" 참을 수 없는 투지로 싸움에 참가하는 백발 노인, 총을 달라고 대장에게 안타까이 조르는 어린 학생들 이 모든 영웅적 모습들을 보여주면서 조 씨는 그들의 "의분에 서릿발 선 의지"를 독자들의 심금에 풍겨준다. 뿐만 아니라 조 씨는 「어머니」에서 병환에 계신 어머니를 다시 뵈옵지도 못하고 무명 적삼에 총 메고 싸움터로 나간 오빠와 어머니의 시체 앞에서 최후의 돌격전에 나갈 것을 맹세하는 누이를 노래하였다.

또 조 씨는 새벽안개 어린 언덕배기에서 원수들의 총에 맞아 넘어진 인민 항쟁의 젊은 투사를 노래하였다. "자! 이젠 쏘아라!" 푸른 대밭모양 억세고, 싱싱한 그 최후의 말…… 무서운 사형 앞에서 앞가슴 헤치고 버티고 선 그 최후의 모습…… 아! 얼마나 아름답고 훌륭한 인간들인가! 대체 이 세상에 이 젊은 투사들보다 더 아름답고 훌륭한 무엇이 있는가? 그는 자기생활의 최후의 순간에도 조국을 잊지 않는다.

> 인민항쟁의 젊은 투사
> 쓰러진 몸 바루잡아
> 분노하는 두눈 높이 치떴다
> 최후의 순간 그 순간
> 그는 저의 눈동자속에
> 이 나라의 피어오는 새벽하늘
> 검은 구름새에 으젓이 나타난
> 그 푸른 하늘을
> 영원히 간직했다

조국의 하늘 수많은 애국자들이 철창에서 우러러 그리던 푸른 하늘 교수대에서 하직하는 순간에 수많은 혁명투사들이 그 눈 속에 영원히 간직한 조국의 하늘 그러나 오늘은 공화국기 휘날리는 우리의 하늘 언제나 어머니같이 부드럽고 또 연인같이 하냥 반겨 새로운 그 푸른 하늘 — 그 하늘을 영원히 자기의 꺼지지 않는 눈동자 속에 간직하고 젊은 투사는 고요히 눈을 감았다.

이보다 더 아름다운 죽음이 어데 있으랴! 과연 어떠한 아름다움이 이렇듯 가슴을 흔드는 자랑과 감격을 가지고 모든 사람들을 불러일으킬 수 있겠는가! 이것이 우리나라 사람들이 간직하고 있는 아름다움이다. 이것이 우리 젊은 투사 우리 형제, 우리 동무의 아름다움이다.

시인 조기천 씨의 탁월성은 씨의 이 아름다움을 가장 높은 형태로 또 수백만 인민들의 가슴을 울릴 수 있는 힘찬 언어로 노래한 거기에 있다.

시인 양남수 씨는 원수를 무찔러 추격하는 빨치산 영웅들을 노래하는 웅대한 「영웅전」의 창작에 착수하였다.

풍파 고요한 물우에
안개가 거치면
섬들 그림처럼 떠오르는
다도해 바닷가
모래흰 강변을 노래하자

섬진강 영산강 물줄기
맑게 흐르는 호남평야
푸른 구름들 점점하고
대숲 어득히 흔들리는 거기

영용한 남조선 인민유격대
호남전구 서남부 빨지산의
용맹스런 지휘자가
목숨을 바쳐 사랑한 전구였던

이 야산과 목화밭과
포푸라 느리슨 시냇가와
해 저므는 제방과

물기 먹음은 논이랑 밭두던과
참새 지저귀는 숫한 마을들을
소리높여 노래부르자

— 「갈대숲 어득히 흔들리는 거기」에서

　1949년 11월 9일 전남 장흥군 유치면 전투에서 영용하게 전사한 호남 전구 총사령 최현 동무를 위하여 그는 이렇게 노래 부른다. 빨치산의 영웅 최현 동무! 그 이름은 오늘 삼천만이 깊이 사랑하는 이름으로 되었다. 그 이름은 오늘 아름다운 호남 산야와 더불어 끝이 없을 이름으로 되었다.

　1949년 2월 그가 때묻은 수건을 두르고 빨치산들 앞에 나타난 그때로부터 나주 함평 부안의 넓은 벌판과 안성 장흥 강진 해남의 무연한 바닷가를 진감시키던 그 이름, 모든 인민들의 넋이며, 희망이며 자랑이던 그 이름 인민들이 자기들의 장군이라 사랑하여 일으키던 그 이름을 양남수 씨는 「영웅전」 속에서 무한한 자랑을 가지고 노래하였다.

눈익은 길들은 모두 다
깊은 눈속에 무치고
헤아리기 어려운 험한 길
위태로운 벼랑에
엷은 옷 여윈 잔등
무거운 다리와 언 손으로
어름보다 찬 총을 들고
불길마냥 뜨거운 입김 뿜으며

앞으로 내닫는 저 용사들의
갓분 숨결소리를 듣는가!

—「눈이 나린다」에서

　우리나라에서 일찍이 어떠한 문학이 어떠한 시가 이렇듯 아름다운
사람들을 형상화해 본 일이 있는가! 이보다 더 고상한 테마가 언제 어느
때에 취급된 적이 있는가! 시인 양남수 씨가 「눈이 나린다」에서 "형제
들이여 인민 유격대를 도웁자!"고 노래하면서 보여준 월동하는 빨치산
들의 곤란은 참으로 보통사람으로서는 견디지 못할 곤란들이다. 그러
나 우리의 경애하는 수령이신 김일성 장군에 의하여 고무된 우리 인민
들의 애국주의는 그 곤란을 능히 극복할 수 있는 것이다.

울창한 원시의 밀림속에
이 나라의 영맹을 높이던
장백준령의 어느 한밤인양
수령앞에 굳게 다짐하는
그들의 줄기찬 용맹은
진격의 새벽을 죄이며
네 품속에 발돋움 하나니
태백산 지리산 한라산
남녘땅 고산유곡의 밤이어!
네이름 위에 백승을 지키는
산사람들의 산 전설을
영원히 기억해 두어라

그 이름 위에 백승을 지켜주는 장백준령의 산 전설이 있기에만 그리고 그 전설이 영원히 꺼지지 않는 불처럼 노상 빨치산들을 불러일으키기에만 그들은 능히 온갖 곤란을 극복하면서 적 앞에서 한없이 용감할 수 있는 것이다.

그렇기 때문이 시인 조령출 씨는 다음과 같이 노래하였다.

간난신고의 험한 시간은
여기 있어도
괴로움에 물러설 동무 있으랴
쓰러졌던 동무는 여기 눈을 뜨고
쓰러졌던 동무는 여기 일어섰다.

— 「태백산 준령에서」에서

온갖 괴로움을 참고 참아 자기의 최후의 피 한 방울마저 조국에 바치려고 일어서고 또 일어서는 빨치산의 정신을 우리 시인들은 진정 역사상의 그 어떠한 것으로서도 견줄 수 없는 위대한 정신을 노래하였다. 그리고 그것은 다만 우리 노래들의 내용으로만 된 것이 아니라 시인 자신들의 정신으로 되었다.

우리 새로운 시의 탁월성은 우리 시인들이 그 어느 때보다도 억세고 위대한 사상을 체득하고 있으며 그러한 위대한 사상을 체득하지 못하였다면 어떻게 어두컴컴하고 무한히 괴로운 감방의 벽을 "아아 옳고 바르고 강한 붓 의로운 입김에 흐려진 벽이여!"(김조규 작 「그대는 조국에 충실

하였다.) 하고 노래부를 수 있겠으며 또 원수들의 형장으로 교수대로 끌려나가는 애국 청년들의 모습을

청쇠 뒤짐지고
나아간다
흰 눈길 우으로
고개 버쩍 높이들고
너는 형장으로 나아갔다

— 동상(同上)

고 이렇게 벅찬 언어로 노래할 수 있었겠는가! 그리고 또 우리 시인들은 고통을 항상 이 사상에로 불러내었으며 또 깨워준 위대한 고무자가 누구이라는 것을 똑똑히 알고 있다. 우리의 경애하는 수령이신 김일성 장군의 손길은 다만 우리 조국을 인민의 윤리적 정치적 유일성에로만 이끌고 있는 것이 아니라 우리 문학과 시를 새로운 사상적 수준으로 향상시키기 위한 거대한 창조적 과업을 우리 시인들 앞에 제기하고 있는 것이다.

　해방 후 우리나라에서는 국토가 삼팔선에 의하여 남북으로 분단될 조건 밑에서 한편에서는 착취에 근거를 둔 질서와 그 사상적 영향을 숙청하기 위하여 민족 경제를 통일적 인민적 계획의 기초 위에 재건하기 위하여 그리고 인민의 도덕적 정치적 통일에 입각한 전제조건을 창설하기 위하여 긴장한 투쟁이 요구되었으며 다른 한편에 있어서는 조국의 남반부를 다시금 침략하려고 하는 미제국주의자들과 그 앞잡이 이승만 도당을 타도하기 위하여 온갖 공갈, 테러, 학살 수단으로써 인민들을 정복하려는 원수들의 음흉한 시도를 분쇄하기 위하여 조국의 통일과 독립과

자유를 쟁취하기 위하여 일층 억세고 계속적인 투쟁이 요구되었다.

그리하여 이 투쟁들은 한결같이 인민의 사상적 통일을 요청하면서 김일성 장군에 의하며 고무되는 애국주의로써 유일의 또는 불패의 사상적 무기로 삼게 되었다. 그렇기 때문에 인민들은 그리고 시인들은 그 어느 순간에도 피비린내 나는 고문실에서도 원수들의 총끝이 앞가슴을 겨누는 형장에서도 수많은 애국자들의 고귀한 목숨에다 최후의 올가미를 씌운 교수대에서도 김일성 장군의 이름을 잊지 않는다.

그 아름다운 모든것
그 고귀한 모든것
그것보다 그것보다 더 고귀한것
당의 이름과 더부러
조국의 이름과 더부러
그이의 빛나는 이름을
한번만 더 외쳐 보렵니다.

놈들의 야수같은 고문이
이렇게 혀를 저미고
입을 찢어
소리는 비록 이루지 못할망정
마감으로
한번은
더 외쳐야겠습니다.
김일성 장군!

그 외침이 어찌 소리뿐이었으랴! 아니 입이 찢어지고 혀가 저미어 소리는 비록 이루기 못할망정 목소리보다도 몇 갑절 더 크고 더 높은 심장의 소리 심장의 고동이 여기 울려오지 않는가! 누가 그리고 무엇이 과연 이것을 막을 수 있겠는가? 원수들의 야수 같은 고문도 총도 올가미도 그 무엇도 이 심장의 울림을 막을 수는 없다. 그리고 그 심장의 울림이 한번 그 빛나는 이름을 불렀을 때 그 가슴속에는 얼마나 맑고 싱싱한 하늘이 스며드는가! 그가 생명을 바치어 사랑한 아름다운 조국의 하늘이 고요히 그의 가슴에 스며들지 않는가…….

> 들어라! 개들아
> 너의 백마리의 개도
> 한사람의 인민을
> 한사람의 빨찌산을
> 그의 심장을
> 다치지는 못한다.
> ………
> 자 이제는 쏘아라 ……
>
> ― 백인준 작 「눈나리는 밤」에서

많은 시인들은 죽음을 가장 아름다운 것으로 노래하였다. 조국과 인민에게 바치는 죽음의 말할 수 없는 아름다움을 통하여 시인들은 빨치산 영웅들의 위대성과 개인적 가치와 특질을 놀랄 만치 힘찬 언어로 노래하였다.

사실 우리 시인들은 모든 나라들의 위대한 시인들이 몇 세기 동안을 목마르게 노래 불러온 가장 훌륭한 인간적 특질들을 가슴을 헤쳐 놓고 마음껏 노래 부르고 있으며 조국의 통일독립을 위한 인민적이며 전설적인 위업으로 전체 인민을 불러일으키는 그러한 힘있는 언어의 창조자로 되었다.

우리 시문학에 있어서의 이와 같은 현상은 곧 인간성에 대한 전형적이며 정확한 표현과 관련하며 따라서 고상한 리얼리즘의 통일적 발전의 단계를 특징지어 주는 것이다. 그리고 또 이러한 현상은 "다만 현실적인 동시에 전설적인 사람들과 그들의 위업들을 생활 자체가 산출하기 때문에만 가능한 것이다."(바실리예프 「사회주의 리얼리즘의 제 특징」) 즉, 우리 새로운 시가 노래한 위대한 주인공들에게 없어서는 아니 될 모든 특징들을 우리의 생활 자체가 창조하고 있는 것이다.

우리나라 북반부에 확립된 새로운 질서는 다만 북반부의 위대한 민주 건설 사업에서만 우리 인민들의 인간적 위대성을 발휘시킨 것이 아니라 남반부 인민들의 영용한 구국 투쟁에서 또한 그 위대성을 발휘시키었다. 그리고 또한 이 새로운 질서는 우리 시인들에게 그들이 언제든지 또 어떠한 발랄한 형식으로든지 마음대로 우리 인민들의 영용한 투쟁에서 새로운 주인공들이 나타나는 힘을 보여주도록 모든 유리한 조건들을 갖추어 주었다. 뿐만 아니라 이 새로운 생활이 낳은 우리 문학의 예술적 방법인 고상한 리얼리즘은 시인들에게 그들의 주인공들의 천성과 민족의 역사에서 그 주인공이 가지는 역할과 의의에 대한 더욱 진실한 노래를 부를 수 있도록 도움을 주는 것이다.

그렇기 때문에 해방 후 우리 새로운 시가 달성한 모든 탁월성과 참신성은 우리 시의 주인공들의 위대한 성질과 덕성을 과거의 어느 때보다도 더 한층 완전하게 심오하게 그리고 다각적으로 나타낼 우리의 생활 자체와 결부되며 또한 그렇기 때문에 부분적 시편들이 아직도 비록 예술적 수준이 그다지 높지 못하다고 하더라도 그것들은 단지 일시적인 의의만을 가지는 것이 아니라 그것이 보다 높은 예술적 수준을 향하여 앞으로 나아가고 있다는 사실에서 한층 더 심오한 의의를 가지는 것이다.

생활 자체가 깊이 시적이며 낭만적인 시대에 살고 있는 우리 시인들은 또한 그 생활 자체가 포함하고 있는 진실한 내용과 아울러 그 내용에 일층 깊은 의의를 부여하는 조소친선을 무한한 자랑을 가지고 노래하고 있다.

> 아 젊은 병사여 어서 우크라이나의 향기높은
> 그 아코데옹을 들어 ……
> 늙은 동요도 높은 장교도 춤춘다
> 춤춘다 얼크러져 얼크러져
>
> 아 그속에서 잊혔던 우리노래 저절로 우러나고
> 아 그속에서 무딘 우리들의 어깨도
> 저절로 들먹여지는 것이었섰다.
>
> — 이찬 작 「붉은 병사」에서

위대한 소비에트 군대는 우리에게 위대한 날을 이바지하였다. 얼었던 노래도 저절로 우러나고 무딘 어깨도 저절로 들먹여지는 그러한 위대한 날을 그들이 우리에게 가져다준 것이다. 1945년 8월 15일 이날에

만일 소비에트 군대가 우리를 해방시켜 주지 않았다면 과연 어떻게 우리들이 그렇듯이 가슴을 헤쳐 놓고 노래부를 수 있었으며 우리 시문학이 거둔 가지가지의 귀여운 열매들은 과연 어떻게 맺어질 수 있었겠는가! 그렇기 때문에 시인들은 누구나 그가 진정으로 자기 조국과 자기의 노래를 사랑하는 사람이라면 먼저 무한한 감사와 감격을 가지고 소비에트 군대를 노래하게 되며 소비에트 인민과 그의 수령인 위대한 스탈린을 노래하게 된다.

오 쏘베트 군대여!
그대들의 의로운 발걸음 다은곳
그 어데도
탑은 찬란이 빛나거니

탑이여!
오랜 훗날까지도
네 가슴에 안은 '해방' 그것은
영원한 빛으로
이 나라에 길이 비치오리 ……
탑이여!
탑이여!

시인 박남수 씨는 위대한 소비에트 군대의 은공을 오랜 훗날까지 잊지 말잔 뜻으로 모란봉 드림길에 건립한 해방탑을 노래하였다. 이렇듯 우리 인민들에게는 위대한 소비에트 군대의 은공은 영원히 잊을 수 없는 것으로 되었다. 지하수 천 척(尺)의 갱도에서도, 용광로의 붉은 화열이 튀는 곳에서도, 엔진 소리 구성지게 뜨락또르(트랙터) 달리는 새로운 대지 위에서도 그리고 인민 항쟁의 봉화 오르는 남반부 방방곡곡에서도 그 은공은 어느 때나 우리 인민들의 가슴속에 살아있다. 소비에트 나라! 그는 우리 인민들에게 해방을 가져다주었고 온갖 가르침과 가지가지의 뜨거운 도움을 주었다. 소비에트 나라와 그의 군대와 그의 인민과 그리고 그의 위대하신 수령인 스탈린을 생각지 않고 우리들은 우리의 해방을 생각할 수 없으며 오늘의 행복스럽고 벅찬 생활을 생각할 수 없으며 우리 공화국의 융성을 생각할 수 없다. 바로 이것이 우리 현실의 시적이고 낭만적인 내용의 의의 깊은 특질인 것이다. 그렇기 때문에 시인 마우룡 씨는 "깊은 황혼 속에서는 당신은 어머니인양 근로인민과 함께 자라오며 싸워 종살이에서 해방시키는 심정이 되었다."고 하면서

오늘
크레물리 첨탑위 붉은 별과같이
충천하는 승리의 섬광
동방의땅 내조국 바위틈까지도 비치어 왔노니 ……

하고 모스크바를 노래하였다. 모스크바 그 이름은 벌써 오래 전부터 우리 그 인민들이 마음속에 그리워하여 새겨준 정다운 이름으로 되었다. 얼마나 많은 사람들이 그 이름을 부르며 거기를 동경하였으며 얼마나 많은 시인들이 그 이름을 소리 높여 읊었는가. 그 이름은 항상 원수 앞에서 한없이 용감한 우리 인민들에게 불패의 신념과 힘을 주었으며 그 이름은 항상 억압의 쇠사슬을 벗어버린 우리 인민들에게 행복스러운

미래에의 전망을 주었다.

> 새 2개년 계획을 저마다 다지는
> 공장 합숙에서
> 섬뜩이 피운
> 농촌 구락부에서
> 친선의 노래가 흐르는
> 학교마당에서
> 붉은별 평화의 쏘련을
> 진정 잊지못하여
> 고마운 이야기로 꽃이 피리라
>
> — 동승태 작 「영원한 이야기」에서

이렇게 소련은 우리 인민들의 생활 속에 그리고 그 마음 속에 영원한 이야기로 살아있다. 어떠한 순간에도 인민들은 자기 조국과 개인의 생활에서 소련을 잊을 수 없는 것이다. 그렇기 때문에 조선 인민들은 영웅적 소비에트 군대가 고국으로 돌아갈 때에 스탈린 대원수에게 올린 메시지에 "조선 인민은 소비에트 군대의 영웅적 위훈을 천추만대를 나려가며 잊지 않을 것입니다. 그 위훈에 대한 가지가지의 이야기는 신기로운 전설에서 해방군에 대한 무한한 사랑과 감사를 길이 자아낼 것입니다"라고 적었습니다. 시인 동승태 씨가 "진정 잊지 못하여 고마운 이야기로 꽃이 피리라"고 노래하였을 때 이것은 다만 시인 자신의 감정만을 노래한 것이 아니라 전체 인민들의 감정을 노래한 것이다.

오늘 조선 인민들과 소비에트 인민들과의 친선은 해방군에 대한 감사의 정으로서만 맺어진 것이 아니라 10월에 시작한 소비에트의 역사가 가르치는 승리와 승리를 위한 투쟁의 강철의 사상으로 맺어지고 있다. 따라서 누구든지 우리 인민들의 미래의 행복을 고려하며 조국의 장래 발전을 생각한다면 앞날을 밝히는 위대한 사상과 아울러 그 사상으로 맺어진 두 나라 인민들의 영구불멸의 친선을 보려하지 않을 수 없는 것이다.

시인 김상오 씨는 소비에트 군대를 보내는 이별의 역두에서 이렇게 노래하였다.

> 가슴이 높이 뛰는 리별의 역두에서
> 무슨 수다스러운 인사가 필요하랴
> 다만 뜨거운 눈길이 오고가는 이자리에서
> 나는 높이
> 나의 공화국 깃빨을 흔든다
>
> ― 「깃발을 흔들면서」

또 시인 강승한 씨는 소비에트 군대를 보내는 석별의 날에 우리 인민들의 뜨거운 감사를 노래하였다.

> 너와 나 또 삼천만 인민의
> 거룩한 소원인
> 우리나라 남북통일을 이루어
> 완전 독립을 베풀었다는
> 큰 소식을 적으리라

적어 편지 부치리라

　　　　　　　　　　— 「니꼬라이 나의 마음의 형제여!」

　위대한 사상으로 맺어진 위대한 친선은 이렇게 석별의 마당들에서 자기 조국의 앞날을 생각게 하며 승리에 대한 불패의 신념으로 자기 조국의 통일 독립을 맹세케 한다.

　　맹세와 부탁의
　　끝없는 정 풀사이 없이
　　소리합쳐 조쏘여성이 부르는
　　조국의 노래에 밤은 깊어가고
　　푸른 창공
　　오리온 유난히 밝은
　　측복받은
　　아름다운 작별의 밤이여—

　　　　　　　　　　— 김귀련 작 「환송회의 밤」

　수없이 많은 사람이 놓기 싫은 악수를 나누고 수없이 많은 사람이 뜨거운 눈물을 흘리고 한없이 슬프고 애달픈 석별이었을망정 우리 시인들은 그것을 가장 아름다운 것으로 노래하였다. 가장 슬픈 것까지가 가장 아름다운 것으로 되는 그러한 친선이 그러한 사상이 즉 우리의 영광스러운 조쏘친선인 것이다.

　우리 언제나

그이들처럼

그대들이 들려준

쏘베트 로씨아의 수많은 영웅들처럼

원쑤와 싸워 용감하고

인민앞에 충직한

헌신의 열정으로

저 하늘의 태양을 닮은

삼천만 한덩이

크고 뜨거운 불길로 살리라

— 민병균 작 「환송의 노래」에서

소비에트 전사들과 그들의 말과 뜻과 그리고 그들의 모든 생활의 하나 하나가 조선 인민들에게는 그대로 스승의 애정이며 스승의 손길이다. 그리하여 이 뜨거운 애정과 손길을 스탈린에 의하여 고무되는 위대한 국제주의 사상인 것이다. 그 사상은 우리 인민들에게 항상 소비에트의 영웅들처럼 원수 앞에서 용감하며 인민 앞에 충직하며 3천만의 굳은 단결의 힘으로 태양의 길을 거침없이 내달을 것을 가르친다. 그 사상은 승리를 위한 인민들의 단결에 있어서의 모든 힘의 원천이다. 그렇기 때문에 조소친선의 테마는 우리 시인들에게 다만 조소친선 그것만을 노래시킨 것이 아니라 그 사상의 심오한 의의와 더불어 자기의 조국과 인민에게 대한 무한한 애정을 노래시키었다. 이것은 오늘 우리나라에 있어서 자기 조국을 진정으로 사랑하는 사람은 누구든지 조소친선을 생각하게 되며 또 진심으로 조소친선을 고려하는 사람만이 자기 조국의 장래 행복을 고려하는 사람이라는 널리 보편화된 사상이 그대로 우리 시의 내용으로 되어 있기 때문이다.

이것이 바로 우리 애국주의의 특징이며 진실한 내용인 것이다.

해방 후 우리 시문학이 보여준 놀랄만한 발전은 그것이 그 어느 때보다도 가장 열렬히 인민들에게 깊이 뿌리박고 있는 고상한 사상을 노래하게 된 바로 그 점에 있다. 여기에 우리 시문학이 달성한 모든 성과의 근원이 있다. 이것은 우리의 현실 자체가 그 사상에 의하여 고무되며 그 사상이 실현되어가고 있는 그러한 위대한 현실이기 때문이다.

그러나 비록 현실이 우리 시문학의 발전에 가장 유리한 조건들을 제공하였다 하더라도 우리 시문학이 거둔 찬란한 성과들은 결코 아무런 투쟁도 없이 이루어진 것은 아니다.

해방 후 우리 문학 앞에는 국내의 착취계급과 미제국주의자들에 의하여 각가지로 전파되고 있는 온갖 유해한 사상적 영향과의 투쟁이 중대한 과업으로 제기되었다. 특히 시문학은 남조선에 둥지를 틀고 우리 인민들의 진로를 혼란시키며 그 의식을 혼란시킬 목적으로 쓰이어지는 허망하고 무내용하고 케케묵은 무사상성과 정치에 대한 무관심성을 설교하는 온갖 반동적이고 이단적인 유해한 영향과의 날카로운 투쟁 속에서 장성하였다.

미제국주의자들의 충실한 주구이며 반동 시인인 김광섭은 1948년 5월에 다음과 같이 노래하였다.

인생의 외권에 기둥을 세운

이 한 공간에서

나는 몸이 무거워 움지길수 없으면서

달팽이처럼 촉각을 내밀고

은선을 끄으니
낡은집 지붕을 넘어서
나는 하늘로 간다

— 잡지 『개벽』 5월호 「은선을 끄을며」

모든 인민들이 조국의 허리를 끊기지 않겠다고 조국의 남반부를 제국주의 무리들에게 먹히우지 않겠다고 들고일어나서 5 · 10 망국 단선 반대 투쟁을 전개하고 있을 당시에 이 어리석은 인간은 "인생의 외권에 기둥을 세운 한 공간"에서 몸이 무서워 움직일 수 없다고 노래하고 있는 것이다. 오래 전부터 '예술을 위한 예술'의 썩어빠진 파편을 긁어모으면서 일본 제국주의 앞에 복무한 이 자는 오늘 똑같은 수단으로 미제국주의 앞에 충성을 바치고 있다.

다른 반동 시인 조연현은 새로운 제국주의 침략을 반대하는 전 민족의 통일전선이 결성되어 가고 있는 시기에 「혼자 가는길」을 노래하였다.

혼자 가는 길이다
나의 모든 실패와 비극을 거느리고
나의 혼자가는 길이다

어떠한 사랑도 도움도
이미 따라와 주지 않는
고요한 절정의 길이다

누구에게도 들리어지지 않는

나의 노래를 나의 가슴에 색이며

나혼자 가는 길이다

이 노래들이 포함하고 있는 유해한 경향에 대하여 설명할 필요가 있겠는가!

이 노래들의 작자는 명백히 인민들과는 아무 인연이 없는 자들이며 우리 인민들에게 해독을 끼칠 목적 밑에 미제국주의자들이 전파하고 있는 부르주아 문학의 낡아빠진 퇴폐주의와 살롱적 악경향을 시문학에 끌어들이기에 광분하고 있는 미제국주의자들의 충복이다. 무엇보다도 김광섭이 「은선을 끄을며」를 쓸 당시에 미군정청 공보국장의 자리에 있었던 사실을 상기해볼 필요가 있는 것이다.

남조선에서 전파되고 있는 시에 있어서의 이와 같은 반동적 경향은 다만 남조선에만 전파된 데 그친 것이 아니라 북조선에도 기어들기 시작하였다. 부르주아 귀족적 탐미주의와 퇴폐주의는 벌써 1946년도에 북조선에서 인민들과 보조를 맞추어 나가기를 싫어하는 사람들에 의하여 우울과 염세와 생활에 대한 환멸로 일관된 시들을 출현시키었다.

원산문학동맹의 이름으로 1946년 가을에 출판된 시집『응향』은 우리 인민들을 북조선에 있어서의 제반 민주 건설로부터 이탈시킬 목적 밑에 다만 우울과 침체의 정신과 염세관의 독소를 뿌리는 시편들을 중심으로 편집되었다. 이 시집의 권두를 차지한 「파편집 18수」에서 우리는 한탄과 애상과 배회와 열정 이외에 무엇을 읽을 수 있었는가!

뛰며 닫고 웃고 우는

가엾은 인생들

못가에 개구리도 뛰며 닫고 하거늘

작년에 죽었던 오동나무는

금년에도

새잎이 피지않는구나!

'벗이여! 벗이여!'

편지에 많이 쓰던 그 친구어데갔나

꽃바람 부러오는데

아침에 죽고싶고

저녁에 살고싶고

하루일도 괴로워

검은 구름이 옅게 흘러가오

진리 진리 찾아도 못찾는 진리를

앞산 넘어 가면은

찾어 볼듯 싶은데

이 명백히 비방적인 시편은 인민들을 해치려는 우열하고 썩어빠진
사상으로 일관되어 있다. 모든 인민들이 새로운 생활의 창조를 위하여
줄기찬 행진을 하고 있을 때에 이 어리석은 시인은 "뛰며 받고 웃고 우
는 가엾은 인생들"이라고 인민들을 비방하였을 뿐만 아니라 "아침에 죽
고싶고 저녁에 살고싶고 하루일도 괴로워" 하는 그러한 퇴폐 사상을 인
민들에게 불어넣으려고 시도하였다.

뿐만 아니라 이 시인이 진리를 "앞산 넘어가면 찾아볼 듯싶다"고 노
래하였을 때 이것은 명백히 인민들을 그들이 북조선에서 창조하고 있
는 새 생활 이외의 다른 생활로 이끌고 들어가려는 시도인 것이다.

결국 이 시는 북조선 인민들의 창조적 노력을 비방하며 인민들에게 유해한 퇴폐 사상을 주입하며 인민들을 민주 건설 하의 자유로운 생활로가 아니라 "앞산 넘어" 남조선에 존재하고 있는 노예 생활로 인도할 목적 밑에 쓰이어졌다. 또 다른 한편을 예를 들어 보면 이 시집에서 구상이라는 시인은 다음과 같이 노래하였다.

> 멧길 도가에서 화장한 상여의
> 곡성이 흐르고
> 아 이밤의 제곡이 흐르고
> 묘소를 지키는 망두석의
> 소리처럼 쓰디 쓴
> 고독이여
> 서글픈 행복이여
>
> ― 구상 작 「밤」에서

보라! 이 가련한 시인은 수백만 인민들이 내일의 빛나는 창조적 노력을 위하여 고요히 휴식하는 밤 구락부에선 청년들의 모임이 벌어지고 야간 성인학교에선 도란도란 글소리가 들려오는 밤 새 생활의 행복이 모든 사람들의 가슴마다에 벅차 오르고 앞날의 무한한 전망이 가슴마다를 울렁거리게 하는 밤 이 말할 수 없는 행복스러운 밤에 이 시인은 다만 상여의 곡성만을 듣고 제곡(祭曲)의 흐름만을 보고 그리하여 묘소를 지키는 망두석의 소리처럼 쓰디쓴 고독만을 느끼는 것이다. 인민들의 새로운 생활에 눈감고 인민들과 보조를 맞추어 나가기를 원치 않고 항상 "서글픈 행복"만을 느끼고 있는 이 시인이 무엇을 동경하였겠는가는 지극히 명백하다.

> 지혜(知慧)의 열매로
> 동찬(棟撰)받은 입설에
> 식기(食器)를 전함은
> 예절(禮節)이 아니고
> 노정(路程)이
> 변방(邊方)에 이르면
> 안개를 생식(生食)하는
> 짐승이 된다.

― 구상 작 「길」에서

대체 어떠한 '길'을 노래하는가? 이 진부한 형식은 어디서 본 것인가? 괴상한 펜의 트릭과 이해키 어려운 술어의 남용과 갈래갈래 처진 히스테리컬한 울부짖음 이외에 무엇을 이 시에서 읽을 수 있는가! 이 시에는 인민들의 의지와 이성의 무장을 해제시키며 인민들의 주의를 생활의 현실적 문제로부터 딴 데로 돌리게 할 목적 밑에 서구라파의 퇴폐 문학의 형식이 채택되어 있다. 모든 형식주의의 설교자들이 문학을 인민과 민주주의를 반대하는 데로 내몰고 있을 때에 구상은 그 설교자들의 사랑을 받을 수 있는 형식을 자기의 시에 받아들인 것이다. 그렇기 때문에 인민들이 그러한 형식과 아울러 그의 시를 요구하지 않게 되었을 때 그리고 그가 부득이 남조선으로 도망을 칠 수밖에 없었을 때 남조선에 둥지를 틀고 있는 형식주의의 설교자들은 어리석은 인민의 배반자를 극구 찬양하지 않았는가! 남조선에서 미제국주의자들의 사랑을 받고 있는 형식주의의 설교자들은 인민의 품을 떠난 구상의 행동을 마치 문학을 옹호하기 위한 그 무슨 '진실한' 행동처럼 떠들어대었다. 그러나 그들이 떠벌리는 이른바 '문학의 옹호'는 "노정이 변방에 이르면 안개를 생식하는 짐승이 된다"는 구상 자신의 시가 보여준 바와 같이 인민들과는 아무런 인연도 없으며 인민들이 이해할 수 없는 그러한 '문학'의 옹호인 것이다.

이 유해한 경향들을 다만 시집 『응향』에만 나타난 것이 아니라 그 뒤 여러 가지 형태로 우리 시문학에 기어들고 있었다. 만일 인민들이 제때에 적절히 비판하지 않았다면 또 북조선문학예술총동맹 중앙위원회가 제때에 그에 관한 결정서를 채택하지 않았다면 그리고 우리 시문학이 그에 대한 투쟁을 게을리 하였다면 이 유해한 조류는 다만 기어들었을 뿐만 아니라 한층 대담하게 그 형태를 표면화하였을 것이다.

그러므로 우리 새로운 시문학의 발전에 있어서 형식주의와의 투쟁은 특별한 의의를 갖는 것이며 또 이 투쟁을 통하여서만 우리의 시는 진실로 인민의 시, 인민의 문학으로 될 수 있는 것이다.

우리 새로운 시문학의 발전에 있어서 모든 반동적 조류와의 투쟁과 아울러 또 한 가지 중요성을 가지는 것은 우리 새로운 시문학이 우리 시의 진실한 전통 위에서 발전하고 있다는 사실이다. 우리들 가운데 어떤 사람들은 마치 우리 시가 어떠한 전통도 없이 다시 말하면 어떠한 유산도 계승받지 않고 발전한 듯이 또 발전하고 있듯이 말한다.

이것은 참으로 놀라운 일이다. 만일 그렇다면 해방 후 곧 남북 조선에서 수많은 시인들이 마치 질식했다가 탄생한 것처럼 가슴을 헤쳐 놓고 노래부른 것과 과거의 우수한 시인들이 그대로 오늘 우리 시단에서 활동하고 있는 사실을 어떻게 설명하겠는가, 또 해방 후 수많은 신인들은 무엇을 발판으로 삼고 나왔겠는가!

모든 문학의 역사가 그러하듯이 우리 시문학은 과거의 진보적 시문학의 리얼리스틱한 유산의 전부를 받아들인다고 생각해서는 아니 된다. 우리 시문학의 기본적 심미원칙은 유산에 대한 비판적 태도에서 표현되는 것이다.

고상한 리얼리즘의 창작방법에 의존하고 있는 우리 시문학은 그의 창작 실천의 발전에 이익을 주는 모든 과거의 것을 상속하여 이용하며 특히 과거의 프롤레타리아시가 보여준 열성적인 탐구 정신과 인민에의 복무의 정신과 그리고 시와 그 외에 모든 문학 안에 진실을 찾으려는 고상한 노력을 계승하는 것이다.

우리 시문학이 거둔 찬란한 성과들과 아울러 그 발전에 있어서 또 한 가지 중요한 요소로 되는 것은 선진 소비에트 문학의 제 성과의 섭취다. 해방 후 우리나라의 새로운 현실은 우리 시가 세계에서 가장 선진적이며 사상적인 소비에트 문학을 섭취함에 있어서 가장 좋은 환경으로 되었다.

현실과 그것의 혁명적 발전에 대한 진실한 묘사를 보여주고 있는 소비에트 문학은 항상 우리 시문학의 방향을 제시할 뿐만 아니라 그 창작 실천의 발전을 조장한다. 그렇기 때문에 소비에트 문학이 달성한 다양한 형식들과 스타일과 장르들에서 배우며 그것을 자기 발전의 진실한 양식으로 삼는다.

또 우리 시문학은 러시아 고전문학의 민주주의적이며 인도주의적민 경향에서 많은 것을 배운다. 푸시킨을 비롯한 위대한 러시아 고전작가들의 이름은 오늘 우리 문학에서 있어서 얼마나 친근한 이름으로 되었는가!

우리 새로운 시의 발전 요소를 이야기하면서 아직도 많은 것을 이야기할 수 있다. 그러나 그것들을 여기서 하나하나 이야기할 여가는 없다.

그리고 우리 시문학의 진실한 성과는 우리 시문학이 가장 젊은 것만큼 과거나 현재의 제 달성에서 구할 것이 아니라 미래에서 구해야 할 것이다. 미래의 높은 달성을 위한 광활한 길이 우리 시 앞에 열려 있다.

우리 시문학은 아직도 그가 원만히 이용하지 못하고 있는 모든 현실적 조건이 주는 유리성을 한층 더 충분하게 이용하면서 이 광활한 길을 전진하여야 하며 또 전진하고 있다.

— 안함광 외, 『문학의 전진』(평론집), 문화전선사, 1950(1950.8.5)

싸우는 조선의 시문학이 제기하는 주요한 몇 가지 특징

안함광

1

8·15 해방 후 오늘과 같은 우리 문학의 발전은 우리가 생활하는 바 객관적 현실의 장성을 떠나서는 생각할 수 없는 일이며 이러한 객관적 현실의 민주주의적 장성은 위대한 소련이 조선 인민에게 준 해방과 원조의 은혜를 떠나서는 생각할 수 없다. 동시에 해방 후 우리 문학의 발전에는 소련문화의 적극적 섭취가 거대한 역할을 하였으며 하고 있다는 사실을 잊어서는 아니 된다.

물론 소련문화의 섭취를 위한 노력은 8·15 이전에 있어서도 있기는 하였다. 조선문학의 내면적 가치를 지켜온 '카프'를 중심으로 일부 진보적 계열의 문학가들은 8·15 이전에 있어서도 소련문학의 섭취에 적극 노력하여 왔다.

그러나 이 시기에 있어서는 일본 제국주의의 가혹한 탄압 아래 처해 있었던 만큼 일부 진보적 문학인들 사이의 그러한 노력도 대단히 제한을 받았고 따라서 그 성과도 원만하지는 못했다.

그러나 우리는 8·15 해방을 맞아 비로소 소련문화를 자유롭게 그리고 광범하고도 체계 있게 섭취할 수 있는 최대한도의 가능성을 갖게 되었다.

세계에서 가장 우수한 사회제도를 기반으로 한 세계에서 가장 선진한 소련문화를 섭취함에 의하여 우리는 우리의 문학으로 하여금 인민성과 약속되어진 미래의 대한 확인을 빛나게 실리는 길로 들어섰다. 그리고 장구한 세월에 걸쳐 세계 인류의 문화적 노력이 쌓아올린 우수한 문화적 유산들을 새로운 현실적 토대 위에서 비판적으로 계승 발전시킨 소련문화를 섭취함에 의하여 우리는 필연으로 전 세계의 모든 진보적 문화 전통을 동시에 섭취하는 성과도 쟁취하고 있는 것이다. 뿐만 아니라 민족평등권 원칙에 의거한 선진 소련의 민족문화정책은 내용에 있어서는 민주주의적이며 형식에 있어서는 민족적인 우리의 문학 발전을 적극 방조 취동하고 있으며 또 그것의 발전을 위한 본질적인 교범의 역할을 놀고 있는 것이다.

선진 소련의 문화적 창조물들이 수많이 번역 출판되고 연구회 강연회 등이 거듭 조직 집행됨으로서 우리의 소련문화섭취사업은 많은 성과를 거두고 있는 것이다.

특히 조국해방전쟁 시기에 있어 우리의 소련문화섭취사업은 더욱 왕성하여지고 있으며 싸우는 조선의 문학과 싸우는 조선 인민에게 대한 소련문화의 사상적 예술적 역할은 실로 지대한 바가 있는 것이다.

선진 소련의 문화적 창조물들은 조국의 영예를 위하여 미제 무력 침공배를 반대해 싸우는 조선 인민들의 병기고를 풍부히 해주고 있는 것이며 자기 문학의 전투적 역량을 제고하기 위한 조선문학가들의 창조적 과정에 있어 값높은 교사의 역할을 놀고 있는 것이다.

독일 파시스트 군대를 반대하는 조국전쟁 당시에 있어 소련의 문학가들이 기여한 빛나는 전투적 역할에 대하여 또는 그 문학작품들의 우수성과 그 우수성을 쟁취케 한 제반조건에 대하여 조선의 문학가들은 심심한 학습과 연구를 계속하고 있으며 그러한 노력들은 싸우는 조선 문학의 성과들 위에 살아 나오고 있는 것이다.

특히 소련문학이 8·15 해방 후와 조국해방전쟁 시기에 있어 조선의 시문학에 끼친 교훈적 영향은 지대한 바가 있다. 조국해방전쟁이 개시된 이래 다른 부문의 문학보다도 조선의 시문학이 최전면에 나서서 가장 활발히 자기의 전투적 기능을 발휘하고 있거니와 우리는 이것을 조국전쟁 당시에 있어 소비에트 시인들이 싸워온 전투적 경험을 우리 시인들이 열성적으로 섭취해 왔다는 사실과 분리해서는 생각할 수 없다.

선진 소련문화의 영향과 섭취에 의하여 우리의 시문학은 8·15 이전의 잔재적 경향이었던 예술지상주의적 시의 유파를 반대하는 투쟁에서와 조국해방전쟁 시기에 와서는 원수를 쳐물리는 인민들의 전투력을 제고하여 종국적 승리의 쟁취를 촉성하기 위한 투쟁에 있어서 많은 성과들을 거두고 있다.

오늘의 우리의 시문학 작품들은 조국의 영예를 고수하기 위한 고상한 애국주의가 어떻게 하여 조선 인민들의 양심 속에서 더욱 힘차게 발전하였으며 어떻게 하여 그것이 가치 있는 생활의 창조적 원천으로 되고 있으며 또 어떻게 하여 그것이 원수 미제 무력침공배를 반대하는 투쟁에 있어 승리의 확실한 담보자로 되고 있느냐 하는 것에 대한 정열적인 노래를 들려주고 있는 것이다.

오늘 우리의 시문학은 싸우는 조선 인민들에게 있어 돌격을 위한 전투 구호이며 완전 섬멸을 위한 집중 화력이다.

그러면 싸우는 조선 시문학의 몇 가지 주요한 특징에 관한 이야기에로 넘어가자!

2

조국해방전쟁 이후의 우리 시문학의 특징적 현상의 하나는 전투성과 호소성의 강한 진술이다. 원래로 경향성과 호소성을 떠나서 우리는 시를 이해할 수가 없다. 호흡이 없는 인간의 생명이라는 것을 생각할 수 없는 거와 같이 경향성과 호소성을 갖지 않은 시의 생명이라는 것도 생각할 수 없는 일이다. 경향성과 호소성! 이것은 다름 아닌 시에 있어서의 귀중한 호흡이어야만 한다.

그러나 왕왕히 시에 있어서의 경향성과 호소성은 시에 있어서의 서정과 모순되는 거와나 같이 생각하며 그러한 생각에 기초하여 자기의 시작품들을 내놓는 경향도 전연 없지는 않았다.

조기천 씨는 이러한 경향을 반대하여 과감히 투쟁해온 시인이다. 씨는 성과 있는 자기의 창조적 실적을 통하여 시에 있어서의 전투적 경향성과 호소성이 얼마나 서정의 풍부성과 형상의 우수성을 돕느냐 하는 것에 대하여 교훈적인 실례들을 보여주었다.

일찍이 마야콥스키는 "만약 우리가 전투한다면 우리는 자기의 문학적 노선을 우선 정론가의 노선으로서 가장 명백하게 결정하여야 한다."고 말하였거니와 이는 시에 있어서의 첨예한 전투적 경향성의 지중함을 말하는 한편, 시를 언어의 유희 또는 언어의 허영적 장식으로서 모독

하려는 경향에 대한 반대가 아닐 수 없다.

　우리는 조기천 씨의 많은 작품들을 통하여 씨는 정히 시에 있어서의 이러한 신념을 자기의 특질로 하고 있음을 본다.

　씨의 이러한 시인적 특질이 조국 해방전쟁 시기에 들어와서 더욱 전투적 선동적 역할의 심도의 폭들 넓히며 싸우는 우리 시문학의 전반적 향상에 지도적 영향력을 발휘하고 있다는 것은 결코 우연한 일이 아니다.

　조국해방전쟁이 시작된 이후에 발표해온 작품들 중에서 일곱 편의 작품만을 수록하여 세상에 내놓은 씨의 시집 『조선은 싸운다』를 들고 볼지라도 우리는 이 작품들은 그 어느 것이나를 할 것 없이 철저한 전투적 경향성과 투철한 호소성에 있어 특징적이라는 사실을 우선 발견할 수 있는 것이다.

　임의의 일례로 「불타는 거리에서」를 보자.

　　불타는 거리에서
　　조국에 바친 심장만이
　　원쑤에게 향한 증오만이
　　이 나라 사람들의 낯을
　　떳떳이 쳐다보리―
　　그 엄숙하고도 타는
　　싸움의 정신을!
　　그 엄숙하고도 높은
　　애국의 마음을!

　여기에서 우리는 오늘날 우리 시문학의 전투적 경향성과 호소성은 다름 아닌 "조국에 바친 심장" "엄숙하고도 높은 애국의 마음"이 그 주초로 되어있다는 것을 쉽사리 발견케 된다.

실로 프롤레타리아적 국제주의 사상으로 일관되어 있는 고상한 애국주의 사상은 우리 시문학의 전투적 경향성의 중심적 내용으로 되는 것이며 그러한 특질은 조국해방전쟁 시기에 들어와서 더욱 풍부하게 더욱 강하게 드러나고 있는 것이다.

「불타는 거리에서」는 미제 무력침공배들의 피묻은 발톱이 이 나라 산하를 어떻게 유린하며 인민들의 살림과 생명을 어떻게 앗아갔느냐에 대하여 그리고 그러한 어려움 가운데서도 조선 인민들은 결코 정복되지 않고 오히려 다함없는 증오와 분노의 불심지를 높이어 승리에로 전진하고 있는 불패의 위력을 노래하였다.

자기 사업의 정당성에 대한 자각 투쟁의 의의와 목적에 대한 심각한 인식은 조선 인민들로 하여금 놈들의 무력 침공에 의한 희생과 고통이 제아무리 심각하다 할지라도 그 모든 것을 넉넉히 이기어 나갈 용감성과 강인성을 주고 있는 것이다. 조선 인민이 받는 수난과 시련이 제아무리 참절을 극한 것이라 할지라도 인민의 심장과 양심의 소리가 증오와 분노의 외침이 엄숙하고도 높은 애국의 마음이 모든 것을 이기어 나가도록 도와주고 있는 것이다.

이러한 사상적 세계를 전하여 주고 있는 「불타는 거리에서」에는 서정과 서사가 유기적으로 침투되고 관련되어 하나의 조화된 전체적인 하모니를 이루고 있으며 주관의 강조, 즉 시적 선동이 시적 서정과 모순되는 것이 아니라 오히려 그것을 조장하고 있다는 사실을 보여주고 있는 것이다. 그리고 이 시는 5장에서 보는 바와 같이 묘사의 범위를 넓힘에 의하여 시의 사상적 중량에 개재하고 있으며 5장 2면 등에서 보는 바와 같이 대상에 대한 노래를 대담하게 비약시키면서도 감정의 연결을 중단하기는커녕 고조된 톤으로서 시적 세계의 입체성을 살리고 있다. 전체적으로는 노래되어지는 대상으로 적층적으로 돌입함에 의하여 작품의 현실미와 활달성과 역학성을 보장하고 있다는 또 하나의 특징을 보여주고 있는 것이다.

말하자면 「불타는 거리에서」는 전투적인 리듬과 긴박한 호흡과 박력 있는 표현으로서 싸우는 조선 인민들의 소리를 증오와 분노의 외침을 양심과 심장의 소리를 뚜렷한 사상성 위에서 줄기차게 전해주고 있는 것이다.

임의의 일례로서 임화 씨의 시 「밝으면 아직도 뜨거운 모래밭 건너」에서도 그러한 특징을 발견할 수 있는 것이다.

진격명령은 어느 때나 나리는 것이냐
귀 기울이면 들려 오는
전우들의 가쁜 숨결 소리
돌아보면 무성한 풀숲 속
칠같은 어둠에 불똥으로 빛나는
동무들의 총총한 눈동자

돌격을 앞두고 진격 명령을 기다리는 장엄한 순간 그들의 총총한 눈동자! 그것은 맡겨진 바 자기 군사적 실천에 대한 용감스런 결의의 상징임과 동시에 어둠을 통하여 빛나는 앞날을 내다보는 예지와 총명의 상징이기도 하다. 이러한 '눈동자'에서 엿볼 수 있으며 이러한 '눈동자'가 말하여주는 모든 인물과 사상은 싸우는 우리 시문학의 주요한 세계로 되어 있는 것이다. 애국적 혜지와 총명과 결의가 어떻게 하여 압도적 다대수인 전체 애국적 조선 인민의 기본적 특질로 되었으며 또한 그러한 특질들이 조국의 영예와 세계의 진보를 위하여 얼마나 고귀한 영웅적 위훈들을 쌓아 올리고 있느냐 하는 것에 대하여 우리의 시문학들은 정열적인 노래를 탄주하고 있는 것이다.

오늘의 조선 인민들에게 있어 그러한 영웅적 특질은 몇몇 소수 인간이 다대수의 인민대중으로부터 자기를 구별하는 요소로 되어 있는 것이 아니라 원수 미제를 반대하여 싸우는 전체 애국적 인민의 기본적 특질을 형성하고 있는 하나의 일반적 요소로 되어지면서 있는 것이다.

그러기 때문에 김일성 장군께서는 일찍이 "우리 인민군대의 영웅성은 어떠한 개개인이 영웅심을 발휘하여서가 아니라 문자 그대로 완전히 대중성을 갖고 있음에 그 의의가 더 큰 것입니다"라고 말씀하시었던 것이다.

임화 씨는 전기한 시편에서 이러한 현실적 특징의 한 개 반영으로서 영웅적 특질을 개체 이상으로 집체에로 확장하여 노래하고 있는 것이다.

아, 불빛이 비친다 푸른 불이 ……
신호탄이 아니냐 진격명령이 아니냐
자랑스런 군단포야 소리치라
사랑하는 지스뜨리야 용맹한 적사포야
건너 산허리를 잘러 원쑤들을 돌꽈과 흙 속에 묻으라
고요한 락동강아 일어서라 파도치라
영예로운 근위 제105땅크사단의 도하작전이다
우리는 영예로운 기계화 보병련대 ……

그러나 이러한 영웅성의 집체성과 대중성은 결코 싸우는 조선 인민의 또는 우리 인민군대들의 인간적 능력의 평균화를 말하는 것은 아니다. 성격에 있어서 다채로운 개성적 특질들을 가지며 의식 수준이라든가 실천 방식이라든가 기타 등등의 인간적 체취와 능력에 있어 다양하다.

그러나 그들은 한 개 덩어리로 굳게 연결시키어 일반적으로 향상시키고 있는 공통적 기반은 다름 아닌 고상한 애국주의의 사상이다.

「밝으면 아직도 뜨거운 모래밭 건너」는 자기의 조국과 자기의 군사적 의무에 대한 공통적인 자각과 그 자각에 기초하였을 터인 영웅적 행동에 대한 고동이며 호소이며 찬가이다.

고상한 애국주의 사상을 기본적인 내용으로 하며 성격으로 하는 시문학의 전투성과 호소성은 앞에서도 말한 바와 같이 전기 두 작품에만 국한되는 것이 아니라 기타 많은 시인의 많은 작품들에서 다 같이 찾아볼 수 있는 것임은 두말할 것도 없다. 그리고 싸우는 우리 시문학의 이러한 전투성 호소성은 필연으로 오늘의 현실이 제기하는 모든 중요한 문제들 말하자면 인민군대의 영용성 인민의 불패성 원수에 대한 적개심 복수심 조소친선 조중친선 …… 등의 국제주의 사상 이러한 것들을 자기의 기본적 테마로 포섭하고 있는 것이다.

3

조국의 심각한 시련을 싸워 이겨나가는 동안에 있어서 인민대중의 의식이 일반적으로 향상되고 조국에 대한 다함없는 헌신이 전체 애국적 인민의 실천적 도덕적 지표로 되어지고 있다는 사실과 관련하여 우리의 시문학에는 현실의 이러한 본질적 특성이 반영되지 않을 수는 없는 일이다.

필연으로 싸우는 우리의 시문학에는 애국적 인물의 전형들과 더불어 현실적 생활 및 인간들에 대한 깊은 애정의 세계가 체온적으로 표현되어지기 시작하였다.

우리의 시인들이 애국적 인물의 전형을 오늘에 있어 우선 우리의 인민군대들 속에서 발견한다는 것은 극히 자연스러운 일이다.

임화 씨는 「흰 눈을 붉게 물들인 나의 피 위에」라는 시에서 602고지 전투에서 적 화점을 몸으로 막아 전사한 공화국의 영웅 김창걸 동무를 노래하였다.

　

눈발 부현 하늘
어느 곳에서 조국은
나의 가는 곳을 바라보고 셨느냐
종일토록 울어 끊지 않는
바람 속 어느 곳에서 어머니는
나의 마지막 숨결 소리를
들으려는 것이냐

　

인제 가서
돌아오지 아니할 602고지
눈 덮인 절정 위

　

나의 젊은 피가

꽃잎처럼 흩어져
발악하던 원쑤의 포화가
최후로 침묵하거든

(중략)

나의 소대야
우리 동무야
흰 눈을 적신
나의 붉은 피 위에

사랑하는 조국의
깃발을 꽂으라
영예로운 우리 인민군대의
찬란한 군기를 휘날리라
경애하는 우리 수령의
만세를 불러드리라

　이 시는 조국과 인민을 위하여 장구한 세월에 걸쳐 싸워온 이 시인의
인간에 대한 깊은 관심이 이러한 영웅적 테마와 완전히 결합되어져 있
다는 것을 우리에게 보여주고 있다. 이 작품이 영웅 김창걸의 전투적 영
웅성과 아울러 전우들과 어머니에 대한 심정 표백이 말하여 주는 인간
의 내부적 특질에 이르기까지 전체적으로 감정의 진실성을 살리고 있
으며 또 그것으로서 자기의 작품을 일관하는 데에 성공하고 있다는 비

결은 정히 그 가운데 있는 것이다.

그리하여 이 시의 맥박은 싸우는 조선 인민들의 애국적 헌신이 가지는 서정과 영웅성의 화음이 되어, 줄기차게 고동치고 있는 것이다. 그러기 때문에 이 시가 심적 감각에 있어서는 심히 개성적인 특질을 보여주면서도 그것의 정신적 사상적 모티브에 있어서는 심히 공통적이며 보편적인 지반 위에 정당히도 입각해 있게 되는 것이다.

이에 있어 가령 우리는 씨의 「한번도 본 일 없는 고향 땅에」라는 시에서 "이제 패망한 원쑤들의 마지막 발판으로 되어 있는 나의 고향 땅에서 영예롭고 고귀한 조국의 명령을 목숨으로 수행함은 얼마나 즐거운 일이냐"라는 시편을 보거니와 이것은 비단 「한번도 본 일 없는 고향 땅에」라는 시의 정신적 모티브인 것만이 아니라 동시에 「흰 눈을 붉게 물들인 나의 피 위에」라는 시의 정신적 모티브이기도 하다는 것을 쉽사리 발견케 된다.

이렇게 우리의 시문학이 그것의 시적 감각이라거나 표현에 있어서는 각기 개성적 특질을 보여주면서도 전체를 일관하는 시정은 이렇게 동일한 근원에서 용출되고 있다는 이것은 조금도 이상할 것이 없는 일이다. 그것은 오히려 지극히 당연스런 일이 아니어서는 아니 된다.

싸우는 조선에 있어 영웅적 인간은 비단 전선에서만이 아니라 후방에서도 속출하고 있다.

이에 있어 우리는 조기천 씨의 「조선은 싸운다」를 상기한다.

세계의 정직한 사람들이여!
지도를 펼치라
싸우는 조선을 찾으라
그대들의 뜨거운 마음에 달려오는 이 땅에서

도시와 마을은 찾지 말라―

이러한 시구로서 이 시는 시작되거니와 이 표현은 지극히 간결하면서도 원수 미제의 무력침공으로부터 받은 조국 현실의 참담성에 대한 수백만어의 형용보다도 생동하는 힘을 가지며 그와 동시에 조선 인민들이 어떻게 하여 그렇듯 무비의 용감성을 발휘할 수 있느냐 하는 것에 대한 하나의 구체적 정황을 보여 주고 있는 것이다.

아, 그 많은 령마루 그 많은 바위에서
이 나라의 이름없는 영웅들은
조국의 행복을 부르짖으며
김장군 만세를 외치며
피 흘리면서도 죽으면서도
마지막 탄환으로 원쑤를 찾았다!

「조선은 싸운다」는 자기의 시적 주제를 위하여 선택되어진 제반 생활의 단면을 서사적으로 삽입하면서 이러한 영웅적 행동은 전선에 있어서만이 아니라 싸우는 조선의 후방에 있어서도 하나의 보편적 형상으로 되어 있다는 점에 대하여 정열적으로 노래한다. 실로 이 시는 미제는 무력침공배들에 의하여 엄중한 시련 앞에 맞서게 된 조선 인민은 평범한 시기의 수십 년에 필적할 속도와 심도로서 영웅적으로 장성하고 있다는 사실에 대하여 그리고 싸우는 조선에 있어서는 "대중이 탁월한 영웅의 한 사람의 수준까지 향상되었으며 대중 속에서 대중적인 영웅의 정신이 각성되었다"는 사실에 대하여 높은 톤으로 노래하고 있는 것이다.

인민들의 영웅적 행동을 노래하고 있는 우리의 싸우는 시문학은 인민들의 그러한 영웅적 애국주의의 행동과 사상을 역사적 배경에서도 노래하고 있다는 또 하나의 특징을 체현한다.

민병균 씨는 자기의 시 「기억하자」에서 새로운 인간에 대한 다함없는 찬가를 읊조리고 있다.

당원들이여
전사들이여
주검의 어려운 시련은
우리에게 기약없이 올 때가 있으리라

우리 그 때마다
잊지 말고 부르자
조선이 낳아 조선이 기른 조선의 마드로쏘부
리순장 전사의 이름을
이름없는 마을에서 자라난
숫배가 시골 청년이
조국에 바친
숭고한 당원의 모범
다함 없는 전사의 충성을—

민병균 씨는 이러한 애국적 충성에 대한 찬가를 읊조리고 있을 뿐만이 아니라 그것이 역사적 배경을 아울러 노래부르고 있다. "5년 전 머슴꾼이 오늘은 버젓한 땅의 주인으로 노동당원이 되었다"는 사실은 곧 그의 애국주의 사상의 역사적 원천이 아닐 수 없는 일이다.

조선 인민들은 일제 통치 시대에 절치통분할 치욕의 멍에 속에 살았으며 그러한 치욕의 쇠사슬을 끊어버리기 위하여 국내에서 국외에서 직접 무기를 들고 또는 지하에서 기타 온갖 수단과 방법을 다하여 과감히 싸웠다. 제2차 대전에 있어서의 위대한 소련 군대의 결정적 역할로 말미암아 8·15 해방을 맞이한 이래 조선 인민들은 절세의 애국자 김일성 장군의 지도 아래 조국을 민주의 대로에로 발전시키는 사업에로 총궐기하였다. 조선 인민들은 해방된 조선에서 주권을 잡고 인민의 원수들을 소탕하여 제반 민주의 탑을 건설하기 위하여 견결히 투쟁하였다. 조선 인민들은 이러한 제반 민주 건설을 위한 투쟁적 생활 속에서 생활의 가치와 생활의 행복을 마음껏 누리었으며 또 약속되어진 미래에 대한 과학적인 꿈의 하나하나를 실현하면서 살았다.

오늘에 있어서는 조선 인민들은 조국의 영예를 위하여 원수를 무찌르는 가열한 전투의 도가니 가운데서 살고 있다.

조선 인민들의 애국주의 사상은 실로 이러한 역사적 과정에서 단련되었으며 제고되어졌다. 여기에서 우리는 또한 조선 인민들의 영웅적 행동의 생활적 기반을 보는 것이다.

그러기 때문에 우리는 이러한 역사적 배경과 생활적 기반을 갖는 조선 인민의 애국주의 사상이라든가 그것의 전형적 표현으로서의 영웅적 행동들을 그들의 현실적 생활에 대한 깊은 애정과 분리해서는 생각할 수 없는 일이다.

우리는 김상오 씨의 시 「집」을 이러한 부면에서 생각하는 것이다.

씨는 현실 생활에 대한 깊은 애정을 추상적인 외침으로써가 아니라 구체적 인간의 구체적 생활을 통하여 노래하였다.

이 서정시의 주인공은 노동자다. 일제 통치 시대에는 착취와 압박 속에 신음하고 있었으나 8·15 해방 후에 있어서는 인민의 마음이 곧 법으로 되어 나오는 새 세상을 맞아 생활의 행복을 누리는 노동자다. 미제와 무력 침공으로 말미암아 빚어진 조국의 심각한 시련 — 그것은 인민을 더욱 세찬 영웅적인 길에로 불러일으켰다.

이 서정시의 주인공은 이미 평화로운 집에는 없다. 그는 포연탄 위천지를 휘덮는 화선에 섰고 그의 집은 잿더미로 화하였으며 그의 사랑하는 아내와 어린것은 이미 삶의 둥지를 잃었다. 그는 전호 속에서 진정 아름답고 행복하던 인민의 생활에 대하여 생각한다.

그 집들이
꿈에도 잊을 수 없는 우리 집들이
지금은 우리가 총뿌리를 겨누고 있는
미국침략자 놈들의
그 밉고 또 미운 강도 놈들의
더러운 구둣발에 짓밟히고 있을 것이다
내가 화초를 심그고 가꾸던 뜰악의
구석들과
내가 안해와 나라니 앉아서
별을 헤며 애기를 잠 재우던 그 마루와
내가 안해의 고요한 숨결을 옆에 들으며
참 늦도록 책을 읽던 그 방, 그 책상머리와
이 모든 것을
이 모든 우리들의 행복을

침략자 놈들은 진흙 묻은 구둣발로
짓밟고 돌아 다닐 것이다

그러나 이러한 사실들이 결코 그의 의기를 초침시키거나 그의 투지를 꺾지는 못하였다. 생활에 대한 사랑을 더욱 힘차게 고동해 주었으며 그것은 생활에로의 결의와 필승불패의 투지와 원수에 대한 적개심을 더욱 세차게 불러일으켰다.

우리는 돌아가리라 우리 집에!
거기서 다시 평화스럽게
사랑하는 처자와 함께 살기 위하여
우리는 돌아가리라 우리 집에
그 길이 비록 세계를 도는 것처럼 멀지라도
비록 히마라야에 오르는 것처럼 험할지라도
우리는 총을 똑빠로 쏘아
침략자 놈들을 꺼꾸러뜨릴 것이다.

(중략)

우리는 놈들의 피바다에 놓인 놈들 자신의
길고 긴 시체의 다리를 건너서
집에 가리라!

이러한 결의에 불타는 이 서정시의 주인공은 가열한 전투의 환경에서 복구와 건설의 앞날까지를 예상하며 확인하고 있는 것이니 놈들에 의하여 잿더미로 화한 터전에는 전보다도 더 아름다운 민주의 탑들을 건설할 것을 맹세하면서 다음과 같이 노래하고 있는 것이다.

우리는 지키리라 우리의 집과 또 어린것들의
고요한 숨결과 높은 웃음 소리를

원수를 반대하는 투쟁에 있어서 조국의 영예를 자기의 심장으로 지키는 영웅성과 아울러 여하한 어려움 가운데서도 공포를 모르는 자각성과 대담성! 이러한 조선 인민의 굳센 힘은 그들이 발을 붙이고 있는 현실 생활에 대한 깊은 애정으로 하여 불패의 위력으로 되는 것이다. 현실 생활에 대한 깊은 애정! 그것은 자기를 조국의 필요불가결의 일부분으로 의식하는 자각의 세계와 통하는 것이며 인민 스스로가 주권을 잡은 자기네의 사회제도를 우수하고 값 높은 것이라고 인식하는 긍지의 세계와 연결되는 것이다.

김상오 씨의 서정시 「집」에서 우리가 자기 주제를 위하여 선택된 인물의 개성적인 세계 이상으로 그 개성을 통하여 보편자 인민의 세계에로 안내되어지며 그 가운데서 싸우는 조선 인민의 진실한 피의 외침을 듣게 된다는 것은 결코 우연한 일이 아니다.

싸우는 조선 시문학의 중요한 특징의 하나인 현실 생활에 대한 깊은 애정 세계! 그것은 또한 생활의 공정한 설정을 위하여 원수를 반대하는 투쟁에서 자신의 정열을 다하는 선량한 인간들에 대한 사랑의 세계와도 결코 별개일 수는 없는 일이다.

김조규 씨의 「간호장」은 이러한 사리를 아름다운 서정의 세계에서 말해주고 있는 보람 있는 작품이다. 「간호장」에는 인간에 대한 애정의 샘터에서 우러나오는 맑고 깊은 서정이 넘쳐흐른다. 그것은 그것을 곧 자기 자신의 분신으로 생각하는 전투적 임무의 수행에 대한 헌신적 자각이 가지는 서정인 것이며 새로운 인간들의 고상한 도덕적 품성이 가지는 서정인 것이다. 자기 사업에 대한 헌신적인 정열의 호상관계에서 우리는 무엇과도 바꿀 수 없는 그들의 고상한 인간애를 보는 것이며 그 가운데서 또한 크낙한 힘의 원천을 보는 것이다.

「간호장」의 주인공 박기춘은 "목마르게 그리운 전방에의 갈망"과 "싸우지 않고는 견딜 수 없는 애국의 뜨거운 정열"을 안은 부상병에게 있어 깊은 애정의 화신이다.

　　소년은 눈을 감는다
　　지나친 출혈로 아롱거리는 눈동자 속엔
　　고향 어머니의 얼굴이
　　전우들의 얼굴이
　　간호장의 얼굴이
　　나타났다 사라졌다
　　또 나타났다
　　얼레 얼레 서로 얼레이거니

　　아아 그리움이며
　　동경이여 안식이여
　　부드러움이여 기대임이여
　　추억이여 희망이여

그 속에서 새로 솟는 크나 큰 힘이여

간호장은 자기의 애정이 미치는 이러한 영향에 대하여 자기가 간호하는 인간들의 무비의 고귀성에 대하여 자랑찬 자기인식을 갖는다. 이러한 고귀한 인간들에 대한 사랑은 곧 굴욕에서 벗어난 새 생활에 대한 사랑이다.

굴욕에서 벗어난 새 생활에 대한 그리고 새 생활의 주인공들에 대한 누를 수 없는 깊은 애정! 이것만이 그로 하여금 기총의 빗발 포탄의 불길 속에서도 부상병을 아끼어 모조리 구해내는 불멸의 위훈을 세우게 하였으며 일상적인 생활에 있어 군의대대의 어머니로서의 야전병실에 피는 향기로운 한 떨기 꽃으로서의 역할을 원만히 수행케 한다.

그러기 때문에 우리는 간호장이 다시 전방으로 나가는 전사를 "언덕 위 한 그루 밤나무 밑에 서서" 바래주고 있는 이 작품의 마지막 장면에 있어서도 눈앞에 보이는 정경, 다시 말하면 "성큼 성큼 걸어가는 전사의 뾰죽한 총신이 산모롱 대숲"에로 사라지는 것만을 바라다보게 되는 것이 아니라, 간호장 자신의 심정의 세계를 또한 마음눈으로 역력히 보게 되는 것이다. 간호의 보람이 있어 다시 전방으로 나가는 전사의 뒷모양을 바라보고 섰는 간호장의 모습에서 우리는 그의 눈초리가 말하는 것을 그의 고동하는 심장과 혈맥이 말하는 것을 역력히 듣는다. 그것은 한 길, 한뜻 위에 선 고귀한 사람들에 대한 그들의 사업에 대한 깊은 애정의 외침이다. 자기 사람들에 대한 이러한 깊은 애정은 원수들에 대한 깊은 증오의 반증적 표현이 아닐 수 없는 일이다. 일찍이 알렉세이 톨스토이가 말한 바와도 같이 전쟁에 있어서는 요행도 우연도 또 다만 사령관의 재능만도 승리를 가져오지는 못한다. 승리의 보장을 위하여는 원수를 온몸과 마음으로 미워하며 조국과 인민을 위하여는 생명도 아끼지 않으며 어떠한 난관도 두려워하지 않은 대담성과 견인성 — 이러한 인간의 도덕적 품성과 특질이 또한 필요하다. 생활과 인간에 대한 깊은 애정은 이러한 새로운 인간의 도덕적 품성과 특질의 형성에 있어 필요불가결의 중요한 요인이 아닐 수 없는 일이다.

가열한 전투의 환경에서도 생활과 인간에 대한 깊은 애정을 시적 이미지의 뚜렷한 토대로 하는 시는 우리 시문학의 건강성과 발전성을 의미하는 것이며 동시에 우리의 시문학이 자기의 전투성을 각 방면으로 제고하고 있다는 것을 의미한다.

4

싸우는 조선의 시문학에는 인민의 낙천성에 대한 사랑이, 현실의 과학적 전망에 대한 낭만의 정신이 거의 공통적으로 표현되어지고 있다는 점에 있어 또한 특징적이다.

조기천 씨는 일생을 원수와 싸우다 종내 그 뜻을 이루지 못하고 옥사한 남편의 뜻을 이어 세 아들을 원수를 무찌르는 화선에로 내보내고도 고독한 눈물을 모르는 어머니를 「조선의 어머니」에서 노래하였다. 세 아들이 전선으로 떠나간 "긴 한숨 같이 사라진 고갯길"을 그러나 기어코 아들들이 승리하고 돌아올 푸른 고개로 인식하여 오직 승리를 위한 길에로 정성을 바치는 어머니 — 우리는 이곳에서 말하자면 정열을 의식적으로 가라앉히며 일단 냉각시킨 연후에 오는, 수정과 같이 투명하

며 순수하면서도, 어떠한 힘으로도 도저히 내려 누를 수 없는, 굳센 심
정의 세계를 봄과 동시에 약속되어진 미래를 확인 전망하는 데에서 오
는 인식적 낙천과 낭만을 보는 것이다.

이러한 특징을 우리는 조기천 씨의 「죽음을 원수에게」라는 시에서도
발견하는 것이다.

이 시는 전체적으로 그의 시제가 의미하는 것보다도 넓은 함축을 가
지고 있다. 물론 이 시에는 원수는 온몸과 온마음으로 미워해야 한다는
사상, 항복하지 않는 적에게는 오직 멸망을 주어야만 한다는 사상이 기
본적 틀로 되어 있다.

그러면서 이 시는 우리 조국의 사회적 기초가 얼마나 튼튼하며, 확실
한가에 대하여, 조국의 영예는 고수되어야 하며 생활은 공정히 설정되
어져야만 한다는 것에 대하여, 그리고 우리는 반드시 승리하며 원수는
반드시 멸망하고야만 만다는 굳은 신념과 투지에 대하여, 정열적인 노
래를 들려주고 있는 것이다.

불 속에서 재 속에서
겨레의 피 속에서
투사의 시체를 넘어 넘어
얼음 속에서 주림 속에서
이 나라는 일어 서리라―
화려한 광장들을 펼쳐 들고
민족의 높은 삶을 외치며
기적 소리 은은한 굴뚝이며
백구 훨훨 돛대치는 바다를 펼쳐 들고

꽃 뿌리는 봄이며

이삭 패는 금빛 가을을

땅이 겨웁어라 가뜩 받들고

아름다운 노래며

즐거운 웃음을 넘칠듯 싣고

처녀들의 붉은 뺨이며

어린이들의 반짝이는 눈동자를 가득 안고

이 나라는 일어 서리라

　이 시는 제3절까지에서 마치 조개돌을 스치고 숲을 헤치며 구비를 돌아 흐르던 물이 여기에 와서 바위를 맞받고 높이 솟아오르는 듯한 고조된 감정으로 이렇게 앞날에 대한 전망을 탄주하고 있는 것이다.
　임화 씨의 「바람이여 전하라」도 이러한 특징을 말하는 작품이다.

가까와 오는 봄

다가오는 승리 속에

불어 끊이지 않는 이른 봄

바람이여 전하라

(중략)

아들의 돌아옴을

그 보다도 더 반드시 승리할 것을

밤낮으로 염원하며 잠 못 이루는

우리 조국의 충실한 어머니들에게

(중략)

눈물 대신에
저주를
한숨 대신에
불을 뿜으시라고—
그리하여 명예와 승리가
모든 산과 들과 숲과
온갖 마을과 도시들에
태양으로 빛나는 날

당신들의 아들들은
당신들의 딸들은
반드시 그리운 고향으로
돌아가리라 전해달라

이 시는 노래의 대상들이 처하고 있는 간난한 생활 처지와 환경에 대한 작자의 관찰에 의한 묘사로부터 출발하여 전사의 최후 승리에 대한 진심과 전망과 그러한 승리의 관념과 본질적으로는 일치하는 고향에 대한 정서들을 노래하였다.

약속되어진 미래에 대한 과학적 확신과 전망이 가져오는 낭만의 세계는 앞에서도 말한 바와 같이 인례된 한두 개의 작품에서만 볼 수 있는 것이 아니라 싸우는 우리 시문학의 거의 전부의 작품에서 공통적으로 발견할 수 있는 특징으로 되어 있다.

이것은 우리의 시문학이 싸우는 조국의 현실을 싸우는 인민의 생활을, 정확히 반영 창조하고 있다는 것의 표현이 아닐 수 없는 일이다.

무릇 시라는 문학적 형식은 다만 주제를 위하여 선택되어진 현실 생활의 어떤 단면을 필연적인 것으로 확증하며 리얼리즘적으로 재현하는 데에만 자족해서는 아니 될 것이다. 하기는 소설문학에 있어서도 매한가지다. 그러나 시문학에 있어서는 예술가의 내부 세계에 축적되어온 시적 사색, 감정, 사상, 한말로 말하자면 인민에 향하여 하고 싶은 자기의 말, 주관적 요소를 더욱 강하게 표현하여야만 한다. 문학가는 언제나 인간 생활의 단순한 서기가 아니며 부지런한 통신기자가 아니다. 그 이상의 자기의 사상과 감동의 표현자이어야만 한다. 시인에게 있어 그것의 필요성은 더욱 강하게 자기를 주장하고 나서는 것이라고 말하여야 하겠다.

싸우는 우리 시문학에 있어 약속되어진 미래에 대한 확인 전망의 세계가 특징적이라는 이 사실은 시적 표현에 있어 이러한 주관적 요소(객관과 통일되어져 있는)가 일반적으로 그 깊이가 부족하기는 하나 긍정적으로 작용하고 있다는 것을 말하여 준다.

5

이상에서 나는 싸우는 조선의 시문학이 자기의 창조 과정에서 제기하고 있는 몇 가지 주요한 특징에 관하여 말하였다. 그러나 이것은 우리의 시문학이 싸우는 조선의 현실이 제기하는 모든 문제를 원만히 형상적으로 취급하였다는 것을 의미하지는 않는다.

우리의 시문학이 현실의 제반 특징과 문제를 원만히 포섭하고 있지 못할 뿐만이 아니라 포섭된 범위 안에서도 인민이 요구하는 형상적 우수성을 일반적으로는 보여주지 못하고 있다.

예술에 있어서의 사상은 형상되어진 사상이다. 형상되어지지 않은 곳에서 예술의 사상을 운위하는 것은 부질없는 일이다.

이리하여 나는 특히 이 자리에서는 우리 시의 형상력의 부족에 대하여 말하여야 하겠다.

오늘 우리 시단에 대한 거의 공통적인 불만은 시가 산문으로부터 자기를 구별하는 힘이 대단히 약하다는 하나의 엄연한 일반적인 사태에 기초한다.

시의 산문적 경향은 어느 일개인의 시에 국한된 문제인 것이 아니라 연조가 얕은 시인으로부터 연조가 오래인 시인에 이르기까지 그 정도의 차이는 있을망정 하나의 일반적인 공통된 현상이다.

시에 있어서의 한 개 연이 산문을 토막글로 잘라서 여러 행으로 나열한 데 불과한 것이 많고 또 연과 연의 관계에 있어서도 시적 호흡으로서라기보다는 산문적으로 연결되어 나간 것이 적지 않다. 이것은 결국 사물에 대한 시적 감각이 세련되어 있지 못하며 시적 감동과 시적 사색의 축적이 부족하며 언어의 선택과 절제에 대하여 엄격하지 못하며 시조의 음악적 율동미에 대하여 고려가 충분치 못한 등의 원인에 기인한다. 그리고 이러한 약점은 필연으로 시에 있어서의 서정성의 빈곤과 깊이 관계된다.

우리 시단에 있어 한때 서정의 빈곤이 이야기되어졌으며, 그 후, 그것의 극복을 위한 여러 가지 형태의 노력이 나타나고 있다는 것은 결코 우연한 사실이 아니다.

그러나 그 노력이 모두 긍정적 성과들로서만 보답되어지고 있는 것은 아니다.

우리는 우선 대상을 방관적으로 노래 부르며 관조적으로 푸념하는 미온적이며 추상적인 태도를 버려야한다. '서정성'이라는 연막 뒤에서 예술의 이성과 건전한 판단과 명확한 지향을 뚜렷이 보여주지 못하는 몽롱한 방관적인 감정을 추상적으로 노래부르는 태도를 버려야 한다.

이와 동시에 시에 있어서의 자연을 사상적 경향성의 일시적 보류의 형태로서 취급함에 의하여 시의 서정성이 개재되어간다고 하는 생각도 버려야한다. 시에 있어 자연은 결코 단순한 장식물이거나 보족물이 아니다. 자연의 시적 묘사에 있어 그것은 색채라든가 형태만이 문제인 것이 아니라 자연의 생명이 또한 문제인 것이다. 시인은 응당 자연의 외형적인 제 특징과 아울러 그것에다 호흡과 맥박과 신경을 주는 것이 필요하며 그것은 주제가 말하는 사상적 경향의 표현과 내면적으로 연관되어 있을 때에만 가능하다.

그럼에도 불구하고 우리 시단에는 자연 묘사를 단순한 장식물로 생각하며 시의 사상적 경향의 순간적 보류의 수단으로 생각하며 또 그렇게 하는데서만 시의 서정은 나타난다고 생각하는 경향이 있다. 이리하여 중간중간에 사상적 경향을 순간적으로 보류하면서 단순한 장식물로서의 자연 묘사를 점철하여야만 시의 서정은 생긴다고 생각하는 경향이 있다.

이러한 경향에 대하여 조기천 씨의 자연에 대한 시적 묘사는 심히 교훈적인 특질을 갖는다.

임의의 예로서 가령 우리는 「첫 새벽을 맞으면서」에서 다음과 같은 자연 묘사를 본다.

> 눈 쌓인 산 마루는
> 흰 구름으로 빚어 얹은 듯―
> 그 넘어로 밤새도록 은하수는 흐르드니
> 우리들의 높은 마음을 실고
> 남으로 전선으로 흐르드니

여기에서 우리는 벌써 자연은 단순한 장식물로서가 아니라 하나의 생명력을 갖고 문학 세계에 도입되고 있음을 본다. 여기에서 우리는 벌써 자연은 사상적 경향의 대립자로서 나타나고 있는 것이 아니라 사상적 경향의 내면적 교섭 밑에 나타나고 있음을 본다.

물론 시에 있어서의 자연 묘사의 개개가 주제의 사상적 특질에 대한 은유적 또는 상징적 표현에만 국한하는 것은 아니다. 다른 예의 하나로 시는 형상의 구체성을 도웁기 위한 수단으로서 자연 묘사가 이용되어지는 경우도 있다.

조기천 씨의 「눈길」에서도 이러한 예를 보거니와 임화 씨에 있어서는 많은 작품에서 이러한 성과 있는 예들을 본다.

임화 씨의 시에 있어서의 자연 묘사는 형상의 구체성을 도우며 풍부한 감정의 윤색 있는 전달을 방조한다. 씨의 시에 있어서의 자연의 묘사는 인민의 생활을 노래하는 도도한 시적 흐름 속에 있어, 그 흐름과는 관계없이 점철되어 있는 외로운 섬인 것이 아니라, 노래의 대상이 처하여 있는 구체적 정황의 일부분으로서의 생동하는 그림이거나, 그들이 마음 속 깊이 간직하고 있는 투지와 지향과 애착과 증오와 동경 등의 가장 귀중한 것, 그리고 가장 구체적인 것과의 동조이며 연합이다.

물론 이 시인의 시가 가지는 서정성은 결코 자연에 대한 그러한 옳은 취급 방식에만 연유하는 것은 아니다.

이 시인의 시인적 특질은 선언하지 않으며 몇 개의 주어진 생활 실례를 들어 해설하지 않으며 보다 많이 풍부한 감정으로서 호소한다는데 있다. 한말로 말하자면 씨의 시인적 특질은 예리한 감각과 풍부한 감정에 있으며 이것이 씨의 시로 하여금 서정성을 보장케 하는 비결이다.

그러면 씨의 어떠한 작품들에서는 공통적으로 풍기고 있는 감상적 분위기를 어떻게 볼 것인가. 물론 우리는 이것을 부정적인 의미로서의 센티멘털리즘이라는 이름으로서 그의 작품의 전 성격을 규정지을 수는 없다.

왜냐하면 감성적 요소를 다분히 가지는 시에 있어서도 씨는 미래를 향하여 돌진하는 서정적 인물을 통하여 감정을 인민적 의의에로까지 끌어올리기 때문이다.

「너 어느 곳에 있느냐」「바람이여 전하라」…… 등 기타 시작품들에 있어서도 거대한 비애를 뚫고 나가는 스산함과 이 더러움 속에서도 미래를 확인 전망하는 낭만성을 또한 표현하고 있는 것이다. 이것은 두말할 것도 없이 아주 귀중한 것이다.

그러나 기본적으로는 혁명적 낭만의 세계를 노래하면서도 적지 않은 작품들에서 어둠과 정적 등의 서경적 배치로서 감상적 기분의 조성을 방조하며 시적 디테일에 대한 감각과 선택에 있어 감상적인 특질을 보여주기도 한다. 가령 이 시인은 달도 없는 어두운 밤 짐승도 잠든 깊은 영마루의 밤…… 등 말하자면 어둠과 유적의 서경적 배치를 형상의 구체성을 도웁기 위해서라기보다는 주로 감상적 기분의 복선으로 즐겨 사용하는 경우가 많으며 「너 어느 곳에 있느냐」에 있어서와 같이 딸에 대한 아버지의 관계 정서 회억 격려 결의 등을 싸우는 인민의 입장에서 라기보다는 보담 많이 한낱 인텔리의 입장에서 노래부르고 있으며 또 는 「바람이여 전하라」에 있어서와 같이 행동과 사상에 있어서만이 아니라 심리와 감정과 사고방식에 있어서까지도 전사의 특질을 통했어야 할 그 자리에 전사가 아닌 인텔리의 잠재적 관찰을 통하여 그 심리와 감정과 사고방식 그리고 감각의 특질 등을 성격지우고 있음으로 해서 싸우는 후방 인민들 속에서 "불타 허물어진 폐허 위를 외로이 걸어갈 머리 흰 사람" "애처로운 사람" "이길 수 없는 원한과 분노에 머리 더욱 희고 가슴 더욱 앓아진" 사람들만을 주로 클로즈업하는 결과를 보여주고 있는 것이다.

이러한 특질은 이 시인의 지난날의 작품인 「네거리의 순이」「우리 오빠와 화로」「우산 받은 요꼬하마의 부두」 등에서 볼 수 있던 감상성과 정도의 차이는 있을망정 동일한 계열의 것으로 나타나고 있다.

이 시인의 시에서 볼 수 있는 이러한 감상적 요소와 분위기는 단순히 기교상의 특질에서 오는 것이 아니라 보담 많이 정신적 원인을 갖는 것이라고 보아야 할 것이다. 시인 임화는 일제 통치의 저주로운 시대에 암흑하고도 심각한 생활 체험을 해왔다. 그에게 있어 용기에 대한 이미지는 이러한 심각한 생활 체험과 무관계할 수는 없다.

이러한 것을 생각하면서 우리는 다른 한편에 있어 시의 주인공을 언제나 지극히 엄중한 시련과 심각한 고난의 환경으로부터 출발시키면서도 감상적 요소나 분위기라고는 일 파편조차도 표현함이 없이 자기의 사상을 훌륭한 시적으로 형상하는 좋은 작품들을 보는 것이다.

이에 있어 이 시인의 감상적 특질은 그의 시 창작에 있어 발전시킬 것이냐 극복해야 할 것이냐 하고 문제를 제기한다고 하면 물론 나는 그것은 극복해야 할 것이라고 말하여야 하겠다.

나는 이 시인의 그러한 특질을 작가의 체질이라는 문제와도 관련시켜 생각해 보기는 하였다. 그러나 이 시인의 경우에 있어 그것을 작가의 체질 문제에 귀착시킬 수는 없는 일이다. 왜냐하면 그러한 감상적 특질의 극복은 이 시인의 풍부한 감정이나 예리한 감각에 손상을 주는 것이 아니며 시적 형상력에 어떤 감가를 초래할 것이 아니라 그것과는 정히 반대의 것일 것이기 때문이다.

우리는 또한 시의 설화적 경향을 배격하여야만 하겠다.

이 말은 시에 있어서의 서사적 요소를 배격하는 의미는 아니다. 시 일반이 아니라 서정시라 할지라도 오늘과 같은 현실의 특질에 있어서는 서사적 요소의 도입이 필요한 경우는 얼마든지 있다. 그러나 설화 그 자체가 시가 아니라는 것에 대하여는 더 말할 것이 없다. 비유적으로 말하자면 그렇다(!) 비유적으로 말하자면이다 ─ 인간과 환경과의 관계를 이야기로 전달하는 것이 산문이라고 하면 인간과 환경과의 관계에서 우러나는 음향을 음향 그대로 전하는 것이 시다. 그럼에도 불구하고 우리 시단에는 시적 감동을 줄 대신에 구도만을 보여주며 음악적 선율미로 어필할 대신에 이야기의 뼈다귀만을 노출시키고 있는 작품이 결코 적지 않다.

이러한 설화적인 경향은 어느 일이 개인에 한한 문제인 것이 아니라 정도의 차이는 있을망정 하나의 일반적인 약점으로 되어 있다.

이와 관련하여 시의 경향성과 호소성을 고갈한 언어의 나열 수사학에 대한 무고려를 허용하는 것이라고 생각하는 경향이라든가 또는 격정적인 언어의 무의미한 나열로서 도호하려는 경향을 반대하여야 하겠다.

김북원 씨의 「진격의 밤」, 상민 씨의 「고향길」 등은 이러한 부면에서 자성이 요구되어지는 작품이다. 「진격의 밤」의 제9연은 화선에서의 구령의 복사이며 제10연은 점층적 표현이 그것이 응당 약속하여야 할 형상의 확대를 가져오지 못하고 있다. 제10연의 표현은 이러하다.

한 사람이 나아가도
열 사람이 나아가는듯
분대가 나아가도
소대가 나아가는듯
소대가 나아가도
중대가 나아가는듯
중대가 나아가도
대대가 나아가는듯

이러한 경우에 점층적 표현은 미리 자기 절제가 있어야 할 것임은 두말할 것이 없다. 가령 임화 씨의 「밟으면 아직도 뜨거운 모래밭 건너」와 같은 작품에도 "우리들은 놈들의 사단과 연대와 대대와 중대와 소대와 분대와 그 밖에 아무리 적은 무리의 머리위일지라도 포탄의 빗발을 퍼부어야 하겠고" 하는 표현이 있지만은 이런 것은 결코 본받을 수 있는 좋은 수법이 아니라는 것을 알아야 하겠다. 그럼에도 불구하고 김북원 씨의 「진격의 밤」의 제10연은 의식의 결과이든 우연의 일치이든 간에 이러한 표현의 무의미한 부연이며 부질없는 확대다.

상민 씨의 「고향길」은 제6연 제7연 등에서 일종의 자연주의적 취미에 자기도취적으로 기울어지고 있는가 하면 제9연에 있어서와 같이 격정적 언어의 무의미한 나열로서 오히려 시의 사상성과 호소성을 도호하고 있다.

> 내 누구를 불러 저주할 것이냐
> 백 천 마디 하고 남은 말이 있을지라도
> 무엇을 불러 저주할 것이냐
> 뚫어지도록 원쑤를 쏘아보며
> 기동처럼 일어선 몸집
> 부서져 갈리는 잇발이 있을 뿐이다

시에 있어서의 언어는 간략한 연마성으로써 일정한 목적 추구의 감정을 표시하여야 하며 인민들의 문제에 해답을 주어야 한다. 그러나 이상과 같이 저주의 대상조차를 잃어버린 혼미한 세계에서 어찌 그 언어가 일정한 목적을 추구하는 감정을 표시할 수가 있으며 인민의 문제에 대답을 줄 수가 있겠는가. 시에 있어서의 격정을 정신적 혼미와 구별하여야 한다.

격정이 높으면 높을수록 그 감각과 자기를 에워쌀 모든 현실적 문제에 대한 판단과 태도는 격동적이면서도 일층 냉철하고 깊어야만 한다.

우리는 또한 주제의 상식적 부연, 하등의 시적 사색도 찾아볼 수 없는 그 식이 장식인 푸념도, 가사 그 푸념의 내용이 사상적으로 흠잡을 것이 없는 것이라 할지라도 반대한다. 우리는 시에 있어서의 기록적인 전달을 반대하며 시적 사색을 가지지 못한 공허한 상식적인 푸념을 반대한다.

이와 아울러 시인은 현실의 추종자가 되어서는 아니 된다. 물론 많은 소재를 구하여야 한다. 그러나 그 소재의 단편적인 나열 그 소재의 편언적인 표현이 곧 시가 되는 것은 아니다. 문제는 그 소재를 낳게 한 또는 그 소재를 중심으로 한 인간의 사색과 정열과 감동을 노래하라!

시적 사색이라는 면에서 말하자면 김상오 씨는 우리 시단의 유니크한 존재이다. 이 시인의 시적 사색의 표현 방식은 많은 경우에 있어 은유적인 어법과 대구법을 사용한다.

항간에는 간혹 이 시인의 사색적 요소를 지적하여 주지주의적 경향이라고 평하는 사람이 있으나 나는 그러한 견해에 반대한다. 훌륭한 시로서 사색미와 지성미가 없는 시는 없다. 이 시인의 작품에서 볼 수 있는 지성미가 이를테면 파스칼의 생각하는 갈대 또는 실천을 저버릴 곳에서의 양식과 모럴을 운위하는 그러한 세계의 지성이 아닌 것은 확실하다.

이에 있어 나는 레닌의 다음과 같은 말씀, 즉 "문학사업에 있어서는 기계적인 균등이나 대비에 양보함이 적다"는 것과 예술 창작에 있어서는 "무조건하고 개인의 창의성 개인의 취미에 대한 크나큰 자유와 사고와 공상형식과 내용에 대한 자유를 보상해줌이 필요하다"고 한 교훈을 기억할 필요가 있다고 생각한다.

이 시인의 시를 특징지우고 있는 시적 사색의 요소는, 그것을 주지주의라는 이름으로 평하며 그것을 버릴 것을 요구할 것이 아니라 그것의 발전을 위하여 방조해 주어야만 할 그러한 성질의 것이다.

나는 그의 사색적 요소의 귀중함을 인정하면서 그러나 그 지성미는 아직 투철한 외연성과 공개적 전투적 성격을 강하게 나타내는데까지는 이르지 못하였다는 점을 지적한다. 이 시인은 시적 사색을 공개적 전투성의 경향적 특징의 세계에로 더욱 수련 발전시켜야만 한다.

이와 아울러 이 시인의 은유적인 어법과 대구법의 사용은 시의 전체적인 형상에 있어 성공적으로 살고 있는 경우도 있고 혹은 그렇지 못한 경우도 있다는 것을 지적한다. 이 시인은 자기의 시를 출발시키고 있는 온

건한 은유법을, 합리적으로 과장하여 시 전체의 호흡을 격동하는 대중의 세계에로 해방하여 시의 품위만이 아니라 시의 인민적 중량을 보담 더 가재하여야 하며 전투적인 경향성을 더욱 뚜렷이 살려야만 하겠다.

그리고 이 시인은 일부 작품들에서 보여주고 있는 바와 같은 산문적 디테일의 취급 방식은 이것을 버려야만 하겠다. 그러나 이러한 점들은 이 시인이 우리 시단에 있어 유니크한 존재이며 우수한 시인의 한 사람 이라는 사실을 부인하지는 못한다.

우리는 우리의 시문학이 보여주는 중요한 특징들을 더욱 파고들어 형상하며 현실이 제기하는 모든 문제들을 보담 광범히 취급하며 여러 가지 약점들을 철저히 극복하면서 인민들을 애국주의로 교양하기에 더욱 많은 힘을 경주하여야 하겠다.

김일성 장군께서는 전체 작가 예술가들에게 주시는 말씀 가운데서

"영웅적 인민이 요구하는 예술은 또한 영웅적이 되어야 하며 세계무 대에 오른 인민이 요구하는 예술은 또한 세계적 수준에 도달하여야 하 는 것입니다. 그러한 문학예술 창작을 위하여 모든 심혈을 기울일 것을 요구하는 것입니다."

라고 격려해 주셨거니와 이것은 실로 우리들의 좌우명이 아닐 수 없는 일이다. 우리들은 김일성 장군의 이 말씀을 실천으로 받들어 조국과 인 민 앞에 훌륭히 보답해 나가야만 하겠다. 우리 시인들은 자기들의 창조 활동을 통하여 인민들을 고상한 애국주의 사상으로 더욱 더 철저히 교 양하여야 하며 조국해방전쟁의 종국적 승리를 촉성하기 위하여 우리 시문학의 전투적 역량을 가일층 제고해 나가야만 하겠다.

1951년 8월 중순

─『문학예술』 4-6, 1951.9(1951.12.15)

최근 우리 시문학상에 제기되는 몇 가지 문제

주로 서정시를 중심으로

리정구

위대한 조국 해방 전쟁 시기 이후 우리 시문학은 거대한 발전을 하였으며 훌륭한 성과들을 달성하였다.

특히 우리 시문학은 우리 문학 예술 발전에 있어서 거대한 강령적 의의를 가지는 1951년 6월 김일성 원수의 「전체 작가 예술가들에게 주신 격려의 말씀」에 의하여 우리 시인들이 고무 격려된 이후 더욱 현저한 발전을 보여 주고 있다. 이러한 발전을 증시하는 작품으로서는 이미 국가적으로 인정 받은 '조선 인민군 창건 5주년 기념 문학 예술상' 수상작품들인 조기천의 『조선은 싸운다』(시집) 민병균의 장편 서사시 「조선의 노래」 홍순철의 『영광을 그대들에게』(시집) 김조규의 『이사람들 속에서』(시집) 김순석의 『영웅의 땅』(시집) 신동철의 「조국의 고지」 기타 가사들과 박세영의 「나팔수」 김북원의 「다수확 농민」 정문향의 「동방홍」 주태순의 「중기 사수」 및 기타 박승수, 신상호, 김영철, 김경일 등 군대에 복무하는 시인들의 단시들을 들 수 있다.

조국 해방 전쟁 이후 우리 시문학에 특징적으로 나타나고 있는 긍정적 현상은 무엇보다도 먼저 우리 시인들 중 많은 동무들이 장편 서사시를 쓰기 시작하였다는 사실이다.

고 조기천 동지의 미완성 작품 「비행기 사냥꾼」을 비롯하여 우리 시문학의 재능 있는 시인 중 한 사람인 민병균 동무는 이미 벌써 전선과 후방의 우리 인민들의 영웅적 투쟁을 노래한 세편의 장편 서사시 「고향」 「어러리 벌」 「조선의 노래」를 세상에 내놓았으며 한명천, 주태순 동무들도 각각 자기의 서사시 「노한 바다」와 「중기 사수」를 발표하고 많은 시인들이 또한 자기의 창작 계획으로 장편 서사시를 쓸 것을 약속하고 있다.

이러한 사정은 다만 그것이 우리 시인들이 우리 시문학 령역에서 이미 고전적 작가로 되고 있는 고 조기천 동지에 의하여 개척된 장편 서사시의 길을 점점 더 확대하고 있다는 사실을 보여 주고 있을 뿐만 아니라 그것은 또한 바로 우리 시문학이 김일성 원수가 교시하신 바와 같이 실로 "예전 일제 시대의 조선 인민이 아닐 뿐만 아니라 전쟁 전의 조선 인민도 아닌"(「전체 작가 예술가들에게 주신 김일성 장군의 격려의 말씀」) 그와 같은 우리 민족사에서 생긴 력사적 전변들을 자기의 작품 속에 표현하고 있다는 사실을 보여주는 것이다.

실지로 이상 렬거한 작품들에 나오는 인물들 최덕수, 유만옥, 장명, 한순, 태련, 용민, 복녀 — 그들은 모두 다 전쟁 전에는 어느 누구도 상상조차 하지 못하였던 그와 같은 영웅적 우리 조선 인민을 대표하는 인간들이다.

이 작품들은 바로 서사시적 형식을 통하여 전쟁 시기에 우리 나라에 조성된 이와 같은 력사적 전변 — 그들의 생활과 활동과 투쟁을 통한 조선 인민들의 불멸의 애국주의, 대중적 영웅주의, 용맹심과 헌신성, 고상한 도덕심을 표현하였기 때문에 우리 시문학의 새로운 성과들로 된다.

다음으로 우리들은 전쟁 이후 우리 시문학은 또한 매개 작품들에서 전쟁 전까지 아직도 농후하게 남아 있던 온갖 반 사실주의적 잔재를 ─ 자연주의적, 기교주의적, 감상주의적 잔재들을 현저하게 숙청하여 버렸다는데 대하여 말할 수 있다.

1952년 김일성 원수는 조선 로동당 중앙 위원회 제5차 전원 회의에서 진술하신 자기의 보고 가운데서 우리 나라에 있어서 사상 사업을 강화할 데 대하여 언급하면서 특히 문예총 내에 잔존하는 종파적 기분들과 투쟁할 것을 호소하였다. 전체 우리 문학 예술 일꾼들은 수령의 교시를 받들고 총 궐기하였다. 이 결과 드디여 우리 문학 예술 진영 내에 숨어 들었던 악독한 미제 간첩 분자 림화, 리원조 등과 종파분자 김남천, 리태준 등을 적발 숙청할 수 있었으며 오랫동안 그들이 우리 문학에 퍼뜨린 온갖 반 인민적 해독적 영향들과 반 사실주의적 경향들을 숙청할 수 있었다.

오늘 우리 시문학에 현저하게 나타나고 있는 것은 비애와 영탄을 모르는 건강한 락관적 기분들이며 인민들의 혁명적 기분들을 체현한 건전한 사실주의적 수법들이다.

이와 같은 기분들과 수법들이 우리 시문학의 예술성과 당성을 현저하게 제고시켰으며 매개 작품들로하여금 응당하게 인민들을 교양하는 무기로서의 역할을 놀게 하였다.

전쟁 이후 우리 시문학 분야에서 가장 뚜렷하게 나타나는 긍정적 현상 중 하나는 우리 대렬 내에서 많은 재능 있는 신인들이 급속히 장성되고 있다는 사실이다.

이와 같은 사실은 우리 시문학의 력량의 급속한 장성을 말하여 주며 우리 시인들의 대렬의 가일층의 강화를 말하여 준다.

특히 주목하여야 할 것은 이 신인들의 거의 전부가 가렬한 조국 해방 전쟁 시기에 조국의 운명을 량 어깨에 걸머 메고 직접 전쟁의 제1선에서 싸우고 단련된 인민 군대 출신의 시인들이라는 것이다.

이와 같이 장성된 우리 대렬의 새로운 력량은 금년 4월에 작가 동맹 출판사에서 발행한 시집 『강철의 대오』에서 구체적으로 표현되였다.

이 시집에는 박승수를 비롯한 8명의 신인들의 작품이 수록되여 있는 바 이 작품들에는 승리한 우리 인민들의 새로운 면모가 명백히 나타나고 있다. 그들의 매개 시편들은 진지하고도 건강한 감정들로 일관되여 있으며 참신하고도 지혜 있는 구상들로써 빛나고 있다. 그 중에서도 박승수, 신상호, 주태순, 김영철 등 동무들은 이미 자기의 재능을 훌륭히 보여 주었다.

조국 해방 전쟁 시기에 우리 시문학이 거둔 상기한 모든 성과들은 우리 당과 수령과 우리 정부의 문학 예술 분야에 대한 깊은 배려를 떠나서는 생각할 수 없다. 당과 정부와 우리 수령은 우리 문학예술 일꾼들과 우리 문학 예술 발전을 위하여 언제나 항상 아낌 없는 지도를 주었으며 또한 계속 주고 있다.

우리 당과 수령은 언제나 항상 우리 문학 예술 일꾼들에게 인민 속에 깊이 들어가 인민의 생활과 감정을 깊이 연구할 것을 가르쳤으며 인민들에게 사랑을 받고 인민들을 교양하는 훌륭한 교과서로 되는 고상한 예술 작품을 창조할 것을 교시하였다.

"우리 작가 예술가들은 위대한 예술의 창조자는 인민이라는 것을 알아야 하겠습니다. 우수한 예술 작품이란 인민의 사랑을 받지 않는 것이 없으며 인민이 리해할 수 없으며 인민의 평가 없이는 또한 우수한 예술 작품이 될 수 없는 것입니다."(「전체 작가 예술가들에게 주신 김일성 장군의 격려의 말씀」)

"존경하는 작가 예술가 여러분, 조선 인민은 당신들에게 중대한 과업을 제시하였습니다. 당신들은 우리 인민의 영웅적 투쟁과 빛나는 승리를 세계 인민에게 보여야 하며 후손 만대에 전하여야 하겠습니다. 이 성스러운 과업을 당신들이 영광스럽게 수행하리라는 것을 우리 인민은 믿어 마지 않습니다."(「전체 작가 예술가들에게 주신 김일성 장군의 격려의 말씀」)

수령은 이렇게 가르치시였다. 그러나 우리 시인들은 상기한 모든 성과들에도 불구하고 아직도 우리 수령의 이 극진한 배려에 충분히 보답하지 못하고 있으며 우리 인민들에게 충분히 사랑을 받을 수 있는 작품들을 원만하게 쓰지 못하고 있다.

1954년 5월호『조선문학』「편집부에 온 독자의 편지」란에 게재된 독자의 서신에는 분명히 우리 시에 대하여 만족을 느끼지 못한다는 의사가 표명되어 있다.

우리 시의 애독자의 한 사람인 평양시 기림 1동 박창인은 「시의 주제를 다양하게」란 제목 하에 쓴 자기의 편지 속에서 다음과 같이 말하고 있다.

"우리는 성스러운 조국 해방 전쟁을 승리하였고 또 전후 인민 경제 복구 발전의 웅장한 첫 걸음을 내여 디디였습니다. 그렇기 때문에 나는 생각합니다. / 사람의 얼굴이 다른것처럼 시인들의 즐기는 노래도 다를 것이라는 것을…… 시인들의 개성은 작품을 통하여 다양하게 표현되여야 할 것입니다. 그럼에도 불구하고 왜 우리의 시들은 서정이 적으며 주제가 다채롭지 못한가?"

이 편지에 의하여 적어도 우리 시문학의 세가지 기본적 부족점들이 지적되어 있는바 그것은 첫째로 개성이 없다는 것, 둘째로 서정이 적다는 것, 세째는 주제가 다채롭지 못하다는 것이다.

나는 이제부터 이 독자가 지적한 부족점들을 확대시키면서 최근 우리 시문학에 나타나고 있는 기본적 결함(내용과 형식상)들에 대하여 그 원인은 어데 있으며 앞으로 우리 시인들은 자기 창작에서 무엇을 개선하여야 하겠는가를 규명하여 보겠다. 주지하는 바와 같이 우리들의 선배인 모든 선진적 시인들은 자기 나라의 인민들의 생활의 중요한 각 측면 각 부면 각 단계에 대하여 썼다. 마야꼽쓰끼는 혁명에 대하여, 일리이츠에 대하여, 국가의 계획에 대하여, 관료주의에 대하여, 미국에 대하여, 미래파에 대하여 썼다. 그렇기 때문에 그의 시는 오늘 쏘베트 인민의 가장 다채로운 생활의 화폭으로 되며 인민들의 생활의 각 방면으로부터 열렬한 환영을 받고 있다.

우리의 애국 시인 조기천에 대해서 말한다면 그도 또한 해방에 대하여, 력사에 대하여, 반역자에 대하여, 생산과 로동에 대하여, 사랑에 대하여, 전쟁에 대하여 썼다.

그렇기 때문에 그의 시는 오늘 우리 인민들의 생활의 각 부면에서 가장 광범하게 애송되고 있는 것이다.

우리는 모름지기 이 시가의 대가들에게서 배우면서 자기의 시야를 넓힐 필요가 있다.

생활의 각 부면을 통하여 묘사하라는 수령의 교시는 또한 일정한 범위의 현상과 생활들을 가장 다양한 측면에서 가장 다양한 형태로 관찰하여야 한다는 문제와도 밀접히 관련된다. 례하면 인민 경제 건설에 관한 문제는 각개 산업 분야에 걸쳐서 다양한 형태로 취급되여야 할 뿐만 아니라 매개 산업 분야에서의 생활과 투쟁도 그것이 또한 각이한 측면에서 각이한 각도로 각이한 체험을 통하여 취급되여야 한다. 왜냐 하면 현상은 언제나 항상 다측면적이며 따라서 이에 관련되는 인간의 체험도 다양하기 때문이다. 그러나 우리 시인들은 각자가 모두 각이한 개성과 각이한 취미와 각이한 교양 정도를 가지고 있음에도 불구하고 마치 한 사람처럼 일정한 현상과 일정한 생활에 대하여 한 장소만을 한가지

모양으로만 관찰하는 경향이 있다. 이와 같은 결과가 오늘 독자들로하여금 다른 얼굴을 보여 달라는 요구를 제출하게 하고 있다.

참고로 최근 우리 시문학의 가장 중요한 테마인 인민 경제 복구 건설을 취급한 작품들의 제목들을 렬거하여 본다면 다음과 같다.

「기중기를 돌리며」(동승태) (『조선문학』, 53년 12호)

「불길 솟는 전기로」(원진관) (『조선문학』, 53년 12호)

「도표판 앞에서」(민경국) (『조선문학』, 54년 2월호)

「소성로에 불은 지폈다」(조벽암) (『조선문학』, 54년 3월호)

「용접공의 노래」(박문서) (『조선문학』, 54년 3월호)

「일어선 소성로」(리맥) (『조선문학』, 54년 4월호)

「제재공의 노래」(원석파) (『조선문학』, 54년 5월호)

「정방공 처녀」(정문향) (시집 『건설의 노래』)

「해탄로와 함께」(원진관) (시집 『건설의 노래』)

「어부의 노래」(원진관) (시집 『건설의 노래』)

「수풍 철탑」(동승태) (시집 『건설의 노래』)

「벌목공」(동승태) (〃)

「처녀 발구공」(동승태) (〃)

「기적을 울리며」(박문서) (〃)

「용광로여」(박문서) (〃)

「새기대 앞에서」(박문서) (〃)

「녀맹반장 인순이」(안룡만) (『조선문학』, 54년 6월호)

「벌목부의 노래」(전초민) (『조선문학』, 54년 6월호)

「아침 독보회」「정방공 처녀들」(김조규) (『조선문학』, 54년 6월호)

여기서 공통적으로 나타나고 있는 현상은 이 작품들의 제목이 모두 다 직접 작업 현장에 바쳐졌으며 직접 기계의 이름들과 관련되어 있다는 사실이다. 다시 말하면 이 제목들은 그것이 거의 다 기계 이름이나 로동의 종목만을 바꾸어 놓으면 거의 류사하거나 또는 전연 동일한 제목으로 된다는 것이다.

물론 제목이 같다하여 같은 작품이라고 말할 수는 없다. 그러나 소설이 아니고 서사시가 아닌 제약된 형식과 행수를 가진 서정시에 있어서 이와 같이 그 제목들이 류사하거나 또는 동일하다는 사실은 우리들로 하여금 이 시편들의 내용이 과연 어떤 정도로 차이점을 가지고 있는가에 대하여 상상할 수 있게 하여 준다.

실제로 상기 작품들은 거의 례외 없이 로동자들의 작업 현장에로의 복귀된 사실과 기계에 대한 그들의 애착심과 곤난한 전쟁 시기에 대한 회고와 그들의 작업 경력과 생산 의욕에 대하여 류사한 사고 방식, 류사한 지식정도, 류사한 언어, 류사한 표현 수법들을 통하여 묘사하고 있다.

례하면 상기 작품들에서 로동자들의 공장에로의 복귀된 사실은 "얼마만이냐…… 전기로야…… 우리는 다시 너에게로 돌아왔다."(작품 「다시 전기로에 돌아 왔다」)

"용광로여! 우리 여기서 다시 만남은"(작품 「용광로여」에서) "어랑의 산과 들에서 …… 사랑하는 해탄로에 돌아왔다"(작품 「해탄로와 함께」에서)식으로 되어 있으며 조국 해방 전쟁 시기에 대한 회고는

야수들의 포탄이

…………

네게로 달려 들때

…… 우리의 손은

…………

너와 리별하고 떠났다.

— 원진관 「다시 전기로에 돌아오다」에서

…… 원쑤가

…… 불비를 쏟고

나의 사랑을 앗아 가려 할 때

용광로여

내 너를 두고 싸움에 일어섰다.

— 박문서 「용광로여」에서

원쑤가 불을 쏟던 3년을

용광로여! 너는 알리라

…………

…………

우리 전공들은

싸우고 또 싸웠음을 ……

— 박문서 「용접공의 노래」에서

피에 주린 원쑤가

…… 퍼붓는 폭탄

그 폭탄의 우박을 헤쳐 싸우기에

3년동안에 머리가 희였다······

　　　　　　　　　　　　　　　　　　　　　　　－ 리병철 「나무를 심는 마음」에서

식으로 표현되여 있으며 작품 속에 나오는 로동자들의 작업 경력은 정해 놓고 '20년'(정문향의 「벌목부의 호소」), (박문서의 「용광로여」) 또는 30년간(조벽암의 「소성로에 불은 지폈다」)의 동일한 숫자로 기록되여 있으며 로동자들의 생산 의욕과 투지의 표현은 매개 작품에서 다음과 같이 류사하게 나타난다.

백열의 불길로 타오르자－

　　　　　　　　　　　　　　　　　　－ 「다시 진기로에 돌아오다」에서(원진관 작)

심장의 불꽃 날리며
로와 함께 있다

백열의 불길 솟아칠 것인가

　　　　　　　　　　　　　　　　　　　－ 「불길 솟는 전기로」에서(원진관 작)

백열로 불탈 심장이여
·········
용광로여
이제 우리 영원히 함께 있자!

　　　　　　　　　　　　　　　　　　　　－ 작품 「용광로여」에서(박문서 작)

불 방아를 찧라.

불꽃을 피우라

　　　　　　　　　　　　— 작품 「수풍철탑」에서(동승태 작)

…… 벌목부의 두 눈에는

불빛이 타 올랐다

　　　　　　　　　　　　— 작품 「벌목부의 호소」에서(정문향 작)

　보는 바와 같이 여기에는 류사한 표현들과 류사한 언어들, 류사한 사고 방식들이 라렬되어 있다. 바로 이와 같이 우리 시인들은 로동자들의 생활과 투쟁을 노래함에 있어서 자기의 특색 있는 얼굴을 보여 주지 못하고 있다.

　이와 같은 결함들은 다만 우리 시인들이 인민들의 건설투쟁을 노래한 작품에서만 나타나는 것이 아니라 다른 많은 시작품들 례하면 조쏘 친선을 노래한 시집 『쓰딸린의 깃발』에서도 조중 친선에 관한 시집 『전우의 노래』에서도 전투영웅을 노래한 시집 『영광의 노래』에서도 일반적으로 나타나고 있다.

　여기서 우리들은 무엇을 말할 수 있는가.

　여기서 우리는 무엇보다도 먼저 우리 시인들이 일정한 인물을 취급함에 있어서 그 인물이 참가하는 전문적 활동 분야를 직접 그리지 않고서는 작품이 될 수 없다고 생각하는 그릇된 인식을 가지고 있다는데 대하여 말할 수 있다.

　달리 말하면 우리 시인들은 로동자나 또는 그의 감정은 다만 공작 기계 옆에서나 작업 현장에서만 묘사될 수 있고 그와 반대되는 경우에 있어서는 벌써 전형이 아니거나 적어도 전형적 환경이 아니라고 생각하는 경향이 확실히 있는 것이다.

여기로부터 오늘 우리 시인들이 너도 나도 일제히 붓대를 들고 용광로와 전기로 옆으로 방적 공장과 벌목장으로 전로공, 정방공, 벌목공을 분주히 찾아다니게 된다.

이와 같은 경향이 오늘 우리의 작품에서 주제의 다양성이 아니라 주제의 동일성을 낳게 되는 중요한 원인 중 하나이다.

물론 오늘에 있어서 작업 현장, 생산 현장은 우리 인민들의 새로운 감정, 새로운 정서가 가장 풍부하게 가장 직접적으로 로현되는 생활의 기본 분야다. 그러나 중요한 것은 이 귀중한 장소에서 인민들의 정신 상태에 초래된 새로운 근본적 질적 변화를 포착하는 것이다. 만약 이것을 포착하지 못한다면 아무리 현상과 기계 옆에 다가선다 해도 우리의 작품에는 무의미한 소음과 기계의 외형과 사람들의 직업적 동작만이 남을 것이며 만약 이것을 포착한다면 아무리 공작 기계를 멀리 떠난다 해도 우리들의 작품에는 언제나 인민들의 생생한 호흡이 떠오를 것이다. 우리 시인들의 작품의 류사성, 류형성, 비특징들의 근본적 원인은 바로 여기 있는바 그것은 다만 표현 방법, 표현 수법들이 류사할 뿐만 아니라 우리 인민들의 정신적 풍모를 심각하게 특징 짓지 못하고 있다는 것으로써 류사하다.

그러나 문제는 또한 다만 여기에만 있지 않다. 문제는 또한 우리 시인들이 자기 시작품(서정시)에서 서정시의 특수성을 고려하지 않고 제한된 형식 속에 잡다한 사건과 비개성적인 인물들을 함부로 등장시킴으로써 작품의 인상을 희박하게 하는 무모한 시도들이다.

실례로 상기 조벽암 동무의 「소성로에 불은 지폈다」라는 불과 10매 이내의 서정시에는 정만준 이외에 조룡수, 김효길, 김홍빈, 박정실 등

무려 5명의 인물이 등장한다.

작자는 여기서 정만준이라는 인물의 경력과 외모와 행동을 그리려고 한다.

그러나 결국 정만준의 목소리를 한마디 표시했을 뿐 이 시에서 정만준이는 다른 아무라도 좋은, 그러한 개성을 가지지 못한 사람으로 된다. 뿐만 아니라 조룡수, 김효길, 김홍빈, 박정실 등은 다만 이름이 나올 뿐 아무런 용모도 보여 주지 않는다.

독자의 머리에는 이 개별적 인물들의 이름이 떠오른다. 그러나 인차 사라진다. 왜 그러냐 하면 독자가 이 개별적 인물들에 대하여 인상을 받기에는 이 인물들은 너무나 가진 것이 없기 때문이다. 동시에 이 시에는 이 인물들의 인상을 지워버리는 너무나 많은 잡음들 ─ 로의 외형, 협의회 광경, 로동자들의 목소리, 작가의 외침 ─ 이 있기 때문이다.

독자의 머리는 혼란해지며 결국 무엇을 얻은것 같기도 하고 들은것 같기도하나 산란하고 걷잡을 수 없으며 어쩡쩡하다. 목소리는 들리나 선명하지않다.

이것이 독자가 이 시에서 받는 인상이다. 결국 이 시는 서정시로서의 자기의 유일한 목적을 달성하지 못하였다.

우리의 시가 독자들 앞에 류형화된 한가지 용모로 나타나는 둘째번 리유는 바로 여기 있다.

수많은 시인들이 서정시라는 제한된 형식 속에서 로동자라는 동일한 직업을 가진 개별적인 인물들을 일일이 묘사하자니 자연히 "이제 돌아왔느니" "경력은 30년간이니" "로에서는 불꽃이 튀느니" "전쟁시에는 너도 나도 싸왔느니" 하는 류형화된 목소리바께 더 나올 수 없지 않겠는가, 왜냐하면 이 인물들을 표시하기 위해서는 이러한 조건들은 필수적이며 그렇다고 이 인물을 더 나가서 구체화하며 개성화하기에는 서정시는 너무나 좁은 면적을 가졌기 때문이다.

말렌꼬브 동지는 쏘련 공산당 제19차 당 대회에서 진술한 자기의 보고에서 맑쓰-레닌주의적 인식에 있어서 전형에 대하여 다음과 같이 말하였다.

"우리의 미술가 문학가 예술 일꾼들은 예술적 형상들을 창조하는 창작 사업에 있어서 항상 전형적이라는 것이 가장 번번히 볼 수 있을 뿐만 아니라 또한 당해 사회적 력량의 본질을 가장 완전히 가장 예리하게 표현하는 것임을 기억하여야 한다.

맑쓰-레닌주의적 인식에 있어서 전형적이라는 것은 결코 어떤 통계적 평균성을 의미하는 것이 아니라 전형성이라는 것은 그 당시 사회 력사적 현상의 본질에 합치되는 것이나 단순히 가장 많이 보급되어 있으며 자주 반복되어 일상적으로 일어나는 현상을 말하는 것은 아니다."

우리 시인들은 자기의 시 작품을 창조함에 있어서 항상 전형이라는 것은 우리 인민의 생활과 감정에서 합치되는 것이며 우리 나라의 사회 력사적 현상의 본질에 부합되는 것이라는 것을 알아야 한다.

그러나 우리 시인들에게 맑쓰-레닌주의적 인식에 있어서의 전형에 대한 리해가 부족한 결과 오늘 우리의 작품들에서 서정은 적지않은 경우에 있어서 발전된 우리 인민들의 생활 감정과 정신적 풍모의 본질에 합치되지 않고 있으며 인민들의 정서에 뒤떨어지고 있다.

례하면 마우룡 동무는 시집 『건설의 노래』에 수록된 「첫새벽」에서 이미 2년간이나(1952년 작품이므로) 자기 조국의 통일독립을 위하여 원쑤와의 판가리 싸움을 계속하고 있는 우리 인민들에 대하여

일어나자
이 나라 전우여
이 나라 형제여

끝 없이 복쑤에 타는
조국의 불 기둥 되여
하늘과 땅이 하나가 되여
일어나자! 이 나라 사람들이여

라고 공허하게 부르짖음으로써 우리 인민들과는 측량할 수 없이 먼 거리에 서있는 시인 자신의 락후한 위치를 보여 주고 있는 것 등은 모두 우리 시에 있어서의 전형이 아니며 일상적으로 반복되여 흔히 일어나는 비성격적 감정과 체험들의 한 류형이다.

전형적인 것은 일상적인 것이 아니며 가장 자조 반복되는 평범한 것이 아니다.

시에 있어서의 전형적 정서는 생활과 현상들의 본질을 가장 완전하게 가장 예리하게 드러내는 심화된 고도의 감정이다.

전형성을 잃지 않기 위해서는 또 그것을 완전히 밝히기 위해서는 현상에 대한 의식적인 과장과 강조가 필요하다.

만약 시에 있어서의 서정을 과장할 줄 모르며 강조할 줄 모른다면 그것은 비전형적이며 비성격적인 것이며 따라서 인민들의 사회 력사적 현상의 본질을 인식함에 있어서 아무런 도움도 주지 못할 것이다.

그럼에도 불구하고 우리 시인들은 아직도 충분히 과장할 줄 모르며 강조할 줄 모르며 많은 경우에 있어서 가장 완전하고 가장 예리한 서정을 줄 대신에 비 감동적이며 비 특징적인 서정을 로출하고 있다.

"전형적인 것은 사실주의 예술에 있어서 당성이 발현되는 기본 분야이다. / 전형성의 문제는 항상 정치적 문제이다."(말렌꼬브)

김일성 원수께서는 1951년 12월 문화 예술인들과의 접견 석상에서 하신 연설 속에서 "예술은 그가 우리 인민의 현처지와 영웅적 투쟁을 정확하게 반영하고 그가 인민을 뒤로 돌아가라고 부를 것이 아니라 행복스러운 장래를 향하여 앞으로 나가라고 부르는 경우에라야만 자기의 과업을 성과있게 실천할 수 있습니다"라고 교시하였다.

시인은 자기 작품에서 서정을 통하여 당성을 발휘한다. 시인들은 자기 작품에서 서정을 통하여 인민들을 행복스러운 장래를 향하여 앞으로 나가라고 부른다.

당성을 발휘한다는 것은 시인이 사회 력사적 현상의 본질에 합치되는 전형적이며 성격적인 서정을 창조한다는 것을 의미한다.

인민들을 행복스러운 장래를 향하여 앞으로 나가라고 부른다는 것은 시인이 가장 완전하고 예리한 전형적 정서를 통하여 인민들을 교양한다는 것을 의미한다.

그러므로 우리들이 만약 자기 작품에서 우리 인민들의 고상하고 예리한 정서를 정확하게 창조할 수 있다면 그것은 그만큼 우리들이 당과 국가에 대하여 정치적으로 도움을 주는 것이며 이와 반대되는 경우에는 정치적 오류를 범하게 되는 것이다.

전후 인민 경제 복구 건설에 일어선 우리 인민들의 훌륭하고도 완전하며 예리한 정신적 풍모를 창조한다는 것 ─ 이것은 당과 국가에서 맡겨진 우리 시인들의 영광스러운 임무이다.

우리 서정시에 있어서의 완전한 전형적 서정을 창조한다는 문제는 우리 시 작품의 형식과도 밀접히 관련된다.

주지하는 바와 같이 우리의 시는 이른바 자유시이며 그 구성 형식에 일정한 규칙이 없다. 다시 말하면 우리 시는 매개 시 행내의 음절 수에 있어서나 매개 련내의 시 행수에 있어서나 매개 장 절내의 시 행수, 련 수에 있어서도 아무런 약속도 없으며 제한도 없다. 제한이 있다면 오직 시 행의 의미 내용에서 오는 내재률의 제약이 있을 뿐이다.

여기로부터 오늘 우리 시인들은 자기의 작품에 있어서 음절 수나 행 수를 임의로 신축하는 시 작법상 일종의 무제한한 자유를 가지게 되었다. 그 결과는 좋지 못하다.

그 결과는 첫째로 오늘 우리 시에 있어서 서정과 내용의 산만성을 방지하지 못하고 오히려 조장시키고 있다.

나는 여기서 이것을 증명하기 위하여 다만 두개의 실례만 들어 보겠다.

그 하나는 시집 『전우의 노래』에 수록된 박세영의 「모주석께 드리는 승리의 찬가」에서 볼 수 있는바 이 시의 초두는 다음과 같이 되였다.

동터오는 대륙
지평선 저편에 노을이 불타 오면
장엄한 「동방홍」의 노래 소리
대지도 일어나 합창하듯
승리의 노래 날로 우렁찬 형제의 나라
위대한 새 중국의 모습이 나타납니다.

우리는 상기 시행 중에서 가령 제5행 "승리의 노래 날로 우렁찬 형제의 나라"가 삭제되여도 이 시의 내용을 리해하는데 있어서나 문맥의 련결을 감득하는데 있어서 하등 지장을 받지 않는다는 것을 잘 알 수 있다. 뿐만 아니라 제5행이 있음으로 하여 오히려 의미상에 있어서나 시행의 련결에 있어서나 장애가 된다는 것도 알 수 있다.

왜 그러냐 하면 제5행이 가지고 있는 의미 내용은 제3행, 제4행이 잘 표현하고 있으며 오히려 5행으로 말미암아 전체의 내용이 산만해짐을 느끼며 노래라는 단어가 이중으로 나오며 문맥에 있어서도 제5행이 없이 "합창하듯 …… 모습이 나타납니다"로 되는 것이 더 순조롭고 조화적인 련결이 되기 때문이다.

그렇다면 이것은 무엇을 말하는가 이것은 제5행이 불필요하며 작가가 시행의 규칙적이며 조화적인 배렬에 대하여 깊은 고려를 돌리지 않았다는 것을 말한다.

이와 같은 결함은 원진관의 시 「그이의 노래는 영원하리」 (시집 『쓰딸린의 깃발』에 수록)에서 더욱 현저하게 나타난다.

이 시는 각 련의 시 행수가 4, 8, 3, 4, 4, 5, 4, 3, 6 …… 등으로 무질서할 뿐 아니라 제2련은 다음과 같이 그 내용을 리해할 수 없으리만큼 혼란을 가져오고 있다.

　　투쟁의 긴긴 세월 그 어느 때에도
　　그이의 심장은 불 타는 청춘으로
　　지구 위에 살아 있는
　　인민들의 평화와 자유
　　평등을 위하여
　　몸과 마음 아낌 없이 바치시여
　　우리에게 행복의 길

열어 주시였나니

　여기서는 제2행이 없어도 되고 제6행이 없어도 되며 또 제3, 4, 5행이 동시에 없어도 의미가 전달된다(물론 제1련 또 기타의 련과의 관련에서). 뿐만 아니라 제6행이 편입됨으로 말미암아 전체의 의미 내용이 리해할 수 없게 되였다.

　왜 그러냐 하면 "심장은…… 몸과 마음 아낌 없이 바치시여…… 길 열어 주시였다"고 되기 때문이다.

　여기서는 오히려 제2행을 삭제하는 것이 의미 표현상 명백성을 가져오는 것도 같다(제1련 또는 다른 련들과의 의미상 관련에서).

　이러한 혼란은 이 시의 제3련과도 관련되여 그 의미를 애매하게 하여 준다.

　제한된 한 련내의 시행 속에서 이와 같이 있어도 좋고 없어도 좋은 시행들이 질서 없이 편입되여 있다는 것은 벌써 이 시의 균형을 파괴하고 있으며 그만큼 이 시가 가지고 있는 사상적 내용을 산만하게 또 모호하게 하여주는 것이다.

　실지로 이 시는 전체로써 쓰딸린 선생에 대한 우리의 정확하고도 숭고한 흠모의 감정을 선명하게 표현하지 못하고 있다. 이에 대해서는 앞으로 다시 언급하겠다.

　이것이 자유률이란 명목 하에 우리 시인들이 시행 선택에 있어서나 음절 수 배합에 있어서나 소위 자유주의를 발휘한 악결과이다.

　둘째로 우리 시인들의 작시법상 무제한 자유는

　우리 시의 산문화해가는 결함을 방지 못하고 확대시키고 있다. 이것은 더 증명이 필요하지 않으리만큼 누구나 다 감득할 것이다.

세째로 우리 서정시의 고유한 특성을 파괴하고 서정시와 서정 서사시의 한계를 가를 수 없는 일종의 변태적 쟝르를 낳고 있다. 이것은 우리 시인들이 자기 작품 속에 개별적 인물을 등장시키면서 실은 이 인물들의 개성을 뚜렷하게 묘사하지도 못하는 그와 같은 서정시도 아니요 서정 서사시도 아닌 작품을 쓰고 있는 것으로써 증명된다.

이러한 결과들이 오늘 우리 서정시로 하여금 인민들의 사랑을 받지 못하게 하며 그들에게서 우리 시에 대하여 서정이 적다는 목소리가 나오는 것을 도와 주고 있다.

1949년 쏘련의 저명한 시인 그리바쵸브가 우리 조선을 방문했을 때 일이다. 우리 작가 시인들과의 좌담회 석상에서 그는 우리 시에 일정한 정형(定型)이 없다는 것을 대단히 유감으로 생각하면서 우리 시 문학의 발전을 위하여서는 앞으로 반드시 새로운 정형률 형식의 창조가 필요하다고 강조하였다.

당시 우리 시인들은 이에 대하여 정형률은 이미 낡은 형식이며 형식(정형률)은 내용을 구속하기 때문에 자유로운 의사를 표현할 수 없다고 반대의 의사를 표명하였다.

그러나 이것은 정당한 의사라고는 볼 수 없다.

물론 내용은 형식을 결정하며 오늘에 와서 우리의 자유시가 과거의 정형률로 돌아갈 수는 없다.

그러나 이것은 우리 시 문학의 새로운 형식의 창조와는 아무 관계도 없는 내용과 형식에 관한 비속화된 리론이다.

왜 그러냐 하면 오늘에 와서 정형률을 창조한다는 것은 과거의 것이 아니라 과거의 우리 문학 유산을 비판 섭취한 기초 우에서 오늘의 내용에 맞는 그 어떤 새로운 정형을 발견하며 창조한다는 것을 의미하기 때문이다.

김일성 원수는 작가 예술가들에게 주신 격려의 말씀 속에서 우리 작가들에게 인민 문학 특히 민요와 구전 문학을 연구할 것을 호소하면서 예술 형식에 있어서의 유산 섭취에 대하여 다음과 같이 말씀하였다.

"그런데 일부 우리 예술가들은 과거의 민요 그대로를 존속함으로써만이 민족 문화의 계승으로 생각하는 일이 있습니다. 이러한 경향은 우리 민족 문화 발전의 기본 로선을 망각하는 것입니다. 민요, 음악, 무용 등 각 부면에서 우리 민족이 고유하고 있는 우수한 특성을 보전함과 아울러 새로운 생활이 요청하는 새로운 리즘, 새로운 선률, 새로운 률동을 창조하여야 하겠습니다."(「전체 작가 예술가들에게 주신 김일성 장군의 격려의 말씀」)

오늘 우리의 자유시는 봉건 시대의 문학적 쟝르이였던 시조, 가사, 창가 등의 정형률의 구속으로부터 인민들이 자기의 사상과 감정을 자유롭게 전달하는 하나의 수단으로서 발생하였다.

그러나 오늘에 와서는 이미 자유로운 제도 하에서 고도로 발전된 우리 인민들의 정제되고 세련된 생활 감정은 자기를 충분히 완전하게 예리하게 표현하기 위하여 자유률 이외에 그 어떤 정형의 시형식을 요구하고 있다고 볼 수 있지 않겠는가 달리 말하면 자유시는 그 형식의 방임성, 무규률성으로 말미암아 우리 인민들의 정서를 가장 균형있게 완전하게 리즘적으로 반영하는데 적지 않은 방해를 주고 있다고 볼 수 있지 않는가 우리 자유시의 이와 같은 결함에 대하여 이미 우리 시인들 중 몇몇 동무들은 그것이 자기 창작을 발전시키는데 있어서 방해가 된다는 것을 감측하고 있다.

이것은 최근에 와서 우리 시인들 중 일부 경험있는 동무들(례하면 박팔양, 민병균, 리효운, 김순석 등)과 적지 않은 신진 시인들이 차즘 자기 시에서 일련내의 행수를 2행 내지 4행으로 균형 있게 배렬하려고 로력하고 있는 것으로써 설명된다.

이것은 우리 시인들이 새로운 형식을 찾고 있다는 하나의 징조이다.

로씨야 및 쏘베트 시인들의 서정시는 그 형식의 간명성 균형성으로 말미암아 오늘 쏘베트 인민들의 일상 생활 속에서 더욱 광범하게 애송되고 있다.

그러나 우리의 서정시는 그 형식의 산만성, 무균형성으로 말미암아 학교에서 합평회와 감상회에서 써클에서 랑송되고 연구되는 이외에 아직도 인민들의 구두에 광범하게 오르고 있지 않으며 인민들의 생활과 투쟁의 현장에서 직접 애송되여 있지 못하고 있다.

오늘 자기 조국의 장엄한 인민 경제 복구 건설에 일어선 우리 인민들은 전쟁에서 세련되였으며 풍부해졌으며 공고해진 자기들의 생활 감정을 가장 간명하게 가장 균형 있게 표현할 수 있는 새로운 음률체계를 요구하고 있다. 우리들은 우리의 서정시가 보다 균형 있게 인민들의 생활 감정을 표현하며 보다 광범하게 인민들의 구두에 오르며 현장에서 가정에서 휴식처에서 직접으로 그들에게 불리워질 수 있게 하기 위하여 새로운 형식을 창조해야 한다는데 대하여 심중한 고려를 돌릴 필요가 있다.

형식에 관한 문제는 언어에 관련된다. 왜냐하면 온갖 문학적 형태의 작품들은 언어적 수단을 통하여 형상을 창조하는 예술이기 때문이다.

훌륭한 시인이 된다는 것 ― 이것은 우리 시인들이 언어의 기술자, 언어의 예술가가 된다는 것을 의미한다.

그러면 오늘 우리 시인들은 언어의 기술자로서의 역할을 완전하게 수행하고 있는가.

유감스럽게도 우리는 이 문제에 대하여 긍정적 대답을 할 수 없다.

언어학에 관한 쓰딸린의 고전적 로작에 의하면 언어는 교제의 도구이며 동시에 투쟁과 사회 발전의 도구이라는 것이 명백히 규정되었다.

시인에게 있어서 언어는 계급 투쟁의 강력한 무기다. 시인은 자기 작품에서 언어의 힘을 빌어 사상과 감정을 표현하며 언어를 도구로 자기의 계급적 리상을 위하여 싸운다.

여기로부터 우리 시인들이 언어에 대하여 심중한 고려를 돌려야할 중대한 과업이 나온다.

그러나 우리 시인들은 이에 대하여 아주 적게 주의를 돌리고 있으며 충분한 노력을 하지 않고 있다.

언어는 "계급들에 대하여 일종의 무차별을 표시한다. 그러나 사람들, 개개의 사회적 집단들, 계급들은 언어에 대하여 결코 무관심하지 않다. 그들은 언어를 자기들의 리익을 위하여 리용하며 언어에 대하여 자기들의 특수한 어휘, 자기들의 특수한 술어, 자기들의 특수한 표현을 강요하려고 로력한다. 이점에 있어서 특히 현저한 것은 인민으로부터 유리되고 인민을 증오하는 유산 계급들의 상층 즉 궁정 귀족과 부르죠아지의 상층이다."(쓰딸린의 「맑쓰주의와 언어학의 제 문제」 조선문판 15~16페지)

반동적 부르죠아지의 리익을 옹호하며 인민 대중의 혁명적 의식을 마비시키는데 종사한 반사실주의 작가 시인들은 자기들의 작품 속에 부르죠아지들의 계급적 통용어들, 계급적 방언들, 부르죠아적 표현들을 들고 나왔다.

우리 시 문학의 경험은 1930년대 이른바 정지용, 박룡철, 김기림 등의 형식주의자들과 림화 류파의 미제 간첩 도당들에 의하여 우리 문학어에 많은 비문화적 통용어들과 지방적 방언들이 들어왔다는 것을 잘 알고 있다.

그럼에도 불구하고 우리 시인들 중 일부 동무들은 이에 대하여 아직도 심각한 주의를 돌리지 못하고 자기 작품 속에 비계급적인 통용어 비특징적인 지방어를 끌어 들임으로써 인민들의 언어 교양에 좋지 못한 영향을 주고 있다. 례하면 박석정 동무가 사용한 "노친네"(시 「지원군과 최로인」－시집 『전우의 노래』) 김순석 동무가 사용한 "손주놈들"(작품 「고개길」 시집 『영웅의 땅』에서) 조벽암 동무가 사용한 …… "형은 일러 쌌는다"(「입대의 아침」－시집 『영광의 노래』) 리병철 동무가 사용한 "나이또레" "한패당"(작품 「나무를 심는 마음」－『조선문학』, 1954년 5월호) 등이 그것이다. 왜 하필 '할머니(부인)' '손자들' '일른다' '나이' '한무리'라고 할 수 있는데 '노친네' '손주놈들' '일러쌌는다' '나이또레' '한패당'이라고 하는가.

이와 같은 언어들은 전 인민적 언어가 아니며 우리 인민들을 긍정적으로 묘사하는데 있어서는 적당한 수단으로는 될 수 없으며 언어의 순결성을 위한 우리 사업에 해독을 준다.

"언어의 순결성을 위한, 의미상 정확성을 위한, 그 예리성을 위한 투쟁은 문학의 무기를 위한 투쟁이다. / 이 무기가 날카로울쑤록 정확하게 목표에 겨누어질쑤록 그것은 더욱 승리를 가져온다. / 바로 그렇기 때문에 어떤 사람들은 언제나 언어를 무디게 하려하며 또 어떤 사람들은 그 날을 세우려한다."(아 · 엠 · 고리끼 『문학론』)

반동적 작가 시인들은 인민들의 언어를 무디게 하며 부정확하게 하며 신비스럽고 애매한 것으로 만드는데 리익을 갖는다. 왜 그러냐하면 그들은 인민들의 온갖 문화적 수단의 정상적 기능을 파괴함으로써 자기 상전의 략탈적 행동에 도움을 주는데 충실할 수 있기 때문이다.

그러나 세계에서 가장 선진적 예술 방법인 사회주의 레알리즘을 표방으로 하며 인민들의 언어 문화수준을 비상히 높여 주어야 할 사명을 가진 우리 시인들은 자기 작품의 사상적 내용을 진실하게 생기있게 전달하기 위하여 가장 정확하며 선명하며 의미가 풍부한 언어들을 선택할 줄 아는 재능을 가져야 한다. 이 점에 있어서 우리 시인들은 로써야 선진적 작가들과 우리 고전 문학 작품에서 부단히 배워야하며 우리 나라 인민들의 회화어를 일상적으로 연구하고 이로부터 자기 작품의 시어를 풍부히 할데 대한 꾸준한 노력이 있어야 한다.

그러나 우리 시인들은 이 방면에 노력을 기울이지 않고 있는 결과 적지않은 동무들의 작품 속에 부정확한 단어들이 선택되여 있으며 불선명한 표현들과 설복력 없는 무미 건조한 표현들이 나오고 있으며 이로 말미암아 또한 작품의 사상성이 희박해지고 있다.

여기서 우리들은 몇개의 실례를 들어 보기로 하자.

우선 시집 『쓰딸린의 깃발』에 수록된 원진관의 「그이의 노래는 영원하리」라는 작품을 보면 이 시는 위대한 쓰딸린 대원수의 업적을 노래한 것으로 아래와 같은 것이 있다.

"심장은 불타는 청춘으로 …… 몸과 마음 아낌 없이 바치시여, 우리에게 행복이 길 열어 주시였나니"라고 하였다.

여기서도 '심장' '청춘' '몸과 마음'이라는 단어들은 부정확하게 사용되였다. 왜 그러냐하면 심장은 청춘으로 될 수 없으며 몸과 마음을 가질 수 없으며 그 어떤 길을 열어줄 수도 없기 때문이다.

이밖에도 이 시에는 "이룩한 노래"라는 표현이 있다. 대체 노래를 이룩한다는 것은 어떤 뜻인가.

이와 같은 부정확한 단어의 사용이 이 작품 속에서 위대한 쓰딸린 대원수의 업적과 그에 대한 우리의 흠모의 감정을 선명하게 그려내지 못하고 혼동시키고 있다.

김순석의 시집 『영웅의 땅』 속에 들어 있는 「눈보라」라는 작품 속에는 다음과 같은 표현이 있다.

　가시돋은 눈뎅이를 찔러,

　지금은 죽어 넘기보다 더 험한 령길

　산에라도 짓눌리운 듯 기진하여

　눈보라 친다
　지동치는 그 소리 사이 사이에

　이와 같은 표현은 모두 비감각적이며 실감이 없으며 설득성을 가지지 못하는 부정확한 언어적 표현들이다.
　김학연은 「어느 화선」(시집 『영광의 노래』)이라는 자기의 시 작품에서 총검과 대포와 폭탄과 세균 무기와 기타 온갖 방법으로 우리 인민들을 학살하며 략탈하는 미제 살인귀들에 대하여

　　형제들을 롱락하는 미제

라고 불성실하게 롱락이라는 단어를 선택함으로써 인민의 원쑤에 대한 증오심을 경감하여 표현하였다.
　시에 있어서의 언어는 산문과는 다르다. 만약에 단어의 한 배렬 순서에서 다른 배렬 순서에로 언어의 한 체계에서 다른 체계에로 임의로 이행하는 일상 용어와 동일하게 자유롭게 조직된 언어를 산문이라고 한

다면 시는 단어가 가지고 있는 음성적 특성(음의 강약, 고저, 음절수, 휴지)을 규칙적으로 반복하면서 조화적으로 배렬된 언어라고 말할 수 있다.

시는 무엇보다도 리즘적으로 구성된 언어이다.

그러나 우리 시인들은 시의 이와 같은 특성에 대하여 심각히 연구하지 않으며 단어의 음성적 특성에 대하여 깊은 주의를 돌리지 않는 결과 우리 작품에는 리즘이 없으며 산문적이며 감동이 없는 비음악적인 언어들이 많이 나온다. 여기에 몇개의 그 대표적 류형만 들어본다면 다음과 같다.

지원군이 불속에서 꺼내주지 않았드라면
그도 죽을번 한 목숨

— 박석정 「지원군과 최로인」(시집 『전우의 노래』)

나의 맥박과 이 호흡을
당신께 드릴수라도 있었으면 하고
눈 시울이 뜨거워졌습니다.

— 박세영 작 「영원한 스승 쓰딸린 대원수」(시집 『쓰딸린의 깃발』)

얼마나 전투적인 가르침이였든가

— 동승태 「기중기를 돌리며」(시집 『쓰딸린의 깃발』)

입술을 악물고
홱 돌아서 재빨리 걷는 영삼이

— 조벽암 「입대의 아침」(시집 『영광의 노래』)

여기에 어디에 리즘이 있는가. 여기에 어디에 독자의 흉금을 치는 단어의 음성이 있으며 평범한 회화어와 시어와의 구별이 있는가.

물론 시의 리즘은 단일한 한편의 조각을 떼여가지고는 말할 수 없을 것이다.

그러나 여기 제한된 지면을 가지고 일일이 작품 전체를 분석할 수 없는 일이기 때문에 나는 다만 이러한 편린들이 얼마나 우리 시인들이 자기 시의 리즘에 대하여 심각하게 고려하고 있는가를 보여 주는 것이라고 말하면 족하다.

우리 시인들의 작품 속에는 왕왕히 비성격적이며 부정확한 언어가 고려 없이 사용되였다.

시집 『영광의 노래』에 게재된 리원우의 「영웅에게 드리는 노래」에는 다음과 같은 구절이 있다.

길이야 멀든지 가파롭든지
원쑤 치는 길이라면 앞장 선 젊은이
산을 넘어 들로 오는 원쑤 치려
눈비 나려 평지 길도 험한 밤
용감히 산악 전선으로

많은 동무 위하여
원쑤의 움직임 알아와야 할 밤
나이는 스물이건만 용감한 정찰병
대원들과 함께
적진 뚫고 나갔어라

걸음 걸음 어둠을 뚫고
　　걸음 걸음 칼바람을 이긴 젊은이
　　원쑤 칠곳 만났구나
　　예저기선 총 소리도 들리는 곳
　　원쑤 놈들이 켠 불빛이 하나

　보는 바와 같이 여기에는 "앞장을 선다"든가 "용감하다"든가 "적진을 뚫다"라든가 몇개의 단어가 있기는 하나 그러나 이 시행들 속에서는 "원쑤 치는 길" "원쑤 치려" "원쑤의 움직임 알아와야" "걸음 걸음" "원쑤 칠곳 만났구나" 등 이러한 기맥이 없고 비성격적인 언어로 말미암아 젊은이라는 영웅이 매우 활기가 없으며 민활하지 못하며 얼뜬 인상으로 나타난다.

　언어는 문학의 가장 중요한 수단이다. 시인은 자기 작품 속에서 성격과 사상과 감정을 그가 선택하는 단어의 정확성, 선명성, 음향성에 의해서만 창조할 수 있다. 그러기 때문에 우리에게는 우리 나라 모국어에 대한 광범한 지식의 축적이 필요하며 그 속에서 가장 정확하고 가장 예리하고 가장 힘있는 단어들을 골라내는 능력이 필요하다.

　만약 이러한 능력이 없다면 만약 이러한 능력을 배양하기 위하여 노력하지 않는다면 우리들은 오늘 웅장한 전후 인민 경제 복구 건설 투쟁에 일어선 우리 인민들의 새롭고 고상한 사상과 감정을 충분히 표현하지 못할 것이며 그들에게 깊은 사랑을 받을 수 있는 작품을 창작할 수 없을 것이다.

　우리는 이상에서 최근 우리 시 문학에 현저하게 나타나고 있는 기본적 결함들이 무엇이며 그 원인들은 어데 있으며 앞으로 우리 사업에서 무엇을 개선하여야 하겠는가에 대하여 보아 왔다.

경애하는 수령께서는 지난 6월 쏘련 예술단을 위한 초대연 석상에서 오늘 우리 나라 인민들은 전쟁으로 말미암아 상처를 받은 자기 조국을 급속한 기한내에 복구 건설하여 더욱 아름답고 부강한 나라로 만들려는 고상한 리념과 결의에 충만되여 무궁한 창조적 에네루기야를 발휘하면서 우리 나라 인민 민주주의 발전 도상에서 새 질적 변화를 가져오는 중요한 력사적 계단을 체험하고 있다고 지적하시면서

"우리 나라 문학 예술인들 앞에는 이 새로운 력사적 계단을 사회주의 사실주의로 옳게 반영하며 영웅적 우리 인민의 창조적 로력과 투쟁을 옳게 형상화하는 문학 예술 작품들을 많이 창작할 중요한 과업이 제기되고 있다"(『로동신문』 1954년 6월 14일부 제1면 「김일성 원수께서 쏘련 예술단을 위하여 초대연 배설」 참조)고 가르치였다.

실로 우리의 임무는 크며 고귀하다.

인민들은 공장에서 광산에서 농촌에서 어촌에서 학교와 가정에서 가두와 사무실에서 자기들의 생활과 투쟁에서 노래가 되며 힘이 되며 리상으로 될 수 있는 훌륭하고 아름다운 작품이 나올 것을 기대하면서 우리 시인들을 바라보고 있다.

우리들은 인민들의 이 영광스러운 기대에 보답하기 위하여 더욱 책임성 있게 자기 사업을 연구하며 더욱 자기 기술을 련마하며 더욱 훌륭한 작품을 창조하기에 온갖 노력을 기울여야 할것이다.

1954년 6월 28일 충렬리에서

— 『조선문학』, 1954.9(1954.9.10)

서정시에 있어서의 전형성 · 성격 · 쓰찔

김명수

1

서정시는 감정과 사색의 왕국이다. 그러나 이 왕국은 좁고 제한된 령토가 아니며 그 영광스러운 통치자인 서정 시인은 자기의 령토를 현실 생활의 모든 령역에서로 확대한다. 즉 서정시의 대상은 현실의 광범한 화폭을 포괄하며 인민 생활의 사회 정치적 사변, 력사적 사건, 철학적 사색, 애국적 감정, 사랑, 우정, 자연 등 그 령역은 무한히 크고 넓다. 그리하여 서정 시인은 자기의 뜨거운 심장을 가지고 생활의 모든 령역에로 자유 분방하게 뛰여들며 생활 속에서 감수되고 체험된 것이 시인의 령혼과 심장의 불ㅅ길 속에서 노래로 되여 대기로 날은다. 이 노래는 사람들의 가슴을 불태우는 불새로도 될 수 있으며, 혹은 뜰악 나무가지에서 한때 지저귀는 참새로도 될 수 있으며, 심한 경우에는 대기를 마시자 곧 죽어버리는 병든 새로도 될 수 있다. 그러나 진정한 사실주의적 서정시는 오직 불새로서만 나타나는바, 그것은 서정시의 고유한 특성에 기인한다. 즉 서정시는 무엇보다도 흥분, 긴장, 열정 등 정서적 앙양을 요구하며 이러한 정서적 충일성이 없이 어떤 공민적인 시, 철학적인 시, 사랑의 시도 존재하지 못한다. 싸메드 부르군이 제2차 쏘베트 작가 대회에서 서정시를 '불새'라고 말한 것은 근거 없는 비유가 아니다. 그러면 무엇이 이러한 불새를 낳는가? 그것은 무엇보다도 우리의 시대이며 우리의 생활이다. 그리고 생활에 대한 시인 자신의 당적 계급적 립장이다. 여기서 사실주의 문학의 고유한 법칙인 전형성의 문제가 무엇보다도 먼저 제기된다.

서정시는 다른 모든 문학 예술 쟝르와 함께 현실의 합법칙성을 반영하며 현실을 인식한다. 그것이 사회적 현상의 본질을 천명함에 있어서는 서사시나 소설 및 희곡들과 다를 것이 없다. 다만 다른 것은 그것이 자기의 특수한 표현 방법과 형태를 가지고 있다는 것 뿐이다. 즉 일관된 사건과 인물의 행동에 대한 직접적 묘사로써가 아니라 시인의 내부적 체험을 통하여 표현된 사상과 감정에서 현실을 반영하고 사회적 현상의 본질을 인식하는 것이다.

> 강가에 나온 아이와 같이
> 짬도 모르고 끝도 없이 닫는 내 혼아,
> 무엇을 찾느냐 어데로 가느냐, 우스웁다, 답을 하려무나.
>
> 나는 온 몸에 풋내를 띠고
> 푸른 웃음, 푸른 설음이 어울려진 사이로
> 다리를 절며 하루를 걷는다, 아마도 봄신령이 접했나보다.
> 그러나 지금은— 들을 빼앗겨 봄조차 깨앗기겠네.

이것은 리상화의 「지금은 남의 땅, 빼앗긴 들에도 봄은 오는가」의 일부이다. 시인의 혼은 봄신령이 접한듯 푸른 들을 마구 내닫는다. 그러나 그는 갈 길이 있고 바빠서 내닫는 것이 아니라 갈 길이 막히였기 대문에 내닫고 방황하는 것이다. 정들고 살뜰한 땅, 아름다운 고향 산천 — 그러나 이것은 빼앗긴 땅이며 빼앗긴 산천이다. 얼마나 억울하고 슬프고 통분한 노릇이냐! 땅을 빼앗기는 것, 그것은 바로 생활의 봄을 빼앗기는 것을 의미한다. 이 비분한 감정은 리상화의 '나'의 감정에 그치는 것이 아니라, 곧 일제와 봉건 지주들의 착취와 략탈 정책의 희생이 된 20년대 초기 조선 농민의 감정이다. 이 시가 해방전 현대 문학에서 특출한 한 자리를 차지하는 것은 그 속에 일제 통치의 암담한 시기의 조선 농민의 전형적 생활 감정의 한 측면이 진실하게 반영되고 있기 때문이다. 그러나 다음 시에서 우리는 전혀 판이한 한 정경을 보게 된다.

날리는 깃발을 두 손에 추켜들며
우리는 푸른 벌로 간다.
돌담 비낀 아득한 등성이를 타고
그립던 푸른 벌판에서
우리는 마음 놓고 살리라!

귀를 기울이면 소리치는 전선줄
이삭 패는 구수한 냄새
해가 떠도, 해가 져도
날마다 명절처럼 기쁘고 즐거울
안해와 아이들,

무엇으로 보답하랴!

무엇을 아끼랴!

빼앗긴 내 땅을 찾아 주신 그이 앞에.

— 정문향 「푸른 벌로 간다」의 1절

벌써 시대가 변했으며 사회가 변했다. 그것도 근본적인 변혁이다. 이미 우리 농민들은 해방후 인민정권에 의하여 토지의 주인으로 되였으며, 그들의 앞길에는 광활한 전망이 놓여 있다. 두 시인이 푸른 벌로 갔다. 그러나 나중 시인은 이미 애통과 비분을 모르며 명절처럼 즐겁고 기쁜 감정, 수령에 대한 무한한 헌신성과 굳은 신념으로 충만되여 있다. 이것은 시인 한 사람의 감정이 아니라 토지의 봉건적 예속 관계로부터 해방된 8 · 15 직후 조선 농민의 전형적 감정이다.

서정시는 시대와 인민의 목소리다. 시인이 얼마나 그 사회의 시대 정신과 인민들의 생활 감정을 광범하게 대변하고 본질적으로 노래하는가에 의하여 그의 시적 재능은 결정된다. 우리 인민들이 조기천의 시편들을 그처럼 사랑하는 것은 그가 해방된 인민들의 사상과 감정들 — 벅찬 환희, 민족적 기개, 타오르는 애국적 정열, 창조적 로력 정신들을 가장 광범하고 진실하게 노래했기 때문이다. 조기천의 서정시에 있어서의 서정적 '나'는 항상 일반적이며 인민적인 '나'다. 한편의 우수한 서정시라고 볼 수 있는 「백두산」의 머리시에서

"삼천만이여! 오늘은 나도 말하련다."

하고 높은 긍지감으로써 말할 수 있은 것은 그 '나' 속에 전체 인민이 깃들어 있기 때문이다.

"위대한 시인은 자기 자신, 자기의 '나'에 대해서 말하면서 일반적인

것 ― 인류에 대해서 말한다. 왜냐 하면 그의 성격 속에는 인류가 살고 있는 그만큼 일반적인 것이 깃들어 있기 때문이다. 그런 까닭에 그의 비탄 속에서 모두가 자기의 비탄을 알아차리며 그의 령혼 속에서 모두가 자기의 것을 느끼며, 그 속에 시인 뿐만 아니라 인간 즉 인류적인 자기 형제를 보게 된다."

「레르몬또브의 시」라는 평론 속에서 지적한 벨린쓰끼의 이 말은 서정시에 있어서 전형성의 문제에 대한 가장 함축 있는 표현이다. '나'에 대해서 말하면서 일반적인 것을 말한다고 하는 것은 바로 당해 사회의 가장 본질적인 것을 천명할 수 있는 그러한 생활 감정을 포착하라는 말로 된다. 그리고 서정시에 있어서의 이와 같은 전형적인 것은 항상 시대의 목소리로 되는 것이다. 또한 전형적인 이 시대의 목소리는 새것, '보급되지 않은 것', 보급된 것 등 다양한 형태로 나타남은 물론이다. 따라서 전형성에 대한 말렌꼬브의 정의를 잘못 해석하여 일상적이며 자주 반복되는 것은 전형이 될 수 없다는 론단은 있을 수 없다.

「최근 우리 시문학상에 제기되는 몇가지 문제」라는 제목 하에 주로 전후 서정시를 취급한 리정구의 론문은(『조선문학』 9호, 1954) 서정시에 대한 일련의 문제를 취급하면서 많은 점에 있어서 긍정적인 견해들을 피력하였으나, 동시에 많은 점에서 부정확하고 그릇된 견해를 제시하였다. 그것은 무엇보다도 전형성에 관한 옳지 않은 견해에서 찾아볼 수 있다. 그는 전후 우리의 서정시가 개성이 없고 서정이 적으며 주제가 다채롭지 못한 원인을 분석하면서 첫째로 우리 시인이 일제히 용광로나 전기로, 방직 공장과 벌목장으로 달려가 공작 기계 옆에서나 작업 현장에서만 노래하며, 거의 류사한 언어와 류사한 표현들로 시종하고 있음을 지적하였다. 즉 "우리 시인들은 로동자나 또는 그의 감정은 다만 공작

기계 옆에서나 작업 현장에서만 묘사될 수 있고 그와 반대되는 경우에
있어서는 벌써 전형이 아니거나 적어도 전형적 환경이 아니라고 생각
하는 경향이 확실히 있는 것이다"라고 지적하면서 이것이 우리 시가 류
사하게 된 원인이라고 말한다. 이 말에는 우선 일면의 진리가 있다. 그
러나 이 일면의 진리는 다음과 같이 그의 론리를 더욱 발전시킬 때, 그
것은 전혀 외곡된 진리로 될 수 밖에 없는 것이다. 즉 그는 우리 시인이
전형에 대한 리해가 부족한 결과 우리 인민들의 생활 감정과 정신적 풍
모의 본질에 합치되지 않거나, 락후한 작품들을 창작하는 경향으로서
마우룡의 시 「첫 새벽」을 례증하면서, 이 시에서 결전의 새해 첫 새벽에
우리의 매가 적진으로 날으며 잿더미된 거리와 마을을 굽어보고

> 끝없이 복쑤에 타는
> 조국의 불기둥이 되여
> 하늘과 땅이 하나가 되여
> 일어나자, 이 나라 사람들이여!

라고 노래한 대목을 인용하고 이것은 "일상적으로 반복되여 흔히 일어
나는 비성격적 감정과 체험들의 한 류형이다"라고 지적한 후 이어서
"전형적인 것은 일상적인 것이 아니며 가장 자주 반복되는 평범한 것
이 아니다"고 단정하였다. 그러나 이 시가 우리에게 절실한 공감을 주지
못하는 것은 그것이 일상적으로 반복되여 흔히 일어나는 감정과 체험인
때문이 아니라 첫 출격에 오른 젊은 매의 감정과 체험의 본질적인 것을
노래하지 못하였으며 그의 감정이 개성화되지 못한 데 있는 것이다.
조국 해방 전쟁 시기에 우리 인민들의 가슴을 지배한 전형적인 감정

은 끓는 조국애와 난관을 극복하려는 영웅주의와 원쑤들에 대한 불타는 적개심이었다. 그리고 이러한 감정은 우리 인민들의 투쟁의 매 걸음마다에서 거의 일상적으로 반복된 것이다. 또한 오늘 전후 인민 경제 복구 건설 투쟁을 각 방면에서 치렬하게 전개하고 있는 우리 인민들의 전형적인 생활 감정에서 로동에 대한 사랑과 영예감은 가장 기본적인 자리를 차지하며, 또 가장 광범히 보급된 일상적인 감정이며 사고이다. 로동 속에서 아름답게 개화 천명되는 우리 인민들의 성격을 보여 주는 것은 중요한 임무이다. 우리는 시인들이 작업 현장에로 가는 것을 반대하는 것이 아니라 이것을 극력 지지 옹호한다.

> 높은 정열을 노래하려면
> 힘이 솟구치는 선을 보이려면
> 억찬 리듬을 찾으려면
> 여기로 오라—
> 자유 로력의 현장으로.

이것은 조기천의 목소리이며(「생의 노래」) 또한 오늘 더욱 절실하게 울려 나오는 인민의 목소리다. 따라서 문제는 리정구가 지적한 것처럼 우리 시인이 작업 현장에만 전념하여 「기중기를 돌리며」「불ㅅ길 솟는 전기로」「도표판 앞에서」 등 류사한 제목을 들고 나온 데 있는 것이 아니라 — 너무나도 명백한 바와 같이 류사한 제목은 류사한 내용과 형식을 초래하는 기본 조건이 아니다 — 이 "힘이 솟구치는 선"과 "억찬 리듬"을 찾지 못한 데 있으며, 또한 기계 옆에 서 있는 로동자를 노래한 데 있는 것이 아니라 그 옆에 사람이 서 있는 기계를 노래한 데 있다.

오늘 우리의 서정시는 공민적 감정을 기본 빠포쓰로 확인한다. 개인적이며 개별적인 것의 령역을 넘어서 전 인민적인 것, 전 사회적인 것에로의 지향은 우리 사실주의 문학의 고귀한 전통이다. 이 전통은 해방후 문학에 계승되여 활짝 꽃피기 시작했다. 개인의 운명과 조국의 운명의 완전한 합치가 오늘 우리 사회의 기본적인 도덕적 원칙이라면, 이 원칙이 해방후 우리의 서정시들에 여실하게 반영되였으며 우리 시인들은 사회적인 것을 개인적인 쩨마로 취급하면서 전 인민적인 사회적 문제의 해결, 수백만 인민들이 그 속에서 자기들의 친근한 감정을 발견할 수 있는 그러한 쩨마의 해명에로 지향하여 왔으며 이러한 창조에서 적지 않은 성과를 거두었다는 것은 주지하는 바 사실이다.

오늘 우리의 현실은 해방후 우리의 서정시가 견지해 온 이와 같은 전통을 더욱 고도로 발전시킬 것을 요구한다. 전체 근로 인민들의 가슴을 휩쓸고 있는 창조적 에네르기의 분류, 계급적 원쑤들을 배격 소멸하려는 로동 계급의 불타는 투지, 조국의 평화적 통일 독립과 사회주의 기초 건설의 성과적 수행을 위하여 궐기한 인민들의 장엄한 로력 정신 — 이 모든 시대적 감정을 초월한 그 어떤 초시대적, 초계급적 서정시가 있을 수 없다는 것은 너무나도 명백하다. 물론 최근 우리의 서정시들이 이러한 시대적 감정들과 전혀 인연이 없는 것으로 속단하는 것도 잘못이다. 그러나 적지 않은 경우에 시대적 감정이 외곡되거나 그것이 개인적 감정의 울타리에서 맴돌거나 또는 그것이 완전한 통일을 이루지 못하고 기계적으로 결부되는 레들이 드물지 않다.

수양버들이 늘어진
언덕 우

삼간 초가집
앵두는 붉어 아름다웠고

여기서 처녀는
아침마다 사립문 열고
언덕을 내려
밭둑으로 나간다.

(중략)

폭음이 잔잔한 날이면
처녀의 부르는
소박한 노래소리
맑은 강을 흐르듯이
들판과 진지에 울려 퍼졌고

저녁 노을 속으로
다시 집을 향하여 돌아가는
처녀의 몸맵시
더욱 사랑스러웠다.

안막의 「무지개」의 일부다. 여기서 노래된 농촌은 목가적 피리 속에 싸여 있고 주인공 '처녀'는 물찬 제비처럼 날씬하다. 만일 고사포 진지와 쌕쌔기에 대한 몇 구절을 고려에 넣지 않는다면 이것이 싸우는 농촌의 싸우는 녀성이라고 말하기는 어려우며, 한걸음 나아가 이러한 고사포 진지에 대한 이야기가 있다손 치더라도 이 시에 일관하여 흐르는 감정은 너무나도 평온 무사한 보라빛 안개 속에 잠겨 있다. 이 처녀에게서 우리는 적기의 치렬한 폭격 속에서 온갖 헌신성과 불굴성을 지니고 증산 투쟁에 몸바쳐 싸운 전시중의 조선 녀성의 뜨거운 체온과 땀내를 감득할 수 없다. 또한 이 처녀가 고사포 진지의 인민군 동무들에게 앵두를 선사하는 것으로 전선과 후방과의 련대성을 보여 주려고 작자는 시도하였으나 이것이 전선 승리를 넘원하는 우리 인민들의 전형적 감정을 대변하지 못한다는 것도 명백하다. 따라서 이 처녀는 전시중 조선 녀성의 한 전형으로는 될 수 없으며 그 감정이 시대적인 목소리로 될 수 없는 것도 물론이다. 시대적 감정 그것은 바로 그 시대를 대표하는 인민의 감정이다. 독자들은 우리의 서정시에서 이러한 시대의 목소리를 듣기를 원하는바, 그것은 바로 오늘 창조하며 로력하며 투쟁하는 우리 로동 계급과 근로 인민들의 목소리를 말하는 것이다.

> 나는 나의 시인으로서의
> 소리 높은 온 힘을
> 그대에게 바치련다, 돌격하는 계급이여!

라고 마야꼽쓰끼가 소리높이 노래한 그 목소리가 오늘 우리 시인의 목소리로 되여야 한다. 마야꼽쓰끼의 노래는 "폭탄이며 깃발"이였으며, 그의 목소리는 계급을 일쿼세웠다. 그는 시인을 "인민의 지도자며 동시에 그의 충복"이라고 말하였다. 1927년 그의 문학 생활 20주년을 기념하는 석상에서 발언한 다음과 같은 말은 특히 교훈적이다.

"비록 나는 당증은 가지고 있지 않더라도 나 자신을 당과 분리시키지 않으며, 나는 볼쉐위크 당의 모든 결정을 집행할 책임이 있다고 나 자신을 인정합니다. …… 나는 시인이 아니며 무엇보다도 먼저 나는 펜으로써 현 모멘트에, 새 현실과 그 추동자들에, 쏘베트 정부와 당에 복무하는 사람입니다."

오늘 우리의 시인들 가운데서는 시의 호소성에 대한 문제가 론의되고 있는바, 호소성이란 독자들에 대한 시의 고무력을 의미하는 것이니만큼, 그리고 그 고무력은 무엇보다도 먼저 높은 예술성 형상으로 표현된 전형적인 시대적 감정과 사색에 의거하는 것이니만큼 우리는 무엇보다도 먼저 시의 전형성에 대한 문제를 가지고 시비하여야 할 것이다. 그리고 이러한 전형성에 도달하는 것은 무엇보다도 시인이 시대의 최선두에 나서며, 당의 부름을 가장 민감하고 정열적으로 체득하며, 생활 개조의 의지에 불타면서 사회의 전진 운동에 복무하려는 당적 인민적 립장에서 도달될 수 있는 것이다. 우리의 일부 서정시들이 호소성의 빈약으로 인민들의 사랑을 받지 못하는 까닭은 그 시가 다만 생활의 뒷꼬리만 따라다니면서 현실이 딛고 나아간 발자취에만 열중하며 광범한 인민 대중의 감정, 지향을 민첩하게 포착하면서 현실이 나아가야 할 방향을 앞당겨 노래하지 못하며, 우리의 생활에서 이미 미래를 예고하는 혁명적 로만찌까의 본바탕을 잡아내지 못하는 데 있다. 서정시에 있어서의 사상적 및 정서적 높이와 풍부성은 시인이 얼마나 인민들의 지향과 요구에 민감하며, 얼마나 시대의 앞장에 서 있는가에 많이 의존한다. 여기에 서정시의 전투적 성격이 있는 것도 사실이다.

서정시의 사회적 기능은 이러한 것들에 의거하여 산생되는 그의 높은 고무력과 선동성에 있다. 그것은 우리 시대의 인간들의 정신을 더욱 아름답게 해주며 그들을 더욱 견결한 투쟁으로 나서게 하는 타오르는 불꽃이다.

서정시가 어떤 '순수한', 그리고 다만 '개별적인' 정서의 세계를 노래하는 쟝르라고 인식하는 것은 우리의 전투적이며 사실주의적인 서정시 전통과 아무런 인연도 없다. 감정은 사고 없이 존재할 수 없다는 벨린쓰끼의 말은 서정시의 본질을 리해하는 데 있어서 필요한 말이다. 즉 서정시는 예지와 심장의 결합된 목소리인 것이다. 그리고 이 목소리는 시인의 '나'가 생활에서의 전형적인 것을 자기의 것으로 하면 할수록 인간의 희망과 지향을 더 완전하고 풍부하게 반영한 목소리로 될 것이다. 전형성을 잃은 '나'는 어머니인 대지에서 발이 떨어진 안테우스와 다를 것이 없다.

2

서정적 '나'가 일반적인 '나'로 되여야 한다는 것은 사실주의적 서정시의 고유한 법칙이다. 그러나 일반적 '나'는 결코 개성적 '나'를 배제하는 것이 아니며 도리여 그것을 예상한다. 다시 말하면 개성적인 '나'를 통하여서만 일반적인 '나'가 천명된다.

서정시가 시대의 목소리로 되여야 한다는 것은 어떤 추상화나 류형화를 예상하는 것이 아니며, 오직 졸렬한 시인만이 이렇게 생각하고 또 실천한다. 시대의 목소리는 바로 일정한 시인 — 서정적 주인공의 목청을 통하여 울려 나오는 것이며 이러한 서정적 주인공은 명료한 개성이다. 만일 서정적 주인공이 그 일반화에 있어서 심오하며, 그 개성화에 있어서 생동하기만 하다면, 그 인물 속에는 그가 속한 계급의 사상과 감정, 희망과 의지가 실제 생활에서 체험하는 것보다 더 명료한 형태를 띠고 나타나지 않을수 없다. 왜냐 하면 그 인물 속에는 해당 계급의 특질이 가장 명료하게 드러나는, 정신 세계가 집약되고 확대 강조되어 나타나기 때문이다. 그리고 이러한 일반적 특질의 총화가 도식으로 되지 않는 리유는 그 서정적 주인공이 자기의 특유한 경력 — 개성을 소유하고 있기 때문이다. 한 그루의 사과나무를 례로 들 수도 있다(물론 이것은 정확한 례증은 아니다). 거기에 열린 수백의 사과들은 모든 사과가 가진 일반적 성분들을 공통적으로 소유하고 있다. 그러나 그 모양과 빛갈과 크기가 똑같은 것을 찾아 내기는 아마 힘들 것이다. 그것은 그 매개의 사과가 처한 위치, 광선과의 관계, 개화 및 결실의 시간 등 각이한 조건이 있기 때문이다. 하물며 다양하고 복잡한 사회적 관계와 정신 상태와 내부적 체험을 가지고 있는 인간에게 있어서랴. 현실에서 그러한 것처럼 문학에서도 자기의 경력과 개성을 가지고 있지 않는 인물을 상상할 수 없으며, 서정적 주인공도 그 례외가 아니다.

서정시에 있어서의 성격은 현실 생활에서 환기된 사고와 감정의 특징화에 기초하여 성립된다. 성격적인 시, 그것은 바로 전형적인 생활 감정과 사고가 특징적이며 개성적인 형태로서 표현된 시를 말한다. 그리고 서정시에 있어서의 이러한 성격화의 기초에는 항상 시인 자신이 서 있는바 즉 서정시에 있어서의 성격은 감정과 사고의 특징화에 기초하는 시인의 성격을 의미하는 것이다. 왜냐 하면 시인이 직접적으로 자기를 감동시킨 것에 관하여 이야기하며, 그가 겪은 내부적 체험의 직접적 토로에 서정시의 특성이 있으며 이러한 내면 세계의 구체적 해명은 곧 시인 자신의 성격 형상을 의미하기 때문이다. 시인이 무엇을 어떻게 사고하고 느끼는가에 의하여 그의 주도적 성격이 발로된다.

> 산새도 오리나무
> 우에서 운다
> 산새는 왜 우노 시메산골
> 령 넘어 가려고 그래서 울지
>
> (중략)
>
> 불귀불귀 다시 불귀
> 삼수 갑산에 다시 불귀
> 사나이 속이라 잊으련만
> 15년 정분을 못 잊겠네
>
> 산에는 오는 눈, 들에는 녹는 눈,
> 산새도 오리나무
> 우에서 운다.
> 삼수 갑산 가는 길은 고개의 길,

이 시는 김소월의 「산」에서 발췌한 것이다. 산새 울고 눈 내리는 자연 풍경이 시인에게 환기시킨 감정 속에 시인 자신의 개성적인 얼굴이 선명하게 드러나고 있다. 오래 정든 곳으로 다시 갈 수 없는 시인에게는 산에서 우는 새도 령넘어 가려고 우는 것으로 보이며 황막한 산과 들에 내리는 눈 속에서 우는 것은 산새만이 아니라 삼수 갑산 가는 고개 길을 넘을 수 없는 시인 자신도 우는 것이다. 이 시행 속에는 고귀한 것을 잃고 다시 그것을 찾을 길 없는 외롭고 쓸쓸하고 또 순결한 시인 자신의 주도적 성격이 표현되고 있다. 그러나 우리는 다음 시에서 전혀 다른 얼굴을 보게 된다.

나는 걸었다
함경도 나의 고향에서 멀지 않은 곳
어랑천 물곬을 따라
물녘에 앉은 적은 동네들과
첩첩 산중의 이름 없는 마을을 찾아

나는 걸었다
조선이면 어디에서나 만날 수 있는
정다운 우리 사람들을 만나려
우리 사람 중에도 가장 진실한
로동당원을 찾아,

김순석의 「진실한 사람들」이라는 시의 첫 부분이다. 시인은 정다운 고향 길을 더듬어 더욱 정다운 우리 사람들인 로동당원을 찾아 어랑천 물곬을 따라 오른다. 이 두 련의 시행 속에서 벌써 울려 나오는 것은 영용한 고향 사람들에 대한 경건한 사랑과 존경이며, 이러한 감정들을 거쳐 떠오르는 것은 영용한 고향 사람들 속에서 무한한 긍지감을 느끼는 시인의 고요하고도 다정 다감한 얼굴이다. 시대성과 전형성이 각기 다른 두 시인의 성격을 통하여 체현되고 있다. 이러한 성격은 무엇보다도 생활에 대한 시인의 태도와 사물에 대한 가치 평가로부터 형성되는 것이다.

작가란 시대 정신의 단순한 메카폰이 아니라는 것을 다시금 되풀이할 필요가 있겠는가. 시인은 시대의 목소리를 조잡하게 전달하는 앵무새가 아니라 그 목소리를 성격화하는 예술가이다. 실패한 시, 독자들에게 감동을 주지 못하는 시, 추상적이고 도식적인 시들을 특징짓는 첫째 요소는 그 철저한 무성격이다. 이러한 시들에는 인간이 없고 성격이 없고 감정의 개성화가 없다. 성격에 대한 구체적 감성적 형상이 없는 정도에 따라 사상도 없고 정서도 없다. 따라서 시도 없는 것이다.

이싸꼽쓰끼는 「시의 '비밀'에 대하여」라는 론문에서 다음과 같이 썼다.

"시인의 시 속에는 다만 그의 시적 기교와 이러저러한 생활 현상을 시적 형식 속에 표현하는 그의 수완이 필연적으로 표시되는 것만이 아니라, 동시에 시인 자신의 성격, 그의 개성 및 그의 개인적 품성이 그 속에 표시되는 것이다.

바로 그렇기 때문에 우리들은 그 외의 수백편의 시들 가운데서 네끄라쏘브의 시를 손쉽게 알아낼 수 있다고 예상할 수 있으며 이것은 네끄라쏘브의 수법이고 이것은 그의 특성이다. 다만 네끄라쏘브만이 이렇게 쓸 수 있다라고 말할 수 있다.

마야꼽쓰끼와 그 밖에 우수한 시인들의 시에 대해서도 이렇게 말할 수 있다.

나는 시를 쓰기 시작한 약간의 시인이 시적 재능을 시인의 개성 및 그의 성격과 분리된 어떤 단독적인 것처럼 인정하고 있는 까닭에 이것을 상기시키는 것이 필요하다고 생각한다."

이싸꼽쓰끼는 계속하여 젊은 시인들이 자기의 것이 아니며, 청신하지 않으며, 생활 속에서 숙고되고 체험되지 않은 시들, 다른 사람이 이미 써 먹은 시적 씨뚜아찌야와 시적 언어들을 재삼 우려먹는, 독창성과 독특성이 없는 시들을 쓰는 것을 비판하고 있다. 그러나 오늘 우리의 시문학 분야에서 경험있는 기성 시인들조차 누구의 것인지 알 수 없는 목소리로 성격이 없는 시들을 때때로 쓰고 있는 경우가 적지 않다.

우리와 함께 오늘 전 세계에서
근로하는 수억만 인민들의 행진
전쟁을 타도하라는 저 웨침이여!
광명한 새 세기의 크나큰 합창이여!

함성은 아메리카 대륙에서도
'아데나우어'의 독일에서도 들린다.
평화를 사랑하는 모든 인민이 사는
온 세계 방방곡곡에서 들려 온다.

— 박팔양 「지심을 울리는 행진소리」

북경과 쁘라가와 부다페스트의 벗들도
근로자의 단결과 평화의 깃발 들고
증산의 불ㅅ길 높여 싸우려니
아 우리들의 5월은 얼마나 자랑차냐!

그것만이 아니다, 자본의 나라 근로자들도
압제와 빈궁을 박차며 웨쳐
근로자의 단결과 평화와 친선을

시위의 노래로 부르고 부르려니,

— 박문서 「불ㅅ길」

　두 편의 시가 모두 1955년도 5·1절을 맞이하는 노래다. 발췌한 두 련에서도 벌써 우리는 두 시인이 모두 비슷한 감정을 비슷한 언어로 노래하고 있는 것을 알 수 있다. 물론 두 시가 전혀 동일하다고 말하지는 않는다. 전자는 5·1절의 데모를 노래한 시며, 후자는 5·1절 증산 경쟁을 진행하는 로동자를 노래한 시다. 따라서 쩨마에로 접근하는 두 시인의 태도가 다르다. 그러나 여기서 두 시인의 성격이 더욱 명백히 드러나기 위해서는 쩨마에로 접근하는 태도가 다를 뿐만 아니라, 접근한 쩨마를 천명해 내는 각도와 수법이 달라야 하며 거기에서 캐여 내는 시적 내용의 광채가 자기의 독자적 뉴안스를 가져야 하는 것이다. 만일 이렇게 되지 못할 때, 다만 다른 것은 소재 자체일 뿐, 시의 내용과 형식과 쓰찔은 거의 류사한 틀을 벗어나지 못하게 마련이다. 특히 앞서 인용한 두 시를 놓고 보면 전자는 시인 자신이 시의 주인공으로 등장하면서 5·1절의 데모를 직접 노래하였으며, 후자는 서정적 '나'가 시인 자신이 아니라 한 투입공으로서 등장하여 증산 경쟁 운동을 진행하는 로동자의 감정을 노래하였음에도 불구하고 5·1절을 맞는 그들의 감정에는 아무런 개성적인 것이 없다. 두 성격이 모두 일반적 개념의 부르짖음 속에 용해되어 버린 것이다. 전자의 시에서도 시인의 성격이 몽롱하며 후자의 시에서도 투입공의 성격이나 시인 자신의 성격이 몽롱하다. 이러한 몽롱성은 서정적 주인공들의 성격의 몽롱성과 개성화의 결여를 의미하며 내용의 몽롱성과 류사성을 의미한다. 왜냐 하면 예술적 형상은 항상 비반복적인 개성적 구체성을 전제로 하기 때문이며, 이런 것을 떠나서 작품의 내용은 성립되지 않기 때문이다. 같은 5·1절일지라도 54년도의 그것과 55년도의 그것을 맞이하는 인민들의 감정과 사고는 동일하지 않으며 또 이러한 인민들의 감정은 력사적 구체성과 함께 개성적인 특성을 띠는 것이다. 인간들의 경력 취미 등 온갖 조건들이 다름에 따라 그들의 정서도 동일한 형태로는 나타날 수 없음에도 불구하고, 데모를 노래하는 시인의 목소리와 증산 경쟁 투쟁을 하는 투입공의 목소리가 왜 이다지도 류사한가? 특히 후자에 대해서 말한다면 이 시에 등장한 투입공은 성격으로서가 아니라 시인의 개념을 전달하기 위한 메가폰으로서 리용되였을 따름이다. 성격이 없는 인간을 노래한다는 것은 자연히 시인 자신의 개성이 없다는 것을 또한 의미한다.

여기서 다음과 같은 문제가 응당 제기된다. 즉 서정시를 다만 시인 자신의 사고와 감정을 표시하며 오직 시인의 성격만이 표현되는 그러한 문학 쟝르라고 국한시키여 해석하는 그릇된 견해는 용납될 수 없다는 것이다. 앞서 강조한 바 서정시의 쟝르상 기본 특징에 의거하면서 오늘 우리의 서정시는 벅찬 시대적 요구에 보답하기 위하여 인간 생활의 넓은 령역에로 침투하며 현실의 잡다한 인간들의 성격을 천명하려는 요구와 기능을 가지고 있다. 이것은 서정시의 특성을 파괴하는 것이 아니라 도리여 그것을 확장하고 생활의 깊이와 넓이를 포착하려는 사실주의의 요구이다. 서정시를 다만 시인의 '나'를 표현하는 문학으로 국한시켜서는 안된다. 또한 해방후 우리의 성과적인 서정시들이 이러한 견해의 부당성을 웅변으로 증명하고 있다.

물론 여기서 나는 서정 서사시를 념두에 두고 말하지 않는다. 해방후 인민 민주 제도의 확립과 쏘베트 문학의 영향 밑에 조기천에 의하여 개척된 서정 서사시의 쟝르는 서사적 방법과 서정적 방법이 자유 분방하게 적용되면서 두 방법의 호상 침투성을 더욱 두드러지게 보여 주었다. 그러나 서정 서사시는 역시 서사시의 범주에 속하는 것이며 기본적으로 극적 갈등과 첨예한 슈제트의 객관적 발전에 의거하면서 시인 자신의 서정적 토로가 여기에 활달하게 수반된다. 다만 장편 서사시에 있어서보다 이러한 서정적 토로가 더 많은 농도를 지니고 더 많은 역할을 담당하는 것 뿐이다. 그러나 한 걸음 더 나아가 서사시와 서정 서사시의 명백한 경계선을 가르고 따지는 것은 나에게는 흥미 없는 일이다. 내가 여기서 강조하려는 것은 서정시에 있어서는 항상 시인 자신의 성격만이 표현된다는 그릇된 견해 밑에 서정시에 있어서의 수다한 주인공들의 성격 형상을 도외시하거나 이것을 마치 뽀에마의 령역에로 미루는 시도에 대해서 동의할 수 없다는 점이다. 서정시에 있어서도 시인 자신 이외에 생활의 론리를 천명하는 전형적 주인공들이 얼마든지 등장할 수 있다. 그것은 싸메드 부르군이 제2차 쏘베트 작가 대회에서의 시문학에 대한 보충 보고에서 지적한 것처럼 시인 자신의 성격, 정신 상태와 경력이 아무리 풍부하다 할지라도 력사의 창조자들인 수백만 사람들의 성격과 정신 상태와 경력을 완전히 대신할 수 없기 때문이다. 제2차 쏘베트 작가 대회전 토론에서 서정시를 다만 자체 표현에만 국한시키는 것을 비판한 것은 서정적 '나'가 일반적 '나'로 되지 못하는 경우만을 예상하고 하는 말이 아니며, 서정시의 주인공을 시인 한 사람으로 대치하는 견해의 부당성을 지적하기 위함이였다는 것을 반드시 명심할 필요가 있다.

샹르는 시대와 함께 발전하고 변천한다.

오늘 우리 사회에서 서정시의 임무는 생활의 발전에 따라 더욱 확대되였으며 서정시에 대한 인민들의 요구도 더 강해졌다는 것을 잊지 말아야 한다. 어째서 서정시를 시인의 자체 표현만을 위주로 하는 옹색한 쟝르로 만들 필요가 있는가? 우리의 현실은 우리 시인들에게 오늘 장엄한 평화적 건설 투쟁에 궐기하고 있는 우리 인민들의 사상과 감정을 보여 주라고 요구한다. 이 인민들 속에는 로동자가 있고 협동 조합원이 있으며 기술자가 있고 전사들이 있다. 어째서 서정 시인들은 이 사람들이 환기시키는 감정만을 기다릴 수 있는가? 서정시인들은 이 사람들 속으로 뛰여들어 이 사람들의 가슴 속에 꽃피는 감정과 사고를 직접으로 보여 주며 그들의 성격 — 내면 세계를 직접 노래해서 나쁠 것이 없다. 이것이 바로 서정시에 있어서 인물들의 성격을 보여 주라는 기본 조건이다. 그러나 서정시는 성격을 형상화함에 있어서 자기의 특수한 방법을 가지며 서사적 방법과 자기 자신을 구별한다. 즉 서정시는 서사시나 소설에 있어서처럼 복잡한 등장 인물들의 행동과 호상 관계, 일관된 사건의 객관적 묘사를 통하여 인물을 묘사하지 않으며, 오직 인간의 내면 세계에 중점적 관심을 기울이며 작가 자신의 가치 평가, 공감과 반감의 표시가 로골적으로 선포되며 객관적 현실에 의하여 환기된 정서와 사색을 직접적으로 보여 준다. 이러한 방법을 통하여 시인의 성격과 선택된 주인공(다른 주인공이 등장하는 경우)의 성격이 표현된다. 그러나 현실의 이러저러한 성격들을 표현함에 있어서도 서정시는 또 하나의 자기 특성을 가지는바 그것은 서정 시인의 자체 성격이 항상 주도적 위치를 차지하는 까닭이다. 즉 등장하는 주인공들의 성격 — 감정과 사고의 어느 측면에 더욱 커다란 공감을 보내고 어떤 부면에 집중적으로 내부적 체험의 각광을 쏟아붓는가는 바로 시인 자신의 성격에 좌우되며 가치 평가의 로골적 표현을 통하여 항상 시인의 주도적 성격이 첨예하게 로출되는 것이다. 이 경우 시인의 성격은 등장하는 주인공들의 성격과 정신적 결함을 이루고 나타난다. 즉 시인은 우리 시대의 선진적 인간들의 령혼 속에 깊이 파고 들어가 그들과 함께 웃고 울며 그들 속에서 시인이 가장 감동하고 공감한 것들을 뜨거운 심장으로써 노래하면서 시인 자신의 성격과 주인공들의 성격을 보여 준다. 몇개의 례를 들기로 한다.

우리의 건설을 도와 주려고
어느 공장으로 오시는 기사인지?
어느 병원으로 오시는 쎄쓰뜨라인지?
나는 로씨야 말을 몰라
자리를 마주앉은 귀중한 손님에게
한마디 인사를 드리지 못했으나
그러나 나는 알 수 있었다
그대가 조선으로 오시는 마음을,

이렇게 시작되는 민병균의 「마음」은 차 안에서 민난 쏘련 녀기사의 아름다운 모습을 우리에게 보여주면서 이 녀기사가 시인에게 환기시킨 감정과 함께 녀기사의 가슴에 파동치는 격정을 노래하여 쏘베트 인간의 한 성격을 초상처럼 그려내고 있다.

나는 로씨야 말을 몰라
온 종일 마주앉아 오는
귀중한 손님에게 끝내 이야기를 못 했으나
저녁 노을 비긴 차창을 소리없이 내리우며
나와 또 나와 함께 앉은 조선의 어머니에게
기쁨과 사랑의 눈웃음을 보내는

그대의 맑고 푸른 눈동자에서

　다시 한번 쏘베트 로씨야의 마음을 읽는다.

　조용하면서도 높은 격정을 지닌 이름 모를 이 녀기사의 개성적인 성격 속에 수정처럼 결집된 쏘베트 로씨야의 마음을 읽으며 시인은 이 녀기사를 “샛별이며 아침 노을”로서 직접적인 공감과 찬양을 표시한다. 또한 여기에서 녀기사는 다만 시인의 어떤 추상적인 감정을 노래하기 위한 도구로 나타나지 않았으며, 그는 한 성격을 지닌 인간으로 등장하고 있다. 그리고 이 경우의 시인의 주정은 어떤 추상적 개념이 아니며 이 아름다운 쏘베트 성격이 시인에게 환기시킨 구체적 감정이다. 이러한 구체적 감정은 녀기사에 대한 시인 자신의 직접적인 태도와 평가와 공감에서 일어나는 것이며 이러한 시인의 구체적 태도와 평가와 공감을 거쳐 시인 자신의 독자적 성격이 천명되고 있다. 그리고 이 경우에 있어서 시인은 쏘베트 녀기사의 전체 인간과 전체 생활을 다 포괄하지는 않으며 그가 공감하고 흥미를 가지는 그러한 부면에서 특징적인 것들 만을 임의로 선별하고 있으며 녀기사 자신의 운명과 그 앞으로의 객관적인 행로에 대한 것은 고려 밖에 놓여져 있다. 여기서 명백한 것은 다른 사람이 본 쏘베트 녀기사인 것이 아니라 민병균이 보고 노래한 쏘베트 녀기사이다. 이 시에서 서정적 주인공인 시인의 ‘나’와 소베트 녀기사는 아름다운 조화를 이루면서 자기들의 성격을 드러내고 있다. 그러나 서정시에서 시인의 ‘나’가 직접 등장하지 않고 개별적 인간의 성격 형상을 통하여 시인의 성격과 작품의 이데야를 간접적으로 표현하는 그러한 실례도 우리는 얼마든지 찾아 볼 수 있다. 리용악의 「봄」은 그러한 례의 하나로 된다. 이 시는 처녀 보잡이 정례가 아침 햇살보다 훨씬 앞서 송진내 풍기

는 새 집 문을 제끼고 나와 보습을 싣고 소를 몰고 가는 농촌의 아침 풍
경을 노래한 시다. 정례가 바쁜 걸음을 잠시 멈춘 곳은 전선에 나간 사랑
하는 사람의 아버지인 춘관 로인네 보리밭 머리다.

<blockquote>

정례는 문득 생각났다.
선참으로 이 밭을 갈아 제낄 때
품앗이 동무들이 깔깔대며 하던 말
―편지가 왔다더니 기운 내누나
―풍년이 들어야 좋은 사람 온단다

한마디 대꾸도 나오지 않아
자꾸만 발목에 흙이 덮이여
걸음이 안 나가던
수집은 정례

정례는 또 듣는다
파릇파릇한 새 싹들이
나직이 속삭이는 소리
―기다리라요
―기다리라요

혹시나 누가
누가 볼세라
저도 모르게 볼을 붉히며

</blockquote>

정례는 당황해서 소를 몬다.

우리 앞에 순결하고 수집고 소박한 한 처녀가 보인다. 작자는 다만
이 처녀 보잡이의 배후에 서 있으며 주위 환경이 처녀의 가슴 속에 환기
시킨 마음의 물결을 그려내며 안개 걷히기 시작한 논두렁 오솔길에서
기복을 이루는 처녀의 내면 세계를 보여 준다.

누우렇게 익은 보리밭을 지나
마을 장정들이 전선으로 가던 길
전선과 런닿아 끝끝내 승리한 길
까치고개를 다시 한번 바라보니
햇살이 솟는다.

시의 마지막까지 작자의 얼굴은 보이지 않는다. 그러나 이 소박하고
순진한 로력하는 녀성의 성격을, 주로 농촌 아침이 그에게 환기시킨 사
고와 감정의 직접적 표현을 통하여 묘사하면서 그 밑바닥에는 우리 시
대의 진실한 청춘들을 아끼고 사랑하는 작자 자신의 아침 햇살처럼 청
신한 감정이 서리고 있다. 그리고 이러한 시인의 구체적 감정이 처녀
보잡이의 명료한 성격을 통하여 표현되고 있다는 것은 극히 명백하다.

그러나 서정시에 있어서의 시인과 주인공의 성격, 감정의 특징화 문
제는 너무나 자주 홀시되는 일이 있으며 매개 시를 성격과 분리시키여
주정의 농담(濃淡)과 어떤 명제의 적합 여부로써만 평가하는 일이 있는
바, 「인민 군대의 형상화를 위하여」(『조선문학』 2월호, 1955)라는 윤세평의
평론은 그러한 실례의 하나다. 이 평론에서 그는 인민 군대를 취급한 여

러편의 서정시들을 분석하였는바, 서정시의 내용과 형식, 특히 서정적 주인공의 성격 형상 문제에는 아무런 고려도 돌림이 없이 그 형상의 조잡성과 빈약성 여부를 묻지 않고, 다만 「조국 해방 전쟁에서의 승리의 요인과 인민 군대의 도덕적 품성」이라고 제목할만한 론문의 자료로써 서정시를 인용하였다. 물론 우리의 서정시들에는 전쟁을 승리에로 결속지을 수 있은 우리 인민 군대의 영웅주의와 애국주의, 수령에 대한 무한한 헌신성과 자기 고향에 대한 절실한 사랑의 감정들이 반영되었으며, 바로 이러한 특성들이 생활의 본질임은 두말할 것도 없다. 그러나 시사 론문이 아닌 서정시에 있어서 중요한 것은 이러한 생활의 본질이 서정적 주인공의 성격을 통하여 어떻게 진실하게 정서적으로 개성화되여 노래되었는가에 있다. 그러나 전기 론문의 필자는 문학 작품을 단순히 리론적 명제에 귀착시키고 있는바, 그 한가지 례를 들면 신상호의 「장고개 솔밭 언덕을 넘어」라는 시 중에서

　　그는 말하였다
　　우리 병사들이
　　얼마나 제 고향을 사랑하는가를
　　그러기에 더욱 용감히 싸워 이겼노라고

　이 1련을 인용하고 다음과 같이 분석하고 있다. "우리 인민 군대의 조국애를, 아름답고 정든 자기 향토를 사랑하는 심정을 통하여 보여 주고 있다."
　전기 시중에서 주인공의 감정의 예술적 성격화가 없는 이 대목을 인용한다는 것은 서정시에 있어서의 성격 문제를 얼마나 도외시하고 있

는가 하는 하나의 례증으로 된다. 그러나 더 엄중한 것은 서정시에서는 주인공들의 성격 형상이 불가능한 것처럼 말하는 리정구의 견해다. 그는 앞에서 례증한, 같은 론문에서 시의 류형화를 지적하면서 다음과 같이 쓰고 있다. "수많은 시인들이 서정시라는 제한된 형식 속에서 로동자라는 동일한 직업을 가진 개별적인 인물들을 일일이 묘사하자니 자연히 '이제 돌아왔느니' '경력은 30년간이니' …… 하는 류형화된 목소리밖에 더 나올 수 없지 않겠는가, 왜냐 하면 이 인물들을 표시하기 위해서는 이러한 조건들은 필수적이며 그렇다고 이 인물을 더 나가서 구체화하며 개성화하기에는 서정시는 너무도 좁은 면적을 가졌기 때문이다."

과연 서정시는 좁은 면적이기 때문에 인물을 개성화할 수 없는가? 그것은 동서 고금의 수많은 고전적 서정시들과 또한 우리의 성과적 작품들이 이 견해의 부당성을 스스로 립증한다. 또한 동일한 직업을 가진 개별적 인물을 묘사하려고 하기 때문에 류형화된 목소리가 나오는 것이 아니라 그 반대로 개별적 인물들의 성격을 보여 주지 못하기 때문에 류형화된 목소리가 나오는 것이다. 개성화의 거부는 성격의 거부이며 이것은 또한 예술 문학의 거부다. 왜냐하면 사실주의 문학에서 인간은 성격을 통하여, 성격은 일반화와 개성화를 통하여 나타나며 문학은 성격 형상을 그 중심 과업으로 하기 때문이다.

그러나 이와 같은 다양한 성격 창조의 근저에는 역시 시인이 있다는 것을, 서정 시인의 내면 세계의 풍부성과 심오성을 전제로 하지 않고는 이것이 성립되지 않는다는 것을 다시금 강조할 필요가 있다. 서정시의 풍부성과 다양성은 시인의 내면 세계의 풍부성과 다양성에 의거한다. 뿌쉬낀은 이에 대하여 다음과 같이 말한 바 있다.

"시인을 그의 발랄하고 창조적인 내면 세계의 모든 상태와 변화 가운

데서, 즉 슬픔 가운데서나 기쁨 가운데서나 환희의 절정 가운데서나 감
정의 안식 가운데서나 또는 류배 날의 격분 가운데서 가깝한 이웃에 대
한 사소한 불만 가운데서 보는 것이 우리는 유쾌하다."

시인의 이와 같은 감정의 기복과 다양성, 풍부성은 시인이 걸어 오고
체험한 생활 속에서 환기되는 것이며 또 그만큼 그것은 직접적이고 구
체적이며 개성적이다. 서정시의 류형화를 일소하는 길은 개성을 묘사
하지 않는데 있는 것이 아니라 개성을 더욱 선명하게 밝히며 생활의 다
양성과 풍부성, 시인의 내면 세계의 다양성과 풍부성에서 찾아야 한다
는 것은 극히 명백한 바다. 그리고 시인의 내면 세계가 다양하고 풍부하
면 할수록 그는 우리 시대의 긍정적 주인공들의 사상과 감정의 깊이에
로 침투할 수 있으며 그들의 사고와 정서를 더욱 심장 가까이 느낄 수
있는 것이다. 이러한 경우에 시인의 창조적 상상과 환상은 날개를 돋히
여 우리 시대의 인간들의 가슴 속에서 꽃피는 내면 세계의 화원으로 들
어갈 수 있을 것이며 개성적이면서 본질적인 시대의 목소리를 자기의
것으로 만들 수 있을 것이다.

서정시인 ─ 서정적 주인공은 생활하며 투쟁하는 우리 사회의 공민
이다. 그렇기 때문에 그는 정치적 사회적 사변에 능동적으로 참가하며
또 그것을 자기의 시 속에 끌어들일 것을 념원한다. 나라의 혁명 사업
에서 인민들을 투쟁에로 불러 일으키는 것은 시인의 고상한 임무다. 따
라서 자기의 시대를 노래하며 거기에 참가한 자기 자신과 인민을 노래
한다는 것은 자연히 하나의 이야기를 형성시키게 하며 서정시에 슈제
트를 요구하게 된다. 이것은 서사적 요소가 들어가는 새 형의 서정시의
탄생이다. 사실에 있어서 오랜 옛적부터 서정시와 서사시는 호상 침투
하여 왔다. 즉 서정시에 서사시적 요소가 들어가거나 서사시에 서정적

요소가 들어가면서 호상 침투하여 왔다. 그러나 위대한 10월 혁명이 인간들에게 자유를 가져다 준 쏘베트 동맹에서 시문학의 두 쟝르가 가진 이러한 경향은 더욱 강화되어 새로운 형태의 시가 탄생되였는바, 그것이 바로 마야꼽쓰끼에 의하여 개척된 새 형의 뽀에마이며 서정시다. 억누를 수 없는 시인 자신의 목소리가, 서술되는 력사적 사변에 뛰여들며, 시인의 공감과 지지가 어느 쪽에 있다는 것을 그의 전 인간, 그의 온 심장으로써 자랑스럽게 강조한다. 그는 사물의 평가자, 심판자인 것만이 아니라 그 속으로 뛰여든 선동가였다. 마야꼽쓰끼의 이 고귀한 전통이 그후 쏘베트 시문학의 전통으로 되였으며, 쏘베트 문학은 이 고귀한 경험이 해방 후 우리 문학 발전에 커다란 고무적 역할을 하였다. 나는 먼저 조기천의 시편들을 념두에 두고 말한다. 「땅의 노래」「항쟁의 려수」를 비롯한 그의 서정 서사시와 많은 서정시들은 「백두산」「생의 노래」 등 장편 서사시와 함께 해방후 우리 시문학 발전에서 거대한 역할을 담당하였는바, 종래 조기천을 다만 서사시 쟝르를 발전시킨 공로자로만 보는 것은 일면적인 평가인 것이다. 조국 해방 전쟁 시기에 쓴 그의 허다한 전투적 서정시들은 하나의 재형의 서정시들이며, 그 속에 내포된 슈제트는 주인공들의 성격을 예리하게 천명한다. 그러므로 리정구가 전기 론문에서 우리 시인들이 서정시의 특수성을 고려하지 않고 많은 사건들과 개별적 인간들을 등장시키는 경향을 비난하는 것은 서정시의 슈제트성을 무시하는 정당치 못한 견해인 것이다.

그러나 서정시의 슈제트는 서사시나 소설에서의 그것과는 다른 자기의 특성을 주장한다. 즉 서정시에 있어서는 사건의 발단과 종말에 이르는 일관된 슈제트를 필수 조건으로 하지 않으며, 오직 주인공들의 성격이 예리하게 천명될 수 있는 그러한 모멘트를 첨예하게 포착하는 것인바, 조기천의 「나의 고지」는 그 한 례증으로 된다. 이 시에서 고지의 전투 과정의 전후와 그 구체적 결말은 알 수 없다. 다만 작자는 고지의 인민군 용사들의 영웅적 성격을 천명할 수 있는 그러한 모멘트를 포착하면서 이야기 줄거리의 론리적 진행 자체에는 큰 흥미를 두지 않는다. 만일 서정시에서 시인의 구상에 적응한 독특한 슈제트가 있기만 하다면 그것은 서정시의 생명을 죽이는 것이 아니라, 도리여 서정시의 특성을 강화하는 것으로 된다. 그러나 모든 서정시에 반드시 슈제트가 있어야 한다고는 말하지 않는다.

우리의 일부 서정시들에서 성격이 모호한 것의 또 하나의 원인이 있다. 그것은 무갈등론의 악영향이 서정시를 침식하고 있는 것이다.

서정시는 갈등과 담을 쌓은 어떤 무풍 지대의 왕국이 아니다. 생활이 발전하고 투쟁이 있는 곳에 반드시 갈등이 있는 것이라면, 이러한 생활과 투쟁을 반영하는 서정시에도 갈등이 존재한다는 것은 너무나도 명백하다. 다만 그것은 희곡이나 소설에서의 그것과 다른 형태를 취하는 것 뿐이며 작품 속에서 반드시 긍정적 인물과 부정적 인물의 대립과 투쟁이 묘사되지 않아도 좋다는 그것 뿐이다. 그러나 서정적 '나', 서정적 주인공들은 모든 낡은 세력에 선전 포고를 하며 계급적 원쑤들을 격멸할 것을 원하고 투쟁하며 온갖 난관들을 극복하면서 싸우는 현실적 인간이며 또 반드시 그래야 한다. 그렇기 때문에 갈등이 있는 서정시는 투쟁의 시, 난관을 극복하는 시, 전위적인 행동의 시, 당적인 시다.

그러면 어떤 것을 무갈등의 시라고 말하는가? 서정시에서는 아름다운 자연도 노래하며 즐거운 사랑도 노래하며 행복에 대하여도 말할 수 있지 않은가? 물론 그렇다. 거듭 말하거니와 서정시에서 새것과 낡은 것의 모순 갈등이 반드시 직접적인 형태로 노래되여야 한다고 아무도 말하지 않는다. 그러나 우리는 자연을 노래하되 그것이 목가로 되는 것을 반대하며, 사랑을 노래하되 그것이 생활을 떠난 달콤한 꿈나라로 되는 것을 반대하며, 행복을 노래하되 "생활은 좋고 살기도 좋다"의 지상의 행복, 투쟁 속에서 얻어지는 행복, 현실 긍정의 행복이 아니라 보라빛 무지개와 같은 구름 속의 행복을 노래하는 것을 반대하는 권리를 보유한다. 한말로 말하여 우리는 인민들을 낡은 것의 타승과 아름다운 새것의 지지에로, 미래를 위한 투쟁에로, 난관을 극복하는 정신에로, 승리에 대한 신심으로 불러 일으키지 못하며, 쓸데없이 요란한 만세를 웨치거나 사람들을 평온하고 안일하게 잠재우는 그러한 시들을 무갈등의 시라고 락인한다. 이러한 시들이 벌써 오늘 우리의 농촌, 특히 협동 조합을 노래한 작품들에 적지 않게 표현되고 있는 것이 사실인바, 이러한 서정시들에 의하건대 오늘 우리의 농촌에서는 아무런 계급 투쟁도 없으며 사람들은 풍년을 거둔 수레 바퀴에 올라타기만 하면 만사는 해결된다.

형태의 여하를 불문하고 이러한 시들에 공통되는 특징은 그 철저한 무개성이다. 베르그골쯔는 「서정시에 관한 담화」라는 글 속에서 무갈등과 무개성은 남매간이라고 지적한 적이 있는바, 이 남매가 우리의 서정시의 전투성과 사상성을 침해하고 있다. 성격은 오직 투쟁과 로동, 생활 속에서만 형성되고 천명된다. 만일 이러한 것이 없는 진공 상태에 산 인간을 집어넣는다면 그의 심장은 고동을 멈출 것이며 성격은 비누 거품처럼 사라지고 말 것이다. 갈등이 없는 시에서 주인공들은 어떤 통계학적 평균성으로 등장하며 인간의 어떤 대용물의 역할을 할 뿐이다.

우리 혁명의 원천지인 공화국 북반부를 정치 경제 군사적으로 강화하며 북반부에서의 혁명을 더욱 전진시키기 위한 전 인민적 투쟁은 첨예한 계급 투쟁을 수반한다. 서정시는 이 첨예한 계급 투쟁을 모른체할 권리가 없다. 도리여 서정시는 이러한 투쟁의 불ㅅ길 속으로 뛰여 들어 가야 하며 우리 인민들을 사회주의적 사상 감정, 품성들로 교양하면서 투쟁의 기치로 되여야 한다. 그리고 이 투쟁의 기치는 계급적 원쑤들 및 낡은 사상 잔재들과의 투쟁 정신으로 불타 오르며, 고상하고 풍부한 내면 세계를 소유하였으며, 독자적 개성으로 빛나는 시인들 — 투사들만이 나아갈 수 있다.

3

우리의 구호는 마야꼽쓰끼의 표현대로 "더 많은 시인, 훌륭한 시인, 각이한 시인"이다. 그것은 다양하고 풍부한 우리의 생활을 여러 각도와 여러 측면에서 독특한 목소리로 밝혀낼 것을 요구하기 때문이다.

많은 시인이 한가지 목소리로 노래하는 것처럼 답답하고 슬픈 일이 없다. 또한 많은 시를 읽었는데 곧 독자의 기억에서 사라지는 일처럼 시인 자신을 위해서 불행한 일은 없다. 그리하여 어떤 시인들은 이러한 불행에서 벗어나기 위하여 자기의 독자적인 목소리를 고안해 내는 데 착수했다. 그러나 목소리는 고안해 낼 수는 없는 일이며 그것은 목청에서 스스로 울려 나오는 것이다. 또한 그 목소리가 전체 교향악의 안삼불을 깨뜨리는 경우, 그것은 하나의 소음으로 밖에 되지 않는다. 각이한 시인이 요구된다는 것은 각이한 시적 목표가 있다는 것을 의미하는 것은 아니며, 시의 목표는 오직 하나 — 생활의 진실을 노래하는 것이며 인민들을 사상적 정서적으로 교양하는 것이다.

시의 쓰찔은 시인의 개성의 산물이다. 그러나 이 개성은 자기와 딴 시인과를 구별키 위한 인공적 신호가 아니다. 시인의 개성에 대한 요구는 어떤 무정부주의적 혼란을 전제로 하는 요구로는 될 수 없다. 시인의 개성은 오직 그가 생활에서 새로운 것을 탐구하고 밝혀낼 수 있을 때만이 시적 개성으로 되는 것이다.

> 한편의 시 그것으로
> 새로운 세계 하나를
> 낳아야 할 줄 깨칠 그때라야
> 시인아, 너의 존재는
> 비로소 우주에서 없지 못할
> 너로 알려질 것이다.

이것은 리상화가 시인에게 주는 말이다. 여기서 리상화는 시인의 역할에 대해서 함축 있는 표현을 하고 있다. 그리고 이 말은 시적 개성이 무엇을 의미하는가에 대한 명료한 지적이다. 시인의 개성은 오직 생활에 대한 그의 접근에서, 다양한 생활의 측면을 어떤 각도에서 어떻게 새로 발굴하고 거기에 어떤 각광을 쏟아붓는가에 의해서 결정된다. 그렇기 때문에 독창적 개성을 가진 시인은 평범하게 지나쳐 버릴 수 있는 그러한 생활 현상에서조차, 심지어는 딴 시인이 이미 사용한 그러한 생활 현상에서조차 새로운 진실과 의미를 발견해 내며 거기에 새로운 내용을 담을 수 있는 것이다. 그리하여 시의 쓰찔은 시인의 개성과 생활 소재의 불꽃 튀는 결합 속에서 흘러 나온다. 하나의 독창적 시인에게는 그의 모든 작품을 관통하는 공통적 쓰찔이 있으며 또 매개 작품에는 또한 그 작품에만 특유한 쓰찔이 있다. 이것은 사물을 관찰하고 연구하고 그 본질을 천명하고 표현하는 작가의 세계관을 포함한 개성적 경향에서와, 다양한 생활 소재에서 발굴해 낸 내용을 거기에 부합된 형태로써 표현하려는 시인의 로력에 기인하는 것이다. 이러한 개성적인 경향과 예술적인 로력 속에서 시의 쓰찔은 탄생되는바, 즉 그것은 생활의 내면적 진실을 어떻게 밝혀 내는가에 의하여 결정된다. 따라서 사회주의 레알리즘이 요구하는 쓰찔의 다양성은 작가의 개성의 독창성과 생활의 다양성에 의거한다. 만일 생활 속에서 어떤 새로운 진실을 발굴해 냄이 없이 어떤 독창적 쓰찔을 고안해 내는데 착수한다면, 그것은 불피코 쓰찔을 위한 공허한 쓰찔로 떨어지고 말 뿐이다. 리순영은 「서정시 3편」(『조선문학』 4호)에 수록된 「노을」 「봄」 「산딸기」에서 우리들에게 색다른 목소리를 들려 주었다. 그러나 그것은 다만 색다른 목소리에 불과했을 뿐, 생활의 새로운 측면을 발굴해 낸 자신의 목소리는 아니였으며, 우리 인민들의 내면 세계에 형성된 새로운 품성에 대하여 아무것도 말해 주지 못했다. 그는 우리 시대의 청년 남녀의 사랑을 이렇게 노래한다.

그러니 그러니
그 휘파람 야속할 밖에 ……

………
그러니 그러니 내 마음 야릇할 밖에

또는 다음과 같다.

—동무는 많이도 변했구려
　　　딸기 맛은 여전하던데 ……

　　………

　　—변했지요. 모든 것이 변했지요.
　　　그렇지만 딸기 맛이야 변하겠어요!

　　이 시가 우리에게 감흥을 적게 주는 것은 그가 사랑을 노래한 때문은
결코 아니다. 왜냐 하면 우리 서정 시인은 사랑을 노래해야 하며 사랑에
대한 무관심은 생활의 한 중요한 측면에 대하여 무관심함을 의미하기
때문이다. 문제는 그가 사랑을 노래하면서 우리 시대의 청년들 속에 꽃
피는 사랑에 대한 새로운 륜리, 사랑 속에 내포되는 새로운 정신 세계를
잘 보여 주지 못한데 있으며 구태 의연한 사랑, 말초 신경적인 사랑을
추구한 데 있는 것이다. 사랑의 서정시에 대한 독자들의 요구는 결코 이
런 데 있지 않다. 사랑을 노래하라는 것은 어떤 이상 야릇한 소리를 듣
기 위함이 아니라, 그 속에서 청년들의 새롭고 고귀한 내면 세계를 발견
하기 위함이며, 그것을 통하여 청년들에 대한 도덕적 교양 사업에 강력
하고도 매혹적인 교재를 제공해 주기 위함이다. 그렇기 때문에 전기 시
인의 어떤 새로운 주제와 새로운 쓰찔에 대한 탐구가 사실은 아무런 새
로운 것도 아니며 낡은 것의 반복에 지나지 않을 뿐만 아니라 도리여 사
실주의의 길에서 리탈되는 결과를 가져왔을 뿐이다. 쉬빠쵸브의 사랑
에 관한 시는 결코 구태 의연한 사랑의 시도 아니며 더구나 그 어떤 이
상 야릇한 말초 신경의 시가 아니다. 그것은 생활의 충만, 새로운 사회
주의 인간들의 도덕적 관계의 아름다움, 순결하고 고귀한 감정, 사랑에

대한 충실성과 진지성으로 충만된 그러한 시다. 그의 시는 독자들에게 난관들을 참고 견딜 수 있는 확신성과 생활과 애정에 대한 성실성을 불어넣어 준다. 따라서 그의 쓰찔은 그의 시적 이데야처럼 진지하고 간결하며 또 매혹적이다.

시의 쓰찔은 시인의 전체 인간으로부터 흘러 나온다. 그것은 시인의 얼굴 표정이며 그의 걸음걸이다. 그의 얼굴과 걸음걸이에 그의 정신 상태가 반영된다. 마음 속에 불타는 격정을 지닌 사람이 입을 헤벌리고 여덟팔자 걸음을 할 수는 없다. 시인의 내면 세계의 정형에 따라 그에 적응하는 말의 선택과 배치와 리듬이 흘러 나오기 마련이다. 따라서 시인의 내면 세계가 높고 풍부할수록 그의 시적 쓰찔은 거기에 적응하는 독자성을 띠지 않을 수 없다. 마야꼽쓰끼의 쓰찔은 그의 투쟁 정신의 반영이다. 그는 항상 생활 속으로 타오르는 심장을 가지고 뛰여들었으며 현실을 평가하는 것만이 아니라 확성기를 든 선동가로서 등장하였다. 진공하며 선동하는 그의 시적 정신은 거기에 해당한 그의 쓰찔을 낳게 하였다. 그는 언제나 자기 앞에 인민 대중을 느끼였으며 그의 시를 읽는 독자는 바로 자기 자신에 대하여 호소하는 그의 목소리를 듣게 된다. 또한 우리들의 시인 조기천이 그러하였다. 그는 "세계의 정직한 사람들"을 앞에 놓고 말했으며 "오 전우들아" 소리칠 때, 그의 앞에는 싸우는 우리 인민들이 있었다. 여기서 우리는 조기천의 시가 가지는 강력한 호소성과 선동성의 한 비밀을 깨닫게 되는바, 그것은 그가 나라와 인민과 자기 자신에게 가장 긴급하고 중요한 문제들에 대하여 전체 인민을 상대로 말하지 않고는 못 배긴 그 심정, 그 책임이다. 시의 호소성을 높이기 위하여 반드시 조기천 식으로 부르짖어야 하는 것을 의미하지 않는다. 모든 시인이 조기천식으로 부르짖을 수는 없으며, 또 그럴 필요도 없다.

왜냐 하면 조기천의 목소리는 다름 아닌 조기천의 목소리요, 그의 인또 나찌야는 그만이 가진 인또나찌야다. 시의 호소성을 높이기 위하여 우리가 조기천에게서 배울 것은 그의 목소리 자체가 아니라 국가적 중요성을 가지는 문제들을 가지고 인민들과 흉금을 털어놓고 말하지 않을 수 없은 그의 애국적 빠포쓰다. 이러한 빠포쓰를 가지기만 한다면 시인은 혹은 조용하게 혹은 엄숙하게, 혹은 명랑하게 자기의 개성과 제재의 여하에 따라 얼마든지 호소성 있는 시를 쓸 수 있다는 것은 명백하다. 만일 크게 웨치는 것만이 호소성이라고 생각한다면 그는 불삐코

　　"당신의 시는 재간은 있지만 너무 조용합니다. 웨치시오 마야꼽쓰끼처럼"

하고 채찍질한 평론가들을 풍자적으로 비난한 쒸빠쵸브의 말을 상기할 필요가 있다. 실은 마야꼽쓰끼도 인생 동안 웨치는 시만 쓴 것이 아니며 조기천 역시 그러하다. 하나의 실례만 든다면 「흰 바위에」라는 서정시에서 조기천은 흐르는 개울물과 함께 그 개울물처럼 조용히 이야기를 주고 받고 있다.

　　인간의 내면 세계를 한가지 색채로써 칠해 버리려는 시도처럼 어리석고 원시적인 생각은 없다. 인간의 개성과 그의 정신 세계가 자유롭고 무궁무진하게 발전할 수 있는 우리의 새 사회에서 사람들의 내면 세계는 극히 다양하고 풍부하게 발전하고 있다. 그 다양하고 풍부한 내면 세계를 반영하기 위하여는 얼마나 다양하고 풍부한 목소리가 요구되는 것인가! 중요한 것은 목소리의 고음과 저음 여하에 있는 것이 아니라, 그 목소리가 무엇을 말하는가에 있으며 그것이 얼마나 시의 쩨마와 사상적 내용에 적절히 부합되고 있는가에 있다. 최근 리정구는 자기의 다른 론문에서(「우리 시문학의 제 문제」-『조선문학』 8호, 1955) 우리 서정시의

"위험한 경향"으로서 "고요하고 정막하고 온화한 곳에서만 아름다운 것을 찾으려고 하는 경향"을 지적하고 김순석의 몇개의 시들과 안룡만의 「저격의 길에서」를 비판하였다. 우리는 리정구의 견해에서 일면이 타당성을 발견할 수 있다. 그것은 즉 우리 시인들이 오늘 우리 현실에서 거창하게 움직여 나가는 생활 개변의 투쟁적 면모에서 눈을 돌리고 안온하고 고요한 것을 찾는 경향이 극히 부분적으로나마 발로되는 일이 있기 때문이다. 그러나 이러한 경향을 비판하는 나머지 고요한 곳에는 마치 아름다운 것이 없는 것처럼 보는 극단에로 나아가고 있다. 이것은 문제 설정 자체가 모호하고 애매한바, 아름다운 것을 동적인 것과 정적인 것으로 구별하는 미학적 평가는 있을 수 없는 것이다. 주지하는 바와 같이 아름다운 것은 생활이다. 리정구 자신이 정당하게 인정하고 있는 바와 같이 생활이 만약 정상적인 자기 발전의 도상에 있다면, 그 모두가 아름다운 것이다. 따라서 고요한 것을 고요하게 노래했다고 해서 비난할 아무런 근거도 없는 것이며 그 작품의 내용이 우리 생활의 미의 한 측면을 밝혀낸 이상 더욱 그러하다. 가령 안룡만의 「저격의 길에서」는 이른 새벽 저격의 길로 나아가는 저격수를 노래한 시인바, 주지하는 바와 같이 저격수의 생활은 주로 꾸준한 인내성을 요구하는 사위의 정적 속에서 진행된다. 저격수를 노래하면서 울부짖는 포화와 장엄한 진군 나팔소리를 이야기할 수 없는 것이 당연하다. 또한 김순석의 「박달나무」에 있어서처럼 "떨어진 박달나무 잎새를 주어 복쑤 기록장 갈피에 눌러넣는" 것을 노래해서 안될 것도 없다. 왜냐 하면 여기에 우리 전사들의 자연을 사랑하고 자기 조국의 향토를 사랑하는 고귀한 품성의 일단이 표현되고 있기 때문이다.

김순석의 서정시나 기타 우리의 부분적 서정시들에서 문제로 되여야 할 점은 이러한 정적인 것과 동적인 것의 피상적 구별에 있는 것이 아니라 생활에서의 전형적인 것을 거기에 적응하는 선명한 형식으로 보여주지 못하거나 생활의 다양한 측면을 다양한 각도와 수법으로 밝혀내지 못하는 문제에 있으며, 예술적 기교의 심오한 체득 문제에 있다. 김순석은 자기의 쓰찔을 가지기에 노력하는 시인이다. 그러나 그의 경우에 있어서 우리는 벌써 하나의 우려할 경향을 느끼게 되는 것은 고요한 것에 대한 취미라기보다는 자기의 목소리에 지나치게 신경을 쓰거나 낡은 예술적 취미에 때로 이끌리면서 생활의 모든 측면에 자기의 고정된 목소리를 틀어맞추려는 점이다. 우리는 이 시인을 이러한 각도에서 비판하고 또 방조해 주어야 한다. 최근에 발행된 그의 시집 『찌플리쓰의 등잔불』은 그의 시창작의 진지성과 성실성을 보여 주는 우리 시문학의 새 수확이다. 그러나 이 시집에 수록된 적지 않은 작품들에서 우리는 천편일률적인 그의 목소리에 약간의 권태로움을 느끼게 되는 것은 무슨 까닭인가? 여기서 이 시집에 대한 구체적 분석을 진행할 수는 없으나, 그 원인의 하나는 이 시인이 쏘베트의 현실에서 얻은 모든 소재들을 모두 비슷한 각도와 비슷한 수법과 비슷한 구상과 비슷한 언어(대상의 본질을 선명화하는 생활적 언어보다 때로 자기 취미적인 감상적 언어)로써 처리하고 있다는 점이다. 시의 쓰찔은 물론 시인의 개성에서 흘러 나온다. 그렇기 때문에 한 작가의 매개 작품들에서 그의 쓰찔을 결정하는 기본적인 요소들을 쉽게 발견할 수 있다는 것은 이미 지적한 바와 같다. 그러나 작품의 쓰찔은 또한 생활이 작가에게 제공하는 소재의 특성의 제약과 영향을 받는다. 작품의 쩨마와 사상을 선명하게 표현하기 위하여는 그 소재에 적응하는 말의 리즘과 호흡과 뉴안스가 요구되며 그 작품에 특유한 흐름이 있어야 한다. 이것은 바로 생활의 본질을 연구하는 작가의 노력과 기량에 좌우되며 이것이 모두 예술적 기교의 범주에 속한다. 우리는 이 시인에게 다른 모든 시인에게와 마찬가지로 먼저 다양한 생활의 본질에 적응하는 정확한 수법과 독특한 구상과 선명한 언어를 소유하는 예술적 기교의 련마를 위하여 격려하는 것이 타당할 것이다.

소재에 대한 피상적인 평가, 예술적 수법에 대한 독단론적인 견해는 허용될 수 없다. 이싸꼽쓰끼는 「시의 구상과 사상성」이라는 글 속에서 꼴호즈 농촌의 춘경에 대해서 쓰면 사상성이 많고, 고향의 자연 풍경을 노래하면 사상성이 없는 듯이 보는 경향의 부당성을 지적하였다. 또는 시의 사상이 여러가지 방법으로 표현되며 많은 경우에 시인들이 간접적인 방법에 의하여 즉 "마치 작자의 의사와는 관계없는 듯이 작자가 자기의 작품에서 채용한 생활 재료 가운데서 자연적이며 합리적으로 산생되여 나오는" 그러한 방법에 더 많이 의거하고 있다는 것도 지적하였다. 그리고 그는 동시에 다음과 같이 지적하였다.

"사상(사회적 의의에서)이 더욱 중요성을 가지고, 그것이 시의 구상 속에 더욱 선명하고 더욱 진실하게(예술적으로) 체현될수록 한편의 시는 더욱 좋아질 것이다. 만약 사상이 없고 구상이 없다면 시도 없을 것이다. 그것은 운률의 문구를 기계적으로 배렬한 데 불과하며 이러한 문구는 아무런 의의도 없으며 누구에게도 소용없는 것이다. 이러한 문구는 시인의 붓끝에서 두가지 경우에 발생할 수 있다. 즉 시인이 자기의 독자에게 아무것도 이야기할 것이 없을 경우, 또는 비록 독자에게 이야기할 것이 있으나 그가 표현하려고 생각하는 것을 시의 형식 속에 잘 표현하지 못할 경우다."

시의 형식은 어디까지나 시의 내용에 의거한다. 훌륭한 내용을 전제로 하지 않고 훌륭한 형식을 찾는다는 것은 날개 없이 날 것을 시도하는 것과 다를 것이 없다. 또 아름다운 형식이란 어떤 정연하고 정제된 형식도 아니다. 그 내용을 가장 적합하게 담을 수 있는 형식이야말로 아름다운 형식이다. 나는 지금 일부에서 이야기되고 있는 정형시의 론의를 념두에 두고 말한다. 그렇다고 나는 정형시에 대한 론의를 부질없는 짓이라고 타매하는 견해와 뜻을 같이하는 것은 아니다. 우리 말의 특수성을 살리면서 우리 시에 있어서의 운률의 약속을 밝히는 것은 시 창작에 도움을 줄지언정 해로울 것은 없기 때문이다. 그러나 우리 시에 있어서 서정과 내용의 산망성, 시의 산문화 경향의 원인 등을 정형률이 없는 데서 찾는 것은 형식주의적 견해라고 말하지 않을 수 없다. 이점에 있어서 리정구는 전기 론문에서 또 한번 자기의 그릇된 견해를 폭로하고 있다. 그는 우리 시인들이 "음절 수나 행 수를 임의로 신축하는 시 작법상 일종의 무제한한 자유"를 가지게 된 것이 시의 내용을 산만하게 한다고 전제하면서 몇개의 시를 례증하고 있는바 가령 원진관의 「그이의 노래는 영원하리」 중에서

투쟁의 긴긴 세월 그 어느 때에도
그이의 심장은 불타는 청춘으로
지구 우에 살아 있는
인민들의 평화와 자유
평등을 위하여
몸과 마음 아낌 없이 바치시여
우리에게 행복의 길
열어 주시였나니

를 인용하고 "제2행이 없어도 되고 제6행이 없어도 되며 또 제3, 4, 5행이 동시에 없어도 의미가 전달된다"고 비판한 후 그 결과 이 시가 가지고 있는 사상적 내용을 산만하고 또 모호하게 하여주고 있다고 지적하였다. 이것은 완전히 주객이 전도된 견해다. 그의 견해대로 이 시에 있어도 좋고 없어도 좋은 시행이 무제한하게 들어 있기 때문에 이 시의 사상적 내용이 산만하고 모호해진 것이 아니라 그 반대로 처음부터 시인의 시적 구상, 사상적 내용이 산만하고 모호하기 때문에 이러한 불필요한 시행들이 들어 오고 있는 것이다. 이러한 전도된 론리를 발전시키여 그는 오늘 우리 시인들이 "일련 내의 행 수를 2행 내지 4행으로 균형있게 배렬하려고 노력하고 있는 것"을 지지하는 데로 나아가고 있는 바 가령 전기한 원진관의 시를 2행 내지 4행으로 정리했다면 이 시인이 처음부터 가지고 있는 시적 구상의 모호성이 과연 구원될 수 있었겠는가고 반문하고 싶다.

물론 나는 형식의 상대적 독자성과 그것이 내용에게 주는 상대적 제약성을 모르는 바가 아니다. 그리고 우리 시가 형식상 많은 탐구와 연구가 있어야 한다는 것을 적극 지지하며 이 점에 있어서만은 리정구의 견해에 찬동한다. 그러나 어떤 경우를 불문하고 내용과 분리하여 형식 문제만을 론의한다는 것은 항상 엄중한 결과로 빠질 수 있다는 것을 경고하고 싶은 것이다. 그는 우리 시가 정형시가 아니기 때문에 오는 해독을 다음과 같이 지적하고 있다.

"첫째로 오늘 우리 시에 있어서 서정과 내용의 산만성을 방지하지 못하고 오히려 조장시키고 있다.

둘째로 우리는 시인들의 작시법상 무제한 자유는 우리 시가 산문화해가는 결함을 방지 못하고 확대시키고 있다.

세째로 우리 서정시의 고유한 특성을 파괴하고 서정시와 서정 서사시의 한계를 가를 수 없는 일종의 변태적 쟝르를 낳고 있다."

그러나 그의 의견대로 우리 시에 정형률이 있기만 하다면, 서정과 내용의 산만성을 과연 면할 수 있을 것인가? 고정화된 형식이 없기 때문에 내용이 산만해진다는 것은 지나치게 일면적인 견해며, 내용의 선차성과 우위성에 대한 거부를 의미한다. 첫째로 내용이 형식을 규정하며 그다음에 형식이 내용에 반작용하는 것이다. 산만한 내용에는 반드시 산만한 형식이 따르는 것인바, 그것은 정형시로서도 은폐할 도리가 없는 것이다. 우리 시가 산만해지는 기본 원인은 시인이 기도하는 시의 사상이 명료하지 않으며 생활의 본질을 파악하지 못하였으며 따라서 그의 언어가 조잡한 데 기인하는 것이다.

시의 산문화 경향도 역시 마찬가지다. 만약 음절 수나 시행 및 시 련의 고정화가 시의 산문화를 방지할 수 있다면 다행한 일이다. 그러나 시의 산문화 여부는 시인이 취급한 생활 소재에 대한 정서적 감흥과 내면세계의 풍부성, 제재의 선택 및 그의 예술적 개조 능력 여하에 달려 있는 것이며, 기성된 형식 여하에 있는 것이 아니다. 정형시에서도 우리는 얼마든지 산문화의 경향이 있는 것을 발견할 수 있는바 여기에 대하여는 중국 시인 애청이 자기의 론문 「시의 민족적 형식」 가운데서 명백히 증명하고 있다. 잘 씌여진 시는 정형시의 여부를 물론하고 산문화의 자취를 찾아내지 못할 것이다. 세째 의견의 부당성에 대해서는 앞에서 이미 지적한 바와 같다.

우리 시에 있어서 정형률의 연구는 앞으로 얼마든지 계속할 필요가 있다. 그러나 오늘 우리 시가 가지고 있는 결함들의 근원을 시 형식 문제에 전가시키는 것은 옳지 않을 뿐만 아니라 사실과 어긋나는 것이다.

또한 이것은 시인들의 생활 연구와 예술적 로력을 방해하는 것이다.

아름답고 싱싱한 수목은 다만 비옥한 땅에서만 자란다. 메마른 나무를 탓하면서 나무의 키가 몇자, 가지가 몇개 있어야 한다는 것을 따지기 전에 먼저 땅을 기름지게 하기 위하여 모든 로력을 아끼지 말 것이다. 그러면 나무는 천연의 아름다움과 활기를 띠고 자라 오를 것이다.

그러나 땅을 기름지게 하기 위한 로력만으로는 부족하다. 자라는 나무를 매만지고 가다듬으며 모든 군가지를 잘라 버리는 사업이 또한 요구된다. 이러한 사업의 중요한 부분은 언어에 대한 수련인바, 이 문제는 또 하나의 독립된 론문 쩨마로 될 것이다.

1955년 8월

—『조선문학』, 1955.10(1955.10.5)

시 형식의 다양성

제2차 작가 대회를 앞두고

조령출

작가는 자기의 심혈을 기울여 작품을 쓴다. 작가의 잉크 한 방울은 그의 피 한 방울과 같다는 말도 있다. 만일 작가가 그러한 심혈로 작품을 쓰지 않는다면 그 작품은 피 없는 — 다시 말해서 생명이 없는 사람과 같은 것이다.

그러나 나는 대부분의 진실한 작가들이 자기의 심혈로써 작품을 쓰고 있음을 알고 있으며 그들의 작품이 생기 발발한 현실 생활을 반영하고 있음을 알고 있다.

우리의 문학이 자기의 력사 과정을 밟으며 이러저러한 반동적 문학 조류와의 투쟁을 거쳐 얼마나 발전하였는가.

실로 우리의 문학은 개화 발전의 길에 들어섰다. 실로 인민들은 자기들의 문화재로서 문화 생활의 한 중요한 동반자로서 우리의 문학 작품을 사랑하였으며 사랑하고 있다. 독자들의 소리는 바로 그들의 문학에 대한 애정의 뜨거운 표현으로 되는 것이다.

몇 해 전 박세영의 시 「고향을 지나며」와 나의 시 「강변에서」에 대하여, 이 시들이 가지는 애상적 경향에 대하여 비판이 있었다. 당시 많이 론의되었던 구호시로부터의 해탈, 그것은 일면 시에 있어서 호소성과 사상성의 미약을 초래할 우려가 있었던 것이다. 시의 서정을 풍부히 하며 그것을 강조하는 나머지 애상적 표현이 나타났는바 이에 대한 경종을 울리지 않을 수 없었던 것이다.

나는 나의 시 「강변에서」 가운데 그러한 요소가 있음을 접수하였다. 이때 전방에 있는 어느 한 독자 ─ 전사 동무로부터 편지가 왔다. 이 독자는 「강변에서」를 읽고 매우 느낀 점이 많았으며 이 시는 전사 동무들에게 있어 사기를 북돋아주며 교양을 주고 있다고 말하였다. 작가인 나로서 이 편지를 또한 어떻게 접수할 것인가 나는 생각하였다. 나의 그 시가 전적으로 좋아서 그런 편지를 받았는가 또는 나의 그 시가 전적으로 해독적인 것이기 때문에 그런 비판을 받았는가.

문제는 전적으로 수긍할 수 없는 부분적 결함의 존재인 것이다. 나는 독자에게 회답을 하였다. 전적으로 좋은 작품이 아니요, 애상적 경향이 있다는 것을 말하면서 독자의 립장에서 더욱 연구하여 작가에게 좋은 방조를 달라고 회답을 하였다.

당시 김순석은 나의 그 시의 첫부분이 고요하고 적막하기 때문에 좋지 않다고 말하였다. 이 말에도 일면 수긍할 점은 있었으나, 시의 결함의 중요한 고리는 환경의 정적 묘사에 있는 것이 아니였다. 나는 당시 그렇게 또 주장하였다. 나는 누구보다도 포에지의 정적인 경지를 일면 추궁하고 있는 시인의 한 사람이 바로 김순석이라고 생각한다. 그러면 김순석의 이러한 면이 전적으로 좋지 않다고 말할 것인가. 이것을 김명수는 자기의 론문 「서정시에 있어서의 전형성, 성격, 쓰찔」 가운데서, 리정구의 견해를 론박하면서 해명하였다.

리정구는 시의 호소성, 동적인 면을 강조하며 기교주의적 편애를 비판한 나머지 고요한 곳에는 마치 아름다운 것이 없는 것처럼 보는 극단에로 나아가고 있다.

"이것은 문제의 설정 자체가 모호하고 애매한바, 아름다운 것을 동적인 것과 정적인 것으로 구별하는 미학적 평가는 있을 수 없는 것이다"라고 김명수는 정당히 지적하였다.

리정구는 자기의 론문 「우리 시문학의 제 문제」에서 "고요하고 적막하고 온화한 곳에서만 아름다운 것을 찾으려고 하는 경향이 확실히 우리 일부 시인들에게 있다"고 말하면서 "적막하고 아름다운 것은 따로 있고 동적이고 선률적인 것은 아름다운 것이 아니라고 생각한다면 이것은 큰 잘못이다"라고 말하였다.

그러나, 고요하고 적막하고 온화한 곳에서만 아름다움을 찾으려는 그러한 시인이 어데 있는가?

또한 오늘 우리 작가들 중에 동적이고 선률적인 것은 아름다운 것이 아니라고 생각하는 그러한 작가가 있다고 말할 수 있을 것인가?

그것은 평론가의 지나친 근심이라고 나는 생각한다. 털어놓고 우리가 듣는 말을 말해 보자, 우리는 당 일꾼들 가운데서 혹은 국가 일꾼들 가운데서 혹은 독자들의 소리에서 '구호시'는 좋지 않다는 말을 듣는다. 우리의 독자들은 설명이 아니라, 투쟁 강령의 단순한 웨침이 아니라 시적 형상을 통한 심장을 감동케하는 그러한 서정 높은 시작품들을 요구하고 있다.

우리 시인 작가들 역시 항상 그것을 말하였다. "구호적인 작품을 쓰지 말자!" 구호는 우리 생활의 고상한 방향으로 된다. 그러나 그 강령적인 구호가 시인의 강렬한 애국적 정열에 의하여 시적 형상으로 나타나며, 구체적인 생활과, 생활 감정으로서 표현되며, 현실 현상의 개별적인 것 특수한 것으로서 형상되며, 그것이 또한 작가의 개별적 문체로서 표현되지 않는다면, 그것은 그냥 구호의 로출로 밖에 되지 않는 것이다.

나 자신부터가 구호의 로출과 서정의 빈곤과 사색의 천박성, 형상력의 부족으로써 자기의 작품을 얼마나 무미건조한 것으로 만들었던가.

구호가 시구 속에 삽입되는 것이 혹은 구호의 웨침이 작품 속에 울린다 하여 그것이 좋지 않을 하등의 론리적 근거는 없다. 오히려 그것이 높은 감동을 주는 예술적 형상의 밑받침 우에 섰을 때 그것은 더욱 감동적인 구호로 될 것이다. 훌륭한 정론적 시는 바로 그러한 것이다. 우리는 그 좋은 모범을 마야꼽쓰끼의 작품 중에서 본다.

매개 작가는 자기의 개성이 있고 자기 작품에 일정한 쓰찔이 있다. 뿐만 아니라 한 작가에 있어서도 그의 문학에 있어 이러저러한 문체의 변천을 체험할 수도 있다.

매개 작가의 작품들이 하나의 판으로 찍어 낸 듯한 그러한 것으로 되여서도 안 될 것이며 한 작가의 작품들이 또한 하나의 판으로 찍어 낸듯한 그러한 것으로 되여서도 안 될 것이다.

류형성! 이는 무서운 함정이다. 그러나 부지불식간에 이 함정에 빠지게 되며 그것은 작가만이 아니라 평하는 사람들도 부지불식간에 작품들을 이 함정 속에 밀어 넣기도 한다.

웨쳐라! 질풍 노도의 시를! 따웅! 따웅! 호랑이의 노호와 같이! ……하며 구름을 토하고 바람을 날리는 그러한 시를 쓰라고 요구한다. 물론 좋다!

그러나 어느 시나 누구의 시나 그러한 것으로 되라는 것은 무리한 요구이다.

작은새처럼 노래하되 생활의 진면목을 노래하며 작은 시냇물처럼 노래하되 세계의 객관적 진리를 노래한다면 그것이 나쁘게 없을 것이다.

우리는 많은 경우, 작품의 발표전 합평을 하였다. 이러한 경우, 어떤 평자들은 남의 작품을 자기의 취미, 자기의 척도, 심지어는 자기의 문체 속에 혹은 자기의 쓔제트 속에 집어 넣으려고 하였다. 결국 나나니처럼, 자기를 닮아라 닮아라하는 식으로 작품들을 류사의 길로 '고무'하였다.

실로 우리의 적지 않은 작품 평정서들이 작품의 개성을 위축시키였다. 여기 도식이 발생된 원인의 하나가 있다.

자연 법칙은 객관적 세계의 추상된 진리이다. 그러나 삼라만상은, 어구 그대로 자연의 다양 다채한 만상인 것이다. 백화란만! 우리는 한마디 말 가운데 풍부한 형상을 갖는다.

우리의 생활에는 법칙이 있다. 그것은 추상된 진리이다. 우리의 생활은 이 진리에 의하여 발전한다. 우리는 맑스-레닌주의를 떠나 이 진리를 리해할 수 없다. 유물론적 변증법은 객관적 세계의 생활의 법칙이며 이 법칙에 의하여 우리는 우리의 생활을 창조한다.

백화란만한 아름다움을 우리는 이 법칙에 의하여 리해한다. 우리는 생활의 아름다움을 백화란만하게 창조하여야 한다. 이 원리는 우리 민족 문화의 다양 다채한 발전을 요구한다.

시 형식만 하드라도 다양한 형식을 갖는 것이 좋을 것이다. 우리 문학은 풍부한 자기의 전통을 가졌다.

향가의 가장 소박한 4구체 형식으로부터 8구체 혹은 10구체 혹은 정읍사(井邑詞)와 같은 6구체, 고려 가요의 제 형식들 별곡체 시조 형식, 추풍감별곡(秋風感別曲)식의 일련의 리조가사(李朝歌辭) 형식과, 인민 창작의 풍부한 민요 형식들, 이러한 시문학 형식들에 대한 연구는 시문학을 다양하게 발전시킴에 있어 하나의 기초로 될 것이다.

오늘 우리의 인민 가요 형식의 하나인 6구(4구에 후렴 2구를 붙인 것) 3련의 형식은 어느 정도 정형시라고 말할 수도 있다. 경기하여가체(景幾何如歌體)나 시조(時調)체나 그것은 우리의 고유한 정형시라고 말할 수 있는 것이다.

오늘 많은 시인들이 자유시체로 시를 쓴다. 그러나 많은 경우 4구 1련을 번복하는 체제로 지향하고 있다. 이것은 우연한 현상인 것이 아니다. 이는 시의 산문화를 방지하는 하나의 표현인 것이다.

시의 음률을 보다 아름답게 보다 조화 있게 보다 참신하게 혹은 보다 웅장하게 혹은 보다 패기 있게, 갖기 위한 로력은 매개 시인들에게 있어 이러저러하게 표현되고 있다.

시의 산문화를 방지하기 위한 지향은 시 자체가 갖는 특성인 것이다.

김명수는 "우리 시에 있어서 정형률의 연구는 앞으로 얼마든지 계속할 필요가 있다"고 말하였다. 이는 정당한 말이다.

시의 음악성 음률의 법칙들을 연구함으로써 우리 시 창조에 큰 도움이 될 것이다.

그는 또 이렇게 말하고 있다. "오늘 우리 시가 가지고 있는 결함들의 근원을 시형식 문제에 전가시키는 것은 옳지 않을 뿐만 아니라 사실과 어긋나는 것이다"라고.

그러나, 오늘 우리 시의 결함의 하나로 산문화의 요소를 들 수 있지 않는가. 그렇다면 결함들의 원인의 하나로서 시형식 문제에 대한 고려가 충분치 못했다는 점을 지적할 수 있지 않는가.

"아름답고 싱싱한 수목은 다만 비옥한 땅에서만 자란다. 그러나 자라는 나무를 매만지고 가다듬으며 모든 군가지를 잘라 버리는 사업이 또한 요구된다." 이러한 사업의 중요한 부분은 언어에 대한 수련이라고 그는 말하였다.

여기서 내가 부연할 것은, 바로 언어에 대한 수련이 형식에 대한 고려와 결부되여야 한다는 점이다. 나무의 군가지를 잘라 버리는 것이 곧 형식에 대한 고려인 것이다.

형식에 대한 고려는 어디까지나 사상적 내용을 보다 감동깊게 전달하기 위한 방법상 문제로 되여야 한다. 이 방법상 문제를 우리 작가 시인들이 어찌 소홀히 취급할 수 있겠는가.

시형식에 대한 고려는 또한 정형시 문제에도 련결된다. 이는 또한 우리의 고전적 시문학의 비판적 계승 섭취 문제와도 결부된다.

내가 말하고저 하는 것은 어디까지나 우리의 시로 하여금 산문화를 방지하며 다양다채한 형식들의 개화 발전을 요망하는 데 있다.

짧은 시를 쓰자! 이러한 이야기도 시인들 속에 있었다. 시조와 같이 짧은 시도 써 보자!

이 요구도, 나는 좋은 요구의 하나라고 생각한다.

우리의 선조들은 좋은 그림을 벽장에 붙이기도 하고 그림 족자를 벽에 걸어 놓기도 하고 좋은 시를 기둥에 붙여 놓고 생활하였다.

현대 우리 생활에도 벽장화는 다시 필요하며 벽시도 필요하다. 좋은 짧은 시는 벽시로 광범히 리용될 수 있을 것이다.

오늘 단막 작품과 단시들은 문학의 전투적 형식으로서 절실히 요구되고 있다. 단시 가운데서도 시조와 같은 짧은 형식은 그 삼장(三章) 가운데 기, 승, 전, 결이 명확히 보여지는 3행 단시로서 좋은 것이며 그 밖의 4행시 혹은 5행시의 단시 형식도 좋을 것이다. 이러한 창조는 시인에게 있어 '무제한한 자유'일 것이다.

다양한 형식, 다양한 쓰찔의 창조에 있어 시인들에게 무제한한 자유가 있으며 또 그 누구도 그것을 방해할 사람은 없을 것이다.

리정구는 우리 시의 산문화의 요인이 시인들의 작시법상 무제한한 자유에 있는듯이 말하고 있으나, 그것은 오히려 시인들이 우리 시문학의 이러저러한 다양한 형식들을 무제한하게 리용하며 섭취하며 발전시키지 못한 그 점에 있다고 나는 생각한다.

우리 시인들은 새로운 정형시를 창조해도 좋을 것이다. 과거의 어느 시형식을 발전시켜도 좋다. 탁월한 선진 시인들의 모범이 그것을 말하고 있는 것이다.

그렇다고, 일률적으로 정형시로 돌아가자고 말하는 사람이 있다면 나는 그 의견에 동의할 수 없다. 왜 그런가 이미 우리의 자유시는 자기의 확고한 지반을 닦아 놓았기 때문이다.

전형적 형상들의 창작 방법은 다양하다. 그러므로 우리는 창작에 있어 어느 일률적 방법의 틀 속에 구애될 필요는 없다.

가령 기승전결의 법칙은, 희곡에도 있고 서정시에도 있다. 사건의 발단, 발전, 모순의 첨예화, 그의 정점과 전환, 그의 해결 등은 희곡 창작에 있어 불가결의 법칙으로 된다. 그러면 이러한 법칙이 서정시에서도 불가결의 것으로 되는가? 아니다. 서정시에서는 다른 방법으로 작용한다. 서정시에 있어서는 기승전결의 법칙이 있되 희곡과는 다른 방법으로 작용한다.

한산섬 달밝은 밤에 수루에 혼자 앉아
큰칼을 옆에 차고 깊은 시름 하는 적에
어디서 일성 호가는 나의 애를 끊나니

이 시에서 제1장은 기(起)가 되고 제2장은 승(承)이 되고 제3장은 전(轉)과 결(結)로 된다.

여기서 희곡에서와 같이 갈등을 찾으려고 한다면 무모한 일인 것이다. 그러면 이 시에는 갈등이 전혀 없다고 볼 것인가 우리는 생활의 법칙에서 볼때 이러저러한 모순의 대립과 갈등의 상호 관계를 떠나 우리의 생활도, 객관적 세계도 존재할 수 없으며 또 그것을 인식할 수도 없다는 것을 알고 있다.

그렇다면 어떠한 짧은 작품일지라도 객관적 세계를 반영하며 현실 생활을 반영하는 것이라면 어찌 모순의 대립과 갈등의 호상 관계가 없을 것인가.

문제는 그것들의 표현 방법이 다양한 거기에 있는 것이다. 서정시에도 갈등은 존재한다. 오직 그 형상의 방법이 다를 뿐이다. 상기 시조에서 본다면 갈등은 서정적 주인공인 리순신 장군의 애국적 감정과 왜적과의 사이에 내재하고 있다. 그러나 이 갈등은 희곡에서처럼 갈등 자체의 기승전결로 되여 있지 않고 이 갈등에 립각한 애국적 감정의 기승전결로 되여 있다. 서정시에 있어서 은폐된 갈등을 보지 않아서는 안된다.

희곡에 있어서는 어떠한가? 갈등 문제 하나만 가지고 보더라도 역시 작가들의 창작상 개성적인 이러저러한 방법을 천명하지 못하였다. 긍정과 부정, 새 것과 낡은 것 등의 로골적인 대립과 그 표현을, 그 상대적 인물 관계에서 보려고 하였다.

그것은 물론, 보다 명확한 것으로 가장 좋은 방법의 하나이라고 생각한다. 그러나 그의 일률적 강요는 전형화의 창작 방법을 협애한 것으로 만드는 것이다.

가령「심청전」에서 기본 갈등은 어떻게 설정되였으며 어떻게 형상되였는가.

여기엔 일관된 긍정적 주인공들은 존재하나 일관된 부정적 인물은 존재하지 않는다. 문제는 여기에 있다. 「심청전」은 특수한 자기의 쓔제트를 가지고 있으며 갈등을 또 그렇게 설정하고 있다.

「심청전」의 갈등의 본질은, 봉건 사회의 계급적 모순에서 나온 것이다. 이 갈등은 광명과 암흑으로 표현되었다. 봉건 사회의 그 암흑한 제도는 암흑한 운명으로써 긍정적 주인공들을 압박한다. 심청의 림당수에서의 죽음은 곧 이 암흑한 운명이 빚어낸 비극의 절정으로 된다. 룡궁 장면은 갈등의 전환점으로 되며 왕궁에서의 심청의 영화 및 심봉사의 눈 뜨게 된 그 행복은, 긍정적 주인공들의, 당시 봉건적 암흑과의 갈등에 있어서의 승리적 해결로 되는 것이다.

이와같이 작가는 자기 작품의 갈등 형상을 어느 한 틀에 맞추어 만드는 것이 아니라 자기의 창작 방식에 의하여 자유롭게 할 수 있는 것이다.

오늘 우리 문학의 주공 방향은, 부르죠아 이데올로기와의 투쟁인 것이며 창작상의 류형적 틀, 협애한 방식들, 도식적 견해들을 깨뜨리는 데 있다.

현실 발전에 대한 진실한 체험과, 우리 문학 유산에 대한 진실한 연구, 선진 문화에 대한 진실한 섭취 이러한 사업 없이는 소기의 성과를 거둘 수 없다.

우리 문학에 더욱 높은 사상성과 생동성과 감동성을 부여하기 위하여 우리에겐 대담한 방책들이 필요하다.

형식을 위한 형식의 탐구라면 그것은 우리의 당 문학과 하등의 인연이 없다. 우리에게 있어 현재 가장 좋은 창작 방법은 사회주의 레알리즘이다. 사회주의 승리를 위한 리념으로써 우리의 현실 생활을, 우리 인민의 생활 감정을 진실하게 묘사하는 것 이밖에 다른 길은 없다.

당 정책을 실생활에 구현화하기 위하여 우리 문학은 자기의 온갖 재능을 다 발휘하여야 할 것이다.

조선 로동당 제3차 대회의 결정 정신에 립각하여 우리의 제2차 작가 대회를 앞두고 우리 작가들은 허심하게 문학상 문제들을 토론하며 모든 작가들이 이에 참가하여야 할 것이다. 작은 문제건 큰 문제건 솔직 대담히 토로함으로써 우리 문학 발전의 장애물들을 제거할 수 있다.

이러한 것이 또한 작가들의 고상한 품성이라고 생각한다.

—『조선문학』108, 1956.8(1956.8.10)

시 문학의 보다 높은 앙양을 위하여

김북원

1

"…… 우으로 국가의 정책을 선양하며 아래로는 한 세상의 쇠북과 깃발이 될 수 있게 된 연후에야 비로소 록록한 문장이 아니라 할 것이다."

이는 정다산의 문장론(리인형에게 주는 글)의 일절이다.

시인—그는 과연 계급의 아들이며 당의 가수이다. 우리는 우리의 고전 시인들과 카프 시인들의 공민적 빠포쓰의 작품에서 조국과 인민과 근로하는 계급의 립장과 그의 쇠북과 깃발로서의 높고 찬란한 광휘 빛나 있음을 본다.

우리는 김시습, 림백호 등의 서정시에서, 정철, 황진이 등의 가사, 시조 작품에서, 고상한 랑만과 사실주의적 필법으로 중세기의 암흑을 헤치고 앞날의 광명을 향해 노래한 박연암의 시에서, 봉건 량반 계급의 죄악상을 폭로 비판하는 비판의 빠포쓰를 높이였던 정다산의 작품에서,

일제 침략을 반대하여 조선 로동 계급의 혁명 투쟁의 전개와 군중의 행렬과 데모와 그 투쟁의 다양한 측면과 사상적 깊이를 높은 예술적 기교로써 노래한 카프 시인들의 작품에서 그것을 본다. 우리는 그들이 고양한 전통의 깃발을 받아 든 영광스러운 당의 가수이다.

바로 그러하기에 우리는 조국 창건의 거창한 흐름 속에서 명일을 전망하며 시인답게 개혁의 거리에 밤을 몰랐고 복구되는 공장과 광산, 농민의 전야에서 력사의 창조자들의 사상 감정을 노래하였다.

조국의 운명이 포화속에 싸인 때 우리 시인들은 직접 군복을 입고 펜을 무기로, 싸우는 인민군 전사들 속에서 승리를 노래불렀고, 오늘은 승리한 인민의 대렬 속에서 비상한 속도로 전진하는 사회주의 건설 속에서 당과 국가의 정책을 선양하며 우리의 노래로 하여금 쇠북과 깃발의 역할을 놀게 하여 왔던 것이다.

력사적인 조선 로동당 제3차 대회는 우리 시인들 앞에 영광스러운 새 과업을 제시하였다.

조국 발전의 지난 각 시기에 있어 매양 그러하였던 것처럼 당은 우리 시인들로 하여금 삼천만 인민의 최대의 념원인 조국의 평화적 통일의 길에 보다 전투적인 쇠북을 울릴 것을 호소하였으며 혁명적 민주 기지인 북반부에서의 사회주의 건설의 보람찬 현실 속에서 보다더 로동 계급의 의식으로 무장하고 새 5개년 계획으로 일어설 공장과 협동의 전야에서 령감의 원천을 찾을 것을 가르치고 있다.

5개년 계획의 구체적 행정에서는 새로운 사실, 새 인간 성격이 장성할 것이며 그를 노래하고 형상하려면 높은 사상 예술적 수준을 요한다는 것을 가르치고 있다.

그것은 우리의 전통에 보다 확고하게 서는 것이며, 그것은 보다 민족적 선률을 찾는 것이며, 그것은 보다 철저한 군중 관점에 서는 것이며, 그것은 보다 심오하게 현실을 연구할 것을 의미한다.

뿐만 아니라, 조선 로동당 8월 전원 회의는 "과학, 문학, 예술 분야에서 사업하는 일꾼들은 더욱 대담하게 자기들의 연구 및 창작 결과를 발표하며 자유로이 의견을 교환하며 활발한 공개적 토론을 전개함으로써 우리의 과학 문화의 발전을 촉진시켜야 한다"고 지적하고 있다.

오늘 우리의 대회는 바로 이러한 정신 밑에 3차 당 대회가 제시한 과업 실천을 위하여 소집되었다.

한설야 동지의 보고에서 오늘 우리 문학 앞에 제기된 과업들과 과업 실천을 위하여 시정하여야할 결함들을 지적하였다.

한설야는 작가들의 현실 연구에 대하여 방점을 두면서 우리 문학이 갖고 있는 결함 중에서 도식주의 기타 경향을 극복할 데 대하여서와 예술적 기교를 높일 데 대하여, 활발하고 왕성한 창작을 할 데 대하여 강조하였다. 이는 시 문학 분야에 있어서도 그대로 중요한 문제로 되고 있다.

이제 나는 시 문학 분야에서 론의되여야 할 몇 가지 문제들에 대하여 나의 의견을 말하고저 한다.

2

우리 시 문학에 있어 가장 심중한 결함의 하나는 도식주의로 특징지어진다.

도식주의는 작가들의 현실 인식의 부족과 미학적 수준의 저조에 그

뿌리를 가지며 예술적 다양성의 문제와도 관련되어 무성격, 무개성의 문학을 낳음에 이르게 하는바, 시 문학에 있어서의 도식주의는 다음과 같은 측면에서 여러가지의 양상을 드러내고 있다.

가령 우리의 시 문학을 한 개의 거대한 오케스트라에 비하여 볼 때 거기엔 각가지 소리의 자기의 기호를 가지며, 각개의 특징적인 선률의 창조로써 자기의 개성을 발휘하는 사람들의 일군을 보게 된다. 그들은 제각기 다른 소리와 독특한 개성으로써 안삼불을 이루며, 이 서로 다른 선률의 콤포지숀에 의하여 하나의 아름다운 화음을 이룬다는 것은 누구나의 상식으로 되여 있다.

그런데 여기에서 나는 왜 이 너무나도 빤한 이야기를 꺼내는가? 그것은 시문학의 현상에는 장내에 쨍쨍한 나팔소리만이 울리는 감을 주며 설사 다른 소리가 울린다 하더라도 '그 소리' 속에 싸이여 자기의 목소리, 자기의 개성을 발휘하지 못한다고 할가, 이른바 무개성적인 현상을 빚어내고 있는 그것이 도식주의의 이러저러한 측면들과 관련되여 있기 때문이다.

시 문학에서 말하여야 할 도식주의의 한 개 측면은 사회 현상의 본질적인 것의 추구, 쩨마찌까의 적극적인 것의 추구에서 파생된 현상이다.

공민적인 빠포쓰는 우리 시 문학의 전통적인 가장 주되는 빠포쓰이다.

우리의 생활에서의 본질적인 것의 추구, 전형적인 것의 형상은 물론 문학 창조의 주되는 과업이다.

그러나 우리의 서정시에 눈을 돌릴 때 본질적인 것에의 추구, 쩨마찌까의 적극적인 것의 추구만이 우리 서정시의 주제의 전부로 될 수 있다고 말할 수는 없다. 서정시는 시인의 사회 생활에서 인간, 자연, 사회 현상의 광범한 포괄에서 그 음조가 다양하게 울려야 할 것인바, 우리는 그 목소리를 어느 현상에만 국한시킬 수는 없다. 문제는 한 부분만을 보고 다른 부면을 보지 않으려는 데서 발생한다.

그러나 지난 기간 우리는 서정시에 대한 평가에 있어 사회 현상의 본질적인 것(그 자체에 대하여도 바른 인식이 결여되어 있었으며), 이른바 본질적인 주제의 범위에서만 평가하여 왔다. 우리에게는 그 주제가 본질적인 것인 때 형상이 부족하여도 좋게 보았다. 우리에겐 이 시는 스케일이 크고 그 호흡이 약동적이므로 좋다든가, 이 시는 작고 잔잔하고 정적이기 때문에 좋지 않다는 따위의 개념으로 작품을 평가하려는 론자도 있었다.

이렇게 편협한 견해의 작용은 시인이 가령 꽃이나, 자연이나, 기러기나, 갈매기는 자기 시 창작의 대상으로 할 수 없다는 견해를 낳았다. 건설을 노래함에 있어 왜 밤을 노래하였느냐 하며 시인의 사상을 운운하는 경우도 없지 않았다.

시인이 자기의 시적 창조에 있어 꽃을 노래하거나, 자연을 노래하거나, 기러기나 갈매기를 노래한다 하여 무엇이 문제로 되겠는가, 건설을 노래함에 있어 밤을, 밤의 건설은 왜 시적 소재로 할 수 없겠는가?

문제는 시인이 그 어느 것을 통하여 무엇을 말하는가에 있다. 시인이 자기 조국의 자연을 어떻게 보았는가에 있으며 그것에 대한 사랑이 어떻게 나타나고 있는가에 있다. 시인이 밤의 건설을 노래하였기에 부당하다든가 하는 문제는 애당초 성립되지도 않는다.

이는 우리의 합평회나 평론들에서 비판되고 론의되였으나 아직 이러한 견해들이 완전히 극복되지 못하였기 때문에 간단히 지적하여 두거니와 이 문제와 아울러 파생된 것은 이른바 '호소성'의 문제이다.

호소성의 론자들은 이른바 '높은 톤'을 말한다. 그러나 시에 있어서의 톤은 매개 작품에서 동일할 수 없다. 그것은 매개 작품은 서로 다른 자기의 감정을 가지기 때문이다.

시인이 대상에 심입하는 때, 인물의 개성적 세부에 부딪치는 때, 그는 한 개의 감정의 파동에 조우하게 되며 거기서 시인은 리즘을 잡으며 풍겨오는 감정의 파동을 담기는 적절한 형식을 선택케되는 것이며, 쎈텐스라든가 행과 련, 억양, 강약의 합리적 배합에로 나아가는바, 이러한 과정을 통하는 데서 형성되는 것이 톤이다. 그것은 시인의 개성과 밀접하게 련결되어 같은 주제의 작품에서도 서로 다른 형모를 띠게 된다.

톤의 존립이란 우리의 경우에선 이러하다. 그것은 생활 감정의 질에 의하여 매개 시인의 개성적 특성에 의하여 감정 자체의 요구에 적응하거늘 이른바 '높은 톤'의 어떤 일률적인 것의 형성의 허망성은 자명한 것이다.

그러나 '호소성'의 론자들은 톤이 높은 작품을 일률적으로 요구하였다. 그로하여 '어떤 시인'적인 것이 강요되어 도식주의적인 것에 도움을 주었던 것은 심히 유감스러운 일이 아닐 수 없다.

도식주의로 말하게 되는 작품은 생활을 깊이 연구하지 못한 시인들의 작품에서 나타났다. 생활에 대한 깊은 사색이 없이 쓴 작품은 주로 로력을 주제로한 작품들에 많으며 또는 명절날에 발표된 시편들에서 전형적으로 나타나고 있다.

명절날에 쓰는 시편들이 대개 갑자기 씌여지고 몇 달을 당기여 씌여지는 사정들은 있다고 하나 현실 연구의 부족에서 그것은 제강적인 내용을 담아 류사성에 빠지는 것이 특징적이다.

이른바 제강적인 내용이란, 가령 5·1절 하면 프로레타리아 국제주의, 8·15하면 해방조건, 따라서 무엇무엇도 있어야 한다하여 그를 라렬하는 것을 말한다.

그것이 자동적으로 되는 경우이던 피동적으로 되는 경우이든가를 막론하고 그를 쓴 시인들에게 책임이 있는 것은 물론이나 이와 관련하여 출판 기관에서 일하는 일꾼들도 무관계하지 않다는 것을 말하여 두는 것이 필요하다고 생각한다.

출판 기관의 일꾼들에 대하여 말하면 물론 그들은 당해 출판물에 책임을 지는만치 세심한 관심을 가지는 것은 당연하다 하겠으나 작품에 대한 분외의 간섭은 용인할 수 없다. 그들은 이것이 도식주의 산생의 한 개 요인을 짓는다는 것을 알아야 할 것이다.

어떤 편집 일꾼들은 한 자의 글자 선택에도 심혈을 기울여져 있는 시인들의 작품에서 두 련, 세 련 자르기를 맘대로 할 뿐 아니라 그대신 그 제강적인 내용으로 보필하기가 일수인가 하면 작품 구성과 주제에 대하여는 하등 고려가 없이 오늘 우리의 투쟁 목표가 조국 통일이니 조국 통일에 대한 단 한 마디라도 넣어 달라든가 로동자를 노래하는 시이면 사회주의 건설자라는 말을 꼭 넣어 달라 하는 것 등을 볼 수 있다.

최근에 있는 한 개의 실례를 들어 보기로 하자.

어느 신문사에서 6 · 6절에 당하여 어느 시인에게 작품을 청탁하고 그 내용을 요구하기를 "조선 소년단은 지난 10년간 당의 배려 밑에 장성하였다는 것, 전쟁 시기에 소년단원들이 잘 싸웠는데 그중에도 안주 소년 빨찌산의 투쟁은 꼭 넣어 달라는 것, 앞으로 당의 지도 밑에 소년단원들은 민청의 뒤를 따라 힘차게 나아가야 할 것이니 이런 것들을 꼭 넣어달라"고 하였다 한다.

그것은 물론 사실이였으며 제강으로서는 정당하다. 그러나 우리의 생각은 이를 어찌하여 론문으로가 아니고 서정시에 요구하였는가에 있다.

상술한 것처럼 방대한 시기에 걸쳐 진행된 방대한 내용, 개념을 그 시인이 접수하고 '시화'한다고 가정하는 때 어떤 작품이 씌여졌겠는가. 그 것은 개념의 라렬로 될 수 밖에 없다는 것은 자명한 일이다.

도식주의와 관련하여 지적해야 할 것은 개념화와 서정의 빈곤이다.

이는 주로 선배 시인들과 중견 시인들에게서 나타나고 있다고 독자 들은 말하고 있다.

대회를 앞두고 우리는 각 지방 중요한 생산 직장과 학교들에서 독자 들의 목소리를 들을 수 있었다.

독자들의 말에 의하면 『1920~1930 시인 선집』, 김소월의 시 등은 개 념적이 아니고 노래하고저 한 내용이 서정화되어 있어 재미 있게 읽을 수 있어 좋다. 그러나 해방 후의 적지않은 작품들은 사상적 내용이 로출 되고 덜 서정화되어 있어 읽는 것부터 로력으로 되며 길고 산만하여 외 이기 곤난하다고 한다.

독자들은 말하고 있다. 「나를 부르는 소리 있어 가로되」 「진달래」 등 을 씀으로써 우리 시 문학 전통에 기여한 박팔양의 해방후 작품들은 어 찌하여 우에서 말한 작품들보다 재미가 없으며 「산제비」 「하랄의 용 사」 등 우수한 서정시로 역시 우리 시 문학 발전에 이바지한 박세영의 해방후 작품에선 어찌하여 그 시기 작품들에서와 같은 작품은 볼 수 없 으며 「강동의 품」 등으로 시 문학의 한 페지를 장식한 안룡만의 최근 작 품은 어찌하여 저조한가고.

독자들은 또 말한다 ─ 김북원, 홍순철, 김우철 등의 적지않은 시편들 은 왜 개념적이며 서정이 빈곤한가고. 여기 몇 개의 례를 들면

　　돌이켜 보라 지난날 그 어떤 공세가
　　우리의 방선을 뚫었던가를

그렇다 치를 떤 미국 장교들은
몇번을 침략의 지도를 구겨 던졌다.
....
우리는 자랑한다 인민 속에서
두터운 신망과 그들의 운명을 어깨에 지니고
조선 인민의 모든 승리의 조직자
평화의 돌격대 조선 로동당을!

우리는 자랑한다 조선 로동 계급의 이름으로
프로레타리아 국제주의 기치를
그 기치 아래 손잡아 떨친
무진하고 무적한 위대한 힘을!

— 김북원 작 「광장에서 부른 노래」의 일부

평론가 김명수가 이미 정당하게 지적한 바와 같이 나의 이 시에는 조국 해방 전쟁에서 미제의 발악적 공세를 물리친 조선 인민, 민주 개혁의 토대 우에 이룩된 당과 인민의 공고한 련계, 조선 인민의 승리의 조직자인 조선 로동당의 역할, 프로레타리아 국제주의, 세계 평화 애호 민주 진영의 강대한 력량 등 허다한 사상이 담겨져 있다. 그러나 이 사상들이 형상으로가 아니고 개념으로 서술되였기 때문에 독자들에게 공감을 주지 못하였다. 문학상의 사상은 어디까지나 형상화된 사상이며, 감성적으로 표현된 사상이라는 것을 나는 다시금 반성하지 않을 수 없다.

평론가 엄호석은 자기의 평론 「조국 해방 전쟁 시기의 우리 문학」에서 "시인들은 정의의 목소리를 들고 인민들의 앞장을 서서 원쑤를 격멸할 복쑤의 길로 인도하면서 나아갔다"라고 언급하면서 그 대표적인 작품의 례로 홍순철의 시「삼천만의 목소리」의 다음과 같은 련들을 례증하였다.

미제 강도를 꺼꾸러치는
거세찬 보복의 불ㅅ길 속에서
강산을 들어 웨치나니.

노을보다도 붉게 타는
삼천만 성명의 함성은
아, 터지는 화산이런가.

세계여!
들으라! 이 정의의 웨침
이 최후 승리의 예고를

보는 바와 같이 우리는 이 시에서 '거세찬 보복', '불ㅅ길', '강산을 들어 웨치나니', '함성', '화산', '최후 승리의 예고' 등의 그야말로 라렬된 구호의 빈 웨침을 들을 뿐, 형상은 보지 못한다. 여기에서 우리는 작품의 사상 예술적 형상에 대한 분석이 없이 그 내용의 웨침만을 좋게 평가한 엄호석의 평론은 정당하게 뵈여지지 않는다.

명절날의 시편들이 대체로 꽃다발과 꽃보라로 미식되는 것이 특징인 것은 누구나 공감하는 사실이다. 우리는 김우철의 다음의 작품들에서 또 그 례를 본다. 김우철은 지난 8·15에 6편의 시를 발표하였는바 그는

「김 일성 광장에서」에서

　　혁신자의 대렬 꽃보라에 싸였다
　　조국이여 축복하여 다오 우리 앞길을

하고 노래하는가 하면 또 다른 시 「명절날 아침에」에서는

　　계획을 넘쳐낸 혁신자들
　　꽃보라 속에 광장으로 들어 서리니

하고 노래하고 있으며 그는 또 다른 시 「신새벽의 노래」에서

　　그대여 보라 모란봉을 향하여
　　꽃다발을 안고 가는 저 사람들을

하고 노래하고 있다. 이상에서 보아온 바와 같이 이 시편들에는 꽃다발
과 꽃보라와 환호 등으로 가득차 있으며 류사성의 테두리를 벗어나지
못하고 있다. 우리는 명절날의 시편들이 엮는 꽃다발과 꽃보라가 조화
가 아니고 향기 풍기는 생화가 되기를 바란다.
　독자들의 반향은 정당하다. 우선 나는 나 자신에 대한 지적을 접수하
면서 우리는 부단히 군중의 목소리에 귀를 기울여 자신의 창조적 활동
을 반성하여야 한다고 생각한다.
　도식주의가 우리 시 문학에 끼치는 이러저러한 악영향을 돌이켜 보
며 나는 이상과 같이 몇 개 측면을 말하였다. 그러나 중요한 것은 시인

들은 무엇보다도 먼저 그 원인을 시인 자신에게서 찾아야 한다고 생각한다 ― 자신의 현실 연구의 부족, 현실을 보는 예리한 눈, 즉 세계관을 높이기 위한 맑스-레닌주의 학습의 부족, 예술적 소양을 높이기 위한 기교 연마의 부족에서 찾아야 한다고 거듭 강조하는 바이다.

3

쓰찔의 다양성, 주제의 다양성은 우리 시 문학으로 하여금 백화 란만한 화원을 이루게 할 것이다.

거기엔 길든가, 짧든가, 높든가, 낮든가, 갖가지 목소리의 소지자들이 서로 다른 면모로 독특한 개성을 갖고 우리 인민의 다양한 생활의 깊은 곳에서 우러나오는 그들의 감정을 노래할 것이라고 전망할 때 우리에게 떠오는 딱한 현상이 없지 않다.

한때 시단에는 시인들의 다양한 개성이 이야기되지 않은 때가 있었다. 그런 반면에 이른바 격조 높은 시와 그의 작자만이 찬양의 대상으로 되었다. 평론가들은 "시인 누구는 무엇에 대하여 다음과 같이 격조 높이 노래하였다"고 썼고 그것이 시 평론의 상용구로 되었다. 물론 격조 높이 잘 쓴 시가 나쁠 배 없으며 그것이 그 시인의 개성과 밀접한 련관이 있을 때엔 시비의 대상으로 되지 않는다. 문제는 우리 시인들 중에는 그들의 개성에 의하여 그런 작품을 쓴 시인도 있었으나 그러한 시인이 많지 않았음에도 불구하고, 그것이 지배적인 것으로 이야기될 때, 다시 말하면 그렇지 아니한 시인과 그의 작품보다는 그러한 시인과 그의 작품이 보다더 찬양받은 데 있다.

몇 명 되지 않은 시인의 많지 않은 작품에 대한 이른바 "격조 높이 노래하였다"의 찬양은 그러한 시인의 추종자를 낳았다.

우리에게는 "백새가 황새를 따르다가 다리가 야그러진다"는 속담이 있거니와 가령 바스 가수가 테너의 발성을 일삼았을 때 그의 성대가 파괴될 것은 빤한 일이다.

범연한 현상이라 할 수 없는 것은 이른바 '격조 높은' 시가 시 랑송에서까지 하나의 형을 이루어 천편일률화되고 있는 사실이다.

물론 시인들 가운데는 쓰찔이 상통하는 경우가 있을 수 있다. 그러므로 그 쓰찔이 계승되고 발전되고 하는바 이는 슬기로운 일일 것이다.

나는 여기에서 한때 있은 이 현상에 대하여 과장할 필요는 없다고 생각한다. 우리의 기본 부대는 제가끔 자기의 목소리로 노래불렀고 또 부르고 있기 때문에.

그러나 그러한 후과가 오늘 군중 속에서 자라고 있는 시인들에게 적지 아니한 영향력을 가지고 시 하면 웨치는 것으로 간주되여 있는 사실과 시에 대한 이러한 오인은 신인들의 투고 작품의 절대 다수가 개념적인 구호의 라렬로 되어 있는 현상을 소홀히 볼 수 없는 것이다.

다양성의 발현은 시인들의 다양한 개성의 발양에서 찾아야 함과 동시에 그것은 또한 주제의 다양성과 쟌르의 다양한 개척에서도 찾아야 한다.

지난 시기 우리 시 문학이 거둔 성과가 적지 아니하나 아직 우리 시 문학은 우리의 현실 발전에 비추어 락후한 상태에 있으며 자랑할 성과를 많이 갖고 있지 못하다. 전후 인민 경제 발전 3개년 계획이 진행되였고 농촌에선 농업을 사회주의적으로 개조하는 거대한 사업이 진행되고 있으나 우리는 아직 그를 반영한 서사시 한 편을 못 가지고 있다.

그것은 조국 통일의 주제에 있어서도 그러하며 인간 생활에 있어 중요한 스페스의 하나인 사랑의 주제에 있어선 손을 꼽으리만치 그 작품이 엉성하다.

　다양성의 발양－그것은 우선 류형성의 극복에서부터 시작해야겠다. 우리는 같은 주제의 작품들에서 시인들의 사색의 범주, 설정하는 모찌브, 그 구성 등이 류사한 경우를 흔히 본다. 가령 복구 건설을 노래하는 경우에서 말하면 용광로 앞에 섰다든가 도리루를 잡고 탄벽 앞에 섰는데 그 사업은 영광스럽고 당과 정부에 감사를 드리는 것으로 끝나며 협동의 전야, 생명수, 다수확, 행복 일색으로 되는 경우가 적지 않다. 우리는 용광로 복구에 취재한 다음의 작품에서 이른바 류사성의 한 실례를 본다.

　　얼마만이냐,
　　뜨거운 심장에
　　불물 끓어 타는 전기로야.

　　가렬한 포연속 그 어느 순간에도
　　로를 그리워 애타던 전로공
　　우리는, 다시 너에게로 돌아 왔다.
　　　　　　　　　　　－ 원진관 작 「다시 전기로에로 돌아 오다」에서

　　20년 긴 세월을
　　나의 청춘과 함께 살아온
　　용광로여!

몇해만이냐

우리 여기서 다시 만남은 ……

— 박문서 작 「용광로여!」에서

이렇게 시작되는 이 두 편에서 누가 먼저 썼느냐는 등등의 시비는 그만 두고 우리는 같은 용광로 복구를 노래한 시편들 중에서 정문향의 「새들은 숲으로 간다」와 같은 작품은 사색의 깊이를 갖고 있음에 대하여 긍정적으로 말하게 된다. 같은 용광로 복구를 노래하면서도 정문향은 현실의 표상적 기록에 멈추지 아니하고 미제의 야수적 폭격에 의하여 파괴된 용광로에 둥이를 틀었던 새들이 숲으로 날아 간다는 간명한 형상을 통하여 우리의 복구 건설의 웅대한 풍모와 건설자들의 내면 세계에 깊이 들어가 노래하고 있다.

우리에게는 휴식하는 쟌르가 없이 모든 쟌르가 다 자기의 특성을 가지고 등장해야 하겠다.

싸찌라의 독특하고 예리한 무기로 우리의 국가 토대를 강화하며 모든 낡은 것들을 폭로하는 풍자시가 그것이다. 전후 시기 몇몇 시인들에 의하여 몇 편의 작품이 발표되었다. 정준기의 「큰 사람에 대한 이야기」와 김우철의 「결론」 김영철의 「한 뿌리에 태여난 두 얼굴」 등이 가지는 긍정성을 평가하며 이를 호소함은 풍자시가 시인들의 관심의 밖에 있을 수 없기 때문이다.

일부 시인들은 말한다. 풍자시는 쓰기 어렵다고. 시인에게 풍자적 빠포쓰가 준비되지 않은 땐 씌여질 수 없는 것은 물론이다. 또 어떤 시인은 말한다. 우리에게 그것은 전통이 없다고. 과연 우리에게 풍자시의 전통이 없는가? 림백호의 「마우가」 박연암의 「증좌 소산인에게 준 글」 정다산의 「승발 송행」 등은 우리의 자랑스러운 풍자시의 전통이 아닌가.

풍자시와 함께 이야기되여야 할 것은 인물들과 성격들을 포함한 짧은 이야기의 드라마인 우화이다.

우화시는 아동 문학 작가들에 의하여 시도되였으나 시인들이 이에 참가하지 않고 있다. 동맹에선 루차의 연구회가 조직되였으나 아직 창조적 실천은 뵈여지지 않고 있다.

우리에게 있어 가극 리브레트는 처녀지 그대로이다. 시 — 음악적 형상인 이 쟌르는 드라마와 무용도 포괄하는 종합적인 형태로서 박세영, 조령출을 제외한 많은 시인들이 아직 이에 손을 대지 않고 있다. 최근 시인들이 가극 창작이 본신 사업임을 알고 그 창작에 관심을 가지고 있으나 시인들의 경우에 있어선 가극의 중요한 요소의 하나인 극적인 것에 대하여 등한히 하는가하면 극 작가의 경우에 있어선 시 — 음악적 형상을 소홀히 함으로써 원만치 못하였던 종래의 결함은 극복되여야 할 것이다.

우리에게 있어 발전되지 못하고 있는 또 하나의 쟌르는 발라다이다.

이 쟌르 역시 고전 작품에 자기의 전통을 가지고 있음에도 불구하고 활발히 창작되지 못하고 있다.

4

지난 시기 시 문학 분야에서의 민족 고전 계승 사업은 다른 어느 시기보다 왕성한 성과를 거두고 있다. 그것은 고전 시가 작품의 주석 및 번역 출판과 그에 대한 연구들이 진행된 것을 말한다.

『신라 향가』, 『고려 가요』, 『송강 가사』, 『청구 영언선』, 『가사집』, 『조선 구전 민요 선집』 등의 주석 출판, 박연암, 정다산의 한문 시의 번역과 유창선, 김삼불, 최익한, 윤세평들에 의하여 『고려 가요』, 『송강 가사』 박연암, 정다산의 작품들이 연구되기 시작한 것을 들 수 있다.

우리의 시 문학 고전 중에서 시조는 그 형태의 정제된 점에 있어서나, 노래된 작품의 당해 사회 인민들의 사상 감정의 포괄의 면에 있어서나 당연히 론의되고 창작되고 발표되고 음영되여야 할 것임에도 불구하고 창작되지 않았고 발표되지 않았고 음영되지 않았다. 여기에는 시조에 대한 불분명한 견해들의 작용이 없지 않다.

이미 지상 토론에서 의견을 말한 적이 있지만 시조에 대하여 구체적인 분석적 연구를 진행하여 우리의 서정시에 있어 하나의 특징적인 이 형식에 대한 문예학적 해명을 주어야 한다고 생각한다.

우리 시가의 형식 문제, 그의 운률적 기초가 론의되고 있다. 일찌기 조운은 수차의 연구회에서 그 서론적인 견해를 피력한 바 있었고, 윤세평도 자기의 견해를 발표하고 있다.

앞으로 많은 연구와 론의를 거쳐야 할 이 문제에 대하여 우리는 아직 이렇다할 견해를 표시할 여지가 없었으나 상기 동지들의 연구는 주목할 바 있다.

우리 시 문학의 력사적 전통을 밝히고 정연한 체계를 수립하며 그의 시인과 작품에 대한 수집, 정리, 번역 및 주석 출판 사업은 중요하다.

이런 의미에서 그것이 비록 단론에 지나지 않으나 박연암의 작품에서 랑만성과 사실주의적 필법을 본다는 최익한의 발의나, 정다산의 작품에서 비판적 사실주의의 빠포쓰를 본다든가, 김시습, 림백호의 서정시에서 사실주의의 싹을 본다든가 하는 윤세평의 견해들은 하나의 문제 제기로 된다고 생각하며 고전 시인들의 서정시의 주옥편들이 체계적으로 번역 출판되여야 한다고 생각된다. 강호 문학으로 불리우는 시가들에 대하여도 그 애국주의적 본질이 구명되여야겠고 한문으로 씌여진 고전 시가의 아름다운 번역을 위하여 이 부문 번역가들과 시인들과의 합작도 필요하다고 생각된다. 지금까지의 사업에서 보면 기존 문건들에만 머문 감을 주는바 문건의 발굴도 물론이어니와 인민들 속에 구전되여 내려 오는 인민 창작―민요, 동요 수집도 진행하여야겠다.

고전 작품의 번역, 주석 출판의 본의가 현대의 독자, 또는 후손 만대에 길이 읽혀질 것을 목적으로 하는만큼 읽고 알 수 있게 되여야 할 것이다. 이 방면 사업가들은 주석에 '다시 주석'을 요구하고 있는 독자들의 목소리에 귀를 기울일 필요가 있다고 생각한다. 고전 계승 사업의 체계적인 추진을 위하여 이 부문 사업에 집체적인 협의가 강화될 필요가 있다고 보아지며 이 부문 사업의 조직적 추진을 위하여 우리 동맹내에 꼬미샤가 필요하다고 생각된다.

5

시와 평론 ― 하면 우리에겐 평론가 군상이 떠오른다. 대군은 되지 못하는 그들 가운데서 시 평론에 손을 대는 분은 더욱 희소하여 실로 군상 중의 군상이 우리들 앞에 출현한다 할가.

그러하면서도 우리의 시 평론은 우리 시 문학 발전에 적지 아니한 역할을 놀았다. 안함광, 한효, 김명수, 윤세평, 엄호석 등의 노력을 이야기하게 된다.

그러나 우리에게 중요한 것은 그들의 업적의 찬양보다 이 사업의 앞으로의 발전에 있는만큼 여기 몇 가지 의견을 말하게 된다.

우리의 시 평론은 우선 그 량에 있어 적으며 포괄하는 분야도 심히 좁다. 대체의 평론이 주제 해설에 그치고 있으며 미학적 구체성을 갖지 못하였다. 그런 결과 우리에게는 아직 시인론 한편 나오지 않았다.

시인들은 수년래의 자기의 창조적 성과를 묶어 내여놓아도 평론 하나 받아 보지 못하는 것이 상례이다. 겨우 신간평을 받는 경우가 있는바, 이는 하나의 행운에 속한다. 그런 반면에 '유명한' 사람들의 작품집에는 평론이 있었다.

다수로 평론가들에게는 추켜올리는 계렬이 있고 그와 반대로 지나가는 사람마다 건드리는 길가의 북처럼 뚜들겨 맞는 계렬이 있는가 하면 제3계렬은 대체로 대상으로도 되지 않았다. 우리는 평론집『해방후 10년간의 조선 문학』에서, 우리의 유능한 평론가들의 평론에서 다음과 같은 실례를 보는 것을 유감으로 생각한다.

동서에 수록된 한효의 평화적 건설 시기의 시 문학 평론과, 조국 해방 전쟁 시기의 시 문학을 론한 엄호석의 평론이 그것인바, 상기 평론들은 우리 시 문학의 성과에 엄격히 기초할 대신 자의적인 작품 평가를 내리고 있다. 상기 론문에서 한효는 14편의 작품의 주제를 해설하면서 그를 성과적 작품으로 평가하고 있는바, 조기천의 작품 6편을 제한 기타 작품들의 태반은 우리의 기억으로는 성과적 작품임을 알지 못한다. 구체적으로 말하여 안룡만의「축제의 날은 가까워」, 홍순철의「산 사람들의 밤이여」, 리찬의「들으시라 삼천만 조선 인민의 이 우렁찬 찬가를」, 민병균의「환송의 노래」,「분노의 서」등 작품이 성과적인 것을 우리는 알지 못하며 이 시기의 안룡만의 작품에는 「승리의 찬가」가 있는 줄 알며, 리찬에게는 쏘련 방문 시초중의 몇 편을 알고 있다.

조쑈 친선 주제에 있어선 리정구의 「영원한 악수」, 김상오의 「첫눈」은 알고 있으나 민병균의 「환송의 노래」는 이야기도 되지 않았으며 「분노의 서」는 독자들의 분노를 자아낸 작품으로 알고 있다. 구태여 여기 더 첨가 한다면 리호남의 「지경돌」, 김광섭의 「감자 현물세」, 정문향의 「승리의 선언」은 기록되어 마땅할 것이라고 생각된다.

이러한 자의적인 론단은 엄호석의 경우에서도 말하게 된다. 엄호석은 조국 해방 전쟁 시기의 우리 시 문학의 성과를 13편을 들고 있는바, 그중 조기천의 작품 4편을 드는 외에 6편의 작품은 우리의 기억에 없는 작품 이다. 구체적으로 말하여 우리는 민병균의 「기억하라」를 기억하지 못하 며, 안룡만에게는 「분노의 불ㅅ길」이 아니라 「나의 따발총」이 있는 것 을 알고 있으며, 홍순철의 「삼천만의 목소리」는 구호시의 전형으로 알 고 있으며, 정문향에게 있어선 「그는 이렇게 걸어 갔다」를 기억하고 있 다. 이 밖에도 우리는 많은 시인들의 성과적인 작품을 갖고 있는 것이다.

시와 시 문학의 실정을 평론가 자체가 충분히 리해하지 못하고 자의 적인 론리에 맞추어 이렇게 쓴 평론이 력사적 사실을 바로 말하지 못할 것은 물론이며, 거기에서 시인들이 도움을 받지 못할 것은 뻔한 일이다. 한 편의 평론이 나가면 그대로 결정판이 되어 버리던 지난 시기 우리의 실정에 비추어 볼때 그 영향력에 대하여 돌이켜 볼 여지가 없겠는가? 모름지기 반성을 요하는 사실이 아닐 수 없다.

당은 가르치고 있다. 작가들에게 실질적으로 도움이 되는 평론을 많 이 쓸 것을.

도움이 되려면 우리의 평론이 어떻게 되여야 할 것인가? 미학적 깊이를 가져야 하며 공정하고 동지적 애정을 가져야 할 것이다.

시와 평론을 말함에 있어 한 마디 언급하여야 할 것은 최근 일부 평론가들과 시인들간에 론의되였던 서정시에 있어서 갈등과 서정시 주인공의 문제이다. 제기되였으니 언급하여두거니와 만일 이 론의가 계속된다면 우리는 원론적 문제의 복습은 하게될 것이라 생각한다.

우리는 자기의 결함을 말하는 데 인색할 필요는 없다. 그것은 사업을 돕지 않기 때문이다. 바로 이러한 의도 밑에 나는 우리 사업의 결함을 말하였다. 시인 동지들! 우리는 우리의 모든 재능과 정력을 바쳐 과감히 결함을 시정하고 당이 가르치는 영광스러운 과업 실천에로 나아가자!

― 한설야 외, 『제2차 조선 작가 대회 문헌집』, 조선작가동맹출판사,

1956(1956.12.25)

시의 새로운 전진과 목표

김순석

1

제2차 작가 대회 이후의 일 년간은 우리의 시문학을 더욱 풍요하게, 더욱 다양하게, 더욱 힘있게 한 해였다. 인민들의 사랑과 지지 속에 시가가 더욱 없지 못할 마음의 벗으로, 길'동무로 되였다면 그것은 시가가 그만큼 인민에게 접근했다는 것을 의미하며 그만큼 사랑의 대상으로 되였다는 것을 의미할 것이다.

시인들은 2차 작가 대회에서의 약속과 맹세를, 동지적 협력과 충고로 리행했으며, 탐구와 실천으로 대답했으며, 더욱 더 큰 결실을 얻기 위하여 계속되는 노력을 게을리하지 않고 있다.

우리는 무엇을 갖추고 무엇을 버렸는가. 시인들의 현실에의 더욱 깊은 침투와 생활 속에의 더욱 깊은 접근과 거기서.이루어진 생동한 형상은 우리들이 얻은 것이요, 도식적 틀과 개념적 서술과 비개성적 죽은 글은 우리들이 버린 것이다.

조선 로동당 제3차 대회의 거대한 생활적 의의에 고무되면서 시인들은 보다 적극적이며 보다 자기의 사색과 시상을 개방하고 솔직히 표현하기 시작하였다.

대회 후 현저하게 확대된 서정시의 소재와 주제의 령역이 이것을 충분히 말해준다. 또한 류례없이 수많이 창작 발표된 서사시들이 이를 증명할 것이다.

당과 인민의 심장으로 고동하는 시인들에게 있어서 당이 제시한 모든 문제들은 곧 흥분하여 노래부를 수 있는 시의 소재로 되였으며 당의 부름에 있는 시의 소재로 되였으며 당의 부름에 자기를 바치고 있는 인민의 감정과 사색의 모든 측면이 또한 노래의 대상으로 되였다.

시인들로하여금 감동으로 흥분케 하는 사회적 문제를 같은 주제로 하면서 수법과 필치, 시'적 개성의 다양화를 위하여 몸부림치지 않은 시인은 없다.

보다 멀리, 보다 넓게, 보다 날카롭게 봄으로써 우리의 시가가 그 어느때보다 활짝 꽃이 피기 시작한 것을 의심할 사람은 없다.

2

대회 후 우리 서정시 분야가 다른 그 어느 쟌르보다 현저한 변화를 가져 왔다는 이야기는 비단 우리 시인들에게서만 듣는 말은 아니다.

서정시가 가장 예리하게, 가장 민속하게 대회의 정신을 반영하였다면 이것은 오직 서정시의 형식적 특성과 시기에 민감할 수 있는 쟌르적 특성에서만 그 원인을 찾을 것인가? 아니다.

누구나가 다 인정하는 바와 같이 이런 변화를 도식주의와의 결별로 본다면 대회전 시기의 우리의 시가 그만큼 도식의 침식을 많이 입었다는 것을 말하며, 그만큼 도식주의를 극복하기 위한 노력이 요구되었다는 것을 의미한다.

이 결과에 추상적인 개념과 공허한 웨침, 관료적인 강요는 그림자를 감추기 시작하였고 시대 정신을 반영한 구체적이며 가슴에 안길 맛있는 서정시가 속출하였다.

무엇이 우리의 시를 도식주의와 대치하게 하였는가. 그것은 곧 시인의 현실에 대한 침투와 인식의 깊이요, 그로 말미암아써만 이룰 수 있는 시'적 형상의 제고이다.

높은 형상은 곧 독자의 가슴에 시인의 주장을 생생히 불러 일으키며, 감동을 야기시키며, 시에 접근시킨다.

개성화와 일반화를 통하여 자기의 감정을 대변하였기 때문에 독자는 제시한 사상과 감정, 인물과 사건을 혹은 자기 체험의 거울에 비추어, 혹은 선명한 화폭을 통하여 명료하게 볼 수 있기 때문이다.

....
여기가 오늘의 종점이란다
꿈에서 깨여 난 사람처럼
나는 또 짐을 내려야 하나?

한 발'자국이라도
더 가까와진 이 곳이
무척 반갑기는 하다마는

다시 천근 추에 매여 달린듯
홈에 돌처럼 우뚝 서
남쪽 하늘을 바라본다.

내 이 곳에서 우선 행장을 펴
네 앞길을 닦으며
손꼽아 기다리리니

하루속히 가자꾸나
너 나와 약속한
남으로 뻗친 지향을 싣고……

— 조벽암 「서운한 종점」 중에서

내 지금 거울 같은 호수'가에 서서
멀리 백두산을 우러러 몸부림치며
언제나 슬기론 그 모습 호심에 비끼매
나의 사상에 그 높은 뜻 섬기고저,

그 뜻을 품에 안은 처녀림을 흔들며
뜨락또르 엔진 소리 요란할 때
맑디맑은 호수의 물'결 뛰놀거니
내 역시 붉은 심정 뛰놀며
즐거운 로동의 찬가 읊조리고저,

나는 호수가 되고 싶구나

대지에 마르지 않는 젖줄기 보내는

호수의 령기를 가다듬으며 가다듬으며

모든 령감 인민에게 다 바치리라

                    — 리호일 「나는 호수가 되고 싶구나」 중에서

이상의 시 련들에서 우리가 강렬한 통감을 받게 되는 것은 시인 자신이 '나'의 사상 감정을 노래부르면서 자기 뿐만 아니라 인민의 감정을 대변하여 누구나가 느꼈거나, 느낄 수 있는 감정을 묘사했기 때문이다.

조벽암의 시초 「삼각산이 보인다」, 박아지의 「종다리」 외 4편, 김철의 시초 「조국의 나날」, 리호일의 시초 「백두산」, 원진관의 「밤렬차의 기적 소리」, 기타 허다한 서정시들이 서정적 주인공으로 시인인 '나'를 노래부르면서 그것이 시인 자신에게만 국한한 것이 아니라, 전체 인민의 느낌을 건드린다는 비밀은 어데 있는가. 또한

······

그렇다 열 한 해 전 그 날까지

어머니가 안아 묶은 벼'단만 한데 쌓아도

산보다 높고 크리란다······ 그러나

상추쌈도 실컷 못 먹었다는 어머니······

그 어머니의 오늘은 이렇게도 풍족하거니

새 주권의 일'군으로 네 아들을

왜놈들 학대와 가난 속에서 길러 낸 보람으로

어머니는 어느덧 춤을 추시네

춤추시는 어머니의 고름에는
엽전 닷량짜리 결혼 가락지가 빛나고
어머니의 환갑을 축하하여 잔을 부딪는
네 아들의 가슴에는 훈장이 빛나고

— 리병철의 「환갑날」 중에서

조각가는 생각하였다
마지막 메스를 떼던 그 날
에워 싸며 눈물짓던 이웃들의 얼굴을,
그처럼도 잠 못 들던 그 날의 그 밤을,
·········
······ 가슴에 흥탄을 받아 몸부림친다
동상을 그러안으며, 그러안으며 ······
다시 한번 다시 한번 눈뜨며 우러른다
마지막 손을 들어 동상을 잡는다.
·········
그러나 그는 믿었다.
동상 앞에 꽃을 놓던 고향의 마음을!
그 마음속에 아무도 못 없앨
아름다운 영상의 불멸을!
조선의 심장을!

— 강립석의 「조선의 조각가」 중에서

이상의 시들에서는, 네 아들에게 둘러싸여 행복에 겨워하는 환갑날 어머니의 복잡한 심리와 함께 흰머리 성성한 로인을 둘러 싼 아들들의 얼굴과 성격들이 가슴에 안겨 오며, 또한 자기의 정열과 신념과 고귀한 사상을 바쳐 조각한 쏘베트 병사의 동상 앞에서 반드시 오고야말 미래를 확신하며 원쑤를 증오의 눈초리로 단죄하는 예술가의 불타는 의지와 개성적 얼굴이 화폭처럼 떠오른다.

민병균의 시초 「로동 속에서」, 리병철의 시초 「환갑날」에서, 김윤식의 「쉴참에」서, 강립석의 「조선의 조각가」에서, 한진식의 「어머니에게」와 기타의 많은 시편들에서, 또한 작가가 선택하여 제시한 사건과 주인공을 선명하게 그려볼 수 있으며 동시에 그와 같은 사건과 인물을 설정하여 자기의 사상 감정을 부여한 시인의 주장과 개성적 얼굴을 명백히 가슴에 안을 수 있다.

우에서 례증한 첫번째 시편들은 감성적 표현을 주로 한 서정 토로와 시인의 내부적 체험과 사상 감정을 읊은 시들이며, 두번째 시편들은 생동하는 회화적 구체성과 쓔제트를 가지고 나오는 시로서 시인 아닌 제3자를 주인공으로 등장시키여 직접 묘사의 대상으로 하여 그들의 사상 감정을 노래한 시들이다.

시정 토로와 인물 묘사의 수법은 주어진 소재에 따라, 또는 시인의 개성에 따라 자유로이 선택할 수 있었겠으나 이 작품들을 감명 깊게 한 비밀 아닌 비밀은 매개 작품의 정면에 혹은 후면에 서 있는 시인의 강렬한 서정의 개방과 주장이며, 생활 진실의 반영이며, 체험을 야기시켜 진실로 수긍케 하는 절박한 공감이다.

여기서 형상의 힘과 명상을 낳게 한 작가들의 생활 체험의 비밀을 따로이는 어느 곳에서도 찾을 수 없을 것이다.

「소성로에 불은 지폈다」에서부터 시초 「삼각산이 보인다」에로의 조 벽암과 「다시 전기로에 돌아 오다」에서부터 「공화국기」「밤렬차의 기 적 소리」에로의 원진관의 탐구와 모색과 형상을 위한 노력은 커다란 교 훈으로 된다.

만일 이름을 붙이지 않고 한번도 읽지 않은 독자에게 내놓는다 해도 같은 시인에 의하여 씌여졌다고는 생각할 수 없으리만큼 이들의 작품 세계는 깊어졌으며 시'적 주정의 진실한 개방에 있어서, 높아졌다고 말 할 수 있을 것이다.

형상 제고를 위한 진지한 노력의 결과는 자기의 시'적 경지를 한 걸음 더 높임으로써 지난해 시문학에 보탬을 한 많은 례증을 들 수 있는바, 박세영은 오랜 시 창작에서와 생활에서 이루고 쌓아 놓은 심원한 체험 을 서정시 「10월의 기'발」에 진실하게 담음으로써 독자들의 큰 반향을 불렀다.

    내 일찌기 내 손에 쥐였던 붉은 기'발을
    내 한번 맹세 드린 10월의 기'발을
    죽은들 내 손에서 놀 수 있으랴
    나는 오직 이 기'발에서 삶을 찾았거던

    그 꺼지지 않던 삶의 희망이 바로 오늘이다
    검은 구름을 뚫고 별을 찾아 내던
    고난의 세월에서 바라던 세상
    그것이 바로 사회주의로 나아가는 오늘이다

그러기 나는 백발이 청춘으로 노래한다
인민이 자유롭고 행복한 오늘을
세계와 더불어 우렁차게 노래하리라
위대한 10월로 하여 찬란한 래일을,

　이 작품이 많은 반향을 부르고 있는 것은 백발이 성성한 작자가 청춘의 정열을 되찾았다는 그것 뿐에서가 아니라, 시집 『산제비』 이후 이 시인이 쌓아 올린 독특한 개성적 경지를 한 걸음 더 높였다는 데서와 이와 같은 감동적이고 교훈적인 작품을 계속 보여 주리라는 기대에서 더욱 그러하다.

　서만일은 서정시 「정든 거리에서」 와 「엘레나에게」 에서 민족적 정서와 현대적 감정, 시'적 예지를 유기적으로 결합시킴으로써 감명을 주었다.

　한편으로 정서촌은 「궁전」과 「새벽에」를, 리효운은 「인민 대의원」을, 리호남은 「비 내리는 밤에」를, 김광섭은 「비결」을 내여 놓음으로써 자기의 시'적 경지를 전진시키고 있으며, 대회 이후 적지 않은 시편들을 발표함으로써 오래'동안 붓을 쉬였던 김상오는 다시 시 창작의 정열과 흥분 속에 살게 되였다.

　리계심, 리달우, 박명도 등 젊은 동무들은 「전선 시초」, 「소뚜껑 소리」, 「혁명가」 등 거짓없는 생활 진실을, 청신한 시'적 주제를 포착하여 일반화함으로써 지난해의 시단을 풍성케 하였다.

　특히 전선 시초는 언어적 수식과 감정의 과장이 없이, 체험한 생활 속에서 감동했던 생활의 단면을 일반화한 것으로서, 우리 서정시에 이와 같은 직재하고 소박한 감정의 발로를 통하여 진실을 생각케 하는 시 또한 얼마나 소중한가 하는 것을 이야기하였다.

지난해에는 많은 시인들이 자기의 오랜 창작 생활에서의 귀중한 열매들을 묶어 시선집으로 출판하였는바 『안 룡만 시선집』, 강승한의 『한나산』, 『박 석정 시선집』, 『김 우철 시선집』, 『조 령출 시선집』, 『벽암 시선』 최석두의 『새벽길』 등은 모두가 애국주의적 빠포쓰와 개성적 쓰찔의 표현으로서 우리 시단에 커다란 기여로 되였다.

이 밖에도 4권의 종합 시집 『생활의 금모래』, 『빛나는 아침에』 정론적 시집 『미제는 물러가라』, 『아브로라의 여운』 등에 수록한 수많은 작품들은 지난 한 해 동안 시인들이 우리 서정시 문학을 생활 침투와 형상성 제고에서 어느 정도 앞으로 전진시키였으며, 어느 정도 높은 단계에 이끌어 올렸는가 하는 것을 여실히 말해 준다.

성과를 기뻐하며 아울러 서운한 감을 금치 못함은 우리에게는 실수도 또한 있었다는 그것이다.

시인의 서정적 주장도, 제시한 인물과 사건도, 형상을 거치지 않은 생경한 론리와 개념에 가리워 시상이 모호하며 기록과 과정으로 대치된 시들이 그것이다.

김영철과 마우룡은 「최후의 미소」와 「온 땅 우에 능금꽃 배꽃으로」 등 좋은 시를 보여 주었음에도 불구하고, 「경비정 리순신호에서」와 「바다가에 때로 세찬 바람 불어」, 「탄부절」과 시초 「이 길을 거닐면」 등 작품들은 무개성적인 언어가 색채를 잃고 있으며 감정을 죽이고 있다.

이 작품들에 더 높은 시'적 구성과 형상을 요구하게 되는 것은 이 두 시인이 다 더 실감있고 생활의 향기가 풍기는 작품을 창작할 수 있는 력량과 생활적 환경 속에 있었다는 거기서이다.

이상의 작품들은 서정시의 특성으로서의 서정적 주인공의 개성과 얼굴, 주장이 인위적 쓔제트나 혹은 생활 진실이 담기지 않은 시인의 설토에 의하여 자취를 감추고 말았다.

　김영철의 「경비정 리순신호」나 「바다'가에 때로 세찬 바람 불어」는 두 편이 다 자신이 서정적 주인공으로 되여 주정을 노래부르고 있으나 독자의 개성적 얼굴과 주장을 못 보고 못 듣는 반면에

　　쩨흐들에 솟구치는 증산 의무 조항과
　　전야의 높은 수확고를 위하여
　　로동의 기쁨 인민의 재부를 위하여
　　출렁이라 동해의 천리진을 치라!

고 강요와 설명을 하고 있다. 또한

　　조국이여! 만약 그대가 아니었던들
　　내 어찌 이 풍랑을 이길 수 있으리!

라고 결구를 지은 "바다'가에 때로 세찬 바람 불어"는 이 서정적 토로와는 유기적 련관을 생각할 수 없는

　　바위 앞에서 내 마음 약해질 때
　　"용기를 내거라! 내가 있다!"
　　노도를 짓누르는 미더운 목소리

라고 구체적이 아닌 개념을 설정함으로써 진실성보다 작위성을 느끼게 한다.

마우룡의 「미장공들과 함께」와 「이 길을 거닐면」은 서정적 주인공이 시인 자신이 아니라 스빠나를 쥔 젊은 제관공이며 휴양소에서 쉬고 있는 벽돌공이다. 그런데 이 서정적 주인공을 가장 뚜렷이 강조하는 결구에는

노래 메기거니 따라 부르거니
등'짐을 벗어 던진 미장공들과 함께
그냥 날을 듯한 그의 심정
아파트 층층 키를 솟군다.

<u>날을 듯한</u> 심정의 구체적 묘사와 형상이 독자에게는 요구되며, 여기에 서정적 주인공의 성격을 밝히는 모멘트를 두며, 시'적 구성의 중심을 두었어야 할 것이 아닌가.

나는 다시금 느낀다.
로력의 성과가 얼마나 큰가를
영웅의 땅 이런 나라에 산다는 행복
심장 속에 싱싱 푸르러 감을
....
이제 공장으로 돌아 가면
벽돌을 쌓으리라 튼튼한 발판을 딛고
라시링구 공장 턴넬로를
기한을 주름잡아 일'손을 당기며

여기에서는 이미 머리 속에 설정된 작자의 의도가 로출된 것 뿐으로 서정적 주인공을 성격지을 형상은 극히 약하다.

심장으로 감득한 좋은 소재나 훌륭한 주제임에도 불구하고 두 동무가 실패한 것은 시인의 정서를 공개한 김영철의 경우에나, 인물을 설정한 마우룡의 경우에나 서정적 주인공의 형상이 희미한 데서 오는 것이며 그것으로 하여 작자의 주장과 의도가 명확하게 전달되지 않는데서 오는 것이다.

박석정은 「아리랑」과 같은 풍부한 시상과 내면 세계를 보여 주는 시를 창작한 반면에 「우리 류학생」과 「네바강 기슭에서」는 시'적 소재를 지엽적인 에피소드에서 찾음으로 서정시의 작은 형식속에 담을 수 있는 환상과 랑만의 큰 날개를 마음껏 펴지 못하고 그야말로 작은 시를 만들고 말았다.

리정구의 「그것만으로는」에서는 사랑한다는 감정을 솔직하고 정직한 인간 감정의 자연스러운 흐름을 조국에 대한 사랑과 결부시킴으로써가 아니라 인위적으로 만들어 넴으로써 진실감을 덜 준다. 「아름다운 산」에서 주제인 씰로쓰를 강요하는 나머지 그것이 조국의 산하보다도 더 아름답다는 강요와 마찬가지로 「그것만으로는」은 형상을 통해서가 아니라 삼단론법적인 론리가 깔린 결과를 가져 왔다.

작위적인 감정으로 시를 꾸밈으로써 진실을 외곡한 경우를 조학래의 「묘향산」과 「나의 녕변가」에서, 홍종린의 「사랑은 사랑은」, 「옥수수」 등에서도 들 수 있는바, 이 작품들은 모두가 현실 긍정의 공민적 립장과 열정이 빈약하게 표현된 반면에, 작위적 감정과 언어의 희롱이 더 많이 눈에 띠인다.

지난 1년간의 서정시를 돌이켜 볼 때 시 형식이 몹시도 집약되고 압축된 것이 눈에 띠이는바, 이는 주제를 더욱 명확하고 감명 깊게 전달하려는 자신의 높은 요구에서 온 것이다.

이와 같은 작업의 열매는 한편으로 시조 창작에서도 나타났다.

우리 시문학의 다양화를 위해서와 전형화 또한 전통 계승의 견지에서 볼 때에도 이와 같은 시도는 평가를 받아 마땅한 것이며, 그만큼 우리 자신들이 관심을 높여야 할 쟌르일 것이다.

새 기둥 나무 냄새 안아 보고 싶은 마음
달도 추녀끝에 매달리려 하는구나
너 또한 부벽루 없이 무슨 달맛이리요

— 조운 「부벽루의 말」

만리 풍설 중에 부디 평안히 다녀오소
울며불며 애를 끓던 보통문 처마밑에
부러운 국제 렬차 예보란듯 달린다

— 조운 「보통문 손님 전송」

보는 바와 같이 완벽에 가까운 서정시로서 우리에게 화폭을 펼쳐 보이며 공감을 준다.

시대적 감정, 서정적 주인공의 공민적 주장, 현대적인 정서와 유기적으로 통일되는 언어와 형식, 무엇보다도 시'적 형상이 작자의 흥분에까지 독자를 끌어 올린 것이다.

시조는 일정한 형식을 요구하는 서정시인 것이다.

서정시적 요구의 그 어느 하나도 결여 되어서는 아니 되고 그러니만큼 무엇보다도 먼저 시가 되여야 할 것이다.

같은 작자인 조운의 「아브로라의 포성」은 개념의 생경한 서술과 형상의 부족으로 아무런 시도 느낄 수 없음은 매우 섭섭한 일이다.

어제는 아세아에 오늘은 아프리카 식민 세력이 나날이 무너진다
이 놈들─ 아브로라의 포성, 무서워하는 이 놈들

홍종린의 「옥백미 십만 석」은

묻노라 세월이여 천고에 보았더뇨
골마다 굶주리고 마을마다 부황 들어
남녘땅 천 리 곡창에 신음 소리 가득 찼다.

쌀을랑 바다 건너 옥토는 군용지로
아들은─ 죽음터로 늙은인 부역터로
그 우에 백 가지 가렴 잡세 뼈와 살을 깎누나

이상 시초들은 오직 시사적인 주제를 취급했기 때문에 이와 같은 기록과 도식, 구호로 되였겠는가?

아니다, 같은 조국 통일을 주제로 하고 있으면서 허춘과 리수봉은 「시조 2수」에서와 「갈라져 일곱 해」에서 훌륭히 형상하고 있다.

시조와 함께 가사 부문에서도 좋은 열매들이 있었는바, 전동우의 「월미도」, 김조규의 「진달래」, 정서촌의 「녕변 아가씨」 등은 완전 서정시적 경지에까지 형상함으로써 활자로 된 좋은 서정시와 구별을 못 짓게

하고 있다.

이와 같은 가사가 우리에게 소중한 것은 그것이 노래로 부를 수 있는 서정시인 것과 함께 앞으로의 가사 창작에 하나의 교훈으로 되기 때문이다.

시인의 개성과 얼굴, 주장은 자기의 빠포쓰 속에, 운문적 언어 속에 형상화 되여야 한다. 그것이 서정시이건 시조이건 가사이건 이 철칙에서 벗어 날 수는 없으며 벗어 났을 때 벌써 그것은 시이기를 그만둔다.

예술적 형상을 거치지 않고 우리는 당의 요구와 인민의 요구에 충족할 수는 없을 것이다.

3

서사시가 대회후 그 어느때보다 활발히 창작 발표된 것은 경하로운 일이다. 「해안포의 노래」, 「독로강」, 「련대의 기수」, 「그녀자의 봄」, 「사랑의 집」, 「화선 천리」 등 장편은 모두가 다 선택된 영웅적 시대를 배경으로 서사시적인 화폭을 보여 주려 하였으며, 이중에는 신상호의 「련대의 기수」와 같이 일정한 성과로써 독자들의 반향을 부른 작품도 있고 민병균의 「사랑의 집」처럼 우리에게 교훈으로 되는 작품도 있음은 반가운 일이다.

그러나 상기한 그 모든 서사시들은 필자들의 경주한 노력과 정력적인 작업과 소요한 시간에 비해 볼 때 많은 약점과 시정해야 할 결함이 있음을 말하지 않을 수 없다.

더욱이 이 서사시들의 필자가 거의 모두가 서정시 령역에서 일정한 기량과 경험을 쌓았다고 생각할 때 이와 같은 요구는 당연한 것이다.

서사시는 곧 서사성과 서정성의 예술적 결합이 없이는 성립될 수 없으며 따라서 서정 서사적 쟌르에 속하는 문학 쟌르인 것이다.

서사성을 이루는 것은 인간들의 행동과 행동이 필연적으로 있게 하는 사건이며 서정성은 인간의 내부적 체험 감정 정서인 것이다.

이 두 부분의 예술적 결합만이 서사시가 서사시로 있게 하는 사건과 성격 발전을 운문으로 되게 하며 노래를 독자의 가슴에 부를 것이다. 그런데 어느 사이에 우리의 일부 서사시는 사건만 치중하고 흥미 본위의 줄거리만 쫓아 다니다 보니 인간의 성격 발전이 무시되고 더욱이는 가장 중요한 서정성은 의례히 삽입되는 주정 토로와 설토에 대치되고 마는 경우가 많다.

「해안포의 노래」, 「그 녀자의 봄」, 「독로강」은 시와 서정이 많은 부분에서 자리를 감추는 오히려 줄거리만이 앙상하게 남지 않은가.

인간들의 사색과 감정, 행동이 집중적으로 나타날 수 있는 친절한 모멘트를 잡아야 하며 바로 그런 환경 속에서 드러난 인간 감정들을 묘사해야만 할 것이다.

인간이란 물론 서정시에서처럼 시인 자신일 경우도 등장 인물일 경우도 있다. 요는 생동하는 인간의 내면 세계의 제시와 성격 발전에 있는데 허다한 쓔제트의 제시와 디테일의 범람은 필연적으로 인물을 묻어 버리며 시를 가리게 하며 노래를 질식시킨다.

「해안포의 노래」 제2부 10절에는 적함과의 가렬한 전투를 앞둔 해안 포대에서 리 위원장에게 가마니를 얻으러 온 장면이 있다.

이 디테일이 사건과 성격 발전에 하등의 필요 없는 설정인 것은 물론이거니와 설사 설정했다 쳐도 여기에 종합하고 취사하는 시인의 안목이 보이지 않는다.

　　-아닙니다
　　　가마니 40매만 빌려 주시오-
　　이 말을 듣던 위원장
　　목마른 사람 물 떠주듯
　　-서기장 동무
　　　어서 드리우
　　　자 인수증 쓰시고,

　　잉크도 종이도 내놓으며
　　자위대 불러 한켠으로
　　꿋꿋한 청년도 불러 온다

　　창식이 인수증 쓰는데
　　철필을 들어 잉크 찍더니
　　내림'길에 단걸음치듯
　　언덕 아래로 곬물 내리듯
　　잠간 사이에 싸인을 한다

　　그 무엇으로도 서투른 산문과 구분할 구실을 찾을 수 없을 것이다.
「그 녀자의 봄」 2장 2절에서 결혼 잔치'날 소장네 부엌에서 굽는 소
리, 볶는 소리, 장단 소리, 웃음 소리로 시작하여 - 노래에 이어 춤에 이
어 또 노래, 잔과 잔 부딪는 소리, 상머리를 치는 소리가 계속되는 4절

중간까지 무려 200행을 소요하고 있다.

「독로강」에서는 9장에 윤호가 열병에 들뜬 장면을 두고 9장에서와 10장에서 340행을 소요하고 있는데 340행이 문제인 것이 아니라 성격 발전과는 오히려 방해가 되는 사건의 흥미를 노린 데 문제가 있다. 그러므로 산 윤호를 공동 묘지에 가져다 버리는 것과 그 속에서 살아 나는 장면은 렵기적이며 생활 진실을 못 느끼게 한다.

이상 작품들과 같이 서사시에서 서정성과 서사성의 결부를 존중시킴이 없이 산문적인 줄거리를 추구하거나 디테일에만 매여 달려 장황하게 서술하는 결과는 인간의 내면 세계를 천명하여 극명하게 부각화하는 것이 아니라, 외피만 있는 인간을 보여 주며 일방적으로 작자의 주관에 의한 흥미 없는 안케트의 소개로 되며 시'적 향기를 잃고 만다.

이런 견지에서 볼 때 「사랑의 집」은 흥미 있는 사건의 추구에서가 아니라 사건에 부닥친 인간의 내면 세계를 드러내 놓음으로써 청춘 시절의 사랑과 고민, 헌신과 극복, 그리고 환희를 형상화한데 의의가 크다고 생각한다.

운호에 대한 옥실의 애정을 통하여 사랑의 순결성과 고귀함을 말하려는 작자의 의도는 훌륭한 것이며, 전쟁에서 불구로 된 영웅적 제대 군인과의 애정 관계를 포착하여 문제성을 제기하려는 작자의 착안도 훌륭하다.

그러나 이 작품에도 적지 않은 요구를 가지게 되는바, 운호를 사랑하는 옥실의 고귀한 감정은 옥실이에게 주어진 전형적 환경에서의 전형적 성격 발전을 통한 필연적인 것이 아니고 작자의 리념과 주장이 옥실이를 강요하는듯 느껴지기 때문이다.

그러기 때문에 옥실이가 운호를 사랑하겠다는 결심을 자기 자신이 다지는 독백 — 사념이 묘사된 15장에는, 옥실의 필연적 과정을 거쳐 울려 나오는 심장의 목소리로가 아니라 작자의 주관적 목소리로서 들린다.

…… 운호는 상처가 깊지만
가슴에 안은 청춘의 포부도 크다
그에겐 육신의 도움과 함께
정신의 참다운 동무가 필요하다

나의 몸이 건강하니
그의 다리까지 함께 걸어 갈 수 없을가
내 비록 배운 것이 부족하지만
그의 희망을 함께 꽃피울 수는 없을가

내가 무거운 짐을
피로함 없이 일생 이고 갈 수는 없을가
내가 그 고난을 헤치고
높은 곳으로만 날고 날을 수 없을가,

이 서사시에서 가장 중요한 대목인 여기서 과연 그랬구나, 그럴 수 있었을 것이다라는 절박한 공감으로써 사랑에 불타는 옥실의 내면 세계에서까지 접근되는 것이 아니라 동정과 의무감과 륜리관을 설토하는 옥실의 목소리를 오히려 더 많이 듣게 됨은 서운한 일이다.

역시 중요한 장인 16장부터 20장까지의 고민에 몸부림치는 장면도 역시 옥실이와 함께 독자를 고민케 아니 하고 오히려 귀결을 예측케 하는 것은 구체적이며 개성적인 생활을 통하여 심리 변화 과정이 천명되지 않고 작자의 주관이 형상을 누른 데서 오는 것이라고 생각한다.

이와 같이 형상의 결함은 이 서사시가 더 거둘 수 있는 성과를 덜 거두는 원인으로 되었다.

「화선 천리」는 위대한 조국 해방 전쟁을 그의 배경으로 영수와 그의 전우들을 통하여 우리 인민 군대의 영웅성을 보여주려고 하였으며 그 정신을 밑에 깔았다고 생각하나, 고상한 도덕적 품성으로 이루어진 생활 모습을 부분적으로 손상시키였으며 부정을 과대한 장면들이 적지 않으므로 이 작품이 가지고 있는 우점을 많이 손상시키는 결과를 가져 왔다. 이것은 앞으로 반드시 시정해야 할 오유로 되며 형식상으로는 역시 다른 서사시에서와 마찬가지로 늘어 놓고 종합이 부족한 점과 산만하고 산문적인 데가 적지 않은 결함도 내포하고 있다.

여상의 모든 서사시들이 부분적인 결함이 있다 하여도 우리가 앞으로 이루을 서사시적 성과에 커다란 시사와 교훈을 준 것을 우리는 잊을 수 없다.

이 서사시의 필자들이 아주 많이 개척되지 않은 어려운 길을 앞서 나갔다는 그 하나의 리유에서 뿐 아니라, 내용과 형식과 언어 등 많은 문제를 제기했으며 그것은 앞으로의 창작에 한 도정으로 되겠기 때문이다.

나는 생각하기를 서사시는 가슴을 적시며 파고 드는 노래로 충만되여야 하며, 서사시가 시로 되게 하기 위해선 첫째로도 둘째로도 시'적 집약이 필요하다고 생각한다.

4

당은 우리들에게 무한대한 소재와 시'적 대상을 실지 생활 속에서 포착하여 노래부르라고 호소한다.

그 노래가 사회주의 혁명 수행의 영예로운 길에서 없지 못할 노래로 되며, 힘으로 되기를 호소한다.

서정시에서의 형상성의 제고와 서사시에서 집약하며 잃었던 노래를 되찾는 우리들의 당면한 목표를 위하여 시인들은 더욱 힘을 단합하자.

탐구와 앙양을 위한 길에서 목전의 한치만 내다보고 비판을 꺼려하거나 비판을 쓰게 생각하는 현상은 우리의 시를 전진에로가 아니라 정지시킨다.

자기를 말하면서 인민의 감정을 대변하고 자기의 감정을 노래함으로써 그것이 곧 시대의 정신이 될 수 있게 생활을 통한 체험과 높은 기교 형상력으로 자신을 풍부케 하며 자신을 제고시키자.

이는 새해의 우리 시문학을 더욱 인민에게 없지 못할 힘으로 되게 하며 당의 무기로 되게 할 것이다.

— 『조선문학』 125, 1958.1(1957.12.25)

시 문학에서 부르죠아 사상 잔재를 반대하여

윤세평

당 중앙 위원회의 붉은 편지와 지난해 10월 14일 작가 예술인들에게 주신 김일성 동지의 교시는 우리 문학 예술의 전진에 있어서 획기적인 새 국면을 열어 놓았다.

당 중앙 위원회의 편지 정신과 경애하는 수령의 교시를 받들고 궐기한 전체 작가들은 낡은 부르죠아 사상 잔재를 청산하고 맑스-레닌주의 미학 원칙을 더욱 견결히 고수하는 당의 붉은 문예 전사로서의 결의를 새롭게 하였다.

이와 함께 당의 혁명이 요구하는 수준에까지 작가들의 창작 임무 수행을 제고시키기 위하여 일련의 혁명적인 대책과 조치들이 취하여졌다.

즉 많은 작가들이 직접 생산 로동의 체험을 쌓으면서 공산주의적 새 인간 관계가 싹트고 형성되면서 있는 혁명적 근로 대중 속에서 자기 자신을 공산주의 사상으로 개조하며 높은 창작 성과를 가져오기 위하여 현지로 떠났다.

또한 우리 문학 예술 발전의 추동력이며 무기임에도 불구하고 이제까지 적지 않게 마비되었던 비판과 자기 비판의 정신을 높이여 창작에서 낡은 부르죠아적 미학 잔재를 청산하며 당적 사상 체계를 확립하기 위한 투쟁을 활발히 전개하기 시작하였다.

그리하여 우리 작가들은 당의 정확한 문예 정책을 받들고 생활 현실 속에 깊이 들어 가며 맑스-레닌주의 미학 사상과 사회주의적 사실주의 창작 방법을 고수하고 이에 근거한 문학 예술계의 론쟁을 대담히 전개하며 당과 인민들이 요구하는 우수한 작품을 더 많이 내놓을 새로운 결의 밑에 1959년의 새 해를 맞이하였다.

누구나가 인정하는 바와 같이 인민 경제의 각 분야에서 눈부신 기술적 개건이 이루어지고 사회주의 건설의 대고조를 계속 견지하면서 사회주의의 높은 봉우리를 향하여 전진하는 것이 오늘의 우리 현실이다. 우리의 생활 현실 가운데는 벌써 공산주의적 새 인간이 탄생하고 있으며 공산주의적 교양과 도덕의 기풍이 세워지고 있다.

따라서 이 위대한 변혁의 시기에 있어서 공산주의 사상과 대립되는 즉 로동 계급의 사상이 아닌 일체의 낡은 사상 잔재와의 투쟁은 가장 첨예하고 결정적인 것으로 되여야 하며 그것은 우리가 수행하는 문화 혁명의 주요 내용으로 된다.

이와 함께 우리 문학 분야에서 이러저러한 부르죠아적 미학 잔재와 그 영향을 제거하는 투쟁도 우리의 사회주의적 사실주의을 전진시키며 공산주의 문학의 기치를 확립함에 있어서 새로운 의의를 가지게 된다.

우리는 이러한 현실적 요구로부터 출발하여 우리 문학 가운데 잔존하는 사소한 낡은 사상들의 표현들에 대하여도 더는 융화하지 말아야 하며 그것과 대담하게 결별하도록 투쟁할 것을 제기하면서 우선 최근 년간의 시 문학에 대하여 보기로 하자.

×

해방 후 우리 시 문학은 당의 정확한 령도하에 온갖 부르죠아적 반동 조류들과의 투쟁 속에서 사회주의적 사실주의 창작 방법을 고수하여 왔으며 우리 시인들은 당의 가수로서 매 시기의 혁명 임무 수행에 적극 참여하는 훌륭한 전통을 세워 놓았다.

따라서 최근 시기에 국제적으로 수정주의 바람이 휩쓸을 때에도 당 적인 우리 시 문학은 사회주의적 사실주의를 유일한 창작 방법으로 확 인하였을 뿐만 아니라 이 기치 밑에서 현실을 분석하는 도식주의와 개 념적인 '구호시'를 반대하면서 혁명적 전투적 빠포쓰를 더욱 높이였다.

이것은 물론 수정주의가 우리 나라에서 발 붙일 수 없게 한 우리 당 문예 정책의 거대한 승리인 동시에 우리 문학의 자랑으로 된다.

그러나 도식주의와 개념적인 '구호시'를 반대하는 투쟁 속에서 시인 의 개성적 얼굴이 훌륭히 드러나고 전투적 빠포쓰가 높은 김철 시집 『갈매기』와 같은 우수한 시편들을 대하게 되는 반면에 김순석의 시집 『황금의 땅』과 같이 도식주의와 구호시를 반대한다는 간판 밑에 자기 의 부르죠아 사상 잔재를 로출시킨 실례들도 발견하게 된다.

우리 작가, 시인들의 머리에 남아 있는 낡은 사상 잔재가 우리 문학의 전진을 어떻게 방해하는가를 여기에서도 보게된다.

「마지막 오솔'길」 편이나 「가야금」 편에 수록된 작품들은 그 대부분 이 우리의 생활 현실을 외곡하였거나 오늘의 사회주의 건설자들의 사 상 감정들과는 거리가 먼 낡은 사상 미학 잔재를 그대로 로출시키고 있 다. 즉 거기에는 우선 시인의 립장이 모호한, 그리고 내용이 없는 무사 상성의 작품이 있는가 하면 고독과 애수가 짙은 소부르죠아 사상을 그대로 로출시킨 작품들도 있다.

　김순석의 많은 시편들이 자기 고향의 자연 풍경 묘사에 바쳐지고 있다는 것은 알려진 사실이나 자연 풍경을 노래한 것이 나쁘다는 것은 아니다. 그러나 그의 시 「가을 저녁에」 라는 시에서와 같이 풍년든 가을 풍경을 노래하면서 밭에는 개꼬리 같은 조이삭이 시'누렇게 익었고 논'벌에도 풍요한 이삭들이 고개를 드리우고 해바라기꽃 사이로 송아지가 가고 기러기떼는 이삭을 스치며 날아 넘을 때 락조까지 얹힌 것들을 묘사하고서

　　아 어느 화가도 찾아 못 내인
　　이 풍요한 황금'빛 가을 저녁에
　　내 얼을 잃고 섰는 행복감이여!

라고 노래하였을 때 거기에는 시인의 립장조차도 알 길이 없다. 실지 이 시는 누구의 립장에서 노래하였는가는 고사하고 어느 시대를 반영한 것인가조차도 리해할 수 없는 모호한 시이며 한 마디로 말하여 대표적인 무사성의 시이다.

　이러한 무사상적이며 립장이 모호한 시는 기타 시편들에서도 허다하게 찾아 볼 수 있는바 「저무는 고개'길에」, 「송아지」, 「황소 싸움」 등도 역시 실례로 된다.

　「저무는 고개'길에」 는 건초 달구지 우에 소고삐를 잡고 가는 처녀가 임경소 운전사를 함께 태우고 저무는 고개'길을 내리는 소위 사랑의 풍경화를 보여 주었는바 그가 조합의 처녀이며 임경소 총각이라고 밝힌 것을 제외한다면 그야말로 젊은이들의 값싼 사랑의 풍속도를 보여 준

데 불과하다.

우리는 물론 사랑의 노래를 한 묶음으로 거부하는 것이 아니다. 그러나 사랑의 노래에도 사람들의 심금을 울리는 고상한 인도주의 정신, 또는 우리 시대의 공산주의자적 인격이 풍겨야 할 것이 아니겠는가! 이런 점에서 볼 때 이 시집에서 적지 않게 노래된 사랑은 우리의 젊은 사회주의 건설자들의 심정과는 너무도 거리가 멀며 오히려 책상머리에서 짜낸 시인 자신의 무지개에 불과하다.

김순석의 이러한 창작 태도는 우리 근로 대중의 생활 감정을 진실하게 반영하지 못하였을 뿐만 아니라 현실을 외곡하여 묘사하고 있다. 즉 그의 시 「송아지」는 다만 무사상성으로만 비판될 것이 아니라 우리 농촌의 부유해진 협동 조합 살림살이를 빈약화시키고 있는 것으로도 규탄되여야 한다.

시인은 이 시에서 고개 넘어 장에 간 어미소를 떨어져서 외양간에 갇혀 있는 어린 송아지의 외로운 심정을 노래하였는바 조합의 공동 외양간 목책 속에 송아지가 한 마리밖에 없는듯이 묘사한 것부터가 옳지 않은바 오늘의 우리 협동 조합 목장을 그처럼 한적한 풍경 속에서 그야말로 목가적으로 노래한 데서 우리의 생활 현실은 혹심하게 외곡되고 있다.

우리는 그러한 한적한 분위기 속에서 송아지의 그처럼 고독한 심정이 과연 누구의 심정을 대변하는 것인가를 시인에게 묻고 싶은바 그것은 근로하는 사람들의 생활 감정과는 인연이 없다는 것을 말할 수 있다.

김순석의 시편들에서 특징적으로 느껴지는 것은 무엇보다도 고독과 애수인바 그는 즐겨 고독과 애수 속에서 자기의 시의 세계를 찾고 있다고 하여도 과언이 아니다. 그는 「내 가끔 느끼는 생각」이란 시에서 다음과 같이 솔직히 고백하고 있다.

내 가끔 느끼는 생각
내 혼자로구나……고독한 생각
집을 떠나 멀리 홀로 갔을 때
지는 해 늦기러기 서산에 볼 때.

내 가끔 느끼는 생각
가슴에 젖는 외로움……쓸쓸한 애수
밤 깊어 나그네'길 혼자 걸을 적
비에 젖어 저녁길 홀로 걸을 적.

그러나 우리는 김순석의 이러한 고독과 애수를 이해할 수 없을 뿐만 아니라 왜 그러한 고독과 애수를 가끔 느끼는가 하고 의혹까지 품게 된다.

물론 김순석은 이 시의 마감에 가서 조국을 떠나 멀리 타국에 갔더니 조국과 함께 있는 자기를 발견하게 되였다고 하면서 따라서 조국에서 고독을 느꼈다는 것은 어떤 엉석을 부린 것이 아니겠느냐고 일종의 궤변을 토하고 있다.

그러나 문제는 그러한 궤변에 있는 것이 아니라 오늘과 같은 사회주의 건설의 보람찬 시대에 살면서 또한 강철의 백만 대오 속에 끼여 있으면서 어떻게 순간인들 그러한 고독과 애수에 잠겨 있을 수 있겠는가 하는 데 있다.

특히 이 작품은 1957년 작이라는 것을 상기할 필요가 있는바 김순석의 시가에서 기본적인 약한 고리가 바로 이 고독과 애수에 있다고 본다.

로동 계급의 사상, 특히 혁명을 수행하는 로동 계급의 사상과는 아무런 인연도 없는 고독과 애수에 대하여 장황하게 설명할 필요가 있겠는가! 그것은 한 마디로 말하여 낡은 소부르죠아적 지식인의 사상 감정이며 우리의 혁명적 정서와는 무관계한 것이다.

그럼에도 불구하고 김순석은 즐겨 고독과 애수에서 시'적 모찌브를 찾아 자연 풍경에 있어서도 자주 오솔'길이나 도랑물과 같은 것을 노래하고 있는바 이러한 그의 서정시 세계를 단순히 그의 개성적인 얼굴이며 쓰찔로서 설명될 수 없다.

김순석이 자기 시가에서 오늘의 벅찬 현실을 혁명적 전투적 빠포쓰로 노래하지 못하였으며 많은 경우에 소부르죠아적 나약성을 드러내였음에도 불구하고 김명수와 같은 우연 분자들에 의하여 그는 극구 변호되였다.

이제 김명수가 그처럼 찬양하고 있는 김순석의 시 「마지막 오솔'길」을 실례로 들어 보자.

시 「마지막 오솔'길」은 서정적 주인공이 자기의 지나간 시절의 고달픈 력사가 엉켜 있는 오솔'길과 작별하면서 부른 노래인바 넓은 길이 깔리고 전선'줄이 뻗어 가고 뜨락또르의 소리가 지심을 흔드는 농촌의 사회주의 건설 앞에 그 오솔'길이 마지막으로 없어지는 것이다.

서정시의 경우에 있어서 론리적인 어떤 결론이 중요한 것이 아니라 시의 기본 빠포쓰가 어디로 돌려졌는가가 보다 중요하다.

따라서 시 「마지막 오솔'길」에서 농촌의 사회주의 건설 앞에 무너져 가는 오솔'길 — 그것도 서정적 주인공의 온갖 고통과 불행의 추억으로 엉키여 있는 오솔'길과 영원히 결별하려는 것은 정당한 론리적 귀결이다. 그러나 시인의 감정은 새로이 신작로가 깔리고, 전선'줄이 뻗고, 뜨락또르가 지심을 흔드는 새로운 전변 즉 농촌의 사회주의 건설을 반기는 데보다도 그 고통과 불행이 엉킨 오솔'길과 작별하는 서러움과 애착에 돌려지고 있다.

이것은 결코 주관적인 독단이 아니니 "잘 가거라 마지막 오솔'길 ……"로 시작된 이 시는 다음과 같은 시행들로 엮어져 가고 있다.

    허술하고 초라하고 인적기 없어
    눈에도 띠우지 않은
    고향의 좁은 오솔'길
    마지막으로 오래 나를 걸쿠어 달라

보는 바와 같이 시인은 변모되어 가는 자기 고향을 두고서 론리적으로는 사회주의 건설을 지지하면서도 감정적으로는 무너져 가는 낡은 것에 대한 미련과 집착을 버리지 못하고 있다.

바로 여기에 김순석의 낡은 사상 잔재가 그대로 발현되고 있는바 이러한 사상적 병'집이 김순석의 시가가 내포하고 있는 고독과 애수에 직접 관련되고 있다.

그렇기 때문에 김순석은 날로 개변되며 전진하는 오늘의 위대한 현실에서 혁명적 랑만성을 찾을 대신에 잃어 버린 것에 대한 감상적 애수에 잠기는 적이 더 많으며 이러한 사정으로부터 그의 시가에는 론리적인 것과 감상적인 것이 통일되지 못하고 분렬된 채로 로출되는 경우가 또한 많다.

그리하여 시 「마지막 오솔'길」은 그러한 모순을 노출시킨 전형적인 실례인바 그가 깊이 생각해야 할 점은 무너져 가는 마지막 오솔'길을 못' 잊어 더 걸어 보겠다는 심정이 결코 오늘의 우리 사회주의 건설자들의 심정일 수 없으며 그것은 시인 자신의 소부르죠아적 애수에 불과하다는 그것이다.

론리적으로 꾸며진 시란 대체로 책상 우에서 짜낸 시이기 마련인바 그의 다른 시 「황소 싸움」도 그러한 부류에 속한다.

이 시는 뜨락또르가 우리 농촌 경리에 가져온 커다란 전변을 형상적으로 보여 주려는 작품으로서 두 황소가 싸움을 하다가 뜨락또르가 달려 오는 바람에 싸움하던 소들이 달아나 버리는 것으로 되어 있다.

그러나 이러한 론리적 사고 방식과 주어진 형상 사이에는 역시 불일치가 있는바 시인은 황소끼리 싸움이 붙어서 떼여 말릴 수도 없고 큰 일이 난 것처럼 묘사해 놓고서는 봄갈이 온 뜨락또르 앞에서 거저 내빼는 것으로 만들어 우선 거기에는 수긍될 만한 진실감이 없으며 사상성이 명백치 않다.

이상에서 보아 온 것과 같이 시집 『황금의 땅』에 들어 있는 적지 않은 시편들은 시인의 립장이 모호하며 내용이 없는 무사상성으로 떨어졌으며 또한 소부르죠아 인테리의 고독과 애수의 세계에서 벗어 나지 못한 채 론리적인 것과 감성적인 것의 불일치를 보여 주고 있는 것으로 특징적이다.

따라서 김순석의 일부 시가들은 도식주의를 반대하고 '구호시'를 반대하며 개성적인 목소리와 얼굴을 드러내야 한다는 정당한 주장에도 불구하고 결국 소부르죠아 인테리의 나약한 본성만을 드러내고 말았는바 그의 일련의 작품들이 우리의 영웅적 현실을 힘 있고 심각하게 반영하지 못한 원인도 바로 그러한 낡은 사상 잔재에서 찾아야 할 것이다.

동시에 그러한 낡은 사상 잔재의 표현은 그의 언어의 희롱에서도 보게 되는바 대체로 김순석의 시는 작품 전체를 관통하는 빠포쓰가 높지 못한 대신에 단순한 언어 형상으로써 사람의 신경을 감치게 하는 데 돌려지고 있다.

따라서 얼른 보기에는 재치 있는 듯한 시행들도 따지고 보면 리해되지 않는 언어의 희롱에 그치고 마는바 이것은 그가 일정하게 형식주의에 물젖은 증좌로 된다.

×

김순석의 『황금의 땅』 외에도 최근 우리 시집들에는 낡은 사상 잔재들을 이러저러하게 발로시키고 있는바 우리들은 그러한 실례들을 『벽암 시선』, 『리 용악 시선집』, 최석두 시집 『새벽길』, 기타에서 찾아 보게 된다.

우선 『벽암 시선』이나 『리 용악 시선집』 등에 수록된 해방 전 시 작품들에 대하여 지적할 필요가 있다.

우리는 조벽암의 시 「어둠아 가거라」, 「철'둑」이나 리용악의 시 「우라지오 가까운 항구에서」, 「두만강 너 우리의 강아」와 같은 일련의 해방 전 작품들에서는 일정하게 당시의 생활 현실을 사실적으로 반영하고 있을 뿐만 아니라 오늘의 독자들에게도 공감을 일으키는 그런 것을 인정하게 된다.

그러나 적지 않은 해방 전 작품들은 사실주의와는 거리가 멀며 오늘의 독자들은 그만두고서 당시의 독자들에게도 긍정적인 역할을 놀지 못한 그런 것들이다.

물론 과거 작품들을 오늘의 문학과 같은 기준에다 놓고 평가할 수는 없는 것이며 그 작품들은 일정하게 자기 시대의 흔적들을 가지고 있다는 것을 인정한다.

따라서 해방 전 작품들을 사회주의적 사실주의가 유일한 창작 방법으로 확립된 오늘의 창작 수준에서 취급하려는 것은 아닌바 정도의 차이는 있을지라도 그것은 자기 시대에 있어서 민주주의적이며 진보적인 역할을 놀았어야 하며 오늘에 있어서도 유산으로서 일정한 의의를 가진 작품이여야 한다.

그럼에도 불구하고 그렇지 못한 작품들이 수록되었다는 것은 필자 자신과 함께 편집부에서 련대적인 책임을 져야 할 문제인바 여기에서는 그 책임 소재를 규명하는 것보다도 그런 작품들이 내포하고 있는 낡은 부르죠아 미학 조류들과 함께 오늘에 있어서 그런 작품들을 허용하게 한 낡은 사상 잔재들이 비판되여야 하리라고 본다.

『벽암 시선』의 「향수」, 「안동 차료」, 「송화강상의 애상」, 『리 용악 시선집』의 「두메 산골」, 「나를 만나거든」, 「동면하는 곤충」 기타 일일이 구체적인 작품들의 실례를 들 것도 없이 거기에는 나약한 인테리의 절망과 무저항주의와 현실 도피 사상이 지배하고 있을 뿐만 아니라 퇴폐적이며 자연주의의 흔적이 강한 작품들도 얼굴을 내밀고 있다.

물론 그런 작품들의 대부분은 일제 말기의 암담하던 시기와도 관련되고 있으나 한 마디로 사실주의 원칙을 떠난 순수 예술적 지향으로 떨어진 이 작품들은 시인 자신들의 불건전한 과거밖에 보여 주는 것이 없다. 이것은 독자들에게 혁명적 정열과 계급 의식을 마비시키는 해독을 줄 뿐 거기에서 얻을 것은 아무 것도 없다.

우리는 자기의 낡은 부르죠아 사상 잔재에 대하여 미련을 가지지 말아야 하는 것처럼 과거 작품들에 대하여도 무원칙한 미련을 버려야 한다.

여기에서도 중요한 것은 시인 자신이나 편집자들이 확고한 당적 립장을 고수하는 문제인바 우리는 그러한 시 작품들이 누구에게 유리한가를 엄격히 분간하여야 할 것이다.

그러나 이상의 시집들에는 해방 전 작품들만이 아니라 해방 후 작품들에 있어서도 립장이 모호하고 사상이 불명확한 작품들이 없지 않다.

주지한 바와 같이 조벽암의 시초 「삼각산이 보인다」에는 「삼각산이 보인다」, 「가로 막힌 림진강」, 「확성기 소리 울려 가는 남녘 마을」 기타와 같은 성과작들이 들어 있으며 그것은 해방 후 우리 시 문학에 일정하게 기여한 작품들이다.

그러나 이 시초에는 「분계선」, 「서운한 종점」 기타와 같은 립장이 모호하며 감상적인 시편들도 들어 있다.

물론 시 「서운한 종점」은 시인의 조국 통일에 대한 렴원을 기관차에 붙여서 노래하였으며 일정하게 실감을 자아내는 작품임에 틀림없다. 그러나 주어진 시행들은 다만 조국의 남반부를 그리워하고 그곳에 못 가는 것을 안타까와할 뿐 노래 부르는 립장이 명확하지 못하다.

우리의 평화적 조국 통일 렴원은 결코 그처럼 정치적 립장이 모호한 것이 아니며 시 「분계선」(1, 2)에서 보여 준 것과 같이 그처럼 애상적인 것일 수도 없다. 우리의 평화적 조국 통일 렴원은 전투적 혁명적 빠포쓰이며 원쑤에 대한 증오의 빠포쓰이다.

이와 함께 『리 용악 시선집』이나 최석두 시집 『새벽길』에서 남반부 인민들의 투쟁을 노래한 일련의 작품들에 있어서는 우리 혁명의 주체적 립장을 고수하지 못한 실례들이 적지 않다.

리용악의 시 「오월에의 노래」, 「노한 눈들」 기타는 남반부 인민들의 투쟁을 나약한 인테리의 감정으로 노래하였을 뿐만 아니라 남반부 인민들의 투쟁을 우리 혁명의 민주 기지인 북반부의 혁명 력량과 관련시켜 노래하지 못하였다.

그러나 이러한 편향은 주로 남반부 빨찌산들의 투쟁을 노래한 최석두의 시집에 집중적으로 발현되고 있는바 해방된 조선 인민의 투쟁을 우리 혁명의 광휘로운 전통인 30년대 김일성 동지를 선두로 하는 견실한 공산주의자들의 항일 무장 투쟁과 결부시키지 않았거나 해방 후 남반부 인민들의 투쟁을 혁명적 민주 기지인 북반부의 혁명 력량과 관련시켜서 이야기하지 않는다면 이는 력사적 현실에 대한 외곡인 것이다.

우리 혁명의 전통과 주체적 립장을 견지하는 데서 시인의 당적 립장은 더욱 확고히 된다는 것을 알아야 할 것이다.

이상은 물론 낡은 부르죠아 사상 잔재를 뿌리 뽑기 위한 투쟁을 통하여 우리 시 문학 분야에 발현된 것들의 일 부분을 지적한 데 불과하다.

우리들 자체 내에 있는 낡은 사상 잔재와의 투쟁은 결코 일시적인 깜빠니야 사업일 수 없으며 우리의 비판 사업은 이제 겨우 첫발자국을 떼었을 뿐이다.

그리하여 공산주의 교양의 당적 임무를 걸머진 우리 시인들은 우리 문학 내부에 잔존하는 낡은 사상 미학적 잔재를 청산하는 투쟁을 계속 완강하게 전개하는 데서만 당적 가수로서의 자기의 임무를 가장 훌륭하게 수행할 수 있다고 확신한다.

—『문학신문』 110, 1959.1.4

서정시와 현대성

제3차 당 대회 이후 시기 작품을 중심으로

박종식

1

조선 로동당 제3차 대회로부터 제4차 대회의 기간 — 이 기간은 우리 나라 력사에서 가장 빛나는 페지를 차지하는 위대한 전환의 시기이다.

도시와 농촌에서 사회주의적 생산 관계의 완전한 승리와 전진과 혁신, 약진과 비약의 천리마 대진군의 개시, 밝아오는 조국 통일의 려명, 이 모든 력사적 대사변들이 이 기간에 사람들의 마음을 흥분시키고 심장을 고동치게 하였다.

우리의 시 문학도 이 기간에 이 위대한 력사적 전환의 시기의 영웅적 현실을 노래하면서 당 제3차 대회가 가리키는 길을 따라 자기 력사에서 일찌기 가져보지 못한 전진과 비약을 체험하였다.

우선 이 기간에 수 많은 시인들이 자기들의 시 선집을 묶음으로써 우리 당 문예 정책의 현명성과 그 두터운 배려에 보답하였으며 우리 사회 제도의 우월성을 구가하였다. 박세영, 박팔양, 민병균, 리용악의 시 선집을 비롯한 십여 시인들의 시 선집들과 이십 여 권의 개인 시집들이 이

기간에 당적 시 문학의 찬연한 개화를 시위하였다. 과거 그 어떠한 시대에도 이처럼 풍부하고 다양한 시의 화원으로써 시 문학을 수놓은 시기는 없었다.

이 기간에 우리 시 문학의 이같은 보다 빛나는 성과와 획기적인 발전은 우리 당 제3차 대회와 두 차례에 걸친 수령의 교시(1956년 4월 14일, 1960년 11월 27일)가 명시한 바에 따라 인민과의 깊은 련계를 강화하는 길에서 이루어졌다.

많은 시인들이 이 기간에 시의 령감을 찾아서 천리마 현실 속으로 깊이 침투하여 들어 갔다.

어떤 시인들은 전기로 앞에서 용해공과 함께 일하면서 강철 로동자의 영웅적 투쟁을 연구하고 그 고매한 정신 세계를 시화하였으며 어떤 시인들은 뜨락또르 운전사와 조합원들과 함께 침식을 같이하면서 전변된 사회주의 농촌을 묘사하였고 어떤 시인들은 어로공들과 함께 그물을 당기면서 바다의 서정을 노래하였다.

시와 인민 생활과의 깊은 련계 이것이 그 사이 우리 시 문학이 오늘과 같은 사상 예술적 고조에 올라 설 수 있었고 개화를 가져 올 수 있은 진정한 담보이며 밑천으로 되였다.

이 기간에 우리 시 문학 발전에서 시인과 인민 생활과의 깊은 련계의 전례 없는 강화로 인하여 거둔 일반적 성과의 하나는 많은 시인들의 시 속에 과거 그 어느 때보다 시대의 호흡과 맥박이 강하게 울리고 있다는 사실이다. 이것은 곧 우리의 시 문학이 현대성 속에서 개화하고 있다는 것을 의미한다.

시에서 현대성 — 그것은 시인이 시대의 아들로 력사적 오늘을 자기의 시 속에 선명하게 구현하고 오늘의 시대의 본질을 시'적으로 천명한다는 것을 의미한다. 그것은 또한 시인이 력사적 현실 속에서 시의 주제를 선택하고 오늘 우리 당이 제기한 시대적 과업에 예술적으로 해답을 준다는 것을 의미한다.

또한 시인이 자기의 시 창작을 현대성으로 관철시킨다는 것은 인민의 아들로서 우리 시대에 대한 열렬한 공민적 빠포스를 가지고 주변에서 일어 나는 사변들에 적극 참가함으로써 시인 그 자신이 오늘의 투사로 행동한다는 것을 의미한다.

이런 의미에서 오늘 우리의 시 문학은 과거 그 어느 시기에 비하여도 그 속에서 우리와 동시대인의 사상과 감정, 행동과 그의 정신 세계가 뚜렷이 감촉되며 시인 자신들이 공산주의 투사의 한 사람이라는 것을 보여 주고 있다. 이것은 우리 시 문학이 현대성 속에서 개화하고 있다는 것을 명백히 보여 주고 있는 좌증으로 된다.

수상 동지는 우리 작가, 예술인들에게 오늘 우리 시대 즉 천리마 시대의 본질과 이 시대 정신을 옳게 접수함이 필요하다는 것을 간곡히 교시하였다. 레닌도 레브 똘쓰또이의 예술이 가지는 불멸의 가치를 그의 예술이 그의 동시대의 거울로 되였다는 사실에서 찾았다. 이 교시들이 문학과 예술이 과거에도 그러하거니와 오늘에 있어서도 항상 현대성에서 참다운 개화의 길을 찾았다는 것을 의미한다.

현대성의 중심 문제는 현대적 주제에 대한 문제이며 현대적 주제의 중심에는 주인공의 문제가 놓여 있다.

오늘 우리 시 문학의 총체적 주제는 천리마 시대와 현실이며 이 주제의 중심에는 공산주의자, 천리마 기수의 형상이 우뚝이 솟아 있다.

현대성을 취급한 우리의 서정시에서 공산주의자의 뚜렷한 전형을 창조함에 성공한 작품들이 적지 않은바 례를 들면 리병철의 「북계수 역에서」, 민병균의 「빛」, 최영화의 「당의 숨결」, 리효운의 「천리마 기수들」, 상민의 「전변하는 대지」, 정서촌의 「조국에 드리는 시」, 동승태의 「봄」을 비롯한 허다한 작품들이다.

서정시에서 공산주의자의 전형을 창조한다는 것은 결코 어떤 모범 일'군의 한때 미담을 이야기하거나 이런 사람들의 외모적 초상과 행동을 전달하는 것을 결코 의미하지 않는다. 그것은 전체를 위하여 살며 전체 속에서 자신의 행복을 찾으며 당과 혁명의 의지 대로 사는 사람들의 항구적인 정치 도덕적 품격과 그의 인도주의적 정신 세계의 높이를 전형화한다는 것을 의미한다.

> 때로는 오래도록 잠을 이루지 못한단다,
> 조국의 사회주의 건설을 위해서는
> 저 부산까지 직통 렬차를 어서 보내기 위해서는
> 자기의 담당 선로 구간에
> 어덴지 모르게 일이 남은 것만 같아서
>
> — 리병철의 「영웅 보선구장」에서

이 영웅 보선구장의 형상 속에서 바로 공산주의자의 항구적인 정치 도덕적 풍모와 그의 자기 희생적인 정신, 그리고 자기 사업에 대한 공산주의자의 태도가 진실하게 재현되어 있다.

바로 이와 같은 공산주의자의 전형이 서정시의 짧은 글'발 우에서 한 편의 단편 소설의 집약된 화폭을 가지고 진실하게 창조될 것을 독자들은 요구하고 있다. 이런 의미에서 리병철의 「영웅 보선구장」은 성공한 작품의 일례로 될 것이다.

우리 시 문학이 현대적 주제에 많은 관심을 돌리고 이 주제의 중심에 서 있는 공산주의자의 전형을 창조함에서 일정한 예술적 성과를 거두게 된 것은 대회 기간에 혁명 전통에 바쳐진 우리 시문학의 거대한 성과와 직접 결부되고 있다.

사실 이 기간에 우리 시 문학 발전에서 혁명 전통에 바쳐진 서정시 즉 1930년대 김일성 원수를 선두로 하는 공산주의자들의 위업을 형상화한 작품들이 거둔 성과가 빛나는 자리를 차지하고 있다.

민병균의 「천리마의 고향」을 비롯한 수 많은 서정시와 김우철의 「공산주의자」, 정서촌의 「날이 밝는다」, 리병철의 「로운 산정에서」, 박승수의 「장군과 아동단원」 등 기타 적지 않은 서정시들이 30년대 우리 나라 공산주의자, 혁명투사들의 불멸의 위훈을 진실하고 아름답게 노래하였다.

> 그 이는 지그시 연필에 힘을 주어
> 원쑤들의 진지에 화살표를 집중한다,
> ─가자 어서 대오를 이끌고
> 가자 튼튼히 무장을 갖추고
>
> …… 이렇게 깊어진 장백의 밤이
> 몇 밤이나 되던가 몇 천 밤이나 되던가
>
> 등에 걸친 외투깃을 추켜 올리며
> 장군께서 밀영의 창문을 여실 때
>
> 아! 날이 밝는다,

백두산 밀림에서 조국의 태양이 솟는다,

혁명 전통에 바쳐진 서정시를 묶은 종합 시집『붉은 기'발 휘날린다』속에는 아름다운 시들이 많다. 그중에서 특히 정서촌의 「날이 밝는다」는 광채를 뿌리고 있다.

이 서정시 속에는 1930년대 조국 광복의 위대한 구상을 가슴에 안고 불면 불휴의 영웅적 투쟁을 계속한 김일성 원수의 형상이 감명 깊게 부각되어 있다.

지난 기간 우리 시 문학에서 혁명 전통에 바쳐진 서정시들이 달성한 거대한 성과는 무엇보다 우리의 혁명 전통 그 자체가 가지는 사건의 풍부성과 사건 그 자체가 영웅적이며 시'적이란 데 있으며 영예롭고 민족적 긍지로 가득 찬 이 혁명 전통에 대한 시인들의 감명과 서정적 빠포스가 강렬하게 연소되었다는 데 있는 것이다.

한때 론의된 바와 같이 혁명 전통을 형상화한 작품에 예술적 허구의 유무 여부가 결코 이 분야의 창작 실천에서 아무런 긍정적 의의를 얻지 못하였다.

예술적 허구는 모든 예술 작품에 고유하며 사태의 본질을 선명히 하며 예술 부조성을 주는 수단이니만치 그것은 론의할 여지없이 혁명 전통의 형상화에도 필수 불가결의 것이라는 것을 허다한 창작 과정은 말하여 주고 있다.

이리하여 허구의 유무에 의해서가 아니라 시인들의 우리의 혁명 전통에 대한 긍지와 영예감으로 하여 또한 오늘의 공산주의자들의 다양하고 풍부하며 고상한 정치 도덕적 품성을 가져 오게 한 그 뿌리의 풍부한 예술적 저수지로 하여 혁명 전통에 바쳐진 많은 작품들이 성과를 거둘 수 있는 조건을 가지고 있는 것이다.

혁명 전통, 그것은 우리 시 문학의 예술적 저수지인 동시에 오늘의 공산주의자들의 아름다운 성격들이 활짝 꽃피는 근원이다.

때문에 그것은 동시에 력사적 오늘의 문제 즉 현대성의 문제와 결코 유리되는 것이 아니라 유기적으로 결합되고 있다.

> 항일의 선렬들이시여
> 붉은 투사들이시여
> 그대들은 우리의 뿌리
> 우리는 그 속에서 솟아 난 붉은 꽃
>
> — 민병균의 「렬사탑 앞에서」에서

이 시인의 말처럼 혁명 전통은 오늘의 정신적 풍부성과 개화를 가져온 뿌리이며 또 그것은 우리를 미래에로 추동시킨 정신적 고무이다. 그러기 때문에 지난 시기 우리 시 문학에서 혁명 전통에 바쳐진 훌륭한 성과작들은 과거의 영웅적 업적에 대한 송가의 형식에서 뿐만 아니라 보다 더 많은 현대성을 취급한 작품에 못지않게 공산주의자들, 혁명 투사들의 영웅적 성격과 아름다운 정신 세계의 예술적 천명에서 보다 많은 성과를 거둘 수 있었다.

그러기 때문에 우리 시 문학 앞에는 계속 혁명 전통의 주제와 현대성의 주제를 결합시키며 그러기 위하여 과거 혁명 투사들의 풍부한 공산주의적 인도주의 성격을 예술적으로 천명하는 과업이 중요하게 남아 있다.

서정시의 현대성과 관련하여 우리의 현대적 관심의 가장 초점으로 되어 있는 조국 통일의 주제가 이 4~5년 내에 아주 거대한 개화를 가져

왔다. 이 개화의 근저에는 우리 나라 사회주의 건설의 찬란한 성과와 웅대한 전망, 그리고 조국 통일에 대한 우리 당의 정당한 방안이 가지는 고무적 힘에 의하여 앙양된 남조선 인민의 거센 구국 항쟁의 불'길이 놓여있다. 다시 말하면 우리의 사회주의 건설의 대비약과 함께 남조선 인민이 줄기차게 울린 항쟁의 불'길은 우리 시인들의 시'적 감정을 격동케 하였고 이로써 적지 않은 우리 시인들의 작품은 조국 통일이라는 전 인민적 전 민족적 념원과 감정의 격랑을 재현할 수 있게 하였다.

조벽암의 「삼각산이 보인다」, 박산운의 「미국 병정」, 김상오의 「불'길과 폭풍에 대한 시」, 한진식의 「어머니에게」, 남시우의 「우리는 규탄한다」를 비롯한 많은 시들이 이 분야에서 독자들의 기억을 항상 새롭게 하고 있다.

조국 통일의 주제는 오늘 우리 시 문학의 현대적 주제 중에서 정론성과 시사성 그리고 풍자성을 강하게 가지고 있는 분야이다. 원쑤 격멸의 노래, 분노와 증오, 서정, 폭로와 풍자의 불'길, 투쟁에 대한 고무와 격동의 감정 등 이 모든 인민적 감정의 도가니 속에서 서정시는 꽃피고 있다.

조국의 평화적 통일에 바쳐진 우리의 서정시는 항상 통일에 대한 전 인민적 격랑의 물'결 속에 시인 자신의 감정을 합류시키는 문제이다. 그러기 때문에 우리의 시인들은 공화국의 사회주의 건설의 전 인민적 투쟁과 함께 특히 남조선 인민들의 투쟁을 예리하게 추적하고 거기서 버러진 조그마한 것까지도 그것을 평화 통일의 불'길로 전환시키는 시'적 탐구를 계속하고 있으며 여기서 이미 거대한 성과를 달성하였다.

이상과 같이 우리의 서정시에서 현대성의 문제는 력사적 오늘을 시화하는 문제이며 오늘이라는 특정한 시대의 본질을 시'적으로 사색하는 문제이며, 따라서 넓은 의미에서 현대적 주제에 대한 시인들의 심오한 예술적 해명을 의미하는 것이다.

나는 이제부터 최근 4~5년 간에 발행된 많은 서정시집 중에서 현대적 주제에 바쳐진 서정시를 중심으로 오늘 우리 시 문학이 도달한 높은 위치에 대하여 긍지와 자부를 가지고 이야기하고 싶다.

2

　우리의 현대적 주제의 중심에는 당과 수령의 형상이 높이 서 있다. 이것은 우리 시인들이 력사적 오늘을 생각하고 현대를 사색할 때마다 오늘을 열어 놓았고 오늘의 아름다운 노래가 있게 한 당과 수령을 생각하지 않을 수 없기 때문이다.

　사실 당과 수령은 현대에 살고 있는 우리 인민의 민족적 긍지이며 우리 시대의 가장 명철한 지혜이며 량심이다.

　오늘 우리의 생활에서 꽃을 피게 하고 열매를 맺게 하고 기쁨을 가져 온 그 근원을 톺아서 찾아 간다면 거기에는 언제나 당과 수령의 형상에 부닥치게 된다.

　그러기 때문에 당에 대하여 노래하면서 시인 정문향은 「당에 드리는 노래」에서 이렇게 노래한다.

　　잊지 못하노라 기쁨을 이야기할 때마다
　　당이여 그대 걸어 온 간고한 날들을
　　간고하고 어려운 때마다 생각하노라
　　험난한 길을 열어 준 오늘의 기쁨을

독자들은 당신들의 책상 우에 놓여 있는 임의의 시집 한 권을 들고 살펴 보라. 그러면 거기에는 반드시 우리 당과 수령의 형상이 가장 뚜렷하고 선명한 형상을 가지고 눈 앞에 떠오를 것이며 그리고 당신의 심장을 가장 힘있게 고동치게 하는 형상이 바로 여기에 있다는 것을 발견할 것이다. 그만큼 오늘 당과 수령의 형상은 오늘의 서정시가 도달한 높은 봉우리를 이루고 있으며 오늘 우리 시대의 심장으로 되고 있다.

당과 수령을 형상화한 서정시 중에서 우리의 심금을 울리는 작품은 허다하다. 그러나 그중에서도 박세영의 「당신은 공산주의에로의 인도자」가 그 서정적 주인공의 감정의 고결성에 의하여 또한 시'적 형식의 정제성에 의하여 항상 우리의 기억에 남아 있다.

우리는 기쁨 속에 일을 합니다,
사회주의 건설자의 영예를 지니고
천리마 청년 작업반의 긍지를 안고
더없이 황홀한 래일을 바라보며

우리는 하냥 즐겁게 일을 합니다,
당신이 언제나 옆에 계신 것처럼
오늘은 어느 공장, 래일은 어느 농촌에서
현지 지도를 몸소 하시느라 바빠 못 오셔도

이 서정시가 감명 깊게 우리의 가슴에 안겨 오는 것은 수령과 인민의 불패의 통일에 대한 사상을 한 걸음 심화시키면서 오늘 우리 인민의 그 누구의 마음 속에나 살아 있는 수령에 대한 친근성과 신뢰성의 감정을 소박하고 진실하게 일반화한 데 있으며 그리고 그 시'적 형상이 명료하고 생동한 데 있는 것이다.

그 이가 있음으로 하여 어떤 어려운 일에 부닥친다고 해도 괴로움을 모르고 일하는 우리 근로자들의 가장 일상적이며 구체적인 감정을 이 서정시는 훌륭하게 시화하였다.

우리 시 문학의 선두에 서 있으며 오랜 프로레타리아 시인이며 「산제비」의 작가인 박세영의 서정시가 가지는 특성의 하나는 그 시'적 감정의 진실성과 묘사의 소박성에서 찾아야 할 것이다. 그의 시는 결코 수사학적 호소와 감탄이 번잡하지 않다. 그럼에도 불구하고 그의 시는 은근하고 절절하게 사람의 심정을 흔드는 것이다. 이것은 그의 서정시가 항상 만사람의 심정에 있으며 따라서 오늘 우리 시대의 중심에 놓여 있는 시대 정신을 언제나 포착하고 그것을 시화한데서 얻은 결실이다.

또한 그의 시는 사람에게 결코 어떤 사상을 호소하거나 강요하지 않는다. 그럼에도 불구하고 그의 시는 독자의 정서 속에로 육박한다. 이것은 그의 시가 사태의 진실을 천명하여 주고 있다는 데서 오는 것이다. 바로 그의 서정시 「당신은 공산주의에로의 인도자」가 그 좋은 실례로 될 것이다.

당과 수령의 형상은 오늘 우리 시 문학의 현대성을 해결하는 길에서 중심 문제의 하나이며 이 문제는 결국 인민과의 불패의 통일의 문제로 귀착된다.

그러나 이 문제는 우리 시인들의 독자적인 개성을 통하여 다양한 측면으로 개척되여야 하며 또 현재 개척되고 있다. 그중에서 정문향의 「당에 드리는 노래」, 박세영의 「당신은 공산주의에로의 인도자」 이 외에도 김학연의 「당은 가장 친애로운 어버이시다」, 김상오의 「수상님이 청산리에 오셨던 아침」, 최영화의 「당의 숨결」 등 기타 제 작품들이 우리의 정서 속에 깊이 살고 있다는 것을 말해야 할 것이다.

당과 수령의 형상에서 우리 시인들이 해결한 중요한 문제성의 하나는 이 가장 격동적인 현대성 속에서 혁명적 랑만성의 고조된 물'결을 퍼내는 것이다. 당과 수령의 형상 속에는 우리 인민의 오늘의 행복과 기쁨의 원천인 동시에 래일의 보다 아름다운 리상을 향하여 나가는 고무적인 투쟁의 랑만성이 깃들어 있는 것이다. 그러기 때문에 우리의 시인들이 당과 수령의 형상 속에서 혁명적 랑만성의 원천을 찾고 있는 것은 결코 우연한 사실이 아니다.

조국의 오늘과 먼 앞날까지를
우리에게 영영 맡겨 준 당이여!
구내의 어느 일터 그 어느 구석에서
내 설사 작은 나사못 하나를 죄인다 해도

나는 행복하구나 언제나 나의 심장엔
온 땅 우의 힘 ― 당의 숨'결이 고동치기에
나는 살 수 없구나, 언제나 그것 없이는
나의 삶의 영원한 봄― 당이 없이는

― 최영화의 「당의 숨'결」에서

서정시에서 혁명적 랑만성 ― 그것은 결코 미래의 화폭을 미리 앞당겨 그리는 것도 아니며 황당한 환상의 나래를 펼쳐 놓는 것도 아니다. 그것은 오늘이라는 특정한 시대의 본질을 심장으로 끌어 안은 시인들의 가슴에서 타오르는 불'길이며 그것은 현대라는 지점에 "온 땅 우의 힘 ― 당의 숨'결"로 고동치는 사람들의 앙양된 서정이다.

그러기 때문에 그것은 우리의 현대를 가장 뜨겁게 접수하는 시인들의 전진과 투쟁의 미학이며 락천의 미학이다.

그러기 때문에 오늘에 살면서도 래일을 가진 사람들만이 특유하게 가지는 노래가 아닌가!

우리는 여러 번 말했거니와 혁명적 랑만성 ― 그것은 우리 시 문학의 어떤 형식 스찔에 국한되는 문제가 아니다. 형식 이전에 있는 현실 미학적 파악의 한 측면이며 그만치 혁명적 랑만성은 시인의 앙양된 정서 속에서 찾아야 한다.

오늘 당, 조국, 수령의 형상처럼 혁명적 랑만성으로 풍만된 정서의 원천이 어데 있는가! 오늘 우리의 시인들은 여기서 자기 시의 힘찬 서정의 나래를 펴고 우리 인민을 보다 행복한 미래에로 부르고 있으며 투쟁의 에네르기를 고무하여 주고 있다.

우리의 시 문학이 현대성의 주제를 해결함에 있어서 비록 시일은 그렇게 오래지 않으나 오늘 우리 시대의 주인공인 천리마 기수들의 형상을 창조함에 있어서도 적지 않은 성과를 거두었다.

천리마 기수들은 수상 동지가 교시한 바와 같이 "우리 시대의 영웅이며 당의 붉은 전사"이다. 그들은 우선 자기를 위하여 사는 사람들이 아니라 전체를 위하여 일하고 사는 오늘의 공산주의자이다.

이런 사람들이 대중적으로 오늘 우리 문학 작품의 주인공으로 등장한 시대가 과거엔 없었다. 이런 사람들의 높은 정신 세계가 서정시의 서정적 주인공의 내면 세계의 아름다움으로 전화된 시기가 과거엔 없었다.

우리 천리마 현실의 특징의 하나는 바로 자기 살을 떼서 어린 소년의 목숨을 구한 흥남 비료 공장의 의료 집단의 사람들, 그리고 인간 개조와 교양에서 온갖 난관의 애로에도 굴하지 않고 혁신의 선두에 선 길확실, 리신자들이 수천 수만으로 장성하고 있다는 거기에 있는 것이다.

오늘 우리 서정시는 바로 이런 사람들을 자기의 주인공으로 삼고 있는 시대에서 생활과 함께 꽃피고 있다. 그러나 이것은 우리의 서정시가 결코 생활에 있는 사실과 이야기, 그리고 천리마 기수들의 성격을 그대로 종이에 옮기여 놓으면 시가 된다는 것을 의미하지 않는다.

생활의 랭담한 서생으로 기록하고 라렬하는 것이 결코 우리의 아름다운 생활을 시화하지 못한다는 것을 우리는 참으로 여러 번 이야기하였으며 여기에 우리의 시인들은 지금 귀를 기울이고 있는 것 같다.

일찍 우리의 탁월한 시인 리규보는 시의 아홉 가지 병든 문제에 대하여 말하면서 시에서 이것저것 상스럽게 늘어 놓는 것을 "촌 늙은이 잡담"과 같은 시체라고 말하였다. 우리의 서정시가 "늙은이 잡담"으로 전화되지 않기 위하여 리규보 자신이 그처럼 당시대의 작가들에게 권고한 것처럼 생활에서 뜻을 붙잡고 이것을 시화하는 것이 필요하다. 이와 같은 시인의 창작 과정을 '시의 발견'이라고도 말하지 않는가!

생활에서 인간 성격에서 뜻을 발견하는 것은 마치 생활의 넓은 모래밭 속에서 사금 싸라기를 얻어 내는 것과 다름이 없이 문자 그대로 발견이며 발굴인 것이다.

그 뿐만이 아니다. 금싸라기는 황금색으로 빛을 발하기 위하여 흙을 털어 내고 다듬고 닦아야 한다. 이것은 시인이 인간 성격을 포함하여 생활을 시화한다는 것을 의미한다.

우리 시대의 주인공인 천리마 기수들의 성격도 그것을 창조해야 하며 그것을 시화해야 하는 것이다. 천리마 기수들은 오늘 우리 시대를 창조하고 있는 것처럼 오늘 우리 시인도 우리의 아름다운 시대를 창조해야 하며 아름다운 성격을 창조해야 하며 이것들을 시화해야 하는 것이다. 그러나 이것은 결코 생활을 미사려구로 분식하거나 생활을 미화해서 좋다는 것을 의미하지 않는다.

"촌 늙은이 잡담"이 시가 되지 않는 것처럼 미사려구의 웅변도 시가 될 수가 없지 않은가?

나는 우리의 천리마 시대를 따라서 우리의 현대를 시화할 줄 알며 따라서 오늘의 가수로 이름할 수 있는 시인의 많은 별 중에서 『천리마의 시절』의 시인 리병철, 『아름다운 기슭』의 시인 김상오, 『철의 도시에서』의 시인 김철, 『건설의 나날』의 시인 전초민을 지금 생각한다. 특히 이들의 시집에서 오늘의 천리마 시대와 이 시대의 영웅들을 노래한 서정시들을 자랑스럽게 말하고 싶다(이미 우리 평론은 민병균의 「로동시초」, 리용악의 「평남 관개 시초」, 최영화의 「당의 숨'결」을 자랑 삼아 말하였기 때문에 여기서 나는 말하지 않겠다).

이들의 시 속에는 오늘 우리 시대, 천리마 시대의 숨'결과 맥박이 뛰고 있을 뿐만 아니라 이 시인들이 자기 자신들의 얼굴과 심장을 통하여 시대를 깊이 사색하고 있으며 현대를 시화하고 있다고 나는 말하고 싶다. 이들은 우리의 생활의 주변에서 어데 시가 있는가를 알고 있을 뿐만 아니라 또 그것을 시화할 줄 알며 시대와 절단된 자기 자신의 서정의 골방 속에 파묻혀 있는 것이 아니라 우리의 시대를 향하여 문을 활짝 열고 서정을 개방하고 있으며 이리하여 그들의 적지 않은 시들이 높이 울리고 있는 것이다.

부르죠아 데까단 시인들은 생활과 유리하여 시인 자신의 유폐된 서정, 그리고 환각과 환상 속에 자리잡고 앉아서 생활과 시대 인간과 사회에 등을 지는 것을 서정시의 본령으로 생각하였다.

램보는 시는 곧 환각이라고 말하면서 "시인이 되고저 하는 사람이 제일 첫번의 연구는 자기 자신에 대한 완전한 지식이다. 그는 자기의 혼을 찾고 관찰한다"라고 지껄였다. 인민과 생활에서 버림을 받고 시대와 사회에서 유리된 자들의 시가 바로 이러한 것이다. 누구의 심금도 울리지 못한 시인의 환각과 언어의 마술이 시라고 지껄이는 모더니즘의 추종자들의 시가 바로 이러하다.

원래 죽어 가는 자들이란 자기 자신 이외에 모르는 법이다.

수정주의자들이 오늘 모더니즘을 가리켜 "현대를 가장 적합하게 표현하는 방법"이라고 지껄인 것도 이 죽어 가는 자들과 동사자들이란 것을 말하여 준다.

시가 '자기 표현'이라고 주장하는 자들의 '리론'이 얼마나 무가치한 것인가는 론의할 여지 없이 명백하다. 그것은 시인과 인민과의 혈연적 관계를 끊고 생활과 시대를 등진 자들의 '고독', '절망', '죽음'에 대한 넋두리에 지나지 않기 때문이다.

반대로 우리 시인들은 그들이 인민과의 깊은 련계 속에서 살고 있을 때만이, 그리고 우리 시대의 선진적 리념을 옳게 반영하는 경우에만이 시인의 주관적인 시'적 체험이 만사람의 심장에 불'길을 지펴 준다는 것을 자각하고 있으며 여기서 서정시의 참다운 승리를 보고 있다. 바로 앞에서 내가 지적한 시인들도 바로 이런 사람들에 속한다. 이 시인들의 안광은 결코 사회와 시대에서 유리되고 자기 자신 속에 유폐된 감정을 표현하는 것이 아니라 우리 시대의 참다운 의의와 생활에서 아름다운 것을 찾는 것을 즐겨한다.

리병철의 시집 『천리마의 시절』에는 우리 시대의 영웅이며 당의 붉은 전사들인 천리마 기수들의 고상한 정치 도덕적 풍모와 높은 정신 세계가 로동과 투쟁의 정황 속에서 선명하고 아름답게 재현되고 있다. 여기에는 강철 로동자, 용해공을 비롯하여 연공들, 재관공들, 용접공들, 공장 지배인, 제대 군인, 신입 로동자, 보선구장, 역장 등의 성격이 그들의 영예로운 로동의 정황 속에서 빛을 발하고 있다.

「당의 의지 대로」에는 당의 의지 대로 살고 일하는 용해공들이 당의 붉은 편지에 고무되여 보수주의를 마수는 첫출선의 기쁨이 노래되고 있으며 「작업 총화전 한때」에는 용해공들의 집단주의적 형상과 로동의 락천주의가 감명 깊이 시화되고 있다.

오늘 우리의 천리마 시대의 본질을 형상화하는 서정시의 중요한 쩨마의 하나가 곧 로동의 락천주의다. 로동의 락천주의는 우리 사회에 고유한 창조적 로동의 속성이며, 천리마 기수들의 중요한 성격적 측면이다. 그것은 동시에 난관과 애로를 극복하고 전진과 혁신을 창조하는 사람들, 천리마 기수들의 내면 세계의 중요한 측면이다. 시인 리병철은 바로 여기서 로동 계급, 천리마 기수들의 중요한 성격을 창조하고 천리마 시대의 본질과 그것을 부각시키는 집단주의와 로동의 락천주의를 시화하는 데 성공하였다. 그는 「장수들」 속에서 용광로 건설과 조립을 마친 연공들이 완성된 용광로를 용해공에게 넘겨 주는 장면을 다음과 같이 노래한다.

그들은 안고 돌아 간다, 어쩔 줄 모르며
달아 오르는 용광로 두리를 빙빙
어깨와 목을 서로 부둥킨 채
날'자를 당겨 로를 넘겨 주는 기쁨에
날'자를 당겨 로를 넘겨 받는 기쁨에

8련으로 된 짤막한 서정시 「북계수역에서」에는 자기 사업의 영예와 긍지를 가지고 어떤 작은 일이나 또는 어려운 일에도 공산주의자적 책임감을 다하는 산간 벽지의 철도 일'군들과 역장의 형상이 진실하고 아름답게 창조되어 있다. 이 시는 시집 『천리마의 시절』의 서정시들 중에서도 그 내용과 형식의 통일과 완벽성에 있어서 가장 우수한 작품에 속한다. 그만큼 이 서정시 속에는 시인의 당의 전사들에 대한 뜨거운 애정과 함께 한 역장의 형상이 서정과 성격의 완전한 통일 속에서 선명하게 창조되고 있다.

리병철의 시집 『천리마의 시절』 중에는 이 밖에도 「영웅 보선구장」, 「탑이 많은 도시에서」 등에서 오늘 천리마 시대의 영웅들의 성격과 그들의 내면 세계의 아름다움, 그리고 서정적 주인공 '나'의 시대와 생활에 대한 뜨거운 사랑이 구김'살 없이 진실하고 아름답게 표현되고 있다.

시인 리병철의 서정시가 가지는 특징의 하나는 시인의 서정시적 체험과 객관적인 서사적 성격들과의 완전한 통일이다. 그의 시에는 많이 하나의 통일된 인간 성격이 부각되고 내면 세계를 포함한 성격의 아름다운 측면들에 대한 시인의 애정과 서정이 스스로 자연스럽게 흐르고 있다. 다시 말하여 그의 주정 토로는 주정 토로 대로 놀고 있거나 인간 성격의 랭담한 묘사만이 드러나 있는 것이 아니라 이 량자가 전형적 환경에서 유기적으로 결합되어 자연스럽게 표현되고 있다.

그는 생활과 인간 성격을 시화하고 창조하기 위하여서는 어데를 잘라야 하며 어느 측면을 보다 전형화할 것을 잘 알고 있는 시인이다. 여기에 바로 그의 서정시가 가지는 우수한 점이 있다.

또한 그의 서정시가 가지는 다른 하나의 특징은 그의 서정시들에는 어떤 단편 소설의 짤막한 이야기가 서정시로서 집약되어 그것이 시화되고 있으며 또 그것이 비교적 성공하고 있다는 사실이다. 이러한 례로 서 그의 「제대 군인 허 동무」, 「로동 가족」, 「환갑날」 등을 들 수 있다. 물론 시인은 이야기하는 사람이 아니고 이야기 속에서 시를 발견하는 사람들이다.

여기서 우리는 시인 리병철의 서정시의 특징을 통하여 서정시 일반이 가지는 형상의 특질을 리해할 필요가 있다. 서정시의 형상은 문학과 예술 일반에 고유한 형상성의 법칙에 복종하면서 동시에 그것은 서정시라는 자기의 독자적인 쟌르의 법칙에 복종한다.

서정시는 주지하는 바와 같이 생활과 인간 성격으로부터 환기되는 시인의 서정적 체험을 직접 개방하는 것으로 특징적이다. 그러나 그의 서정적 체험은 결코 어떤 투명한 액체처럼 무형한 것으로 된다거나 또는 시인의 폐쇄된 '개인 감정'이 아니라 그것은 객관적인 것과 서사적인 것과의 통일에 이루어진다. 다시 말하면 서정시의 서정적 체험은 주관적인 것과 객관적인 것도 통일로 이루어진다. 그러나 이 량자의 통일 관계에서 주도적 측면은 서정적인 것(주관적인 것)에 놓여 있다.

그러나 이렇게 서정시에서 그 주도적 측면이 서정적인 것에 있다고 하여 서사적인 것이 무시되여도 좋다는 것을 의미하지 않는다. 엄밀하게 말하면 서사적인 것(객관적인 것)이 없이도 서정적인 것이 있을 수 있다. 왜 그러냐 하면 시인의 서정은 객관적 현실과 성격으로부터 환기된 서정이기 때문이다.

간단히 말해서 인민의 생활 화폭을 노래한 것을 우리가 서사시라고 할 때 서사시에서 그 주도적 측면이 그 객관성 즉 서사적 화폭에 있다고 말할 수 있다. 그러나 이 경우에도 시인의 서정은 불가피한 것이다. 이와 같이 서정적인 것과 서사적인 것은 서정시에 있어서나 서사시에 있어서나 불가결한 것이다.

일부 론자들이 서정시에서 서사적 요소를 무시하고 서정시를 투명한 액체처럼 포착할 수 없는 무형한 것으로 돌리고 서사적 화폭을 제외하려는 리론은 그릇된 편향이다. 벨린스끼가 서정시의 특성을 그 주정에서 보면서 서정시의 대표적인 것으로 가사를 말한 것은 서정시의 주동적 측면을 강조한 것 뿐이다.

서정시의 가장 대표적인 가사에 있어서조차 가사의 력사는 서사적인 것의 강한 침투를 보여 주고 있으며 최근 우리 가사를 보더라도 이 사실을 말할 수 있다.

우리 나라 서정시의 력사는 서정시에서 서사적 화폭을 선명히 할 것을 력사적으로 강조하였다. 9세기 말 최치원의 서정시 「림경대」를 론하는 평가들이 항상 '시중화(詩中畵)'라고 하였으며 시를 평가하는 기준의 하나를 '시화 일여' 즉 시는 그림과 같아야 한다는 것을 들어 왔다. 여기로부터 서정시의 가장 짧은 형식인 시조까지도 이 기준을 지켰던 것이다.

서정시의 이와 같은 특성은 때문에 서정시적 형상의 선명성, 함축성, 균제성 등을 요구하였다. 즉 시'적 화폭이 그림처럼 선명하여야 하며 그것은 한 개의 물'방울이 전 우주를 담고 있는 것처럼 함축성이 있어야 하며 그것은 하나의 유기체처럼 아무리 적은 시라도 균형과 정제성을 가져야 하는 것이다. 우리가 서정시에서 서사적 요소의 과잉을 경계하는 것은 문자 그대로 그 '과잉', '범람' 때문이다. 결코 서정시에 고유한 서사적인 요소를 배척하는 것은 아니다. 이것을 리해하지 못할 때 서정시를 하나의 독백으로 화하게 할 것이며 지어는 '자기 표현'이라는 악명 높은 시 정신 속으로 전락시키고 말 것이다.

전기 리병철의 많은 서정시가 보여주고 있는 것처럼 서정시가 때로는 슈제트성(이야기)도 가질 수 있으며 또 경우에는 그것이 서정시로서 성공할 수도 있다. 다만 여기서도 이야기가 서정시의 특성을 파괴하기에 이르기까지 과잉되거나 범람하여 '촌 늙은이 이야기체'가 되는 것을 념려할 뿐이다. 희미하나 일정한 이야기를 가지고 있는 박세영의 「나팔수」가 서정시로 성공하지 않았는가!

그러나 서정시의 발전, 그 다양성과 풍부성은 시인의 내면 세계, 그의 미학적 리상의 풍부성과 다양성에 의존하고 있다. 이리하여 사람들의 심장을 격동시키고 흥분시키는 사건과 이야기로부터 환기되는 시'적 체험, 그 자체가 다시 사람들을 격동시키고 흥분시키며 고무하며 정화시켜야 한다. 이것은 동시에 시인의 시'적 체험의 심화, 즉 철학적 사색과도 깊이 관련된다.

서정시에서 시인의 철학적 사색의 깊이는 결코 어떤 경구와 격언을 토로한다거나 어떤 철학적 명제에 리듬을 붙인 것을 의미하지 않는다. 그것은 우리의 가장 선진적인 리상의 조명 아래서 생활과 인간에 내재한 새로운 의의를 발견하고 또 새로운 의의를 부여하는 것을 의미한다.

시인은 흐르는 물'결 우에서 시대의 영상을 볼 수 있으며 날아 가는 산새의 울음 소리에도 무심할 수 없으며, 한 포기 화초에서 생활의 의의를 찾는다. 그러기 때문에 연암 박지원은 동해 바다의 해돋이에서 물러가는 암흑과 미래의 새 시대를 보지 않았던가!

최근 우리 시인들의 현실 침투가 깊어짐에 따라 그들의 서정시에서 시'적 체험도 매우 깊어졌으며 그들의 시'적 사고와 사색도 깊어져 가고 있다.

특히 여기서 나는 시인 김상오, 백인준, 김철 등의 서정시를 념두에 두고 이렇게 말하는 것이다.

서정시에서 시인의 시'적 사고와 사색이 깊지 못하면 서정시가 우리의 정서를 순화시키지 못하며 우리의 생활에 대한 인식을 깊게 하지 못할 것이다. 따라서 이러한 서정시는 지나가는 바람'결처럼 우리의 귀'가를 스치고 지나가 버릴 것이다.

우리는 서정시에서 나무를 보는 것이 아니라 그 나무의 배후에 서 있는 숲을 보려는 것이며 파도 우에 떠 있는 얼음을 보는 것이 아니라 바다 속에 묻힌 빙산을 보려는 것이다. 그러나 모더니즘의 추종자들, 수정주의자들은 시인의 시'적 사고, 사색 그리고 시인의 세계관, 작품의 경향성을 반대하면서 시를 령감의 산물(순수어의 지향)이라고 지껄인다. 이것은 시를 몽유병 환자의 잠꼬대로 전락시키며 시인을 사고 없는 하등 동물로 저하시키는 것이 아닌가!

우리는 서정시에서 높은 사상이 흘러나오기를 요구하며 가장 전투적이며 가장 인간적인 공산주의적 인도주의 정신이 무르익기를 원하며 견인력이 강한 정치 도덕적 경향성이 흘러 나오기를 바란다.

그러나 이것은 엥겔스가 지적한 바와 같이 성격에서 즉 서정적 주인공의 성격에서 스스로 흘러 나와야 한다는 것은 물론이다. 또한 이것은 시인의 시대와 생활에 대한 깊은 침투 대상을 불사르는 뜨거운 시'적 정열을 통하여 스스로 흘러 나와야 한다. 그렇지 않으면 서정시는 시대의 '전선통'으로 되고 말 것이다.

시인 김상오의 시집 『아름다운 기슭』을 들고 독자들은 몇 편을 골라 읽어 보라! 그러면 당신들은 우리 시대를 심장으로 간직하고 그것을 뜨거운 애정으로 끌어 안고 있는 사람들의 내면 세계가 활짝 개방되어 있다는 것을 발견할 것이다. 또 시인은 그의 머리를 덮고 있으며 그의 가슴을 후덥게 하고 있는 우리 시대에 대하여, 그리고 공산주의 리상에 대하여 그가 느낀 자신의 목소리로 사람들에게 무엇인가 이야기하고 있는 것을 알게 될 것이다.

> 한 발'자국 한 발'자국 디딜 때마다
> 어찌 안 느낄 수 있으랴 당의 고마움
> 이렇게 훌륭한 것을, 큰 기쁨을
> 이렇게 아름다운 기슭을 우리에게 준 그를
>
> ─「아름다운 기슭에서」에서

시인은 여기서 아름다운 기슭을 우리에게 준 당에 대한 감사, 그리고 오늘의 이 아름다운 기슭을 가져 오기 위하여 강을 건너 무시로 넘나들던 공산주의자들에 대한 감사를 오직 이 기슭에서 사는 사람들뿐만이 가지는 기쁨 속에서 노래하고 있다.

시인은 「소원」에서 아름다운 꿈을 가진 사람들, 그리고 오직 아름다운 미래를 가질 수 있는 사람들만이 생각할 수 있는 모든 것을 소원하며 노래한다.

또 그는 「평양이여 축복하노라!」, 「평양이여 너를 건설하리라」 등에서 전후 백 배나 천 배나 더 아름답게 일어 서는 평양을 노래하면서 이 영웅 도시의 배후에 나래 펼치고 서 있는 우리 시대와 위대한 당과 그리고 영웅적인 우리 인민을 노래하고 있다.

시인 김상오의 서정시가 가지는 특성의 하나는 그의 시가 사색적이며 지성적이란 데 있다. 그는 생활을 단순히 전달하는 것이 아니라 시'적 사고와 사색을 거친 후에 그것을 노래한다.

그는 생활을 통해서 인간을 노래하며 인간을 통해서 인간의 내면 세계와 그 정신을 노래한다. 그는 력사적 오늘을 노래하면서 오늘을 가져

온 근원을 노래하고 시대 정신을 노래한다.

이러한 시인의 태도는 좋은 것인가? 이러한 사색적이고 지성적인 서정시가 필요한가? 그렇다, 좋기도 하고 필요도 하다. 엄밀하게 말해서 깊은 시'적 사색이 없을 때 서정시는 그윽한 향기가 없으며, 지성이 없을 때 시 그 자체도 없을 것이다. 왜냐 하면 시는 생활과 인간에 대한 깊은 인식과 지식에서 출발하고 있기 때문이다.

시에서 지성을 배격하면 시'적 사고와 사색을 배격하게 되며 나아가서 사상까지도 배격하는 데로 이르지 않을 수 없을 것이다. 이것은 시의 파멸이다.

그러나 지성에 대하여 말할 때 다만 여기서 하나만 경계할 점이 있다. 그것은 서정시에서 지성이 '식은 재'로 되지 말아야 한다는 그것이다. 그것은 생활의 본질을 밝히는 예리한 눈초리가 되여야 하며 그것은 시'적 정열과 함께 같이 불타고 있어야 한다. 그의 서정시에서 지성과 사색은 지금 시'적 정열과 함께 불타는 지점에 놓여 있다. 그의 오늘 우리 시대를 노래한 시편을 읽어 보라! 그러면 그의 사색이 얼마나 뜨거운가를 알 것이다.

그의 서정시가 가지는 다른 하나의 특징은 이 시인이 꿈이 많은 시인이라는 것을 보여 주고 있다. 「소원」과 「꿈」을 비롯하여 적지 않은 작품에서 이것을 보여 준다. 그러기 때문에 그의 시'적 사색과 지성은 랭랭하지 않고 뜨겁다는 것을 더욱 말하여 주지 않는가!

그의 「꿈」은 이 시인이 시인 — 랑만가라는 것을 말하여 주고 있다.

오늘 우리 공산주의자들에게 꿈이 필요한가! 그렇다 꿈이 필요하다.

수상 동지께서 가르치신 바와 같이 우리는 미래를 사랑해야 한다. 레닌이 가르치신 바와 같이 우리를 전진시키는 꿈이 필요하다. 참다운 꿈은 우리를 고무한다.

그러나 나는 여기서 김상오의 서정시 「꿈」에 대하여 말할 때 이 작품은 우리를 크게 고무하지 못하며 격동시키고 있지 못하다는 것을 반드시 지적해야 하겠다. 무엇 때문인가?

우리는 지금까지 사회주의적 사실주의에서 혁명적 랑만성은 결코 '미래'를 묘사하거나 '꿈'을 노래하는 것이라고 직접적으로 리해하지 말 것을 여러번 이야기하였다. 미래를 가져 오고 꿈을 실현하는 오늘의 투쟁을 묘사해야 한다는 것을 강조해 왔다. 우리의 투쟁을 노래하지 않은 데서 참다운 랑만을 찾을 수 없는 것이다.

시인 김상오의 서정시가 그 시'적 사색에 있어서 심오하며 그의 미학적 리상이 풍부함에도 불구하고 그의 서정시의 서정적 주인공의 성격이 오늘 우리 천리마 현실의 한복판에 서 있는 천리마 기수들의 투쟁을 강하게 반영하지 못하고 있다. 여기로부터 그의 서정시의 서정적 주인공과 시대와의 간격에서 오는 '꿈'이 시'적 빠포스의 한 측면을 이루고 있다고 나는 생각한다. 「소원」, 「아름다운 기슭」, 「이른 새벽에」 등 이 말은 딴 말로 말하면 그의 시에 아직 생활이 무르익지 못하고 있다는 것을 의미한다.

그러나 시인 김상오의 서정시는 현대를 시화하고 오늘 우리 시대와 생활을 가장 깊게 사색하는 시로서 우리의 시학 발전에 일정하게 기여하고 있다.

우리 시 문학 발전에서 현대성을 해결하는 시인들의 투쟁에서 시인 백인준의 서정시에 대하여도 반드시 언급할 필요가 있다. 그것은 이 시인이 한켠으로 오늘 우리의 서정시에서 계급적 원쑤들을 박멸하는 가장 예리한 현대적 무기인 풍자시의 현대성 문제를 해결하고 있으며 다른 한편으로 천리마 기수, 로동 계급의 형상에 가장 많은 주의를 집중하고 있는 시인이기 때문이다.

풍자시가 시인의 가장 예리한 현대적 감각과 정론적 안목을 요구하고 있다는 것은 숨길 수 없는 사실이다. 그리고 풍자시는 시인의 선진적 리상이 높으면 높을수록 또한 계급적 원쑤에 대한 증오의 빠포스가 유기적으로 이에 결합될 때 풍자의 불'길은 높아질 것이다.

그런데 우리의 시인 백인준은 이 모든 점을 강하게 겸비하고 있으며 이로써 그의 풍자시는 오늘 우리 근로자들 속에서 사랑과 존경을 확대해 가고 있다. 그러나 나는 지금 여기서 그의 풍자시를 분석할 여유를 가지지 못함으로 하여 다만 그의 로동 계급에 바쳐진 서정시와 오늘 천리마 시대를 반영할 일부 작품의 예술적 특징을 언급하는 데 그칠 것이다.

그의 로동 시초 「공장 가는 길」, 「교대시간」, 「이런 일도 있었네」, 「점심 때」 등의 서정시들 중에는 오늘 우리 시대의 선두에 선 로동 계급의 정신 세계의 아름다움과 그 정신 세계 속에 깊이 침투하고 있는 시인 자신의 성격미가 소박하고 진실한 표현을 통하여 감명 깊게 울려 오고 있다.

> 드디여 농민은 떠나 가면서
> "당신네들을 믿습니다.
> 기계를 더 많이 부탁합니다."
> 더는 건성으로 대답할 수 없었다,
> 나는 작업대에서 뛰여 내렸다.
> 견습공이면 어떠랴
> 내 어찌 대답하지 않으리 그 부탁에
> 나는 공장에서 손님이 아니거니 ……
>
> — 「이런 일도 있었네」에서

이 시 속에는 현대의 창조자인 우리 로동 계급의 성격이 시인 자신으로 되는 서정적 주인공 '나'의 형상을 통하여 진실하게 창조되고 있다. 이 서정시들의 특징은 로동 계급의 한 분신으로 등장한 시인 자신이 등장하고 시인 자신의 생활 체험이 일반화되고 있다. 이와 같이 그의 서정시는 많은 경우에 시인 자신의 생활 체험이 서정적 주인공의 성격으로 바꾸어짐으로써 서정시의 화폭의 진실성을 비상히 강화하여 준다.

물론 서정시에서 서정적 주인공인 '나'가 반드시 시인 자신의 성격으로 된다거나 시인 자신의 자서전으로 되는 것은 아니다. 그러나 시인 자신의 성격과 생활 체험이 그대로 전형성을 가질 때처럼 서정시의 형상이 진실성을 획득할 때가 없는 것이다. 백인준의 서정시의 진실성은 바로 여기서 온다.

또한 그가 오늘 우리 시 문학 발전에서 새로운 경지를 개척하고 있다고 보여지는 점은 그의 시가 항상 현실을 미사려구로 분식하는 형식주의적 창작 태도를 반대하고 생활의 미를 수식 없이 직설적으로 시화하고 있다는 그것이다. 이 점은 시인 백인준의 독자적 세계를 형성시키고 있으며 동시에 우리 시 문학 발전에도 적지 않은 시사로 된다.

오늘 우리의 시 문학 발전 과정에서 현대성을 해결하는 가장 중심적인 문제가 시에 민족적 특성을 살리는 문제다. 우리의 약진하는 현대는 그것이 남의 것이 아니라 바로 우리의 것으로 그것을 가슴에 안을 때 그리고 그것을 우리의 목소리, 우리의 사고와 안목을 통하여 드러낼 때만이 가장 아름답게 재현될 것이며 자랑스럽게 인류를 격동시킬 것이다.

현대성을 표현하는 가장 선두에 서 있는 서정시에서 지금 민족적 특성을 살리는 문제가 중심 문제의 하나로 우리 앞에 나서 있다. 이 문제는 제3차 당 대회 이후 특히 제기되는 문제이며 이 문제의 해결은 우리 시 문학 발전을 보다 전진시키는 문제의 하나이며 그만치 민족적 특성의 구현 문제는 바로 현대성의 문제이다.

일반적으로 오늘 우리 문학에서 민족적 특성의 구현은 우리 인민의 오늘의 계급 투쟁의 력사를 선명히 표현하는 문제이며 우리의 유구한 문화 전통 속에서 우리의 뿌리를 인식하고 그것을 고수하는 문제이다.

서정시에서 민족적 특성의 구현은 그 내용 그 형식에서 시의 민족적 전통의 계승과 혁신의 문제가 그 중심에 놓여 있다. 이것은 결국 시인이 우리 인민의 안목으로 세계를 관찰하고 표현한다는 것을 의미하며 동시에 시 문학에서 과거 이룩한 고귀한 전통을 계승하는 것을 의미한다.

우리 인민의 유구한 문화 전통에 대한 긍지, 우리 인민의 해방 투쟁 특히 1930년대 김일성 동지를 선두로 한 우리 나라 공산주의자들의 민족 해방 투쟁에서 이룩한 혁명적 유산들에 대한 민족적 긍지 ― 이 모든 민족적 긍지의 관점에서 우리 인민의 락천적이며 생활 긍정적이며 진취성과 전투성의 관점, 근면성과 소박성의 관점에서 현실을 노래하는 것이 우리 서정시에서 민족적 특성을 구현하는 길로 된다.

그러기 때문에 서정시에서 민족적 특성은 결코 과거 어떤 서정시의 형식을 그대로 오늘에 옮기여 놓은 것도 아니며 현대 우리 인민의 계급 투쟁과 역행하는 과거의 목가적인 세태와 풍속을 노래한 것도 아니다.

또 서정시에서 민족적 특성은 부르죠아 복고주의자들이 그러한 것처럼 서정시에서 어떤 민족 고유한 '멋'을 창조하는 것도 아니다. 서정시에서 민족적 특성은 바로 시인이 조선 인민의 참다운 아들의 안광과 심정을 가지고 현대를 재현하며 주체성의 립장에서 오늘을 노래한다는 것을 의미한다.

최근년 우리 시인들은 자기들의 서정시가 민족적 특성을 구현하기 위하여 로력하고 있는 흔적을 보여 주고 있다. 례를 들면 시인 조벽암의 서정시 「분계선」을 비롯한 일련의 시들이 소월의 시 형식을 계승하면서 여기서 민족적 특성을 구현할 것을 시험하고 있다.

물론 과거 전통적인 형식 속에서도 민족적 특성을 구현할 수 있을 것이다.

낡은 형식도 그것은 필요에 따라 리용하고 있기 때문이다. 그러나 보다 본질적 문제는 시인의 시'적 체험과 그의 시'적 사고가 인민적이며 따라서 민족적이라는 것에 있다. 서정 그 자체가 민족적이라는 것 즉 우리의 것이라는 것이 중요하다. 이와 같이 서정에서 바로 우리의 것을 발견하는 것은 여러 길이 있으며 다양하다. 여기서 어떤 형식의 민족적 틀을 찾는 것은 용납할 수 없다.

상화의 서정시가 가지는 특성에서 또는 소월의 서정시가 가지는 특성에서 이를 발견할 수 있을 것이다.

또는 시인 박세영의 서정의 특성에서도 이것을 찾을 수 있을 것이다. 요는 조선 인민의 참다운 아들의 감정, 주체성의 립장에서 력사적 오늘, 우리 시대를 창조하고 재현하는 것이다.

시인 박세영의 서정시에서 우리는 그 서정적 주인공의 성격이 소박하고 진실하며 고결하다는 것을 항상 느끼며 시의 서정적 분위기가 은근하면서도 전투적이라는 것을 발견한다. 례로서 그의 「신년송가」를 두고도 이렇게 말할 수 있으며 이국 풍경을 노래한 서정시 「랴비나」를 두고도 이렇게 말할 수 있다.

꽃이야 열매야 울안의 랴비나
귀틀집 창'가에 세찬 바람 불어쳐도

퍼붓는 소낙비에 유리창이 얼룩져도
너는 대지의 정열처럼 붉어만 있구나

— 「라비나」에서

이국 풍경을 노래하고 있음에도 불구하고 이 시의 서정이 바로 우리의 것, 즉 우리의 감정에 통하고 있다는 것을 우리는 발견하게 된다. 바로 이와 같이 우리 시인들은 지금 민족적인 서정 속에서 다양한 길을 찾아 우리 시 문학 발전을 꾀하고 있다.

시인 상민의 천리마 농촌을 노래한 서정시편들에서 전변한 사회주의 협동의 전야가 비교적 선명한 색채와 광활한 서정적 분위기를 가지고 아름답게 재현되고 있으며 오늘 우리 나라 새형의 농민의 새 생활 화폭이 진실하게 창조되고 있다. 그의 시 「대지의 품속에서」, 「다시 대지 우에서」, 「집터」를 나는 넘두에 두고 이렇게 말하는 것이다.

전원은 비약한다,
지게를 리별하고 도리깨를 리별하고
낡은 시대의 부스러기를 뒤로 물리며
기계의 바다로 뛰여 건너누나.

엔징 소리에 변혁하는 대지여
모터 소리에 변혁하는 생활이여!

— 「다시 대지 우에서」에서

그의 천리마 농촌 현실에 바쳐진 서정시에서 우리는 우리 시대의 한 면모, 투쟁하는 농촌을 찾을 수 있을 뿐만 아니라 농민의 생활 감정을 토대로 한 우리에게 고유한 서정의 세계를 찾을 수 있다. 최근년 우리의 시 문학 발전에서 얻은 상민의 농촌 시편들은 앞으로도 회상될 것이며 기억될 것이다.

최근년 우리의 서정시 분야에서 젊은 시인 김철이 개척한 부분은 결코 적지 않다. 최근 그의 제2의 시집 『철의 도시에서』에 수록된 적지 않은 시편들에는 우리의 천리마 시대의 로동 계급의 정신 세계, 그의 불요불굴의 투쟁 정신이 선명하고 진실한 화폭 속에 재현되어 있으며 시인의 총명한 시'적 예지 속에 로동 계급의 생활의 여러 면모가 아름답게 시화되고 있다.

> 전투 비상 소집의 신호를 접하듯
> 송남으로 강계로 해주 하성으로
> 당의 부름에 앞장서기 습관된 우리
> 조국 땅 넓은 천지 태여난 곳은 달라도
> 평온과 라태란 모르고 자라난 우리
>
> — 「첫 상봉」에서

그의 「첫 상봉」, 「수리개」, 「그들」을 비롯한 서정시는 우리 시대의 강철 로동자들의 투쟁 화폭과 그들의 고매한 정신 세계를 생동하게 우리의 가슴에 안겨 주고 있다.

그의 서정시의 특징은 시인의 시'적 체험이 항상 구체적이며 그가 창조한 시'적 화폭이 항상 개성화되고 구체화되여 있다는 그것이다.

또한 그의 생활 속에서 시를 맞는 시적 예지와 안광은 비상히 높으며 그가 창조한 서정은 오늘 우리 근로 인민의 생활 감정에 부합된다. 그러므로 그의 일부 시를 모방이 있다고 말하는 평도 있으나 이런 경우도 그의 시는 기계적 모방이 아니라 창조적이다.

그는 동시에 우리 시 문학의 전통을 창조적으로 계승하고 있는 로력을 보여주고 있다.

이리하여 그의 서정시 속에는 우리의 민족 전통이 뻗어 있으며 그는 이런 민족적 특성의 탐구의 길에서도 무엇인지 새것을 창조할 수 있다는 것을 보여 주고 있다. 그의 서정시 「포구의 겨울」, 「바다의 저녁」은 이 점을 말하여 주고 있다(다만 그것이 어떤 가벼운 '재간'으로 떨어지지 않는다면).

시인 전초민의 시집 『건설의 나날』에 수록된 적지 않은 서정시 속에는 전후 복구 건설 시기 현실과 사회주의 대고조시의 천리마 현실이 생동하게 반영되고 있다. 서정시 「평화의 화가들」, 「대동강」, 「또다시 호란봉 우에서」, 「나의 노래 나의 소원」 등 서정시들이 이를 말하여 준다.

특히 그의 현대성을 취급한 서정시 중에서 '평화 통일'의 주제에 바쳐진 시들이 오늘 우리 인민의 절실한 시대적 념원을 재현함에 성공하고 있다.

> 방금 추운 겨울은 닥치려는데
> 오막살이 그나마 잃어 버린 형제들이
> 밤에 우는 아우성 소리
> 내 창문을 두드리는가
>
> ― 「비 오는 밤 생각에 잠겨」에서

그의 서정시는 시인의 시'적 안광이 매우 섬세하며 따라서 그의 서정시의 정서까지 매우 섬세하다는 것을 보여 주고 있다. 이러한 시인의 탐구는 오늘 우리 서정시의 발전에 결코 도외시될 수 없는 것이다.

> 나의 더운 땀이여, 조국 땅 우에 흐르라!
> 이 어린 용해공이 흘리는 땀방울을,
> 조국이여 그대에게 바치는 노래로 받아 달라!
> 그대 드넓은 땅을 온통 기폭처럼 덮어갈
> 붉고 붉은 쇠'물과 함께 끓는 땀
> 이보다 귀한 노래 나는 몰라라!
>
> — 전동우의 「땀의 노래」에서

　전진과 혁신의 불'길로 충만한 우리 시대의 약진과 비약의 면모는 여기 젊은 시인 전동우의 「땀의 노래」 속에서도 나래를 펼치고 있다. 사품치는 쇠'물 속에서 창조와 번영으로 들끓고 있는 우리 시대의 오늘과 래일의 위용을 보고 있는 이 젊은 용해공의 형상은 얼마나 아름다운 것인가!

　시집 『청춘』의 작자 전동우는 지금 당의 품에서 자라는 수 많은 젊은 시인들과 함께 우리 시 문학 발전을 위하여, 서정시의 새로운 광맥을 개척하기 위하여 꾸준한 탐사 사업을 진행하고 있다.

×

　오늘 현대성을 해결하는 우리 서정시 앞에 제기되고 있는 과업은 1960년 11월에 주신 수상 동지의 교시를 받들고 전체 시인들이 영광스러운 우리 시대 천리마 시대와 현실을 이 시대와 현실 그 자체가 가지는 풍부하고 다양한 생활의 미를 보다 아름답고 진실하게 시'적으로 재현하는 문제이다.

아름다운 우리의 생활은 거기에 적합한 아름다운 말과 시를 요구하고 있지 않는가! 현실을 외곡하고 분석함이 없이, 그리고 아직도 적지 않게 남아 있는 라렬, 기록, 보도주의 등의 온갖 편향을 극복하고 우리의 서정시를 보다 높은 봉우리 우에 올려 세워야 한다.

그러기 위하여 무엇보다 먼저 수상 동지가 교시하신 바와 같이 시인의 현실 침투가 보다 광범하고 보다 철저하게 계속되어야 한다. 서정시의 현대성 ― 그것은 시인의 자기 시대와 생활의 깊은 연구와 리해의 기초 공사가 없이 그 개화가 있을 수 없다.

그렇다! 우리 나라 우리 시대의 대번영과 약진을 구가하는 오늘의 천리마적 현실은 우리 작가 시인들에게 있어서 창조적 재능이 그 속에서 활짝 꽃피는 위대한 학교이다.

예술적 재능과 천품도 만일 그것을 인민 생활이 안고 품어서 길러 내지 않는다면 그것은 항상 시대의 버림을 받고 력사의 뒤'골목에 내여 던져졌다는 것을 문학 예술의 력사는 보여 주고 있다.

그러기 때문에 과거 탁월한 사실주의 작가 시인들은 자기의 예술적 천품과 재능을 생활의 품에서 떼여 내 생각하지 않았으며 인민의 기대와 숙망으로부터 분리하지 않았다.

박인로의 유명한 「선상탄」과 「태평사」를, 그리고 그의 열렬한 애국주의 사상을 과연 저 임진 조국 전쟁의 거대한 생활의 흐름과 분리하여 생각할 수 있겠는가! 락후한 리조 봉건 사회를 개조하고 '보다 좋은 사회' 인민의 나라를 가져 오기 위하여 자기의 붓을 창끝으로 벼리고저 혈

혈 단신 '범과 이리도 이웃삼는' 저 연암협으로 농민을 찾아서 귀농하는 탁월한 사실주의 작가 박지원을 상기해 보라!

시대의 흐름과 인민의 품속에 깊숙이 안기는 작가 시인들에게 생활은 언제나 풍부하고 아름다운 예술적 령감과 재능을 그득히 안겨 준다.

우리의 창작 경험이 보여 주고 있는 바와 같이 우리의 로동 계급을 비롯하여 근로 인민의 생활 속 깊이 자리잡고 인민의 생활 감정으로 호흡한 작가들에게서 좋은 작품을 발견한다는 것이 결코 우연한 현상이 아니다.

평남 관개 공사에서의 오랜 생활 경험과 축적은 시인 리용악으로 하여금 「평남 관개 시초」와 같은 성과 있는 작품들을 낳게 하였으며 공장과 농업 협동 조합 그리고 혁명 전적지에서 쌓은 생활 연구와 체험은 시인 민병균으로 하여금 「로동 시초」와 「장백산맥」과 같은 아름다운 작품들을 낳게 하였다.

시인의 현실에로의 깊은 침투, 인민과의 혈연적인 련계의 강화 — 당은 여기서 다른 모든 예술과 함께 시 문학 발전과 개화의 유일한 담보를 보고 있다.

서정시는 과거도 그러했고 오늘도 그러하거니와 미래에도 오직 현대성 우에서만이 꽃피는 문학이다.

우리의 광명한 공산주의 리상 아래서 력사적으로 우리 시대와 우리의 생활을 보다 아름답고 진실하게 노래하자.

그러기 위하여 현실로, 다시 생활에로!

— 『조선문학』 167, 1961.7(1961.7.9)

서정시의 전투적 기능을 제고하기 위하여
도해적이며 기록적이며 류형적인 결함을 극복하기 위하여

방연승

우리 시대에 와서처럼 서정시가 사람들에게서 사랑을 받아 보던 시기가 일찌기 없었다.

우리는 서슴치 않고 우리 서정시를 가리켜 천리마 시대 인간들의 시대 정신의 날개라고 칭송하고 있다.

우리의 신문, 잡지, 출판물과 방송에서 서정시가 빠진 때가 있었던가!

나는 제철공들과 어로공들이 시집을 사기 위하여 앞을 다투어 서점으로 달려 가는 것을 여러 번 목격하였으며 시와 시집을 놓고 기뻐하고 론쟁하는 것을 한두 번만 보지 않았다. 동시에 나는 그 론쟁에 끼여 들어서 우리 서정시들에 대한 그들의 요구가 이만 저만 높지 않다는 것을 통절히 느끼군 하였다.

시로 충만된 우리 시대와 생활! 이 시대와 생활의 주인인 천리마 기수들의 내부 세계! 이렇게 시의 원천지는 퍼내여도 퍼내여도 다할 줄 모르는 장강과도 같다.

우리 시인들은 맑고 씩씩하고 희망찬 서정시들을 많이 썼으며 또 쓰고 있으며 앞으로 더 잘 더 많이 쓸 것이다.

우리 시인들은 이미 거둔 성과에 자만함이 없이 한 계단 더 높이 올라서기 위하여 탐구에 탐구를 거듭하고 있다.

한 계단 더 높이 올라서기 위한 창조적 모대김은 어느 한 시인의 경우에 국한된 것만이 아니라 전 시단적으로 충일하는 창조적 기운으로 느껴진다.

시대와 인민의 전진과 더불어 더 높이 올라 서려는 창조적 열정으로 들끓고 있는 이 때 사소한 창작상 결함에서라도 교훈을 찾는 일은 응당한 일로 되고 있다.

우리가 지금 많이 론의하고 있는 도해적이며 기록적이며 류형적인 결함은 비록 그것이 부분적이긴 하지만 시 문학의 전진에 장애로 되기 때문에 이를 결정적으로 극복하는 것이 무엇보다 중요하다.

도해성과 류형성 및 기록성은 그 특징과 표현 형태가 각이하지만 그런 결함을 내포하고 있는 서정시들을 시가 모호하거나 지어는 시적 주제가 없는 점에서는 동일하다.

주지하는 바와 같이 주제는 기성의 론리가 아니다. 그것은 시인의 생활 탐구에 의하여 생활이 암시하여 주는 것으로서 시인에 의하여 독창적으로 천명된 사상이다. 이 독창적인 천명은 론리적 해설로 되여서는 안 된다.

그러나 어떤 시들을 보면 시인에 의하여 발견되고 독창적으로 천명된 사상이 없이 정치-경제적 의의 혹은 어떤 명제나 구호가 그 대로 서정시의 주제를 대신한다. 또 어떤 경우 시인에 의하여 발견된 사상이 설정되기는 했지만 그것이 시적 빠포스로 승화되지 못 함으로써 론리적 해설로 사상이 대치되고 있다.

이런 도해적인 '서정시'들은 사실 우리 독자들을 실망케 하고 있다고는 생각되지 않는가?

누가 시를 이렇게 쓰려고 하는 사람은 없을 것이다. 그러나 응당한 탐구와 발견이 없이 쉽게 무난하게, 손익은 솜씨로 날리면 본의 아니게 이렇게 된다.

감동은 주지 않으나 일견 보기에 무난한 작품이 있다. 이런 시에는 엄격하게 말해서 시가 없거나 모호하다. 오직 론리적 구조와 그 속에 수사학적으로 짜 넣어진 '해설조'가 시를 대신하고 있다. 이런 시들을 보면 상식적인 세계가 론리적으로 째여 있으며 외부적으로 채색된 시적 분위기가 그것을 위장하고 있기 때문에 어디가 결함인지 얼핏 말하기조차 어렵게 되여 있다. 그러나 결국 감동은 주지 못한다.

「고향이여! 너와 함께」(『문학 신문』, 1963.2.15)가 바로 이런 서정시다.

이 시는 시적 계기의 발견이 없이 단지 청년들의 농촌 진출의 의의가 해설되여 있다.

이 시를 보면 한 편의 서정시에 고향의 행복한 오늘로부터 시작해서 희망찬 래일, 그 길을 열어준 당에 대한 감사, 그리고 창성 교시를 실천할 맹세까지, 들어 갈 것이 다 구비되였다. 그러나 감동은 주지 않는다. 왜냐 하면 시인이 시적 계기를 발견하고 그것을 독창적으로 사색하고 서정화해서 시적 격정으로 토로한 것이 아니기 때문이다. 누구나가 그쯤은 알고 있는 해설이 시를 대신할 수는 없다. 마치도 짧은 한 편의 시에 농촌 진출의 의의를 해설한 선동 제강에서처럼 들어갈 것이 다 갖추어졌고 수사학적 어세가 강렬함에도 불구하고 사람들의 심장을 틀어 잡지 못 하는 것은 무엇 때문인가? ……

그것은 이 시에 시인에 의하여 발전되고 독창적으로 노래된 '시'가 없기 때문이다.

양무리 줄지어 산허리를 감도는 곳

저기 시내 건너 돈사에서는

부지런한 처녀들이 노래하는 곳

이렇게 허두를 뗀 작자는 "여기저기 과수밭이 반갑고" "퇴비 신고 퉁 퉁 달리는 뜨락똘 소리 젊은 심장 뛰게 울려 주는 고향"의 전경을 소개 하고 여기에서부터 유도해서 희망찬 래일에로 독자들을 선동한다.

포전마다 닿은 길로 기계들이 줄을 서고……

황금산 골짝마다 가축 무리 오르고……

처마 높은 문화 주택, 밝은 방에선

사람들 노래하며 비단옷 입고 이밥을 먹을……

이 시인이 아니더라도 이것은 우리에게는 상식으로 될 만큼 주지된 사실이다.

아무리 시'줄을 따라 내려 가면서 읽어도 이 시인이 아니고서는 미처 느낄 수 없었던 시 세계가 끝내 나오지 못 한다. 시인의 도움이 없이도 누구나가 명백히 알고 느끼고 있는 상식적인 정서의 반복이 과연 시인 의 탐구라고 말할 수 있겠는가?

시인은 여기에서 즉 현재, 미래를 거쳐서 맹세할 단계에 이르렀다.

인제 맹세만 다지면 이 시는 끝나야 한다.

참 섭섭하다! 시인은 무엇 때문에 애써 한 편의 시를 쓰지 않으면 안 되었는가?

시인이 시기 적절하게 나와야 할 초미의 사회적 문제에 대한 공민적

립장으로부터 시작해서 현실 생활에서 시적 계기를 개성적으로 발굴해
낼 대신에 상식적인 해설조로 시를 꾸밀 필요는 어디에 있는가?

이와 같은 시적 계기의 발굴과 독창적인 주제의 천명이 없는 즉 창작
적 충동이 없이 붓끝으로 익혀진 도해적이며 해설조의 서정시에는 나
래치는 시적 격정이 있을 수 없다.

우리 천리마 시대의 현실 생활의 나날은 시인의 큰 가슴에서 시적 반
향을 일으킨다.

이 시적 반향은 수동적이며 피동적인 것이 아니다. 이 시적 반향은
시인에 의한 현실 생활에로의 주동적이며 적극적인 참가와 탐구에 의
해서 얻어지는 것이다. 현실에 대한 시인의 시적 반향이 적극적이며 탐
구적일 때 시인은 시적 계기의 발전에로까지 나갈 수 있으며 쓰지 않고
서는 견딜 수 없는 사상의 씨앗을 얻을 수 있다.

시인은 마치도 지층 속 깊이 자기 줄기를 뻗친 광층을 그 어떤 반응으
로 탐지해 내는 것처럼 예민한 인민적 감수력으로 생활의 지층 속에서
시적 계기를 발견하며 그 씨앗을 사색과 열정으로 키워서 시적 빠포스
로 승화시킨다고나 할가! 이처럼 시적 계기의 발굴과 시적 전형화가 없
이 시적 격정의 비상이란 생각할 수 없다.

그리하여 생활의 이러저러한 사회-정치적 의의를 시적 표현을 빌어
서 해설하며 도해하는 도식주의적 시는 현실 생활의 탐구에서 시적 계
기를 포착하지 못 하였거나 시를 채 잡지 못한 채 쉽게 시를 쓰는 안일
한 창작 태도와 관련되여 있다.

우리는 이런 서정시가 극히 최근호에서까지 자취를 감추지 않고 있
는 것을 심히 유감으로 생각지 않을 수 없다.

시초 「산촌의 정서」(『조선문학』 4호, 1963)와 「이른 아침 건들바람 일더

니」(『조선문학』 5호, 1963)는 어느 시인의 표현을 빌어 말한다면 시적인것은 있으나 시는 없다.

시초「산촌의 정서」가운데서「곡산에서」와「행복의 노래」는 참말로 놀랍다. 시인에 의하여 아직 시가 잡히지 않았는 데 서로 엮어졌으니 말이다.

「곡산에서」는 "이리도 좋은 고장 여기 있음을……" "아, 나는 왜 몰랐는가"가 이 시의 전부라고 말해도 과언이 아닐 정도이다. 물론 이런 시에는 응당 있는 론리적 결구로서의 맹세가 있는 법이다. 그리고 나머지 8련(전체 9련 중)은 어째서 이 고장이 좋은가를 쭉 내리 섬기고 있다. 이것도 보통 많이 말하고 있고 알고 있는 것처럼 황금산이 있고 "전기'불 환하고 라지오 음악 메아리"치며 "꿩꾸미에 듬뿍 말은 감자 국수에" "향기로운 산포도주 살뜰히 권"하니 좋고 "달'밤에 숲길도 함께 걷자"니 좋다니 수준에서 시인이 한 걸음도 올라 서고 있지 못 하다.

보는 바와 같이 작자가 시를 발견하자면 아직 거리가 있는 위치에 서 있다. 시인은 이런 일반적이고 통속적인 만인 주지의 단계에서 계속 더 파들어 간댔자 시를 찾지 못 하고 말 그런 위치에 서고 있다. 시인의 흥분이 우선 막연하다. 뿐만 아니라 작자가 잘 먹고 잘 살 수 있는 유족한 고장이니 좋다는 정도의 의식 수준에서만 맴돌고 더 벗어나지 못 하고야 어떻게 시를 찾을 수 있겠는가?

작자가 "꿩꾸미에 듬뿍 말은 감자 국수에" "향기로운 산포도주"를 마실 수 있고 "달'밤에 숲길도 함께 걷자"는 이웃을 가졌으니 이 고장에서 살기 좋다는 자기 본위식 소우주 속에 갇혀 있고 시대 정신의 높은 령마루에서 생활을 보지 못 한다면 시적 계기를 발견할 수 없다.

전반적으로 이 시의 생활 정서가 천리마 시대의 약동하는 호흡과 기백과는 좀 동안이 뜨게 안온하고 지어 전원에 묻히려는 목가적인 냄새까지 풍긴다. 그것이 "어머니가 수수엿을 달여 주던 곳, 뒤'집 순이와 함께 머루 따던 어린 시절의 꿈이 깃든" "내 고향 삭주 구성"에 대한 련상과 연결되면서 더욱 강화된다. 이 시에서 제일 고조된 주정 토로인 결구만 보아도 어딘지 모르게 안온한 생활 정서를 면치 못 한다.

> ....
> 보내리라, 내 여기서
> 순박한 사람들과 가지런히
> 맑고 깨끗한 산촌의 정기 속에서
> 산을 가꾸면서 나라를 섬기면서

만약에 "산을 가꾸면서 나라를 섬기면서"하는 '결부'가 없어 보라, 더욱 명백하지 않은가? "순박한 사람들과 가지런히 맑고 깨끗한 산촌의 정기 속에서" 살고 지내겠다는 작자의 생활 정서가 연약하고 외로운 감을 준다고 생각되지나 않는지?

서정성이란 그 어떤 부드럽고 안온한 것이 아니다. 서정성을 시대의 전투적인 생활 감정과 분리시킬 때 이 작품에서처럼 목가적인 안온성이 나오게 된다.

서정성과 전투성을 따로따로 있는 것처럼 생각는다면 크게 착오를 범한다. 왜냐 하면 전투성과 분리된 순수한 '서정성'이란 낡은 정서 이외 아무 것도 아니기 때문이다.

「행복의 노래」역시 어딘지 모르게 호젓하고 고독한 감을 주는 이상, 사람들의 감정을 높여 주는 시대 정신의 맥박이 없는 목가적인 시이다.

다른 각도에서 보면 작자는 시를 잡지 못 하고 인위적인 서정을 자기 기분에 맞추어 노래 불렀다고 말할 수 있다.

작자가 그처럼 노래한 「행복의 노래」란 무엇인가?

달 밝은 밤에 산'골 처녀들이 부르는 맑고 씩씩하고 낭만적인 노래이다.

　　처녀들이 부르는 아름다운 저 노래

　　나무하며 풀 벨 때에 듣던 그 노래

　　밭머리에 쉬일 참에 흥겨웁던

　　귀에 익어 정다운 고향의 노래

이것이 「행복의 노래」이다.

그런데 작자는 이 행복의 노래와 그를 부르는 주인공들을 어떻게 시적으로 감수하는가? 여기에 문제가 있다.

노래의 주인공들은 맑고 씩씩하게 희망찬 고향의 노래를 부르는데 이를 감수하는 작자는 류별나게도 호젓한 감상에 사로잡혀 있다.

　　깊은 산'골이라 들어 줄 사람 적다고

　　서운해 말고 목청 다해 불러라

　　사회주의 아름다운 이 땅 우에서

　　어찌 노래 없이 이 밤을 보내겠느냐

누가 서운해하는 사람도 없는데 작자는 공연히 '서운해' 말라고 자기의 감정을 달래는 것이나 아닌지?

여기에 잇닿아 다음과 같은 결구가 나오는데 그 결구는 이런 호젓한 감정을 덧치면 덧쳤지 결코 덜어주지 않는다.

> 달님도 너희들 노래를 듣고
> 저렇게 부드러운 빛발로
> 골짜기 포근히 덮어주는 이 좋은 밤
> 어서 불러라 처녀들아 행복의 노래를

 "달 님도 너희들 노래를 듣고" 있으니 하는 이 표현은 "들어 줄 사람 적다고 서운해 말"라는 우의 정서를 강화하면서 산촌 "처녀들아 행복의 노래를" 어서 부르라고 호소하는 서정적 주인공의 감정이 감상에 사로잡힌 호젓한 정서라는 것을 드러내고 있다.
 서정시 「산골길을 걸으면서」도 이런 호젓한 감정의 연장이라는 것이 느껴진다.

> 내 어서 가리라, 숫눈'길을 헤치면서
> 오십 리 신계 고을 정든 품으로,
> 보람찬 로동과 새 생활로 들끓는
> 동무들이 반겨 주는 나의 일터로

 결구에서 표현된 이런 씩씩하고 희망찬 감정이 후반부에 나오기는 하지만 이 시의 전반부에서 감출 길 없이 새여 나오는 호젓하고 외로운 감정을 보상할 수는 없다.

> 오불꼬불 꼬부라진 고개'길

수안의 철산리 깊에 골짝길에는

인가 한 채 안 보이고

지나가는 행인 한 사람도 없네

숫눈'길 헤치며 나는 걸어 간다

바람 소리 시내 소리만 들리는 골안

산촌에 흔한 까마귀 한 마리 날지 않는데

그래도 함박눈은 펑펑 춤 추며 내리네

이렇게 시작되는 외로운 생활 정서가

아, 눈 앞에 보여 오누나

한시라도 떨어져 살 수 없는

정든 고향 나의 일터여!

살뜰한 사람들이여!

하는 밝은 생활 정서에로 급전하는 것을 어떻게 리해할 것인가?

이 량자 사이의 급전은 시를 밝게 만들려는 인위적인 접목에 지나지 않는다. 왜냐 하면 만약에 이런 급전을 하나의 수법으로 인정한다고 하더라도 급전이 자연스러워야 할 내'적 련계가 있어야 할 것이기 때문이다.

이렇게 시초 「산촌의 정서」는 그래도 그 중에서 골라 낸다면 「꽃단지」를 제외해 놓고는 시가 잡히지 않은 채 억지로 엮어졌을 뿐만 아니라 더 엄중하게는 서정적 주인공의 안온하고 호젓한 생활 정서가 현실 탐구를 표방하고 은폐되여 있기 때문에 유해롭다.

「이른 아침 건들바람 일더니」와 「점백이는 젖을 내리네」는 앞에서 이야기한 서정시들과는 달리 시적 계기가 있는 점에서 좀 낫다.

그러나 시인은 시적 계기를 잡아 쥔 이상 그것을 새로운 시 세계가 열릴 때까지 탐구해 들어 갈 대신에 중도에서 머물렀다.

음전이는 "아직 이른 봄…… 방목지에 청초는 보일듯 말듯" 하건만 "열 두 골짜기 골은 골마다 같은 땅 같은 양지에도 야들야들한 청초 잎들이 먼저 돋고 나중 돋는 골"이 있다는 것을 손금 보듯 알고 있었다. 바로 그 골짜기는 그가 "철부지 그 때 풀뿌리 찾아 숫눈'길에 헤매던 열 두 골짜기"이다. 오늘 그 골짜기에서 음전이는 목장의 주인으로서 젖소를 살찌우고 있다. "마음 속에 길길이 사무치던" 그 때 "생각"과

꼴 한 배 물 한 배 배가 불렀으니
모여 오라고 돌아 가지고
음전이가 "호이, 호—이!" 휘파람
젖배도 불렀다고 저마다 "음메!"

하는 이 사이에 시가 잠재해 있다고는 짐작되지는 않는가? 바로 여기를 캐고 들어 가면 시인에 의하여 독창적으로 천명될 시 세계가 깔려 있다. 그러나 시인은 그 전 단계에서 머물러 서고 있다.

시인은 자기가 잡아 낸 시적 계기에서 시를 채 캐내기도 전에 조급하게 해설조의 결구부터 서두른다.

아, 이렇게 음전이는 날에 날마다
온 목장을 살찌워 가누나

공산 사회 밑천을 마련해 가누나

　말하자면 시인은 그로부터 탐구해 들어 가야 시가 나올 단계에서 멈춰 서서 아무리 요란한 말로 웨쳐도 사람들을 감동시키지 못 한다는 것을 알아야 한다.
　「점백이는 젖을 내리네」도 이와 꼭같은 결함을 반복하고 있다.
　금단이는 "해'님이 저쪽에서 솟는다 해도 애당초 젖소 구실 못 하리라"는 점백이에게 온갖 열정을 다 쏟아 부어 끝내 "진하디진한 젖"을 그릇에 차게 내리게 하였다.
　시인은 "만 사람에게 우유를 드리자는" 금단이의 붉은 지성을 누구도 미처 주의를 돌리지 못 할 그런 곳에서 예리한 시적 통찰력으로 읽는다.

　　만 사람에게 우유를 드리자는
　　금단이 마음 속 뜨거운 정이
　　점백이 눈'동자에 그윽히 담겨 있네
　　금단이에 대한 다함없는 존경이
　　점백이 눈'동자 깊은 곳에 담겨 있네

　여기에는 분명히 무엇이 있다. 그러나 시인은 이와 같은 예리한 시적 착안을 밑천으로 삼아서 그것을 시적 전형화에 의하여 확대 심화시키지 않고서는 한 편의 서정시로 되기에는 빈약하다는 것을 알아야 한다.
　왜냐 하면 예리한 시적 착안이 거대한 시대 정신을 시적으로 천명하는 예술적 수단으로는 될지언정 그 자체로써 시를 대신할 수는 없기 때문이다.

그리하여 「점백이는 젖을 내리네」도 「이른 아침 건들바람 일더니」와 같이 그로부터 더 파고 들어야 할 단계에서 머무르고 만, 같은 리치의 약점을 가지고 있다.

「점백이는 젖을 내리네」는 결국 미담을 소개한 기록주의적 테두리를 벗어 나지 못 하였다.

시인은 독창적인 주정을 개방할 대신 "점백이는 젖을 내리네" "진하디진한 젖은 그릇에 차고" "…… 넘치네"를 네 번씩 련발하면서 현실적 미담을 압축해서 서술하여 소개하는 데서 나가지 못 하였다.

이 시는 2련~4련까지 서쪽에서 해가 솟는다 해도 절대로 젖소로 될 수 없다던 점백이가 젖을 내리게 된 미담이 이야기되었고 한련 제외하고 나머지는 "점백이는 젖을 내리네" …… 등의 형식적 반복으로 되여 있다.

그리하여 시인은 현실적 미담을 시적으로 파악함에 있어서 응당 있어야 할 시인의 독창적이고도 심오한 주정의 세계를 추구할 대신에 미담을 시적으로 압축하고 거기에다 필요 이상의 형식적인 반복을 붙여서 한 편의 시를 '무난'하게 엮었다.

이것은 시인이 현실 탐구에서 포착한 시적 착상을 무르익혀서 생활의 진실을 시적으로 천명하는 문학적 주제를 시적 빠포스로 소화할 때까지 피나는 시적 탐구를 거듭할 대신에 손끝으로 시를 손쉽게 빚어 냈기 때문이다.

우리는 가끔 시인의 독창적인 주정을 개방할 대신에 사상 감정을 환기시키는 현실적 미담을 기록하며 현실적 정황을 고스란히 떠옮기는 기록주의는 시적 탐구가 부족한 날림식 창작 태도와 관련된다는 것을 본다.

우리는 현실 생활에서 시적 계기를 명확히 발굴하지 못할 때 그를 발판으로 시를 충분히 찾지 못할 때 현실적 미담을 소개하거나 현실적 정황 혹은 생산 미담을 떠옮기는 손쉬운 기록주의에 매달리지 않을 수 없다는 것을 새삼스레 느낄 필요가 있다.

흔히 새로운 시를 얻어 내지 못 하고 한때의 홍분에 사로잡혀 서정적 주인공이 처한 현실적 정황을 보도적으로 서술한 기록주의적 시들은 앞으로 탐색하고 익혀서 시가 나올 전(前) 단계 — 일 단계를 시로 대신하는 것 같은 감을 준다. 바로 시는 그 단계로부터 시작해서 파고 들어야 나올 것이 아닌가?

만약에 「광석 폭포」(『조선문학』 12호, 1962)처럼 시가 그렇게 상식적인 것이라면 시인은 무엇을 가지고 사람을 감동시키며 높은 데로 이끌려고 했는지?……

시인은 "깎아 세운 락광정 벼랑"에 쏟아지는 광석의 흐름을 광석 폭포로 보았다. 시인은 노래한다. 그것을 바라보는 광부의 기쁨은 한량없이 크다고, 광부들의 충성을 담아 쏟아지는 광석 폭포는 영원히 쏟아진다고, 이것이 이 시의 전부다.

보는바와 같이 이 시에는 이 시인이 아니고서는 들려 줄 수 없는 시적 개방이 없다. 이 만 한 것은 시인의 힘을 빌지 않고도 누구나 느낄 수 있을 정도이다. 시인은 이런 수준에 머물러서 시를 조급하게 써야 할 내부적 충동이 어디에 있는가? 아마 이 물음에 시인이 원만하게 대답을 못 할 것이다.

이와 같은 현실 보도적인 작품은 사람들에게 아직 시를 안겨 주지 못한다.

시인은 자기가 처한 현실적 정황에서 받은 홍분에 머물러 서서 현실적 정황을 시적 정황으로 떠옮기면서 거기에 발을 달아 상식적인 주정을 토로하면 시가 된다고 생각한다면 크게 착오를 범하고 있다는 것을 알아야 한다.

이런 현실 보도적인 시가 더 악화되면 어떻게 되는 것인가?

우리는 시인이 시적 계기를 발견하고 시를 개방해 낼 대신에 충동을 받은 현실적 정황을 보도적으로 시적 정황에 이식하는 나머지 필요 이상의 서사적 요소만 많아지고 서정시의 고유한 특징인 개척된 주정의 세계를 추방하는 것을 알고 있다.

심한 기록주의를 범한 시들에서 서사적 요소가 범람하고 있는 것은 보통 특징적이다. 이것은 주목할 만 한 현상이다.

서정시에 서사적 요소가 침투할 수 있느냐 없느냐에 문제가 있는 것이 아니다.

문제는 어디에 있는가?

그것은 현실적 정황 속에서 보고 느끼고 암시 받은 사상 감정을 충분히 시적으로 탐구 심화시켜서 주정을 무르녹힐 대신에 쉬운 방법으로 시 밖에 있어야 할 현실적 정황까지를 떠옮겨 놓음으로써 서사적 요소가 침투되는 것이 불가피하다고 생각는 데 있다.

서정시에서의 서사적 요소의 침투가 일부 기록주의적 창작 태도와 관련되는 그런 경우에는 그것을 문제시하고 시비를 가리는 것은 지극히 필요하다. 이런 실례에 국한시켜 놓고 볼 때 서정시에서의 서사적 요소가 현실 생활에 의하여 환기된 사상 감정의 주정화에 주안이 돌려지는 것이 아니라 시의 배후에 있어야 할 현실적 정황까지를 이야기하는 기록주의의 산물일 때에는 서정시의 쟌르적 특성을 파괴한다고 말할 수 있을 것이다.

그렇지 않을 경우에 있어서는 서사적 요소의 침투에 대해서 구체적으로 따져 보지 않고 시비할 수는 없다.

우리는 서정시의 전투성과 형상성을 일층 제고하기 위해서 도해적이며 보도적인 결함을 극복함과 함께 어슷비슷한 류형적인 시를 더는 쓰지 말아야 한다.

우리들은 주제도, 시적 내용도, 시적 정화도, 시적 구조도, 시적 단어와 표현도 비슷한 류형적인 서정시를 대할 때면 아주 불쾌감을 금치 못한다.

남이 이미 노래한 정서 세계를 반복하는 량적 존재가 되여서는 진정한 의미에서의 개성을 가진 시인이라고 말할 수 없다.

시인과 서정시는 시적 내용과 형식의 통일적 견지에서 개성의 독창성으로써 빛나는 질적 존재가 되여야 한다.

이런 의미에서 서정 시인은 시대의 첨단에 서서 현실적인 생활 정서를 시적으로 부단히 개척해 나가는 전초병이다.

주지하는 바와 같이 시적 계기의 설정에서 독창성이 없거나, 시적 사색과 정서의 측면에서 이미 남에 의하여 시도되고 개척된 분야를 반복하는 량적 존재로 떨어지면 그 운명이 길지 못 하다.

시인이 시적 내용의 전개는 더 말할 것 없고 시적 형식에 있어서도 남이 한 번 시험해서 성공하면 거기에 달라붙으며 좋은 경우 약간한 변형된 형태로 그로부터 벗어 나려고 한다면 그는 창조적 탐구와 독창성을 포기하는 무능력에 빠져 버릴 것이다.

시인이 이와 같은 비탐구적인 안일성에 빠지면 남이 — 앞선 사람이 막히면 같이 막히고 마는 피동적인 위치에 설 수 밖에 없다.

우리는 주제의 다양성에도 불구하고 계통적으로 자기의 시 세계를 견지하면서 부단히 탐구해 들어 가는 적극적이며 탐구적인 창조의 길을 걸어 가지 않고서는 시인의 질적 위치를 뚜렷이 할 수 없다는 것을 알아야 한다.

김조규의 「목장의 가야금 소리」(『조선문학』 1호, 1963)는 비교적 나은 작품이다.

가야금 타는 천리마 기수 — 양돈공 처녀가 보이는 것만 같고 또한 그 가야금 소리를 타고 새 생활의 노래가 들려오는 것만 같고, 아니! 로동의 기쁨과 노래, 행복과 고마움에 겨워 가야금'줄에 타는 처녀의 아름다운 마음의 가락이 사람들의 흉금을 깊이 깊이 울려주는 것만 같다.

시인은 "깊은 밤" "깊은 골짝" "깊은 가슴 속"에서 복받치는 새 생활의 노래, 그 노래의 주인공 — 처녀 양돈공의 높은 내부 세계를 무엇이라 서뿔리 해설할 수는 없었다. 오직 "아름다운 처녀의 마음 줄마다 타고 건너"는 가야금 소리가 그 모든 것을 말하고 있다고는 생각되지 않는가!

이 시와 우에서 이미 분석한 「행복의 노래」(『조선문학』 4호, 1963)와 대비해 보자.

나는 여기에서 누가 누구를 닮았다는 데 시비의 목적이 있지 않다(우연적인 류사성이 있을 수 있기 때문에 ……).

우선 「목장의 가야금 소리」는 맑고 희망차다면 「행복의 노래」는 이미 지적한 바와 같이 호젓한 감을 주어 어딘지 모르게 외롭다는 점에서 차이가 있다. 이런 점에서 개성적 차이가 있다고나 말할 수 있을는지?

그러나 후자는 전자에 비교해 볼 때 낮은 수준에서 그를 변형된 형태로 반복하고 있다.

우선 시적 정황이 약간 변형된 형태를 취하고 있다. 이것도 문제가 아니다.

보다 중요하게는 다음과 같은 류사성이 있다.

가야금아 울려라 새 생활의 노래

달'빛이 휘영청 꿈 속마저 말해 주니

아름다운 처녀의 마음 줄마다 타고 건너

별'빛과 속삭여라, 은하수에 비껴라

— 「목장의 가야금 소리」에서

어서 불러라, 처녀들아

달 뜬 밤 꿈 같이 고요한 골짝에서

너희들의 행복을 청춘의 기쁨을

마음껏 마음껏 노래 불러라

………

달님도 너희들 노래를 듣고

저렇게 부드러운 빛발로

골짜기 포근히 덮어 주는 이 좋은 밤

어서 불러라 처녀들아 행복의 노래를

— 「행복의 노래」에서

아니! 류사한 주정에 문제가 있는가!

아니! 이 모든 착상과 모찌브의 류사성에 있다. 아니! 이런 변형된 반복이 <u>무개성적</u>이라는 데 있다(아니 질적 수준에서 차이가 있지 않은가? 이것은 절대적 류사성이란 있을 수 없다는 것을 말할 뿐이다)!

우리들은 이런 실례를 더 들 수 있으리라는 데 대해서 깊이 생각하여야 한다.

우리는 아무리 동일한 주제의 범위를 취급한다 하더라도 시인의 독창적인 시적 파악에 의하여 얼마든지 다양한 시적 계기를 발견할 수 있다는 것을 알아야 한다. 그리고 그 정서와 사색에 있어서 독자적인 의미를 부여할 수 있다.

우리는 례컨대 과거 봉건 사회에서 농민들의 가난과 비참한 운명을 취급한 정이오의 「송곳 세울 땅」과 권필의 「가난」만이라도 비교해 보면 이것을 명백히 리해할 수 있다.

송곳 세울 땅마저
세도'집에 앗기고
험한 산, 시내'물만
주인 없이 남았는데,

이 나라 험해 감을
철없는 애들이 어이 알리
구름 낀 산 속에서
노래만 주고 받누나

시인은 송곳 끝을 꽂을 만 한 땅마저 모조리 착취자에게 빼앗긴 가난한 농민의 비참한 운명을 태 없는 산수와 철없는 어린애는 알길 없다는 무상한 감정과 대조시킴으로써 가슴을 후비여 내는 처절한 서정을 느끼게 노래하였다.

이 시와 송곳 꽂을 땅이 아니라 송곳조차 없는 농민의 가난의 밑바닥을 노래함으로써 극도에 달한 지배 계급의 가혹성을 예리한 리성적인 기지로 적발 폭로한 권필의 「가난」과 대비하면 얼마나 개성적으로 다른가!

이 량자는 가난 속에 신음하는 농민들에 대한 사랑과 야수적인 착취배에 대한 증오의 열정이라는 사상적 통일성에도 불구하고 호상 독창적인 개성으로 하여 얼마나 빛나는 것인가! 이 두 시를 형상적 사유의 론리적이며 감성적 요소의 측면에만 국한시켜서 언급한다 하더라도 그 차이가 상대적으로 명백하다. 현실에 대한 시적 파악에 있어서 첫째 시는 감성적 요소의 측면이 보다 예리하게 전면에 나서고 있고 둘째 것은 론리적 요소가 번쩍이는 기지로 나타나고 있는 것이 특징적이다.

우리는 이 하나의 실례를 보더라도 주제의 범위의 동일성, 사상적 동일성이 시인의 창작적 개성을 독창적으로 발휘할 가능성을 결코 배제하지 않는다는 것을 확증할 수 있다.

그리하여 이와 같은 창작적 개성의 독창성은 시인의 사상과 열정, 심리적 구조의 제 특징을 포함한 그의 모든 생활상 및 내'적 경험에 의해서 이루어지기 때문에 필연적이다.

물론 서정시의 예술적 다양성은 시적 개성의 독창성에 기인한다. 그러나 그것은 우선 생활 자체가 풍부하며 시적으로 감수되는 객관적 현실의 제 현상들의 이모저모와 그 호상 관계가 다양하다는 데 유력한 근거가 있다.

사실에 있어서 사상적 및 예술적 측면에서 서로 통일되며 흡사한 작가들이 거의 동일한 현상과 력사적 사변 즉 동일한 대상들을 노래한다 할 때에도 그들은 제각기 남의 관심을 끌지 않았던 데 관심을 돌리는 것을 보게 된다.

그들은 한 개 사물과 현상의 본질이 내포하는 각이한 측면과 호상 관계를 이러저러한 의미적 력점과 색채로써 강조하기 때문에 제가끔 다르며 독창적이다.

현실 생활과 그의 측면의 다양성 및 그를 감수하는 시적 개성의 다양성은 우리 시인들과 그들의 서정시들의 개성적 다양성을 낳게 한다.

현대의 유일하게 정당한 창작 방법인 사회주의 사실주의는 주지하는 바와 같이 창작적 개성의 다양성과 독창성을 개화케 하는 무진장한 창조적 가능성을 가지고 있다.

사회주의 사실주의는 작가에게 자기의 개성과 독창성을 유감 없이 발휘할 수 있는 창작적 가능성을 준다. 왜냐 하면 사회주의 사실주의 작가는 가장 발전되고 과학적인 맑스-레닌주의 세계관에 의하여 지도되며 가장 선진적이며 혁명적인 계급인 로동 계급에게 복무함으로써 반동적인 각종 계급적인 편견과는 인연이 없으며 현실을 가장 완전하게 반영할 수 있는 창작 원칙에 의거하고 있기 때문이다.

우리 작가 시인들은 사상적 지향과 방법의 동일성의 범위 내에서 가장 완전하고 진정한 의미에서의 개성과 독창성의 다양성을 나타내고 있다. 우리의 유일한 세계관과 방법의 범위를 벗어 난 개성적 발기라든가 독창성은 벌써 변질된 반인민적이며 반동적이며 비건전한 것이기 때문에 진정한 의미에서의 개성과 그의 창조적 발현이 아니다.

우리의 부분적 시인들이 온갖 유리한 조건을 가지고 있음에도 불구하고 무개성적으로 창작하는 것은 전적으로 개별적 시인의 준비 정도의 미숙과 관련된다.

우리 시인들은 다양한 주제의 령역과 관련되면서도 그 다양성 속에서 표현되는 자기의 독창적인 개성과 스찔을 자각하고 있으며 그것이 좋은 것이라면 계속 계승하고 혁신하고 발전시킬 의무가 있다는 것을 깊이 자각하고 있다. 그러나 어떤 개별적인 시인의 경우에 있어서는 장기간 창작 활동하면서도 자기의 창작적 개성과 스찔의 특성이 어떤 것이며 과연 그것이 발전시킬 만 한 가치가 있는 것인가 하는 것을 모르고 되는대로 쓰는 경향이 있다.

창작적 개성과 그의 독창성은 자연 생장적으로 형성 발전되는 것이 아니다. 왜냐 하면 창작 스찔은 작가의 발전 과정에서 이루어지며 계승 과 혁신의 법칙에 의하여 형성 발전되기 때문이다.

우리 시인들은 자기의 개성과 스찔을 형성 발전시킴에 있어서 항상 인민성의 견지에서 자기를 돌아 볼 줄 알아야 한다.

온갖 개성과 독창성이 다 좋은 것은 아니다. 어떤 개인적 약점과 불 완전한 것까지도 개성적이라는 명목 하에서 고집한다면 그것은 불순한 것이며 그와 같은 것은 조만간에 배척을 받으며 파탄을 면치 못 한다. 시인은 항상 자기의 개성과 그의 독창성이 시대와 인민들의 사상 감정 과 기호에 맞으며 이해될 수 있으며 발전시킬 만 한 가치가 있는가 하는 것을 똑똑히 알아야 하며 부단히 발전 완성시켜야 한다.

례컨대 어떤 개별적 시인이 자기의 감상적인 약점까지도 시인의 독 자적인 개성과 스찔인 것처럼 생각하며 민족적인 바탕으로부터 벗어 난 것까지도 그렇게 생각하고 변명한다면 크게 잘못이다.

민족적인 바탕을 떠난 개성이란 허위적인 것이다. 이런 개성은 자기 연민과 아니 인류에게 사랑을 받지 못 한다. 왜냐 하면 민족적인 바탕을 벗어 났다는 것은 개성이 아니라는 것을 의미하며 그것은 어떤 남을 모 방하고 있다는 것을 의미하기 때문이다.

민족적인 전통, 민족적인 환경, 혁명의 민족적 과업, 민족적인 성격, 민족적인 생활 감정과 풍습, 민족적인 언어 등 제반 요소는 문학에서의 민족적 특성의 구현이 필연적이라는 것을 말한다. 또 이런 개성적인 참 가에 의해서만 인류 문학의 보물고는 다양하고 풍부해지며 화음을 이루게 되는 것이다.

그리하여 우리는 민족적 바탕을 떠난 '번역시'풍과 양풍에 매달리는 사이비 개성과 그런 서정시를 배격하게 된다.

우리 서정시 화원의 다양성이 없이는 우리 사회와 시대에 이르러서 그 개성이 무한히 개화 발전하는 인민들의 미학적 감정과 기호를 결코 만족시킬 수 없다.

우리 시인들은 류형성을 극복하며 또 류형을 낳게 하는 도식주의와 기록주의를 극복하는 한 개의 고리로서 개성과 스찔의 다양성을 보장하도록 부단히 탐구하고 로력하여야 한다.

우리 시 문학의 전투적 기능을 제고하는 것은 현시기 근로자들과 청소년들 속에서 계급 교양을 일층 강화해야 할 당과 혁명의 요구에 비추어 볼 때 더욱 절실하게 제기된다.

우리 서정시의 전투적 기능을 제고함에 있어서 시인들의 사상 의식 수준의 장성과 함께 형상성을 높이는 문제가 중요하게 나선다. 왜냐 하면 시 문학의 전투성은 형상성을 통해서 실현되며 비로소 위력을 발휘하기 때문이다.

그리하여 나는 우리 시 문학의 전투적 기능을 제고하기 위한 한 개 고리로서 제기되는 형상성을 높이기 위하여 도해적이며 기록적이며 류형적인 결함을 결정적으로 극복할 데 대하여 다시 한 번 강조한다.

1963년 5월 21일

─『시문학』 8, 1963.2(1963.5.30)

서정시와 일반화의 특성

강성만

　"시가 산문화되여 간다"는 말은 이미 오래전부터 우리 시인들 속에서
만이 아니라 산문 작가, 평론가 그리고 또 독자들 속에서까지 이야기되
고 있다. 이 말은 시 창작이 왕성하여 가는 오늘에 와서 더욱 많이 들을
수 있다.

　"시가 산문화되여 간다" ― 우리 시를 사랑하고 우리 시 문학의 전망
에 대하여 조금이라도 사려 깊은 사람은 이 말을 결코 무심하게 넘길 수
없을 것이다. 특히 이 짧막한 이야기 속에 우리 시문학의 현 상태의 일정
한 본질적인 측면이 반영되고 있다고 생각할 때 그것은 더욱 심중하다.

　많은 사람들은 이 말 속에서 우리 시 작품이 '산문화'되여 가는 것을
진정 우려하고 있으며 긴 시나 슈제트적인 시에 대해서는 그닥 좋아하
지 않을 뿐만 아니라 평론이나 론단을 통하여 그런 시가 나오게 되는 것
을 지적하고 있다. 그리하여 일부 경우 내용이 진실하나 그의 '산문화'
된 형식에 의하여 배척 당하는 그런 시가 없지 않다.

　그런가 하면 우리들 가운데는 또 우리 시가 생활 화폭이 풍부하며 사
건이 적지 않게 반영되는 것을 우리 생활의 추향과 결부시켜 긍정적으

로 생각하며 일부 경우 시가 길어지는 것도 이런 립장에서 해석하려는 동지들도 있는 것이다.

이 문제는 특히 창작 실천과 결부시켜 볼 때 더욱 중요하다.

우리 시 작품들엔 생활의 폭이 넓고 시 형식이 길어져도 성공한 작품이 있는가 하면 반면에 또 전혀 긍정적으로 대할 수 없는 것이 있다. 그리하여 이런 작품들은 모두 독자들에게 각이한 반향, 각이한 태도를 낳게 하는 것이다.

이와 같은 것은 "시가 산문화되여 간다"는 것이 결코 단순한 말이 아니며 여기에는 시의 일반화에서 제기되는 시인의 열정과 환상, 시적 전개, 시의 구조 등 많은 실천 상 문제가 포괄되여 있으며 리론적인 견지에서만이 아니라 실천적인 견지에서도 해명하여야 할 여지가 적지 않다는 것을 말하여 준다.

우리 문학을 비롯하여 세계 문학에는 매개 시기의 생활과 력사 발전에 따라 시 문학이 산문을 압도하고 소설보다 서정시가 생활의 전면에 나선 경우가 있었는가 하면 반대로 소설이 서정시를 압도하고 산문 문학이 시대의 전면에 나선 시기가 있었다.

이러한 변화는 시문학 자체내에서도 볼 수 있었다.

어떤 시기의 시문학에는 사건성이 강하고 시인의 주정 토로가 주로 외부 세계에서 자신이 받게 되는 서정을 개방하는 형식으로 노래되면서 그 서정의 기초에 놓여진 생활적 화폭 자체도 폭 넓게 제시하는 방향으로 묘사된다면 다른 시기의 시문학에는 이와 반대로 주로 시의 묘사 범위를 시대를 체현한 시인 자신의 내면 세계에 국한시키면서 그가 생활에서 겪는 심리적 고뇌와 기쁨을 외부 세계에 상징하여 그 외부 세계에 호소하고 토로하는 형식으로 주정이 개방되고 있다.

박인로의 시에서 볼 수 있는 생활의 넓은 직관적인 화폭은 리규보의 시와 구별되는 하나의 중요한 특징을 이루고 있으며 하이네의 많은 시가에 특징적인 시대를 체현한 시인의 심리적 고뇌를 외부 세계에 토로하는 형식의 시들은 베란제의 혁명 가요와 확연히 구분된다.

물론 이것은 매개 시인의 독창적인 시 세계와도 관련된다. 그러나 만일 그것이 시대적인 특징을 이룰 때 이 현상을 어떻게 설명하여야 할 것인가?

이것은 어떤 개인의 독창성에만 관련되는 것이 아니다. 이것은 생활의 흐름과 관련되며 력사의 흐름과 결부되어 있다.

우리는 여기서 매개 시기의 생활은 당대 시기 문학의 모체로서 그의 내용을 규정할 뿐만 아니라 형식을 일정하게 좌우하게 된다는 진리를 다시 한 번 상기할 필요가 있다.

지금 우리 시문학에 사건과 생활의 직관적인 화폭이 넓게 묘사되고 있다면 그것은 결코 문학적인 현상으로서만 국한시켜 해석할 수 없다. 그것은 시대의 추향과도 관련되는 것이다.

오늘 우리 생활에서는 세기를 앞당기려는 인민의 영웅적인 투쟁에 의하여 매일 매 시각 세인을 놀래우는 기적과 사변이 일어 나고 있다. 이 기적과 사변 속에 우리 인민의 고귀한 정신적 미가 가장 집중적으로 개방되는 것이다.

그러므로 우리 인민의 높은 정신 세계를 형상적으로 구현하려는 우리 시인이 이런 사변 속에서 시대 정신의 미를 천명하려고 지향하는 것은 우연한 것이 아니며 또 그것을 탓할 수 없다.

박인로의 시에서 노래되고 있는 투쟁적인 생활 화폭이 임진 조국 전쟁에서 승리한 우리 인민의 고귀한 기개와 분리하여 생각할 수 없는 것과 같이 오늘 우리 시가 속에 구현되고 있는 넓은 생활 화폭 역시 기적과 사변으로 충만된 우리 생활과 분리하여 고찰할 수 없는 것이다.

이 모든 것은 "사건이 많다" "이야기가 많다" 하는 것만으로써는 우리 문학 현상을 재일 수 없다는 것을 말하여 준다. 뿐만 아니라 그것은 우리 시문학 발전을 위하여 오히려 유해로울 수도 있다.

지금 수정주의가 류포되고 있는 어떤 나라에서는 슈제트적인 시를 반대하고 "인간의 내면 세계를 개방"한다는 명목 하에 사실인즉 시문학이 영웅적인 사변과 투쟁을 노래하는 것을 적극 기피하고 있다. 그리하여 그의 시 작품들엔 소부르죠아적이고 개인적인 협애한 감정이 지배하고 있다. 우리는 이런 경향을 반대한다.

그러나 우리는 시의 넓은 생활적 화폭을 일반적으로 지지하면서도 구체적인 창작 실천에서 그것으로 하여 시의 일반화의 원칙을 떠나거나 시의 특성을 모호하게 하고 산문적인 일반화에로 가까와 가는 경향을 또한 반대한다.

이것은 특히 열정이 부족한 일부 우리의 시 작품들에서 흔히 찾아 볼 수 있다.

넓은 생활의 직관적 화폭이 있을 수 있다는 것은 결코 시에서 열정이 약화될 수 있다는 것이 아니다. 열정은 모든 시에 있어서 그의 일반화의 힘의 모체로 되며 시를 통일에로 이끌어 나아 가는 근원으로 된다. 그러므로 이 열정이 없을진대 시는 우선 통일되지 않으며 또 시대 정신을 포괄할 수 없는 것이다.

특히 이것은 오늘 우리 시에서 더욱 중요하다. 우리 시는 시인이 자기의 심정을 외부 세계에 상징하여 토로하는 시와는 달리 대부분의 경우 대상의 미를 자신의 심정에 체현하여 그것을 자기의 주정을 통하여 예술의 경지에로 승화시켜야 하는 것 만큼 그것을 수행할 수 있는 높은 열정과 정신이 있어야 한다. 이렇지 않을 때 시인은 그 대상의 미에 파묻히게 되며 그 시에서 시인의 얼굴은 전혀 볼 수 없고 오직 전면에 형상의 옷을 입지 못 한 생활이 로출되게 된다.

문제는 시인의 열정에 달려 있다. 우리 시대 생활의 미를 더 높은 리상의 견지에서 보여 줄 수 있는 열정, 우리 시대의 미를 긍정하는 힘, 그리고 그에 대한 사랑과 따뜻한 심장의 포옹이 필요하다. 그리고 또 원쑤에 대한 불타는 증오와 분노의 열정이 필요하다. 이러할 때 우리 독자들은 그 시의 기초에 놓여진 생활의 미만을 느끼게 되는 것이 아니라 거기에서 또한 작가의 리상도 보고 그의 심장의 맥박도 듣게 되며 시는 넓은 일반화를 포괄하게 되는 것이다.

그만큼 시에서는 작가의 개성이 또한 주요하다.

만일 시에 생활의 직관적인 화폭이 앞서게 되고 시대를 체현한 시인의 시정의 흐름과 심장의 고동을 거기서 들을 수 없다면 시적 일반화도 없거니와 동시에 개성도 없게 된다. 그러므로 사건 속에 파묻힌 시가 동시에 개성의 빛을 내지 못 하는 것은 우연하지 않다.

우리가 말하는 기록주의적 시 역시 이러한 후과의 산물인 것이다.

기록주의적 시는 시인이 대상의 미에 도취된 나머지 그것을 자기의 열정과 환상으로 하늘 높이 거연히 솟아 오르는 것이 아니라 대상에 깔리우고 시에서 자기 얼굴을 잃게 된다. 그리하여 화폭에는 작가의 열정에 의하여 무르익지 않은 대상의 미만이 그야 말로 '기록적으로' 안겨지는 것이다.

이 모든 것은 무릇 시의 중심에는 주정이 놓여지게 되며 열정이 없이는 시적 일반화가 이루어지지 않는다는 것을 말하여 준다. 이런 의미에서 시적 일반화는 생활을 객관화하여 이야기하여 주는 산문적 일반화와 구분된다. 뿐만 아니라 시적 일반화는 풍부한 시인의 환상을 전제로 하여 그의 구성에서 산문과 같이 생활적 론리를 추구하여 화폭을 전개시키는 것이 아니라 시인의 시대를 체현한 정서의 상승, 후퇴, 전진의 론리에 의거하여 전개한다는 데서도 특성이 있다.

만일 산문에서 생활 발전이 환경 전개로부터 기, 승, 전, 결의 법칙에 의하여 론리적으로 순차성 있게 생활의 법칙에 따라 전개된다면 시에서는 시대를 체현한 시인의 주정을 중심에 두면서 주로 생활의 어느 한 순간, 어느 한 계기를 포착하여 거기에 담겨진 미를 묘사하는 것이 아니라 주로 주정을 통하여 표현하여 주는 형식으로 노래된다.

여기에는 산문적인 기, 승, 전, 결의 법칙이 있을 수 없다. 여기에는 사건 전개의 론리가 문제인 것이 아니라 시인의 환상의 자유로운 토로가 문제이며 따라서 시에 놓여지게 되는 생활은 이 환상에 의하여 자유 분방하게 비약하면서 지향된 사상으로 일반화로 끌어 가게 되는 것이다.

즉 산문적 구성이 <u>전개</u>될 것을 요구한다면 시적 구성은 <u>함축</u>될 것을 요구하며 이 함축은 시의 기초에 놓여진 전형적이고 집약적인 사건에 의하여 시인의 환상에 의하여 이루어지는 것이다. 따라서 시의 일반화에서 중요한 것은 시인의 열정과 함께 환상이다. 시에서 시적 환상이 부족하면 부족할수록 시는 길어지고 시가 산문적인 것으로 전화되며 그것은 일반화의 힘을 가지지 못 하게 된다.

우리 시에는 이런 견지에서 볼 때 시인의 열정이 강하고 환상이 풍만하여 시의 기초에 놓여진 생활을 높은 예술의 경지로 끌고 올라 가는 성공한 작품이 적지 않다.

최근에 창작된 정서촌의 시 「나루터」, 김순석의 시초 「아프리카의 노래」에 담겨진 시인의 높은 리상과 뜨거운 열정은 시의 일반화의 특성을 살리고 있으며 진실한 형상을 창조하는 데 성공하였다.

시「나루터」에는 하나의 소박한 생활적 계기가 놓여져 있다. 시인은 이 소박한 계기를 자기의 뜨거운 열정으로 승화시켰으며 시적 환상을 동원하여 주인공의 과거의 생활을 오늘의 생활과 련결시키면서 예술의 경지로 끌어 올리고 있다. 그러므로 이 시가 비록 짧막 한 것임에도 불구하고 독자들이 거기에서 주인공의 생애에 담겨진 조국의 운명을 보며 그의 미래를 예견하게 되는 것이다.

이와 같은 것은 김순석의 시초「아프리카의 노래」에서도 볼 수 있다.

시인은 조국의 독립과 자유를 쟁취하기 위하여 투쟁하는 아프리카 인민들의 영웅적인 투쟁을「우리의 기'발」,「아프리카의 노래」,「폭풍의 어머니」등에서 투쟁 가요, 혁명 가요의 형식을 통하여 잘 노래하고 있으며「사슬을 풀어 헤친 푸로메튜스」에서는 그 형상이 하나의 장중한 화폭을 이루어 자유에 대한 송가로 되고 있다.

이 시가 성공한 원인은 시인이 혁명과 투쟁으로 들끓는 오늘 우리 생활의 높은 견지에 서서 독자들을 혁명에로 부르고 있으며 혁명에로 나아가는 주인공들, 아프리카의 투사들을 열렬히 사랑하고 그들을 시인다운 따뜻한 심정으로 포용하고 있다는 데 있다.

그리하여 시「폭풍의 어머니」에서 독자들은 어머니의 젖이나 애무의 눈'길, 입맞춤으로가 아니라 혁명의 요람으로 아이를 기르는 아프리카의 어머니를 보며 동시에 그 어머니를 사랑하고 그에 열렬한 공감을 보내는 시인, 그의 심장의 맥박을 느끼게 되는 것이다.

아름다와라 투사의 안해,

위대하여라 용사의 어머니여!

진정 그 좁은 가슴에

아들 뿐 아닌

아프리카의 미래도 자유도

한가슴에 키워 가거니

시인의 뜨거운 입김으로 토로된 「폭풍의 어머니」의 마지막 시구는 가요에 주어진 어머니의 형상적 화폭과 함께 하나로 통일되여 독자의 가슴을 울리고 있다. 그리하여 독자들은 이 시에서 비단 가요에 노래된 하나의 주인공의 운명만을 보게 되는 것이 아니라 시인의 주정에 의하여 일반화되고 보편화된 아프리카의 모든 녀성들 그의 투쟁을 보며 시대의 화폭을 본다.

반미 투쟁에로 지향하는 시인의 열정은 이 시초에 묶여진 「사슬을 풀어 헤친 푸로메튜스」에서 더욱 강렬하게 구가되고 있다.

만일 「폭풍의 어머니」가 가요적인 형식을 탐색하면서 투쟁에 대한 높은 열정과 함께 서정성을 추구하였다면 「사슬을 풀어 헤친 푸로메튜스」는 시 전반을 자유와 해방의 지향으로 일관되고 있다.

이 시기에는 우뢰와 폭풍의 신 제우스의 갖은 악행에도 굴하지 않고 모진 고난을 이겨 나가는 푸로메튜스의 슬기로운 투쟁이 있는가 하면 그 투쟁을 지지하고 찬미하는 시인의 서정 토로가 직접적으로 안배되고 있다.

그리하여 이 서정 토로는 한 면에서는 푸로메튜스의 장엄하고 슬기로우며 불요불굴한 형상을 찬미하는 데 복무하며 또 다른 면에서는 그 신화적인 인물을 현실 세계로 끌어 내리고 아프리카 인민들의 오늘의 거창한 투쟁을 상징하는 방향으로 나아가고 있다.

여기에는 시인과 푸로메튜스 그리고 시인과 아프리카 인민이 하나로 통일되고 그들이 하나의 대렬을 이루어 식민주의자 — 폭군 미제를 반대하는 투쟁에 거연히 일어 서고 있다.

시인의 높은 리상과 뜨거운 열정 — 그것은 이 시에서 이들을 통일시키는 모체로 되고 있다.

전쟁 시기에 창작된 많은 시 작품들도 이러한 높은 열정과 리상으로 하여 독자들을 투쟁에로 불러 일으켰으며 그들을 승리에로 고무하였다.

> 낯을 보라!
> 원쑤의 폭격에
> 불타는 거리에서
> 이 나라 사람들의 낯을 보라!
> 하늘에서가 아니라
> 사람들의 눈에서
> 푸른 번개 치는 것이다
> 방금 찌를듯 날고 있는 눈'섭!
> 끝없이 분노 타오르는 이마!
> 공포와 비겁은
> 인민군의 돌격에 맞선
> 양키들의 미친 눈알에서 찾으라
> 락망과 어지런 눈물은
> 인민군 포위에 빠진
> 양키들의 낯에서 찾으라!

여기엔 오직,

헤아릴 수 없는 분노와 적개심!

이 나라 인민은

눈물을 잊었다.

이것은 원쑤에 대한 불붙는 증오와 조국에 대한 열렬한 사랑으로 충만된 조기천의 시 「불타는 거리에서」의 한 구절이다.

시인은 이 시에서 원쑤의 어떠한 폭격 속에서도 굴하지 않고 싸우는 후방 인민들의 슬기로운 투쟁을 통하여 정복할 수 없는 또 정복되지 않고 승리하는 조선 인민의 드높은 기개 조국에 대한 사랑과 원쑤에 대한 증오를 노래하고 있다.

독자들은 이 노래를 읽으면서 원쑤에게 저주의 주먹을 높이 쳐 들며 "이 놈들! 벼락을 맞으라!" 피타게 부르짖는 늙은 할머니의 원한에 찬 얼굴을 보게 되는가 하면 불타는 거리로 무너진 거리로 마치 파도처럼 나아가는 청년 복구대, 녀성 구호대들의 용맹을 보며 또 '불발탄' 앞에서도 수위하러 직장에 나가겠다고 보안대에 허가를 요구하는 늙은이의 움직임을 본다.

그러나 이러한 모든 생활의 움직임은 시인의 강렬하고도 뜨거우며 불붙는 열정으로 포옹되고 있으며 하여 이 시구의 매 행을 따라 독자가 보게 되는 것은 주인공들의 얼굴만이 아니라 시인의 얼굴이다. 독자들은 이 시에서 손자를 잃은 할머니의 증오의 웨침을 들을 뿐만 아니라 그 웨침을 거쳐 투쟁의 붓을 달리는 시인을 보며 또 복구대와 함께 불타는 거리를 달려 나아가는 시인을 보는가 하면 '불발탄' 앞에서도 직장에만 가려는 늙은이의 고귀한 마음에 머리 숙이는 시인, 그 시인의 흥분과 승리에 대한 굳은 신념을 본다.

여기에는 아무런 설명이 없다. 그러나 여기에는 화폭이 있으며 그 화폭을 따라 줄기차게 흘러 내리는 격정이 있다. 이 격정 속에 시대의 넓은 화폭이 창조되고 있다.

시인은 시의 한복판에 서서 다른 사람의 눈으로써가 아니라 자신의 눈으로 세계를 고찰하고 있으며 시대의 정서와 사색으로 세계를 노래하고 토로하고 있다. 그러므로 이 시에서는 다른 사람이 아니라 바로 구체적 시인 그의 개성을 보게 된다.

그러나 최근에 발표된 류종대의 「보배손」, 「출강의 종'소리」 그리고 최진용의 「자강 땅」, 로승모의 「초원의 딸」 등에서는 이런 시대에 대한 들끓는 열정과 환상을 찾아 볼 수 없으며 산문적인 생활 전개가 지배하고 시적 일반화의 특성을 살리지 못 하고 있다.

시 「보배손」은 용해공의 영예를 간직하고 일터에 선 천리마 기수의 형상을 노래하였다. 그러나 시는 시인의 주정에 의하여 통일되고 열정에 의하여 무르익은 것이 아니라 도식적인 틀에 맞춰 꾸며졌다. 그러므로 독자들이 이 시를 읽으면서 비록 시인이 몹시 애쓰고 힘들어한 흔적을 보게 되나 그것이 진실한 시적 흥분에 의하여 탄생된 것이 아니라 인위적으로 조직되고 조립된 것 같은 감을 느끼게 된다.

이 시는 우선 주제가 파탄되고 있다. 시인은 「보배손」의 높은 긍지를 안고 일에 헌신하는 한 용해공의 형상을 통하여 우리 모든 용해공의 생활의 보람과 기쁨을 노래하려 하였으나 시는 주인공의 개인의 략력 소개 이상 더 올라 서지 못 하고 있다. 이 시를 보고선 주인공이 전쟁 시기, 전후 시기 그리고 오늘 어떻게 걸어 왔으며 어떻게 생활하고 있는가 하는 그 객관적인 사실을 리해할 뿐 그 사실을 높은 리상의 경지로 승화시키려는 시인의 따뜻한 심장에 느껴 볼 수 없다.

뿐만 아니라 이 시는 생활의 전개 형식에 있어서도 시적인 전개가 아니라 산문적인 형식을 리용하고 있다. 이 시의 첫련은 환경 전개에 바쳐졌으며 둘째 련은 문제 제시, 네째로부터 여섯째까지는 주인공의 전쟁 시기로부터 오늘에 이르기까지의 경력 소개, 일곱 여덟째는 용해공인 주인공이 서정 토로하는 것으로 즉 생활 창조로 호소하는 것으로 마치고 있다.

이것은 시의 일반화에 기초한 진정한 시적 전개 형식이라고 말할 수 없다. 여기에는 '헐벗은' 생활 론리는 있지만 시적 비약, 시적 환상은 없다. 또한 여기에는 시인의 열정과 그 열정에 의하여 피여 오른 시적 화폭이 없다. 그러므로 이 시가 생활에 대한 훌륭한 사상을 안겨 주려 하였으나 유감스럽게도 목적을 달성하지 못 하고 말았다.

시의 일반화에서의 이러한 결함은 최진용의 시 「자강 땅」에서도 찾아 볼 수 있다.

이 시는 시적 일반화 문제와 관련하여 우리에게 적지 않은 것을 생각케 한다.

최근 우리의 시에서는 최진용의 상기 시와 같이 우리 인민에 의하여 이룩된 투쟁의 열매, 생활의 기쁨과 행복을 노래하는 시들이 적지 않다. 이러한 시들은 과거 우리 인민이 겪은 쓰라린 고통과 오늘 우리 인민이 향유하게 되는 기쁨을 대비적으로 보여 줌으로써 독자들을 우리 제도에 대한 열렬한 사랑으로 인도하는 데 크게 복무하고 있다. 그러나 이런 시 가운데는 극복되여야 할 편향도 없지 않다.

그것은 이런 시들이 시적 전개에 있어서 하나의 틀을 형성하고 있다는 것과 그것보다 더 주요하게는 일부 이런 시 가운데는 행복하게 된 우리 인민의 생활과 기쁨을 관조적으로 전달하고 또 인식시키고는 있으나 독자들을 더 훌륭한 생활 창조를 위한 적극적인 투쟁에로 호소하는 뜨거운 '불씨'가 약하다는 것이다.

특히 이러한 것은 변모된 우리의 산과 전야의 화폭을 통하여 우리 생활의 기쁨을 노래하는 시에서 더욱 그러하다.

이런 시에서는 흔히 과실이 많아 좋고 생활이 유족해 좋다는 것을 관조적으로만 보여 주고 있으나 그 생활 현상에 담겨지고 있는 심오한 내용 즉 우리 인민의 숭고한 정신 세계를 천명하지 못 하고 있다.

이것 역시 중요하게는 사색과 열정의 부족에서 오는 것이며 일반화의 힘이 약한 데 기인된다.

여기서 열정이란 결코 시인의 감성적 흥분만을 두고 이야기하는 것이 아니라 시인이 대상을 구체적으로 정서적으로 인식할 수 있는 능력과 함께 그 대상의 본질 속에 깊이 침투할 수 있는 창조적 흥분을 두고 말하는 것이다. 따라서 그것은 깊은 사색을 떠나서 생각할 수 없게 된다.

시인은 이 열정에 의하여 대상을 파악하고 그 대상에 깊이 침투하여 시적 일반화로 나아가게 되는 것이다.

그러므로 시인에게 있어서 열정 그것은 일반화의 힘이며 그에게 환상을 주는 원동력이다.

최진용의 시 「자강 땅」은 인민 정권 하에서 우리 당의 현명한 령도 밑에 전변된 자강도의 화폭을 통하여 우리 생활의 기쁨과 우리 제도의 위대성을 노래하려 하였다.

그럼에도 불구하고 이 시는 시인의 열정, 생활에 대한 깊은 사색의 부족으로 하여 더 넓은 일반화를 진행할 수 있는 것을 하지 못 하고 있다.

시에 주어진 화폭에서 독자들은 자강 땅이 얼마나 변하고 전변되었는가 하는 것을 느껴 볼 수 있다.

그럼에도 불구하고 시는 화전민의 피 눈물이 괴고 누더기로 몸을 감싸던 이 가난의 땅을 새 생활로 꾸린 우리 제도가 얼마나 위대한 것인가 하는 그 폭 넓은 일반화의 사상을 독자들에게 안겨 주지 못 하고 있다. 그러므로 독자들이 비록 이 시에서 변모된 자강 땅의 생활을 보면서 기쁨을 느끼게 되나 거기로부터 조국에 대한 사색으로, 그 조국을 위하여 더 투쟁해야 하겠다는 굳은 다짐으로까지 흥분된 감정을 이끌어 가지 못 하게 된다.

시가 일반화된다는 것은 그 시에 노래된 생활이 비단 서정적 주인공의 것만이 아니라 사회 전체의 것이며 시인 자신의 것이며 또 독자 자신의 것으로 된다는 것을 의미한다.

만일 어떤 시를 보고 독자들이 그의 생활에 공감되어 흥분되지 않는다는 것은 곧 그 시의 일반화의 힘이 약하다는 것이며 그 시가 사회 전체 성원을 위하여 큰 생명력을 가지지 않는다는 것을 의미한다.

최진용의 시 「자강 땅」은 비록 변모된 자강 땅의 행복한 생활을 보여 줌으로써 독자에게 공감을 불러 일으키려 하였으나 화폭을 조국과 제도에 대한 넓은 사색으로 끌어 올리지 못 함으로써 독자들이 그 생활을 진정 자신의 생활로, 자신의 운명으로 느끼고 생활 창조를 위한 투쟁에로 일어 나도록 호소하지 못 하고 있다. 여기에 이 시가 더 친근하고 더 감동될 것이 그렇게 못 된 중요한 원인이 있다.

이와 함께 이 시가 생동한 감을 주지 못 하는 것은 그의 시적 전개 형식과 관련되고 있다.

여기서도 역시 시의 구성이 성공하지 못 한 일부 우리 시에서 흔히 볼 수 있는 류형으로 씌여지고 있다.

시인은 첫 련에서 전경을 노래하고 둘째 련에서는 옛 자강 땅을 회고하고 있으며, 세째 련부터는 오늘 우리 생활의 기쁨을 적어 가면서 마지막 련에서 결구 즉 서정 토로 형식으로 끝나고 있다.

이러한 시의 전개 형식은 우리 생활의 기쁨을 찬미하는 많은 시에서 찾아 볼 수 있을 뿐만 아니라 그것은 어떤 도장 박힌 틀로 리용되고 있다.

물론 이런 시적 전개도 있을 수 있다. 그러나 그것이 류형화된다면 우리 시 발전을 위하여 해로우며 또 시적 개성을 살리는 데 있어서도 좋지 못 하다.

뿐만 아니라 이런 시의 경우 더욱 시인의 시 중심에 확고히 서서 생활을 노래하여 주는 것이 중요하다. 그렇지 않고 생활 화폭을 순차성에 따라 라렬한다면 독자들이 거기서 시인의 따스한 심장의 맥박을 느껴 볼 수 없다.

이와 함께 이런 시에서 환상을 더 다양하게 자유롭게 나래치게 할 필요가 있다. 반드시 환경 전개 후 오늘 생활이 오고 다음에는 회상, 그리고 서정 토로로 시를 끝내야 하겠는가? 그렇지 않다. 이런 시에서는 기본 목적이 오늘 우리 생활을 찬미하는 데 있는 것 만큼 소설에서와 같이 사건 발전과 사색 발전의 론리성을 추구하여 시를 전개하는 것보다 오히려 마치 대상의 미에 도취하여 시인의 막 생활에 대한 자기의 심정과 사색을 자유롭게 토로하는 것처럼 이곳저곳 시상을 비약시키면서 시의 열정을 끌고 나아갈 필요가 있다.

시가 비약하려면 그 비약된 시간과 공간 사이로 독자를 끌고 나아갈 수 있는 열정이 안받침되여야 한다. 그러므로 비약이 강하면서 그 시가 공감을 준다는 것은 벌써 그 비약을 상승시킬 수 있는 강한 열정이 안받침되여 있다는 것이며 그것은 시의 성공을 기할 수 있는 전제로 된다.

사시철 파도 철썩이는 동해
백두 먼 령'길에 눈이 내려 쌓일 뿐
상기 어린애는 고요히 잠자고
멀리 가까이 여닫히는 문'소리
들로 묵묵히 나가는 농민들,
점심곽 낀 로동자 한 대렬이
성큼성큼 공장 구내로 들어 설 때
당이여 조국에 례사로이 차례진 이 하루를
그대는 이 사람들과 더불어 걷는구나.

묻고 칭찬하고 다정히 이야기하며
벌목부에겐 신들메를 든든히 조이라고
고개턱을 줄달음쳐 오르는 화물 렬차
뜨락또르를 잡아 탄 천리마 기수더러
더욱 세차게 세차게 몰라고
엄하나 부드러운 말로 일러 주며
그 어데나 그대는 사람들 속에 있구나

허우연의 「당 찬가」는 당에 대한 시인의 열정적인 사랑과 존경으로
하여 달래일 수 없는 흥분으로 충만되고 있으며 이것은 시인으로 하여금
시에 자유로운 비약을 가능하게 하는 풍부한 환상을 낳게 하고 있다.

독자는 여기서 결코 시인의 뜨거운 열정만을 느끼게 되는 것이 아니
다. 그 열정에 토대하여 나래펴고 있는 폭 넓은 미학적 환상을 보며 그
환상을 타고 자유로이 비약하는 생활 화폭을 본다. 여기에는 산문에서

와 같은 사건 발전의 론리성과 순차성도 없으며 또 기, 승, 전, 결의 법칙도 없다. 여기에는 시인의 정서의 상승, 그의 후퇴, 그의 급격한 이행이 있으며 그것이 시에 주어진 생활 화폭을 따라 가면서 꿈틀거리고 사람의 심장을 두드리게 하는 것이다.

시에서는 사건의 순차성, 슈제트의 론리성보다 우선 시대를 체현한 시인의 감정, 그의 발전의 론리가 더 중요하며 생활 화폭을 통한 그의 발현이 중요한 것이다.

왜 이 시 련의 매 행마다에 각이한 인물이 등장하며 각이한 행동이 진행되는데 독자들에게 공감을 주는 것인가?

그것은 여기에 사건 발전의 객관적 론리성, 순차성은 없으나 시의 주정에 의하여 하나로 통일된 생활이 있으며 시적 형상이 있기 때문이다. 그리하여 독자들은 이 비약된 생활 화폭에서 꿈틀거리는 서정의 앙양, 그의 후퇴, 그의 변화를 느끼면서 때로 흥분되고 때로 사색에 잠기면서 당에 대한 무한한 사랑과 흠모의 정으로 충만되게 되는 것이다.

시는 결코 사상을 형상에서 로출하여 독자들에게 안겨 주는 것이 아니다. 시는 형상으로 독자를 흥분시키며 그 흥분된 정서 속에서 독자에게 사상을 안겨 준다. 그러므로 시는 독자를 사색케만 하는 것이 아니다. 시는 독자를 생활 창조에로 추동하며 행동하게 한다. 여기에 또한 시의 중요한 위력이 있다.

이에 시의 열정이 복무하며 그 열정에 의하여 안출된 시적 환상이 복무하는 것이다.

시적 환상이 강하고 시의 비약이 빠르면 빠를수록 시는 함축되며 또한 시는 함축될수록 사색과 사상이 깊다. 그러나 최근 우리의 서정시에서는 시적 비약이 부족하고 설명이 길어짐으로써 말이 많고 시인의 주정에 의하여 무르익지 않은 사건 발전만이 독자 앞에 로출되는 그런 시가 없지 않다.

환상이 부족할 때 그 시인은 불가불 설명에 의거하게 되고 설명에 의거하게 되면 말이 많고 시가 따분해지며, 독자의 열정에 호소하여 그의 상상력을 불러 일으키는 것이 아니라 독자에게 억다짐으로 형상을 내려 먹이게 된다.

> 보수 기일 단축하여 천 톤 정상화!
> 준엄한 준령 앞에서
> 불같은 결의의 토로 대신에
> "하겠습니다." 짧은 대답을
> 심장 속에 간직하고
> 적의 화구 막는 전사처럼
> 이글대는 로 속으로 뛰여 들던 사람들
>
> — 시 「출강의 종'소리」

이 시 련은 로 속으로 뛰여 드는 강철 전사들의 용맹을 독자들에게 안겨 줌으로써 그들에 대한 불타는 사랑을 불러 일으키려 하였다.

그러나 이 시 련은 독자의 심장에 불을 지피고 그들의 상상력을 동원하는 것보다 주인공의 행동을 일일이 자세하게 설명함으로써 시인의 의도에 공감하고 납득하도록 기하고 있다.

사실 이 시련은 용광로에 육박하는 순간의 주인공의 정신 상태, 고조된 감정을 노래하는 것 만큼 독자에게 긴박감을 줄수록 더욱 좋을 것이다. 그러므로 여기에는 설명이 필요한 것이 아니라 박력이 필요하며 많은 말이 필요한 것이 아니라 독자의 심장에 불씨를 던지는 하나의 말, 뜨거운 말이 필요하다.

이 시 런에서 "적의 화구 막는 전사처럼", "불 같은 토로 대신에", "이글대는 로" 등의 말은 모두 주인공의 행동이 어떻게 진행되였으며 어떤 환경 속에서 진행되였는가 하는 설명에 복종되고 있다. 이러한 것은 오히려 독자의 상상에 맡기며 독자 자신이 시에 주어진 구체적 화폭을 통하여 진정 그들은 "불같은 결의를 안고" "적의 화구 막는 전사처럼" 용감하게 로 속에 뛰여 들었구나 하는 생각에 잠기게 하며 주인공에 대한 사랑으로 넘치도록 하는 것이 옳을 것이다.

그러나 이러한 필요 없는 설명까지 시인이 잡다하게 다 주다나니 독자들은 고이 앉아 시인의 설명만 들을 수 밖에 없게 된다. 그리하여 독자들은 따분해지고 끝내는 시를 마지막까지 읽어 가는 것을 포기하는 것이다.

뿐만 아니라 여기서는 로 속에 뛰여 드는 주인공들의 긴장되고 고조된 심장의 고동을 느껴 볼 수 없다. 그것은 주인공의 심장의 고동이 작가의 조잡한 설명과 말에 의하여 깔리우고 오히려 이 설명이 형상을 압도하기 때문이다. 그러므로 이 시 런이 복잡한 말에 의하여 무거워지고 따스한 느낌을 주지 못 하며 못내 일반화의 힘을 상실하는 것이 필연적이다.

우리는 결코 슈제트적인 시 일반을 반대하는 것이 아니다. 또 반대할 수 없다. 그러나 이러한 시들이 때로 작가의 열정에 의하여 주관화되여 노래되는 것이 아니라 객관적으로 서술되며 시인의 환상에 의하여 시적으로 함축되는 것이 아니라 산문적인 형식으로 전개되는 것을 반대한다. 이런 경우 시는 불가불 길어진다.

물론 긴 시라고 하여 그것이 모두 시인의 환상이 부족한 데서 오는 것은 아니다. 시 가운데는 조기천의 전쟁 시기의 서정시에서 흔히 볼 수 있는 바와 같이 긴 시로서 주정이 강하고 환상이 풍부한 그런 시를 자주 볼 수 있다.

최근 오영재의 시에서도 이런 특징을 볼 수 있는데 이 시들은 시인의 시대에 대한 사랑과 격정으로 충만됨으로써 적지 않은 경우 독자의 공감을 불러 일으키고 있다.

시가 길다는 것 그것은 결코 형태적인 측면에서만 이야기되는 것이 아니다. 시가 길다는 것은 그 시에 열정이 부족하다는 것이며 설명이 많다는 말이며 랭랭해서 마지막까지 읽기 바쁘다는 독자의 호소가 들어가 있다.

그러므로 긴 모든 시가 나쁜 것이 아니다. 오히려 일부 경우 우리 시가 길어지는 데는 시인이 자기의 걷잡을 수 없는 심정을 더 많이 토로하기 위하여 그리고 그 생활이 담고 있는 다양한 미의 내용을 더 많이 독자에게 안겨 줌으로써 그들이 시인의 사상에 공감하고 우리 생활을 열렬히 사랑하게 하려는 지향이 깃들어 져 있다.

그러나 독자들은 시인이 걷잡을 수 없는 서정을 토로하기 위하여서가 아니라 하나의 생활적 사실이나 시인의 사소한 감정을 설명하기 위하여서 길어지는 그런 시를 반대한다.

로항에 번개치듯 광석을 투입하고
흥건히 흘린 땀을 훔치며
시간을 앞서 나간 기꺼움으로
히죽이 웃는 달처럼 환한 얼굴
꽃나이 갓 스물 용해공들 얼굴이

출선 도랑에 솟아 오는 화광 속에

내 가슴 속에

영웅으로 박혀진다. 사랑으로 얽혀진다.

— 상동

시 「출강의 종'소리」는 결코 긴 시라고는 말할 수 없다. 그럼에도 불구하고 이 시가 길어 보이고 잘 읽혀지지 않는 것은 헐벗은 설명이 많은 데 있다.

이 시련에서 보는 바와 같이 주인공의 기쁜 얼굴 하나를 그리는 데 무려 5행의 시가 바쳐져 있으며 시인의 서정 토로라고 말할 수 있는 것은 오직 한 행이다. 여기에는 산문적인 묘사적 화폭은 있으나 시적인 표현적 화폭은 없다. 그러므로 시는 주인공의 외관적 화폭, 그의 행동, 그의 용모 등은 주나 그의 내면 세계, 깊은 서정 세계는 안겨 주지 못 한다.

시적 화폭은 어디까지나 표현적인 것이지 묘사적인 것이 기본이 아니다. 이런 의미에서 만일 산문적 화폭이 회화에 가깝다면 시적 화폭은 음악에 가깝다.

산문은 묘사의 구체성에 의하여 독자를 공감시키며 매개 물체의 외모, 정황 등을 구체적으로 설명하고 묘사한다. 그리하여 산문 작가들이 하나의 언어를 선택하더라도 묘사성이 강한 회화적인 언어를 좋아하는 것은 당연한 일이다.

그러나 시인들은 묘사의 구체성에 의하여 독자를 납득시키는 것이 아니다. 아무리 좋은 회화성을 가진 생활의 화폭이라는 시인에 있어서는 아무런 의의를 가지지 못 하는 경우가 많다.

시인은 그 화폭의 직관성보다 그 화폭이 담고 있는 내면적 미를 감수하고 그것을 표현하기에 로력하는 것이다. 그러므로 산문적 화폭을 창조하는 데서는 물체의 디테일 묘사가 중요한 역할을 수행한다면 시적 화폭에서는 그것이 큰 역할을 감당하지 못 한다. 여기서는 오히려 감정의 세부 묘사, 서정의 세부 묘사가 주도적인 것으로 된다. 이리하여 시인들이 묘사적이고 회화적인 언어보다 표현적인 언어, 음악적인 언어에 더 관심을 두게 되는 것이다.

그러나 상기 「출강의 종'소리」의 시 련 속에서는 이런 표현적인 언어보다도 묘사적인 언어가 압도하고 있으며 그것도 생활적 내용과 부합되지 않는 것이 적지 않다.

시인은 주인공들의 정서 세계를 표현해 주는 것보다 흔히는 좋은 말, '아름다운' 말을 더 선택하는 데 주력하고 있다. 그리하여 이 시에 사용된 "홍건히 흘린 땀" "히죽이 웃는 달처럼", "꽃나이 갓 스물" 등은 비록 그 자체로서는 아름다와 보이나 시에서 허공 뜨고 아무런 형상적 의의를 못 갖게 되는 것이다. 오히려 그것은 이 시에서 외'적인 행동의 디테일, 주인공의 외모의 디테일을 산문적으로 해석하는 격으로 됨으로써 시만 번잡스럽게 만들고 시상을 모호하고 한다.

그러나 이와 같은 것은 결코 시에서 물체의 세부 묘사가 전혀 있을 수 없으며 회화적 화폭을 도외시하여야 한다는 것은 아니다.

진실로 우수한 시들은 주인공의 정서와 그 주인공의 외'적 상태도 묘사하며 그를 둘러 싼 자연과 물체의 화폭도 창조한다. 김소월의 「바다」, 「가는 길」, 「삭주 구성」 같은 시에서 이런 표현적이면서도 회화적인 직관적 화폭을 볼 수 있다. 그러나 이 경우에 있어서도 서정시의 진미는 시에 노래된 현실 자체의 미나 평면적 화폭에 있는 것이 아니라 그 평면적이고 회화적 화폭이 불러 일으키는 정서, 사색에 있다. 그러므로 시인은 자연의 화폭이나 물체의 외관적 화폭을 통하여 그 외관적 화폭 속에 표현되는 주인공의 정서, 사상에 대하여 예리한 관심을 돌리게 된다. 이것으로 하여 이 자연과 물체의 화폭은 더 큰 생활적 의의를 가지게 되며 독자 앞에 형상적인 것으로 미학적인 것으로 안겨지는 것이다.

이런 측면에서 함영기의 시 「물'소리 물노래 소리」는 흥미 있는 것이 많다.

이 작품은 산과 들, 농촌에 이르는 곳마다 흘러 내리는 물'소리를 통하여 우리 협동 마을, 그에 대한 당의 보살핌의 자랑을 노래하였다.

시인은 자기의 얼굴을 화폭 전면에 로출시키지 않으면서도 자연 화폭과 물의 흐름 속에 담겨져 있는 맑고 밝은 음향을 통하여 기쁘고 명랑하고 행복한 우리 농장 마을의 생활을 구가하였다.

　　물'소리, 물 노래 소리!
　　바람 소리만 들려 오던
　　산'새 소리만 들려 오던
　　왕대산 마루에도 물노래 소리

여기에는 회화적인 외관적 화폭은 거의 없다. 시인은 주로 자기의 언어와 리듬을 통하여 마치 심심 산골에 침묵을 뚫고 바람 소리, 산새 소리와 함께 물'소리가 들려 오는 것 같은 화음을 조성함으로써 독자의 가슴에 물의 흐름을 안기고 무엇인가 맑고 밝은 심정에 싸이게 하며 변모된 생활에 공감하게 한다.

여기에는 개방된 서정 토로도 없다.

그러나 시인의 서정은 물의 흐름, 그 곳에서 들려 오는 음향을 타고 독자의 심장을 두드리는 것이다.

　여기에는 아름다운 자연이 회화적으로 묘사된 것이 아니라 음악적으로 표현되었다.

　이 시에서는 수식이 필요 없었다. 이 시인은 그것을 독자의 상상에 맡겼으며 독자의 감정에 호소했을 따름이다. 독자들은 이 시인의 심정을 시에 주어진 화폭과 형상력에 의하여 간파하였으며 시에 노래된 사상, 변모한 우리 농장 마을의 기쁨에 공감하게 되었다. 여기에 이 시의 기교가 있다.

　높낮은 양수장 따라
　한 단 두 단 물 오를 때마다,
　한 번 또 한 번 살림만 피더니
　오늘은 왕대산 마루에도 물 흐른다.

　넓으나 넓은 밭벼 이랑 안고 돌며
　땅 우에 물'소리, 물노래 소리!
　어우러진 목화밭 언덕 너머
　하늘'가에도 물'소리, 물노래 소리!

　양수관 타고 오르내리며
　물아, 이제야 길들었고나,
　가슴 속에도 시원한 물바람 일쿠며
　물아, 많은 일 맡아 나섰구나.

여기에는 물만이 보이는 것이 아니라 그 물을 보고 기뻐하는 시인의 얼굴이 보이며 그의 기꺼운 호흡 소리가 들린다. 독자들은 그 물보다도 그 물을 타고 행복하게 흘러 내리는 시인의 감정에 공감되여 정서적 앙양을 느끼게 되는 것이다.

이 시의 경험은 시인이 시를 창조하는 경우에 있어서 독자에게 자기의 심장의 말을 전하기 위하여 지나치게 조급하지 말며 우선 그들이 그 시에 그려진 생활 화폭에 공감되게 하고 그 후 그 화폭의 음향을 따라 그 시의 중심 깊이 흘러 내리는 시인의 생활에 대한 깊은 사색과 정서에 공감되게 하여야 한다는 것을 말하여 준다.

시가 표현적이여야 한다는 것은 시인의 주정이 로출되여야 한다는 말이 아니다. 시인의 주정은 구체적 화폭에 담겨 독자에게 안겨질 때에만 진실감을 줄 수 있다. 그러나 여기서 구체적 화폭이란 어휘의 라렬과 설명을 의미하는 것이 아니라 작가의 시대를 체현한 서정과 사색을 집중적으로 표현할 수 있는 시의 형상적 화폭을 의미한다.

그러나 「물'소리 물노래 소리」의 마지막 련들은 이러한 형상적 화폭을 안배한 것으로 되지 못 하였다. 시인은 이 시의 마지막에서 이미 서두에 창조된 자신의 형상적 화폭의 성공과 독자의 정서적 앙양을 믿지 못 하고 이미 형상적으로 이야기된 것을 다시 생경한 주정 토로로 로출시키고 있다.

그러나 토로가 없어도 독자들은 이미 주어진 화폭에서 농민에 대한 당의 배려, 수령의 크낙한 사랑을 진심으로 느꼈으며 흥분하였다. 뿐만 아니라 이 마지막 련에 담겨진 사상보다 더 많은 것을 독자는 생각하고 우리 생활의 미에 대한 깊은 사색에 잠겼던 것이다. 그러나 마지막 시 련을 읽고 나선 독자들은 시인 자신이 이미 서두에서 자기가 창조한 형상의 힘이 얼마나 귀중한 것인가 하는 것을 믿지 못 하고 있다는 것을 깨달 았으며 서운한 감을 금할 수 없게 된다. 이것은 일부 우리 시가 가지고 있 는 약점을 반복한 것에 지나지 않는다. 그럼에도 불구하고 이 시는 전반 적으로 볼 때 산문적이 아니라 시적 형상 창조에서 성과를 거두었다.

시의 형상적 특성으로서의 주정과 그의 표현성과 관련하여 마지막으 로 강조하게 되는 것은 시가 주정을 토로하며 시인의 사상 감정을 표현 하는 예술인 것 만큼 아무리 그 시가 표현력이 강하고 구성이 시적으로 째여져 있다 하더라도 그의 내용을 이루는 시인의 사상 미학적 리상이 높지 못 하면 훌륭한 일반화를 진행할 수 없다는 그것이다.

표현한다는 말에는 무엇을 표현하는가 하는 질문이 뒤따른다. 시는 높은 시대 정신을 체현한 시인의 감정을 표현하며 사상을 표현한다. 그 러므로 시인 자신이 높은 사상 즉 인민을 대변하고 시대를 대변하는 사 상 감정을 가지지 않는다면 아무리 '열정적'이고 표현적인 화폭이라 하 여도 시대의 사상 감정을 일반화할 수 없다.

시는 시인의 사상의 거울이며 정서의 거울이다.

우리는 여기서 다시 한 번 "시는 사상의 표현이다. 사상이 저조하면 아무리 고상한 표현을 하려고 해도 되지 않으며 사상이 비루하면 아무 리 진정한 표현을 하려고 해도 사정에 어울리지 않는다.

시를 공부하는 사람이 그 사상을 바르게 가지지 않는다면 오물 더미 속에서 맑은 샘물을 찾으며 거름을 헤치고 아름다운 꽃을 찾으려는 것 과 같아서 한 평생 애를 써도 아무 소득이 없을 것이다."라는 우리 고전 작가 정다산의 귀중한 말을 상기하게 된다.

시의 일반화에선 이것이 기본이다. 이것은 시적 열정의 핵이며 환상 의 추동력이다. 이것은 시의 환상을 낳게 하며 시적 언어를 구사하는 기초로 되는 것이다. 그러므로 이런 옳은 인민적 립장과 높은 리상이 없으면 시를 지을 수 없다.

우리는 여기서 부르죠아 미학과 대립된다. 부르죠아 미학에서는 시인의 열정을 이야기하면서도 그 열정을 순수한 개인적인 것으로 비계급적인 것으로 간주하며 그의 기초에 놓여지게 되는 시인의 인민적인 사상, 높은 혁명적인 리상을 무시하며 그것을 이야기하는 것을 꺼려 한다.

그러나 우리는 시의 열정의 문제를 시인의 인민적이며 혁명적인 사상의 문제에로까지 끌고 가며 거기서 열정의 핵을 찾을 때 이 문제를 정확히 해명하였다고 이야기하게 되는 것이다.

이와 같은 것은 시의 일반화의 특성을 살리기 위하여서는 시의 형상 창조의 특성, 열정 문제, 시의 전개 문제, 그의 구조 문제를 정확히 알며 그것을 시 창작 과정에서 활용하는 것도 중요하지만 우선 시인 자신이 높은 시대 정신, 혁명적인 리상으로 무장하는 것이 중요하다는 것을 말하여 준다. 시대 정신을 체현하지 않고 높은 미의 리상으로 무장되지 않고서는 그 시가 아무리 생활을 열정적으로 재현하려고 하여도 재현할 수 없으며 기록과 설명에 머무르고 '산문화'되였다는 비난을 받게 된다.

그러므로 우리 시 문학의 열정을 더욱 제고하며 환상을 풍부히 하고 형상이 사건에 파묻히는 일이 없게 하기 위해선 무엇보다 시인이 시대 정신으로 무장하고 시 창작의 모든 과정에서 시의 쟌르적 특성을 더욱 구현하여야 할 중요한 과업이 제기된다.

—『조선문학』204, 1964.8(1964.8.6)

서사시에서의 슈제트와 성격

김진태

　서사시에서 슈제트는 필수적이다. 슈제트의 운동 과정은 반드시 일관성과 통일성을 가지고 있어야 하는데 이 문제를 외곬으로만 리해 해서는 안 된다. 일관성이란 개념은 반드시 기, 승, 전, 결의 순차성에만 귀착시킬 수 없다.

　슈제트의 일관성과 통일성은 슈제트선의 운동 법칙의 타당성, 계기성의 련쇄, 생활적 법칙의 진실하고 론리성 있는 반영을 기초로 한다. 작품의 주제가 제기하는 과업과 작자의 의도에 따라 슈제트의 일관성은 기, 승, 전, 결의 순차성을 준수할 수도 있고 때에 따라 그것을 바꾸어 놓을 수도 있다. 그런가 하면 일부를 생략하는 경우도 있다.

　서사시의 중요 특징은 작품을 서정적으로 채색하는 이러저런 요소들이 적지 않게 도입되며 특히 다른 서사적 작품들과는 달리 작자의 서정토로가 적극 도입되는 그것이다. 이러한 슈제트의 내외'적 요소들이 주제 해명에 철저히 복종하는 그의 운동 법칙에 따라 내'적인 론리성과 변증법적 관계 속에 전개 발전되여 나가면 그 슈제트는 일관성과 통일성을 가지게 되는 것이다. 서사시의 슈제트는 다른 서사적 쟌르와는 달리 그것이 사건선을 엮어 나가는 동시에 반드시 그 사건선이 환기하는 농후한 서정 세계, 서정의 변증법을 반영하는 것에로 복종되여야 한다. 슈제트의 통일성과 일관성도 바로 이러한 면들에서 보장되여야 한다. 그런데 이 문제에서 슈제트선의 내'적인 련관의 론리적 타당성은 보지 않고 외형적인 관계의 순차성만 보게 되면 그것은 또한 다른 편향을 가져 오게 하며, 거기에는 반드시 구성상 류형이 초래되게 될 것이다.

서사시의 슈제트라는 것은 사건선을 통한 서정 세계의 운동 과정을 인과적 련계의 론리 속에 짜 나가는 것이다.

이러한 인과 관계는 원인에서 결과에로 밝혀 나가는 해명 과정도 있을 것이고 결과를 먼저 주고 그 원인을 뒤에 해명해 주는 그러한 해명 과정도 있을 수 있다. 그것은 작가의 의도, 주제 해결의 여하에 따라 각양한 련계를 취할 수 있다.

이와 같은 슈제트의 서정적 련계, 그의 론리적 인과 관계의 타당성을 보장하자면 거기에 충분한 계기 해명 과정이 주어져야 한다.

우리는 이런 말을 하군 한다 — 이 사건은 실재한 것인데 어쩐지 진실하게 안겨 오지 않는다 — 라고, 그런가 하면 반대로 — 이것은 거짓말 같은데 어쩐지 거짓말로 여겨지지 않는다 — 고. 이와 같은 말을 흔히 하기도 하고 듣기도 한다.

바로 그런 것이다. 우리는 작품을 읽을 때 전혀 있을 것 같지 않을 사건에 부딪칠 경우가 적지 않은데 이런 경우에도 그것의 론증과 해명이 충분히 주어지기만 하면 그것은 믿어지게 되며 반대로 아무리 실제적인 사건이라도 그것의 론증과 해명이 충분치 못 하면 도저히 믿을 수가 없다.

믿어지지 않는다는 데는 두 가지 원인이 있는데 그하나는 계기 해명이 충분치 못 한 것이며 다른 하나는 계기 해명이 전혀 주어지지 않은 것이다. 오늘 우리 일부 작품들이 진실성을 갖지 못 하는 원인에는 이 두 측면이 동시에 존재하고 있기 때문이다.

우리가 작품에서 진실성이 없고 타당성이 결여되어 있다고 할 때 또한 거기에서도 몇 가지 원인이 있다. 그것은 사회 력사적 시대적 본질을 밝히는 일반적이며 총체적인 계기 해명 문제와 그 일반적 계기 해명을 부분과 부분들 간의 련계의 론증으로써 보강해 주는 구체적인 계기 해명 문제와 관계된다.

구체적인 계기 해명은 사람들을 납득시킬 만하게 주어져 있으나 일반적이며 총체적인 계기 해명이 옳은 방향으로 충분히 주어지지 않는 현상, 일반적이며 총체적인 계기 해명은 기본적으로 주어져 있는데 그 일반적 계기 해명을 보강하고 구체화하는 계기 해명들이 불충분하게 주어지거나 주어지지 않는 현상, 량자가 다 부족한 그러한 현상이 있는데 이러한 현상은 작품의 진실성을 보장하지 못 하는 주요 원인들로 된다.

사회 력사적 시대적 본질을 밝히는 일반적 계기 해명이 충분치 못 하게 주어지는 것은 바로 구체적인 계기 해명들이 완벽하게 주어지지 않고 있다는 것을 말해 준다. 그런데 우리 서사시 창작의 일반적 정형을 보면 일반적이며 총체적인 계기 해명이 옳은 방향에서 주어지지 않는 그러한 작품들은 거의 없다. 그러나 부분적인 곳들에서 구체적인 계기 해명들을 충분히 주지 못 하는 그러한 현상은 적지 않게 존재한다. 그런데 서사시의 계기 해명인 경우 그 계기 해명의 구체화라는 개념을 반드시 빠짐없이 일일이 다 말해 주는 그러한 것으로 리해해서는 안 된다.

물론 사정에 따라 그렇게 친절하게 세밀하게 말해 줄 경우도 있는 것이다. 그러나 지내 뻔한 사실을 구구히 말해 주게 되면 그의 친절성에도 불구하고 독자들은 지루감을 느끼게 된다.

서사시의 경우, 그 계기 해명 과정은 함축력을 가져야 한다. 계기 해명 과정에 집약성과 함축성을 보장하는 것은 다른 서사적 쟌르와는 다른 서사시의 한 특징으로 되고 있다.

지지하게 해명을 주지 않고도 간결하고 함축성 있는 표현으로써 보다 많은 것을 말해 주어야 한다. 집약과 함축은 강한 련상, 사상 암시를 불러 일으킨다. 바로 이것을 통하여 계기 해명 과정도 집약화되여야 한다.

그러나 상상 작용을 불러 일으키지 않는 집약과 함축이 계기 해명 과정에 주어질 때 그것은 결정적인 실패를 면치 못 한다.

서사시의 계기 해명은 가능한 한 최대한의 집약과 함축을 하면서도 그의 진실성과 련계의 타당성이 있어야 한다.

이와 같이 계기 해명의 진실성은 그 작품의 진실성을 보장하는 중요한 담보로 된다.

서사시의 계기 해명은 그의 론리성과 진실성을 보장하는 데 있어서 단순한 론리적이며 개념적인 해설과 설명으로 대치해서는 안 된다.

반드시 그것은 농후한 서정으로 채색되여야 한다. 이 문제는 다른 서사적 작품들과 구별되는 서사시의 한 특징이기도 하다.

서사시의 사건과 성격에 대한 계기 해명은 그 사건과 성격의 발전에 따르는 서정적 운동의 련관 관계와 운동 형태를 해명하는 것으로 되여야 한다. 계기 해명이 농후한 서정 세계 속에서 안겨 오지 않으면 메마른 론증과 해명으로 밖에 되지 않는다.

서사시가 시로 되기 위해서는 사건의 발전과 성격 발전에 따르는 시인의 강한 서정적 체험의 발로로 해명이 주어져야 한다.

그런데 「수리개」는 슈제트의 일관성과 통일성이 객관적 진실성을 띠고 주어지기는 했지만 그 계기 해명이 지내 객관적 현실의 사실에만 치중했던 나머지 그것을 농후한 서정 세계의 운동 과정 속에서 끌고 가지 못 한 대목들이 있다. 따라서 이 작품에서 서정의 빈곤을 느끼지 않을 수 없다.

계기 해명이란 다름 아닌 슈제트 발전 과정에 대한 작가의 형상적 사고 체계에 의해서 진행되며 전형적 환경에서 전형적 성격을 천명하고 론증하는 과정인 것이다.

어떤 작품을 두고 그 작품의 환경과 주인공이 시대적 전형으로 되였는가 안 되였는가? 또한 그 전형이 원만하게 묘사되였는가 부족점이 있는가 하는 문제도 계기 해명이 잘 주어졌는가 안 주어졌는가에 달려 있는 것이다.

「흐르라 나의 강아」에서 주인공의 전형 문제를 가지고 적지 않은 론의가 있는 것도 많이는 이 계기 해명과 관계되고 있다. 이 서사시는 총체적으로 발전소 건설장의 한 복판에서 오늘 우리 로동 청년의 기상을 박력 있게 추구해 나가고 있다. 즉 환경과 성격을 그림에 있어서 사회 력사적 및 시대적 본질을 밝히는 일반적 계기 해명은 일정하게 주어져 있다. 때문에 이런 견지에선 민호의 성격이 오늘 우리 시대의 전형이라고 볼 수 있다.

일제 놈들에게 무참히 아버지를 빼앗기였으며 갖은 고통 속에서 그는 과거를 살아 왔다. 그렇기 때문에 그는 새 사회 건설에는 어떤 일에도 뛰여 들 수 있는 오늘 우리 시대의 기백을 소유하고 있다. 그리하여 그는 제일 선참으로 발전소 건설장에 달려 왔으며 하루 빨리 발전소를 건설함으로써 인민들의 행복을 이룩하리라는 고도의 정열과 념원으로써 가슴을 태우고 있다. 그는 발전소 건설에서 고도의 자각성, 희생성, 전투적 정신을 발휘하면서 영웅적인 투쟁을 전개한다.

이러한 성격적 표상은 민호의 성격과 행동에서 부분적으로 결함이 있음에도 불구하고 그의 성격이 오늘 우리 시대의 기상을 체현한 인간으로 감수하게 한다. 결코 민호의 성격은 그 어떤 다른 시대의 전형이 아니며 바로 오늘 우리 시대의 전형이다.

그런데 중요한 것은 전형적 성격을 그릴 때 반드시 전형적 환경의 문제가 중요하게 제기된다는 것을 잊지 않는 것이다. 즉 시인이 제 아무리 환경과 동떨어져 주관적 강조로써 주인공의 성격을 전형적인 것으로 끌어 올리려 하여도 그 주인공을 제약하는 환경이 전형적으로 되지 못하거나 약할 때 그 성격은 제 빛을 다 발휘할 수 없다는 것이다.

이미 말한 바와 같이 환경과 성격의 관계를 묘사함에 있어서 그 일반적 계기 해명은 기본적으로 옳은 방향에서 주어졌다. 즉 발전소 건설이라는 환경 속에서 우리 시대 로동 청년의 전형이 기본적으로 그려졌고 환경과 성격들의 구체적인 련관 관계에서 주어지는 구체적 계기 해명에서도 그것이 타당하게 주어진 측면이 적지 않다. 그러나 부분적으로 구체적 계기 해명이 미진한 곳들도 없지 않다. 그렇기 때문에 보다 더 주인공의 전형적 성격을 빛내일 수 있었던 것을 그렇게 하지 못 하였다.

구체적인 계기 해명들이 부분적으로 미진하게 된 원인의 첫째는 구체적 계기 해명에 바쳐진 환경, 사건, 세부들이 부분적으로 본격적인 측면에서 선택되고 묘사되지 못 하고 있는 점이다. 이왕 로동 현장에서 로동 청년의 전형을 그림에 있어서 왜 하필 그러한 정황 속에서 왜 그러한 사건과 세부들의 인과 관계들로써 계기를 해명해 나가는가 하는 문제이다. 이것은 무엇을 념두에 두고 말하는 것인가?

시인은 민호를 로동 현장에 내세워 놓고도 적지 않은 부분들에서 그를 직접 본격적인 로동 속에 뛰여 들지 못 하게 사건과 세부들을 짜 나가고 있다.

로동 계급의 훌륭한 아들인 민호를 주관적 강조로써는 높이 추켜 세우면서도 바로 로동 계급의 성격적 본질의 기본 분야를 보여 줄 수 있는 그러한 환경을 적지 않은 곳들에서 조성시켜 주지 않고 있다.

　로동 계급의 성격적 특징의 기본 분야가 발양되는 곳은 그 어떤 환경보다도 로동 환경이며 그 로동 환경 속에서도 로동이 직접적으로 진행되는 본격적인 로동 생활이다. 그리고 로동 계급의 전형적 성격을 소극적인 행동에서가 아니라 적극적인 행동을 통해서 보여 주는 것은 매우 중요하다(물론 다른 분야도 례외가 아니다). 우리 로동 계급의 성격은 휴식보다 로동 속에서, 사건 사고보다 창조와 혁신 속에서, 사고 발생보다 무사고로 계속 전진하는 투쟁 속에서 보다 뚜렷이 밝혀져 오는 것이기 때문이다. 그런데 이 작품의 환경, 사건, 세부들의 련계와 그의 계기 해명들은 후자의 속에서가 아니라 많이는 전자의 속에서 주어진다. 즉 성격 발전을 적지 않은 경우 소극적이며 비주도적인 그러한 환경 속에서 보여 주고 있다.

　슈제트의 발전과 그의 계기 해명의 련쇄 속에 주어진 주인공의 행동, 사건, 사색 등은 사건 사고, 잠, 꿈, 사고 방지와 사고 뒤'수습 등으로 적지 않게 충당되고 있다.

　일례를 들어 보자. 안전 규정 위반(2장), 타입한 것이 무너지는 사고(3장), 진공기 고장(4장), 현수의 사고(5장), 전기'불 사고(6장), 가배수로의 사고(8장) 등 …….

　이와 같이 전 8장으로 되어 있는 이 서사시의 슈제트선에서 1장(환경 전개)과 7장을 제외하고는 사건 사고로서 묘사되어 나간다.

　그렇다 보니 로동 계급 성격 발현의 주도적 분야의 묘사는 극히 제한되지 않을 수 없었다.

물론 작품 창작에서 무엇을 그리는가 보다 어떻게 그리는가가 더 중요한 것은 두말할 것 없지만 그렇다고 하여 무엇을? 하는 문제를 지내 홀시하거나 아무 것도 아닌 것으로 간과해 버려서는 안 된다.

이와 같이 이 서사시는 구체적인 계기 해명에 바쳐진 환경, 정황, 사건, 세부 묘사에서 부분적인 부족점을 가지고 있기 때문에 민호의 전형적인 성격을 더욱 더 본격적인 측면에서 보강할 수 있었던 것을 더 보강하지 못 하였다.

이러한 부분들의 묘사에서 이왕이면 본격적이며 적극적인 로동의 측면에서, 사고가 아니라 창조적 혁신과 전진 속에서 로동 계급의 특징을 좀 더 보강할 수 있는 그러한 계기 해명을 주었더라면 빛을 내고 있는 민호의 전형적 성격은 보다 더 빛을 내였을 것이다. 이러한 부족점은 시인의 주관적인 욕망에 의해서 민호의 성격을 주관적으로만 높이려고 한 것과 중요하게 관련되고 있다. 교훈은 주관만 앞세워 가지고는 주인공의 성격을 높일 수 없다는 것이다.

이러한 현상은 이 작품의 구체적 계기 해명이 부분적으로나마 미진하게 된 또 하나의 원인이다. 이 원인은 구체적인 계기 해명이 주어지고 있는 부분에서도 그것들이 적지 않게 주정 토로 형식으로 주어진 것과 관계된다.

서사시의 경우 이것도 중요하지만 보다 중요한 것은 서사시가 서사적 쟌르인 것 만큼 슈제트의 외'적 요소인 주정 토로에 의해서 계기 해명이 주어지는 것보다 내'적 요소인 사건의 운동 속에서 주어지는 것이 유리하며 성격도 두드러지게 보이게 된다.

그런데 이상과 같은 부분적 부족점에만 비평의 예봉을 두고 이 서사시의 주인공은 천리마 시대의 전형이 아니라고 규정할 수 없으며 또한 이러한 부족점들을 눈감고 민호의 성격에 대하여 지나치게 평가해서도 안 된다. 장점과 결점은 제대로 평가하는 것이 더 유익한 것이다.

슈제트선상의 계기 해명 과정은 여러 가지 형태로 진행된다. 그러나 그 계기 해명은 슈제트의 운동과 그에 대한 시인의 서정적 사고와 추리의 련쇄 과정으로써 일관성, 통일성이 보장되여야 한다. 계기 해명의 련쇄가 일관성 있게 통일되고 서정적인 조화성을 띠면 띨수록 그 만큼 슈제트를 타고 발전하는 사건과 인간 성격이 서정적으로 뚜렷이 부각되게 되는 것이다.

서사시에서 성격 창조와 관련해서 슈제트의 련쇄 속에 놓여지는 사건과 세부들의 내용상 의의와 외형적 규모의 크기 넓이 등 호상 관계 문제도 현 창작 실천으로 보아 중요하게 론의되여야 한다.

이 문제는 얼마 간의 평론과 리론들에서 일부 천명되였지만 아직도 부족점이 있으며 때로는 일면적인 론리가 피력되기도 하였다.

다른 서사적 쟌르의 작품들과는 달리 서사시에서의 사건과 세부들은 정서적 내용으로 의의 있는 것으로 되여야 한다. 아무런 의의 없는 사건과 세부들은 대담하게 생략하여 비약을 조성시킴으로써 그러한 것들의 내용은 비약이 조성하는 상상과 암시로써 시사해 주는 방식으로 취급해야 한다.

그러나 그 사건과 세부가 아무리 외형적으로 작은 것이라 하더라도 주제적 과업의 해명과 주인공의 성격 부각, 슈제트 전개의 론리를 위해서 반드시 필요한 것은 생략과 비약의 방법으로 처리해선 안 된다.

서사시에서 사건과 세부의 크기는 결코 그것들의 외형적 측면과만 관련되는 것이 아니라 그것보다 더 중요한 것은 외형적 측면인 것이 아니라 그 사건과 세부의 내용상 의의에 있다.

그 외형이 아무리 크더라도 그것의 내용적 의의가 크지 않을 때 그것은 서사시의 구성 요소로 들어 올 수 없으며 그와 반대로 외형적 규모가 아무리 작더라도 그 내용상 의의가 크면 서사시의 구성 요소로 도입되는 것이다.

서사시의 기본 특성은 가장 거대하고 의의가 있으며 전 인민적인 포괄성을 가진 사건과 가장 영웅적이며 숭고한 성격을 노래하는 것이라고 특징 짓는다.

이러한 특징은 결코 외형적 규모에만 국한되는 것이 아니다. 물론 외형적 규모가 크면 클수록 결코 나쁠 것은 없다. 그렇다고 하여 가장 거대한 의의가 있으며 가장 영웅적이고 숭고한 성격을 가지며 전 인민적 포괄성을 가진 사건이라 하여 그러한 것은 언제나 반드시 사건의 외형적 규모가 굉장히 큰 그러한 것에서만 달성될 수 있다고 생각할 수 없는 것이다. 그것은 상대적으로 작은 사건일지라도 굉장한 크기의 사건에 비해 그 내용상 의의가 더 큰 것이 있기 때문이다. 결코 내용상 의의는 소여 사건과 세부의 질적 측면이지 외적 측면은 아니다.

내용상 의의도, 외형상 규모도 동시에 클 때 그것은 얼마나 좋은가. 그러나 모든 사건과 세부가 이렇게 될 수는 없는바 그 중에서 결정적 역할을 노는 것은 내용상 의의에 있는 것이다.

서사시의 형상의 폭도 절대로 사건의 폭, 환경의 폭, 등장 인물의 머리 수'자에 의해서만 보장되는 것이 아니다.

대폭적인 서사시 창작 문제와 관련해서 형상의 폭을 넓히라는 오늘 우리 시대의 요구를 이와 같이 외곬으로만 리해해서는 안 된다.

대폭적인 서사시 창작과 관련해서 생활적, 시대적 폭을 넓혀야 한다는 강조는 매우 적절하고 중요하다. 그런데 이러한 시간 공간적인 환경의 폭을 넓히는 것이 형상의 폭을 넓히는 문제의 전부라고 생각할 수 없다.

만약에 형상의 폭 문제를 시간 공간적 환경의 폭에만 귀착시켜 일면적으로 강조한다면 다른 편향에로 떨어지게 된다.

그런데 일부 서사시의 형상의 폭에 대한 문제를 취급한 론자들에는 긍정적인 측면이 있으면서도 지내 시간, 공간적 환경의 폭만을 강조함으로써 그릇된 인상을 조성시키기도 한다.

지어는 한두 사람의 등장 인물보다 전 인민적인 군상이 등장해야 하며 어느 한 부분의 무대보다 전 령역을 포괄하는 무대를 묘사해야한다고 한다. 물론 대서사시 창작과 관련해서 일면 옳은 주장이다. 그러나 이것만이 일면적으로 강조되게 되면 형상의 폭을 넓히는 결정적 요인은 환경의 폭을 넓히고 등장 인물의 수'자를 증가하는데 있는 것으로 잘못 리해를 조성시킬 수 있으며 또한 환경의 폭만 넓히면 자동적으로 형상의 폭도 넓어진다는 것으로 리해시키게 된다. 이렇게 되면 주제적 과업 이상으로 불필요한 사건, 인간들을 지루하게 늘어놓게 할 수 있다.

그리고 서사시에서 이러한 주장이 일면화되면 다른 서사적 쟌르(소설과 같은)에 비해 상대적으로 구성의 복잡성을 요구하지 않는 서사시의 특성을 파괴하게 되며 필요 이상으로 수많은 사건들과 환경, 인간들의 많은 수'자로써 구성을 얽어 나가도 좋다는 것으로 된다.

그러면 무엇을 강조해야 하는가. 환경의 폭과 함께 보다 중요하게는 인간의 성격적 폭을 넓히라고 강조해야 한다. 아무리 환경의 폭만 넓혀도 주제 천명과 성격 창조에서 일반화와 전형화의 폭을 보장하지 않으면 형상의 폭이 보장될 수 없으며 그 서사시는 용적만 컸지 내용의 폭은 주어지지 못 하는 것이다.

형상의 폭을 규정하는 것은 환경의 폭과 함께 작품의 내용이 가지는 주제적 의의가 얼마나 넓으며 그것이 사회 력사적, 시대적 본질을 얼마나 넓게 일반화하고 전형화했는가, 주인공의 운명이 얼마나 폭넓게 구현되였는가에 있다. 이것을 주되게 강조해야 한다.

전 인민적이며 영웅적인 의의를 가지는 사건은 언제나 반드시 그 외형이 큰 것이 아니다. 그것은 외'적 규모가 상대적으로 작고 좁아도 전 인민적이며 위대한 의의를 가지고 있는 것이 있으며 그 외'적 규모가 굉장히 크고 넓어도 그의 의의는 하잘것없는 것일 수 있기 때문이다.

그러면 전인민적이며 위대한 의의가 있는 사건이란 실제 창작의 구성 체계에서는 어떻게 볼 것인가?

서사시에 반영된 전체적인 사건이 전 인민적이며 위대하고 숭고한 성격을 띠자면 그것을 구체화하고 충실하게 발현하는 개개의 사건과 세부들도 그러한 전 인민적이며 위대한 의의를 나타내는 어느 한 측면의 의의를 반드시 담당하고 있어야 한다.

이 문제는 전체와 부분 간의 관계로서 호상 유기적 통일체로 이루어지는 것이다. 그런데 실제 작품을 평가할 때 일부 론의들에는 이 유기적 관계가 파괴되고 일면적으로 평가되는 경향이 왕왕 나타나는 것을 보게 된다. 즉 부분을 보지 않고 전체만 보고 평가하거나 전체는 보지 않고 부분만 보고 평가하는 현상이 바로 이것이다. 이러한 현상이 「흐르라 나의 강아」를 평가하는 데서도 부분적으로 표현되고 있다. 부분적인 것을 위주로 보는 론자들은 민호의 성격을 전형으로 보지 않으며 전체적인 것을 위주로 보는 론자는 그를 전형으로 본다.

그러면 이 견해들이 전적으로 그릇된 것인가? 결코 그런 것은 아니다. 다만 이 론자들의 견해가 일방만을 지내 강조하고 있는 데서 이런 극단적인 표현이 나온 것이다. 작품은 이와 같은 두 견해가 나올 수 있는 요소들을 동시에 가지고 있다. 또한 혹자는 이 작품의 사건들이 무슨 의의가 있는 것인가고 주장한다면 다른 론자들은 발전소 건설이라는 전반적인 사건으로 보아 전 인민적인 의의를 가진 사건이라고 본다. 이 론자들도 일면 타당성을 가지면서도 역시 다른 일면만을 강조하는 견해들이다. 문제를 과연 이렇게 보아야 할 것인가.

전체와 부분은 그 량자의 통일 속에서 보면서 어디까지나 부분들로 발현되는 전체적인 면에서 보아야 한다. 이런 측면에서 보면 이 서사시에는 우점과 부족점이 동시에 있다는 것을 발견할 수 있다. 이 서사시에 반영된 전체적인 사건은 의심할 바 없이 전 인민적인 의의를 가지는 대사변이다. 그런데 부분적인 것만으로써 전체적인 사건의 성격을 평가한다는 것은 지내 극단이다. 전체적인 사건 속에 포함되어 있는 부분적인 사건과 세부들에는 큰 의의가 없는 것들도 있다는 것을 간과해서는 안 된다. 임의의 례를 보자.

그 위대한 전체적인 사건을 전개해 나가는데 전구알 사고 같은 것은 내용상 의의로 보아 그야 말로 지내 작지 않은가. 그리고 돌멩이 하나가 떨어져 부상 당하게 된다는 세부 역시 그러하다. 이러한 문제가 민호의 영웅적 성격, 사건의 전 인민적 성격을 부각해 주는 데 필요한가 안 한가의 문제는 둘째치고 그것은 지내 하잘 것 없는 것이다.

이렇게 볼 때 이 작품은 총체적으로 보아 민호의 영웅적 성격을 그렸음에도 일련의 부분들의 부족점 때문에 그 만큼 빛을 잃게 되였으며 또한 총체적으로 보아 전 인민적 성격의 사건을 취급하고 있음에도 지내 세세한 세부와 상기한 바와 같이 비본격적이며 비주도적인 사건들의 개입으로 하여 그 만큼 그 사건의 위대성을 삭감시키였다. 이러한 부분들의 결함이 극복되였다면 큰 사건도 더욱 빛을 냈을 것이다.

서사시의 슈제트 발전과 작품의 구성으로 보아 세부가 작은 것이라 하여 결코 홀시되여선 안 된다. 우에서도 지적한 바와 같이 세부 하나가 잘못되면 때로 옥에 티와 같은 손상을 입게 된다. 반면에 세부가 잘 묘사되면 그 작품을 한없이 빛내는 경우도 있다. 이 만큼 세부는 중요하며 하늘의 별처럼 반짝거려야 한다.

이러한 세부들은 놓여야 할 그 자리에 반드시 놓여야 한다. 그것이 없이는 빛을 낼 수 없으며 다른 것과는 도저히 바꿀 수도 없는 그러한 것으로 되여야 한다. 동시에 세부는 비상한 함축과 탄력을 가질수록 더 좋다. 이러한 세부들은 그 자그마한 것을 가지고도 무한히 넓고 큰 내용을 전달하며 상상 작용을 일으키게 한다.

「흐르라, 나의 강아」에서 물'새를 취급한 장면은 얼마나 좋은 세부인가. 여기서 벌써 천리마 시대의 위대한 힘과 행복, 과거 일제 시기의 암담했던 생활을 심오한 암시와 상징 속에서 보여 주고 있다. 팔씨름 장면은 또한 얼마나 좋은가. 이 한 장면을 통하여 얼마나 많은 문제를 전달해 주는가. 일제 시기의 암담한 생활, 오늘의 보람차고 명랑한 생활, 일제에 대한 한없는 증오와 우리 로동 계급의 불굴의 투쟁 정신, 계급적 각성과 민족적 자부심 등 이 한 장면이 얼마나 심오하고 폭이 넓은 세계를 펼쳐 놓고 있는가.

세부들은 강한 함축력과 견인력을 가져야 하며 그것이 강한 서정으로 채색되여 있어야 한다. 세부는 결코 그 세부 자체의 테두리 밖을 넘어서지 못 하는 그러한 내용과 서정의 넓이만을 가져서는 서사시의 세부로서의 구실을 수행할 수 없다.

세부는 또한 독창적일수록 좋다. 세부가 독창적이여야만 거기서 풍겨 나는 서정과 표현되는 내용이 기발하고 독창적인 것으로 된다. 우에서 지적한 물'새의 장면, 팔씨름 장면만 상기해 봐도 이것을 충분히 리해할 수 있다. 이러한 데 관심을 돌리게 되면 우리들에게 잔존하고 있는 류사성의 한 측면을 극복할 수도 있게 된다.

그렇다고 세부의 기발성에만 매력을 느껴서는 안 된다. 우리에게는 아직도 단순히 세부에만 매력을 느끼고 관심을 두는 현상이 없지 않다. 세부에 대한 지나친 몰두는 그 세부의 깊은 함정 속에서 헤여 나지 못하게 하는 경우를 낳게 한다. 그렇게 되면 작품의 일반화를 달성할 수 없다. 세부에 지내 빠져 들어 가면 나아가야 할 주제적 방향을 잃게 되며 빠져 들어 간 그 한 곬의 측면만 보고 다른 측면을 보지 못 하여 사물현상의 전반적인 본질을 반영할 수 없게 된다. 또한 세부에만 파고 들면서 전체를 보지 못 하면 작품의 조화성을 상실하게 되며 비약과 서정적 운동의 속도를 보장할 수 없게 한다.

우에서 언급한 바와 같이 서사시에서의 슈제트선과 그에 포괄되는 사건들과 세부들은 생활의 형식, 생활의 변증법을 진실하게 반영해야 한다. 그러나 서사시가 시로 되자면 이것만으로는 부족하다. 생활의 법칙에 확고히 립각한 시인의 서정의 변증법이 동시에 진실하게 주어져야 한다. 즉 시인의 서정 세계의 진실성이 반영되여야 한다. 이 때만이 서사시는 시로서의 자기 사명을 다하게 된다. 그런데 시인의 서정의 변증법은 생활의 변증법에 토대하여 생활의 합법칙성은 서정 세계의 진실성을 담보하게 된다.

그렇기 때문에 서사시 창작에서 결코 이 량자를 분리할 수 없다. 그런데 최근 년간 발표된 서사시를 보면 이 문제에 있어서 두 가지 현상이 존재하고 있다.

그 하나는 서정 세계의 발현에만 치중되고 서사적인 사건 체계가 적지 않게 홀시 당하고 있는 현상이다. 이것은 적지 않은 경우 사건의 충실성을 가지지 못 하는 시인의 주정 토로의 과잉과 관계되고 있다. 다른 하나는 이와 반대되는 현상이다. 즉 그것은 서사에만 치중되고 서정이 홀시된 경우다.

전자의 현상을 「불타는 노을」의 일부 표현들에서 찾아 볼 수 있다. 이 작품은 적지 않은 개소들에서 서사적인 사건의 충실성이 없는 주관 세계를 앞세우고 있다. 이 작품에는 시인의 철학적인 주정 토로가 나오고 있으나 이것은 독자들을 감성적으로 흥분시키지 못 하고 있다. 시인은 흥분해서 철학적인 진리를 토로하고 있으나 독자들은 아무런 감흥을 받지 못 한다. 서사시의 경우 사건의 충실성이 따르지 못 하는 주정 토로만 어떠한 경우를 막론하고 실감을 주지 못 하고 허황한 감을 줄 뿐이다.

등장 인물과 생활 현실에 대한 시인의 사상 감정, 태도를 직접 표현하는 주정 토로가 적용되는 경우, 이러한 경우에는 그러한 주정 토로가 나올 수 있는 감정 축적이 사전에 주어져야 한다. 그런데 서사시의 경우에는 그 감정 축적이 서사적인 사건과 현상들을 통하여 이루어지는 것이 원칙이다.

서사시에서 주정 토로는 서사시의 서정 세계를 격양시키는 중요한 역할을 한다.

객관적인 생활 현실과 시인의 주관적 념원과 지향, 이 사이에는 언제나 반드시 일치되는 것이 아니라 모순이 존재하는 경우가 있는바 이러할 때 시인의 격양된 심장의 토로를 폭발시키게 된다. 이러한 경우에도 주관적인 웨침만을 주고 시인의 념원과 모순된 생활 현실의 사건을 주지 않거나 소홀히 주면 시인이 왜 그렇게 격정을 토하는지 도무지 모르게 된다. 이 때는 반드시 시인의 념원과 그와 모순되는 사건을 그려야 한다.

주정 토로는 또한 생활 현실과 벌어지는 사건에 대한 시인의 공감, 동정, 찬양 등의 감정으로 충만될 때 표현된다. 이런 경우에도 생활과 사건이 소홀히 취급되면 시인이 무엇에 대하여 공감하고 동정하고 찬양하는가를 모르게 한다.

그러나 주정 토로에는 작품의 주제, 인간의 성격, 그 서사시를 쓰게 된 동기, 묘사 과업을 말해 주는 그러한 것도 있는바 이 경우에는 반드시 사건의 전제를 요구하지 않는다. 주정 토로에서 주의해야 할 것은 시인의 주정 토로와 주인공의 주정 토로 그리고 주인공의 심리 묘사를 혼돈하지 않는 것이다. 적지 않은 서사시들이 이에 대하여 관심을 적게 돌리고 있다. 여기에 대해서는 각별한 주의를 돌려야 한다. 이것이 명백히 구별되지 않으면 시인의 내부 세계의 개방인지 주인공의 내부 세계의 발현인지를 분간하기 어렵게 한다. 이러한 현상은 주인공의 성격을 모호하게 하며 형상의 초점을 흐리게 할 수 있다.

시인의 주정 토로는 그 자체에 목적이 있는 것이 아니라 주제의 천명, 생활 현실의 본질적 측면의 반영, 주인공의 성격 부각에 복종되는바 시인의 주정 토로가 주인공의 그것과 혼돈될 때는 바로 이러한 것들의 천명을 모호하게 만들게 된다.

계기 해명 문제에서도 얼마간 언급한 바와 같이 서사시의 슈제트선은 일관성과 통일성 뿐만 아니라 반드시 거기에는 집약성과 묘사의 함축성이 보장되여야 한다.

결코 일관성과 집약성은 모순된 개념이 아니다.

집약성과 함축성에서 가장 중요한 측면의 하나가 비약에 대한 문제다.

비약은 또한 상상과 련상을 동반해야 하는바 특히 서사시에서 이 문제는 중요하게 제기되며 상상력과 련상, 암시를 동반하지 않는 비약은 슈제트의 일관성과 사건의 론리를 파괴한다. 그러나 강한 상상과 련상력을 가진 비약은 서사시를 극도로 째이게 하며 강한 탄력과 견인력을 가지게 한다.

비약이 강하면 강할수록 상상과 련상력이 강해야 한다. 비약의 폭은 넓은데 상상력과 련상의 폭이 그에 따르지 못 하면 슈제트의 흐름은 중단되거나 토막을 조성하게 된다.

따라서 비약, 그것은 결코 사건의 공간은 조성할지언정 서정 세계의 공간은 조성하지 않는다. 비약, 거기에는 말하지 않는 뜻이 나래쳐야 하며 비상한 전파력을 가지고 뜻의 세계가 펼쳐져야 한다.

그렇기 때문에 비약을 조성하자면 사전에 비약할 수 있는 감정 세계의 축적을 충분히 조성해야 한다. 비약은 집약된 표현으로써 그보다 더 넓은 세계를 보여 주는 상상과 련상 작용을 환기시킬 수 있는 충분한 탄력을 조성할 때만이 성공할 수 있다. 비약에는 사건 흐름을 중단시켜 강한 암시를 환기시킴으로써 그 다음 련계를 묘사하지 않고도 독자들이 그 서정적 내용의 흐름을 명백하게 감수할 수 있게끔 하는 그러한 형태가 있으며, 또한 비약은 사건의 운동이 급전할 때 조성되는바 이 때의 비약도 그가 환기하는 상상 작용과 암시로써 부자연한 느낌을 받지 않게 하여야 한다. 이러한 비약은 중단하여 그 련계를 암시로써 영영 대치해 버리고 마는 상기한 그러한 비약과는 달리 그 비약이 락착되는 다음 사건(대부분의 경우는 비약전의 본 줄거리에로 돌아 가는 것)이 반드시 그려져야 한다. 이것이 그려지지 않을 때 슈제트선은 끊어지고 만다. 기본 사건선에서는 이러한 현상이 거의 없지만 부선 처리에서 급전이 조성될 때 그 비약이 락착되는 사건을 왕왕 잊어 버리고 묘사하지 않는 경우가 있다. 우리가 작품을 읽을 때 부차적 등장 인물들의 형상이 때때로 중도반단되고 있는 경우를 보게 되는 것도 바로 이러한 현상에서 일어 난 것이다.

그런데 우리 작품들에서 비약을 조성하는 데 두 가지 경향이 있는바 하나의 경향은 「젊은 갈매기」의 일부 표현과 같이 지내 런계성 없는 비약을 주는 그러한 경우이며, 다른 한 경우는 「수리개」의 부분적 표현들에서 찾아 볼 수 있는 그러한 것인바 여기에서는 비약시킬 수 있는 것도 비약시키지 않고 지내 친절하게 세세한 부분까지 묘사해 나간다. 그러나 우리는 이러한 방법으로 서사시의 진실성을 보장하는 것보다 가능한 한 최대한의 비약으로써 진실성을 보장하는 것이 더 좋다.

그런데 모든 경우에 비약을 조성하며 모든 경우에 강한 비약만을 조성해야 하는 것도 아니다. 서사시의 내용과 주인공의 생활 론리에 따라 비약시킬 수도 있고 시키지 않을 수도 있으며 강하게 비약시킬 수도 있고 가볍게 살짝 넘기는 그러한 비약을 조성할 수도 있는 것이다. 이러한 비약에 대한 문제는 우리 서사시들에서는 보다 더 많이 적용되여야 하는 것이 일반적 요구로 되고 있다.

비약은 반드시 상상과 암시를 동반해야 한다. 상상과 암시에는 류사한 것으로 전이되는 상상과 암시, 상반된 것으로 전이되는 상상과 암시 등이 있다. 그런데 전자의 경우는 류사한 것들의 공통적인 특징들이 집약적으로 묘사됨으로써 강한 일반화가 이루어져야 한다. 즉 묘사된 류사한 것들의 일반적 특징들이 강한 상상과 암시를 불러 일으키게끔 묘사되여야 한다. 후자의 경우는 강한 반증과 대조의 힘이 적용되여야 하며, 대조되는 두 현상의 본질이 명백히 두드러나야 한다.

「흐르라 나의 강」은 이러한 상상과 암시를 여러 가지 표현 형태로 다양하게 보여 주고 있다.

이 작품에는 서정적 질문에 의한 암시, 상상 수법을 적용하고 있다.

> 그 무슨 잃어 버린 것 있길래
> 그리도 허둥이며 찾느뇨?
> 그 뉘 기약없이 떠나 간 이 있길래
> 그리도 애타게 부르느뇨?

하고 시는 시인의 강한 서정적 질문을 제기하고 몇 련 건너 뛰여서 시인 자신의 서정적 질문으로 된 서정 토로를 의인화된 산의 서정 토로로서 의도적으로 부정하면서 다음과 같이 대답한다.

> "아니요, 시인아 그대 잘못 보았소
> 저 새 너무도 기뻐서 그러오
> 그래서 안정을 모르오
> 뜨내기 — 독로강 물'결
> 그 방랑의 길 따라 다니기 저 새 지쳤더랬소
> 하지만 오늘이사 살림을 꾸리니
> 저 새 기뻐서 그러오 ……"

이러한 서정적 질문과 대답 사이에는 수 많은 이야기가 포괄될 수 있다. 물'새가 겪어 온 지난날의 쓰라렸던 생활, 그리고 오늘 새 생활을 찾게 된 때까지의 생활 경위가 이야기될 수 있다. 소설의 경우는 반드시 이런 경위가 이야기되여야 한다. 그러나 이 서사시는 이것을 대담하게 생략해 버렸다. 그러나 독자들은 이 생략된 공간을 공간으로 느끼진 않는다. 그것은 련속되는 서정적 질문에 의해서 야기되는 암시에 의해서 독자들은 왜 물'새가 그렇게 울고 있는가를 상상하게 되기 때문이다. 그러면서 독자들은 결코 물'새가 "잃어버린 것"에 대한 슬픔으로서 우는 것이 아니며 "기약 없이 떠나 간 이"에 대한 애달픔으로서 우는 것이 아니라는 것을 예상하게 된다. 바로 이러한 예상은 이 서정적 질문이 가지고 있는 강한 반증적인 암시에 의해서 환기된 것이다. 바로 이러한 암시에 의해서 환기되는 독자의 상상력은 시인이 직접 묘사해 주지 않아도 그 물'새가 겪은 쓰라렸던 과거를 암시 받게 되며 바로 "잃어 버린 것"은 다름 아닌 그 쓰라렸던 과거이며 "기약 없이 떠나 보낸" 것도 옛 과거라는 것을 미리 상상하게 된다. 그러니 물'새가 우는 것은 바로 슬퍼서가 아니라 기뻐서 울며 새 생활의 행복에 겨워 운다는 것을 상상하게 된다.

이와 같이 암시에 의해서 발현된 감정 세계를 충분히 축적한 다음 시인은 그 질문에 답변을 준다. 그 답변은 독자의 상상과 다름이 없다. 이와 같이 물'새의 우는 연유를 과거에서 오늘에 이르기까지 시인이 구체적으로 묘사하지 않아도 독자들의 상상력으로써 공간을 훌륭하게 메꾸어 나가고 있다.

이러한 서정적 질문은 이 서사시의 환경 전개 부분의 마지막 련에서도 적용되고 있다.

물어 보자 강이여, 호수여,
너 무슨 살림 꾸리기에
이리도 큰 터를 닦았느뇨.
너 무슨 꿈을 지녔기에
옛 자취 모두 묻어 버리고

창창히 하늘과 맞서 앉았느뇨.

환경 전개 마지막에 주어진 이 질문에 대한 답변은 다음에 오는 사건의 기, 승, 전, 결에서 충분하게 주어지게끔 재치 있게 구성을 짜 나가고 있다.

이 질문에 의해서 환기된 암시로 해서 독자는 벌써 그 공사의 의의를 예상하게 되며 그예상의 도움을 받아 가며 작품에 전개되는 사건을 읽어 나가게 된다. 이와 같이 질문에 의한 상상과 암시는 강한 탄력과 견인력을 가지고 독자들의 상상 세계를 끌고 간다.

이 서사시는 1장 1절을 읽을 때 물'새의 울음을 통하여 이 지대에는 반드시 그 어떤 대자연 개조가 이룩되였다는 것을 암시 받게 되며 이러한 암시는 2절에 가서 확증을 받게 된다.

이와 같이 암시는 슈제트선을 련계 지어 나간다. 호소적인 표현으로써 강한 암시와 상상을 환기하는 그러한 수법도 사용하고 있다.

제1장 3절에서 시인은 강한 호소적인 주정을 토로하는바 시인은 주인공을 소개하면서 산과 강에게 호소한다.

바로 그 주인공은 어떤 사람이며 산과 강이여, 너희들은 어떠한 과거를 가지고 있는가 말 하라고 호소하고 있다. 이 호소는 매우 강한 서정적 탄력을 가지고 있으며 그 탄력으로 하여 독자들은 상상 세계의 날개를 펼치게 된다. 바로 이 대목에서 독자들은 필경 주인공에게는 가슴을 치며 통곡하던 과거가 있었다는 것을 암시 받게 되며 상상의 의문을 일으키게 된다. 이와 같이 호소적인 표현은 독자들의 상상력과 의문으로써 박력 있게 끌고 가면서 다음 절에서 주인공의 과거를 소개한다. 이와 같이 암시와 상상에 의한 감정의 환기는 다음 시구들과 자연스럽게 련계되여 나간다.

대조적인 방법에 의해서는 상상 세계를 펼치게 하고 있다. 바로 여기에는 상반되는 세계에로 상상의 나래를 펼치게 한다. 여기에는 강한 반증의 힘이 작용되고 있다.

이 서사시에서는 과거와 오늘을 자주 효과 있게 대조시키고 있는바 이러한 곳들에서 이러한 대조적 련상과 상상의 수법을 적용하고 있다. 여기에 작용된 반증의 힘에 의해서 오늘의 행복한 묘사 장면을 읽을 때는 쓰라렸던 과거를 상상케 하며 과거의 장면을 읽을 때는 반대로 오늘의 행복을 절실하게 느끼게 하고 있다. 이렇게 함으로써 작품의 내용을 보다 강화하고 있다.

이 밖에도 상징적인 상상 세계를 환기시키는 수법도 적용하고 있는바, 이러한 대목들에서는 표현된 상징 세계와 류사한 그러한 세계에로 환상을 한없이 펼치게 한다.

이와 같이 비약과 그로부터 환기되는 상상과 암시 등으로써 가장 적은 말로써 가장 많고 큰 말을 전달해 주는 함축성 있는 묘사는 작품의 내용과 슈제트의 집약적인 조직에 기여한다. 이와 같이 슈제트는 직접적인 묘사와 상상과 암시에 의한 말하지 않는 사상적 내용의 전달과 자연스럽게 결합되면서 집약적으로 조직되여 나가야 한다.

이상에서 서사시의 한 측면 즉 슈제트와 성격에 대한 몇 가지 문제를 제시해 보았다. 그러나 이 밖에도 서사시 분야에서 해결해야 할 문제는 적지 않다. 이러한 문제들을 진지하게 연구함으로써 서사시 창작에서 빛나는 성과를 이룩하는 데 한결같이 힘 써야 할 것이다.

—『조선문학』 206, 1964.10(1964.10.6)

서정시—시대의 가치

강능수

서정시는 시대의 기발이며 나팔이다. 이것은 서정시가 시대의 령마루에 굳건히 서서 시의 날개를 활짝 펼 때에만 이루어질수 있다. 우리 시대의 령마루, 그것은 조국통일의 높은 고지이다.

우리 당은 이 력사적인 령마루를 우리 세대에 점령할것을 호소하였다. 이것은 우리 세대의 더없이 큰 자랑이며 영예이다. 동시에 그것은 로동당시대에 사는 우리 시인들의 크나큰 자랑이며 영예이기도 하다.

우리 시문학이 이 자랑과 영예를 간직하기 위해서는 우리 당이 제시한 조국통일의 고지, 남조선 인민들을 해방시키기 위한 투쟁으로 인민대중의 사상감정을 혁명적인것으로 조직하고 동원하여야 한다.

당이 제시한 거대한 혁명적과업을 성과적으로 해결하기 위해서는 또한 우리 시문학의 현상태를 검토하고 대담한 혁신을 가져오기 위한 연구가 있어야 한다.

우리 시문학은 사회주의적사실주의기치를 높이 들고 혁명하는 시대의 시문학의 특성에 맞게 발전하여왔다. 그러나 당의 요구에 비추어볼 때 우리 시문학은 결코 만족할것이 못되며 연구하고 해결하여야 할 문제들이 허다하다.

그 가운데서도 가장 절실한 문제는 시대의 기치로서의 서정시의 전투적기능을 제고하는것이며 우리 시대의 혁명적이며 전투적인 열정을 체득하는것이다.

적지 않은 경우에 우리 서정시문학은 이러저러한 생활적사실에 대한 '확인자'로 되고있으며 인민의 사상감정을 조직하고 고무하는 '조직자', '고무자'로서의 면모는 뚜렷하지 않다.

우리 서정시가 생활적사실의 '확인자'로서 머물러있는 조건에서는 시대의 기치로서의 서정시를 생각할수 없으며 그의 발전에 대하여 생각할수 없다. 따라서 현시기 우리 서정시의 전투적인 사명과 기능을 제고하는 문제는 단순한 문학원론상의 론의로 될수 없으며 우리 시문학을 어떻게 시대의 기치로 되게 하는가 하는 근본문제로, 초미의 문제로 되지 않을수 없다.

1. 시정신—랑만

서정시가 생활적사실을 확인하는데 머무른다고하면 그것은 무엇보다 시창작의 정신과 모순된다.

시창작의 본령은 시인의 미학적리상으로써 긍정한 생활에 대한 찬양과 옹호의 정신이다. 벌써 시인의 미학적리상으로써 긍정한 생활에는 시인에 의하여 확인된 리상적인것이 포함되여있다. 그것은 생활에 보편적으로 존재하거나 또는 싹으로 존재하는 아름다운것과 고상한것보다 더 완벽하고 더 높은것이다.

그러나 이것을 어떻게 확인하고 해명하는가 하는데 있어서는 서정시와 서사적작품은 서로 구별된다. 서사적작품이 성격과 사건을 가지고 그것을 생활의 형식으로써 해명한다고 하면, 서정시는 그것을 시인의 열정으로써 직접적으로 찬양하고 긍정한다. 서정시와 서사적형식의 작품에서 작가의 리상을 천명하는 방법에서의 차이는 자연히 전자에서 앙양된 시인의 랑만정신을 요구하게 되였으며 후자에게 작가의 론증과 혁명의 정신을 요구하게 되였던것이다.

우리의 적지 않은 시들이 생활적사실의 확인자로 되고있다는것은 시인의 앙양된 랑만, 투쟁정신을 불러일으킬만한 리상적인것을 자기 시에 제기하지 못하고있으며 어느사이엔가 산문학의 길을 걷고 있다는것을 말해준다.

김북원은 시 「강령땅」에서 거의 동심에 가까운 맑은 서정과 표상을 가지고 강령땅에 깃든 행복을 열정적으로 노래하고있다. 봄날이면 강남갔던 제비가 제일먼저 찾아오는 땅이며 강령아가씨의 청맑은 노래소리가 듣고싶어 밀물도 연평바다를 돌아온다는 강령땅, 이런 땅을 표상으로나 감각으로 체험하는 서정적주인공이 다음과 같이 노래하는것은 자연스럽다.

강령땅
강령땅 복된 이 땅에
솟아오는 저 해도 밝은 우리 해
바다우에 뜨는 달도 우리 달이라
부포의 물갈기도 춤이라누나.

여기에 이르러 서정적주인공은 자기의 행복을 그 어떤것으로서도 표현할수 없어 세상을 끌어안는 기쁨으로 노래하고있다. 전반적으로 보아 이 시는 자연스러우며 억지로 씌여진 시는 아니다. 그러나 이 시는 강령당에 사는 행복에 대하여, 감성적으로 전달하고있으나 그 이상의것은 주지 않는다.

박승은 시「보통문」에서 고적을 통하여 시대의 변천 및 설음과 행복의 교차를 노래하려고 하였다. 이러한 시도는 나쁠것이 없다. 그러나 시인이 하나의 유서깊은 고적을 통하여 우리 시대를 구가하는것과 시대의 변천을 확인하는 데 머무르는 것과는 서로 다른 문제이다.

> 유구한 설음에
> 이름까지 서러운 리별의 문
> 오늘은 한가슴 좁도록
> 기쁨에 넘쳐 끝없는 행렬 맞고 또 맞네
> 자랑하자!
> 본래 네 이름 우양판이라 불렀다지
> 수수백년이 지나
> 꿈은 로동당시대에야
> 온몸에 맑은 해살 안겨주었다.

이 시에서 우리는 보통문을 통하여 시대가 어떻게 변천되여왔는가 하는 사실을 알게 되나 그 이상의것은 느끼지 못한다.

비록 노래되는 대상은 다르나 손승태의 담시형식의 시「땅의 전설」도 여기에서 벗어나지 못한다. 이 시는 과거에는 척박하였기때문에 사람들의 눈물의 땅이였으며 오늘에는 관개수 흘러넘치는 살찐 땅으로 되여 과거의 쓰라린 모든 추억들을 하나의 전설처럼 이야기할수 있는 긴둥벌의 오늘의 행복을 노래하고있다. 이 시의 경우에는 물나라 총각과 하늘나라 처녀와의 사이에 있었다는 전설적인 이야기가 지나치게 인위적이며 생경한감을 주고있으나 그것은 별문제로 하고 이 시도 결국에 있어서는 우리 생활이 좋다는것을 확증하는데 머물렀다.

상기 3편의 시들은 시인들의 각이한 안목과 의도를 가지고 생활을 노래하고있음에도 불구하고 공통적인것은 서정시가 시작하여야 할 계재에 이르러 작품을 끝마치고있는것이다.

우리 제도와 생활이 좋고 행복하다는것은 누구나가 생활을 통하여 심장으로 체득하고있는 문제가 아닌가! 그것을 무슨 발견처럼 새삼스럽게 내놓을 필요는 어디에 있는가?

그러면 어찌하여 우리의 적지 않은 서정시들이 생활적사실들에 대한 확증자로 머물러있으며 작품이 시작되여야 할 계재에서 작품을 그치게 되는가?

그것은 상기 3편의 서정시들을 포함하여 적지 않은 서정시들이 서정시의 본령과는 다른 길을 걷고 있기때문이다. 물론 상기한 서정시들은 우리가 흔히 말하는 기록주의적인 시들이 아니다. 그러나 그 서정시들은 시창작의 정신에서 벗어나 산문화의 길을 걷고있는것이다. 생활적사실들에 대한 확인과 해명은 산문의 본도이다. 그것은 서정시의 앙양된 전진 — 랑만, 투쟁의 정신과는 인연이 없는것이다.

따라서 오늘날 우리 서정시를 한단계 비약시키기 위해서는 시적표현에서 기록주의적인 현상을 지적하는데 만족할것이 아니라 우리 서정시를 저조하게 하는 그 산문화의 경향과 결정적으로 투쟁을 하여야 한다.

우리의 적지 않은 서정시들이 생활적사실의 확인자로 머무르게 되는 원인의 하나는 생활의 시와 시인에 의하여 창조된 시를 동일하게 생각하고있는데 있다. 즉 우리의 적지 않은 서정시들은 우리 생활이 시로써 충만되였다고 하는 말을 생활을 노래하면 어느것이나 시가 된다는 소박한 견해로 리해하고있는것이다. 이와 같은 소박한 견해의 잘못은 과거의 서정시창작의 경험을 돌이켜볼 때 더욱 명백해진다.

과거의 선진적인 시인들은 자기의 리상과 불합리한 사회와의 모순에 의하여 선진적리상을 직접적으로 노래하였다. 이 경우에 랑만주의적성격을 띠였으며 사회와 생활에 대한 관계에 있어서는 비판적이였다. 과거의 선진적인 시인들에게 있어서 그의 미학적리상에 부합되는 아름다운것은 현실생활과 모순된것이였으며 그만큼 모대기며 고심하여 탐구한것이였다. 우리 나라의 걸출한 사실주의작가인 박연암의 「총석정의 해돋이구경」이 랑만주의적작품으로 되고있는것이나 또는 리상화의 「바다의 노래」, 「폭풍우를 기다리는 마음」 등이 랑만주의적성격이 농후한 작품으로 되고있는것은 모두 이에 기인하고있다.

그러나 우리 시문학에서 시대 및 생활과 시인간의 관계는 과거의 그것과는 근본적으로 달라졌다. 우리 생활에서 시적이라고 할수 있는 아름답고 표상한것은 도처에 있으며 생활이 곧 시로 되고있다. 그렇기때문에 우리 생활의 도처에서 볼수 있는 시적인것에 공감만 하면 곧 시이며 노래로 될수 있게 되여있다.

그러나 이러한 생활의 변화는 결코 우리 시인들이 현실에 대하여 수동적으로 대할수 있으며 탐구적인 열정이 부족해도 된다는것을 의미하지 않는다. 이와 같은 사실은 오늘의 서정시가 과거의 서정시와는 달리 시인의 미학적리상이 현실과 모순되고있는것이 아니라 그에 기초하고 있다고 하더라도 시창작의 정신, 즉 시인이 긍정한 시적세계에로 대중들의 감정을 이끌어올리는데 있어서는 동일하며 결코 달라질수 없다는 것을 의미한다.

생활속에 있는 시와 시인의 미학적리상에 의하여 창조된 시를 동일시하는 소박한 견해는 시인의 현대성의 립장을 약화시키며 서정시의 사상예술적 지향성을 흐리게 하고있다. 시인의 현대성의 립장이 약화된 서정시로서는 현실생활을 노래한 시들에서도 그러하거니와 특히 우리 인민생활에서 과거로 된 생활을 노래한 서정시들에서 농후하게 표현되고있다.

차승수는 시「길가집의 어머니」에서 조국해방전쟁시기 가렬한 전투의 나날에 인민군대와 길가집 어머니와 사이에 잠시동안에 맺어진 정을 통하여 군민일치, 조선인민군의 용감성과 우리 인민의 불패의 위력을 천명하려고 하였다. 어떤 생활의 자극에 의하여 자기의 전선시절을 회고하며 거기에서 아릿다운 추억을 찾는것은 항용 있을수 있는 일이다. 그렇기때문에 지난날 전선길가에서 만났던 다정하고 근면하던 어머니들의 모습이 '하나'로 보인다고 하는 시인의 표상은 전선길을 지난 사람이라면 누구나가 공감할수 있는 표현이다. 또한 다소 무리한 표현이 있기는 하지만 다음의 시련들에 담긴 사상도 충분히 리해할수 있다.

> 달아오른 총신을 락동강에 식히고
> 멸적의 기세높이 내달리던 용맹은
> 그 어머니, 그 사랑 샘솟은게 아닌가.
> 힘에 겨운 나날을 웃음으로 이기시며
> 승리만을 믿을줄 안 어머니사랑이여

퍼내고 퍼내여도 넘쳐나는 샘물처럼

전사들을 길러낸 어머니사랑이여.

전반적으로 보아 이 시는 우리에게 지난날 전선길에서 신세진 다정하고 근면한 어머니들을 회상하게 하며 그 어머니들의 따뜻한 사랑의 손길과 그로부터 스스로 다졌던 결의를 생각하게 한다. 그러나 그것이 아무리 아름다운 회상이며 굳은 결의였다고 하더라도 회상은 회상의 세계이다. 과거의 회상에서 그 간고한 전선길을 거쳐 사회주의건설의 대도로에 이르른 우리 인민에게 힘이 되고 용기가 될것이 필요하다. 회상적인 생활에서 오늘에 복무하며 과거의 생활에서 오늘에 필요한것을 의식적으로 찾는것은 바로 시의 현대성일것이다. 현대성의 견지에서 볼 때 이 시는 무력하며 그 때는 힘겨웠으나 오늘은 미소를 머금고 더듬는 회상의 세계를 크게 벗어나지 못한다. 다시 말해서 과거에 있었던 생활적 사실을 확증하는데 머무르고있다. 현대성이 부족한 시들은 비단 이 시뿐만 아니라 1930년대 항일무장투쟁을 노래한 시들과 조국해방전쟁을 노래한 시들에서 농후하게 표현되고있다. 이리하여 우리 인민생활에서 의의있고 영광스러운 과거생활은 한낱 이러저러한 사실이 과거에 있었다는것을 알릴뿐이며 오늘의 우리들에게 작용하고 호소하는 힘이 극히 미약하다. 그렇기때문에 현실생활을 노래하였거나 또는 과거의 의의있는 생활을 노래하였거나간에 우리의 적지 않은 시들은 과거를 회고하거나 오늘에 만족하고있으며 래일, 투쟁으로 뻗친 정열이 부족하다.

시창작의 앙양된 정신 — 랑만적이며 투쟁적인 시정신은 비단 서정시고유의 특성일뿐만 아니라 우리의 혁명적인 시문학의 요구이기도 하다. 우리의 혁명적인 시문학은 그 본성에 있어서 대중을 조국통일을 위한 성스러운 투쟁과 영웅적위훈에로 고무할것을지향한다. 이것은 혁명적인 시문학이 다른 그 어떤 노래가 아니라 우리의 영웅적인 로동계급의 승리의 행진곡이며 조국통일의 높은 봉우리를 향하여 돌진할것을 호소하는 나팔소리라는데 있다. 우리의 혁명적인 시문학의 이러한 특성은 우리 시문학에 랑만적인 특성을 부여하지 않을수 없는것이다.

혁명적시문학의 랑만적인 특성은 시창작의 고유한 랑만정신과 결부되면서 그것의 목적지향성을 규정하고있다.

혁명적시문학의 랑만, 투쟁정신의 목적지향성은 그것이 기초하고있는 미의 특성에 기초하고있다. 혁명적시문학이 기초하고있는 미는 생활속에 확고하게 자리잡고있거나 급격하게 장성하고있는 공산주의적이며 애국주의적인 것이다. 한손에 총을 쥐고 다른 한손에 마치와 낫을 들고 경제건설과 국방건설을 병진시켜 조국통일의 대사변을 주동적으로 맞이하려는 인민대중의 숭고한 정신과 애국적이며 전투적인 감정, 그리고 남조선에서 미제와 박정희도당들의 온갖 압박과 탄압밑에서도 굴함이 없이 구국항쟁의 기치를 높이 들고 싸워나가는 남조선인민의 강의한 정신 등은 아름다운것이며 동시에 우리 시대의 혁명적인 리상에 부합되는것이다.

따라서 우리 서정시가 혁명적인 시문학의 이름에 어울리는 특성을 원만히 지니기 위해서는 우리 시대의 혁명적이며 전투적인 리상을 체득하여야 하며 혁명적인 생활의 미에 기초하여야 한다.

이것은 사회주의현실을 노래한 서정시들이나 남조선현실을 노래한 서정시들에 관계없이 한편의 시가 시대의 혁명적열정을 담을수 있는가, 그렇지 않으면 담을수 없는가 하는 기본문제이다.

우리는 여기에서 일부 서정시들이 시대의 혁명적인 리상을 체득하지 못하고 혁명적인 생활의 미에 기초하지 못한데로부터 우리 시대의 생활감정과는 떨어지고있는 현상에 대하여 지적하지 않을수 없다.

그러한 시는 특히 조국통일과 관련하여 남녘에 두고 온 혈육에 대한 그리움을 노래한 일련의 서정시들에서 농후하게 표현되고있다. 남녘에 두고 온 혈육에 대한 그리움에 대하여 말한다면 그것은 우리의 일상적인 심정이며 또 조국통일을 달성하기 위한 우리 인민의 열정의 한부분을 이루고있다. 그렇기 때문에 조국통일과 관련된 시들에 그리움이 반영되는것은 자연스러운 일이다. 그러나 문제는 그리움의 정이 조국통일을 노래한 시들에 표현되고있는데 있는것이 아니라 그것이 시적계기로 되고 시의 기본내용으로 되고있는데 있다.

우리는 결코 조국통일의 문제를 남녘에 있는 혈육에 대한 그리움의 정만으로 대신할수 없다. 그런데 최근시기에 이르러 일련의 서정시들은 그리움의 정만으로도 부족하여 남녘의 혈육에 대한 현실적표상으로부터 꿈의 세계에로 잠겨들어가고있다. 꿈속에서까지 남녘혈육을 생각하는 정은 얼마나 애틋한것인가!

박석정은 시의 제목까지도 인상적으로 「꿈」이라고 달고 시를 꿈결에서 만났던 어머니를 잠을 깨는 바람에 놓쳐버린, 가슴저리게 서운한 감정에서부터 시작하고있다. 이리하여 시인은 어머니를 보고싶은 간절한 생각에 다시한번 어머니를 만나는 꿈을 꾸었으면 하고 덧없는 생각에 잠기기도 하는 것이며 또 어느 앞날에 어머니에게 효성을 다할 그 날을 그려보기도 하는것이다.

이 밤도 깊어깊어 다시 잠못이루며
꿈에라도 오갔으면 부질없는 그 생각—

고향의 오막살이 헐어버리고
천장 높은 방에 효성을 드릴
래일의 그런 꿈을 눈뜨고 그려보네

여기서 "래일의 그런 꿈"은 한갓 소원과 념원이며 서정적주인공의 열
정을 터뜨린, 지향하고 끌어당기려는 세계는 결코 아니다. 그렇기때문에
이 시의 계기와 기본내용을 이루고있는것은 꿈결에서까지 어머니를 볼
수 있었던 '그리움'이다. 시는 그리움에서 시작하여 그리움에서 끝났다.

여기에서 과연 어떠한 시대정신을 느낄수 있으며 시인의 앙양된 정
신을 느낄수 있을것인가.

조벽암의 「가는 정 오는 넋이」는 남녘에 있는 혈육에 대한 그리움이
이제는 한계를 지나서 그것이 분노로 변한 심정을 노래하고 있으나 이
시도 역시 그리움의 정에서 벗어나지 못하고있다. 그뿐만 아니라 그리
움의 절절함을 더욱 강화하고있다. 기다림과 그리움의 초조속에 머리
가 희고 그것마저 성글게 되였다고 하니 그 정도를 알고 남음이 있다.

만나곺은 이내 생각 이렇듯이 간절하오니
기다리는 그대 심정 어이 짐작 못하리까.

오며가며 보고듣긴 하많이 하였건만
그리움이 이토록 아플줄야 정말 몰랐노라.
의례히 만나려니 기다린게 무에 잘못이랴만
초조속에 희다 못해 성근 백발이 애석하구려

이제는 분노가 안타까움 밀어놓고 앞서가거니

그대도 그러하리 어이 아니 그러하리오.

이 시에는 물론 창작에 대한 시인의 진지성에 의하여 얻어진 남녘혈육에 대한 그리움의 뜨거운 정과 그리움이 분노로 변하는 감정의 진실성이 있다. 그러나 문제는 그 진실성이 작품의 한계를 벗어나서 어떻게 사회적인 보편성을 반영하고있는가 하는것이다.

다 아는바와 같이 오늘 우리 인민은 조국통일의 대사변을 주동적으로 맞이하기 위하여 나라의 경제력과 방위력을 강화하는데 모든 힘과 지혜를 바쳐 싸우고있으며 구국투쟁의 마당에서 쓰러진 남조선 애국자들의 이름을 자기들의 전투대렬에 등록하고 그들이 다하지 못한 조국통일의 과정까지 아울러 관철하기 위하여 투쟁하고있다. 이것은 엄연한 현실이다. 그렇다면 지금에 이르러 비로소 시인이 그리움과 기다림에 지치고 화가 나서 분노를 느낀다고 하는것은 너무도 생활에서 뒤떨어진 감정이 아닌가!

우리는 여기에서 남녘의 혈육을 노래한 서정시들이 그리움의 정에 머무르게 된것이 많은 경우에 시인의 신변적인 이야기와 결부된데 있다는것을 지적하지 않을수 없다. 「꿈」과 「가는 정 오는 넋이」를 비롯한 일련의 서정시들에서는 우리의 거센 혁명의 흐름속에서 사는 서정적주인공의 호흡을 느낄수 없다. 이것은 전적으로 시적인것을 사회적실천속에서 찾지 않고 시인의 개인적인 생활의 울타리속에서 찾기때문에 빚어진것이다. 현실은 바로 우리 시인들이 조국통일을 위한 투사일것을 요구하며 폭풍과 같은 혁명적인 현실의 중심에 설것을 요구하고있는것이다.

우리 시문학이 기초하고있는 미의 특성을 소홀히하고 그것이 추구하는 리상을 진지하게 탐구할 대신에 개인적인 취미와 기호에서 그 어떤 아름다운것을 찾으려는 현상을 비단 조국통일을 취급한 일련의 서정시들에서뿐만 아니라 다른 분야의 생활을 노래한 시들에서도 허다하게 표현되고있다.

시대의 리상에서 떠나서 시인의 개인적인 취미와 기호에서 그 어떤 아름다운것을 찾는것이 어떻게 수습할수 없는 결함을 낳는가 하는것은 로승모의 「괴로움」, 김죽성의 「동지가 떠나간 밤에」에서 대표적으로 표현되고있다. 「괴로움」은 실을 뽑는 누에에서 가치있는 시를 창작하지 못하는 시인의 괴로와하는 감정 즉 그 어떤 시적인것 — 아름다운것을 찾고있다. 이것은 전적으로 시대에 대한 시인의 관계가 불철저한데서, 그리고 시대에 대한 시인으로서의 책임감과 주장이 부족한데서 생기고있다. 이러한 현상은 그 표현형태는 다르나 「동지가 떠나간 밤에」에서도 표현되고있다.

「동지가 떠나간 밤에」는 ‘웃음’의 철학을 통하여 투사의 슬기로운 성격을 노래하려고 하였다. 그런데 시인은 투사의 락천적인 정신과 ‘웃음’과를 혼동하였으며 투사의 정신과 외형적인 표상을 동일시하였다.

> 감방에서 웃어야 이긴다고
> 아픈만큼 크게 웃던 사람이여,
> 잠시 면회라도 하고 돌아올듯
> 끝내 웃으며 갔구나.

그 웃음이 어떤 성질의것인가? 그것을 종내 이 시는 천명하지 않고있으며 감방과 웃음, 죽음과 웃음을 피상적으로 대조시켰을뿐이다. 그렇다면 그 웃음의 성격은 무엇인가? 그 어떤 혁명적의지와 사상적신념에 기초하지 않았으며 그럼에도 불구하고 감방의 모지러움과 죽음의 손길 앞에서 웃음을 터뜨린다는것은 전혀 진실하지 않다.

제끼니로 차례진 밥덩이 하나를
그는 내 손에 남겨놓았다.
보리알이 돌처럼 얼었어도
나는 눈물 삼키며 그의 뜻을 씹는다.

즉 그 투사가 마지막리별을 고하면서 남기고 간 밥덩어리를 받는것으로써 시인은 혁명투쟁의 계승, 즉 '웃음의 철학'의 계승으로 판단하고 있는것이다.

이리하여 「동지가 떠나간 밤에」는 혁명투사의 성격을 외곡하는 결과를 가져왔다.

이상에서 고찰한바와 같이 우리의 적지 않은 서정시들은 생활적사실을 확증하는데 머무르고 있거나 그렇지 않은 경우에는 시인의 개별적인 취미, 기호 등에 의해서만 시를 찾음으로써 서정시의 날개를 펴지 못하고있으며 시의 호소성과 감동을 잃고있다. 이러한 결함은 앞으로 더는 지속시킬수 없는 문제이다.

그러면 우리의 일련의 서정시들에 표현되는 결함들을 퇴치하기 위해서는 어떻게 하여야 하겠는가?

여기에는 그 어떤 구체적인 대책과 방도가 있을수 없다. 한것은 그것이 시창작의 수법 및 수단과 관련되고있는것이 아니라 시인의 정신적 자세와 관련되고있기때문이다. 과연 생활의 행복감에 젖어 있고 시대에 대한 시인의 책임감이 높지 못한 곳에 시창작의 수법과 수단들의 문제가 어울릴수 있겠는가?

우리 시문학을 한단계 높이는데 있어서 결정적의의를 가지는것은 사회주의적애국주의의 열정을 제고하는것이다. 우리 시문학은 일반적의미에서는 사회주의적애국주의의 열정에 기초하고있다. 그러나 우리 일부 시는 아직도 사회주의적애국주의의 본질을 철저하게 파악하지 못하고있다.

우리의 일련의 서정시들이 사회주의현실의 행복을 확증하는데 머무르고 남녘의 혈육들에 대한 그리움의 감정에만 잠기게 되는 기본원인도 여기에 있다.

사회주의현실의 행복을 구가하고 남녘의 혈육들을 생각하는것은 모두가 애국적인 감정의 표현이다. 그러나 그것은 측면적인것이며 사회주의적애국주의의 혁명성을 높은 시정신에서 충분하게 반영하지 못한것이다.

사회주의애국주의의 혁명성은 그것이 로동계급의 계급성에 기초한 애국주의라는데서 표현되고있다. 로동계급은 혁명투쟁으로써 자기 계급뿐만 아니라 인민대중을 착취와 억압에서 해방하고 사회주의조국과 제도를 수립하였으며 전국적범위에서의 사회주의의 승리를 위하여 투쟁하고있다. 오늘 조국통일의 대사변을 주동적으로 맞이하기 위하여 전 인민이 무장하고 전국이 요새가 되여 전진하는 우리의 현실은 바로 이것을 웅변적으로 증명하고있다.

사회주의적애국주의열정을 심장으로 체득함으로써만 우리 시인들은 또한 자기의 시에 시대의 리상을 제시할수 있을것이다.

우리가 보통 말하는 시대에 대한 시인의 책임감을 두고 말하더라도 그 것은 결코 막연한것이거나 추상적인것이 아니다. 그것은 시인의 심장에 끓어오르는 민족의 운명에 대한 생각, 조국의 미래에 대한 생각 등 사회주의적애국주의의 열정에 의거하지 않고서는 제기될수 없는것이다.

2. 서정적주인공 — 투사

우리 시문학이 생활적사실을 확증하는데 머무르거나 시인의 개인적 취미와 기호 등에 만족함으로써 시적감동을 덜 주는 리유는 또한 시인의 정신이 저조한데 있다.

서정시는 시인의 생활적체험을 통한 시대에 대한 주장이며 선언이다. 이것은 예나 지금이나 다름없이 서정시가 서정시로 되는 기본조건이다. 시인의 주장과 선언은 시의 내용을 이루며 시적세계를 이룬다. 서정시가 현실생활에 대한 체험에 의한 시인의 주관의 산물이라는 의미에서는 모든 서정시들에 시인의 정신이 이러저러한 형태로써 표현되고있다고 할수 있다. 그러나 우리의 적지 않은 서정시들에는 미학적개념으로서 성격이라고 말할수 있는 시인의 정신을 찾아보기 힘들다.

서정시가 생활에서 체험한 시인의 주장과 선언인것만큼 시인의 정신은 한편의 서정시가 전형적인 사상감정을 획득하는 문제 및 시의 중심내용과 관련된 문제이다.

그러면 어찌하여 시인의 정신이 서정시의 전형적인 사상감정 및 시의 중심내용과 관련된 문제로 될수 있는가?

그것은 서정시의 사상감정이 그 어떤 객관적인 성격의 발전론리에 의해서가 아니라 주관적인 성격의 사색, 열정, 기백 등에 의하여 표현되는데 있다. 그런데 서정시에서 이 주관적인 성격은 주로 시인자신으로서 표현되며 그것이 시인자신이 아닌 '나', 또는 '그대'로 표현되는 경우에도 서사적묘사방식에 의거하는것이 아니라 서정적묘사방법에 의거한다. 시인자신이 아닌 '나' 또는 '그대'가 서정적묘사방법에 의거한다는 것은 객관적인 성격을 추구하는것이 아니라 그의 사색, 열정, 기백 등 내면적인 세계를 시인의 세계로 하여 천명한다는것을 의미한다. 서정시의 이러한 묘사방식의 특성은 반대로 시인의 사색, 열정, 기백 등 주관세계의 개방이 곧 '나'와 '그대'의 세계로 표현된다고 할수 있다. 시인자신이 서정적주인공의 경우에는 더 말할것도 없고 시인의 정신과 '나' 및 '그대'와의 관계에 있어서 시인의 정신은 성격과 내용을 이루며 '나'와 '그대'는 그의 형식을 이룬다.

따라서 서정시의 주인공이 시인자신이 아닌 경우도 있기때문에 시인의 정신문제는 일면적인 의의만을 가진다고 생각하는것은 서정시의 중심내용을 이루고있는것이 무엇인가 하는것을 피상적으로 고찰한데 기인한다.

우리의 적지 않은 서정시들은 진정한 의미에서의 시인의 정신이 빈약했던 탓으로 우선 시대의 전형적인 사상감정은 우리 생활에 있는것이 사실이지마는 그것이 전형적인 사상감정으로는 되지 못하는것은 이에 기인하는것이다.

동시에 우리의 적지 않은 서정시들은 시의 내용을 시이전의 세계인 시적소재의 단계와 즉흥적인 세계로써 채우게 되였던것이다. 우리가 흔히 말하는 서정시들에 표현되는 생활의 기록과 감정의 설명, 공허한 웨침과 주정 등은 모두가 이에 기인하고있는것이다.

그러나 진정한 의미에서의 시인의 정신이 빈약한 탓으로 하여 잃은 손실은 이에만 그치지 않았다. 가장 큰 손실은 우리의 적지 않은 서정시들이 거창한 시대의 흐름의 중심에 서지 못하고 생활의 변두리에 치우쳐있는것이다. 그렇다고 하여 우리의 서정시들이 우리의 현실과 그리고 우리 인민의 과거생활에서 의의있는 생활을 노래하고있지 않는것이 아니다. 우리의 서정시들은 거의 모두가 우리 인민의 현재생활과 과거생활에서 의의있는것을 노래하고있다. 그럼에도 불구하고 우리의 적지 않은 서정시들은 시대의 흐름의 중심에 서지 못하고있는데 바로 여기에 우리 시문학이 해결하여야 할 기본문제가 있다. 우리 시문학이 거창한 시대의 흐름의 중심에 서있지 못하다고 하는것은 거창한 시대의 흐름을 생활적표상으로서는 반영하기는 하나 시대의 감정을 원만하게 반영하지 못한것과 관련된다.

따라서 오늘 우리 서정시문학에서 시인의 정신을 제고하는 문제는 우리의 서정시가 시대의 기치로 되는가? 그렇지 않으면 시대에 대한 생활적표상정도를 표현하는데 머무르는가? 하는데 있어서 기본으로 되고있다.

시인의 정신을 제고하는 문제는 곧 사회주의적사실주의시문학의 전형화의 원칙에 부합되는것이며 우리의 혁명적시문학의 서정적주인공의 혁명투사의 성격에 부합되는것이다.

사회주의적사실주의시문학의 전형화의 원칙은 시대의 대표자 — 서정적주인공의 개별적인 사상, 감정, 기분, 정서 등의 상태를 개방함으로써 전진하는 시대의 특징을 표현하는데 있다. 이러한 전형화는 임의의 그 어떤 개별적인 시대의 대표자의 내면세계를 해명함으로써 달성되는 것이 아니라 시인이 그것을 직접 자기의 것으로 체득하고 노래함으로써 달성된다. 따라서 사회주의적사실주의시문학에서 전형화를 달성함에 있어서 초점은 항상 시인이 어떻게 시대의 대표자로서의 정신을 소유하는가 하는데로 돌려진다.

그런데 우리의 혁명적시문학은 말그대로 평범한 인간의 사상감정을 노래하는것이 아니라 시대의 대표자인 혁명투사의 사상감정을 노래하는 시문학이다. 그렇기때문에 우리의 혁명적시문학이 높은 전형성을 획득하기 위해서는 시인자신이 혁명투사의 정신을 소유하여야 하는것이다.

사회주의적사실주의시문학의 전형화의 요구로 보나 우리의 혁명적시문학의 서정적주인공의 성격으로 보나 우리에게 절실히 요구되는것은 시대의 대표자로서의 시인의 정신, 그것도 보통의 정신이 아니라 거대한 정신이다.

그러면 이러한 거대한 정신은 저절로 얻어질수 있는가? 그럴수 없다. 한것은 시인의 정신, 즉 미학적개념의 성격으로서의 정신은 어떤 시인의 사상적수준과 문화적수준자체를 의미하는것이 아니라 사상감정의 전형성의 강도에 의하여 규정되기때문이다.

그런데 시인의 사상감정의 전형성은 바로 시대에 대한 관계에서 집중적으로 표현된다. 즉 시대를 어떻게 체험하느냐 하는것은 전형적인 사상감정의 수준과 하나의 성격 ― 정신을 규정하는 유일한 척도이다.

따라서 오늘 우리의 시문학을 발전시키기 위해서는 무엇보다 먼저 시대와 시인의 관계를 정당하게 해결하여야 할것이다.

시대와 시인의 관계에 있어서 중요한것은 거창한 시대의 흐름에서 차지하는 시인의 정신적인 위치이다. 시인의 정신이 하나의 시대적인 성격으로 되기 위해서는 무엇보다 시대정신의 전초선에 위치하여야 한다.

시대정신의 전초선에 위치하기 위해서는 시인이 시대적인 과업을 투철하게 파악하여야 한다. 이것은 시인들이 우리 생활의 발전법칙과 자기의 공산주의적신념에 의하여 우리 조국의 전망적인 위치에서 사물을 관찰하고 판단할 때에만 체득할수 있다. 그런데 이것은 시인의 그 어떤 지혜 및 재치와 관련된 문제가 아니라 그의 심장과 관련된것이다. 한것은 시대적인 과업에 대한 파악은 누구가 시인에게 일깨워주거나 배워주어서 해결될 문제가 아니라 시인이 심장으로써 체득하여야 할 문제이기때문이다.

바로 그렇기때문에 시인이 어떻게 시대정신의 전초선에 서는가? 하는것은 어떻게 시대의 성격으로 되게 하는가? 하는 기본고리로 되는것이다.

우리의 일련의 서정시들이 개별적인 기교와 수법에서 상당한 발전을 보이고있음에도 불구하고 시인의 정신을 감득할수 없는것은 이때문이다.

다음으로 시대와 시인의 관계에 있어서 제기되는 문제는 시대의 전형적인 사상감정을 획득하는 문제이다. 이것은 곧 시인이 시대를 어떻게 체험하는가 하는 문제로서 제기된다. 여기에 또한 현시기 우리 시문학이 집중적으로 해결하여야 할 중요고리의 하나가 있다.

일반적으로 말해서 우리 서정시에는 어느 시를 막론하고 각이한 정도에서 생활에 대한 체험이 있다. 이것은 서정시가 주관의 문학이며 시인의 체험이 없이는 근본적으로 서정시가 성립되지 않는데 기인한다. 그러나 시대에 대한 체험이 얼마나 심각한가? 하는 질문을 제기한다면 여기에 모든 시들이 동일하게 긍정적으로 대답하기는 힘든것이다.

그러면 어찌하여 우리의 일부 서정시들은 일반적체험은 있는데 시대에 대한 체험이 부족한가? 그것은 우리 시인들이 시대에 정면으로 대하면서 시대의 거창한 흐름을 자기의것으로 체득하기 위해 완강한 정신과 의식적인 노력이 결정적으로 부족한데 있다. 여기에서 지나쳐버릴수 없는것은 구체적인 생활현상에 대한 시인의 감수와 시대에 대한 시인의 체험을 분리하여 생각하는 현상이다. 어느 사이엔가 우리 평론들과 시인들속에서는 시인의 체험을 노래되는 대상에 대한 체험의 문제에 대해서만 강조되고 그 체험의 일반성, 즉 시대를 체험할데 대한 문제는 제외되었다. 그것은 대상의 내면세계에 대한 침투하는 말로써 표현되였다.

그러면 시인이 자기가 노래하는 대상의 내면세계에 침투하는것이 잘 못인가? 그렇지 않다.

문제는 시대에 대한 시인의 체험을 인간의 내면세계와 기타 노래되는 개별적인 생활현상에 대한 감수 및 파악의 정도로 리해함으로써 시인의 체험이 가지는 특성에 대하여 소홀히 한데 있다. 시인의 체험이라고 하면 거기에는 물론 노래되는 생활에 대한 감수 및 파악이 포함되는 것이 사실이다. 그러나 시인의 체험이 단순한 생활체험이 아니라 시적 체험이라고 할 때 그의 본질을 이루는것은 생활속에 있는 시대의 의미와 사상의 체험이다. 만약 시인의 체험이 생활속에 있는 시대의 의미와 사상에 대한 체험이 아니라고 하면 서정시는 일반성을 상실한 시인의 개별적감정에다 미리 준비된 사상을 첨가한것으로 되고 말것이다. 이 것은 서정시의 사상이 바로 시인의 체험된 감정에서 표현된다는 서정시의 전형화의 원칙과 모순되는것이다. 또 여기에 우리의 평론들과 시인들속에 널리 퍼지고있는, 시인의 체험을 대상세계의 내면세계에 대한 침투로서만 해석하는 견해의 일면성이 있기도 한것이다.

시인에 의하여 체험된 생활의 의미와 사상은 시대의 전형적사상감정을 촉발시키는 기본요인이다. 따라서 시대의 전형적인 사상감정을 폭

넓게 체득하기 위해서는 생활속에 있는 시대의 의미와 사상을 적극적으로 탐구하여야 한다. 이것은 시대에 대하여 정면으로 대하여 시대의 거창한 흐름을 자기의 것으로 체득하기 위한 시인의 정신적자세와 의식적인 노력이 결국에 있어서 우리 생활속에 자리잡고있는 시대의 의미와 사상을 체득하기 위한 사업에 귀착된다는것을 말해준다. 따라서 생활속에 있는 시대의 의미와 사상을 체험하는것을 떠나서 시대의 전형적인 사상감정의 체득을 이야기하는것은 사실에 있어서 하나의 말공부에 지나지 않는다.

그런데 시인의 체험을 대상세계의 내면세계에 대한 침투만으로서 해석하는 견해의 일면성은 여기에만 있지 않다. 그의 엄중한 후과는 또한 대상의 내면세계에 대한 침투에서 얻은 감수된 감정이 곧 시의 진실성의 기초로 간주되고있는데 있다. 이러한 견해에도 물론 일면적인 타당성은 있다. 그것은 시의 진실성의 기초는 바로 생활에서 체험한 생동한 감정에 의거하고있기때문이다. 그러나 그것이 어떠한 성격의 감정인가 하는데 대해서는 상기 견해는 대답할수 없다. 사실 생활에서 얻는 시인의 감수는 그 성격에 있어서 다양하다. 그 가운데는 시대감정을 직접적으로 체득할수도 있으며 그와 반면에 비전형적인 감정을 체득할수도 있다. 생활속에 있는 시대의 의미와 사상을 감득한데서 체험한 감정을 떠난 그 어떤 감수도 비전형적인것이며 우연적인것이다.

시의 진실성에 대한 이러한 일면적인 고찰은 부지불식간에 서정시의 세계를 좁히며 서정시가 심각한 진실성을 획득하는것을 방해하고있다. 일부 우리 서정시들에 시인의 체험된 감정은 있는데 시대를 느낄수 없는것은 바로 이에 기초하고있다.

정문향의 단상시초가운데 있는 「어머니를 생각하며」는 일반적인 의

미에서 체험된 감정이라고 할 때에는 성실성이 있는 시라고 할수 있다. 언젠가 서정적주인공이 어렸을 때 자기의 잘못으로 어머니한테서 핀잔을 받고는 어머니를 야속하게 생각했던것이 지금 잘못을 저지른 아들을 두고 생각하니 "내 어찌하여 그 때 어머니를 야속하다 생각하였던가"고 후회하는 서정적주인공의 감정에는 거짓이 없다. 시인은 인간의 상정을 자기의 고유한 체험을 가지고 노래하였다. 그러나 그 감정에는 시대감정이 결여되여있다. 즉 우리의 천리마시대의 의미와 사상을 체험한 시인의 감정이 없는것이다. 그러면 시에서 인간의 상정을 노래할수 없는가? 물론 노래할수 있다. 그러나 이런 경우에도 그 인간의 상정에서 시대를 체험할 때이다. 인간의 상정에서 시대를 체험할수 없는 경우에는 구태여 그런 세계에서 시인의 정열을 불태울 필요는 없는것이다. 한것은 생활에서 감수된 모든 감정은 곧 시로 될수도 없는것이며 또 되지도 않는것이다. 따라서 「어머니를 생각하며」는 시대감정을 체득하지 못하였기때문에 노래되는 범위내에서는 성실하나 총체적으로 보아 진실하지 못한 시로 되고 있는것이다.

리맥의 「그대는 걸어간다」도 노래되는 대상에 대한 지나친 과장과 수식이 있기는 하지만 자기의 안해에 대한 서정적주인공의 감정자체에는 일정하게 생동한데가 있다.

바늘귀를 꿰는 그대의 작은 일에서
하늘같이 넓은 그대의 사랑 느낀다
살림 알뜰히 꾸리는 그대의 검박함을
슬픔에도 아픔에도 이겨내는 그대의 참을성을

여기에는 서정적주인공이 자기 안해의 자그마한 손길에서도 그 어떤 뜨거운것을 느끼는 솔직한 감정이 있다. 그러나 그 이상의것은 없는것이다. 이 시에서 서정적주인공의 안해에 대한 감정에서 일정하게 솔직성이 있다고 하면 그것은 시인의 개별적감정의 생동성이며 보편성과 일반성을 가진 감정의 진실성은 아니다.

시의 진실성에 대한 일면적인 고찰이 낳은 후과는 또한 우리의 일부 서정시들이 노래되는 대상의 내면세계를 수동적으로 전달하거나 운문형식으로 소개하는 전달자로 되게 한 사실이다. 이러한 서정시들은 서정적주인공이 시인이 아닌 '나' 또는 '그대'를 노래하는 경우에 농후하게 표현되고있다. 서정적주인공이 시인이 아닌 '나' 또는 '그대'를 표현한 적지 않은 서정시들은 시인이 노래되는 대상의 감정에 약간만 공감하면 노래로 되고 시로 되는것으로 되여있다. 즉 어느 관리위원장이 자기 농장의 전망에 대하여 생각하는것에 공감이 되면 그것은 곧 농장의 미래에 대한 꿈으로 되며 제사공장 로동자가 남조선인민에 대하여 생각하는데 공감하면 그것은 곧 조국통일에 대한 서정시로 되며 원예사가 나무를 가꾸는 장면을 보게 되면 곧 조국의 손길로 노래되는것이다. 이것은 매우 편리한 방법이다. 그러나 얼마나 안일한 방법인가! 여기서는 서정시의 내용을 이루는것이 시인의 체험과 그를 통한 정신이며 '나' 또는 '그대'는 서정을 전개하는 형식이라는것이 완전히 의곡되고있는 것이다(물론 이것은 '나' 또는 '그대'를 서정을 전개하는 형식으로 하여 그 생활에서 표현되는 시대의 의미와 사상을 시인의 전형적인 체험으로 하여 노래한 서정시들까지 포함하여 말하는것이 아니다).

그러나 시인의 체험을 대상세계의 내면세계에 대한 침투에 있다고 일방적으로 고찰하는 견해에서 볼 때 이것은 대상세계의 내면세계에 어느 정도 깊이있게 침투하였는가 하는데 있어서는 비록 차이가 있을 지언정 그의 내면세계를 반영하였다고 하는 의미에서는 별반 차이가 없는것이다.

시인의 체험이 개인적체험의 범위에 머무르며 대상세계의 내면세계에 대한 침투로써 일면적으로 진행된 결과는 우리의 서정시들에서 시인의 정신이 표현될 가능성을 제거하였던것이다.

더우기 여기에서 교훈적인것은 개인적인 체험에 집착함으로써 일부 중견시인들이 시인으로서의 자기의 특징을 손상시키고있는 현상이다. 정문향과 리맥은 시의 내용과 형식에서 종전과 다른 세계를 추구하려고 시도하였다. 즉 정문향은 생활에 대한 단상의 형식으로서 교훈적인 사상을 천명하려고 하였으며 리맥은 우리 시대의 사랑의 서정을 개척하려고 하였다. 시인들의 이 시도자체는 나쁘지 않다. 그러나 문제는 새로운 창작의 시도라는 이름으로써 자기의 독특한 시인으로서의 개성과 시정신을 잃고있는데 있다. 과연 정문향의 「어머니를 생각하며」를 비롯한 일부 단상시초속에 과거에 그가 쓴 「우리는 한 결정속에 살고있다」, 「새들은 숲으로 날아간다」 등에서 표현되였던 시대에 대한 심오한 사색과 열정을 찾아볼수 있는가? 찾아볼수 없다.

이러한 질문은 리맥의 「그대는 걸어간다」를 비롯한 시초 「봄날아침에」에 대해서도 동일하게 할수 있다. 리맥은 「9번선으로!」와 「길가의 집」에서와 같이 우리 시대 인간들의 정신생활과 륜리생활에서 표현되는 특징을 예리한 감정으로 노래함으로써 시대를 이야기하던 시인이다. 그러나 「봄날아침에」에서는 시인의 이러한 예리한 감정과 랭철한 시정신을 감득할수 없는것이며, 시인의 시대적개성을 찾아보기 어려운것이다.

이러한 사실은 오직 성격으로서의 시인의 정신은 시대에 정면으로 직면하여 시대감정을 체득하기 위하여 끊임없이 완강하게 노력할 때, 그리고 시대라고 하는 거대한 암벽에 부딪쳐 시인의 정신을 련마할 때에만 비로소 예리해지고 빛을 낼수 있다는것을 보여주고있다.

다음으로 시대와 시인의 관계에 있어서 우리가 주목을 돌려야 할 문제는 시대에 대한 시인의 사색과 열정을 표현하는 문제이다. 이것을 바꾸어 말하면 시대와 시인의 개성화의 관계로 된다. 시인의 개성이 다양한것처럼 시대에 대한 시인의 사색과 열정을 표현하는 형식도 다양할 것이다.

그러나 여기에서 이야기하자는것은 시인들의 개성의 다양성 그자체가 아니라 사색과 표현형식 등의 독자성에서 나타나는 성격으로서의 시인의 정신이다. 시인의 개성에 대하여 말한다고 하면 그것은 부단한 탐구와 창조과정에서 이룩된것이며 견고한것이다. 그러나 그것은 고정불변한것이 아니며 시대와 함께 발전하고 풍부화되는 개념이다.

그런데 우리의 현실은 시문학에 단순히 우리의 생활과 제도를 긍정하고 사랑하는 서정적주인공들이 아니라 그것을 긍정하고 사랑하며 동시에 사회주의 조국을 발전시키기 위하여 견결히 투쟁하는 투사로서의 긍정적주인공을 요구하고있다. 투사로서의 긍정적주인공의 성격을 소유하지 않고서는 우리 시대에 충전하는 혁명적열정, 계속혁명의 사상, 공산주의적정신들을 정당하게 노래할수 없다.

시인의 개성이 고정불변한것이 아니며 또한 우리 현실이 새로운 형의 서정적주인공을 요구한다고 하는 사실은 우리 시인들이 시대에 대하여 더욱 적극적인 관계를 가져야 한다는것을 말해준다.

그러나 현 우리 서정시의 상태에서 볼 때 시대감정을 한가슴에 끌어안고 그것을 자기의 것으로 연소하기 위한 시인의 정신적모대김이 덜 느껴진다. 많은 경우에 우리 서정시들은 즉흥적인 시세계에 매달려있다. 이러한 즉흥적인 세계는 시대적인 성격으로서의 정신이 표현되는것을 제어하고있다. 이로부터 일련의 서정시들은 생활에 대한 감성적인 표상을 주지만 시인의 목소리가 울려나오지 못하고있는것이다.

시대에 대한 시인의 생각이 표현되는 형태는 다양하다. 그러나 이러한 다양성은 그 표현형태가 어떠하든간에 시대에 대한 시인의 쟁쟁한 목소리가 울려나오는것을 제한하지는 않는다.

그러면 우리의 일련의 서정시들에서 시인의 목소리가 울려나오지 않는 원인은 어디에 있는가? 우리 시인들에게 시대에 대한 적극성이 결여되여있는가? 그렇지 않다. 우리 시인들은 모두가 주관적으로는 우리의 시대를 독창적인 목소리로써 노래하려하고있다.

문제는 우리의 일부 시인들이 자기의 정열을 불태우고 자기의 정서로써 천명할만한 시적과제를 세우지 않은데 있다. 이 시적과제라는것은 다른 말로 표현하면 생활에서 체득하고 시인의 미학적리상에 의하여 제시된 리상적인것이다. 이것은 시인의 일반적선언과 호소로써 천명될 성질의것이 아니다. 한것은 문학작품에서 리상적인것은 어떤 개념이나 주석으로써 주어질수 없는, 아름다운것과 결부된 세계이기때문이다. 이것은 오직 형상을 통해서만, 시인의 열정을 통해서만 주어질수 있는것이다. 또 여기에 도식적인 작품과 진정한 서정시와의 차이도 있는것이다. 개념과 주석이 시의 리상적인것은 천명할수 있다고 하면 모든 도식적인 작품은 가장 훌륭한 작품으로 되였을것이다. 오직 서정시에서 리상적인것은 시인의 열정을 불태울 때에만 천명될수 있는것이다. 시인의 목소리가 적게 들리며 따라서 시인의 목소리가 뚜렷하지 못한것은 바로 시인의 열정을 불태우지 못하기때문이다.

시인의 목소리를 뚜렷하게 울리게 하려면 우리는 사실주의가 가지는 표현적인 가능성을 백방으로 리용하는데 주목을 돌려야 할것이다. 사실주의가 현실을 재현함에 있어서 가지는 조건성 즉 환상과 비유, 상징 등을 리용하지 못하고서는 감정의 전형성을 획득할수 없으며 감정의 폭을 넓힐수 없다. 사실 사실주의가 가지는 이 조건성을 기껏해서 서정적주인공인 '그대'의 립장에 시인이 서는것을 정당화하는 정도에 머무르고 환상의 날개를 펼치지 못한다고 하면 사실주의시문학의 우월성을 과시할수 없으며 시인의 창조적열정을 뿜어낼수 없는것이다.

환상에 대하여 말한다면 그것은 시인의 정신적날개이며 시인의 창조성이 꽃피게 하는 강력한 수단이다. 그것은 시인을 시대의 령마루에 올라서서 세계를 굽어보게도 하며 보다 찬란할 래일의 조국의 현실에서 오늘의 독자들에게 이야기할수도 있게 하며 우리의 사회주의전선을 굽어보면서 우리 생활의 질서와 륜리에 대하여 노래할수 있게 한다.

우리는 창조적환상을 리용함에 있어서 랑만주의적수단까지도 리용하여야 할것이다. 사실주의시문학이 생활속에 있는 그런 감정만을 표현하는데 머무른다고 하면 그것은 너무도 소박한 생각이다. 그것은 사실주의가 현실생활속에 있는 바로 그러한 감정을 대변하는데 있는것이 아니라 가능의 세계, 있을수 있는 가능의 세계를 창조하는 창조의 문학이라는것을 소홀히 한것이다. 따라서 서정시에 환상의 날개가 없다고 하면 그것은 기껏해서 생활에 성실하다는 말은 들을수 있을지언정 결코 창조적인 시라는 말은 들을수 없는것이다.

동시에 우리는 상징과 비유 과장과 예리화 등 현실을 재현함에 있어서 사실주의가 가지는 다양한 수법들을 백방으로 리용하여야 할것이다.

사실주의가 가지는 이러한 창조적인 가능성을 리용할 능력이 없으며 사실주의를 단순히 생활에 있는 감정에 노래하는것으로 생각하는 소박한 견해를 가진 사람은 한진식의 가사 「아 내 조국, 내 조국이여」가 생활에 대한 표상도 감정의 구체성도 없는 빈 호통으로밖에 들리지 않을 것이다.

> 내 마음 날개치라 하늘을 주고
> 내 희망 펼치라고 땅을 주었네
> 고난의 긴긴 세월 불길을 헤쳐
> 이 강산 이 행복을 내게 주었네
>   아, 내 조국 내 조국이여
>   나를 위한 그대 사랑 끝이 없어라

여기에는 우리에게 구체적인 생활적표상을 주는 것이 없으며 따라서 그것을 통하여 우리에게 생활에 대한 련상을 불러일으키지 않는다. 또 그 표현들이 거친 상징과 비유에 의거하고있다. 그러나 이 시는 구체적인 생활표상은 제시하는 대신에 "내 마음 날개치라 하늘을 주고, 내 희망 펼치라고 땅을 주었네"라고 한바와 같이 수천, 수백의 생활적 표상에서 정화되여 우러나온 감정을 천명하였으며 우리에게 그 어떤 련상작용을 불러일으키기전에 대번에 사람들의 심장을 틀어잡는, 또 사람들의 가슴속에 고이 간직된 말을 표현하고있는것이다. 과연 조국에 대한 우리 모두의 가슴속에 고이 간직되고있는 조국에 대한 감사의 정이 그 몇마디 표현속에 집약되고 틔여있지 않은가! 이 가사의 이러한 특징은 조국에 대한 깊은 사색과 나래치는 환상의 산물이기도 하다. 이 가사에서 환상의 날개를 폈냐고 하면 인민대중의 감성생활의 령마루에 서서 조국을 노래하고있는 랑만주의적정신이다. 벌써 여기에는 구체적인 생활적사실들은 이미 추상화되고 오직 가능의 세계, 창조의 세계가 있을 뿐이다. 여기에서 구태여 시인의 목소리와 그의 정신에 대하여 말할 필요가 없을것이다. 그것은 거대한 정신을 가진 사람의 목소리이다.

여기에서 교훈적인것은 정문향의 「개성의 산마루에서」 이다. 그의 단상시초의 일부 시들이 교훈의 로출, 시대에 대한 열정의 부족 등에 의하여 시인에게 고유한 목소리가 울려나오지 못하였다고 하면 「개성의 산마루에서」 는 시대에 대한 열정과 시인의 목소리가 뚜렷한 시로서 특징된다.

「개성의 산마루에서」 가 이러한 특징을 획득한데는 결코 단상시초가 많은 경우에 우리 시대 인간들의 륜리문제에 대하여 노래하였고 이 시는 우리 인민의 민족적존엄과 같은 사회정치적문제를 취급하였으며 전자가 우리 생활에 대한 단상의 형식으로서 교훈적인 내용을 주려고 한데 반하여 후자는 자유시의 본래의 특성에 의거하였다는 그 제재와 형식의 차이자체에 있지 않다. 이 량자간의 근본적인 차이점은 전자가 그 어떤 개념적인것을 확인하는데 머물렀다고 하면 후자는 리상적인것을 제시하고 그것을 시인의 열정으로써 천명하려는 견결한 시정신이 있는데 있다.

「개성의 령마루에서」 는 민족의 존엄을 슬기롭고 고상한 리상적인 세계로 확인하였다. 우리 인민의 민족적존엄 — 그것은 고상하고 장엄한 것이다. 그것은 우리 생활에 존재하고있으나 항상 리상적인것이며 존귀한것이다. 그런데 이 시는 이러한 시의 과제를 제기했을뿐만 아니라 그것을 자기의 열정으로써 천명하기 위한 시인의 견결한 정신으로써 특징된다. 특히 우리는 여기에서 시인이 의거하고 있는 랑만주의적환상에 대하여 이야기하여야 할것이다. 이러한 랑만주의적환상은 미제의

검은 포신을 눈앞에 보면서도 태연하며 오히려 정숙할수 있는 민족의
존엄을 민족의 애국적전통과 오늘의 우리 인민의 정신생활과의 련관속
에서 관찰하며 우리 인민의 정숙과 엄숙한 자태속에 깃든 내적힘을 시
대정신의 각광속에서 밝히는 시인의 비등된 감정에서 표현되고있다.
그렇기때문에 민족의 애국전통과 오늘의 우리 인민의 정신생활 및 우
리 인민의 근엄한 정신적태세가 하나의 관통된 열정속에서 천명될수
있었던것이다.

　　민족의 애국전통과 우리 인민의 정신생활이 어떻게 한 호흡속에서 노
래되고있는가 하는것은 다음의 간단한 실례로서도 충분하게 찾아본다.

　　향나무 휘정이는 추녀아래로
　　걸어가는 녀인이여!
　　어찌하여 너의 걸음과 말소리는
　　그렇게도 침착하고 상냥하단 말이냐!

　　내 지금 고려의 은근한 청자빛
　　그 하늘을 바라보는것인가?
　　아니면 활시울이 울던
　　라성의 성마루에 경건히 깃든
　　그 위훈을 가슴속에 새겨보는것인가?

　　여기에서 오늘의 생활과 민족의 애국전통은 생활적표상을 통해서만
느껴질뿐인데 그것은 하나의 호흡과 감정속에서 자연스럽게 통일되여
있다. 시인의 목소리는 이 랑만주의적환상을 타고 표현된 강렬한 열정

속에서 저절로 울려나오고있다.

이와 같은 사실은 우리 시인들이 자기의 시를 시대의 기치로 되게 하며 사람들의 정신과 감정을 높여주는 시로 되게 하기 위해서는 시대에 대한 자기의 열정을 직접적으로 표현하여야 하며 자기의 시정신을 전투적이고도 혁명적인 시정신으로 불태워야 한다는것을 다시금 말해준다.

—『조선문학』 234, 1967.2(1967.2.9)

제3부

보고문

전국 작가예술가 대회에서 진술한 한설야 위원장의 보고
— 전후 조선 문학의 현 상태와 전망

제2차 조선 작가 대회에서 한 한설야 위원장의 보고

천리마 시대의 문학 예술 창조를 위하어
— 조선 문학 예술 총 동맹 결성 대회에서 한 한설야 동지의 보고

전국 작가 예술가 대회에서 진술한 한설야 위원장의 보고

1

친애하는 동무들!

오늘 우리들은 조국의 자유와 독립을 수호하는 정의의 조국 해방 전쟁을 영광스러운 승리로써 결속하고 민주기지 강화를 위한 전후 인민경제 복구 건설에 전 인민적 총 력량을 집결시키고 있는 장엄한 환경 속에서 이 대회를 가지게 되었습니다.

오늘 우리들은 '모든 것을 전후 인민 경제 복구 발전을 위하여'라는 경애하는 수령의 호소를 높이 받들고 당과 조국과 수령에 대한 더욱 높은 충성심으로써 우리 작가 예술가들에게 부과된 임무를 원만히 수행할 대책들을 강구하기 위하여 이 자리에 모였습니다.

전후 인민 경제 복구 건설 투쟁은 조국의 평화적 통일을 쟁취하는 위업과 직접 관련됩니다. 조선 로동당 중앙위원회 제6차 전원 회의에서 하신 김일성 원수의 교시는 전후 인민 경제 복구 발전에 궐기한 우리 인민들이 나갈바 투쟁의 길을 천명하여 준 것으로서 우리의 투쟁의 지침으로 되며 우리를 승리에로 불러 일으키는 커다란 고무로 됩니다.

우리 앞에 제기되는 이 과업은 실로 방대하며 긴급합니다.

조선 인민은 영웅적 투쟁으로써 침략자들을 타승하였으며 자기 조국의 독립과 자유를 고수하였습니다.

미 제국주의자들은 3년 동안 우리와 전투하는 행정에서 조선 인민의 힘이 얼마나 위대하며 우리들의 백전 불굴의 투지가 얼마나 강대하며 우리 조국 북반부에 설정된 인민 민주 제도가 얼마나 강대한 생활력을 가지고 있는가 하는 것을 알게 되었습니다.

자유와 독립을 위한 성전에서 우리 조국의 우수한 아들 딸들이 흘린 피와 우리 인민이 당한 고통과 희생의 댓가는 헛되지 않았습니다.

조선 전쟁에서 미제의 무력 침범자들이 당한 군사 정치 도덕적 패배는 제 인민간의 평화를 수호하는 전 세계 민주 진영의 거대한 승리로 됩니다.

영용한 우리 조선 인민군과 중국 인민 지원군은 무력 침범자들에게 심대한 타격을 가하여 조선에서의 그들의 흉악한 계획을 분쇄하고 그들의 전쟁 열병의 불을 끔으로써 제3차 세계 대전의 발생을 지연시켰으며 세계의 평화와 안전, 특히 극동의 평화와 안전을 수호하는 위업에 커다란 기여를 하였습니다.

조선 인민이 쟁취한 거대한 승리는 우리 인민의 수령이시며 우리 인민군의 강철의 령장이신 김일성 원수의 이름과 불가분리의 것으로 되였습니다.

조선 인민은 전쟁의 가렬한 불길 속에서도, 어떠한 곤난과 애로속에서도 굴하지 않고 승리의 신심을 더욱 높이면서 수령이 부르는 길로 진군하였습니다.

오늘 우리들은 다함없는 존경과 사랑과 신뢰감으로써 전체 조선 인민을 오늘과 같은 승리와 영광으로 이끌어 주신 김일성 원수와 그가 령도하는 조선 로동당과 공화국 정부에 전 민족적 감사를 드리고 있습니다.

오늘 위대한 승리와 함께 우리 인민들 앞에는 새로운 희망의 길이 열리였으며 전쟁의 상처를 하루속히 없애고 우리 나라를 공업국으로 복구 발전시키는 장엄한 과업이 나서고 있습니다.

김일성 원수께서는 "일분 일초도 지체하지 말고 전후 인민 경제를 급속히 복구하며 인민 생활을 안정시키며 국방력을 강화함에 전 인민적 총력량을 집결시켜야 하겠습니다"라고 전체 인민에게 호소하시였습니다.

전쟁 중에 적을 타승함에 무비의 영웅성과 완강성을 발휘하였던 우리 인민들은 지금 자기의 모든 창발적 노력과 불요불굴의 투지를 새로운 건설에 돌리고 있습니다.

새로운 공장과 주택과 학교와 병원, 웅장한 도시 — 모든 것의 복구 건설 사업에 우리 인민들은 한 사람처럼 궐기하였습니다.

인민은 정지를 모릅니다.

인민은 오직 전진만을 알고 있습니다. 위대한 쓰딸린이 주신 '돌격대'의 영예를 지니고 우리 인민은 앞으로 앞으로 전진하고 있습니다.

2

우리들은 항상 승리만을 향하여 전진하는 인민의 문학 예술인들입니다. 인간 정신의 기사로서 불리워지고 있는 우리들 앞에는 지금 장엄하고도 귀중한 새로운 과업이 나서고 있습니다.

조선 로동당 중앙 위원회 제5차 및 제6차 전원 회의에서 김일성 원수께서는 사상 전선에 남아 있는 참을 수 없는 현상들을 지적하시고 사상 사업을 강화할데 대한 당면 과업과 투쟁 대책들을 구체적으로 천명하시였습니다.

돌이켜보건대 영용한 쏘베트 군대에 의한 1945년 우리 조국의 해방은 우리에게 제반 민주 개혁의 길을 열어주었으며 자기 민족이 가지고 있는 풍부한 정서를 마음껏 개화 발전시킬 수 있는 문학 예술 창조의 대로를 열어주었습니다.

우리 조국과 인민의 요구에 상응하는 문학 예술을 창조하기 위하여 1946년 3월에 평양에서 북조선 예술 총련맹을 조직하였습니다.

이리하여 이데올로기 전선에서 가장 중요한 일익적 임무를 담당한 우리 작가 예술인들은 조국과 인민과 수령에 대한 충성심과 영예를 지니고 창작 활동의 장엄한 전진을 시작하였습니다.

이와 아울러 남반부의 애국적 문학가 예술인들은 북반부에서 쟁취한 제반 민주 성과에 고무되면서 미제 침략과 리승만 매국 배족 정책을 반대하는 인민 항쟁의 대렬에 용감히 나섰습니다.

우리 작가 예술인들은 인민을 교육하며 그들의 의식을 무장시키며 영웅적 조선의 현실 속에서 창조되는 새 형의 인간들 ― 즉 전형적인 주인공들을 통하여 인민들 앞에 그들의 명일을 밝혀주는데 노력하였습니다.

우리 문학 예술은 가장 사상성이 높고 가장 진보적이며 혁명적인 것으로 되기 위하여 노력하였으며 어떻게 인민을 동원하여 투쟁의 길로 조직하며 어떻게 우리 생활에서의 부정면을 제거할 것인가에 대한 자기의 긍정적 리상과 실천적 능력을 보여주는 것을 최대의 신조와 지표로 삼았던 것입니다.

이러한 행정에서 조선 로동당은 우리 문학 예술 사업에 항상 당적 배려와 지도를 기울여줌으로써 우리 문학 예술의 발전을 추동하여 주었으며 조국 해방 전쟁의 종국적 승리에로 전체 애국적 인민들을 불러 일으키는 창조적 사업을 백방으로 고무하여 주었습니다.

이것은 우리 작가 예술가들에게 무한한 힘과 용기를 주었으며 조선의 전체 진보적인 작가 예술가들은 로동당의 로선과 정책에 복무하는 것을 자기의 유일한 목표와 신조와 영광으로 생각하고 있는 것입니다.

김일성 원수께서는 우리에게 문학 예술의 뚜렷한 방향과 로선을 제시하였습니다.

특히 1951년 6월에 우리 작가 예술가들에게 주신 수령의 격려의 말씀은 매개 작가 예술가들의 전투적 창작 강령으로 되였습니다.

이 력사적 문헌은 다만 작가 예술가들에게 대한 격려일 뿐만 아니라 고전적 맑쓰주의 미학의 원칙과 문학 예술에 관한 레닌 쓰딸린적 명제들을 조선 현실에 구체화시킨 리론적 저술로서 또한 력사적인 의의를 가지고 있는 것입니다.

김일성 원수께서는 자기의 격려의 말씀에서 "우리 작가 예술가들은 인간 정신의 기사로서 자기들의 작품에 우리 인민들이 가지고 있는 숭고한 애국심과 견결한 투지와 종국적인 승리를 위한 철석 같은 결의와 신심을 가장 뚜렷하게 표현할 뿐 아니라 자기들의 작품이 싸우는 우리 인민의 수중에서 가장 강력하고도 예리한 무기가 되여야 하며 전체 인민을 최후의 승리에로 고무 추동시켜야 할 것이다"라고 가르쳐 주셨습니다.

우리 작가 예술가들은 수령의 교시를 실천하기 위하여 우리들의 창작 활동을 전투 태세로써 개편하였습니다.

이로 말미암아 우리 문학 예술은 그 질과 량에 있어서 일찌기 조선 문학 예술 사상에서 볼 수 없던 성과를 거두게 되였습니다.

특히 로동당 중앙 위원회와 김일성 원수의 지도 밑에 1951년 3월에 수행된 남북 문화 단체 련합은 우리 나라의 애국적 진보적 문학 예술의 조직 대렬을 강화하며 그로하여금 당의 현명한 정책을 받들고 왕성한 창조 사업에 일층 궐기케 하는 획기적인 계기로 되였습니다.

우리 문학 예술은 로동 계급이 령도하는 혁명 사업의 중요 부문의 하나인 것입니다.

우리는 로동 계급의 사상으로 인민을 무장시키고 교육하여야 할 것입니다.

위대한 쓰딸린은 우리에게 가르치시기를 "초 당적인 것의 가면을 벗기고 투명하고 명확한 정치 로선을 꾸준히 실천에 표시할 것 ― 이것이 우리들의 구호이다"라고 말씀하셨습니다.

우리 문학 예술은 어느 한 순간에도 이 구호를 잊지 않았으며 이 구호가 가리키는 길로 용감히 전진하였습니다.

선진 쏘베트 문학 예술의 고상한 모범을 배우면서 우리 문학 예술은 진실로 진보적이며 혁명적이며 전투적인 문학 예술에로 자기 발전을 계속하였습니다.

동무들!

다 아는 바와 같이 위대한 쏘베트 군대에 의하여 해방된 북반부에서는 정권이 인민의 손으로 돌아오고 력사적 민주 개혁들이 실시됨으로써 민주주의 독립 국가 건설의 토대가 구축되였으며 민족 문화의 진실한 발전을 위한 온갖 가능한 조건들이 갖추어졌습니다.

미 제국주의자들이 강점하고 있는 남반부에 있어서는 놈들의 야만적

문화 말살 정책 때문에 진정한 민족 문화가 개화 발전될 수 없었습니다.

조선 문학 예술의 새로운 발전적 토대를 구축할 영예로운 사명을 띤 공화국 북반부의 문학가 예술가들은 력사적 민주 개혁의 성과들을 정확하게 반영하여 사상적 정치적 예술적으로 고상한 작품을 생산함에 한 사람처럼 궐기하였습니다.

북조선 문예총에 망라된 전체 작가 예술가들은 새롭고 영광스러운 창조 사업에 착수하였으며 경찰 테로 정책 밑에서 자기의 문학 예술을 뜻대로 발양시킬수없게 된 남반부의 많은 진보적 작가 예술가들은 공화국 북반부에 들어와 같은 길에 서게되었습니다.

우리들이 오늘 특별한 자랑을 가지고 말할 수 있는 일은 우리의 대렬에 인민 속에서 나온 새롭게 믿음직한 신인들이 수다하게 육성된 사실입니다.

8·15 해방 이후, 과거 일제의 탄압 밑에 억제되였던 우리 문학 예술은 공장, 농촌, 직장, 학교들에서 자유롭게 움트기 시작하였습니다.

7년 전에 우리들이 문예총을 조직하던 그 당시 우리 대렬에는 전문적인 작가 예술가들이 겨우 100명 내외에 불과하였지만 오늘에 와서는 그 수가 실로 2,500명에 달하고 있습니다.

오늘 우리들은 인민 속에서 나서 인민의 사랑을 받는 재능있고 력량 있는 허다한 신인들에 대하여 말할 수 있으며 그들의 많은 로작들에 대하여 말할 수 있습니다.

우리는 오늘 해방 후, 8년 동안에 조선 로동당의 제도 밑에 우리의 문학 예술이 쟁취한 찬란한 성과들을 회고하면서 인민이 주권을 장악한 나라에서 문학 예술이 그 얼마나 현란한 개화 발전을 보게 되는가를 다시금 깨닫게 됩니다.

오늘 방대한 력량으로 장성한 우리 문학 예술의 대오는 그대로 공고 발전된 우리 인민 민주주의 제도의 반영인 것이며 우리의 무진장한 민주 력량의 시위로 됩니다.

인민과 함께 있으며 인민의 사상과 의지를 대변하면서 인민의 리익과 운명을 자기의 리익과 운명으로 하는 우리의 사실주의적 문학 예술이 공화국 북반부에서 장족의 개화 발전을 달성한 것은 극히 자연스러운 일입니다.

8·15 해방 후, 력사적 민주 개혁의 제반 성과들과 미 제국주의를 반대하는 정의의 조국 해방 전쟁의 영웅적 현실을 토대로 하여 질적 량적으로 거대한 발전을 보게된 우리의 문학 예술의 대오 속에서 인민들이 사랑하는 불멸의 창작들을 허다하게 손꼽을 수 있으며 인민의 사랑과 존경을 받는 수많은 작가 예술가들을 헤아릴 수 있습니다.

그리하여 오늘 우리의 문학 예술은 인민들의 예리한 투쟁적 무기로 되였으며 생활의 교과서로 되였으며 작가 예술가들은 쓰딸린이 주신 '인간 정신의 기사'라는 영예로운 칭호를 빛내고 있습니다.

우리 문학 예술의 대오에서 1,000여명의 국가 수훈자 표창자를 내인 사실은 결코 우연한 일이 안입니다.

동무들! 오늘의 이 회합은 공화국 문학 예술 발전을 위한 획기적이며 력사적인 회합으로 되는 것입니다.

우리는 먼저 지난 기간에 우리의 문학 예술이 거둔 거대한 성과들을 쟌르 별과 주제 별로 총화할 필요를 느낍니다.

해방 후, 평화적 건설과 조국 해방 전쟁은 우리의 영웅적 현실을 노래함으로써 인민들을 고도의 애국적 헌신성으로 교양할 과업을 작가 예술가들에게 부과하여 주었습니다.

영웅적 인민들에게 상응하는 문학 예술은 그 쟌르에 있어서나 그 주제에 있어서 지극히 다양합니다.

그리고 평화적 건설 시기에 있어서나 전쟁 시기에 있어서나 우리 문학 예술을 일관하는 중심적 테-마는 우리의 수령 김일성 원수에 의하여 고무되고 있는 고상한 애국주의입니다.

김일성 원수께서 항상 가르치신 바와 같이 우리의 애국주의는 우리 조국과 인민에 대한 심절한 충성심과 진실감과 근로자들의 철석 같은 단결을 토대로 삼는 것입니다.

그렇기 때문에 우리 문학 예술의 모든 인민적인 테-마는 바로 이 애국주의와 련결되는 것입니다.

우리의 애국주의를 형상화함에 있어서 우리 작가들이 특별히 자기의 경애하는 수령의 투쟁 력사에 깊은 주의를 돌리게 된 것은 지극히 당연한 일입니다.

그것은 우리의 애국주의의 가장 구체적이며 숭고한 표현을 우리 작가들이 수령의 투쟁 력사에서 보게 되는 까닭입니다. 바로 그렇기 때문에 김일성 원수의 빛나는 투쟁 력사는 우리 문학의 가장 영광스러운 애국적 테-마로 되며 또한 영원한 테-마로 되는 것입니다.

우리의 전투적 시인 조기천의 장편 서사시 「백두산」을 비롯하여 한명천의 서사시 「북간도」 박영보의 희곡 「태양을 기다리는 사람들」 등 기타 작품들은 수령에 대하여 쓴 작품 중에서 가장 우수한 작품들입니다.

공화국의 재능있고 진실한 시인들은 김일성 원수에게 바치는 종합 시집 『우리의 태양』 『수령은 부른다』를 출판하였는바 이 시집에는 다만 수령의 전설적이며 영웅적인 사적들만 노래되여 있는 것이 아니라 수령을 우러러 받드는 우리 인민들의 간절한 심정들과 그에게 바치는 충성심들이 표현되여있습니다. 수령에 대한 인민들의 충성심을 노래하며 수령이 싸워온 영광의 길을 노래한 리찬의 「김일성 장군의 노래」 김승구의 씨나리오 「내 고향」 등은 그가 인민들에게 끼친 영향력으로보아 특기할 작품들입니다.

우리 조국의 민주주의적 발전에 있어서 거대한 의의를 가지는 공화국 북반부에 있어서의 제반 민주 개혁의 모든 성과들은 필연적으로 우리 문학 예술의 가장 보편적이며 광범한 애국적 테-마로 되였습니다.

이 테-마와 관련하여 우리 문학 예술 위에는 진실로 애국적이며 전형적인 주인공들이 나타나기 시작하였습니다.

사회주의 레알리즘 문학의 새로운 주인공들인 새 시대의 영웅들에 대하여 말씀하시면서 쓰딸린 대원수는 지적하기를 "떠들지 않고 호언장담함이 없이 공장과 제조소, 탄광과 철도, 꼴호즈와 쏩호즈를 건설하며 생활의 모든 복리를 창조하여 온 세상을 먹여 살리고 입히는 로동자들과 농민들 — 바로 이 사람들이 새 생활의 진정한 영웅들이고 창조자들이다"라고 하셨습니다.

우리 문학은 진실로 이러한 영웅들을 창조하는 길에 들어섰습니다.

그리하여 장편 서사시 조기천의 「생의 노래」 동승태의 「동트는 바다」를 비롯하여 소설 황건의 「목축기」 박웅걸의 「류산」 리종민의 「령」 천세봉의 「호랑 령감」 희곡 송영의 「나란히 선 두 집」 남궁만의 「림산철도」 박태영의 「갱도」에 나오는 주인공들은 모두 우리 시대의 새로운 주인으로 공장을 건설하며 석탄을 캐내고 증산 투쟁에서 승리의 기록을 창조하는 그런 로동 영웅들입니다.

또한 리기영의 장편 소설 『땅』 백문환의 희곡 「성장」 박영호의 희곡 「비룡리 농민들」 등 작품들에서는 토지 개혁이 실시된 조건하에서 자기의 헌신성과 창발성을 발휘하는 우리 시대의 농민들 — 즉 토지의 주인이 된 그들의 벅찬 생활의 모습이 묘사되어 있습니다.

이러한 새 주인공들의 묘사를 통하여 우리 문학은 새 생활의 길에 들어선 우리 인민들의 행복한 모습과 그 앞날을 옳게 반영하였으며 력사적 민주 개혁의 의의를 진실하게 천명하였습니다.

일찌기 막씸 고리끼는 "사회주의 레알리즘은 활동으로서의 생활을 주장한다"고 말하였습니다.

실로 우리 시대의 주인공들은 가장 어려운 환경에서 그것을 극복하는 가능성 — 사람들의 생활 속에 있다는 것을 보여주고 있습니다.

때문에 우리의 새로운 사회 제도 하에서 장성되는 주인공들은 자기의 력량과 가능성들을 로동 가운데서와 사회 정치 활동 가운데서 발휘하게 되는 것입니다.

로동 가운데서 그의 성격 즉 적극적이며 목적 의식적이며 혁신적이며 의지적인 성격이 발로되는 것입니다.

그러기 때문에 사회주의 레알리즘은 근로를 영예로 삼는 우리 시대의 선발된 전형적 주인공들을 형상화 할 것을 요구하는 것입니다.

로동에 있어서 특히 뚜렷이 표현되는 것은 우리 인간의 창조적 활동의 집단주의적 성격인 것입니다.

사회주의 레알리즘을 자기 창작 방법의 기본으로 하고 있는 우리 작가 예술가들은 자기의 창조 사업에서 항상 우리의 해방자이며 원조자인 영웅적 쏘련 군대의 은공을 잊을 수 없으며 특히 우리의 해방의 은인이시며 친근한 벗이며 전세계 근로자들의 아버지인 위대한 쓰딸린을 잊을 수 없습니다.

전쟁 전에 우리가 출판한 소설집 『위대한 공훈』과 시집 『영원한 친선』『영광을 쓰딸린에게』는 우리 작가 시인들이 위대한 해방자에게 바치는 끊임없는 감사와 친선의 정으로 엮어진것들이였습니다.

조기천의 장편시 「우리의 길」은 위대한 쏘련 인민과의 영원한 친선에서 자기 조국의 미래의 영광을 바라보는 우리 인민들의 심정을 벅찬 정열로 노래한 감명 깊은 작품입니다.

리춘진의 「안나」 윤시철의 「지질기사」에서는 조쏘 인민간의 친선이 가장 아름다운 것으로 그리고 그것이 조선 인민의 새 생활에서 가시어질 수 없는 엄숙한 원리로 되여있다는 것이 묘사되여 있습니다.

진실로 오늘 우리 인민들에게 있어서 조쏘 친선은 그들의 생활에서 떼여낼 수 없는 부분으로 되였습니다. 그러니만큼 이것은 우리 문학의 가장 중요한 테-마로 되였으며 또한 앞으로 영원히 그렇게 될 것입니다.

이는 오늘 쏘련을 비롯한 중국 및 인민 민주주의 국가의 인민들과 자본주의 국가의 근로 인민들과의 형제적 친선 단결을 강화시키고 있는 프로레타리아 국제주의 사상의 구체적 표현으로 되는 것입니다.

해방 후, 우리 문학 예술의 주제에서 또한 중요한 부분을 차지하고 있는 것은 미제국주의자들의 강점 하에서 착취와 억압에 시달리고 있는 남반부 인민들의 비참한 생활이며 또한 강점자들과 그 주구들을 반대하여 일어나는 남반부 애국적 인민들의 영웅적 투쟁 모습이였습니다.

민병균의 「분노의 서」를 비롯하여 조기천의 「항쟁의 려수」 백인준의 「지리산 전구」 등의 시들과 강승한의 「한라산」 남궁만의 「하의도」 송영의 「금산 군수」 등 희곡들과 박태민의 소설 「제2전구」 등은 남반부 인민들의 참담한 생활 형편들과 미제의 만행과 그리고 직접 손에 무기를 잡고 일어선 남반부 인민들의 장엄한 구국 투쟁을 묘사한 작품들입니다.

평화적 건설 시기에 거둔 우리 문학의 성과들은 간단히 이러합니다.

조국 해방 전쟁 시기에 들어와서 우리 문학의 테-마는 더욱 다양하고 다채로워졌습니다.

김일성 원수는 우리들에게 주신 자기의 격려의 말씀 가운데서 "영웅적 인민이 요구하는 예술은 또한 영웅적이여야 하며 세계 무대에 오른 인민이 요구하는 예술은 또한 세계적 수준에 도달하여야 합니다"라고 말씀하셨습니다.

수령의 이 교시를 받들고 전체 작가 예술인들은 그 어느 때보다도 정력적으로 영웅적 자기 인민이 요구하는 그러한 문학 예술을 창조하기 위하여 다양한 주제들을 선택하면서 분발하여 나섰으며 우리 문학 예술을 더욱 풍부하게 만들었습니다.

전쟁이 시작된 첫 시기부터 많은 작가 예술가들은 인민군대에 종군하여 전선으로 출동하였습니다.

그들은 전사들과 함께 생활하며 그들의 투지, 그들의 용맹성, 그들의 애국심을 자기의 것으로 하려 하였습니다.

그 중에는 자신 총 칼을 들고 화선에 나섰으며 전사들과 함께 직접 적을 무찌르며 나간 동무들도 허다합니다.

또 그 중에는 영예스럽게 전사하였거나 또 전상한 동무가 적지 않습니다.

전시 문학 예술에서 특별한 자리를 차지하는 것은 종군한 작가들의 전선에서 보내오는 루뽀르타쥬였습니다.

전쟁의 첫 시기에 특히 우리 작가들의 종군기들이 우리의 출판물들을 화려하게 장식하면서 싸우는 우리 인민군대의 영웅적 모습을 힘 있고 감격적인 말로써 후방 인민들에게 전해주었던 사실은 우리의 전시 문학에 있어 특별한 의의를 가지는 것이였다고 말할 수 있습니다.

전선 루뽀르타쥬와 아울러 선진 쏘베트 문학에서 생동적인 쟌르로 널리 리용되고 있는 오체르끄가 우리 문학에 광범히 리용되였으며 또 리용되고 있는 사실을 반드시 이야기할 필요가 있습니다.

많은 작가들은 또한 전쟁에서 불멸의 위훈을 세운 공화국 영웅들의 전기를 작품화하는 사업에 광범히 동원되였습니다.

영웅들의 빛나는 전투 기록을 널리 인민군 전사들과 후방 인민들에게 알리는 사업의 교양적 의의가 매우 큰 것입니다.

이전에는 그다지 널리 리용되지 않던 이 쟌르들의 광범한 리용은 싸우는 우리 문학의 새로운 면모를 말해주는 것이며 더 한층 풍부하여진 우리 문학의 전투적 성격을 말해주는 것입니다.

전쟁 시기에 우리 시 문학은 많은 로작들을 생산하였습니다. 김조규의 시집 『이 사람들 속에서』 김북원 시집 『운로봉』 등은 영웅적 인민군대의 위훈과 영웅성을 노래한 시편들 중 가장 우수한 것들입니다.

산문에 있어서 황건의 「행복」 윤세중의 「구대원과 신대원」 박웅걸의 「상급 전화수」 등 성과작들이 적지 않게 창작되였습니다.

희곡에 있어서도 적지 않은 로작들이 나왔는바 윤두헌의 「소대 앞으로」 조령출의 「전우」 홍건의 「1,211고지」 등 작품들은 인민군대를 취급한 작품들 중 비교적 우수한 것들입니다.

이와 같이 우리 문학은 우리 전사들의 영웅주의적 특성을 보다 뚜렷이 표현하면서 새 시대 즉 평화와 자유를 위하여 싸우는 영광스러운 우리 시대에 적응한 새 타잎의 인간들을 창조하고 있습니다.

그들은 조국의 운명과 향토의 부원을 원쑤의 유린으로부터 구원하기 위하여 자기 청춘과 생명을 조국과 당에 바치는 불굴의 영웅들입니다.

이러한 영웅주의적 성격의 사람들은 오늘 우리 시대에 있어서의 현실의 진정한 주인공인 동시에 가장 아름다운 인간의 전형들인 것입니다.

이와 아울러 싸우는 후방을 취급한 작품들 중에도 자랑할만한 로작들이 많이 있습니다.

황건의 「안해」 리종민의 「궤도 위에서」 유근순의 「회신 속에서」 변희근의 「첫 눈」 한봉식의 「아버지」 등 작품들은 우리 전시 문학을 빛내고 있는 소설들입니다.

시에 있어서 조기천의 시집 『조선은 싸운다』를 비롯하여 민병균의 장편 서사시 「어러리 벌」 김순석의 시집 『영웅의 땅』 등 작품들은 후방을 노래한 작품들 중에서 뛰여난 것들입니다.

희곡 씨나리오 분야에 있어서도 윤두헌의 씨나리오 「소년 빨찌산」 「향토를 지키는 사람들」과 한봉식의 희곡 「탄광 사람들」 등 우수한 작품들이 창작되였습니다.

이와 같이 후방 인민들의 영웅적 투쟁 모습과 전선과 후방의 유기적인 련계와 그 공고화를 보여주는 작품들은 인민들에게 승리에 대한 확신심을 더욱 북돋아주는데 이바지하였습니다.

조 중 친선은 우리 전시 문학의 기본 테-마의 하나로 되였습니다.

조 중 인민의 친선과 단결을 고상한 국제주의적 정신으로 표현한 작품들 중에서 특히 홍순철의 시집 『영광을 그대들에게』를 높은 성과로 말할 수 있습니다. 이 시인은 이 시집에서 5억만 항미원조 전렬들의 고상한 성품들과 기개와 강의한 투지와 영웅 조선의 훌륭한 애국적 전통과 불패의 위력을 웅장하게 노래 불렀습니다.

전쟁 시기에 들어와서 조 쏘 친선은 우리 인민의 생활에서 더 한층 떼여낼 수 없는 부분으로 되였습니다.

많은 시인들은 자기의 몸으로써 적 화구를 막은 우리의 영웅들을 조선의 마뜨로쏘브로 노래하였습니다.

또 작가들은 우리 빨찌산의 녀성 영웅 조옥희를 조선의 죠야로 노래 불렀습니다.

우리 인민들은 자기의 아들 딸들의 영웅적 위훈을 항상 위대한 쏘련 인민들과 그 아들 딸들의 빛나는 영웅적 위훈과 결부시키고 있습니다. 이것은 조쏘 친선의 사상이 우리 인민들의 생활 속에 얼마나 간절한 것 으로 또 얼마나 아름다운 것으로 튼튼히 자리잡고 있는가를 말하는 것 입니다. 때문에 위대한 쏘련의 조국 전쟁 시기에 있어서의 수많은 영웅 들의 형상은 곧 싸우는 우리 인민군 전사들의 가슴마다에 살고 있으며 또한 실제 전투에서 그들의 형상을 자기의 모범으로 삼고 있습니다.

그리하여 우리 인민군 전사들은 전투에서 무비의 영웅성을 발휘하였 을 뿐 아니라 그 중 적지않은 전사들이 직접 자기들의 전투 행정에서 생 활화된 모든 감정과 정서를, 그리고 조국 앞에 바치여 아낌없는 청춘들 의 온갖 고귀한 자랑들을 노래 불렀습니다.

「동부 전선을 지킨다」 「그가 부르는 노래」 등 우리 시대의 가장 용감 한 사람들의 생활감정을 소박하고 청신한 형식을 통해서 노래한 한진 태 동무와 「당과 조국을 위하여」를 노래한 김영철 동무의 작품들은 그 야말로 해방된 민주 조국의 은혜로운 품안에서 수령의 직접적인 훈육 을 받아 장성한 조선 청년들이 어떻게 외래 무력 침략자들을 반대하여 싸웠으며 또 싸우고 있는가를 여실히 보여준 작품들입니다.

영웅적 인민군 용사들의 전투 생활을 반영한 이 작품들은 전사들 뿐 아니라 진실로 후방 인민들에게 신심과 투지를 불러 일으키는 우수한 작품이였습니다.

김경일, 주태순, 전태정, 리호일, 신상호, 박근, 신봉원, 석광희 동무들을 비롯한 많은 인민군대 출신의 이 젊은 세대들은 우리 문학의 미래에 훌륭한 역군으로 들어설 수 있으리라는 것을 무한한 자랑으로 말할 수 있습니다.

진실로 조국 해방 전쟁 행정에서 우리 문학 예술인들의 대렬은 량적으로나 질적으로 그 어느 때보다 급속히 장성하였습니다.

후방의 공장, 농촌, 직장들에서 수다한 신인들이 계속하여 배출하고 있습니다.

우리 문학 예술의 새로운 세대는 이렇게 싸움의 불길 속에서 힘차게 자라나고 있습니다.

우리들은 우리 문학 예술의 찬란한 미래를 우리 신인들에게서 봅니다.

우리들은 오늘 진실한 자랑과 신뢰와 희망을 가지고 우리 문학 예술의 미래에 대하여 말할 수 있습니다.

이는 우리의 사회 제도가 얼마나 우월하며 민족 문화를 개화 발전시킬 수 있는 온갖 토대가 보장되어 있다는 것을 말해주는 사실로 됩니다.

인민 속에서 자라나는 예술은 생활을 그의 끊임없는 전진 운동에서 반영하며 사람들의 성격의 아름다운 면을 개발하며 그 형상을 촉성하며 그 특징들이 비단 선발된 사람들에게서 뿐만 아니라 수백만 우리 인민들에게 저마끔 자라나고 있다는 것을 말해주고 있습니다.

연극 부문에 있어, 전쟁전 창작극으로 리석진 연출 「백두산」과 라웅 연출 「리순신 장군」을 비롯하여 김순익 연출 「불길」 맹심 연출 「땅」 한긍수 연출 「비룡리 농민들」 강렬구 연출 「성장」 고기선 연출 「태양을 기다리는 사람들」 번역극에 있어 최건 연출 「외과의 크레체트」 리수약 연출 「흑인 부렛트 중위」 「어느 한 나라에서」 윤홍기 연출 「세2전선의 배후」 등은 광범한 인민 속에서 사랑을 받은 우수한 작품들입니다.

전쟁 기간중에 있어 전투적 태세로 전환된 우리 연극 운동에서 가장 특기할만한 작품들로서는 백민 연출의 「1,211고지」를 비롯하여 최건 연출 「바다가 보인다」 안영일 연출 「탄광 사람들」 김용악 연출 「소대 앞으로」 등을 들수 있습니다.

번역극으로서 리서향 연출 「청년 근위대」 리운룡 연출 「전투 속의 성장」 등을 들수 있습니다.

다음, 미술 분야에 있어서도 해방 후 평화적 건설 시기와 조국 해방 전쟁 시기를 통하여 일찌기 없던 빛나는 발전을 보였습니다.

평화 시기의 작품으로 선우담의 「김일성 장군」 정관철의 「보천보 전투」 김익성의 「도라오는 배마다」 문학수의 「추수」 탁원길의 「환송도」 문석오의 조각 「애국의 불길」 등은 우수한 작품들이며 전쟁 시기에 들어와 김만형의 「김일성 원수의 영웅들과의 담화」 문학수의 「조옥희」 선우담의 「돌다리 전투」 정관철의 「월가의 고용병」 정현웅의 「미제의 만행」 기웅의 「위대한 상봉」 림자연의 「철교 복구」 김익성의 「고지의 병사들과 어랑농민들」 전순용의 「미둔 전투」 한상익의 「피로써 맺아진 형제」 김진항의 「태평리 전투」 정종여의 「바다가 보인다」 림홍은의 「웽그리야 병원」 유현숙의 「미제의 패주 후」 등 작품들이 인민들의 사랑을 받고 있습니다.

전시하 인민들을 위한 직관물 선전에 있어 다대한 역할을 놀고 있는 만화 제작에 있어서 장진광, 포스타 제작에 있어서 정관철, 림홍은 등 작가들의 수다한 작품들도 또한 성과적인 것들이였습니다.

뿐만 아니라 미술가들은 금년에 들어와서 170여점의 우수한 작품들을 웽그리야에 보내여 거기서 조선 미술 전람회를 열어 다대한 성과를 거두었습니다.

다음으로 음악 부문에 있어서 가극 리면상 작곡 「춘향」 「우물가에서」를 비롯하여 관현악곡으로 리정언 작곡 「돌격대 조선」 교성곡으로 김옥성 작곡 「압록강」 합창곡으로 안기옥 작곡 황학근 편곡으로 된 「법성포 뱃노래」 가요곡으로 김원균 작곡 「애국가」 「김일성 장군의 노래」 리면상 작곡 「쓰딸린 대원수의 노래」 박한규 작곡 「인민 공화국 선포의 노래」 「빨찌산의 노래」 김옥성 작곡 「섬멸의 노래」 윤승진 작곡 「샘물터에서」 등을 성과작으로 헤일 수 있습니다.

우리 작곡가들의 이러한 가곡들은 해방 후 우리 공화국의 제반 민주 건설과 또한 조국 해방 전쟁의 승리에 있어 막대한 역할을 놀았습니다.

다음 연주 부문에서 우리 작곡가들의 우수한 로작들은 물론, 로씨아 고전 음악들을 비롯한 많은 선진 악곡들을 연주하였습니다.

글린까, 챠이꼽쓰끼, 무쏠르그쓰끼, 베토벤들의 우수한 작품들은 물론이고 특히 비제-의 가극 「칼맨」과 메이루쓰의 가극 「청년 근위대」의 공연들은 우리 민족 가극 발전에 막대한 도움을 주었습니다.

뿐만 아니라 쏘련 방문 예술단을 비롯하여 청년 축전 참가 예술단, 중국 방문 예술단, 몽고 방문 예술단들이 민주주의 국가들을 순회 연주하여 조선의 음악 예술을 시위하였습니다.

그 중에서도 성악 부문에서 유은경, 림소향, 김완우, 정남희, 조경, 박복실, 기악 부문에 있어 안기옥, 백고산, 유대복, 문학준, 지휘에 있어 박광우, 김기덕 동무 등은 우리 공화국 음악 예술 발전에 특출한 공훈을 세웠습니다.

다음 무용에 있어서 최승희 안무 「조선의 어머니」 「평화의 노래」와 라숙희 안무 「조국의 아들」 등은 우리 나라의 광범한 인민들 속에서 뿐만 아니라 멀리 쏘련과 중국을 비롯한 인민 민주주의 국가들에서 절찬과 환호를 받았습니다.

리석예 안무 「영웅을 맞이하는 마을 사람들」 정지수 안무 「고지의 깃발」 등도 성과작들입니다.

무용가로서 우선 최승희 동무를 비롯하여 라숙희, 정지수 등 동무들은 직접 자기 연기와 후배를 육성하는 사업 과정을 통하여 우리 나라 무용 예술 발전에 빛나는 공훈을 세웠습니다.

종합 대중 예술로서 큰 위력을 가지고 있는 영화 부문에 있어 우선 대규모의 근대식 시설 설비를 갖추어서만 발전할 수 있는 영화 예술 발전의 기초에 대해서 상기할 필요가 있습니다.

8·15 이전 우리 나라에는 영화를 제작하는 완전한 시설 설비가 없었으며 영화 예술 인재들과 기술 일꾼들이 희소했습니다.

이런 정황에서 우리가 자랑으로 말해야 할 것은 북조선 국립 영화 촬영소의 웅대한 건설에 대해서 반드시 지적해야 합니다.

조선에서의 유일한 영화 제작소의 건립은 극 예술 영화 「내 고향」을 비롯한 수다한 시보 뉴-쓰들과 극 예술 영화를 제작하여 조선 예술의 급속한 발전을 조건 지었던 것입니다.

뿐만 아니라 새로운 영화 일꾼들의 급격한 장성은 이 부문에서의 커다란 성과의 기초가 되었습니다.

영화 예술가들은 조국 해방 전쟁의 어려운 조건하에서 더욱 눈부신 투쟁을 전개하였습니다. 그들은 직접 싸우는 전선에 출동하여 전사들과 생활을 같이 하면서 전투 기록 영화와 시보들을 촬영하였습니다.

기록 영화 「친선의 노래」 「정의의 전쟁」 등은 국제 축전에서 최고의 기록상과 영예상을 받음으로써 싸우는 조선 영화의 명성을 세계에 떨치였습니다.

조국 해방 전쟁 기간에 제작된 「소년 빨찌산」 「또 다시 전선으로」 등은 조선 인민에게 뿐만 아니라, 위대한 쏘련 중국을 비롯한 인민 민주주의 각 나라 인민들과 자본주의 나라 영화인들에게까지 관람되어 절찬을 받았으며 국제 축전에서 포상 받았습니다.

이 외에도 극 영화 「향토를 지키는 사람들」 「정찰병」 등 우수한 작품들이 계속 제작되었습니다.

영화 부문에서 우리는 국가 표창 수훈자들인 배우 박학, 류경애, 심영, 연출가 윤용규, 천상인, 정준채 등 인민의 사랑과 존경을 받고 있는 동무들의 공로에 대하여 말해야 할 것입니다.

여기에서 반드시 지적해야 할 것은 조국 해방 전쟁의 가렬한 전투 환경 속에서 자라난 군중적인 인민 예술의 비약적 발전입니다.

당과 정부의 심심한 배려에 의하여 부단히 장성 보급되고 있는 각 예술 단체와 각 문예 써클들의 예술적 수준과 창조적 성과를 군중적으로 검열한 전국 예술 경연대회를 통하여 우리들은 생활화된 근로 인민들의 예술적 발전에 경탄하지 않을 수 없었습니다.

전국 예술 경연 대회의 특징은 근로 인민들 속에서 자라난 써클원들이 가렬한 전쟁의 참화 속에서도 굴하지 않고 자기들의 투지와 생활 감정으로 안바침하는 영예로운 로력 투쟁을 높은 예술적 재능으로 형상화한 거기에 있습니다.

우리들은 전국 예술 경연 대회를 통하여 근로 대중들이 자기의 윤택한 문화적 생활 속에서 자체의 로력을 즐기는 동시에 그것이 또한 군중적으로 발전되고 있는 것과 고전 예술 계승에 로력하고 있음을 똑똑히 보았습니다. 이처럼 우리의 문화적 예술적 활동이 인민적 기초 위에서 나날이 육성 발전되고 있는 사실은 우리 문학 예술이 광활한 앞길을 개척하면서 있다는 것을 실증하는 것입니다.

3

동무들!

우리들이 지나간 평화적 건설 시기와 전쟁 시기에 거둔 성과들은 이상과 같습니다.

이 빛나는 성과들은 곧 우리의 절대 다수의 작가 예술가들이 당과 수령의 교시를 받들고 그 교시에 충실하였다는 것을 말하여주는 것이며 우리 문학 예술이 앞으로 더욱 발전할 수 있는 기본 토대를 튼튼히 구축하였다는 것을 실증하여 줍니다.

그러나 우리가 쟁취한 이상의 성과들은 다만 평온한 가운데서 아무런 투쟁이 없이 이루어진 것은 결코 아닙니다.

우리의 새로운 문학 예술은 오직 우리의 문학 예술을 침해하려는 온갖 반동적 조류들과 경향들과의 맹렬한 계급 투쟁 속에서만 거대한 성과를 달성할 수 있으며 앞으로 전진할 수 있습니다.

오늘 우리들은 우리의 창조 사업을 총화함에 있어 이 사업을 백방으로 좀 먹으며 저해하려고 광분하여온 우리의 사상적 반대자들에 대하여 반드시 말하는 것이 필요하다고 인정합니다.

위선 우리들은 1946년 원산에서 예술 지상주의자들에 의하여 발간된 반동 시집 『응향』에 대한 투쟁을 지적하여야 하겠습니다.

다 아는 바와 같이 이 '시집'은 우리 인민들의 민주 건설 투쟁을 로골적으로 비방하며 인민들에게 불신과 회의와 위축의 사상을 전파할 목적 밑에 출판된 것입니다.

이 '시집'에서 한 반동 시인은 민주 건설 투쟁에 궐기한 우리 인민들을 "울며 불며 정처없이 설레는 가엾은 인생"이라고 하였으며 또 다른 한 '시인'은 "진리 진리 찾아도 못찾는 진리 앞산 넘어가면 찾을듯하다"
라고 읊었습니다.

이렇게 로골적으로 인민을 반대하여 또는 민주 건설을 반대하여 북
반부의 새로운 사회 제도를 반대하여 출판된 이 '시집'에 대한 우리의
투쟁은 곧 예술의 순수성 밑에 가장된 반동적인 탈을 벗기고 그 정체를
폭로하였으며 이는 우리 문학 예술의 계급성과 당성을 고수하는데 있
어 막대한 성과로 되었습니다.

우리 문학 예술을 침해하려는 반동적인 온갖 조류들과 경향들에 대
한 우리들의 투쟁은 높은 당적 경각성 밑에 계속 근기있게 진행되었습
니다.

이러한 꾸준하고 진지한 사상적 투쟁과 당적 지도에 의하여 우리 대
렬에 잠입한 사상적 반대자인 림화 도당들의 반국가적 반당적인 음모
책동은 마침내 적발 분쇄되었습니다.

조국과 인민을 배반하고 미제국주의자들의 더러운 머슴꾼으로 전락
한 리승엽, 림화, 조일명, 리원조, 등 간첩 도당들의 반당적 반인민적 파
괴 행동은 우리 문학 예술 분야에도 그 독수를 뻗치려 하였습니다.

반국가적 간첩 테로 음모를 획책하여 온 박헌영, 리승엽, 림화, 조일
명, 리원조 등의 조종하에 리태준, 김남천, 김순남, 박찬모 등 악당들은
당과 조국과 인민의 리익을 옹호하는 진정한 인민적 문예 로선을 반대
하여 반동적 부르죠아 문예 로선을 대치하려 하였습니다.

미제의 탐정꾼으로 된 리승엽 도당은 북반부에 넘어와 조선 민주주
의 인민 공화국과 조선 인민의 지도적 향도적 력량인 조선 로동당을 내
부로부터 파괴할 목적으로 온갖 흉모를 다하여 왔던 것입니다. 놈들은
최후적으로 미제의 군사적 지원 밑에 무장 폭동으로써 공화국 정부를

전복하고 변생된 자본주의 주권을 세우기 위한 준비를 갖추는 동시에 소위 새 정부와 새 당의 수반까지 구성하였던 것입니다. 이와 같은 간첩 파괴 암해 공작을 위하여 문학 예술 분야에 잠입한 림화 도당들은 사회주의 레알리즘의 작품의 출현을 막고 부르죠아적 자연주의 작품들을 전파하기 위한 파괴 공작에 광분하였던 것입니다.

오늘 우리들은 우리 총동맹이 발족했을 당시에 우리들 앞에 놓였던 한가지 문건을 회상하게 됩니다. 그 문건은 서울에서 우리 당내에 잠입하였던 박헌영, 리승엽, 림화, 조일명 등을 비롯한 반당적 스파이 분자들에 의하여 날조된 소위 문화 로선에 관한 테-제입니다.

이 수치스러운 문건에는 우리가 건설하여야 할 민족 문학은 "계급적인 민족 문학이여서는 아니된다"고 지적되여 있습니다.

미제의 간첩이며 반역적 파괴 분자인 림화 도당들은 해방 전후 시종일관하게 자기 작품을 통하여 우리 인민을 절망과 영탄의 세계에 처넣으려고 시도하였으며 우리의 영웅적 현실을 파렴치하게 비속화하였으며 로골적인 반쏘 사상과 꼬쓰모뽈리찌즘을 선전하려고 시도하였습니다.

림화를 비롯하여 리원조, 김남천, 리태준 등 파괴 종파 도당들은 제국주의 침략자들에 대한 굴종과 투항을 권고했으며 미국과 서구라파에 대한 아첨을 설교하였으며 개인주의와 에로찌즘을 전파하기 위하여 광분했으며 우리의 문학적 전통을 파렴치하게 말살하려고 시도하였습니다.

한 마디로 요약하여 림화 도당은 문학에서 당성과 계급성을 거세하며 우리 문학의 사상적 무장 해제를 획책하였으며 현실을 의곡 비방하는 것을 주안으로 하는 자연주의 및 형식주의를 백방으로 부식시키려고 기도하였습니다.

이렇게 하여 이 악당들은 영웅적 우리 인민의 투지를 말살하고 공고 발전되어 가는 우리의 인민 민주 제도를 약화시키며 나아가 우리 조국을 미제 식민지로 전변시키려고 광분하였던 것입니다.

림화 도당들은 기술이 내용보다도 우위를 점한다고 주장하면서 새로운 내용이 새로운 기술을 요구한다는 것을 부정합니다.

묘사를 위한 묘사 기술을 위한 기술 이런 것은 벌써 오늘에 있어 퇴폐 몰락하여가는 부르죠아 예술의 보편화된 현상입니다.

그러나 오늘도 우리의 사상적 반대자들은 여기에서 그들의 출구를 구하려 합니다.

카프 해산을 일제 앞에서 선고함으로써 일제의 앞잡이로 된 변절자 림화는 리태준이 지도하던 반동적 문학 단체인 '구인회'에 추파를 던지면서 일제 주구로 복무해 왔으며 작년에 출판된 그의 저서 『조선 문학』이라는 력사 위조 문건에서 서구라파 문학에 대한 자기의 아첨을 더욱 확증하였습니다.

문학에 있어서의 서구라파 문학에 대한 이와 같은 아첨은 음악과 미술 분야에서 모더니즘과 꼬쓰모뽈리찌즘과 자연주의 및 형식주의로써 표현되었습니다.

이 유해한 독소는 음악 분야에 있어서 특히 종파분자 김순남에 의하여 전파되었습니다.

서구라파 부르죠아 음악의 광신자인 김순남은 항상 새 것을 표방하고 나서면서 우리 민족의 고전적 음악 유산을 거부하였습니다.

김순남의 이러한 기도는 자기의 반동 음악을 통하여 우리 인민들의 혁명성을 거세하며 부르죠아 반동 이데올로기의 독소들을 전파시키려는 의식적인 행동인 것입니다.

이렇듯 림화 도당들은 자기들의 세력을 규합하여 우리 문학 예술의 계급적 무장 해제를 기도하였지만 그것들은 맑쓰-레닌주의 사상으로 안바침된 우리 문학 예술의 거세인 격류 앞에서는 한개 쪽배의 운명을 면치 못하였습니다.

해방 후, 8년간 인민 민주주의 제도를 수호하는 가렬한 계급 투쟁 속에서 백전 백승의 조선 로동당과 경애하는 수령 김일성 원수의 영명한 령도를 받들고 장성 발전한 우리 민족 문학 예술의 력량 앞에서 림화 도당들의 반동적 정체는 백일하에 폭로되였으며 그들의 흉악 무도한 음모 책동은 여지없이 분쇄되였습니다.

우리의 문학 예술 대오는 림화 도당을 적발 소탕하는 투쟁 행정에서 더욱 단일적이며 강력한 력량으로 발전하였습니다.

이와같이 우리의 사상적 반대자들과의 투쟁에서 얻은 우리의 성과들은 결코 우연한 것이 아닙니다.

이것은 곧 우리의 문학 예술이 맑쓰-레닌주의적 미학의 원칙을 고수하면서 우리의 민족 문학 예술의 전통을 옳게 계승하고 선진 쏘베트 문학 예술이 달성한 위대한 성과와 모범을 섭취함으로써 우리 민족 문학 예술의 력량이 장성한데 그 중요한 조건이 있는 것입니다.

동무들!

서구라파 문학에 대한 비렬한 아첨은 두말할 것도 없이 우리 문학을 초계급적인 것으로 비민족적인 것으로 만들려는 반당적인 경향입니다.

이것은 우리 문학과는 아무런 인연도 없는 이색적이며 적대적인 이데올로기의 표현입니다.

이것이 오늘 제국주의자들의 사상적 무기로 되여 있는 코쓰모뽈리찌즘입니다. 여기서부터 정치적 무관심성과 '예술을 위한 예술'의 빈 말공부들이 퍼지게 되는 것입니다.

소위 '계급적이 아닌 민족 문화' 또 '근대적인 의미에 있어서 민족 문학'의 허위적인 억측들은 결국 우리 문학이 로동 계급에 복무하는 것을 그만두게 하며 로동 계급이 선봉이 되어 진행하는 조국의 자유와 독립을 위한 투쟁에서 우리 문학으로 하여금 그 중요한 무기로서의 역할을 놀 수 없게 하려는 반동적 시도의 표현입니다.

문학에 있어서의 계급성의 부인, 서구라파 문학에 대한 굴종의 다른 표현은 조선 사실주의 문학의 전통을 신경향파 문학 및 카프 문학에서 찾을 대신에 서구라파 문학의 모방으로써 특징 지여진 반동적 부르죠아 문학에서 찾으려는 경향입니다.

모든 나라에 있어서 사회주의 레알리즘이 발생할 필연적 조건이 있는 것입니다. 그것은 로씨아에 있어서 혁명전의 앙양기와 1905년~1907년의 로씨아 제1차 혁명 년간에 로동 계급의 혁명적 투쟁 과정을 통하여 로씨아 문학에 발생한 것처럼 다른 나라에 있어서도 로동 계급과 그가 령도하는 근로 대중이 자기의 목적과 과업을 실시하기 위하여 투쟁하는 과정에서 발생하게 되는 것입니다.

우리 작가 예술가들은 영웅적 인민에게 상응하는 영웅적 문학 예술의 창조를 위하여 현실적 묘사를 그의 혁명적 발전에서 추구하며 그를 위하여 광범히 생활을 관찰 파악하며 인민의 생활을 작품 창조의 진실한 기초로 삼고 있는 것입니다.

우리 작가 예술가들은 인민의 충복이며 우리의 모든 생활은 우리 인민에 대한 복무입니다.

영용한 쏘베트 군대에 의하여 우리 조국이 일제의 식민지 통치의 기반으로부터 해방된 후 우리 공화국 북반부에서의 모든 민주 개혁과 더불어 문화 혁명이 실현되였습니다.

그리하여 조선 로동당과 우리의 경애하는 수령 김일성 원수의 문예 로선을 받들고 새로운 내용에 부합되는 새로운 형식의 탐구에 전체 작가 예술가들은 동원되였으며 그들은 선진 쏘련 문학 예술에 있어서의 창작 방법인 사회주의 레알리즘의 체득을 자기의 기본 과업으로 내세웠습니다.

물론 우리 조선에 사회주의 레알리즘의 창작 방법이 적용된 것은 오래인 력사를 가지고 있는 것입니다.

우리 나라에 있어서 사회주의 레알리즘 문학이 발생할 조건에 대하여 말한다면 두 말할 것 없이 로동계급의 령도하에 진행된 민족 해방 투쟁에 고려를 돌려야 할 것입니다.

특히 로씨아 10월 혁명의 승리가 조선 인민에게 준 고무와 또한 10월 혁명의 영향하에 1919년 3월에 일본 략탈자들을 반대하여 일어난 조선 인민들의 첫 폭동을 비롯하여 급격히 앙양되는 로동 계급의 계급적 장성과 투쟁에 고무되여 조선 프로레타리아 예술 동맹이 출현되였는바 이러한 력사적 사실들을 고려함이 없이 사회주의 레알리즘 문학의 발생 조건을 이야기할 수는 없습니다.

김일성 원수께서는 "10월 혁명의 승리의 결과에 맑쓰-레닌주의 선진적 혁명 사상이 조선에 침투되여 급히 전파되기 시작하였으며 점차적으로 조선 민족 해방 운동의 전략 전술의 기초로 되였다"라고 말씀하시였습니다. 바로 이러한 시기에 민족 해방 투쟁에 있어서의 계급적 문화 단체로서 창건된 것이 '카프'였습니다. 여기서 먼저 지적하여야 할 것은 '카프' 문학의 전계단인 '신경향파' 문학입니다. 이 문학은 우리 문학사에서 극히 의의있는 특별한 자리를 차지합니다. 다 아는 바와 같이 신경향파 문학은 카프 문학에 이르기까지의 우리 문학사에서 가장 진보적이고 민주주의적인 문학이였습니다.

1927년 카프는 자기의 맑쓰-레닌주의적 새 강령을 채택함으로써 혁명 계급인 로동 계급과 계급으로서의 프로레타리아를 그 작품에 등장시키게 되였으며 이것으로 신경향파 시기와 확연히 구분되였습니다.

1930년대에 들어서면서 카프 문학은 비록 사회주의 레알리즘의 창작 방법이 요구하는 그런 높은 수준의 작품을 내놓을 수는 없었지만 20년대에 비하여 훨씬 우수하고 의의있는 작품들을 생산하였습니다. 카프 작가들의 활동은 1935년 놈들의 카프 해산 선언 이후 해방 전까지 계속되였습니다.

쏘베트 군대에 의한 조선 해방 — 공화국 북반부에 있어서의 제반 민주 개혁의 실시와 그 빛나는 성과, 이 모든 사실은 우리 나라에 있어서 사회주의 레알리즘 문학이 일층 높은 단계에서 개화 발전할 수 있는 조건으로 되였습니다.

카프 문학의 고귀한 전통을 계승하여 새로 발족한 우리 조선의 사회주의 레알리즘 문학은 조선 력사에서 처음으로 인민 주권에 의하여 보장되여 있는 새로운 질서 밑에서 자기들의 창조 사업을 전개하게 되였습니다.

새로운 긍정적 성격을 창조함에 있어 우리 작가들이 가지는 유리한 점은 인민들의 모든 투쟁이 특히 새로운 호상 관계가 긍정적인 인민 민주주의적 형태들 안에서 발전되고 있다는 사실에 의존하는 것입니다.

사회주의 레알리즘의 창작 방법은 우리 작가들에게 우리의 새로운 생활 자체 내에서 아름다운 것과 랑만적인 것의 원천을 찾아내도록 가르치고 있습니다.

우리 문학은 모든 인민들과 모든 나라들이 가지고 있는 문학들 중에서 가장 선진적이며 가장 혁명적인 쏘베트 문학에서 많은 것을 배웠으며 또 배우고 있습니다.

쏘베트 문학은 쏘베트 인민들이 창조한 새롭고 위대한 사회 질서에 립각하여 쏘베트 인민들의 새로운 심미관을 반영하는 새로운 문학입니다.

쏘베트 작가들은 인간의 인간에 대한 착취를 청산한 새로운 생활의 법칙 — 그 생활 속에서 인간이 처음으로 체험한 새로운 감정을 그리며 형상화하며 또한 새로운 인간 관계와 인류의 청춘과 미래와 자유와 행복에 대하여 노래하였습니다.

고리끼는 세계에서 처음으로 로동 계급과 레닌-쓰딸린의 영웅적 당을 선두에 세우고 자주적이고 자각적인 력사를 창조하는 길에 들어선 인민 자체를 떳떳한 주인공으로 자기의 작품 속에 등장시킨 작가입니다.

쏘베트 문학 예술은 세계 력사에서 처음으로 인민이 자기국가를 관리하며 자기의 생활을 건설하는 시기의 새로운 력사적 현실을 그려내였으며 그 현실로부터 더 찬란한 미래에 대한 전망을 그려내였습니다.

마야꼬브쓰끼의 작품에 나오는 주인공들은 어느 때나 새로운 생활의 창조와 젊은 사회주의 국가 건설과 그를 위한 투쟁으로부터 인민을 분리시키지 않았습니다.

쏘베트 문학은 그 형상과 테-마가 모두 인민들의 근본적 리익을 반영한 것들입니다.

수많은 쏘련 작품 속에 그려진 주인공들은 현대의 가장 긍정적인 새 형태의 인간들입니다. 즉 고리끼의『어머니』『크림사므낀의 생애』『지하층』파제예브의『청년 근위대』『괴멸』숄로호브의『고요한 돈』『개척된 처녀지』쎄라피모위츠의『철의 흐름』그라드꼬브의『쎄멘트』에렌보르그의『폭풍우』씨모노브의『낮과 밤』웰쉬고라의『깨끗한 량심을지닌 사람들』 와씰레브쓰까야의『무지개』『사랑』과 찌흐노브, 이싸 꼬브쓰끼, 또와르도브쓰끼, 크리바쵸브 등 저명한 시인들의 작품의 주 인공들의 형상은 우리 조선 작가들의 창작 사업에서의 인간 성격 구성 에 좋은 교훈으로 됩니다.

동무들!

벌써 누구에게 있어서나 명백히 된 바와 같이 우리 문학 예술은 당성 에 대한 비난을 조금도 무서워하지 않습니다.

우리는 다시 한번 우리의 문학 예술은 당적인 문학 예술이라고 선언 합니다. ― 왜 그러냐 하면 계급 투쟁 시기에는 비계급적이고 마치 정치 성이 없는 것 같은 그런 문학 예술은 존재하지 않으며 또 존재할 수도 없다고 위대한 레닌이 우리에게 가르치고 있습니다.

조선 로동당과 김일성 원수의 문예 정책과 문예 로선에 립각한 북조 선 문예총은 창립 최초부터 자기의 강령에서 명백히 인민적인 토대 위 에서 문학 예술의 건설을 지향하는 자기의 고상한 목적을 천명하였습 니다.

북조선 문예총은 매개 작가 예술가들의 창작 활동이 로동 계급이 선 봉이 되여 진행하는 조국의 통일 독립과 민주화를 위한 투쟁과 혈연적 으로 결부되여 있다는 것을 선언하였습니다.

김일성 원수께서는 우리 작가 예술가들을 가리켜 "당신들은 사회의 발전을 추동하는 투사들"이라고 말씀하셨습니다.

수령께서 주신 이 영예로운 투사의 칭호는 우리의 창조 사업이 전적 으로 인민들의 투쟁과 결부되여 있으며 그 투쟁의 일환이라는 것을 의 미하는 것입니다.

그렇기 때문에 영예스러운 투사들인 우리들은 우리 문학과 예술을 비계급적인 것으로 만들려는 반동 요소들과의 정력적인 투쟁을 전개하여 왔습니다. 이 투쟁 속에서 우리 문학 예술은 장성, 발전하여 왔습니다.

4

동무들!

우리가 말할 수 있는 문학 예술의 성과는 이미 도달한 것에 불과합니다. 그것은 도달해야 할 지표와는 다른 것입니다.

일찌기 경애하는 수령 김일성 원수께서는 "아직도 우리 작가 예술가들은 조국과 인민이 요구하는 그러한 창작적 성과는 올리지 못하였습니다"라고 말씀하신바 있습니다.

더우기 "조국 해방 전쟁 기간을 통하여 우리 작가 예술가들은 많은 문학 예술 작품을 창작하였으나 그 사상적 내용으로나, 그 예술성으로 보아 우리 영웅적 인민들이 응당히 가져야 할 고상한 예술 작품을 창작하지 못하였습니다"(김일성) 우리의 결함에 대하여 총괄적으로 말한다면, 우리들에게는 아직도 전선과 후방에서의 영웅들을 형상화하는 사업이 불만족하며 영웅적 조선 로동 계급의 로력 투쟁을 묘사한 작품이 극히 적습니다. 국제 친선 작품이 아직도 적게 나오고 있으며 당원들의 형상이 불충분하며 우리의 후대를 교양하는 사업에 특별한 의의를 가지는 아동 문학은 가장 락후한 형편에 처하여 있습니다.

적지 않은 신인들이 출현하였음에도 불구하고 신인에 대한 지도 사업이 또한 원만히 진행되지 못하였다는 것을 지적하지 않을 수 없습니다.

무엇 보다도 우리 대렬 내에 잠입하였던 반당적 파괴 분자들로 말미암아 수백편의 신인들의 작품이 개봉도 되지 않은채 먼지 속에 파묻혀 있었던 사실을 말하여야 하겠습니다.

　평론 사업과 합평회 사업이 말할 수 없이 락후하였던 사실을 또한 이야기할 필요가 있습니다.

　평론 사업과 합평회 사업이 락후한 결과로 우리들은 비판의 무기를 충분히 리용하지 못하였으며 우리들 내부에 존재하는 질병들을 제때에 또 옳게 적발해내지 못하였습니다. 심지어 한 때, 평론가들의 사업이 말할 수 없이 위축되고 합평회 사업이 옳지 못하게 조직되었던 사실까지 있습니다.

　탁월한 리론가인 즈다노브 동지는 "비판이 없이는 문학 예술 단체들을 포함한 온갖 조직은 부패한다. 비판이 없이는 질병은 더 악화되며 그것을 이겨내기가 더 한층 어렵게 된다"고 말하였습니다.

　우리 문학 예술을 앞으로 더 발전시키며 당과 수령의 호소에 직접 련결시키기 위하여서는 우리에게 존재하고 있는 결함을 더 구체적으로 말할 필요가 있습니다.

　첫째로 전선 취재 작품의 부진 상태는 무엇으로써 설명됩니까? 그것은 무엇보다도 일부 우리 작가들의 안일성과 태만성으로써 설명됩니다.

　전쟁이 3년 1개월이나 진행된 과정에서 우리 작가들 중에는 한편의 작품도 쓰지 않은 사람까지 있습니다.

　조국 해방 전쟁 3년간에 우리 나라는 거대한 변천과 진보의 길을 걸어왔습니다. 이 위대한 시련의 시기에 많은 작가 예술가들이 창조 활동에 참가하였으나 일부 동무들은 우리 문학 예술 운동에서 떨어져 있습니다.

그들은 우선 새로운 사물에 대하여 부단히 탐색하고 추구하려는 노력이 없으며 새로운 생활과 새로운 인물에 대하여 흥미도 형상화하려는 열정도 결여되어 있습니다.

우리 문학 예술은 응당 새로운 생활과 새로운 인물을 표현하여야하며 혁명적 락관주의와 영웅주의를 표현하여야 함에도 불구하고 그들은 개인 경험의 울타리 속에 처박혀 안일한 생활을 계속하고 있습니다.

그들은 말로써만 군중 속으로 들어간다고 하지만 적극적으로 군중의 활동과 투쟁에 참가하지 않고 충심으로 인민들의 운명에 대하여 관심하지 않으며 다만 자기의 안일한 생활에만 관심을 두고 있는 것입니다.

그러므로 작품 창작을 위한 아무런 행동도 투쟁도 하지 않고 있는 것입니다.

우리는 투쟁과 행동의 예술을 지지합니다.

둘째로 우리 일부 작품들 속에서 우리 시대의 영웅들이 옳게 형상화되지 못하고 기록주의로써 비속화되어 나타나고 있습니다. 다 아는 바와 같이 기록주의는 대상을 '있는 그대로' 피상적으로 촬영함으로써 현실의 본질을 의곡하는 자연주의적 독소인 것입니다.

그러면 여기에 있어서 영웅 형상화의 기본 결함은 어데 있습니까? 무엇보다도 그들은 진정으로 영웅들의 마음 속에 깊이 파고 들어가 그 곳에서 령감을 얻고 힘을 얻으며 자기의 온 생명의 력량과 열정을 다하여 영웅들을 노래하지 못하였기 때문인 것입니다. 영웅들과 친숙하고 그들을 진정으로 사랑하여야 할 것입니다.

우리에게는 리상이 있고 화려한 장래를 소극적으로 기다리는 것이 아니라 자기의 혁명적 당의 지도 하에서 화려한 장래를 위하여 투쟁하고있는 그런 주인공이 요구되는 것입니다.

리상이 없이는 굵직한 형상들과 위대한 성격들은 있을 수 없는 것입니다.

오늘 위대한 조국 해방 전쟁을 승리하고 전후 민주 기지 강화를 위한 인민 경제 복구 발전 사업을 수행하는 전 인민적 투쟁이 최고도로 앙양되고 있는 환경 속에서 광범한 대중에게 모범으로 되는 형상의 의의는 실로 심대한 것입니다.

그러면 이 형상 묘사의 성공은 무엇에서 찾을 것입니까?

작가들은 서로 다른 각종의 주인공들의 성격을 형상화함에 있어서 중요한 결정적인 것을 분리할 줄 알며 주인공들의 활동의 가장 근본적이고 가장 심오한 동기들을 밝혀야 할 것입니다.

성격을 형성하는 이 특성들을 리해하기 위하여서는 선진 쏘련 공산당이 인민의 활동가들에게 어떠한 요구들을 제기하고 있는가를 회상하여야 할 것입니다. 쏘련 공산당은 정치 활동가들에게 레닌을 본받도록 가르쳐 주고 있는 것입니다.

그들은 레닌처럼 전투에서 명확하고 확고 부동하고 대담하게 되여야 하며 온갖 종류의 공포를 모르며 인민의 원쑤들에 대하여 무자비하며 복잡한 정치 문제들의 해결에 있어서 현명하며 성급하지 않으며 또 진실하며 자기 인민을 사랑하도록 요구하고 있는 것입니다.

이러한 성격을 가진 긍정적이며 전형적인 주인공들을 우리 인민들은 요구하고 있습니다.

영웅을 형상화하는 문제는 별다른 문제가 아니고 바로 전형을 창조하는 문제입니다. 그리고 그것은 오늘에 새삼스레 우리 문학 예술에 제기된 문제인 것이 아니라 우리 문학 예술의 오래인 전통적인 지향이며 과업이며 또한 항상 그것을 향하여 나아가고 있는 전진의 길입니다.

말렌꼬브 동지는 쏘련 공산당 제19차 당 대회에서 한 자기 보고에서 "전형성이란 것은 어떤 통계적 평균성을 의미하는 것이 아니다"라고 말하면서 "전형적인 것은 사실주의 예술에 있어서 당성이 발현되는 기본 분야이다. 전형성의 문제는 항상 정치적 문제이다"라고 강조하였습니다.

우리 일부 작가들은 우리 문학 예술에서 제기된 영웅 형상화 문제를 전형 창조의 기본 임무의 수행으로서가 아니라 기록적 촬영식의 추구로 일관된 전투 기록으로서 이에 대치하여온 경향을 일소하여야 하겠습니다.

세째로 전쟁 기간을 통하여 근로 인민의 로력 투쟁을 묘사한 작품이 아주 적게 나왔습니다. 이것은 우리 작가들이 우리 인민의 로력 투쟁과 어떠한 난관도 돌파하면서 있는 영웅적 모습에 주의를 적게 돌리고 있다는 것을 말하는 것입니다. 전쟁 승리를 위한 투쟁에서의 후방의 역할에 대해서는 새삼스럽게 말할 필요도 없습니다.

그럼에도 불구하고 우리 문학 예술에는 우리의 영웅적 로동자들의 로력 투쟁을 테-마로 삼은 작품이 매우 적습니다. 우리 인민들의 로력 투쟁은 취급한 작품들 중에는 그 형상에 있어서 극히 불만족한 점이 많습니다.

특히 로력 영웅들의 인물 묘사에 있어서도 많은 결함이 있습니다.

네째로 국제 친선의 사상을 형상화하는 사업이 매우 불만족하게 진행되고 있는 현상을 지적하지 않을 수 없습니다. 그것은 일부 작가들이 수령께서 항상 가르치고 계시는 프로레타리아 국제주의 사상을 깊이 리해하지 못하고 있다는 사실로써 설명됩니다.

강형구의 「림진강」은 조 중 친선의 주제를 취급하였으며 또 그것을 협동 작전의 구체적 화폭 가운데 묘사하려고 노력한 작품이기는하나

공안립의 복수심을 그의 고상한 사상 감정에서 흘러나오는 것으로 묘사하지 않고 어떠한 생물 병리학적으로 표현한 작품입니다. 이것은 우리의 고상한 국제 친선의 사상에 대한 용납할 수 없는 비속화입니다.

다섯째로 원쑤들의 만행을 폭로하는 사업이 또한 적지 않은 결함을 내포하고 있습니다. 전 세계의 선량한 량심들은 우리의 평화적 도시들과 농촌들에 대한 원쑤들의 무차별 폭격과 나팜탄 독까스탄 등의 대량적 학살 무기의 사용과 범죄적 세균 무기의 사용에 견결히 항의하여 왔습니다.

우리는 반드시 보다 높은 승리와 함께 적을 증오하는 정신으로 인민을 교양하여야 할 것입니다.

우리 작가들은 우리의 전체 강토를 미제국주의자를 증오하는 복수심으로 충만시켜야 할 것이었습니다.

우리의 위대한 선배이며 스승인 고리끼는 일찌기 "파시스트는 미처서 날뛰는 야수이며 박멸해버려야 할 야수이다"라고 말하였습니다.

우리들이 우리의 원쑤를 박멸해버리기 위하여 그 야수적 만행을 폭로하는 사업이 얼마나 중요한가는 구태여 설명할 필요가 없습니다.

일부 작가들은 적의 만행을 폭로하는 사업에서 지극히 무책임한 태도를 취하고 있습니다.

작가 현덕은 「복수」에서 적에 대하여 증오심을 느낄 대신에 도리여 공포심을 가지게 하는 극악한 자연주의적 묘사 방법을 채용하였습니다. 이것은 옳지 못합니다.

여섯째로 전쟁 기간을 통하여 장편 소설과 장편 서사시들이 적게 나오고 있는 사실을 반드시 지적하여야 하겠습니다.

어느 누구든지 우리 생활에 장편이 요구하는 그런 웅대한 서사시적 테-마가 없다고 말할 수 없을 것입니다.

우리 생활의 장엄한 내용은 그것이 담기여질 웅장한 형식을 요구하고 있습니다. 그럼에도 불구하고 우리 일부 작가들은 장편을 쓰는데 주의를 돌리지 않고 있습니다. 심지어 어떤 작가들은 서사 형식의 대폭 캄파스에 우리의 장엄한 생활이 담겨지는 것을 더없이 못마땅한 일로 생각하고 있습니다. 이렇게 함으로써 그들은 우리 문학 예술을 약화시키며 그 역할을 감살시키려고 시도하였습니다.

이러한 경향들은 잠시도 용인될 수 없습니다.

어떤 작가든지 우리 생활의 요구를 거부할 권리는 없습니다. 특히 우리 젊은 작가들은 마음 놓고 대담히 웅대한 서사 형식을 들고 우리 문학을 빛내여야 하겠습니다.

일곱째로 아동 문학의 부진 상태에 대하여 말하지 않을 수 없습니다. 우리들의 대렬에는 물론 적지 않은 아동 문학의 작가들이 있으며 특히 우리의 가장 우수한 시인들이 동시 동요들을 쓰고 있습니다. 그럼에도 불구하고 우리의 아동 문학이 부진 상태에 있는 것은 무슨 까닭입니까?

어떤 사람들은 말합니다. 이 복잡한 정세하에서 무슨 그런 어른답지 못한 일을 하겠느냐고 ― 이런 사람들은 아동을 가르치는 일을 어른들이 할 일이 아닌 것처럼 생각하고 있으며 조국의 준엄한 정세 하에서는 아동들에 대한 교양 사업을 그만두는 것이 좋다고 생각하고 있는 것 같습니다.

이 사람들의 견지로 본다면 「안주 소년 빨찌산」을 비롯하여 우리의 자랑스러운 소년 영웅들이 아무런 교양도 없이 제멋대로 우연히 나타난 것으로 될 것입니다.

송창일의 소년소설 「돌맹이 수류탄」은 극히 무책임하며 안일하게 씌여진 작품입니다. 이 작가는 이 작품에서 그야말로 돌맹이를 던져서도 때려 잡을 수 있는 적을 그려놓고 독자들을 향하여 적개심을 가지라고 요구하고 있습니다.

그러면 우리가 오늘 돌맹이로 때려 잡을 수 있는 그런 적과 싸우고 있다는 말입니까?

우리 인민의 힘에 겨운 전쟁을 이렇게 안일하게 묘사하는 것은 극히 유해합니다.

아동 문학의 부진 상태는 또한 우리 작가들의 이와 같은 안일하고 무책임한 태도와 련결되고 있습니다.

여덟째로 평론 사업의 락후성에 대하여 말하지 않을 수 없습니다.

우리 평론가들 중 극히 적은 부분을 제외한다면 많은 사람들이 전쟁 기간을 통하여 아무 것도 쓰지 않고 있습니다. 신남철, 윤세평, 라선영 등은 무엇 때문에 우리 동맹에 이름을 걸고 있습니까? 이 사람들은 필시 자기들이 우리 동맹원이며 평론 분과 위원회 위원이라는 것조차 잊고 있을 것입니다.

우리 평론은 우리 문학 예술에서 제기되는 중요한 문제들에 해답을 주지 못하고 있습니다.

우리 문학 예술의 적대적 경향인 자연주의 및 형식주의와의 투쟁에 있어서도 우리 평론의 역할은 지극히 미약합니다.

생각컨대 평론가들 중 많은 사람들은 오류를 범할까 두려워하고 있는 것 같습니다. 그들은 오류를 범하지 않는 것 보다도 아무 일도 하지 않은 것이 얼마나 더 큰 죄과인 것을 모르고 있습니다.

그들은 될 수 있는대로 무난하게 살려고 하며 시끄럽고 골치 아픈 일에 관여하지 않는 것이 현명한 처세술인줄 알고 있습니다.

일부 평론가들은 작품에 근거함이 없이 개인 정실과 관록주의로써 무원칙하게 작품을 비평하는가 하면 딴 방면으로는 작품에 대한 예리한 분석 대신에 피상적인 론리로써 작품을 례찬하는 광고문식 평론을 전개하고 있습니다. 더우기 엄중한 것은 평론의 추상성으로 인하여 작가들에게 교육적 의의를 부여하지 못하는 것과 친절성을 상실한 곤봉식 중상 비방으로써 작품을 공격하는 관료주의적 경향이 아직 잔존하고 있습니다.

일부 평론가들은 평적 기준을 아첨과 융화에 둠으로써 요령있게 눈치만 보면서 비위를 잘 맞춰가는 사교식 평론 사업에 복무하고 있습니다.

이상의 결함들은 우리 문학 예술이 싸우는 영웅적 인민과 수령의 요구와 기대에 원만히 보답하지 못하고 있음을 말하는 것이며 우리 대렬내에는 아직도 부르죠아 이데올로기적 잔재가 부분적으로 남아 있다는 것을 말합니다.

동무들!

우리들은 더욱 더 경각성을 높여야 하겠으며 온갖 부르죠아 이데올로기와의 투쟁을 조금도 늦추지 말아야 하겠습니다.

그러기 위하여 우리들은 문학 예술의 창작 방법인 선진 쏘베트 문학 예술이 자기의 허다한 빛나는 성과로써 그 모범을 보여주고 있는 사회주의 레알리즘을 고수하여야 하겠습니다.

사회주의 레알리즘은 우리 문학 예술의 볼쉐위끼적 당성 원칙과 인민성을 위하여 투쟁하고 있는 우리 문학 예술과 문학 예술 평론의 기본 방법입니다. 이 방법 이외에 다른 방법은 우리에게는 필요되지 않으며 또 있을 수도 없습니다.

이 방법과 병립된 또 이 방법과는 달리 자립하고 있는 그 어떤 다른 원칙을 우리는 모릅니다. 그렇다고 해서 우리는 결코 혁명적 로만티시즘을 모르지는 않습니다.

아·아 즈다노브는 "견고한 유물론적 토대 위에 두 다리로 서있는 우리 문학 예술에 대해서 로만찌까는 무관계할 수 없다. 그러나 여기에서 말하는 로만찌까는 새형태의 로만찌까이며 혁명적 로만찌까이다"라고 말하였습니다. 그는 또한 말하기를 "이것은 혁명적 로만티시즘이 문예 창작의 구성 부분으로서 들어가야 된다는 것을 전제로 한다"고 하였습니다.

우리 문학 예술의 방법상 원칙은 바로 이렇습니다.

혁명적 로만티시즘은 사회주의 레알리즘의 한 구성 요소입니다. 거기에는 어떤 병립성도 자립성도 있을 수 없습니다.

우리 작가들은 결코 사실들이나 실증 문헌들의 노예가 되여서는 안 됩니다.

말렌꼬브 동지는 "형상에 대한 의식적인 과장과 강조는 전형성을 잃지 않으며 오히려 그것을 더욱 완전히 발로시키며 그것을 강조한다"고 말하였습니다.

우리에게 무엇이 요구됩니까?

우리에게는 픽숀이 요구되며 과장과 강조가 요구됩니다. 그리고 이것은 의식적인 요구이며 사회주의 레알리즘의 요구입니다. 이것이 없이는 어떠한 전형도 창조할 수 없습니다.

우리는 하나의 인물에다가 반드시 여러 사람들에게서 관찰한 우리 시대의 수다한 특징들을 부여하여야 하겠습니다. 우리는 픽숀에 의거한 여러가지 부차적인 모티브들과 특징들을 사회주의 레알리즘의 기본 원칙에 부가하면서 인물을 대담히 수식하여야 하겠습니다.

우리들이 이와 같은 견지를 튼튼히 고수하는 것은 사회주의 레알리즘의 반대자들 ─ 적대적인 파괴 분자들에게 결정적인 타격을 주는 것입니다.

선진 쏘베트 문학 예술의 고상한 창작 방법이며 또한 우리 문학 예술의 창작적 방법인 사회주의 레알리즘은 인류 문학 예술이 도달한 최고의 방법입니다.

즈다노브 동지가 지적한 바와 같이 사회주의 레알리즘의 발생은 문학 예술에 있어서의 "진정한 발견이였으며 진정한 혁명"이였습니다.

사회주의 레알리즘은 결코 선행한 예술적 방법들 ─ 특히 비판적 레알리즘의 단순한 후계자는 아닙니다.

다 아는 바와 같이 우리 나라에 있어 사회주의 레알리즘의 첫 출발인 카프 문학은 선행한 문학 사상의 모든 가장 우수한 성과들 중에서도 신경향파 문학의 훌륭한 유산을 토대로 삼아 발생하였습니다.

어떠한 시대에 있어서나 력사를 창조한 것은 인민입니다.

우리 인민의 지나간 날의 고귀한 재산 그 진보의 축재를 멸시하고서는 어떠한 새로운 것도 창조할 수 없습니다. 이것은 비단 신경향파 문학이나 카프 문학에 한한 문제가 안입니다.

사회주의 레알리즘의 문학 예술은 과거의 진보적 고전 문학과 관계를 끊지 않을 뿐만 아니라 과거 문학 예술 가운데서 인민과는 인연이 없는 반동적인 찌꺼기들을 배제하면서 모든 선진적인 것을 섭취 계승하며 개조합니다.

그렇기 때문에 김일성 원수께서는 "인민 문학 그 중에는 특히 민요 구전 문학 등을 연구하여 광범히 리용하여야 하겠다……"고 가르치셨습니다.

우리의 민요와 구전 문학에는 얼마나 풍부히 우리 인민들의 깊은 넘원이 깃들어 있는 것입니까? 그것을 깊이 연구하고 그 재보를 참되게 계승할 사람은 사회주의 레알리즘의 기치를 들고 나아가는 우리들 바께는 없습니다.

사회주의 레알리즘의 반대자들, 적대자들은 우리들의 이러한 원칙을 부정합니다.

고전에 대한 옳지 못한 멸시의 경향과 무원칙성을 폭로하는 것은 우리들에게 있어서 매우 중요한 일입니다.

우리들은 우리 문학의 당성을 제고하는데 더욱 더 많은 로력을 기울여야 하겠습니다.

위대한 레닌은 당성이 없는 문학 예술은 있을 수 없으며 또 문학 예술은 전체 프로레타리아 사업의 중요한 구성 요소가 되여야 한다고 가르치셨습니다.

우리 문학 예술에 있어서 당성은 우리 문학 예술의 의식적이고 철저한 정치적 방향성을 규정합니다. 우리 문학 예술의 장성이 우리 나라 근로자들의 투쟁과 련결을 가지고 있다는 것은 움직일 수 없는 사실입니다. 우리 문학 예술의 장성이 우리 인민의 문화적 요구의 장성 발전에 대해서 또한 그의 충족에 대해서 무제한한 가능성을 제공하는 인민 민주주의 승리에 밀접히 련결되여 있다는 것은 아무도 부인할 수 없는 사실입니다.

우리가 만일 우리 인민들에게 부정적 영향만을 줄 수 있는 그런 정치적 무관심성, 무사상성의 정신으로 인민들을 교양하였다면 우리가 만일 우리 청년들을 림화나 리태준의 문학에서 볼 수 있는 절망적 정신과 불신과 영탄과 패배주의로써 교양하였다면 어떠한 결과가 나타나겠습니까?

우리는 무한한 자랑을 가지고 우리 문학 예술의 당성에 대하여 말합니다.

당성은 우리 문학 예술의 가장 소중한 내용입니다.

우리 문학 예술의 발전을 가로 막고 있는 제 결함을 퇴치함에 있어서 문학 예술의 내용을 엄격하게 당적 원칙에 확립시키는 일은 아주 중요합니다.

우리는 우리의 모든 결함을 하루 속히 퇴치하기 위하여 전력을 기울여야 하겠습니다.

5

동무들!

우리 국가는 발전하고 향상되기를 멈추지 않습니다.

우리들은 승리가 완전히 우리 편에 있다는 것을 확신하고 있습니다.

우리 문학 예술도 날마다 새 성과를 거두면서 발전 향상되고 있습니다.

인민 민주주의 자체가 혁신자인 것처럼 우리 문학도 또한 혁신자입니다.

우리 문학 예술은 오늘 전 세계의 선량한 벗들로부터 영웅적 인민으로 불리우는 그런 영광스러운 인민의 문학 예술로 되였습니다.

사회주의 레알리즘은 인민의 문학 예술인 우리 문학 예술로 하여금 우리 인민의 속에 더욱 깊이 뿌리박을 것을 요구합니다. 인민 속에 뿌리박는다는 것 — 이것은 우리의 경애하는 수령께서 이미 명백히 천명하신 바와 같이 "우리 작가들이 우리 당 사업을 위한 사상적 투사로" 되는 것을 의미하며 모든 점에 있어서 우리 사업이 항상 우리 국가의 정책과 결부된다는 것을 의미하며 인민들을 용기와 대담성과 혁명적 정열과 그리고 당과 수령과 조국에 대한 무한한 사랑과 충성심으로써 교양하는 것을 의미합니다.

우리들에게 있어서 가장 중요한 것은 우리 문학 예술이 우리 시대의 목소리로 되는 것입니다.

인민들이 곤난할 때에 그를 뚫고 나가게 하며 우리 애국심의 심오한 근원을 깨닫게 하며 그 완강성과 인내성을 유감없이 발휘케 함으로써 끝까지 전진하도록 교양을 주는 그런 호소성! — 이것이 바로 우리 문학 예술의 지향입니다.

우리의 경애하는 수령 김일성 원수께서는 조선 로동당 중앙 위원회 제6차 전원 회의에서 진술한 자기의 연설에서 전후 인민 경제 복구 발전을 위한 투쟁을 전 인민적 과업으로 제기하였습니다.

동무들!

오늘 조선 인민들 앞에는 조국 해방 전쟁 3년간의 가렬한 불길 속에서 단련되였으며 일층 강화된 력량과 풍부한 투쟁적 경험을 가지고 새로운 전투적 과업인 전후 인민 경제 복구 발전을 위하여 자기의 총력량을 발휘할 것이 요구되고 있습니다.

전후에 있어서 우리 앞에 제기되는 정치 경제 문화적 과업을 명시한 우리의 경애하는 수령 김일성 원수의 호소는 전체 조선 인민을 새로운 경제 건설 투쟁에로 힘차게 고무하고 있습니다.

우리들은 약동하는 영웅적 시대의 줄기찬 맥박을 노래 부르며 이 장엄한 현실 속에서 우리 시대의 전형적 인간들을 높은 예술성과 사상성으로 형상화하여야 하겠습니다.

우리 문학 예술이 전체 인민들을 전후 인민 경제 복구 건설에 불러 일으키는 추동력으로 되기 위하여서는 우리 작가 예술가들을 총 동원하여 질에 있어 더 훌륭하며 량에 있어서 더 많은 작품들을 창작하여야 하겠습니다.

우리들에게는 아직도 우리 인민 속에서 나온 특출한 인간들, 즉 우리 시대의 영웅들이 자기의 투쟁을 통하여 발휘하고 있는 그 정신적 특성들, 그 고상한 도덕적 품성들이 깊이 반영된 작품들이 극히 적습니다.

이 결함들을 퇴치하기 위해서는 우리들은 더욱 더 인민 속에 들어가야 하겠습니다.

새 건설의 길에 들어선 공장과 농촌에 더 많은 작가들을 계속 파견하는 것이 절대적으로 요구됩니다.

오늘 우리 공장에는 가혹한 전쟁 시기에 불굴의 투지와 헌신성과 영웅성을 발휘한 로력 영웅들과 로력 혁신자들이 수다하게 있습니다.

그들은 오늘에 있어서도 수백만 근로자들의 선두에서 갖은 애로와 난관을 박차고 복구 건설에로 줄기차게 나아가고 있습니다.

그들은 우리 문학 예술의 새로운 주인공들입니다.

우리 작가들은 약동하는 현실 속에 대담하게 뛰여 들어가 그들과 함께 생활하면서 그들을 관찰하고 연구하며 그들의 체험을 내 것으로 함으로써 자기 작품에서 전형을 창조하고 인물의 성격을 생동하고도 풍부하게 그려야 하겠습니다. 그러기 때문에 작가의 장기 혹은 단기 현지 파견은 우리 문학 예술의 질을 제고하는데 있어 기본 요인의 하나로 됩니다.

창작의 질을 높이는 다른 요인의 하나는 선진 쏘베트 문학 예술의 제 달성에서 배우는 문제입니다. 더욱 위대한 조국 전쟁 시기와 전후 경제 복구 건설에서 쏘베트 작가들이 어떻게 자기의 문학을 진실로 투쟁하는 인민의 교사로 되게 하였는가를 배우는 것은 가장 긴급하고 절실한 문제입니다.

우리들은 쏘베트 문학의 훌륭한 걸작들을 더 많이 읽어야 하겠으며 그것을 더 깊이 연구하여야 하겠으며 거기에서 우리의 진실한 모범을 습득하여야 하겠습니다.

쏘베트 문학 예술의 제 달성 — 그것은 우리의 등대이며 우리의 앞길입니다.

우리들은 신인들을 육성하는 사업에 대하여 더 많이 로력하여야 하겠습니다. 어제까지의 무계획적이며 무책임한 그런 경향들을 철저히 배격하고 이 사업을 체계있게 광범히 진행하여야 하겠습니다.

우리 문학 예술의 화려한 미래는 우리들이 오늘 얼마나 훌륭하며 믿음직한 우리의 후대들을 육성해 내는가에 달렸습니다.

신인 육성에 불성실하거나 주의를 돌리지 않는 사람은 미래에 대하여 아무런 희망도 가지지 않는 사람입니다.

우리에게는 아직 신인 육성을 위한 어떠한 기구도 출판물도 없습니다. 이것은 참을 수 없는 일입니다. 우리는 더는 이런 상태를 참고 볼 수 없습니다. 매월 몇십편씩의 신인 작품을 읽어주는 것만으로는 부족합니다.

우리는 신인을 육성하는 기관을 만들어야 하며 그것을 위한 광범한 사업들을 조직하여야 하며 그런 출판물을 내놔야 하겠습니다.

평론 사업을 더욱 강화하여야 하겠습니다. 그러기 위해서 우리는 무엇보다도 평론을 쓰지 않는 평론가들에게 책임을 추궁하여야 하겠습니다.

비판은 우리 발전의 법칙입니다. 비판이 없이 우리는 앞으로 나갈 수 없습니다. 그런데 우리들이 이 비판의 무기를 리용하지 않는다면 어떻게 되겠습니까. 우리의 창조 사업에서 당면에 제기되는 여러가지 문제들을 해명함에 있어 특히 우리 문학 예술 내부에 잔존하는 부르죠아 이데올로기와 투쟁함에 있어 우리의 유산 계승과 문학사 서술에 관한 문제에 있어 후대를 양성하며 작가들의 교양을 높이는 문제에 있어 우리 평론가들이 하여야 할 일은 너무도 많습니다.

우리 대렬 내에서 비판이 무디였던 결과로 또 평론 사업이 부당하게 압축되였던 결과 우리들은 얼마나 쓰라린 체험을 맛보지 않으면 안되였습니까?

우리 대렬 일부에 아직도 잔존하고 있는 자유주의자들과 종파분자들에게 결정적인 타격을 주며 반동적인 부르죠아 이데올로기의 잔재인 서구라파 문학 예술에 대한 비렬한 아첨과 굴종을 반대하며 우리 문학 예술을 자연주의와 형식주의의 진탕 속으로 이끌고 가려는 유해한 경향들을 철저히 일소하는 사업은 현 계단에 있어서 가장 중요한 사업으로 됩니다.

간첩 분자 파괴 분자 종파 분자들과의 투쟁은 우리 대렬을 그 어느 때 보다도 강화하였으며 우리 대렬은 어느 때 보다도 순결해졌습니다. 우리 대렬 내에서 질시와 중상과 온갖 비렬한 음모 책동들이 자취를 감추게 되였습니다.

그러나 이것은 우리들이 앞으로 리승엽, 조일명, 림화, 리태준 등, 간첩 파괴 분자들의 사상적 잔재와의 투쟁을 늦추어도 좋다는 것을 의미하지는 않습니다. 우리들은 더욱 경각성을 높이여 일체의 적대적 사상 잔재와의 무자비하고 근기있는 투쟁을 전개하여야 하겠습니다.

오늘 우리 대렬 내에 한 사람이라도 자기에게 맡겨진 사업을 충실히 집행하지 않으며 자기 사업에서 발생한 자기의 잘못을 검토 시정하지 않으며 당과 정부의 결정과 혁명에는 복종하지 않으며 그러면서 표면과 형식만으로 되는 열성을 가장하여 나서는 자들이 있다면 반드시 이러한 자들 가운데 적들의 간첩 도당들이 발을 붙일 수 있다는 것을 우리는 명심하여야 하겠습니다.

수천명의 외부의 적 보다 우리 대렬 내에 기여든 한명의 적이 더 무섭다는 레닌의 교시를 깊이 명심해야 하겠습니다.

우리 문학 예술의 고전들을 옳게 계승 발전시키는 사업이 일층 중요성을 띠게 되였습니다.

무엇 보다도 이 사업의 옳은 실행을 방해하는 온갖 반동적 시도들을 철저히 폭로 규탄하여야 하겠습니다.

김일성 원수께서는 "우리는 고전이라고 해서 죄다 리용해서는 아니 됩니다. 우리들은 우리 민족이 소유하고 있는 우수한 특성들을 보존함과 아울러 새로운 생활이 요청하는 새로운 리듬, 새로운 선률, 새로운 률동을 창조하여야 하겠습니다"라고 말씀하시였습니다.

우리에게는 선조들이 남긴 우수한 고전들이 풍부히 있습니다.

이러한 고전들을 옳게 계승 발전시키자면 우선 이러한 고전들을 연구하는 사업과 아울러 그것을 광범하게 수집하여 정리하는 사업이 병행되여야 하겠습니다.

고전 소설들을 비롯하여 가사, 구전 민요, 리언, 속담, 전설, 위인들의 전기를 광범히 수집 정리하여 과학적으로 체계화하여 섭취하여야 하겠습니다.

그리고 정리된 고전들을 광범히 출판하여야 하겠습니다.

이렇게 우리의 고전들을 탐구함으로써 다종 다양한 형식에 새로운 생활에 알맞는 풍부한 내용을 담은 새로운 문학 예술이 창조될 것입니다.

우리는 아동 문학 예술 창작 사업을 더욱 왕성히 전개할데 대하여 특별한 관심을 돌려야 하겠습니다.

새 조선의 미래의 주인공인 우리의 수백만 아동들과 소년들을 생기 발발하고 명랑한 기질과 고상한 도덕 품성으로 교양함에 있어서 작가 예술가들의 임무는 실로 중대합니다.

우리 당과 경애하는 수령 김일성 원수께서는 아동 교양 문제에 특별한 의의를 부여하면서 항상 심심한 관심과 주목을 돌려 왔습니다.

김일성 원수께서는 이미 항일 유격 투쟁의 곤난한 시기에 있어서 친히 '아동 혁명단'을 조직하고 그 교양 사업을 지도하였으며 해방 후에는 우리 아동들을 "새 조선의 꽃봉오리, 새 조선의 보배, 새 조선의 주인공"이라고 하시면서 "소년들을 옳게 정신적으로 육체적으로 교양함으로써 앞으로 우리의 계승자로 만들어야 한다"라고 교시하였습니다.

우리들은 김일성 원수의 교시를 높이 받들고 지금까지 아동 문학을 홀시하던 일부 옳지 않은 경향을 철저히 분쇄하고 아동 문학가는 물론 전체 작가 예술가들로 하여금 우리의 계승자들의 옳바른 교양을 위하여 의무적으로 아동 문학에 참가하도록 할 것이며 우리의 아동 문학을 급속한 시일 내에 높은 수준으로 제고시킴에 온갖 력량을 경주해야 하겠습니다.

그리하여 우리 아동들을 인민 민주주의 제도 하에 새로운 특징의 아동들로 즉 우리를 교대하는 장래의 새 사회의 건설자로 우리의 로력의 후비대로 교양하며 조국을 사랑하며 조국을 침해하는 온갖 원쑤들에 대하여 무한히 증오하는 심정으로 배양하는 작품들을 많이 창작해야 하겠습니다.

우리들은 기술 습득에 더 한층 정력적인 노력을 기울여야 하겠습니다. 우리의 기술은 우리 문학 예술의 민주주의적 사회주의적 내용과 부합되는 훌륭하고 참된 기술이여야 합니다.

그것은 청소한 우리 문학 예술을 더욱 풍부하게 만들 것이며 그의 교양자적 역할을 더욱 높일 것입니다.

더 훌륭한 문학 예술을 위하여 우리 문학 예술의 교양자적 역할을 더욱 높이기 위하여 우리들은 기술 습득에 특별한 노력을 기울여야 하겠으며 세련된 문장과 풍부하고 자유 분방한 어휘의 구사와 생신한 연기에 진실한 주의를 돌려야 하겠습니다.

우리의 출판물들의 역할을 더욱 높일 필요가 있습니다.

더 많은 작품들을 인민 속에 보내여 인민들을 광범히 교양하는 사업에 우리 출판물들이 원만히 작용하게 하여야 하겠습니다.

우리 기관지들에서 사업하는 일부 동무들 가운데 무책임하며 자기 사업에 열성이 없는 동무들이 있습니다.

특히 적대적 경향의 작품들이 전쟁 기간에 허다히 출판된 사실과 반종파 투쟁 과정에서까지 루차 이런 경향의 작품들이 발표된 사실을 엄격히 지적하지 않을 수 없습니다.

우리 기관지들에서는 신인들의 작품에 더욱 많은 관심을 돌려야 하겠습니다.

인민 속에서 새로운 작가를 발굴하며 이를 육성하는 일은 우리 출판물의 중요한 과업입니다.

전체 작가들은 백전 백승의 학설인 맑쓰-레닌주의로 더욱 튼튼히 자기를 무장해야 하겠습니다. 맑쓰-레닌주의로 무장한다는 것은 곧 작가들의 창조 사업의 질을 높이는 문제와 관련됩니다.

우리는 맑쓰-레닌주의를 교조식으로 공부할 것이 아니라 조선 현실에 부합시킬 줄 알아야 하며 자기의 창작에 활용할 줄 알아야 합니다.

그것은 위대한 쓰딸린 동지가 가르친 바와 같이 작가들에게 "현상을 그 호상 관계 호상 제약의 견지에서만 관찰할 것이 아니라 그 운동 그 변화 그 발전의 견지에서 그 생성과 사멸의 견지에서 관찰"하는데 도움을 주기 때문입니다.

맑쓰-레닌주의를 모르고 현상을 옳게 파악할 수는 없으며 사회주의 레알리즘의 요구에 적응하여 작품을 쓸 수 없습니다. 가장 훌륭하고 력량있는 작가가 되기 위해서는 무엇 보다도 우리들 자신이 맑쓰-레닌주의자가 되여야 되겠습니다.

동무들!

우리 조국의 국토 완정과 통일 독립의 강력한 담보로 되며 전반적 인민 경제를 복구 발전시키며 우리 나라의 공업화를 위하여 경애하는 수령 김일성 원수께서 호소하신바 '모든 것을 전후 인민 경제 복구 발전을 위하여'라는 호소에 호응하기 위하여 우리 문학 예술의 총 력량을 동원합시다.

우리 문학 예술의 창조의 불길로하여 경제 건설 투쟁에 궐기한 전체 인민들의 필승의 신심을 더욱 북돋아 주며 전쟁의 승리를 위하여 발휘된 고상한 애국주의와 대중적 영웅주의를 더욱 더 발양시킬 것을 나는 동지들에게 호소합니다.

동무들!

우리에게는 승리할 수 있는 모든 조건이 구비되어 있습니다.

나는 동무들이 전후 인민 경제 복구 건설의 성과적 달성을 위하여 우리 문학 예술인 앞에 제기된 영광스럽고 거대한 과업을 자기의 모든 재능과 정열을 다하여 승리적으로 완수하리라는 것을 확신합니다.

—『조선문학』1, 1953.10(1953.10.25)

전후 조선 문학의 현 상태와 전망

제2차 조선 작가 대회에서 한 한설야 위원장의 보고

1. 서론

친애하는 동지들!

존경하는 래빈 여러분!

오늘 조선 작가 동맹은 3년만에 다시금 대회의 이름으로 자기 대렬을 한 자리에 모이게 하였습니다.

정전 직후에 있은 제1차 작가 대회에는 아직 포연의 냄새가 가시지 않은 군복으로 몸을 다진 작가들이 많이 참석했었습니다. 그러나 오늘 제2차 작가 대회에는 로동자, 농민들의 애국적 정열을 안고 복구된 공장, 기업소들과 농촌 협동 조합에서 달려 온 현지 파견의 작가들로 가득 찼습니다.

3년 전에 있은 첫번 대회가 조국 해방 전쟁에서 영웅적으로 전사한 벗들을 추모하는 분위기에 싸여 있었다면 오늘 두번째 우리 모임은 새로이 증강된 신인들로 하여 긍지와 신심을 금할 수 없는 그런 분위기 속에 모였습니다.

3년간이란 세월은 문학 생활에 있어서 극히 짧은 시일인 것입니다.

그러나 이 짧은 기간에 국제 무대에는 물론 국내 생활에 얼마나 많은 변천이 있었습니까! 얼마나 많은 기적들이 실천되었습니까!

이 기간에 위대한 사회주의 나라 쏘련에서는 제20차 당 대회가 소집되었습니다.

쏘련 공산당 제20차 대회는 사람들의 의식과 생활을 독단주의의 질곡으로부터 해방함으로써 복잡 다단한 문제들을 해결하는 데 있어서 집체적 지혜를 동원하게 하였으며 모든 사람으로 하여금 맑스주의 사상의 활짝 펼쳐진 창조적 날개를 가지게 하였습니다.

쏘련 공산당 제20차 대회와 조선 로동당 제3차 대회의 정신에 립각하여 이미 우리 조선 작가들은 앙양된 기세로써 현대 조선 문학의 가일층의 발전을 위하여 자유로운 토론들을 전개하여 왔습니다.

문학 분야에서의 이러한 자유로운 론쟁은 창작 사업에도 좋은 영향을 주었습니다.

사람들은 보다더 자기 목소리로 말하기 시작하였으며, 보다더 자기 결함들을 대담하게 비판하기 시작하였으며, 보다더 독자적으로 사색하기 시작하였으며, 인류의 봄을 위하여 자기들의 온갖 정열과 천재와 로력을 투쟁에로 이바지하는 광활한 길로 자신 있게 걸어 나가게 되었습니다. 드디어 독단주의가 종식될 날은 왔습니다.

오늘처럼 세계의 모든 사람들이 알고 싶어하고, 듣고 싶어하고, 자기의 의견을 피력하고 싶어한 때는 없습니다.

사람들은 평화적 공존의 진리를 깨달았으며 의견 교환과 협의와 상호 리해에 의하여 파괴적인 전쟁의 불ㅅ길은 미연에 방지될 수 있다는 신심과 세계의 평화를 공고히 하는 운동이 자기 집 부엌살이를 보살피는 일보다 얼마나 더 귀중하며 절실하다는 것을 자각하게 되었습니다.

이러한 획기적인 시기에 인간 정신의 기사로서의 작가들의 임무는 비상히 중대한 것입니다.

쏘련 공산당 제20차 대회 정신에 비추어서 많은 나라들의 작가들이 대회를 열고 자기 사업들을 검토했습니다.

알고 싶어하고, 듣고 싶어하고, 자기 의견을 말하고 싶어하는 모든 사람들에게 문학 예술 분야에서도 해답을 줌으로써 평화 옹호이라는 인류적인 인도주의 사업을 더욱 촉진시키고 구체화하기 위해서였습니다.

많은 나라에서 진행된 대회에서 작가들은 한결같이 자유로운 분위기 속에서 얻은 성과를 확대하고 잔존한 약점들을 급속히 제거하기 위하여 속임 없이 진지하게 그리고 어디까지나 준렬한 비판 정신을 가지고 자기 사업들을 검토했습니다.

형제적 나라들의 작가들이 론쟁했으며 주목을 이끌은 중심 문제는 창작 방법으로서의 사회주의 사실주의였습니다. 또한 전위적 문학 예술의 금후 발전을 위하여 작품에 반영된 개인 숭배 사상과 그 후과에 대한 면밀한 연구들이 있었으며 창작 과정에 끼친 행정적 간섭과 주관적 조치의 유해성을 규탄했으며 독단주의를 없애기 위한 치렬한 투쟁이 벌어졌습니다. 동시에 민족 유산에 대한 허무주의적, 종파적 경향을 비판했으며 쏘베트 문학과 자기 나라 해방후 10년간에 수확된 문학적 업적을 거부하는 꼬쓰모뽈리찌즘을 폭로했습니다.

이 모든 론쟁은 결코 무의미하지 않았습니다.

왜냐하면 그러한 준렬한 비판으로서 결국 모든 작가 대회들은 진지한 토론과 학구적인 심의와 자유로운 의견 교환을 거쳐서 사회주의 사실주의가 진보적이고 혁명적이고 인류를 해방하는 문학을 건설하는 홀

룡한 창작 방법이라는 것을 확인했으며, 이러저러하게 리론적 면에서나 실천적 면에서 범한 속학적 독단적 오유들을 급속히 제거할 데 대한 결론들을 얻었기 때문입니다.

우리 조선 작가들의 제2차 작가 대회는 형제적 작가들이 얻은 고귀한 경험을 살려가면서 자기 사업을 진행하여야겠습니다.

우리 작가 대회는 바로 조선 로동당 제3차 대회와 8월 및 9월 전원 회의가 있은 뒤에 소집되였습니다.

제3차 당 대회는 조선 인민의 당면한 최대 과업으로 되는 조국의 평화적 통일 달성과 공화국 북반부에서의 사회주의 건설을 위한 중요한 새 과업들을 전 당과 전 인민 앞에 제시함으로써 우리 작가들의 금후 창작 활동의 방향을 또한 열어 주었습니다.

당 대회는 제기된 새로운 과업에 수응하도록 문학 작품의 질을 더욱 높일 것과 문학의 전진 운동이 인민들의 전진 운동과 보조를 같이하면서 날로 장성하여 가는 인민의 문화적 수요를 충족시킬 것을 호소했습니다.

이 당적인 과업을 더욱 훌륭하게 집체적으로 실천하기 위해 우리는 오늘 여기 모였습니다.

그러기 위해서는 무엇이 우리의 힘이며 무엇이 우리의 약한 고리인가를 잘 분간해내여야 하겠습니다. 그것은 다만 기탄없는 의견들의 교환과 정당한 비판과 집체적 지혜의 발휘로써만 해결될 것입니다.

우리 당 8월 전원 회의 결정서에는 다음과 같이 지적되였습니다.

"과학, 문학, 예술 분야에서 사업하는 일꾼들은 더욱 대담하게 자기들의 연구 및 창작 결과들을 발표하며 자유로이 의견을 교환하며 활발한 공개적 토론을 전개함으로써 우리의 과학 문학의 발전을 촉진시키기 위하여 보다 높은 열성과 창발성을 발휘하여야 할 것이다."

동지들!

오늘 우리는 당이 제시하여 주는 이와 같은 방향에서 대담한 자기들의 연구의 결과들과 의견을 자유로이 교환하는 활발한 공개적인 토론으로써 자기 사업을 검토하여야겠습니다.

대회의 연단을 리용하여 구체적으로 우리의 결점과 오유들을 비판할 것이며 이미 전취한 성과를 분석하여 그것을 더욱 공고히하고 확대하여야 하겠습니다.

오유는 시정치 않고 덮어 두면 더 큰 오유를 파생시킬 것입니다. 대회가 만약 용감하게 자기 대오내의 결점과 오유를 지적하고 그것을 극복하여 나간다면 반드시 우리 문학은 보다더 높은 데로 진일보할 것은 틀림 없습니다.

우리는 지난 시기에 우리들이 문학에 있어서의 레닌적 원칙을 위해서 어떻게 싸웠으며 거기서 얻은 성과는 무엇이였던가를 말해야 할 것이며 창작 방법으로서의 사회주의 사실주의에 대한 편협한 인식과 그의 실천적 면에 나타난 창작상 오유를 밝혀야 할 것이며 우리 작품에 나타나는 개인 우상화는 어떤 것이였으며, 현지 파견 사업에서 시정할 점은 무엇이며, 동맹 지도 사업에서 급속히 시정을 요하는 문제는 무엇인가를 자유로운 분위기 속에서 비판해야 하겠습니다.

이러한 의미에서 나는 나의 보고에서 중점적으로 우리 문학의 현 상태를 해부하며 그의 발전을 위한 몇 가지 의견을 내놓으려고 합니다.

그러면 우선 지난 기간에 우리 작가들은 우리 문학에 있어서의 레닌적 원칙을 고수하기 위하여 어떻게 투쟁하여 왔습니까!

2. 문학의 레닌적 원칙을 위한 투쟁

동지들!

우리 현대 문학은 레닌적 원칙을 고수하는 당적 문학입니다.

해방후 조선 문학의 모든 발전 단계와 작품들은 언제나 영예스러운 조선 로동당의 시책과 련결지어져 있으며 일신 동체의 혈육적 관계를 가지고 있습니다.

우리 현대 문학은 과거 일제의 식민지 통치와 거기 야합한 민족 배신 자들을 반대하는 전투적인 지하 투쟁의 문학을 전신으로 하였으며 해 방 후에는 정권을 자기 손안에 틀어 쥔 근로 인민에게 직접적으로 복무 하는 인민 문학으로 되었습니다.

이러한 해방 문학에 종사하는 작가들의 사회적 위치도 전적으로 달 라졌습니다. 과거 우리들의 진보적이며 혁명적인 작가들이 지배적 계 급을 반대하는 진보를 위하여 싸웠다면 지금은 인민 정권을 수립한 로 동자 농민으로 된 지배적 계급을 방조하는 진보를 위하여 투쟁하고 있 습니다.

우리는 작가이기 전에 먼저 공민이며 애국자로 되었습니다.

이러한 사실은 매개 작가들이 변증법적 유물론을 자기의 세계관으로 가질 것과 맑스-레닌주의 미학을 체득함으로써 오로지 근로 인민의 리 익에만 복무하는 문학을 수립하게 하였습니다.

우리는 사회주의 사실주의를 창작 방법으로 하고 현실 생활에서 가 장 중요하고 본질적인 것, 즉 생활의 진실로 되는 전형을 개성적이며, 구체적 — 감성적 형상을 거쳐서 인민을 사회주의 의식으로, 애국주의 사상으로, 국제주의 정신으로 교양하여 왔으며 또 그렇게 하는 것을 자기 사명으로 삼고 있습니다.

그러나 이러한 사업은 결코 안일한 환경 속에서 지어진 것도 아니며 평탄한 길을 거쳐 진행된 것도 아닙니다.

우리 당 작가들은 언제나 폭풍을 뚫고 부르죠아 이색 분자들이나 그들의 견해를 추종하는 자들과의 치렬한 투쟁 속에서 우리 당 문학을 건설하여 왔으며 문학 예술에서의 레닌적 원칙을 고수하여 왔습니다.

계급의 원쑤들은 마치 우리의 문학이 당의 이러저러한 명령에 의하여 씌여지는 문학이라고 비방합니다. 그러나 사태는 이와 다릅니다.

우리는 우리 문학을 자기 심장의 고동 대로 쓰고 있습니다. 그런데 당의 커다란 심장은 언제나 우리의 심장과 같이 고동합니다.

당은 인민의 심장이며 정신이며 지향입니다.

물론 창작에 있어서 자유와 자주성은 신성한 권리입니다.

그러나 이 신성한 권리는 작가가 생활의 진실을 표현하지 않거나 인민의 리익에 복무하지 않을 때는 있을 수 없습니다.

피상적으로 창작에서의 자유와 자주성의 권리를 부르짖는 뒤에는 우리 문학을 파괴하려는 부르죠아 이색 사상의 무서운 적이 잠복하여 있다는 것을 우리는 자기들의 체험을 통하여 잘 알고 있습니다.

당은 항상 우리 문학이 급속히 전진하며 사회주의 사실주의 문학으로 더욱 완성되며 그의 사상 예술적 제고와 함께 인민의 예리한 사상적 투쟁의 무기로 됨으로써 당의 믿음직한 방조자로 되도록 주목을 돌려 왔으며 지도하여 왔습니다.

이러한 당의 지도는 우리 문학의 전진을 가로막는 온갖 적대적인 사상 조류와의 투쟁에 돌려진 주목이며 방조이기도 하였습니다.

그러면 우리 나라 문학 생활에 나타난 적대적인 사상 조류는 무엇이였으며 그들은 우리를 반대하여 어떠한 도전을 하여 왔습니까!

이데올로기 분야에서 적성은 각이 각양한 형태로 복잡하게 나타나군 합니다.

그 어떤 것은 삼팔선 이남 저쪽에서부터 미국식 생각과 미국식 생활 양식의 직접적인 전성관이 되여 들어 오기도 했으며 어떤 것은 우리 자체내 의식 속에 깊이 뿌리박고 있는 소부르죠아적 잔재 속에서 은연히 머리를 추켜 드는 분파 행동에서도 나타났습니다.

전자는 문학에서의 레닌적 당성을 거부하는 반동적인 림화 도당의 매국적 문학 그루빠였으며 후자는 무의식적으로 전자를 추종하면서 우리 민족 문학 유산을 거부하고 우리가 전취한 해방후 10년간에 달성한 문학적 업적을 과소 평가하려는 민족적 허무주의 그루빠였습니다.

림화 도당은 리론적인 면에서 "현대 조선 문학은 계급적 문학이 되여서는 안 되며 어디까지나 현대적 의미에서 민족적 문학이여야 한다"는 반동적 구호를 들고 나왔습니다. 그들은 민족적이란 미명 밑에 '문학의 초계급성'과 '창작의 정치로부터의 자립'을 제창하면서 결국 우리 문학을 원쑤들의 수중에로 팔아 먹을 것을 꿈꾸었습니다. 이처럼 그들이 표방한 리론적 주장은 숨길 수 없이 반인민적인 것이기 때문에 그 본질을 구명하는 길도 그만치 명백하였으나 그들이 자기들의 사상을 교묘하게 선전하는 실천적 면 ─ 즉 작품에서는 이것이 처음부터 누구에게나 다 명백했던 것은 아닙니다. 때문에 우리는 일정한 기간을 두고 그들과 같이 살아야 했으며 그들과 함께 일해야 했으며 그들의 동태를 오래 동안 관찰하고 주목해야 했습니다.

변절자 림화 도당 중에서 중요한 자리를 차지하고 있던 리태준은 자기 작품『농토』에서 북조선에서 진행된 토지 개혁을 무의미한 것으로 만들기 위하여 무기력한 노예를 주요 인물로 등장시켰으며 「미국 대사관」이란 작품에서는 포로된 미국 장교를 동물적 복쑤심으로 대하는 인민 군대를 날조하여 우리 전사들의 높은 도덕적 품성을 외곡하였으며 「먼지」에서는 남북 조선은 판이한 세계를 이루고 있으므로 도저히 평화적 통일이 불가능한 것으로 선전하는 허무주의적 사상을 선포하고 있습니다.

김남천은 「꿀」에서 전선과 후방과의 철벽 같은 련결을 왜소하게 그려서 우리 조국 해방 전쟁의 빛나는 공훈을 보잘 것 없이 작은 것으로 뵈였습니다. 뿐만 아니라 반인민적인 문학 리론을 가졌던 림화는 실천적 면에서는 영탄과 허무, 염세와 비관을 노래하는 퇴패적인 시를 씀으로써 승리에 대한 신념에 뒤끓는 인민의 심장에 부르죠아적 독소를 부어 넣어 그늘을 지으려고 했습니다.

문학에 있어서의 레닌적 당성의 기치를 고수한 우리들의 치렬한 투쟁이 있은 오늘에 와서는 그들의 정체가 적라라하게 드러났으며 누구나 다 그들의 배신 행위를 알고 있습니다.

그러면 어째서 이러한 반당적인 패덕한들이 우리 문학계에 오래 동안 뿌리박고 있을 수 있었습니까?

거기에는 대체로 세 가지 조건이 있었습니다.

그 하나는 박헌영, 리승엽과 같은 미 제국주의자들의 고용 간첩이 우리 당 지도부에 교묘하게 잠입하여 와서 림화 도당을 적극 비호한 데 있습니다.

둘째로는 자기들의 소부르죠아적 문학관을 합리화하기 위하여 작가들의 대동 단결이란 명목 밑에 리태준, 김남천 등의 문학을 극구 찬양한 당시 문학 예술 지도 부문에서 지도적 직위에 있었던 일부 사람들의 그릇된 문학 예술의 '행정적 조치'에 있었습니다.

그리고 마지막으로는 문학을 사랑하기보다 문학에서의 자기를 더 사랑하는 출세주의적 야욕을 가진 우리 내부 중견 작가의 일부가 둘째에 속하는 소위 문학 지도 일꾼들과 장단을 맞추어 줌으로써 림화 도당의 종파적 행동을 조장시킨 데 있습니다.

첫째 계렬에 속하는 제국주의자들의 신복자들은 그 죄상이 폭로됨과 함께 그들의 활동이 종식된만큼 우리들에게 있어 그들의 공공연한 적대 행위도 또한 명백한 것입니다.

그러나 둘째 계렬에 속한 사람들의 본성은 그들이 자기 의식 속에 남아 있는 부르죠아적 미학의 잔재를 합리화시키려고 시도한만큼 사태는 극히 복잡하였습니다.

그들은 문학 예술 분야에서 8·15의 의의를 강조한다는 미명 밑에 위대한 민족적 전통의 하나인 문화 유산을 거부하였으며 작품에서의 생경성을 배격하고 예술의 다양한 쓰찔을 장려한다고서 결국은 무사상성인 퇴폐 문학을 받들고 나왔습니다.

그들은 우리 현대 조선 문학의 혁명적 전통인 카프와 그의 오늘에서의 영향력을 말살하려 하였습니다. 뿐만 아니라 그들은 현재 생존한 카프 작가와 카프 문학의 혁명적 전통을 계승하려고 하는 애국적 작가군을 홀시하고 그와 반대로 과거나 현재에 이르러 카프를 비방하여 활동하는 반인민적 작가들인 리태준, 김남천 등을 비호하였습니다. 세상에 널리 알려진 바와 같이 카프는 사회주의 10월 혁명의 영향하에 맑스-레닌주의가 국내에 보급되고 로동 운동이 급속히 발전함에 따라 그 투쟁 속에서 배태되기 시작한 인민적이며, 진보적이며 혁명적인 작가들의 조직체였습니다. 여기 망라된 작가들은 변증법적 유물론을 자기의 세계관으로 하고 사회주의 사실주의를 창작 방법으로 하여 혁명적 발전

단계에 적응하며 현실을 혁명적 전망 속에서 개괄하는 훌륭한 작품들을 썼습니다.

뿐만 아니라 카프의 핵심 부대는 가혹한 일제의 탄압 앞에서도 굴하지 않고 끝내 혁명의 완수를 위하여 근로 인민의 편에 서서 싸웠습니다.

때문에 카프의 작품들은 그것이 일제 통치 시기에 씌여졌음에도 불구하고 오늘 사회주의 건설에 매진하고 있는 해방후 독자들에게 애독되고 있으며 그들을 사회주의 의식으로 교양하는 당적 역할을 놀고 있습니다.

이러한 문학 전통을 거부하거나 말살할 수는 도저히 없는 것입니다. 그런데도 불구하고 그들은 리태준과 김남천의 비애국적인 작품들을 인민에게 추천하는 옳지않은 평론들을 써서 마치 자기의 평가를 받아야 문학에서 좋고 나쁜 것은 갈라진다는듯이 오만한 세력 행세를 한동안 했습니다.

그리고 그중의 어떤 동무는 극장 상연 희곡을 자기 취미 대로 살릴 수도 있고 죽일 수도 있는듯이 문학 예술 분야에 란포한 행정적 간섭을 했습니다.

이러한 결과는 우리에게 무엇을 남겨 주었습니까?

그것은 림화 도당이 우리 문학에서 자기들의 파괴적 세력을 확대할 수 있는 발판을 지어 주었으며 우리들의 민족적 문화 유산과 문학의 혁명적 전통이 옳게 계승되는 데 지장을 주었으며 일부 독자와 관중들의 미학적 견해에 혼란을 일으켜 주었습니다.

이것은 문학 예술 분야에 나타난 종파주의의 발현이였습니다.

종파주의는 문학에 있어서의 레닌적 원칙을 거부하기도 하며 독단주의적인 비속한 주관으로써 예술 창작의 규격화를 강요하여 창작 수법,

형식, 쓰찔의 다양성을 무시하기도 하며 온갖 행정적인 간섭으로써 문학 전진 운동에 막대한 지장과 손해를 주고 있습니다.

일찌기 레닌은 자기의 천재적인 로작 「당 조직과 당 문학」에서 문학 예술 분야에 있어서의 행정적 조치의 해독성을 지적하면서 다음과 같이 쓴 바 있습니다.

"······ 물론 문학 사업에 있어서는 기계적인 평등화라든가, 수평화라든가, 소수에 대한 다수의 지배라든가 하는 일은 도저히 있을 수 없는 일이다. 물론 이 사업에 있어서는 개인적 창의성이나 개인적 기호의 자유, 사색과 환상, 형식과 내용의 자유가 보다 많이 보장되도록 하는 것이 절대로 필요하다."

레닌의 이 말씀은 문학 예술 부문에서의 당성 원칙의 진정한 본질을 밝혀 주는 유일한 등불입니다.

그러나 우리는 이 귀중한 명제를 평론에 인용은 하면서도 그 진의를 심각하게 숙고하지도 않았으며 예술가들의 창조적 창발성의 발현을 주인다운 배려와 함께 지지하지도 못했습니다.

림화 도당과 그들의 문학 활동을 리론적 면이나 실천적 면에서 지지하여 나섰던 일부 동무들은 이 레닌적 명제를 완전히 전도하는 결과를 가져 왔습니다.

즉 예술가의 개인적 특수성을 살린다는 의미에서는 무사상적인, 아니 반인민적인 내용의 작품을 추대했으며, 문학의 당성을 옹호한다는 의미에서는 과거의 민족적 유산을 거부하는 란포한 조치로 나왔던 것입니다.

사태는 바로 이와 같습니다.

때문에 조선 로동당 제3차 대회의 총결 보고에서 김일성 동지는 아래와 같이 우리 작가들이 가지고 있는 약점을 지적하였습니다.

"…… 그러나 일부 문학 예술인들은 아직도 과거 사회에서 물려 받은 자유주의적 산만성을 극복하지 못하였으며 문예 분야에 인민의 원쑤들이 뿌려 놓은 악영향을 청산하지 못하고 있습니다."

이 말씀은 문학에 있어서의 레닌적 원칙을 고수하기 위하여 더욱 견결하고 집요하게 온갖 부르죠아 이색 사상을 반대하여 투쟁할 것을 호소하고 있습니다.

우리는 이와 같은 당적 신호를 받들고 제때에 온갖 부르죠아 이색 문학 조류 및 그 추종자들을 반대하여 견결한 투쟁을 하여 왔으며 또 하고 있습니다.

여기서 얻은 성과는 현저합니다.

이것은 문학에 있어서 레닌적 원칙을 고수하는 데 큰 도움이 되었습니다.

우리는 자기 대렬의 의식 속에 잔존한 부르죠아적 악영향을 송두리채 빼내기 위하여 인내성 있는 투쟁을 계속하여야겠으며 동시에 자기 자신 속에 잠복하여 있는 자유주의적 산만성을 극복하기 위하여 대담한 자기의 내부 투쟁이 있어야 하겠습니다.

그리하여 우리들은 문학에서 자기를 사랑하기 전에 문학 자체를 사랑하는 기풍을 키울 것이며 자기 개인의 영달을 꾀하는 것보다 집체적으로 당 문학을 건설하는 영예를 지니고 전투적이며 명랑한 기백으로 활동하여야 하겠습니다.

이러기 위하여서는 무엇보다도 우리 문학 대렬에서 원칙적인 단결을 더욱 강화하는 일이 중요합니다.

우리 문학 대렬의 단결은 본신적 창조 사업을 일층 강화하기 위한 구체적 투쟁 가운데서, 그리고 일체 반동적 문학 사상과의 가혹한 투쟁 속에서 이루어져 왔으며 앞으로도 그렇게 될 것입니다.

이와 동시에 우리 문학가들은 동지들을 서로 아끼며 신뢰하며 도와주는 아름다운 생활 기풍을 더욱 발양하여야 하겠습니다.

사상적 통일은 고상한 인도주의의 정신으로 일관되여져야 합니다.

그리고 이 모든 것은 결국 인간에 대한 신임, 인간에 대한 소망, 지향, 운명에 대한 진실한 사람의 감정을 떠나서는 있을 수 없는 일입니다.

우리들은 모두가 다 문학을 가지고 조국과 인민 앞에 복무하기를 결심하였으며 그 길에 일생을 바치고 나선 투사들입니다.

우리들은 모두가 생활의 분류 속에서 아름다운 것을 조장하며 추악한 것을 제거하기 위하여 자기들의 재능과 능력을 창작 사업에 고스란이 바치고 있는 평화의 열렬한 기수인 것입니다.

그러나 아직도 우리들 가운데는 당 문학의 건설과 그 운명에 대하여 생각하기 전에 자기 일신상의 출세를 념두에 두는 사람이 적지않으며 문학을 발전시키는 론쟁보다도 개인의 약점에 대하여 뒷공론을 즐기는 동무들도 있습니다.

우리 작가들은 누구보다도 먼저 무원칙하고 편협한 감정을 가지고 동지들을 헐고 깎고 중상하며 질투하는 등의 우리 대렬의 단결과 사상 통일을 방해하는 행동을 격멸할 줄 알아야 하겠습니다.

동지들간에 리간과 중상을 일삼으며 거기서 어부지리를 얻으려 하며 쏠라닥거리는 경향에 대하여 제때에 타격을 주며 호상 명랑하며 동지적 애정으로 협조하며 당성의 거울 앞에서 부끄러운 일이 없도록 행동하여야겠습니다.

그와 함께 우리들은 동지들의 잘하는 점을 기뻐하며 동지들의 잘못한 점, 부족한 점을 리해와 방조의 마음으로 충고하여 옳은 데로 이끌어 주어야 하겠습니다.

특히 오늘 우리들이 수행하여야 할 우리 나라 혁명 과업의 간고성에 비추어 또 우리들의 창조 사업이 우리 나라의 혁명을 수행하는 과정에서 차지하는 고귀한 위치와 무거운 비중에 비추어 우리들은 우리 대렬의 단결을 더욱 강화하여야 하겠습니다.

그러나 문학에서의 당성 고수는 예술 분야에서 부르죠아적 이색 사상들을 반대하여 싸우는 리론적 투쟁에만 머물러서는 안 될 것입니다.

우리는 현실을 그 혁명적 발전에서 진실하게 력사적으로 구체적으로 묘사하는 개성적이며 다양한 형식을 가진 사회주의 사실주의 방법으로 창작된 우수한 작품들을 많이 내놓을 때야만 진정으로 레닌적 원칙의 당 문학이 성공한다는 것을 잘 알고 있습니다.

실천이 없는 리론은 공허한 것이며, 작품에 예술성이 미약한 곳에 진정한 레닌적 미학의 승리가 있을 수 없습니다.

그러면 우리가 지난 3년간에 거둔 실천적 면에서의 수확은 어떤 것이며 그의 성과적 특징들은 어떤 것입니까?

3. 전후 조선 문학의 특징

동지들!

지난 3년간에 우리 작가들이 자기 창작 사업에서 거둔 성과는 결코 적지 않습니다.

우리 인민들은 전후 시기에 실로 기적적인 로력의 공훈들을 세웠습니다.

미제의 야수적인 파괴로부터 다시금 조국의 강토를 화원으로 일으키게 하는 일 — 이 위대한 사업은 세계 인민들의 이목을 한 몸에 집중시키면서 진행되였습니다. 세계의 모든 량심 있는 사람들은 전쟁에서 우리들의 전투를 주목하였던 것처럼 복구와 건설 사업에서도 우리를 주목하고 있습니다.

조선 인민이 전화 속에서 온갖 희생을 무릅쓰고 가슴으로 적탄을 막아 나가며 향토를 용감하게 수호한 것처럼 전후 건설 사업에서도 승리한 인민의 긍지와 영예를 인내성 있게 견지하여 나갈 것인가 하는 것을 관심과 동정과 공명의 긴장한 눈으로 보아 왔습니다.

그것이 어떻게 되였습니까?

조선 인민은 세계 벗들의 기대에 어그러지지 않았습니다.

불과 3년간이란 짧은 세월 밖에 경과하지 않았으나 북반부 인민들은 잿더미를 헤치고 주택들을 즐비하게 세웠으며 학교와 병원, 그리고 극장들을 수많이 신축했으며 많은 공장과 기업소들을 완전하게 복구 건설하였으며 농촌 경리의 급속한 발전을 위한 자연 개조 사업에 놀랄만한 기적들을 실생활에 구현시켜 놓았습니다.

전후 이와 같은 짧은 시간에 오늘 우리들이 누리는 것과 같은 물질 문화 생활의 안정은 결코 용이한 일이 아닙니다.

이와 같이 눈부신 건설과 조국의 평화적 통일을 계획하고 조직하고 실천하는 현실 생활은 작가들에게 풍부한 소재를 주었습니다. 전선에서와 마찬가지로 로력 전선에서 위훈을 세우는 온갖 애국적인 정신과 훌륭한 성격들과 의지와 행동과 사색들은 우리 문학을 얼마든지 풍부케 할 가능성을 보장하여 주었습니다.

작가들은 생활의 진실을 형상화하기 위하여 자기의 모든 력량을 창작에 집중하게 되였습니다. 그들은 현실에 접근했으며 생활 속에 뛰여들었으며 인민과 호흡을 같이 하며 시대적 요구와 시대의 문제성을 해명하려고 긴장된 태세로 사업하고 있습니다.

오늘에 와서 작가들이 작품 내용을 책상머리에 매달려서 고안해 내거나 줄기찬 생활의 강기슭에 홀로 쭈그리고 앉아 환상 속에서 이야기꺼리를 꾸며 보거나 또는 망원경을 끼고 멀리서 현실 생활을 관조하려는 보헤미안적인 생각은 우리들 가운데 없습니다.

우리는 저마다 문학에서 혁명의 주인공들인 인민과 더불어 그들의 모범적인 성격과 애국적인 사업을 표현하여 력사를 창조하는 커다란 전진에서 '유일한 바퀴와 나사못'이 되려고 노력하고 있으며 또 되고 있습니다.

이러한 힘을 우리들이 가지게 된 것은 무엇보다도 먼저 우리들이 우리 당의 옳바른 문예 정책에 의하여 교양된 데 있으며 또는 조국 해방 전쟁에서 인민과 함께 고난을 겪고 과감한 전투를 하면서 심신이 단련된 데도 있습니다.

김일성 동지는 조선 로동당 제3차 대회에서 진술하신 총결 보고에서 당 사상 사업과 관련하여 우리 문학 발전의 현 상태에 대하여 아래와 같이 지적하였습니다.

"우리 당의 령도하에 우리의 문학 예술은 옳바른 방향에서 발전되고 있으며 조선 인민의 영웅적 투쟁과 보람찬 생활과 그의 아름다운 내면 세계를 기본적으로 옳게 반영하며 형상화하고 있습니다. 우리의 작가 예술인들은 가렬한 투쟁 속에서 단련되였으며 간고한 시련에서 승리한 문학 예술인들의 대렬로 되였습니다."

그렇습니다. 우리는 정말 투쟁 속에서 단련되였으며 간고한 시련 속에서 승리한 대렬로 되였습니다.

조국 해방 전쟁 시기에 우리 작가들은 인민의 전사로서 포화를 헤치고 군대와 함께 전선으로 나아갔으며 적 강점 지구에서는 인민들과 함께 향토를 지켜 유격전을 조직하였으며 이 모든 투쟁을 작품화하여 세계 앞에 적의 만행을 폭로 규탄하였으며 인민을 멸적의 증오에로 불러일으켰던 것입니다.

조국 우에 검은 구름이 맴돌던 그 준엄한 후퇴 시기에도 우리 작가들은 당과 인민과 함께 최후의 승리를 확신하면서 영웅적인 후퇴를 했던 것입니다.

이렇듯 당과 조국에 자기의 운명을 튼튼히 의탁한 우리 작가들은 종국적 승리에 대한 신심과 함께 일시도 손에서 붓과 수첩을 놓은 일이 없습니다.

우리 작가들은 폭탄이 지동치고 추위가 뼈짬을 쑤시는 토굴 속에서 작품들을 썼습니다.

이리하여 우리들은 작가 — 투사, 작가 — 애국자라는 새로운 찌쁘를 형성하게 되였습니다.

포성이 멎자 우리 작가들은 자기 작품의 주인공들과 함께 평화적 건설의 로력 전선에로 돌아왔습니다. 그러나 우리의 생각은 옛날에로 돌아간 것이 아닙니다.

우리 가운데서 아무도 상아탑 안에서 자기를 대상으로 고요한 사색에 잠기려는 사람은 없었습니다. 종전에 불리워지던 작가에 대한 편협한 개념은 바뀌여졌습니다.

우리에게서 작가라는 개념은 우리 나라의 정치 문화 생활과 다방면적으로 직접 관계되고 그 속에서 활동하는 특수한 사회 활동가를 의미하게 되였습니다.

많은 우수한 중견 작가들이 공장과 기업소, 농촌과 건설장을 찾아서 장기 현지 생활을 하게 되였습니다. 우리 동무들은 생활에의 적극적인 참가자로 또는 방조자로 되였습니다.

거기서 그들은 소여의 력사적 단계에서 인민 앞에 제기된 거대한 과업을 인민들이 어떻게 해결하는가를 목격하게 되였으며, 수동적인 관찰자가 아니라 인민의 창조적 활동의 적극적인 방조자로 나서고 있습니다.

그리하여 우리 작가들은 근로자들의 리해관계의 직접적이며, 의식적이며, 공공연한 옹호자로 되고 있습니다.

인민과 불가분적으로 련결되여 있는 이 생활은 작가들을 위하여 얼마나 고귀한 원천으로 되였습니까? 얼마나 심각한 경험으로써 작가들은 이 생활을 더욱 풍부하게 할 수 있습니까!

이리하여 우리 작가들은 정치-문화적 시야가 전례 없이 넓어지고 사회적 경력이 풍요해지는 행정에서 저저마다 개성이 뚜렷하여지며 그 내부 세계가 더욱 넓어지고 있습니다.

또 우리의 이 모든 현실에서의 적극적 참가로 인하여 작가들에 대한 독자들의 신뢰와 관심이 오늘처럼 깊어진 때는 일찌기 없었습니다.

그러면 3년간의 전후 조선 문학의 성과적 특징은 무엇입니까? 심각한 전쟁의 체험을 체득하고 인민과 더불어 로력 전선에서 사회주의 건설에 직접 참가하고 있는 작가들의 새로운 목소리들은 어떤 것입니까?

우리는 지금 아무런 주저도 없이 전후 우리 문학이 달성한 업적을 내놓고 자랑할 수 있는 긍지감을 가지고 있습니다.

그러한 성과의 특징은 전후 짧은 시기에 허다한 작품이 창작된 실례에서도 찾을 수 있으며, 작가들이 다양한 주제를 가지고 폭넓게 생활을 개괄하려는 거기에서도 볼 수 있으며 예술 형상에 있어서 자기의 독특한 형식 쓰찔을 확립하려는 예술적 독창성에서도 볼 수 있으며 작가 대렬에 많은 신인들이 등용되어 신성한 력량을 보장하여 주는 데서도 볼 수 있습니다.

전후 시기에 우리 작가들은 많은 작품을 생산했습니다.

작가 동맹 출판사에서 전후 3년간에 발행한 문학 서적만 하더라도 그것은 종수에 있어서 그 이전 8년간에 발행한 출판 종수와 거의 대비되고 있으며 부수에 있어서는 정전 이전의 8년간 보다 전후 단 3년간에 되려 23.7%를 룽가하고 있습니다.

이와 아울러 전후 문학을 풍부하게 하고 다양하게 하는 실례는 날로 성장되는 신인 작가들의 배출에서도 찾아 볼 수 있습니다.

우리는 전쟁 시기에 김사량, 현경준, 리동규, 한식, 조기천, 함세덕을 비롯한 우수한 작가들을 아깝게도 자기 대렬로부터 잃었습니다.

그러나 오늘은 많은 재능 있는 새로운 력량으로 우리 전투 부대가 보강되였습니다.

이러한 신인들로서는 소설 진영에서 권정룡, 희곡 분야에서는 지재룡, 박태홍, 김재호 같은 동무들이며 시인 부대로서는 허진계, 김병두, 김철, 주태순, 평론 분야에서는 김하명, 연장렬 같은 동무들을 들어야 하겠습니다.

그러면 기성 작가들은 지난 기간에 어떠한 작품들을 가지고 독자들의 미학적 취미와 정서적 교육에 이바지하였습니까?

작가 리기영은 장편 『두만강』의 제1부를 독자들 앞에 선물하였습니다. 작가는 농촌 묘사의 능수로서 또한 농민 생활과 그들 정신의 참된 탐구자로서의 자기의 장구한 경력과 행로와 축적된 지식을 이 작품에 집중시켰습니다. 작자는 자기 작품의 기본 내용을 일제가 조선을 강점하기 시작한 19세기 말부터 20세기 초엽에 이르는 력사적 기간으로서 제1부를 꾸몄습니다. 그는 이 서사시적 화폭 속에서 일제가 조선을 강점하는 전야에 있어서의 조선 사람의 복잡한 과정을 종합적으로 묘사하면서 그 중심에 인민적 봉기의 의병 투쟁의 발생과 그 발전 과정을 구체적으로 묘사하였습니다. 작자는 우리 민족의 과거 력사에서 암담한 극적인 순간을 분석하면서 거기에서 주인공인 보통 농민 곰손을 통하여 력사를 창조하는 주동적 력량이 인민이라는 사상을 밝히면서 자기 작품을 사회주의적 사실주의 방법의 구현으로 나아가게 하였습니다.

『두만강』 제1부는 먼 과거의 력사적 자료를 포괄했으면서도 불구하고 우리 사회 발전에 있어서 주동력은 인민이라는 진리를 말하여 줌으로써 오늘 우리에게 생신한 교양력을 가지고 미적 감흥을 일으켜 주고 있습니다.

특히 이러한 의미에서 송영의 장편 오체르크 「백두산은 어데서나 보인다」와 리원우의 「도끼 장군」은 모두 력사적 자료를 료리하면서도 제가끔 작가들의 생생한 체취가 풍기는 작품들입니다.

작가 송영은 자기 작품 「백두산은 어데서나 보인다」에서 조선 사람이면 누구나가 다 잘 알고 있는 우리 민족의 산 혁명적 전통을 묘사했습니다. 작자는 장기간 김일성 장군의 항일 유격대의 전적을 실지로 답사한 후 많은 자료를 얻었습니다. 작가는 여기서 보고 들은 것을 다만 기록하여 나간 것이 아니라 세련된 수법으로써 우리 민족의 빛나는 혁명적 전통인 항일 빨찌산들의 애국적 정신을 인민과의 련계에서 그려냈습니다.

아동 문학 작가 리원우는 「도끼 장군」이라는 흥미 진진한 작품을 써 냈습니다. 작자는 옛날의 전설적인 영웅담을 자기 작품의 소재로 하면서 오늘 우리들의 맥박을 애국주의의 정신으로 들끓게 하는 박력 있고도 진실한 수법을 구사하였습니다.

그는 아동들의 기호와 취미와 상상이 힘껏 발휘될 수 있는 생동한 산문에 민요들을 자유롭게 삽입하여 서정적 정취를 자아냈으며 인민성을 풍부하게 예술화하였습니다.

이처럼 오늘 우리 작가들이 력사적 자료를 작품의 소재로 하면서 거기서 현대적 주제와 사회적 문제성을 들고 나오는 것은 하나의 긍정적 특징입니다. 이것은 물론 력사적 진실을 오늘의 각도에서 보고 조작적으로 외곡하는 것을 의미하는 것이 아니라 어디까지나 해당 사회의 본질적인 것과 부차적인 것을 구분하여 생활의 진실을 묘사하여 내는 것을 의미합니다.

이러한 의미에서 볼 때 지금 우리 작가들이 많이 쓰고 있는 지난 조국 해방 전쟁에서 소재를 찾은 작품들은 단지 전쟁 환경이나 자기 체험의 기록에 머물러 있지 않고 우리 인민의 영웅적 투쟁에 대한 화폭을 산 인간의 심장에서, 그들의 사색에서, 그들의 행동과 정서에서 발굴하여 내려는 로력의 흔적이 보이는 것도 또한 하나의 특징이 아닐 수 없습니다.

정전으로 인하여 포화는 멎고, 정전은 우리 인민들의 의지에 의하여 평화에로 공고하여지고 있으나 우리 작가들의 작품 주제는 전쟁 문학에 많이 돌려지고 있습니다. 그것은 우리들이 겪은 체험이 너무 심각하고 가혹하였기 때문에 말하지 않고는 견딜 수 없다는 거기에만 있는 것이 아니라 아직도 조국이 남북으로 갈라지고 있는 실정에 비추어 보아서 조국을 평화적으로 통일하는 데 우선 원쑤의 본질을 구명하는 동시에 생활의 아름다운 모범이 되는 인민의 영웅적 기개를 예술화하지 않을 수 없기 때문입니다.

전후에 나타난 우리 전쟁 문학의 특징은 ─ 전쟁 환경을 진실하게 묘사하면서 주인공의 성격을 리상화하지 않으려는 점이며, 전선의 공훈을 개별적으로 고립 상태에 그리지 않고 후방 인민의 전 인민적인 애국 정신과 련계시켜서 묘사하는 점이며, 원쑤에 대한 불타는 증오로 주인공을 무장시키면서도 결코 동물적 복쑤심이 없는 도덕적 품성의 소유자로 그리는 점이며, 애국주의 사상을 언제나 프로레타리아 국제주의 사상을 기간으로 하여 발양시키는 점들입니다.

그리고 가장 특징적인 점은 인간 성격들의 발전 과정을 향토애와 향토를 수호하려는 인민성과 결부시켜 그린 점들입니다.

민병균의 장편 서사시 「조선의 노래」는 영웅적인 전사 장명의 형상을 거쳐서 평화적 조국 통일을 위하여 원쑤를 향토에서 몰아내는 우리 인민의 애국적 정열이 예술적으로 일반화되였으며 김학연의 「소년 빨찌산 서 강렴」은 소년의 애국적인 형상을 거쳐서 영웅적 기개가 노래 불리워졌습니다.

구성상 결함은 있으나 윤시철의 『향토』는 정의의 전쟁에 나선 우리 전사들과 후방 인민들의 활동을 옛날 선조들의 조국을 지켜 싸운 향토애와 결부시켰으며 한효의 『밀림』은 역시 조국 해방 전쟁 환경의 가장 극적인 순간에 있어서의 우리 보통 청년들의 성격적 특징들을 그리려 하였으나 성격 발전을 전쟁 과정의 도해에 굴복시킨 기록주의적 경향이 농후하며 군사 규정을 위반한 작품이므로 개작이 요구됩니다.

극 작가 한성은 우리 해군에서 취재하여 재치 있는 작품을 발표했으며 김승구는 씨나리오 「빨찌산 처녀」를 내놓았습니다. 한성은 희곡 「우리를 기다리라」에서 해병들의 작전과 련결된 인민의 애국적 군상을 극적으로 그렸으며 오래 인상에 남는 감격적인 무대 장면들을 우리에게 남겨 주었습니다.

또한 극작가들인 리종순과 최건의 합작인 「다시는 그렇게 살 수 없다」와 박태영, 리서영 합작인 「우리는 언제나 함께 싸웠다」가 모두 관중에게 일정한 감명을 준 작품들입니다.

시인 신동철은 자기의 처녀 시집 『전사의 노래』에서 전사들의 전투 모습, 정서 생활, 그들의 조국에 대한 지극한 애정을 서정적으로 노래했습니다.

다시 소설 분야로 돌아 와서 전쟁 시기의 인민 생활을 폭 넓게 그린 작품으로 우리는 꺼리낌 없이 천세봉의 력작 『싸우는 마을 사람들』을 들게 됩니다. 이 작품에는 인민의 무궁 무진한 력량이 보통 농민의 군상을 거쳐서 힘차게 묘사되였으며 그들의 의식 성장 과정이 또한 진실하게 그려졌습니다. 뿐만 아니라 자칫하면 도식적으로 일면적 창백한 초상으로 머물러지기 쉬운 원쑤들의 모습이 또한 생동하게 다각면으로 그려짐으로써 이 작품은 독자들에게 싫증을 주지 않습니다.

그리고 나는 단편 소설에서 권정룡의 「도강」을 상기시키고 싶습니다. 이 작품에는 조중 량국 인민의 호상 원조와 상호 리해의 국제주의적 정신이 훌륭한 예술적 형상을 가지고 표현되였기 때문입니다.

이처럼 우리는 군사적 주제와 전쟁 시기를 포괄한 작품 중에서 적지 않은 작품을 들어 그 장점들을 렬거할 수 있으나 이 부문에서 아직도 인민이 요구하는 그런 대작은 보기 힘든 현상입니다.

인민들은 조국 해방 전쟁에서 자기들이 겪은 가혹한 희생이 숨김 없이 반영되고 그 고귀한 희생을 거쳐서 조국에 바쳐진 자기들의 영웅적 공훈을 우리 작품에서 찾고저 합니다.

우리 인민 군대가 남으로 반격하면서 남녘 동포들의 목마르던 가슴에 생명수처럼 자유에 대한 권리를 안겨 주던 그 감격적인 장면들과 미제의 발광적인 공세에 의하여 후퇴하던 시기의 인민들의 준엄한 시련과 종국적 승리에 대한 철석 같은 자기들의 신념이 강조된 대서사시적 작품을 우리한테서 기대하고 있습니다.

인민은 우리한테서 락천적인 승리의 문학을 요구하고 있으며 영웅적 비극의 장엄한 작품을 희망하고 있습니다. 그들은 우리들의 전쟁 문학에서 자기들의 영웅적 초상을 찾으려 하고 있으며 원쑤들의 가중된 모습을 다시 한번 확인하려고 하며 다시는 있어서 안될 파괴적인 전쟁을 평화의 힘으로써 짓누를 신념을 더욱 공고히 다지려고 합니다.

우리들은 앞으로도 계속 남북 삼천리 강토가 전화에 휩쓸렸던 조국 해방 전쟁에서 취재한 진실한 작품을 써내야 하겠습니다.

동지들!

그러나 우리는 우리 작품의 세계를 전쟁에만 국한할 수는 없습니다.

전선은 커다란 전변을 가지고 평화 로력 진지에로 돌려졌습니다.

우리들의 화선 영웅들은 많이 로력 전선에로 돌아 왔으며 인민들은 총탄으로 다지던 자기들의 애국적 정열을 건설과 증산에로 꽃피우고 있습니다.

전후 우리 문학 작품이 로력을 주제로 하고 로동자와 농민들의 생활을 예술화하는 데 주력이 기울여진 것은 우연한 일이 아닙니다.

로력에 대한 주제는 무엇보다 로력하는 인간에 대한 주제라는 것을 우리는 잘 알고 있습니다.

그렇기 때문에 전후 문학에 있어서 로력하는 인간에 대한 모든 주제들은 바로 로력 속에서 형성되는 사회주의적 개성의 발전을 촉진시키는 거기에 귀착됩니다. 전후 문학에 있어서의 사회주의적 사실주의의 과업은 작가들로 하여금 난관과 곤난에서 물러서지 않고 그것을 극복하면서 인민 경제 복구 건설에 헌신하는 사회주의 건설자들의 긍정적 주인공을 진실하게 창조해 내는 것입니다.

특히 사회주의 건설 행정에서 벌어지는 생활상 모순들과 새것과 낡은 것과의 투쟁을 묘사하면서 사람들로 하여금 일제 시대의 낡은 자본주의 잔재를 청산하고 사회주의 의식으로 개조하도록 적극 도와주는 사회주의적 사상성을 표현하는 데로 지향하는 것입니다.

이러한 내용을 자기들의 골간으로 한 작품들 중에서도 주목할만한 작품들이 적지않게 창작되였습니다.

작가 변희근은 단편 「빛나는 전망」 「작업반장」 등을 썼으며 유항림은 「직맹반장」 박태민은 「방임하지 말아야 한다」를 제각기 발표하였습니다.

그리고 작가 천세봉은 『석개울의 새 봄』을 내놓았습니다.

단편 「빛나는 전망」은 현실 생활에서 절실한 문제를 단적으로 포착하여 옳은 사회적 해답을 주는 데 성공한 작품이며 유항림의 「직맹반장」과 박태민의 「방임하지 말아야 한다」는 모두 우리 공업 건설 분야에 조성된 난관과 곤난한 사업 환경을 모순 속에서 대담하게 드러내놓고 그것을 극복하는 주인공의 심각한 투쟁 과정과 그들의 심리 발전을 진실하게 그린 데 그 모범들이 있습니다.

그리고 극 문학 분과에서도 활발한 창작 활동이 있었는바 류기홍의 「그립던 곳에서」, 오철순의 「새로운 전변」, 탁진의 「승리의 탑」, 김형의 「어선 전진호」, 리득홍의 「무지개 비낀 초원」 등을 꼽을 수 있습니다.

전후 문학을 풍부히 하는 데 특히 시인들의 역할이 눈부셨다는 것을 나는 강조하게 됩니다.

시인 김순석, 정문향, 한명천, 리용악 등 동무들은 모두 생활에 깊이 침투하여 로동자 농민들의 애국적 로력 생활을 자기 독특한 개성적인 목소리로 노래부르고 있습니다. 그들의 시가 우리의 기억 속에 오래 남게 되는 것은 시인들이 현실 속에서 산 소재를 독자적으로 발굴하여서 서정화한 데만 있는 것이 아니라 시인들이 모두 형식이나 쓰찔에 있어서 개성적인 데도 있습니다.

또한 아동 문학 분야에서 현저한 역할을 놀고 있는 강효순, 리원우, 윤복진, 리진화, 박응호 등 작가들의 이름을 여기에 내놓지 않을 수 없습니다.

그러나 우리 공화국의 믿음직한 후비 부대인 아동들의 정서 교육을 담당 맡은 아동 문학 작가들은 동화, 동시, 동요, 소년 소설, 아동 극 등 다채로운 쟌르로써 종래에 학교 생활에만 국한시킨 주제의 협애성을 벗어나서 로력과 과학적 공상과 넓은 사회적 생활에까지 시야를 점점 확대하여야 하겠습니다.

전후 우리 문학에서 이채를 날린 하나의 성과적 특징은 산문 작품의 각색들인바 조령출의 「량반전」, 한태천의 「유격대의 아들」, 류기홍과 서만일의 「승냥이」들은 이 부문의 모범으로 되여 앞으로의 커다란 전망을 제시하여 주었습니다.

평론가들은 문학의 부르죠아 이색 조류를 반대하는 도식주의 경향을 비판하는 평론들로써 현저한 활동을 하였습니다.

번역 문학 부문에 대하여 언급한다면 전후 시기에 들어서 고리끼 전집을 위시로 하여 체홉 선집, 뿌슈낀 선집 등이 발간되고 있으며, 로씨야 고전을 비롯하여 쏘베트의 탁월한 작품들이 많이 번역되여 독자들의 미학적 견해를 높여 주고 있습니다. 번역가들은 창작가의 긍지와 책임감을 가지고 우리 나라에 선진 국가들의 작품을 체계적으로 번역 소개하여야 할 것이며 동시에 가장 중요한 것은 우리 나라 작품을 외국에 소개하는 영예로운 사업에 보다 많이 관심과 로력이 돌려져야 하겠습니다.

나는 이상과 같이 전후 우리 문학의 현 상태를 성과적인 면에서 특징 지으며 마지막으로 우리 시단을 아름답게 하여준 여섯 권의 시집에 대하여 언급 아니 할 수 없습니다. 그것은 『박 팔양 선집』, 『박 세영 시 선집』을 비롯하여 김순석의 『찌플리쓰의 등잔불』, 정문향의 『승리의 길에서』, 서만일의 『봉선화』 및 김북원의 『대지의 서정』입니다.

오랜 시인 박팔양과 박세영은 자기들의 문단 생활 30여 년에서 훌륭한 시편들을 묶어 내놓았습니다.

시인 김순석은 『찌플리쓰의 등잔불』에서 쏘련을 방문한 시인의 감격적 인상을 우리 인민의 쏘련에 대한 애정으로 일반화시킨 서정으로 특징 지어졌으며 정문향은 『승리의 길에서』 무엇보다 우리 시대의 력사적 창조자로서의 로동하는 새 인간을 광범한 미래를 내다보며 모든 곤난을 뚫고 나가는 락천적 투지의 소유자로 그들의 내면적 세계를 그렸습니다.

서만일은 『봉선화』에서 자기의 향토에 대한 사랑으로 상냥하고 소박한 고향 사람들의 도덕적 특징들을 아름다운 풍습과 배합하여 가며 독특한 민족적 정서를 노래했으며 김북원은 『대지의 서정』에서 전변하는 농촌의 새 현실을 관조자로서가 아니라 생활의 적극적인 참가자로서 표현하고 있습니다.

전후 시기에 창작된 작품들을 들어서 그 성과를 말하면 대략 이상과 같습니다.

그러나 우리는 오늘 대회에서 결코 이미 전취된 성과나 작가들의 명단을 내놓고 자기 위안이나 자기 만족에 도취하려는 것은 아닙니다.

우리는 우리 대회를 명절날이나 명절 전야의 기분으로 만들어서는 안 되겠습니다.

우리는 우리가 이미 전취한 성과 뒤에 남아 있는 결점들과 약점들을 샅샅이 드러내 놓고 군중적 토의에 부쳐야 하겠으며 치렬하고도 진지한 토론들을 거쳐서 문제의 해결을 보아야 할 것입니다.

이 길만이 우리 현대 조선 문학 건설에 광활한 전망을 열어 줄 것입니다.

그러면 우리 전후 문학이 가진 약점으로서 아직도 현실이 인위적으로 외곡되거나 보라색갈로 도색되거나 개성이 없고 천편일률적인 작품이 허다하여 독자들로부터 권태를 자아내는 원인은 어디에 있습니까?

그것은 한 마디로 말하여 아직도 우리 작가들이 자기 작품에 생활의 진실을 형상화하지 못하고 있는 데 중요 원인이 있습니다.

그러면 어째서 우리는 다 알고 있는 우리의 공통적인 약점 ― 즉 작품에 생활의 진실을 옳게 반영하지 못하고 있습니까?

4. 생활의 진실을 반영하자

문학 예술 작품을 평가하는 중요한 척도는 생활의 진실입니다. 생활의 진실이 옳게 반영되었는가, 혹은 그릇되게 반영되었는가에 따라 그 작품의 사상성과 예술성, 그리고 그 작품의 생명이 재여지는 것입니다.

문학에 있어서의 당성 문제도, 전형성의 문제도 모두 작품에 생활의 진실이 잘 반영되었는가 잘못 반영되었는가 하는 예술적 형상에 종속됩니다.

그런데 우리 작품의 적지않은 부분들이 독자에게 무르익은 감흥을 주지 못하거나 덜 주는 원인도 결국은 작가들이 생활의 진실을 예술화하지 못한 데 기인되는 것입니다. 그리고 또 일부 우리 작품이 생경하거나 비개성적이거나 천편일률적이라는 비난도 주로 여기서 오는 것입니다.

현실 생활의 화폭은 그처럼 다양하고 굴곡이 많으며 인간들의 성격은 그처럼 개성적인데 왜 우리 작품에 나타난 생활의 폭은 그처럼 협소하며 주인공들의 내면 세계는 그처럼 단순하고 무미 건조합니까!

나의 견해에 의하면 이것은 우리 작가들의 대부분이 창작 방법으로서의 사회주의 사실주의를 교조주의적으로 인식하거나 일면적으로 보는 데 첫 원인이 있다고 생각합니다.

물론 우리는 사회주의 사실주의가 작가나 예술가에게 현실을 그 혁명적 발전에서 진실하게, 력사적으로, 구체적으로 묘사할 것을 요구한다는 것과 이에 있어서 예술적 묘사의 진실성과 력사적인 구체성은 근로하는 사람들을 사회주의 정신으로써 사상적으로 개조하며 교양하는 과업과 반드시 결합되여야 한다는 일반적 진리를 잘 알고 있습니다. 또한 우리는 사회주의 사실주의는 사회주의를 위하여 투쟁하는 인민들의 진리만을 확인하고 이 진리와 모순되게 나타나는 부분적 현상은 묘사의 대상으로는 될 수 있으되 긍정의 대상으로는 될 수 없다는 관점에 서 있으며 사회주의 사실주의의 문학은 지상에서 공정한 사회주의적 관계가 승리한다는 인민 대중의 확고한 신념에 그 근거를 둔다는 명제도 잘 알고 있습니다.

여기서부터 우리들은 부지부식간에 사회주의 사실주의는 오로지 현실을 긍정만 한다는 일면을 강조하게 되였습니다. 물론 우리들은 리론적인 면에서는 사회주의 사실주의가 현실을 긍정할 뿐만 아니라 현실의 부정면을 비판한다는 것도 론의하여 왔습니다.

그러나 우리의 많은 작가들은 실천적 면에서는 사회주의 사실주의를 현실 긍정의 일면만을 강조하는 창작 방법으로 리용하여 왔던 것입니다.

여기서부터 우리들은 자기 작품에 묘사되는 긍정적 주인공이 자유롭게 론쟁하거나 대담한 독자적인 행동을 하거나 때로는 실수와 과오를 저지르지만 심각한 자기 고민과 가혹한 갈등의 복잡한 곡선을 거쳐서 드디어 승리의 전망을 획득한다는 생활의 진실을 자주 잊어버리게 되였던 것입니다.

사회주의 사실주의는 본래부터 가장 비판적인 사실주의인 동시에 현실을 긍정하는 사실주의입니다.

사회 발전에 있어 비판이 없이는 전진이 있을 수 없는 것처럼 문학도 사회 현상을 비판함이 없이는 존재할 수 없습니다. 그렇지 않으면 문학의 사회 교육적 기능을 상실하고 말 것이기 때문입니다.

이러한 사회주의 사실주의의 강력한 측면인 전진 운동으로서의 비판성을 마비시킨 데서부터 현실의 미화와 도색이 나왔으며 임의로 만들어진 리상적 주인공이 작품의 가장 모범적인 주인공으로 등장하게 되였습니다.

물론 리상적 주인공이 나쁘다거나 존재할 곳이 없다는 것이 아니라 죄는 작가들이 가상적으로 완전 무결한 인물을 만들어서 그를 현실 생활과 리탈시키는 데 있습니다. 이러한 원인은 우리들이 현실 생활을 철저하게 모르고 있는 데서 오는 것이며 생활의 진실, 현실의 본질을 파악하는 변증법적 인식의 부족에서 오는 것이며 예술적 재능과 창작 경험이 부족한 데서 오는 것입니다.

우리가 현상의 표면이나 포말에 사로잡힘이 없이 현실의 본질을 똑

바로 인내성 있게 응시한다면 그것은 결코 우리가 작품에서 취급하는 것처럼 단순하지는 않습니다. 생활에서 모범을 보이고 있는 긍정적 인물의 내부 세계를 치밀하게 연구하여 보면 복잡한 심리와 성격과 지향이 모순과 갈등 속에서 발전되어 나가고 있습니다.

그런데 적지않은 우리 작품의 주인공들의 사고와 생활과 움직임이 그처럼 단순하고 그처럼 일면적이며 직선적인 것은 작가들이 현실 긍정이라는 일면에 사로잡혀 피상적으로 생활을 속단하며 작가가 임의로 현실을 빚어 만드는 데서 오는 것입니다. 그리하여 흔히 정치적 구호와 인민의 희망적 관점을 속단함으로써 현실을 미화하고 겉치레하는 도식에로 떨어지게 되는 것입니다. 혁명적 민주주의자이며 위대한 사실주의 작가인 박연암은 "수박을 겉으로 핥고 호도를 통채로 삼기는 그를 데리고 맛을 의논할 수는 없으며, 이웃 사람의 털옷이 부러워서 한여름에 빌려 입고 나서는 그를 데리고서는 계절을 이야기할 수 없으며, 화상을 만들어 놓고 거기다 암만 의관을 씌워 놓아도 천진한 어린아이들이 속지 않는다"라고 벌써 170여 년 전에 도식주의와 형식주의의 해독에 대하여 경고를 주었습니다. 실지 현실의 영웅이나 모범적 인물들이 모두 저마다 각이한 운명을 걸어 왔으며 독자적인 사고와 고난과 난관을 거쳐서 긍정적 면을 발휘하게 된 것처럼 문학 작품의 주인공도 내면적 갈등과 비판적인 세례를 받고서 긍정 인물이 될 때에야만 진실성을 가지고 인민에게 산 교양으로 됩니다.

바로 『괴멸』의 주인공 레빈손이 그러했고 『강철은 어떻게 단련되었는가』의 꼬르챠긴이 그러한 인물입니다. 그들은 자기들의 초상만이 각이했던 것이 아니라 그들의 성격이 사회적 환경의 온갖 곤난과 장애와 충돌되는 데서, 성장하는 과정에서 각이하게 형성되었습니다. 우리는 그들에게서 산 심장을 느끼게 되며 우리와 흡사한 심리 상태를 발견하게 됩니다. 때문에 그들의 고민은 우리의 고민으로 되며, 그들의 환희는 우리들의 환희로 되면서 그 뚜렷한 개성이 예술적 일반화를 갖고 우리를 그처럼 감동시키는 것입니다.

변희근의 「보리 마당」이나 강형구의 「출발」 같은 단편들은 모두 개인농의 협동 조합에 들어가는 사회적 문제성을 제기하면서도 결국은 현실 생활의 복잡하고도 다양한 풍모들을 왜소하게 하는 결과를 가져오고 있습니다. 그것은 이 작품들이 사회주의 사실주의의 현실 긍정면만을 고집하고 사물에 대한 변증법적 인식이 없고 준렬한 비판적 정신을 포기했기 때문입니다. 개인농을 어서 하루 바삐 협동 조합에 가입시켜야겠다는 정치적 긴급 과업만을 념두에 두고 너무도 조급히 이 결론에 달려 갔기 때문에 농민의 의식 속에 그처럼 뿌리 깊이 박혀져 있는 소생산자적인 개인 소유의 낡은 심리적 잔재도 비판함이 없이 그저 작중의 인물을 정치적 구호의 전성관으로 만들어 버렸습니다. 이런 데서는 도저히 생활의 진실이 반영될 수 없습니다.

어떤 국가적 행사나 명절날에 바치는 시를 쓸 때 김우철, 김북원, 박문서, 홍순철, 원진관 등 시인의 시들이 서로 두 개의 물방울처럼 흡사한 구호시로 된 원인도 여기에 있습니다.

그것은 이 시인들이 개성적으로 노래하지 못하고 다만 명절날의 일반적 의의만을 서술하기 때문입니다.

오랜 시 창작의 경력을 가지고 벌써 해방 전에 「진달래」, 「산제비」, 「강동의 품」과 같은 개성적인 훌륭한 작품을 내놓은 시인 박팔양, 박세영, 안룡만 같은 동무들도 최근에 이와 류사한 시들을 발표하고 있는 사실은 유감한 일이 아닐 수 없습니다.

시인은 시위날의 프랑카트를 높이 쳐들은 행렬의 기수가 아니라 인간 정신 내부의 가장 훌륭하고 아름다운 것들, 매 개인의 다양한 개성, 그리고 특히 이 모든 것들을 조성하는 힘을 우람차게 노래하는 가수인 것입니다. 그러기 위해서는 현실을 대하는 시인의 사고가 유물 변증법적 세계관에 립각하여야 할 것이며 생활에서 새 싹을 비판적으로 포착하여 내는 능력을 구비해야 할 것입니다.

더구나 갈등을 자기의 생명으로 하는 극 작품에서 현실 긍정에만 조급하고 비판성을 포기할 때 우리는 리동춘의 「새길」과 같은 현실 미화의 작품을 대하게 됩니다.

이처럼 사회주의 사실주의 창작 방법을 현실 긍정의 면에서만 보려는 데 우리 작품의 일부를 도식주의의 함정에 떨어뜨리게 한 주요한 요인이 있습니다.

때문에 우리의 일부 도식주의적 작품들은 생활을 몰리해하고 그의 변증법적 발전을 무시하고 다만 자기식으로 현실을 겉치례했습니다. 고난과 부닥치면 도피하거나 눈을 감거나 그렇지 않으면 그 고난를 허위적으로 감소하거나 하면서 사람의 의식 속에 잠복한 완강한 낡은 잔재와는 정전 협정을 체결하고 말았습니다.

이것이 사회주의 건설을 방조하는 문학이 될 수 없는 것은 자명한 사실입니다.

이와 같은 결과는 사회주의 사실주의의 각양한 기능을 일면적으로 적용한 데만 그의 중요한 착오가 있는 것이 아니라 우리들이 지금까지 문학에 있어서의 전형성 문제를 아주 그릇되게 인식한 데도 있습니다.

다 아는 바와 같이 맑스-레닌주의 미학의 중심적 문제의 하나는 전형성 문제입니다. 사회주의 사실주의의 문학의 발전 여하는 오로지 이 문제의 성과적인 해결에 달려 있으며 정확하고 심오한 이 문제의 인식은 예술 작품의 사상적 예술적 수준의 제고를 위한 투쟁을 크게 고무하게 될 것입니다.

그런데 우리는 한때 선진 쏘베트 문학 리론 중에서 일부 평론가들이 범한 오유를 기계적으로 답습함으로써 전형성 문제를 정치성의 발현으로만 인식했으며 전형화의 방법은 반드시 과장하여야만 되는 줄로 알아 왔습니다.

여기서부터 우리는 부지부식간에 생활의 다양한 모습과 그의 변증법적 발전 과정을 거부하게 되였으며 력사적 구체적 환경을 망각하는 결과를 가져 오게 되였습니다.

이것은 곧 창작에서의 개성적 다양성을 포기하고 일정한 도식을 안출하여 이와 대치하는 후과를 가져 왔습니다.

전형화는 개성적이며 구체적이며 감흥적인 미학적 형식으로 생활 현상과 개성을 일반화하고 그 일반성을 다시 개성화하는 예술에서의 창작 수단인 것입니다.

전형적 형상에는 현실 생활의 보다 성격적인 특질이 반영되여야 하며 어디까지나 현실의 기계적 재현이나 사진식 복사가 허용되지 않습니다.

보다 전형적인 것은 현실의 특질을 보다 광활하게 보급하되 그것은 시종 선명한 개성, 개별적인 운명, 뚜렷한 화폭의 본질을 해부하여 놓아야 합니다. 도식적인 작품들은 우리 생활의 특질을 전형적으로 보일 수 없습니다.

왜냐하면 그것은 현상의 외피를 겉핥기만 하고 심오한 내면 세계를 드러내지 못하기 때문입니다.

우리의 일부 작품들이 따분하고 저조하며 류형적이며 도식적이라는 독자들의 항의는 정당한 것입니다. 그러한 결함들은 현실을 반영함에 있어서 자기의 독자적 법칙을 소유하고 있는 문학 예술의 특수성에 대한 작가들의 홀시와 무지에서 유래하는 것입니다.

그리고 그 홀시는 전형성을 정치성의 발현으로만 본 결과이며 이것은 나아가서 전형적인 것을 다만 사회 력사적 현상의 본질에 귀착시키여 문학 예술을 다른 리론 과학 및 선진 수단들과 동일시했을 뿐 아니라 그것은 동시에 문학 작품을 사회학적 비속화의 견지에서만 평가하고 규격화하는 견해에 길을 열어 주게까지 되였던 것입니다.

우리들은 여기서 우리의 일부 평론가들이 왕왕 문학 작품을 다만 사회학적 견지에서 그 주제를 해설하고 그 주제의 의의로써 작품의 가치를 규정하는 일들이 얼마나 많았던가를 상기할 필요가 있습니다.

여기서부터 작품에 담겨진 작가가 말하려는 의도와 내용만 좋으면 형상성과 형식 표현 등 일체의 기교는 비난하지 않으려는 페풍도 생겨 나왔습니다.

그런데 우리 작품 가운데 과연 어떤 작품이 그렇게 내용이 나빴습니까? 모두가 다 좋은 주제를 들고 해설했던 것이며 모두가 다 잘 일하고 평화스럽게 잘 사는 내용이 아닙니까? '적극적 주제'니 '기본 주제'라는 작품의 사회학적 견지에서의 평론은 사회주의 사실주의를 다만 현실 긍정의 창작 방법으로 해석하는 것과 또 그 긍정을 일면적으로 강조하게 하는 것과 마찬가지로 모두 예술을 기성적인 어떤 '틀'에 맞출 것을 강요하는 결과를 가져 오게 하였습니다.

그런데 우리 일부 작가들은 생산 문제와 관련된 자료의 산더미 속에 주인공을 틀어 박아 숨 막히게 하는가 하면 창의 고안 운동의 단순한 해설이나 선진 영농법 혹은 어떤 금방 발표된 법령을 해설하는 데 자족하고 있습니다.

조정국의 단편 「싹」이나 허춘, 김덕운 합작의 희곡 「세멘트」 등이 사회주의적 의의, 정치성의 발현 등을 작품에서 일면적으로 강요하고 예술적 형상성을 잊어버린 나머지 결국은 생산 과정만을 번잡스럽게 진렬하는 결과를 가져 왔으며, 가끔 시사적인 문제를 들고서 비교적 성과를 내군하는 변희근도 최근 그의 단편 「안해」에 와서는 조급한 정치적인 안목에 사로잡혀 인물들을 생동하게 전형적으로 살리지 못하고 해설로써 인물을 처리한 불만을 우리들에게 주고 있습니다.

전형적인 것을 다만 사회 력량의 본질로서만 귀착시키는 정의는 개성화의 요구를 무시하게 되며 번쇄 철학적인 오유를 범하게 됩니다.

예술 작품에서 전형화는 일반화와 개성화의 유기적 통일에서 지어지며 그 어느 것이 앞서고 뒤서는 것이 아니라 호상 유기적으로 침투되면서 동시에 진행되는 데 그 특성이 있습니다.

이것은 작가들이 이러저리한 형상의 물결에서 본질적인 것을 캐여내며 그것들을 호상 련계 속에서 예술화하는 능력을 말합니다.

적은 진실을 많이 라렬하고 생활의 중요 진실을 망각할 때 작품은 잡다하여지며 전형적 성격을 모호하게 만들고 맙니다.

박연암은 이에 대하여 "글 하는 사람의 중요한 결함은 항상 방향을 못잡고 요령을 얻지 못하는 데 있다. 방향을 못 잡으면 한 글자도 쓸 수 없어 지둔하고 난잡하지 않을 수 없으며 요령을 얻지 못하면 아무리 세밀하게 늘어 놓더라도 결국 중심점을 흐리게 하고 만다. 이는 마치 패퇴하는 장수가 길을 잃어버린 동시에 탔던 말이 가지 않으며 적군의 긴장한 포위 속에서 뚫고 나갈 기마대가 먼저 도망한 것과 같다"고 말하였습니다.

또 하나 우리의 작품을 도식적 구호적으로 만든 리론적 면에서의 오류는 전형적 형상 창조에서 의식적 과장은 모든 쟌르에서 필수적이라는 독단주의였습니다.

　이러한 번쇄 철학적인 견해는 많은 작품의 종말을 피상적인 락천주의에로, 무사 태평주의에로, 경사로운 종말로 결속짓게 하는 결과를 가져 왔습니다.

　연극에 등장하는 당 위원장은 대개는 행동은 하지 못하고 결정서를 전달하는 정치적 확성기로 되였으며 대부분의 긍정적 주인공은 별로 한 일도 없이 종말에 가서 꽃다발을 안기우거나 어딘가 공부를 가는 경사로운 종말로 미화되며 시에 있어서의 서정적 주인공은 "앞으로 나아가자!"하고 웨치는 데 그치는 것도 이 의식적 과장설이 모든 쟌르에 기계적으로 적용되였기 때문입니다.

　여기서부터 우리 문학에도 개인 우상화가 나타났습니다. 력사적 탁월한 인물을 그리거나 전투 혹은 로력에서의 영웅, 그리고 어떤 특수한 인물을 그리는 데 있어서 생경한 정치적 개념에만 사로잡히고 구체적이며 개성적인 감동적 형상을 주지 못했기 때문에 공허한 웨침, 감정의 허위적 호소, 아첨적인 우상화를 피치 못하게 되였습니다.

　이것 역시 긍정적 면의 의식적 과장이라는 명제 밑에 저질러졌으며 예술의 정치성을 그야말로 다만 정치적으로만 강조하고 문학 예술의 고유한 특성과 감성적인 표현과 개성적인 독창적 형식을 경시한 데서 생겨난 현실 미화의 도색으로 떨어지고 만 것입니다.

　예술에서의 의식적 과장은 희극이나 풍자 같은 사회 비판적 쟌르에서는 절대적으로 필요한 수법입니다.

　그러나 이것이 모든 쟌르에 한결같이 평등적으로 적용될 때 작품은 생활의 진실을 담지 못하게 되며 도식에 빠지게 됩니다.

진정한 사회주의적 락천주의는 이처럼 의식적으로 과장된 경사로운 종말에 있는 것이 아니라 주인공의 적극성, 그의 보람찬 행동, 그의 부단한 사색이 세계 변혁, 즉 혁명에로 지향되는 때 개화되는 것입니다.

사회주의적 락천주의는 디켄쓰의 과장된 경사로운 종말에 있었던 것이 아니라 파제예브의 『괴멸』과 『청년 근위대』의 영웅적인 비극적 종말에 깊이 숨쉬고 있습니다.

"매 얼굴 — 이는 찌쁘다. 그러나 그와 동시에 그것은 완전히 개성이 되어야 한다"라고 엥겔스는 예술의 전형화에 대하여 말했으며 레닌은 이에 대하여 "예술 작품의 모든 진수는 개성적인 환경에서 성격의 분석에서 그 찌쁘의 심리에서 찾아야 한다"라고 지적했습니다.

이 귀중한 교훈을 살려서 일반성을 포괄한 하나의 찌쁘, 개성적인 일반적 전형화를 창작에 구현하려면 작가들은 무엇보다도 사물에 대한 변증법적 관찰력을 가져야 하며 사회주의 사실주의가 예술 창작에 보장하여주는 온갖 위력 있는 무기 — 즉 창조적 이니시야티브의 발휘, 각양한 형식, 쓰찔의 다양성, 쟌르 선택의 특별한 가능성 등을 자기 것으로 소유하고 자유롭게 구사할 줄 알아야 할 것입니다.

문학 예술의 특수성을 고려하지 않고 정치적 명제와 문학의 주제를 직접적으로 동일시하며 작품의 쓔제트와 주인공의 운명을 정치적 구호로 도해하는 그런 도식주의를 다시는 허용해서는 안 되겠습니다.

도식주의는 생동한 문학 형상을 심장과 피가 없는 창백한 시체로 만들어 버리며 자연주의와 마찬가지로 우리 작품에서의 생활적 진실의 반영을 거부합니다.

때문에 전후 우리 문학을 보다 다채롭게 보다 풍부하게 보다 만발하는 화원으로 만들려고 할 것 같으면 무엇보다도 우리 대렬에서 도식주의를 추방해야 하겠습니다.

그러나 아직 우리들 가운데는 문학에 있어서의 도식주의의 해독성을 절실히 깨닫지 못하는 폐단이 적지않습니다.

어떤 사람은 내용이 좋으니 형식은 부차적 문제가 아니냐고 하는가 하면 또 어떤 누구는 내용은 좋지만 형식이 부르죠아적이라고 하며, 세 번째의 누구는 형식은 훌륭하지만 내용이 나쁘다고 합니다. 이것은 모두 정리되지 않은 잡다스러운 견해들인 것입니다.

우리한데 명백한 것은 제아무리 내용이 좋으려고 해도 형식이 커다란 정서적 영향력을 가지고 있는 감성적-구체적이며 개별적-개성적인 형상적 특징들을 구비하지 못하였을 때 그 내용은 좋아질 수 없으며 어떠한 형식이건 내용을 본질적으로 선명하게 적극 살려주는 형식이면 그것이 이른바 형식주의에 떨어질 수 없으며 그와 반대로 무사상적 내용을 담은 훌륭한 형식은 존재할 수 없다는 진리입니다.

도식주의와 함께 우리 문학 작품을 빈곤하게 하려는 위험한 적성은 기록주의적 편향입니다. 도식주의가 어떤 기성의 틀을 가지고 현실을 대함으로써 생활의 진실을 외곡시킨다면 기록주의는 예술의 형상과 생활 자체를 혼돈하면서 현실의 본질적인 것과 우연적인 것을 구분하지 못하는 자연주의의 변종인 것입니다.

여기서 속단과 억측을 피하기 위하여 도식주의의 본질과 그의 발생을 오인하는 그릇된 견해를 첨부하여 설명할 필요를 느끼게 됩니다.

도식주의는 워낙 미학적으로는 작품의 내용에 대한 속학적 견해와 직접적으로 련결되어 있는 주관주의적 창작 태도의 발현으로 되는 것입니다. 이미 밝혀진 바와 같이 문학 작품에 있어서는 작가의 사상이 곧 작품의 내용으로 되는 것은 아닙니다. 작가에 의하여 선택된 일정한 생활 현상 즉 객관적 모멘트와 작가의 세계관 — 사상 즉 주관적 모멘트가 형상적으로 통일되는 곳에 작품은 형성되는 것입니다. 그리고 형상적 형식과 그의 모든 요소들의 사명은 그 내용을 진실하고 생동하게 전달하는 데 있는 것입니다. 그럼에도 불구하고 작가의 사상이 작가의 평가를 통하여 선택되여진 생활 현상과 형상적으로 통일되여지지 못하고 작가의 사상성만이 인공적인 확성기를 통하여 직선적으로 울려나올 때에 그것은 독자들을 예술적으로 감동시킬 수 없는 도식주의적 작품이 되는 것입니다. 즉 문학 예술의 고유한 개성적인 형식, 쓰찔 등이 무시되기 때문입니다.

그런데 우리들 가운데 어떤 사람은 우리 문학의 일부를 들어 쥐고 있는 도식주의적 경향의 발생이 우리가 당의 정책 및 그에 의거한 구체적 과업을 자기 작품의 주제로 선택하는 때문이라고 잘못 인식하고 있습니다. 당의 정책이란 결국 사회 발전의 객관적 법칙에 의거하여 인민 생활의 리익을 집중적으로 표현하는 것입니다. 오늘 우리 당의 정책은 실지 생활 속에서 항상 인민 대중에게 접수되여 거대한 물질적 력량으로 장성되고 있으며 새로운 것의 전진 운동을 촉진시키고 군중 가운데서 무수한 새로운 인간 찌쁘를 육성하여 주는 거대한 역할을 놀고 있습니다. 인간 생활의 반영인 우리의 문학이 우리 나라의 이러한 산 생활과 불가분리의 관계에 있는 당의 정책을 자기 작품의 주제로 도입한다는 것은 당연한 일입니다.

다만 문제는 그 당의 정책 — 즉 생활의 목적을 인간의 산 현상 즉 그것을 사고하고 실천하는 성격의 창조로써 뵈여 주지 못하고 그 정책의 복사로써 그 정책 해설로 인간을 조종하고 성격화하려는 데서 도식주의는 파생되는 것입니다. 더구나 작가의 고유한 형식 쓰찔 구성 등이 선택되지 못하였을 때 그 작품은 벌거숭이 전성관이 될 수 밖에 달리 도리는 없을 것입니다.

우리들은 우리 문학을 좀먹는 도식주의와 기록주의적인 편향을 급속히 퇴치하기 위하여 하루바삐 경쟁적으로 매 작가마다 기교 연마에 주력을 기울여야 하겠습니다. 훌륭한 사상적 내용을 충분히 개성적으로 살리는 데 손색이 없는 직업적이며 전문적인 고도의 기술을 체득하여야 하겠습니다.

이름을 보지 않고도 곧 그 작품의 작가를 알아낼 수 있는 문장의 고유한 쓰찔을 체득하여야 하겠으며 다채롭고 특출한 구성과 형식으로써 현실의 보라색 분식이나 인위적 과장이 없이 비판적으로 생활의 진실을 작품 속에 반영하여야 하겠습니다.

그러기 위해서는 무엇보다도 꾸준한 작가적 노력이 있어야 하겠습니다. 우리 중의 카프 시대에 활약한 작가들은 자기들의 문학 수업을 가시덤불로 된 '좁은 문'을 거쳐서 쌓아 올렸습니다.

그 당시에 있어서는 작가의 사업을 고귀한 정신적 창작으로 평가하는 제도는 고사하고 호구할 수 있는 원고료의 보장도 거의 없었습니다.

그리고 카프 작가의 문학 활동의 보수로서 기다리고 있는 것은 투옥과 고문이였을 뿐입니다. 그러나 당시의 작가들은 문학을 위대한 일반적 프로레타리아 사업의 한 부분으로 사회 발전 또는 혁명의 '하나의 유일한 바퀴의 라사못으로' 알고 창작을 신성한 투쟁으로 했으며 투쟁을 창작으로 알았습니다.

그런데 오늘 해방후 우리 작가들이 처해 있는 환경은 어떻습니까? 우리들의 사회적 위치는 얼마나 달라졌습니까!

정말 문학을 안일한 분위기 속에서 취미적으로 하려는 소시민적 근성을 송두리채 빼여버려야 하겠습니다.

5. 작품의 문제성에 대하여

동지들!

나는 우리의 일부 작품들이 따분하고 저조하며 류형적이며 도식적이라는 독자들의 비난을 정당한 것이라고 다시 한번 접수합니다.

우리 일부 작품이 재미 없는 병집을 나는 문학에서의 문제성의 결여에서 찾아 보려고 합니다.

최근 대회를 앞두고 우리 중의 일부 시인들과 평론가들 사이에는 서정시를 중심으로 론쟁이 벌어졌었습니다. 누구는 서정시에 있어서의 서정적 주인공은 시인 자신을 말한다고 고집했으며 그와 의견을 달리하는 사람은 서정적 주인공은 시인 자신도 되며 그 어떤 제삼자도 되여 나아가서는 군중의 대변인으로도 된다고 주장했습니다. 그러던 나머지 이번에는 서정시에 갈등을 요구하는 것은 독단적인 주관설이라고 론박하면, 그를 반대하는 의견으로서는 서정시에서 새것과 낡은 것의 모순 갈등이 반드시 직접적인 형태로 노래되여야 하는 것이 아니라 현실의 인공적 도색을 거부하는 것이라고 답변하고 있습니다.

나는 이러한 론쟁들이 모두 작품의 기본 빠포쓰로 되는 문제성과 긴밀히 련결되여 있다고 생각합니다.

내가 말하려는 작품의 문제성이란 어떤 작품의 쓔제트를 도해하면서

나가는 정책이나 생산 문제의 시기성을 념두에 둔 것이 아닙니다.

내가 말하려는 작품에서의 문제성이란 인간의 개별적 운명까지를 포괄하는 인류의 일반적 진리, 항구적인 사회적인 문제성을 념두에 둔 것입니다.

문학 작품에서의 문제성 여부는 그 작품이 가지는 생명의 장단을 결정하는 데도 주요한 비결로 됩니다.

작품의 문제성은 작가의 철학적 사색과 깊이 련결되여 있습니다. 작가의 사색이 인간과 사회의 특수적 개별적인 것과 동시에 일반적 보편적인 것을 포괄하는 철학적 사고의 심오성을 가지면 가질수록 작품의 문제성도 심각하여질 것이며 정중하여지는 것입니다.

작품의 문제성은 또한 언제나 개성화할 수 있고 일반화시킬 줄 아는 작가의 비상하고 특출한 형상적 수단과도 직접적으로 련결되여 있습니다. 작가에게 형상력이 결여되였을 때 제기된 문제성은 공허한 구호로 변하며 집행되지 않는 결정서로 화하고 말기 때문입니다. 개성적이면서도 강력한 일반성을 가진 창조적 생활을 거쳐서야만 작품의 문제성은 인류의 심금을 울리는 철학적 사색으로 됩니다.

물론 「보리 마당」, 「출발」 같은 단편 소설에도 문제성은 있습니다. 그것은 개인농들이 협동 조합에 들어 감으로써 우리 나라 농촌 경리는 부강하여진다는 문제성을 가지고 있습니다. 그러나 이러한 긴급하면서도 당면한 문제성이 개인의 심각한 내면적 세계의 발굴이 없이 전달될 때 우리는 거기서 사회적인 문제거리로서 흥분할 수 없습니다. 거기에는 철학이 후퇴하고 사색이 빈곤하여지고 다만 시사성의 해설만이 뼈따귀처럼 앙상하게 드러나기 때문입니다.

작품의 문제성은 언제나 계급적인 두뇌 인류의 고상한 인도주의에 안받침되여져야 합니다. 이것이 훌륭하게 심각하게 작품의 기본 빠포쓰를 이루울 때 사소한 문제성도 사회적 반향을 일으키게 되며 모든 계층의 심장들을 한결같이 격동시켜 줄 것입니다. 이러한 의미에서도 박연암의 작품들은 고전적 구감으로 됩니다.

작가는 「량반전」에서 단지 량반들의 무위하고 추악한 생활면들을 폭로했을 뿐만 아니라 인간의 로력을 착취하고 무위 도식하는 곱사둥이와 같은 봉건적 통치 계급은 소멸되여야 하며 소멸되면서 있으며 그 대신 다른 새 시대가 오고야 만다는 사회적 문제성을 크게 취급하였으며 명작 「범의 꾸중」에서는 위선이라는 죄악을 사회적으로 넓게 문제화했습니다. 박연암의 작품이 오늘 우리들한데 애독되는 원인은, 그가 풍자 작가로서 예리한 비판성, 풍부한 해학성, 특출한 구성과 독창적인 문장의 힘을 가진 데도 있지만 결국 교양적 미학적 큰 요소들은 그의 인도주의와 결부된 사회적 문제성에 있습니다.

쉑쓰피어의 「오셀로」도 속학적 사회학적 견지에서만 본다면 오셀로의 데즈데모나에 대한 사랑과 질투, 즉 한 남편의 안해에 대한 멜로드라마로 되고 말 것입니다. 그러나 그 탁월한 극문학이 수백년을 두고 모든 사람을 흥분시키는 것은 오셀로의 데즈데모나에 대한 살해가 야고의 그 악독한 개성에서 구현된 중상과 비방과 리간이라는 간악한 죄악에 대한 불타는 증오와 인간에 대한 믿음이라는 높은 인도주의적 문제성으로 형상화되였기 때문입니다.

작품의 문제성을 살리려면 작자는 풍부한 예술적 환상의 소유자로 되여야 합니다. 예술적 환상은 생활의 진실을 선명하게 완전하게 보이기 위하여 절대로 필요한 주요 창작 수단입니다.

창작적 환상은 언제나 자기 주관적 기호에서 되는 것이 아니라 목적

지향성과 유기적으로 련계되여 있습니다.

예술적 환상은 작가의 사상이 원숙하여질 때에만 날개를 펼치는 법입니다.

작가의 사상이 영웅주의적으로 여물었을 때야만 작품의 주인공들은 영웅적 행동을 하게 될 것입니다. 그렇지 못하고 주인공이 별반 곡절과 풍파 없이 허풍선처럼 공훈을 세운다면 그것은 작중의 주인공이 허수아비처럼 작자의 조작에 의하여 탈춤을 춘 데 불과할 것입니다.

여기서는 예술적 환상이 날개를 펼 수 없으며 생활의 진실을 폭 넓게 선명히 보여 줄 수 없습니다.

김영석의 『젊은 용사들』이나 윤세중의 『도성 소대장과 그의 전우들』에서 우리 인민 군대들은 용감하며 대담하며 빛나는 공훈들을 많이 세웁니다. 그러나 이 작품들이 작가들의 착상이나 의도와는 어긋난 방향을 독자들 가운데서 일으키고 있는 것은 거기 취급된 내용이 무사상적이거나, 비전형적이거나 혹은 군사 규정에 맞지 않기 때문이 아닙니다.

그 원인은 다름아닌 작가들의 사상이 주인공들의 영웅적 행동을 발현시킬만큼 영웅적인 것으로 원숙되지 못한 데 있으며 때문에 그것은 두드러지게 형상화할 예술적 환상이 꽃피지 못했기 때문입니다. 그것은 또 쉽게 말해서 조국에 대한 사랑이라는 커다란 개념이 작자의 문제성으로서 이 작자들에 의하여 제기되지 못한 데 있습니다.

인물의 특징, 성격의 특유성은 결코 초상의 외면적 설계로서는 형성되지 않습니다. 꼬마 전사의 일상적 습관이나 외모를 아무리 섬세하게 묘사해도 꼬마 전사의 성격은 개성화되지 못합니다.

주인공의 독자적인 생각, 그 인물의 고유한 심리 과정이 묘사되지 않고는 예술의 개성화도 있을 수 없으며 문제성의 예술적 일반화도 기대할 수 없습니다.

주인공의 독자적인 생각이 없거나 생활에 대한 개성적인 관계가 없다면 어떻게 주인공의 개성이 생기겠습니까! 독자들은 문학 예술 작품에서 생활적 진실을 느낄 뿐만 아니라 미학적 감흥을 받으려고 합니다. 그런데 그렇게 만드는 것은 다름아닌 우리를 흥분시키는 작품의 문제성이며 정서이며 심리 묘사입니다.

인류의 환희와 고통, 행복에로의 지향과 원쑤에 대한 증오, 이와 같은 미학적 사회적 문제성과 결부되지 않을 때 작품의 갈등은 우연한 충돌로 떨어지고 맙니다.

갈등은 모든 쟌르의 문학 작품에서 문제성을 두드러지게 하며 특히 극 문학에서는 심장과 같은 역할을 놀고 있습니다.

우수한 작가의 첫째가는 능력은 생활을 온갖 모순 속에서 보며 거기서 정당한 갈등을 찾아내는 힘입니다. 여기서 생활의 진실이 반영됩니다. 생활의 진실을 쓴다는 것은 생활 속에서의 난관, 그의 모순, 그의 갈등을 보며, 그것을 자기 작품에 진실하고 정직하게 반영함을 의미합니다. 만약 작품에 거대한 생활적 갈등이 반영되지 않는다면 긍정적 주인공의 활동은 없고 그는 결국 실재적이 아닌 사람으로 되고 말 것입니다.

작가들이 생활의 흐름에서 이때까지 누구도 알아 내지 못했던 새로운 갈등을 발견했거나 이전에는 발견되지 못했던 새로운 생활 측면과 방금 발생되고 있는 새로운 현상들에 자기 주목을 돌리게 되고 그것들을 심각하게 다면적으로 또한 독창적으로 형상화하게 되면 작품의 첫 성공은 약속될 것입니다.

그러나 모든 훌륭한 조건들도 작가의 높은 인도주의적 문제성과 결부되지 않으면 그만치 작품의 생명은 무게 있게 되지 못할 것입니다.

물론 서만일의 희곡 「가족」이나 박령보의 희곡 「젊은 세대」나 리북명의 소설 「새날」에도 우리 사회의 전진 운동을 지체시키는 낡은 것과 그것을 극복하고 나아가려는 새것과의 갈등은 있었습니다.

　그러나 이 작품들에는 그 새것의 힘을 일반화하는 문제성이 심각하게 안받침되어 있지 못했습니다. 따라서 작품은 우리를 교양하여 주는 커다란 사회적 흥분에로 이끌어 주지 못했으며 달리는 도식주의에로 떨어지고 말았던 것입니다.

　더구나 백인준의 희곡 「최 학신의 일가」는 숭미 사상을 폭로하는 것이 작가의 의도였으나 옳바른 사회적 문제성을 제기 못했을 뿐만 아니라 계급 투쟁에 대한 문제성이 적 진영 내부의 자연 소멸에로 잘못 설정되었기 때문에 갈등은 단순한 개별적 충돌에로 전락되고 말았던 것입니다.

　우리들의 소설이나 연극에서 그 많은 주인공들이 로력에 대하여 말할 때 기술 전습서를 읽는 것 같고, 심지어는 달밤에 사랑을 속삭이는 장면에 가서도 우리의 정서적 공명을 자아내지 못하는 것은 모두 그 죄가 작가의 원숙한 사상에서 울려나오는 인류의 항구적인 문제성과 인연이 없이 피상적으로 그려졌기 때문입니다.

　문학 작품에 있어서의 미학적 사회적 철학적 문제성은 비단 산문이나 극 문학 쟌르에만 요구되는 것이 아닙니다.

　만약 어떤 단시의 개성적이고 독특한 시상이 서정적으로 우리를 감동시킨다면 우리는 반드시 거기서 작가가 제기하는 문제성과 만나게 될 것입니다.

　동지들!

　우리는 여기서 잠간 우리 평론가들의 사업에 주목을 돌려야 하겠습니다.

우리 평론가들은 그 수효가 아주 적은 데도 불구하고 많은 평론 활동들을 하고 있습니다.

그러나 그들의 활동이 독자와 작가들을 만족시켜 주지 못하는 것은 그들이 실로 자기 평론에 문제성을 들고 나오지 못하는 데 있습니다.

우리는 작품 주제의 시기성이나 쓔제트의 시사성을 해설하는 평론과는 자주 만나게 되나 그 작품에 깊이 깔려 있는 작가의 철학적 사색과 작가가 내놓은 사회적 문제성을 일반화하고 특징짓는 평론은 만나기 힘듭니다.

일부 평론가들의 이러한 피상적 평론 활동은 세 가지 약점에서 생겨난다고 보아도 무방할 것입니다. 그 첫째는 평론가들이 현실 생활을 모르는 데서 평론가로서의 철학적 사색과 미학적 관점을 빈곤하게 만드는 점에 있습니다.

두번째는 선진 문학에서 론의되는 명제들을 기계적으로 받아 들여서 맹목적으로 추종하는 나머지 독단주의에 떨어지는 점이며, 세째로는 사회학적 비속화의 관점으로 이 일면만을 안일하게 적당하게 해설 처리하려는 데서 적당히 작품의 쓔제트나 설명하는 데 그치고 마는 것입니다.

그런가 하면 사소한 론쟁에 어성과 핏대를 돋구거나 작가를 질식시킬 독설을 퍼붓습니다. 이것은 론쟁의 예리성을 얻으려는 데서 오는 것인지 모르나 원칙적인 문제성이 없는 곳에 평론은 예리하여질 수 없습니다.

평론가들은 자신들로부터 현실 생활의 연구로써 자기들의 생활 경험을 풍부히 하고 군중적 관점으로 시야를 넓히며 작가에게 미학적 사회적 문제성을 제기하는 동시에 독자들의 독서에서 얻은 교양을 조직하여 주어야 하겠습니다.

그리고 나는 여기서 아울러 작가들이 평론 사업에 적극 참가할 것을 거듭 강조합니다. 이 길만이 우리 문학 평론 활동을 더욱 활발하게 할 것입니다. 이렇게 하려면 우선 작가이건 평론가이건 일체의 안일성을 버려야 하겠습니다.

안일성은 생활로부터 우리를 리탈하게 하며 사회주의 문화 건설의 긴요한 과업에 대하여 우리를 무책임하게 하며 악과 이색 분자들과의 투쟁에서 저항력을 상실케 하며 집단에서 도피를 낳게 할 것입니다.

뿐만 아니라 안일성은 우리들이 당 문예 정책을 받들고 현재 조선 문학을 건설하는 전투 부대로서의 정예성을 마비케 할 것입니다.

6. 동맹 지도 사업 개선에 대한 몇 가지 제안

동지들!

나는 마지막으로 우리의 모든 창작 사업을 더욱 왕성하게, 더욱 정력적으로, 더욱 원만하고도 합법적으로 진행시키기 위하여 동맹 지도 사업에서의 몇 가지 개선안을 내놓으려 합니다. 동무들의 집체적인 협의에 의하여 대회를 계기로 하고 동맹 지도 사업에 획기적 전환을 가져오도록 할 것을 기대합니다.

첫째로 동맹 중앙 위원회 상무 위원회의 역할과 기능을 개편하여야 하겠습니다. 현재까지의 상무 위원회의 위원들의 실질적인 지도 사업에의 참여가 없고 또 그들이 동맹 실정에 어두움으로 해서 문제가 제기된 후이거나 이미 채택된 결정을 형식적으로 거수 가결하고 통과시키는 그런 죽은 기구로 되었습니다.

여기서부터 동맹 지도부에 집체적 협의와 집체적 결정이 원만하게 수행되지 못하는 약점을 가져 오게 되었습니다.

이번 대회에서는 새로운 상무 위원회를, 실질적으로 나와서 일상적 사업과 련계를 맺을 수 있는 해당 쟌르의 권위자로써 선거 구성하고 그 위원들로 하여금 한 주일에 적어도 2회씩은 동맹에 나와서 자기 기능에 따라 분과와 출판사 사업에 지도적 방조를 주게 하여야 하겠습니다.

다음은 각 분과들의 창작 지도 사업인바 현재 우리가 하는 지도 방식은 현 실정에 맞지 않으며 이미 낡았다는 것을 승인하지 않을 수 없습니다.

각 분과 위원회들은 동맹내의 핵심 부서로서 문학상에 제기되는 문제들에 대한 리론적 지도와 창작 지도 사업이 기본 임무인 데도 불구하고 종래에는 보다 많이 행정 사업에만 몰두하였습니다.

동맹의 행정 사업이 작가들의 창작 사업에 충분히 종속되지 않았기 때문에 사무 기관화하는 경향조차 나타내고 있었습니다. 작가 동맹은 무엇보다 창작 사업을 위한 자기들의 집단인만큼 작가들의 창작상 문제들이 항상 활발하게 토의되여야 할 것입니다.

각 분과 위원회는 종래의 일률적, 평균주의적 원고 륜독 사업에서 한 걸음 벗어나야 하겠습니다. 특별히 위원회에서 자기 원고를 집체적으로 검토하여 줄 것을 희망하는 작가를 제외하고는 모든 작가의 원고들을 직접 해당 출판사 편집부로 넘겨 주는 데로 발전적 이행을 해야 하겠습니다.

종전 대로 매 작가가 제출하는 원고를 지방과 분과 기타에서 륜독하고 시정을 권고하는 사업방식에서는 불가피적으로 각 분과의 기능이 원고더미에 파묻히게 되며 편집부 사업을 초보적으로 대행하는 사업에서의 이중성과 몇 명 안 되는 분과 위원들의 륜독에서 오는 작품 시정 방향이 실질적으로 작가를 도와주지 못할 뿐만 아니라 때로는 작품의 개성을 죽이는 약점들이 로출되고 있습니다.

각 분과 위원회들은 종래 일률적으로 진행하던 원고 륜독 사업을 버리고 각 분과 본신 사업인 작품의 출판후 합평회, 리론적 미학적 문제의 집체적 연구 등에로 돌려져야 하겠습니다.

그러면 분과와 편집부와의 이중 관문에서 생기던 작품에 대한 의견의 차이가 작가를 혼란케하던 결점이 제거될 것이며 편집부에서의 원고 처리의 일원화는 그만큼 작가에게 집중적이며 단일적인 방조를 줌으로써 작품의 발표가 그만큼 활발하여질 것입니다.

그 대신 각 분과 위원회는 사전에 준비된 작품 합평회와 리론적 연구회에 자기 력량을 집중시키고 발표된 작품의 구체적인 분석으로써 창작 경험들을 일반화시키고 맑스-레닌주의적 미학 리론들을 구명하는 연구회들로써 리론 수준을 높이는 결과를 가져 오게 될 것입니다.

이렇게 지도 사업의 목적과 방법이 달라진다면 현재의 상임 제도로부터 대담하게 각 분과 위원회들을 비상임 제도로 개방할 수 있다고 생각합니다.

그러나 여기서 촌시라도 잊어서는 안 될 것은 이 개선은 오로지 작가들과 분과 위원들의 고도로 자각된 규률과 당적인 책임감과 사업에의 헌신적 적극적 참여를 각오하는 열성에서만 보장될 것입니다.

그러면 매일 산적하여 오는 신인들의 작품은 어떻게 처리하여야 할 것입니까?

신인들을 계통적으로 육성 지도하기 위하여 우리 동맹에는 직속 작가 학원과 기관지 『청년문학』이 있습니다. 그러나 이것으로써는 날로 장성하여 가는 신인 부대의 문학적 열의를 충당시켜 줄 수 없습니다.

동맹에는 신인 지도부를 새로 설치하여야 하겠습니다. 신인 지도부는 상임으로 되어서 일상적 지도 공작을 담당하여야 할 것이며 거기에는 각 쟌르별 유능한 중견 작가들로써 상무 지도원들을 두어야 할 것입니다. 그래서 이 상무 일꾼들은 신인들의 작품을 정독하고 필요에 의하여 꾸준한 개작을 권고할 것이며 이미 수준에 오른 작품들은 해당 편집부에 보내서 발표케 할 것이며 일상적으로 신인들과 구체적 련계를 맺고 서한 지도를 해야 할 것이며, 계획을 세워서 신인 좌담회, 문학 강연회, 창작 쎄미나르 등을 조직하여 계통적으로 체계 있는 지도 사업을 전개하여야 하겠습니다.

평론 분과 위원회와 아동 문학 분과 위원회는 자기 위원회를 전문가 외의 권위자로써 보충 강화할 필요가 있다고 생각합니다. 그것은 평론과 아동 문학 창작 사업에 많은 력량을 동원하는 데 도움이 될 것이며, 특히 평론은 문학 전반에 관한 미학적, 리론적인 문제이기 때문에 다른 작가들과 상호 접촉에서 어려운 문제를 해결하는 데 집체적 도움을 받을 것입니다.

비상임제로 된 모든 분과 위원회들은 자기들의 위원회 성원들을 지방 작가들을 포함하여 확대할 필요가 있으며 월별 계획에 의한 합평회나 연구회에 지방에 파견되어 있는 작가들을 소집하여 집체적 지혜를 동원할 필요가 있습니다.

현재 있는 각 분과 위원회 외에 역시 비상임 위원회로서 두 개의 분과를 신설할 필요가 있다고 생각합니다.

그것은 고전 연구 분과 위원회와 남조선 문학 분과 위원회입니다.

고전 연구와 문학 유산의 계승은 사회주의 사실주의 문학 발전에 있어서 중요한 부분으로 되고 있습니다.

고전 연구와 문학 유산의 계승 문제는 우리 문학 발전이 요구하는 수준에 아직 따라서지 못하고 있습니다. 그것은 현재 이 부분을 담당하고 있는 평론 분과 위원회로서는 그 기능이 약하기 때문입니다. 우리는 이 부문의 전문 일꾼들을 한곳에 집중시킬 필요가 있다고 생각합니다. 그래서 고전 연구 분과에서는 전문적으로 우리 나라의 풍부한 문화 유산을 발굴 정리하며 계승 문제의 리론적 실천적 방법들을 연구해내야 하겠습니다.

우리 나라의 민화, 전설, 속담, 민요, 동화 등등의 인민 구두 창작을 적극적으로 수집하여 출판하여야 하겠으며 거기 력사적인 고증과 해제 사업도 병행되여야 하겠습니다.

또는 과거 시기의 고전 작품들은 계속 체계를 세워 출판하는 사업도 진행하여야 하겠습니다.

현재 우리 가운데는 고전 계승 문제에 있어서 잡다한 속학적 견해가 나타나고 있는바 그중의 어떤 것은 고전 계승을 복고주의로 오인하고 있으며, 어떤 것은 고전의 현대적 개작을 서두르는 속단도 있습니다. 앞으로 생길 고전 연구 분과 위원회는 이러한 면에서 리론적 문제들로 해명하여 옳바른 고전 계승 문화 유산의 풍부한 발전에 기여하여야 하겠습니다.

우리 작가 동맹은 전 조선적 현대 조선 문학의 운명을 지니고 있으며 전 조선적 문학의 지도 사업을 담당하고 있습니다. 그럼에도 불구하고 사태는 여기까지 가지 못하고 있습니다. 우리는 오늘의 남조선 문학을 연구하기는커녕 전혀 그 실정조차 잘 모르고 있습니다.

참을 수 없는 인공적 분계선에 의하여 미군과 리승만 도당의 탄압 아래 있는 남조선 문학의 현상은 복잡합니다. 거기에는 딸라에 량심을 팔고 소위 미국식 생활 양식을 선전하는 민족 배신자로 된 작가들이 있으며 또는 현재의 생활에서 환멸을 느끼고 미제의 문화를 거부는 하면서도 염세주의 속에서 배회하는 데까단 문학파들도 있으며 민족의 량심을 가지고 남반부에서의 현존 제도를 반대하고 인민의 리익을 대변하는 애국적인 작가들도 있습니다.

　그러나 우리는 이 실정을 상세하게 알지 못하고 있습니다. 모르고서는 지도할 수도 방조할 수도 없습니다.

　우리는 이 점에서도 주인다운 배려와 세심한 주목을 돌려야 하겠습니다. 앞으로 생길 남조선 문학 분과 위원회에서는 우선 남조선 문학의 자료들을 수집하여 전문적으로 체계적으로 분석 연구하여야 하겠습니다. 그래서 남조선 문학에 대한 평론 강연회, 연구회 등을 개최할 것이며 남조선 작가들의 진보적 작품들을 우리 출판물에 게재도 할 것이며, 탄압 받는 남조선 작가들의 권리를 옹호하는 대책도 강구할 것이며, 그러한 작가들을 고무 격려하는 조치도 있어야 하겠습니다. 이러한 모든 사업은 현대 조선 문학 수립에 기여할 뿐만 아니라 조국의 평화적 통일 위업에도 기여로 될 것입니다.

　먼저 말한 각 분과 위원회들의 비상임 제도에로의 개선은 편집부 강화 사업과 혈연적 련계를 가지고 있습니다.

　종래 해오던 각 분과에서의 사전 원고 검토와 륜독이 없어진 이상 동맹 출판사 편집부는 첫째로 편집 위원회를 능동적으로 적극 운영하여야 할 것이며 작품 채택이 편집부에로 일원화된만큼 작품을 옳게 선택하고 작가에게 구체적 방조를 줄 수 있는 유능한 간부 작가들로써 편집 일꾼들을 보장하여야 하겠습니다.

동맹 상무 위원회는 편집 일꾼으로써 아낌없이 유능한 작가를 제공하는 대책을 세우는 동시에 그 작가들로 하여금 계속 현실에 접근하고 자기 자신의 창작도 보장하도록 배려 깊은 조건을 보장하여 주어야 하겠습니다.

그리고 각 기관지와 단행본 편집부는 각기 독립적인 편집 위원회와 독립적인 주필 제도로 하여 상호 긴밀한 련계와 협조를 보장하는 한편 출판의 질을 제고시키기 위한 사회주의적 경쟁을 전개하여야 하겠습니다.

마지막으로 우리는 현지 파견 작가들의 사업을 재 검토하여야 하겠습니다.

우리 동맹이 취하여 온 작가들의 현지 파견 사업은 훌륭한 조직적 대책이었습니다.

그러나 여기에서도 약한 고리가 있습니다. 그것은 작가들이 생활 속에 깊이 침투되어 많은 생신한 소재를 수집했고 고귀한 경험들을 체득하였음에도 불구하고 공작 맡은 사업 분량이 많아서 작품을 구상하고 창작할 시간이 적다는 실정입니다.

우리는 대회 기간을 거쳐서 현지 작가들의 실정을 구체적으로 료해하고 매 개인의 능력과 실정과 희망에 따라서 개별적인 대책을 세워주어야 하겠습니다. 동시에 동맹 상무 위원회는 계속 많은 작가들을 공장, 기업소, 농촌 등 생활이 들끓는 현지에로 파견하는 사업을 강화하여야 하겠습니다.

친애하는 동지들!

나는 이상에서 전후 우리 문학의 현 상태를 중점적으로 분석하였으며, 그 약점들을 지적하였으며, 동맹 지도 사업 개선에 대한 나의 초보적인 방안을 내놓았습니다. 이제는 동지들의 진지한 토론과 집체적 총의에 의해서 문제가 해결될 것이며 오직 그것의 강력한 집행이 있을 따름입니다.

조선 로동당 제3차 대회가 우리 문학 앞에 제기한 과업들을 우리 작가들은 한결같이 책임성있게 당적으로 수행하여야 하겠습니다.

우리는 우리 나라의 5개년 인민 경제 계획의 성과적 완수에 수응하는 각자의 치밀한 창작 5개년 계획을 수립하고 그의 실천을 위하여 정력적으로 완강한 작가적 노력을 자기 사업에 경주하여야 하겠습니다.

작가 동맹은 우리 당의 문예 정책을 높이 받들고 현대 조선 문학의 건설을 위한 작가들의 단결된 동맹이며 집단입니다.

우리는 작가 동맹을 창작 활동의 전당으로, 맑스-레닌주의 미학의 연구실로, 문학의 실험실로, 동지들에 대한 협조와 우애와 친선의 고향집으로 만들고 더욱 명랑하고 전투적인 태세로써 우리들의 영예로운 당적 사명을 수행합시다.

　　　　　— 한설야 외, 『제2차 조선 작가 대회 문헌집』, 조선작가동맹출판사,
　　　　　　　　　　　　　　　　　　　　　　　　　1956(1956.12.25)

천리마 시대의 문학 예술 창조를 위하여

조선 문학 예술 총 동맹 결성 대회에서 한 한설야 동지의 보고

친애하는 동지들!

오늘 우리들은 우리 나라 문학 예술 발전에 있어서 새로운 력사적 전진을 의미하는 조선 문학 예술 총 동맹 결성 대회를 가지게 됩니다.

돌이켜 보면 1946년 3월 북조선 문학 예술 총 동맹을 결성한 때로부터 15년이 경과하였으며 1953년 9월 문학 예술 각 부문의 독자적 기능을 육성 강화하기 위하여 문예총을 발전적으로 해소한 때로부터 일곱 해 반이 경과하였습니다.

이 기간에 우리 인민은 조선 로동당과 김일성 동지의 령도 밑에 북반부에서 세기적인 혁명 과업들을 승리적으로 수행하였으며 위대한 건설 사업을 진행하였습니다. 그 결과 우리의 생활은 근본적으로 전변되였으며 나라의 면모도, 사람들도, 조국의 산천까지도 다 몰라보게 변하였습니다.

해방 후 16년 간의 조선 인민의 력사는 김일성 동지가 말씀한 바와 같이 제국주의자들의 무력 침공과 온갖 침략적 책동을 격파하고 조국의 자유와 독립을 지켜 낸 영광스러운 투쟁의 력사이며 중첩되는 난관을 뚫고 페허 우에 인민들이 살기 좋은 훌륭한 새 사회를 건설한 위대한 창조의 력사입니다.

해방된 조선 인민은 김일성 동지를 수반으로 하는 우리 당의 정확한 령도하에 북반부에서 진정한 인민 정권을 수립하고 제반 민주 개혁을 승리적으로 수행함으로써 우리 나라를 세기적 락후성과 암흑 속에 몰아 넣었던 사회 경제적 근원들을 단시일 내에 청산하였습니다.

그 결과 북조선은 락후한 식민지 반봉건 사회로부터 인민 민주주의 사회로 전변되였으며 조선 혁명의 강력한 민주 기지로 발전하게 되였습니다.

이 거대한 력량은 3년 간의 가렬한 조국 해방 전쟁에서 미제를 괴수로 하는 16개 제국주의 국가들의 무력 침공을 격퇴하고 조국의 독립과 영예를 수호하는 력사적 승리를 쟁취할 수 있게 하였습니다.

미제에 의하여 도발된 3년 간의 전쟁은 나라의 생산력을 혹심하게 파괴하였으며 인민 생활을 극도로 령락시켰습니다.

그러나 중공업의 우선적 장성을 보장하면서 경공업과 농촌 경리를 동시에 발전시킬 데 대한 우리 당의 총 로선의 정확성과 전후의 중첩하는 곤난을 극복하고 당의 정확한 경제 정책을 관철하기 위한 근로자들의 영웅적 투쟁에 의하여 쑥밭처럼 되였던 인민 경제는 급속히 복구 발전되였습니다. 력사적인 우리 당 중앙 위원회 1956년 12월 전원 회의 결정 정신을 받들고 군중적 혁신 운동에 궐기한 우리 나라 근로자들은 사회주의 건설에서 새로운 앙양을 가져 왔으며 5개년 계획을 2년 반 동안에 완수하는 획기적인 성과를 달성하였습니다.

또한 우리 나라에서는 전후 불과 4~5년 내에 농업 협동화와 개인 상공업의 사회주의적 개조가 승리적으로 완성되였으며 사회주의적 생산 관계가 인민 경제의 모든 부문을 전일적으로 지배하게 되었습니다.

사회주의 혁명이 결정적으로 승리한 기초 우에서 사회주의 건설은 대고조에 들어 섰으며 전체 근로자들은 천리마의 기세로 사회주의의 높은 봉우리로 주름잡아 달리고 있습니다. 우리 로동자들은 제 손으로 현대적 설비와 신형의 각종 기계들을 생산하며 대규모의 공장과 기업소들을 건설하는 위력한 기술의 주인으로 되었으며 우리 농민들은 수리화와 전기화가 기본적으로 완성되고 기계화가 전면적으로 진행되고 있는 농촌에서 자연을 개조하며 천재 지변을 모르고 계속 생산을 증대시키는 사회주의적 집단 경리의 주인으로 되었습니다.

이리하여 우리 인민은 짧은 기간 내에 착취와 빈궁을 영원히 청산하고 우리 나라를 자립적인 경제 토대를 가진 공업-농업 국가로 전변시켰으며 지금 7개년 계획의 높은 봉우리를 점령하기 위하여 계속 천리마의 기세로 보람찬 투쟁을 전개하고 있습니다.

이 모든 위대한 변혁들은 해방 후 우리 문학 예술이 전례 없이 급속하게 발전할 수 있는 물질적 토대를 되었습니다.

주지하는 바와 같이 공화국 북반부에 확립된 사회주의 제도는 인민 대중의 물질적, 정신적 생활을 비약적으로 발전시키고 풍부화시켰으며 이제까지를 착취자들에게 억압되였던 근로자들로 하여금 창조적 재능을 자유롭게 발양시킬 수 있게 하였습니다. 해방 후의 우리 문학 예술은 진실로 이러한 해방된 인민 대중의 창조적 재능에 의하여 개화 발전된 새로운 문학 예술입니다. 우리 문학 예술의 해방 후 력사는 불과 16년이란 시일밖에 경과하지 않았습니다. 그럼에도 불구하고 우리의 문학 예술은 과거 어느 시기의 그것에도 비할 수 없는 진정한 인민의 문학 예술로서 전체 군중 속에서 꽃피고 있으며 그의 사상 예술적 수준은 벌써 우리 나라의 국한된 범위를 넘어서 국제 무대에서도 높은 평가를 받고 있습니다.

해방 후 우리 문학 예술의 이러한 급속한 개화 발전은 무엇보다도 우리 당 문예 정책의 정확성과 지도의 현명성을 확증하는 동시에 우리 당이 다른 분야에 있어서와 마찬가지로 문학 예술 분야에서도 빛나는 승리를 쟁취하였다는 것을 말하여 줍니다.

일찌기 레닌은 사회주의 문화 건설의 복잡성과 곤난성에 대하여 다음과 같이 지적하였습니다.

"문화 분야에서 제기되는 과업은 정치적 및 군사적 과업들처럼 그렇게 빨리 해결할 수는 없다…… 위기가 첨예화된 시기에 있어서 정치적으로 승리하기 위해서는 몇 주일의 시일밖에 안 걸린다. 전쟁에서는 몇 달 동안에 승리할 수 있다. 그런데 문화 분야에서 승리하자면 이러한 기간으로써는 불가능하다.

문제의 본질로 보아 여기에서는 보다 더 장기간이 요구된다. 따라서 자기의 사업을 고려하여 최대의 완강성, 강의성 및 조직성을 발휘하면서 이보다 긴 기간에 순응되여야 한다."

우리 당은 해방 직후 새로운 민족 문화 건설을 위한 정확한 로선을 제시하고 문학 예술 분야에서의 이러한 특성들을 충분히 고려한 데로부터 완강성과 조직성을 발휘하여 모든 난관과 애로를 타개하고 오늘의 찬란한 문학 예술의 개화를 보장하였는바 이는 문학 예술 분야에서의 우리 당 정책의 위대한 승리로 됩니다.

다 아는 바와 같이 우리 당은 1945년 10월 해방 직후의 복잡한 국내외 정세 속에서 김일성 동지의 령도하에 맑스-레닌주의적 새 형의 당으로 창건되였으며 여기에서 당의 정확한 정치 로선과 조직 로선이 천명되고 확립되였습니다. 이에 기초하여 새로운 민족 문화 건설에 관한 우리 당의 기본 방향이 규정되였으며 그것은 철두철미 레닌적 당성 원칙에 의거하였습니다.

김일성 동지는 1946년 3월에 발표한 20개조 정강에서

"민족 문화, 과학 및 예술을 전적으로 발전시키며 극장, 도서관, 라지오, 방송국 및 영화관의 수효를 확대시킬 것"과 "과학과 예술에 종사하는 인사들의 사업을 장려하며 그들에게 보조를 줄 것"을 선포하여 새로운 민족 문화 건설에 관한 강령적 대책들을 제시하였습니다.

이 력사적인 정강에는 문화와 예술 사업이 그 어떤 개인의 사사로운 사업이 아니라 국가적인 사업으로 진행되여야 하며 당 사업의 일부분으로 되여야 한다는 레닌적 당성 원칙이 명백하게 제시되여 있습니다.

우리 당의 문예 로선은 1946년 5월에 있었던 김일성 동지의 연설 「문화와 예술은 인민을 위한 것으로 되여야 한다」를 위시한 교시와 문학 예술에 관한 당 결정서들에서 일층 구체적으로 천명되였습니다. 즉 이 강령적 문헌들에는 문학 예술에서 당 정책을 철저히 관철시키며 공산주의적 당성, 계급성, 인민성을 고수하는 문제, 작가, 예술가들의 맑스-레닌주의 사상으로의 무장과 인민 생활과의 련계를 강화하는 문제, 그것을 위하여 현실을 혁명적 발전 과정에서 력사적 구체성으로 묘사할 것을 요구하는 사회주의적 사실주의 창작 방법을 고수하고 발전시키는 문제들이 구체적으로 천명되였습니다. 이와 함께 우리 나라의 풍부하고 우수한 고전 유산과 전통을 계승 발전시키며 쏘련을 비롯한 선진적 외국 문학 예술과의 교류를 활발히 하는 문제, 군중 문화 사업의 적극적인 전개와 함께 문학 예술의 후비대를 광범히 육성하는 문제, 문예 전선에서 부르죠아 사상과의 투쟁을 강화하는 문제 등 당 문예 정책의 기본

방향이 명백히 제시되었습니다.

우리 당의 이 정확한 문예 로선을 우선 남조선에서 미제의 고용 간첩 박헌영 도당에 의하여 조작된 반동적인 '문화 로선'에 대하여 결정적인 타격을 주었으며 전체 작가, 예술가들을 우리 당의 주위에 결속시켜 새로운 민족 문화 건설의 전투적 과업 수행에로 추동하는 원동력이며 고무력으로 되었습니다. 우리 당의 문예 정책은 전투적인 맑스-레닌주의 미학 원칙에 립각하여 그것을 우리 나라 현실에 창조적으로 적용하고 발전시킨 데서 우리 나라 문학 예술 분야에서의 거대한 생활력으로 되었습니다. 우리 당은 무엇보다도 1930년대 김일성 동지를 선두로 한 공산주의자들이 항일 무장 투쟁 행정에서 문학 예술 사업을 조직 지도한 풍부한 경험과 전통에 의거하면서 레닌적 당성 원칙으로 문학 예술 사업에 대한 당적 지도를 일관시켰습니다. 우리 당은 당의 문학 예술 부대를 꾸리며 조직적 지도를 보장하기 위하여 1946년 3월 북조선 작가, 예술가 대회를 소집하고 해방 직후 각지에서 자연 발생적으로 산생된 문학 예술 단체들을 유일한 조직적 력량으로 묶어 세운 북조선 문예총을 결성하였습니다. 이리하여 북조선 문예총은 당과 김일성 동지의 직접적인 지도하에 카프 작가, 예술가들을 핵심으로 하여 전체 진보적 작가, 예술가들을 집결시켰으며 문학, 연극, 미술, 음악, 무용, 영화, 사진 등 각 동맹을 망라하여 문학 예술 분야에서 당 정책을 관철시키는 작가, 예술가들의 집체적 지도 기관으로 출현하였습니다.

북조선 문예총은 그 후 1951년 3월 전쟁의 불'길 속에서 '남조선 문화 단체 총련맹'과의 련합 대회를 가지고 전국적 조직체인 '조선 문학 예술 총 동맹'으로 발전하였습니다. 또한 정전 직후에 열렸던 1953년 9월 전국 작가, 예술가 대회에서는 각 동맹의 조직적 및 창조적 력량을 한층 강화하며 그의 독자적 기능을 발양시키는 조치를 취하였습니다. 그리하여 문예총의 조직 체계를 발전적으로 해소하고 산하 각 동맹을 단일한 동맹 조직체로 개편하여 '조선 작가 동맹', '조선 미술가 동맹', '조선 작곡가 동맹' 등의 새로운 발족을 보게 하였습니다. 이와 함께 기타 부문 예술 일'군들이 자기들이 사업하는 창조 집단들에서 직접 공작하게 하였습니다. 그 결과 전후 시기에 있어서 인민 경제의 급속한 복구 발전과 더불어 우리 작가, 예술가 대렬도 군중 속에서 급속히 장성하였습니다. 해방 직후 문예총 결성 당시에 겨우 몇 백 명에 불과하였던 작가, 예술가 대렬은 오늘 보다 싶이 8천여 명에 달하고 있으며 그 중 대부분은 해방 후 우리 근로자들 속에서 자라난 신인들입니다.

오늘 우리들은 이처럼 비약적으로 장성된 작가, 예술가 대렬의 토대 우에서 다시금 '조선 문학 예술 총 동맹'을 결성하게 됩니다. 그러나 오늘 우리가 결성하는 문예총은 그 조직적 성격에 있어서 과거의 문예총과 동일한 것은 아닙니다. 우선 그 조직 체계에서부터 해방 초기에는 문학 예술 각 분야의 동맹 조직체를 가진 기초 우에서 문예총을 결정한 것이 아니고 우로부터 조직이 내려 가게 되었으며 따라서 각 동맹이 아직 원만하게 자기 기능을 발휘할 수 없었습니다. 그러므로 초기에 있어서 문예총은 산하 각 동맹의 대렬을 확대하면서 그것들이 독자적인 기능을 가지도록 키우는 것을 주되는 과업으로 내세웠습니다. 그리고 그 사업이 소기의 성과를 이룩한 때에 문예총을 발전적으로 해소하는 동시에 새로 상술한 세 동맹을 결성하였으며 그 결과 급속히 발전 강화되는 전후의 정치 경제적 토대 우에서 작가, 미술가, 작곡가 등 세 동맹과 매개 창조 집단들이 계속 자기 대렬과 창조적 성과를 확대하게 되었습니다.

그러나 우리 문학 예술 대렬의 급속한 장성과 함께 객관적 현실 발전에 따라 오늘 우리 문학 예술 앞에 제기된 혁명적 과업 수행은 새로운 조직적 대책을 필요로 하게 되였습니다. 즉 우리 나라에서의 사회주의의 결정적 승리와 정치, 경제, 문화의 전면적 앙양에 따라 급속히 제고된 인민 대중의 생활과 문화의 발양 속에서 각 동맹과 창조 집단들이 자기의 독자적 기능을 높이면서 군중 속에서 새로이 자라나는 문화 예술 인들로 자기 대렬을 급속히 확대시킨 기초 우에서 현실의 보다 높은 혁명적 발전 과정에서 제기되는 문학 예술 각 부문 간의 긴밀한 련계와 협조의 필요성에 대답하여 각 동맹과 여러 집단들을 재정비하고 재편성하여 각 부문 동맹 조직체를 완비하는 동시에 이들의 새로운 련합체로서 총 동맹을 결성하게 되였습니다. 따라서 오늘의 문예총 결성은 그어느 때보다도 문학 예술 분야에서 당 정책을 관철시키는 작가, 예술가들의 집체적 지도 기관으로서 지도 체계를 확립하며 우리 문학 예술의 통일적 발전을 보장하는데 있어서 거대한 의의를 가집니다.

다 아는 바와 같이 우리 당은 시종일관 사상 전선에서의 당의 전투 부대로서 작가, 예술가 대렬을 육성 강화하며 조직 사상적으로 공고화하는 데 깊은 관심과 배려를 돌려 왔습니다. 김일성 동지는 우리 당의 문예 로선을 천명한 「문화와 예술은 인민을 위한 것으로 되여야 한다」에서 문화 예술 일'군들에게 다음과 같이 강조하였습니다.

"오늘 당신들은 정치 문화 전선에 있어서 중요한 임무를 가지고 있습니다. 오늘 조선에 있어서 당신들에게는 당신들의 입을 통하여, 당신들의 붓대를 거쳐서 반동 세력을 배격할 책임이 있으며 민주주의적 발전을 위하여 새 사회를 건설하여 나아갈 책임이 있는 것입니다."

당과 김일성 동지는 우리 작가, 예술가들이 무엇보다도 새로운 조국 건설의 투사로 될 것을 요구하였으며 작가, 예술가들의 창조 사업이 우리 당에 의하여 지도되는 력사적인 매 시기의 혁명 과업 수행과 직접 련결되여 철두철미 우리의 혁명 위업 달성에 복무할 것을 명시하였습니다. 이 모든 일은 작가, 예술가들을 강력한 당적 작가, 예술가 부대로 육성 발전시키며 문학 예술 창조 사업에서 레닌적 당성 원칙을 보장하는 조치로 되였습니다. 동시에 그것은 우리 문학 예술 발전에 대한 당과 김일성 동지의 지도와 배려가 얼마나 컸는가를 실증하여 주고 있습니다.

당과 정부는 우리 작가, 예술가들의 모두가 국가적으로 보조를 받으면서 아무런 생활상 불편이 없이 진정으로 자유로운 창작 및 예술 활동을 하도록 보장하여 주었으며 또 주고 있습니다.

특히 우리 당은 문학 예술 창조 사업의 일상적인 지도에 있어서 레닌적 당성 원칙을 고수하고 현실의 혁명적 발전에서 외면하며 현실로부터 리탈하려는 이른바 부르죠아적 '창작의 자유'에 대하여 결정적 타격을 가하는 동시에 하나는 전체를 위하여 전체는 하나를 위하여 일하는 새로운 인간 전형 창조에서 작가, 예술가들의 예술적 개성의 발양과 창조적 자유를 백방으로 보장하면서 다양하고 풍요한 사회주의적 예술의 개화를 촉진시켰습니다.

주지하는 바와 같이 최근 년간에 국제 수정주의자들은 제국주의의 사상적 주구로서 그의 추악한 목적을 추구하기 위하여 사회주의적 사실주의 문학이 마치도 그 어떤 외부로부터 강요된 문학이며 따라서 거기에는 개성적인 '창작의 자유'가 없는 것처럼 떠벌리였습니다. 그러나 당과 김일성 동지의 정확한 지도 밑에 당의 문예 전사로 육성된 우리 문학 예술 부대는 국제 수정주의자들의 진공을 분쇄하고 문학 예술에서 레닌적 당성 원칙을 더욱 견결히 옹호하고 사회주의적 사실주의 기치를 더욱 높이 들었습니다. 수정주의자들은 이미 레닌에 의하여 여지없이 격파된 부르죠아 반동 작가들의 낡아 빠진 잠꼬대를 되풀이하면서 문학 예술이 사회주의를 위하여 복무하는 것을 부자유로 인정하며 또한 문학 예술이 사회주의와 목전의 혁명 투쟁으로부터 리탈하고 당의 령도를 거부하는 것을 소위 '창작의 자유'라고 말합니다. 그러나 이와 같은 잠꼬대에 기만 당하기에는 우리 문화의 혁명적 전통이 너무나 혁혁하며 우리 당의 령도가 너무나 현명했습니다.

사회주의, 공산주의를 위하여 복무하며 근로 대중을 위하여 복무하는 우리 문학 예술의 숭고한 당성은 작가들로 하여금 부르죠아적 개인주의 세계관의 속박으로부터 벗어 나 인민 대중과의 련계를 강화하고 인민 생활 속에서 풍부한 창작적 원천을 얻어 내게 합니다. 인민의 생활이야말로 무궁무진한 창작의 바다입니다. 그러나 부르죠아 사회는 작가, 예술가들에게 이 바다에서 생활의 진실을 탐구하는 것을 억제하고 자유롭게 말하지 못하게 합니다. 오직 인민이 주인으로 되고 있는 사회주의 제도하에서만 진실의 탐구가 백방으로 보장되어 있으며 따라서 여기에서만 력사 발전의 합법칙성에 의하여 안받침되는 진정한 창작의 자유를 말할 수 있는 것입니다. 해방 후 우리 문학 예술은 문학 예술이 사회 및 정치로부터 '독립'되여야 한다고 떠벌리는 기만적이며 허위적인 부르죠아 '순수 예술'을 폭로 비판하고 오직 현실의 혁명적 발전과 우리의 혁명 위업을 달성하기 위한 당 정책 관철에 복무하는 레닌적 당성 원칙에 립각한 창조적 력량으로서의 당적인 문학 예술로 장성 발전하였습니다.

그리하여 그 당연한 결과로서 우리 문학 예술은 그 어떤 개인의 출세나 탐욕의 목적에서가 아니라 그야말로 "나라의 꽃이며 힘이며 미래인 수백 수천만 근로자들에게 봉사"하는 진정으로 자유로운 문학 예술로 꽃피게 되었습니다. 해방 후 우리 문학 예술에서 이러한 당성의 고수는 무엇보다도 그의 교양적, 사회 개조적 역할에서 더욱 구체적으로 발현되었습니다. 다 아는 바와 같이 력사적인 매 시기에 채택된 우리 당의 중요한 결정들과 김일성 동지의 교시는 항상 레닌적 당성 원칙으로 일관되였으며 그것은 우리 문학 예술의 사상 예술성을 제고하는 문제와 아울러 근로자들에 대한 계급 교양과 공산주의 교양을 중심적 과업으로 내세웠습니다.

즉 평화적 건설 시기에 제반 민주 개혁의 승리적 수행과 함께 전개한 일제 사상 잔재의 숙청과 사상 의식 개변 투쟁, 조국 해방 전쟁 시기 우리 문학 예술이 싸우는 인민들의 수중에서 예리한 사상적 무기로 될 것을 요구한 김일성 동지의 교시, 전후 시기 우리 당 중앙 위원회 1955년 4월 전원 회의 결정과 1958년 11월 김일성 동지의 교시 「공산주의 교양에 대하여」 등은 이 사실을 실증하여 주고 있습니다. 따라서 우리 문학 예술은 이러한 당 사상 교양 사업의 중요한 일익을 담당하고 전체 인민을 사회주의적 애국주의로 교양하며 사람들의 사상 의식을 개조하고 공산주의적 새 인간의 형성을 촉진시키는 것을 가장 영예로운 사명으로 하였으며 그 실현을 위하여 투쟁하였습니다. 두말할 것 없이 문학 예술의 이러한 사상 교양적, 사회 개조적 역할은 무엇보다도 사회주의적 사실주의 문학 예술만이 원만하게 감당할 수 있습니다. 왜냐 하면 근로 대중을 사회주의, 공산주의 사상으로 교양하는 것은 사회주의적 사실주의가 존재하기 시작한 첫날부터 그의 고유한 속성으로 되였기 때문입니다. 그러므로 해방 후 우리 문학 예술은 해방 전 카프 문학 예술과 항일 무장 투쟁 시기의 혁명적 문학 예술이 확립한 사회주의적 사실주의의 우수한 전통을 계승하고 그것을 더욱 풍부화시키면서 사회주의적 사실주의 발전의 길을 걸어 왔습니다. 그리하여 맑스-레닌주의 세계관으로 비추어 낸 생활의 진실, 력사적 구체성으로 묘사된 현실의 혁명적 발전 과정에서의 인간 생활의 풍부성 등으로 특징 지어지는 사회주의적 사실주의는 해방 후 우리 문학 예술의 유일한 창작 방법으로 되였습니다. 우리 당은 작가, 예술가들의 사회주의적 사실주의에 대한 심오한 체득을 위하여 일상적인 배려를 돌렸으며 특히 작가, 예술가들이 맑스-레닌주의 세계관으로 무장하고 인민 생활과의 련계를 강화할 데 대하여 당적 지도와 방조를 주었습니다. 김일성 동지는 해방 직후에 벌써 "문화와 예술을 인민을 위한 것으로 되여야 한다"고 하시면서 작가, 예술가들에게 대중 속에 들어 가서 대중이 알아 들을 말을 하며 대중이 원하는 글을 쓰며 대중의 요구를 표현하며 해결하며 대중과 같은 의복을 입으며 대중에게서 배우며 또한 대중을 배워 주어야 한다고 교시하였습니다. 또한 우리 당 제3차 대회에서 한 김일성 동지의 보고에는 "문학, 예술인들이 맑스-레닌주의로 무장하고 인민 대중의 생활 속에 더욱 깊이 파고 들어 간다면 그들은 우리 사회의 전형을 옳게 포착할 수 있을 것이며 그들의 작품은 우리 인민의 기대와 요구를 충족시킬 수 있을 것입니다"라고 지적되여 있습니다. 이 교시에서도 명백한 바와 같이 우리 작가, 예술가들이 맑스-레닌주의로 무장하는 문제와 인민 생활과의 련계를 강화하는 문제는 호상 유기적으로 관련되여 있는 문제입니다. 그리하여 우리 작가, 예술가들은 맑스-레닌주의 학습을 계속 강화하는 동시에 평화적 건설시기부터 생산 현장으로 들어 갔으며 조국 해방 전쟁 시기에는 가렬한 포화 속을 뚫고 종군하여 전사들과 생활을 같이하면서 창조 사업과 예술 활동을 하였으며 그것은 오늘까지도 우리들의 자랑으로 되고 있습니다.

전후 시기에는 이제까지의 고귀한 창조적 경험을 토대로 하여 작가,

예술가들의 현지 생활을 정상화하는, 한층 계획적인 조치들이 취하여 졌습니다. 특히 김일성 동지의 작가, 예술가들에게 주신 1958년 10월 14일 교시와 「공산주의 교양에 대하여」의 강령적 문헌을 우리 작가, 예술가들을 당적 사상 체계와 공산주의 사상으로 더욱 튼튼히 무장하며 공장과 농촌의 사회주의적 로동에 직접 참가하면서 현실 생활을 연구하고 체험하고 그 속에서 창조하는 당의 붉은 문예 전사로 되게 하였습니다. 그리하여 우리 작가, 예술가들은 사회주의적 로력 투쟁 속에서 자신을 단련하고 근로자들과의 생활적 련계를 더욱 강화하였으며 이는 전후 문학 예술의 새로운 창작적 앙양을 가져 오게 한 중요한 요인으로 되였습니다.

그리하여 우리 작가, 예술가들의 이러한 현실 침투와 인민 생활과의 련계의 강화는 오늘의 사회주의적 사실주의의 당면 요구인 높은 현대성으로 우리의 문학 예술을 더욱 심화 발전시켰습니다.

해방 후 우리 문학 예술에 일관된 풍만한 현대성 — 그것은 우리 문학 예술이 혁명 발전의 매 단계에서 제기되는 력사적 과제에 얼마나 충실하였는가를 중시하는 동시에 우리 문학 예술의 당성과 혁명성의 표징으로 됩니다.

실로 우리 당의 정확한 령도하에 우리 작가, 예술가들이 근로자들 속에서 풍부한 생활 체험을 쌓고 우리 문학 예술이 선차적으로 현대성을 구현하고 있는 것은 우리 작가, 예술가들의 공적으로 되며 긍지로 됩니다.

그러나 해방 후 우리 문학 예술의 급속한 개화 발전은 그것이 빈 터전 우에서 이루어진 것은 아닙니다. 그것은 우리 나라의 유구한 인민적 문화 전통과 혁명 전통을 옳게 이어 받은 토대 우에서 이룩된 것입니다. 따라서 여기에는 선행한 민족 문화 유산 특히 카프 및 항일 무장 투쟁 시기의 창조적 성과를 계승 발전시키며 쏘련을 비롯한 선진적 국제 문화를 광범히 섭취할 데 대한 우리 당의 정확한 문예 정책이 중요하게 안받침되여 있습니다.

김일성 동지는 이미 해방 직후에 새로운 민족 문화 건설에 있어서 배타적 민족주의와 민족적 허무주의의 편향들을 극복할 데 대하여 교시하였으며 그 후에도 여러 차례에 걸쳐서 주체의 확립을 위하여 교조주의와 민족적 허무주의를 반대하여 투쟁하도록 교시하면서 고전 유산 계승에 있어서 계승과 혁신에 관한 맑스-레닌주의 미학 원칙을 천명하였습니다.

특히 김일성 동지는 우리 당 중앙 위원회 제5차 전원 회의 보고에서 전쟁의 어려운 환경 속에서도 민족 문화 유산 계승 문제를 강조하시면서 "우리는 자기의 고귀한 과학, 문화의 유산을 옳게 섭취하며 그를 발전시키는 기초 우에서만이 타국의 선진 과학, 문화들을 급히 또는 옳게 섭취할 수 있다는 것을 반드시 알아야 하겠습니다"라고 교시하였습니다.

다 아는 바와 같이 우리 선조들은 남달리 일찌기 문명의 아침을 맞이하였으며 유구한 력사와 빛나는 문화 전통을 쌓아 올렸습니다. 근면하고 평화 애호적인 우리 선조들은 창조적 로동 속에서 슬기로운 문화를 창조하고 외래 침략자들을 반대하여 싸우는 투쟁에서 애국적인 전통을 발양시켰습니다. 특히 17~18세기에는 외래 침략자들과 리조 봉건 통치배들을 반대하는 인민들의 해방 투쟁을 토대로 하여 유물론적인 실학 사상이 광범히 보급되고 문학 예술 분야에서는 사실주의 전통이 확립되였습니다. 우리 문학 예술의 이 빛나는 전통을 20세기에 들어 와서 조선 인민의 민족적 자각과 더불어 위대한 로씨야 사회주의 10월 혁명의 영향하에 로동 계급을 선두로 한 반일 민족 해방 투쟁에 의하여 더욱 풍부화되고 새로운 특질들을 첨가하게 되였습니다. 즉 1920년대부터 로동 운동의 급속한 장성과 함께 맑스주의 사상이 보급되기 시작하여 그것은 새로운 과학 문화 예술의 사상적 기초로 되였습니다. 1925년 진보적 작가, 예술가들에 의하여 반일 민족 해방 투쟁의 일익적 임무를 담당하여 출현한 카프 문학 예술은 우리 나라에서 처음으로 사회주의적 사실주의의 길을 개척하였으며 1930년대 김일성 동지가 조직 지도한 항일 무장 투쟁의 영향하에 질적 량적으로 비약적인 발전을 이룩하였습니다.

한편 1930년대의 영웅적 항일 무장 투쟁 속에서 직접 창작된 혁명적 문화 예술은 조선 인민의 민족적 사회적 해방을 필승의 신념으로 고무한 그의 전투성과 혁명성으로 하여 불멸의 공산주의 찬가로 되였습니다.

따라서 해방 후 우리 문학 예술은 이러한 우리 나라의 풍부한 고전 유산과 우수한 전통의 합법칙적인 계승자로 출현하였으며 그것은 문화 유산 계승에 대한 우리 당의 정확한 정책과 지도에 의하여 성과적으로 보장되였습니다. 특히 남조선에서 미제가 추구하는 민족 문화 말살 정책에 의하여 우리 민족 문화 유산들이 혹심하게 파괴되고 버림을 받고 있는 것과는 반대로 공화국 북반부에서는 리규보, 리제현, 박연, 김시습, 림제, 허균, 박인로, 김만중, 정선, 박지원, 김홍도, 정약용, 신재효 기타 많은 고전 작가, 예술가들이 널리 인민들 속에서 친숙되고 그 이름들은 국경을 넘어서 그 미치는 범위를 갈수록 멀리 확대하고 있습니다.

또한 조선 문학사의 저술을 비롯하여 고전 작품들의 왕성한 출판과 더불어 창극, 민족 무용극, 민족 관현악, 조선화, 민족 공예품 등이 오늘의 새로운 미학적 요구에 대답하여 예술성을 계속 높이면서 전례 없는 활기를 띠고 발전되고 있습니다.

김일성 동지는 예술적 유산 계승에 대하여 맑스-레닌주의 미학 원칙을 구체화시켜 "우리 민족이 고유하고 있는 우수한 특성을 보전함과 아울러 새로운 생활이 요청하는 새로운 리듬, 새로운 선률, 새로운 률동을 창조하여야 하겠습니다"라고 교시하였습니다. 일찌기 박연암도 유명한 '법고 창신'이란 말로 계승과 혁신의 관계를 밝혔습니다.

바로 우리의 민족 고전 계승 사업은 이러한 원칙에서 오늘의 무대 예술, 기타에서 보는 것과 같은 경이적인 혁신과 발전을 가져 왔습니다.

다른 한편으로 우리 문학 예술은 쏘련을 비롯한 선진적 외국 문학 예술의 창조적 경험을 섭취하며 국제 문화 교류를 촉진시킨 면에서도 획기적인 성과를 달성하였습니다. 쏘련을 비롯한 사회주의 진영의 불패의 통일 단결과 국제주의적 친선의 강화는 형제 국가 호상간의 정치, 경제, 문화적 련계를 한층 촉진시켰습니다. 그리고 세계 평화와 안전을 위한 공동 위업에서 제 인민 간의 친선의 뉴대가 날로 강화되는 환경에서 우리의 친선 국가 인민들과의 문화 교류 사업은 어느 때보다도 활기를 띠고 전개되였으며 계속되고 있습니다. 왕성한 번역 출판 사업과 함께 문화 예술단의 호상 교류, 작가, 예술가들의 호상 래방, 국제 축전을 위시하여 순회 공연, 순회 전람회 등은 제 인민 간의 친선적 련계를 강화는 데 크게 이바지하였습니다. 동시에 그것은 우리들의 공동 위업에서 날로 장성하는 국제주의의 특징을 보여 주면서 우리 민족 문학 예술의 고귀한 가치와 우리 인민의 예술적 재능을 국제 무대에 시위하였습니다.

특히 세계 청년 학생 축전들을 통한 우리 나라 민족 예술의 국제 무대에의 진출은 우리 민족 예술의 빛나는 전통과 함께 미제 무력 침범자들을 격퇴한 영웅적 조선 인민의 불패의 위력과 전후 인민 경제 복구 발전을 위한 투쟁에서 천리마의 기세로 사회주의 건설의 대고조를 이룩한 조선 인민의 로력적 위훈을 생기 발랄한 예술로써 세계 인민들 앞에 시위하였습니다.

그리하여 음악, 무용을 비롯한 우리의 풍부한 민족 예술은 오늘 국제 무대에서 '황금의 예술'로 불리고 있습니다. 우리는 우리의 이 화원을 더욱 풍만히 함으로써 세계 문화의 화원에 보다 많은 기여를 해야 하겠습니다.

해방 후 우리 문학 예술의 이러한 급속한 발전은 그것이 무엇보다도 진정한 인민의 예술로 꽃피고 있다는 데 그 특징이 있습니다. 우리 당은 해방 직후부터 제반 민주 개혁의 실시와 더불어 문화 혁명을 수행하였으며 새로운 문학 예술 간부 육성과 군중 문화를 발양시킬 데 대하여 특별한 배려를 돌렸습니다. 그리하여 군중이 있는 곳마다 구락부, 도서실, 각종 문화 예술 써클들이 광범히 개설되었으며 근로 대중 속에서 새로운 작가, 예술가들이 뒤를 이어 배출되고 있습니다.

문학, 연극, 음악, 미술, 무용 등 각종 써클들의 조직을 강화하고 재래의 우수한 민간 예술을 계승 발전시키며 군중으로 하여금 개별적 또는 집체적으로 시, 소설, 희곡, 음악, 무용 등 창조 활동에 발동하게 함으로써 군중들의 창발력을 발양시키고 군중 속에서 새로운 문화 예술이 꽃피게 하는 것은 우리 당 문예 정책의 시종일관한 지향입니다. 그리하여 로동자, 농민을 비롯한 근로 대중 자신이 우리의 새로운 민족 문화 건설에 직접 참여하게 되였으며 우리의 문학 예술은 이러한 근로 대중 속에서 배출한 광범한 신인들로 자기 대렬을 급속히 확장하고 진정한 인민의 문학 예술로 발전하게 되였습니다. 특히 전후 시기 인민 경제 각 분야에서 사회주의적 개조가 승리적으로 완수되고 기술 문화 혁명이 광범히 수행된 조건하에서 각종 예술 써클은 더욱 눈부시게 발전하여 현재 문학, 음악, 무용, 연극, 미술, 영화, 수예, 사진 등 예술 써클은 1960년 말 현재 6만 2,800여 개에 달하며 여기에 125만 2,000명 이상의 써클 원이 망라되어 있습니다. 이러한 대중적 써클 운동은 다만 우리 문학 예술의 믿음직한 저수지로 되는 데만 그치지 않고 광범한 근로 대중을 문학 예술 창조 사업에 인입시키고 생산과 문화를 결부시키는 점에서 공산주의로 나가는 래일의 문학 예술의 전 인민적 담보로 되는 것입니다.

매년 전국 예술 축전에 참가하는 써클 경연 대회의 눈부신 창조적 성과를 비롯하여 근로자들의 작품집인 『로동 찬가』, 『젊은 대오』 기타의 우리 근로자들의 창조적 재능을 과시하고 있으며 보다 찬란한 래일의 우리 문학 예술을 약속하여 주고 있습니다.

이상과 같은 해방 후의 우리 문학 예술의 거대한 성과와 발전은 무엇보다도 문예 전선에서 온갖 부르죠아 반동 사상을 분쇄하고 작가, 예술가들의 사상적 통일을 강화하는 우리 당의 정확한 문예 정책과 일상적 지도를 떠나서 이야기할 수 없습니다. 우리 당은 해방 직후부터 문학 예술에서 레닌적 당성 원칙을 고수하는 투쟁과 함께 우리의 새로운 민족 문화 건설을 방해하며 우리 인민과 인연이 없는 온갖 부르죠아 반동 사상의 침습을 반대하는 투쟁을 견결히 진행하였습니다. 특히 장기간에 걸친 악독한 일제 식민지 통치가 물려 준 사상 잔재가 뿌리 채 청산되지 않고 남조선을 강점한 미제가 부패한 '미국식 생활 양식'과 타락한 부르죠아 문학 예술을 통하여 자기들의 추악한 침략적 목적을 추구하고 있는 조건하에서 문예 전선에서 부르죠아 반동 사상을 반대하는 투쟁은 곧 미제 침략자들을 반대하는 투쟁의 중요한 고리로 되였습니다.

그러므로 우리 당은 처음부터 사상 전선에서 미제 원쑤들의 침략 정책을 폭로하고 부르죠아 반동 사상의 침해를 분쇄하는 투쟁을 강화하였으며 문학 예술 분야에서 온갖 이색적 조류의 침습을 배격하고 미제가 남반부에 부식하는 반동적 문예 사상을 폭로 규탄하는 투쟁을 완강하게 전개하게 하였습니다. 문예 전선에서 온갖 부르죠아 반동 사상을 반대하는 투쟁을 통하여 우리 문학 예술의 광휘로운 전통이 더욱 뚜렷이 천명되였으며 문학 예술의 전투성이 한층 제고되였으며 작가, 예술가 대열의 사상적 순결성과 단결이 더욱 강화되였습니다. 그러나 이 말은 부르죠아 반동 사상에 대한 투쟁이 끝났다는 것을 의미하는 것은 아닙니다.

문예 전선에서 부르죠아 사상을 반대하는 투쟁을 계속 완강하게 전개하며 온갖 부르죠아 반동 사상과 국제 수정주의 등 일체 반동 사상이 침습하지 못하도록 경각성과 전투성을 높이는 문제는 우리 조국이 처하여 있는 남다른 현실에서 더욱 요구되는 촌시도 잊을 수 없는 중대 문제입니다.

친애하는 동지들!

해방 후 우리 문학 예술은 한마디로 말하여 해방 후 조선 인민 앞에 제기된 혁명 위업 달성에 전적으로 복무하며 력사적인 매 단계에서 당 정책의 구현에 창조적 력량을 다 바치는 당적인 문학 예술로 되였으며 따라서 그의 창조적 성과들은 그대로 우리의 혁명 위업 달성에 궐기한 조선 인민의 보람찬 투쟁과 생활의 화폭이며 승리의 기록입니다. 우리들이 이미 달성한 성과는 거대하며 그 동안의 풍부한 경험은 앞으로의 우리 문학 예술 발전의 확고한 담보로 됩니다. 그러나 우리는 이것으로써 만족할 수 없으며 또 자만할 아무런 리유도 없습니다. 우리 문학 예술이 달성한 성과가 크다고 할지라도 오늘 천리마로 달리는 우리 시대의 요구에 비춰 볼 때 또한 날로 장성하는 인민들의 미학적 요구에 비춰 볼 때 우리 문학 예술의 현 상태로써 결코 만족할 수 없습니다. 우리 문학 예술의 급속한 개화 발전에는 그의 장성 과정에 따르는 부분적 결함들이 존재하고 있는 것도 사실입니다.

그렇기 때문에 작년(1960년) 11월 27일 작가, 예술가들에게 주신 김일성 동지의 교시는 우리 문학 예술이 오늘의 천리마적 현실에서 뒤떨어지고 있는 사실과 함께 우리 문학 예술이 내포하고 있는 결함들을 시급히 극복할 데 대하여 간곡히 지적하였습니다.

이와 관련하여 김일성 동지는 또다시 우리 문학 예술 부대의 새로운 조직 사업에 대하여 시기 적절한 발기를 내려 주셨으며 이를 접수한 우리들은 오늘 문예총 결성 대회를 가지게 되었습니다. 새로이 결성되는 문예총은 무엇보다도 우리 나라 현실 발전과 문학 예술 발전의 합법칙적 요구로부터 제기된 것입니다. 우리 문학 예술은 그의 급속한 장성에도 불구하고 문학 예술 각 부문 간의 련계가 원만하지 못하였으며 따라서 각 부문 간에 일정한 불균형이 조성되였는바 이는 무엇보다도 우리 문학 예술 부문의 조직적 결함에서 온 것입니다.

우리 문학 예술 부문 간의 긴밀한 련계를 강화하며 호상 련대와 교류를 촉진시켜야 할 필요성은 다름 아닌 오늘 우리 문학 예술의 현실적 발전이 그것을 절실히 요구하고 있습니다. 특히 종합 예술로서의 영화가 다른 분야보다 뒤떨어지고 있는 것도 문학 예술 각 부문 간의 긴밀한 련계의 뉴대가 불충분한 데 중요한 원인이 있습니다. 그러므로 오늘의 현실 발전에 대처하여 문학 예술 각 부문 간의 호상 련계와 교류를 강화하고 통일적 발전을 추진시키는 조직적 대책으로서 문예총은 출현하는 것입니다.

그리하여 우리들은 오늘의 천리마 시대의 문학 예술 발전을 성과적으로 추진시키기 위하여 문학 예술 각 부문들의 독자적 기능과 활동을 조직적으로 발양시킬 수 있는 집체적 지도 기관으로서 각 부문들에 유일한 동맹 조직을 가지게 하고 이 동맹 조직들의 긴밀한 련계와 협조를 강화하며 그의 통일적 지도를 보장하는 총 동맹을 결성하게 됩니다. 따라서 우리 문학 예술의 통일적 발전을 위하여 문학 예술 각 부문들 간의 협조와 조직적 련계를 강화하고 작가, 예술가들 사이의 집체적 협조를 추동하며 창조적 경험들을 교류하고 일반화하는 것은 문예총의 주요한 임무의 하나입니다. 이와 함께 문예총의 중심 과업은 진정한 인민적 문학 예술의 새로운 창작적 앙양을 가져 오게 하는 데 있습니다.

우리 작가, 예술가들이 현실의 발전과 인민의 미학적 장성에 발을 맞추어 보다 높은 인민적 문학 예술을 창조하는 것은 시대의 요구입니다. 물론 우리 나라에서 사회주의적 사실주의는 높은 수준에서 발전하고 있습니다.

맑스-레닌주의 미학은 우리 인민 예술 속에서 더욱 급속히 장성하고 있으며 인민들 속에서 전문가들도 뒤따르지 못 할 생활적 진실을 반영한 훌륭한 예술 작품들을 창작해 내고 있습니다.

우리들은 인민 예술에서 새것을 발견하며 맑스-레닌주의 미학을 더욱 심화시키고 한 계단 높이 전진시켜야 하겠습니다. 그러기 위하여 우리들은 현실 속으로, 인민들 속으로 더욱 깊이 들어 가야 하며 문예총은 이를 조직적으로, 계획적으로 추진시켜야 합니다.

그리하여 문예총은 문학 예술 분야에서 당 정책을 관철하며 우리의 창조 사업에서 오늘의 천리마적 현실이 요구하는 획기적인 앙양을 가져 오는 데 모든 력량을 집중시켜야 합니다. 우리 나라에서 이룩한 사회주의 건설의 대고조와 천리마 운동의 전개는 김일성 동지가 정확하게 지적한 바와 같이 "사회주의 혁명이 결정적으로 승리하고 인민 경제의 자립적 토대가 축성된 기초 우에서 일어난 합법칙적 현상이며 락후하고 빈궁한 자기 조국을 하루 속히 선진 국가 대렬에 올려 세우려는 우리 근로자들의 한결 같은 지향을 반영하는 것이며 당을 무한히 신뢰하고 사랑하며 당 주위에 철석 같이 단결하여 모든 난관을 뚫고 나아가는 우리 근로자들의 불굴의 투지와 위대한 창조력의 발현입니다." 천리마 — 그것은 바로 우리 시대의 혁명 발전과 현실 전변의 놀라운 속도를 형상적으로 말하고 있으며, 사회주의의 높은 봉우리를 주름잡아 공산주의를 앞당기는 우리 근로자들의 혁명적 기상을 상징하고 있습니다. 따라서 오늘 천리마 운동이란 말은 인민 경제 발전에서 계속 혁신, 계속 전진의 추동력으로 될 뿐만 아니라 사람들의 사상 의식, 사회 도덕, 문화 생활에 이르기까지 포괄하는 인간 개조의 공산주의 학교를 의미하고 있습니다. 이러한 천리마적 현실과 근로자들의 급격한 발전에 대비할 때 우리 문학 예술의 현 상태가 뒤떨어지고 있는 사실을 누구도 부인할 수 없습니다.

우리의 일부 작품들에서는 천리마 작업반을 취급하고 있기는 하나 그것이 생산에서의 혁신, 생활에서의 혁신, 고상한 정신 세계에로의 인간 개변이 심오하게 반영되지 못하고 있으며 부분적으로 이름만 천리마로 되고 있는 작품들도 없지 않습니다. 우리 문학 예술이 이처럼 천리마적 현실 발전에서 뒤떨어지고 있는 것은 무엇보다 우리 작가, 예술가들이 오늘의 천리마적 시대 정신을 체득하고 현실 생활에 침투하려는 노력이 아직도 부족한 데 그 주요한 원인이 있습니다.

우리의 일부 작가, 예술가들 속에는 김일성 동지가 지적한 바와 같이 아직도 창작에 대한 신비주의가 남아 있습니다. 그들은 마치 작가, 예술가란 특수한 인간인 것처럼 자처하면서 앉아서도 무슨 령감이나 상상력으로 능히 천리마 시대를 그릴 수 있듯이 자신을 과신하고 있습니다. 자본주의 사회에서 부르죠아 작가들은 진실을 말할 대신 자기 계급의 지배를 위하여 거짓말을 참말처럼 꾸미는 요술사적 자격을 부여 받고 있으며 특수한 인간의 대우를 받지만 오늘 우리 사회에서 이런 흉내를 낸다는 것은 우스운 일일 뿐 아니라 유해로운 일입니다.

현실 생활 — 이것은 우리 작가, 예술가들의 학교이며 스승입니다. 더우기 천리마로 약진하는 현실을 모르고는 오늘의 시대와 인간들을 따라 갈 수 없으며 공산주의 학교인 천리마적 현실 생활에서 배우지 않는다면 결코 우리 시대가 요구하는 좋은 작품을 창작할 수 없습니다. 우리는 물론 지금까지도 현실 생활에의 침투와 인민 생활과의 련계를 한두 번만 강조한 것이 아니며 그것을 실천하는 면에서도 적지 않은 성과를 올린 것이 사실입니다.

그러나 그것만으로는 아직 부족합니다. 우리의 천리마적 현실은 어제와 오늘이 몰라 보게끔 달라지는데 우리 작가, 예술가들은 몇 해 전에 보고 체험한 그런 머리를 가지고 작품을 창작하다 보니까 현실에서 뒤떨어질 수밖에 없습니다. 가까운 실례로 천리마 작업반 운동이 시작된 이 몇 해 동안에 얼마나 많은 천리마 기수들이 탄생하였으며 청산리 정신, 청산리 방법이 침투되면서 지난 한 해 동안에 생산과 사람들의 의식에 얼마나 큰 혁신과 전변이 일어 났습니까. 우리는 어떠한 일이 있더라도 오늘의 천리마적 현실 발전과 우리 문학 예술 사이의 거리를 메꿔야 하며 우리 작가, 예술가들도 모두가 천리마를 타야 합니다.

이것은 김일성 동지의 간곡한 교시인 동시에 생활을 그 본질적인 특질에서 반영할 것을 전제로 하는 사회주의적 사실주의 자체의 요구입니다. 그리하여 오늘의 천리마적 현실은 우리 작가, 예술가들이 현실 생활에 더욱 깊이 침투할 것을 요구하고 있으며 현대성의 구현에 있어서 더한층 적극성을 발휘할 것을 요구하고 있습니다.

오늘 우리 작품들에 천리마 기상이 나래치지 못하고 천리마 시대 정신이 원만하게 체현되고 있지 못한 것은 우선 작가, 예술가들이 천리마적 현실 속으로 깊이 들어 가지 못하고 있기 때문이며 천리마적 현실 속에 들어 가지 않는 것은 새 시대의 생활과 인간을 사랑하는 정열이 부족하기 때문입니다.

그러나 근로자들을 공산주의적으로 교양하는 것을 그 주요한 사상 미학적 내용으로 하는 우리의 사회주의적 사실주의 문학 예술이 어떻게 사람들의 사상 의식을 공산주의적으로 개조하며 공산주의를 앞당기고 있는 오늘의 천리마적 현실에서 뒤떨어질 수 있겠습니까. 사회주의적 사실주의의 기치를 들고 력사적인 매 단계에서 혁명 위업 달성에 자기의 창조적 력량을 다 바쳐 온 전통과 영예를 지닌 우리 작가, 예술가들은 반드시 오늘의 천리마적 현실 속에 깊이 침투하여 천리마 기수들과 생활을 같이하며 자신들이 천리마 기수의 정신적 높이에서 천리마적 현실을 반영해야 하겠습니다. 김일성 동지는 천리마 운동을 가리켜 그것은 오늘 우리 당의 사회주의 건설에서의 총 로선이며 우리 시대 정신의 반영이라고 말씀하였습니다. 당의 붉은 문예 전사들인 우리들은 반드시 천리마 시대 정신을 구현한 문학 예술로써 우리 문학 예술 발전의 새로운 앙양을 가져와야 하겠습니다. 사회주의 건설의 대고조와 천리마 운동의 전개가 우리 나라 혁명 발전에서 새로운 시대를 열어 놓은 것처럼 오늘의 천리마 기수들의 형상 창조와 천리마적 시대 정신을 구현하는 것은 우리 문학 예술 발전에서의 새로운 개척을 의미합니다. 물론 우리들은 벌써부터 사회주의, 공산주의 문학 예술 창조를 목표로 나아가고 있습니다.

사람들의 의식을 개조하며 공산주의적 도덕 품성을 배양하는 것을 오늘의 기본 임무로 내세운 우리 문학 예술은 사회주의 건설의 대고조와 천리마 운동의 전개와 더불어 반드시 새로운 전진을 가져오지 않으면 안 될 중대한 계기에 당면하여 있습니다.

우리는 우리 시대 문학 예술의 새로운 특징으로서 우리들이 창작 실천에 구현하는 긍정적 모범으로 인민을 교양할 데 대한 김일성 동지의 교시 정신을 재인식하며 실천하는 데 적극적으로 발동되여야 하겠습니다. 긍정적 모범이 가지는 교양적 의의와 역할에 관하여는 맑스주의 이전 시기에도 사회학자들과 교육자들이 관심을 돌렸고 또 많이 말하였습니다. 특히 우리 나라 중세기 문학에서는 착한 것을 권하고 악한 것을 경계하는 사상이 맥맥히 흐르고 있으며 정다산은 "진실을 찬미하고 허위를 풍자하며 선을 권하고 악을 징계하는 사상이 없으면 시가 아니다"라고 말하였습니다.

그러나 긍정적 모범에 관한 문제는 맑스-레닌주의에 의하여 비로소 과학적인 해명이 주어졌습니다.

레닌은 긍정적 모범이라는 것이 력사적으로 제약되고 사회 계급적으로 제약된다는 것을 밝히고 부르죠아 사회에서 소위 '고상한' 모범을 따른다는 것은 부르죠아지의 계급적 리익에 복종하는 것으로 되며 근로자들을 가일층 압박하고 노예화하는 것으로 된다는 것을 지적하였습니다. 이와 함께 레닌은 사회주의 사회에서 긍정적 모범이 특별한 역할을 놀게 되는 합법칙성을 밝히면서 그것을 자연 발생적으로 방임할 것이 아니라 사회주의 건설에서 조직적, 의식적으로 리용해야 한다는 것을 밝혔습니다. 김일성 동지는 이러한 맑스-레닌주의 리론에 의거하면서 우리 나라 현실에 긍정적 모범의 교양적 의의를 창조적으로 적용시켰는바 그것은 무엇보다도 우리 당의 군중 로선에서, 그리고 우리 출판물들과 문학 예술 분야에서 구체화되면서 있습니다.

긍정면을 가지고 부정면을 극복하도록 교양할 것을 가르친 김일성 동지의 교시는 우리의 맑스-레닌주의 미학을 더욱 풍부화시켰을 뿐만 아니라 이 교시 실천에서 우리 문학 예술의 새로운 시대적 특징을 드러내게 하였습니다.

김일성 동지의 작년 11월 27일 교시는 우리 문학 예술 발전에서 거대한 리론 실천적인 의의를 가집니다. 그것은 우리 작가, 예술가들이 발전하는 현실에서 뒤떨어지고 있는 사실에 대한 지적과 아울러 새 현실을 따라 가며 그것을 우리 문학 예술에 구현할 데 대한 구체적 지침을 제시하고 있기 때문입니다.

현실은 준엄하게 작가, 예술가들을 부르고 있습니다. 오늘 우리 인민들이 사는 그 어느 곳에서도 우리들은 지난날에 보지 못하던 새 형의 긍정적 모범의 주인공들을 만나게 됩니다.

옛날 사람들은 공자나 이른바 성현들의 언행 하나만을 기준으로 삼아 허구한 세월을 두고 유교 경전의 책장만 넘기다가 한평생을 마쳤지만 오늘 우리 시대에는 길확실과 같이 뒤떨어진 사람과 지어 부정적 인간도 개조할 줄 아는 천리마 기수들이 도처에서 수없이 나오고 있습니다. 이러한 천리마 기수들의 형상은 긍정적 모범으로 사람들의 의식을 개조하고 교양하는 데 거대한 생활력을 가지고 있을 뿐만 아니라 우리 시대의 공산주의적 전형 창조를 한층 풍부화시켜 주고 있습니다.

이 점에 있어서 한 개의 천리마 작업반의 생동한 묘사와 한 개의 우수한 가요로써도 우리의 7개년 계획 완수에 큰 도움을 줄 수 있다고 말씀하면서 하나의 전형을 창조하여 그것으로써 수천 수만 사람들을 교양하라는 김일성 동지의 교시는 우리 천리마 시대의 문학 예술의 사명과 기능을 심오하게 특징 짓고 있는 동시에 전형화 문제에 있어서도 깊은 시사를 주고 있습니다. 우리들은 김일성 동지의 교시 정신을 받들고 새로운 시대가 요구하는 우리 문학 예술의 예술적 기능과 수준을 높여야 하며 그러기 위하여는 무엇보다도 예술적 전형화에 대한 심오한 연구와 체득이 있어야 하겠습니다.

다 아는 바와 같이 사실주의적 전형화의 수단과 수법은 비상히 다양하며 그것은 묘사되는 것의 성격, 예술가의 구상, 그의 창조적 개성, 예술의 형태와 쟌르, 기타에 의하여 규정됩니다.

사회주의적 사실주의는 이러한 전형화의 원칙과 수법의 다양성을 배제하는 것이 아니라 그와는 반대로 예술적 전형의 창조와 선명하고 다양하며 비반복적인 생활과 성격의 창조를 위하여 예술가에게 전형화의 개성적 방법의 다양한 발현을 추구하는 광활한 무대를 열어 주고 있습니다. 따라서 우리 작가, 예술가들의 전형화에 대한 심오한 체득과 그 개성적 방법의 다양한 발현은 우리 시대의 천리마 기수들의 전형 창조에 있어서 절실한 문제로 될 뿐만 아니라 아직도 우리 문학 예술 분야에 남아 있는 도식주의와 기록주의의 편향들을 극복하는 데 있어서도 거대한 의의를 가집니다.

그리고 우리들의 사회주의, 공산주의 문학 예술 창조에 광범한 대중이 참가하고 있는 사실도 우리 시대 문학 예술의 중요한 특징의 하나입니다.

이미 우에서도 지적한 바와 같이 우리 나라에서의 대중적인 문학 예술 써클 운동은 근로 대중이 직접 문학 예술 창조 사업에 발동 참가하며 생산과 문화를 결부시키는 생활 과정에서 새로운 문학 예술을 발아시키며 육성시켜 주고 있습니다. 그러나 우리 일부 작가, 예술가들 가운데는 우리들의 사회주의, 공산주의 문학 예술 창조에 있어서 근로 대중이 놀고 있는 이 거대한 역할과 대중이 제기하는 미학상의 새로운 문제에 대하여 심각하게 느끼지 못하고 있습니다.

그들은 말로는 근로 대중이 물질적 부의 창조자일 뿐만 아니라 정신적 부의 창조자라는 것을 인정하면서도 근로자들이 창조한 문학 예술은 이른바 '써클 수준'으로만 인정하고 그것이 내포하고 있는 새것을 찾아 낼 줄 모르고 있습니다.

이러한 사람들의 머리는 우에서도 지적한 바와 같이 자기들을 특수한 '전문가'로 자인하며 문학 예술의 창조 사업을 신비화시키는 낡은 사상 잔재에 사로잡혀 있는 것입니다.

우리는 김일성 동지가 교시한 바와 같이 창작에서 이러한 신비주의를 결정적으로 깨뜨려야 합니다. 우리는 문학 예술을 가장 잘 리해하는 것도 인민 대중이며 가장 훌륭하고 아름다운 예술을 창조해 내는 것도 인민 대중이라는 것을 알아야 합니다. 먼 실례를 들 것도 없이 금번 진행된 전국 예술 축전 농촌 부문 써클 공연만 두고 보더라도 그것은 얼마나 훌륭하고 생동한 예술들입니까. 거기에는 전문적인 창작 단체들에서 볼 수 없는 새것이 있으며 그것은 무엇보다 생동하고 생활적인 감동성으로 사람들을 매혹시키고 있습니다.

여기서 말하는 새것이란 다름 아닌 낡은 것의 극복이며 이 극복에서의 재탄생을 말하는 것입니다.

그러므로 새것은 언제나 생동하며 창조적이며 막을 수 없는 박력을 가지는 것입니다. 오늘 왕왕 보는 바와 같이 이른바 전문가들의 예술보다 신출내기 로동자, 농민의 예술이 우리에게 더 깊은 감흥과 미감을 주는 리유는 오로지 그것이 생활의 진실과 시대의 맥박과 전진의 박력으로 특징 지어지는 새것을 가지고 있기 때문입니다. 이 중요한 고리에 대하여 다시 한 번 강조합니다만 전문가들은 생활을 떠나서 무대와 기술에만 사로 잡히여 그 예술에 생활의 진실과 약동성을 잡아 오지 못하고 있는 대신 근로 대중의 생활 속에서 나온 예술은 그들의 생활 자체에서 오는 생활의 약동성을 가지기 때문에 그것이 항상 생동하며 박력을 가지는 것이며 그 점에 있어서 책상과 무대와 기술에만 매달려 사는 사람이 따르기 어려운 것입니다. 이 사실은 오늘 문학 예술의 전문가들인 우리들이 현실에 침투하여 대중의 생활에서 직접 배워야 하여 생활의 진실을 체득하는 문제가 무엇보다 가장 중요하다는 것을 말해주고 있습니다. 우리의 일부 작가, 예술가들 가운데는 인민 대중의 생활 감정에 맞지 않는 작품을 내놓고도 기술적인 력량을 뽐내는 사람이 없지 않습니다. 그러나 생활 감정에 맞지 않는 작품을 내려 먹였대야 인민 대중이 받아 먹지 않습니다. 이런 작품들과 대비한다면 근로자들의 써클 작품들은 비록 기술적인 면에서 아직 어린 점이 있다 하더라도 거기에는 인민들의 생활 감정에 안겨 오는 생동한 감동성과 매력이 있습니다. 그렇기 때문에 우리들은 근로 대중에게서 허심하게 배워야 하며 낡은 것을 버리고 새것을 접수하는 데 민감해야 합니다.

김일성 동지는 작가, 예술가들이 대중에 의거하고 창작 사업에 대중을 발동시킬 것을 교시하였습니다. 이것은 근로 대중이 문화의 향수자일 뿐만 아니라 문화의 창조자라는 맑스-레닌주의 명제에 의거하고 있는 동시에 우리 나라의 정치, 경제, 문화의 전면적 앙양에 따르는 인민

대중의 문화 수준의 급속한 제고를 안받침으로 하여 금후 우리 문학 예술이 나아갈 실천적 방향을 제시한 것으로서 중요한 의의를 가집니다.

금번 농촌 부문 써클 경연 대회가 거둔 거대한 성과만 두고 말하더라도 그것은 우리 당이 최근 년간에 농촌에서 진행한 기술 문화 혁명의 성과적 수행과 떼여서 생각할 수 없습니다. 농촌 경리의 사회주의적 개조와 더불어 농촌 기계화의 추진으로 그들이 과거와 같은 힘든 로동에서 해방되면서 그처럼 군중 문화 사업을 급속히 발전시킬 수 있었다는 사실에 우리는 응당한 주목을 돌려야 합니다. 그것은 앞으로 기술 혁명의 성과적 수행에 따라 우리 근로자들이 사회주의, 공산주의 문학 예술 창조에 더욱 적극적으로 참가하며 대중적 써클 운동이 더욱 눈부시게 발전하리라는 것을 시사하고 있습니다.

그러므로 이 추세에 발맞추어 우리들의 창작 사업에 대중을 발동시키고 작품 평가에 대중을 인입시키는 것은 우리들의 문학 예술 창조 사업을 질적으로나 량적으로 풍부화시키는 길인 동시에 진정 우리들의 문학 예술을 인민 대중의 것으로 만드는 일로 되며 여기서만 문학 예술의 진정한 인민성이 확립될 수 있습니다. 우리 작가, 예술가들은 대중에게서 배우면서 또한 그들에게 아직도 기술적으로 부족한 면들을 인내성 있게 가르쳐 주며 몸에 배게 해 주어야 합니다.

문학 예술 창조 사업에서 작가, 예술가들과 근로 대중과의 이러한 동지적 협조와 긴밀한 련계는 우리 문학 예술의 창조적 성과를 급속히 확대할 수 있는 담보로 되며 우리의 문학 예술을 진정한 인민의 문학 예술로 되게 하는 실천적 방도로 됩니다.

이 모든 것은 오늘 우리 문학 예술 발전이 새로운 시기에 들어 섰으며 사회주의, 공산주의 문학 예술 창조에서 새로운 특징들을 드러내고 있다는 것을 말하여 주고 있습니다.

현 시기에 있어서 우리들 앞에 나선 가장 숭고한 임무는 전체 인민들을 공산주의 정신으로 교양하고 개조하며 보다 영웅적인 로력 위훈으로 불러 일으키는 위대한 사회주의, 공산주의 문학 예술을 창조하는 데 있습니다.

우리 당과 김일성 동지의 현명한 령도 밑에 우리 문학 예술이 지금까지 걸어 왔고 또 앞으로 걸어 나아갈 길은 정확하고 또 명확합니다. 그렇기 때문에 우리들 앞에 나선 가장 중심적이며 기본적인 임무는 우리 시대와 우리 인민이 요구하는 보다 좋은 작품을 보다 많이 왕성하게 창작하는 데 있습니다.

우리 전체 작가, 예술가들은 자기 수중에 쥐여진 무기를 더욱 날카롭게 벼리고 그것을 다루는 데 더욱 정통하고 숙련된 능수로 되며 김일성 동지가 교시하신 것처럼 "예술성으로 더욱 강화하여진 고상한 사상성"의 작품을 많이 창작해내도록 하여야겠습니다. 우리 문학 예술은 해방 후 그의 급속한 발전 과정에서 각 예술 부문 간에 불균형이 조성되고 어떤 부문은 아직도 뒤떨어지고 있는 것이 사실입니다.

김일성 동지의 교시에서 특히 우리 영화와 가요에 대하여 강조한 것도 그가 차지하는 비중이 크다는 점과 아울러 이 부문이 다른 부문에 비하여 현저히 뒤떨어지고 있기 때문입니다. 다 아는 바와 같이 종합적인 현대 예술로 특징적인 영화는 예술 형식 가운데서 가장 대중성이 높은 예술이며 또 가요도 대중적이며 직접적인 선동성을 가진 예술입니다. 때문에 우리 나라의 혁명 발전이 이러한 대중성이 높은 예술을 많이 요구하고 있는 것이며 그에 대한 요구성이 높아지고 있는 것은 당연한 일입니다. 그러나 오늘의 영화가 이러한 요구성을 충족시켜 주지 못하고 있는 것은 결코 영화 부문 일'군들에게만 책임이 있는 것은 아닙니다. 중요하게는 좋은 씨나리오를 창작해 내지 못한 작가들에게 있습니다.

가요의 경우에 있어서도 좋은 가요가 나오지 못한 원인은 작곡가에게만 있는 것도 아니며 또 가사를 짓는 작가에게만 있는 것도 아닙니다.

이에는 호상 불가분리적인 련관성이 있습니다. 그러므로 앞에서도 지적한 바와 같이 문학 예술 각 부문 또는 쟌르 간의 련계를 강화하며 통일적인 발전을 위한 지도 체계를 확립하는 데 금번 문예총이 새로이 발족하게 된 주요한 사명과 의의가 있는 것입니다. 우리들은 호상 련대 책임을 가지고 뒤떨어진 부문을 추켜 세워 앞선 부문을 따라 잡게 하며 우리 문학 예술의 어떤 부문에서도 계속 앙양, 계속 전진이 있게 하여야 합니다. 우리 문학 예술 앞에는 휘황한 사회주의, 공산주의 대로가 열려져 있습니다. 그러나 이것은 우리들의 앞길에 아무런 곤난도 장애도 없다는 것을 의미하지 않습니다.

오늘 우리 혁명 발전이 새것과 낡은 것의 가렬한 투쟁 속에서 이루어지는 것처럼 우리 문학 예술의 앞길에도 새것의 장성을 방해하며 전진을 저해하는 낡은 잔재가 집요하게 작용하고 있다는 것을 알아야 합니다.

우에서도 지적한 바와 같이 우리 문학 예술 분야에서 보수주의와 신비주의는 죄다 마사지지 않았으며 교조주의와 형식주의의 잔재도 완전히 가시지 않고 있습니다. 우리들은 이러한 낡은 잔재들을 뿌리 뽑기 위하여 완강하게 투쟁을 계속 하여야 합니다.

우리 작가, 예술가들은 지난날에 그랬던 것과 같이 우리 당의 문예 로선으로부터 리탈된 어떠한 경향과도 견결히 투쟁하여야 하며 특히 국제 수정주의와 부르죠아 반동 문예 사상의 침습을 분쇄하는 투쟁을 계속 강화하고 우리들 자신 속에 남아 있는 소부르죠아적 일체 낡은 사상 잔재의 발현과도 타협 없는 투쟁을 계속하여야 합니다. 우리들은 우리 문학 예술 작품들의 사상 예술성에 대하여도 한층 그 요구성을 높여야 하겠습니다.

사람들에게 공산주의적 도덕 품성을 배양하고 사람들의 정신 생활을 더욱 풍부히 하며 사람들을 흥분시키고 고무하며 그들에게 아름다운 정서를 불러 일으킬 수 있는 작품이란 작가의 현실 생활에 대한 뜨거운 사랑과 함께 투철한 맑스-레닌주의 세계관의 체득과 심오한 사상적 내용을 체현한 아름답고 완성된 예술적 형식을 창조하는 예술적 기교로써만 가능한 것입니다.

따라서 전체 작가, 예술가들은 천리마적 현실 생활에 깊이 침투하여 생활 체험을 축적함과 아울러 자기를 부단히 개조하며 우리 당 정책과 김일성 동지의 로작들을 계속 학습하고 맑스-레닌주의적 미학 교양과 예술적 기교를 제고하는 끊임 없는 노력이 있어야 하겠습니다.

우리는 문학 예술 각 분야에서 창작의 질을 제고함과 아울러 또한 문학 예술 리론과 평론의 수준을 한층 높여야 하겠습니다.

우리의 평론은 창작의 사상 예술성을 높이는 데 실질적인 방조를 주어야 하며 광범한 대중의 리익의 옹호자이며 공정한 사회 여론의 대변자로 되여야 합니다.

우리의 각 부문 평론들은 주체를 확립하고 교조주의와 형식주의를 퇴치하는 투쟁에서도 선도적 역할을 놀아야 하며 우리 문학 예술의 창작 경험들을 총화한 기초 우에서 오늘의 천리마적 현실을 형상화하며 사회주의, 공산주의 문학 예술 창조에서 제기되는 미학상의 문제들에 대하여 구체적인 해명을 주어야 합니다. 또한 우리들은 우리 나라의 풍부한 문학 예술 유산을 정리하고 계승하는 사업을 더욱 활발히 전개하며 특히 우리 고전 작가, 예술가들의 풍부한 창작 경험과 리론적 유산들을 계승 발전시키며 우리의 맑스-레닌주의 문학 예술 리론을 더욱 풍부화시킴으로써 우리 문학 예술 창조 사업에 이바지해야 하겠습니다.

우리들은 모든 력량을 우리 시대의 사회주의, 공산주의 문학 예술 창조에 바쳐야 하며 천리마 시대의 영웅적 우리 인민들이 어떻게 인류의 리상인 공산주의를 앞당기기 위하여 사업하고 투쟁하였는가를 진실한 모습으로 우리의 먼 후대들에게 보여 주어야 합니다.

우리 문학 예술 부대는 일찌기 오늘과 같이 거대한 력량으로 뭉쳐진 적이 없습니다.

당의 의지로 뭉친 우리들은 이미 가렬한 투쟁 속에서 단련되였으며 간고한 시련 속에서 승리한 당의 작가, 예술가 부대입니다.

우리들은 당의 붉은 문예 전사로서 우리 나라 혁명을 촉진시키는 데 창조적 력량을 다 바쳐야 하며 프로레타리아 국제주의에 충실하며 사회주의와 세계 평화의 공동 위업을 위하여 헌신적으로 투쟁하여야 하겠습니다.

친애하는 동지들!

나는 오늘 우리들이 문예총을 결성하는 이 자리를 빌어 우리 문학 예술의 전국적인 통일적 발전을 위하여 남북 간의 문화 교류를 촉진시키며 우리 조국의 평화적 통일을 촉진시킬 데 대하여 다시 한 번 남조선 전체 작가, 예술가들에게 호소하려고 합니다.

다 아는 바와 같이 김일성 수상은 8·15 해방 15주년 경축 대회 보고에서 조국의 평화적 통일과 민족의 장래 번영을 위한 위대한 강령을 천명하였으며 최고 인민 회의 제2기 제8차 회의는 이를 구체화한 주도 면밀한 현실적인 방안을 제시하였습니다. 이 정당한 방안은 조국의 분렬을 종식시키며 파국에 처한 남조선의 민족 경제와 도탄에 빠진 남조선의 인민 생활을 구원하는 유일하게 정당한 방안으로서 남북 조선 인민의 한결 같은 지지와 국제적 반향을 불러 일으키고 있습니다. 남조선의 일부 정당, 사회 단체들 속에서도 남북 간의 접촉과 협상을 요구하는 목소리가 점차 높아 가고 있으며 남조선의 광범한 사회계와 정계의 커다란 주의가 조국의 평화적 통일 문제에 돌려지고 있는 것은 오늘 막을 수 없는 대세의 도도한 흐름으로 되고 있습니다.

이 흐름에 남조선 작가, 예술가들도 합류하고 있습니다.

그러나 조국과 인민의 운명에 누구보다 깊은 관심을 가지고 민족적 의무 앞에 충실하여야 할 남조선 작가, 예술가들 중 일부가 아직도 침묵을 지키고 있는 리유는 무엇이겠습니까?

우리는 이들 일부 남조선 작가 예술인들도 숭고한 동포애와 민족적 념원으로부터 출발한 우리들의 제의를 한갖 선전이라고 떠벌린 장면 도당의 기만적 술책에 빠져 있다고는 생각하지 않습니다. 그들은 남조선에서 부패한 양키 문화와 미국식 생활 양식이 강요되고 우리의 고유한 민족 문화와 생활 풍습이 무참히 짓밟히고 있는 것을 가슴 아파하며 남북 간의 인공적 장벽으로 언어와 생활 풍습까지도 서로 달라져 가고 있는 사태를 통탄하고 있습니다.

우리들은 멀지 않는 장래에 남북 조선 작가, 예술가들이 반드시 한자리에 모일 수 있다는 것을 확신하면서 남반부 작가, 예술가들에게 우리의 제의가 접수될 때까지 온갖 성의 있는 노력을 아끼지 않을 것입니다.

우리 민족 문화를 통일적으로 발전시키는 것은 우리 민족에게 있어서 한시도 유예할 수 없는 절박한 문제이며 따라서 이 민족적 과업을 실현하는 것은 우리 남북 예술인들의 공동적 의무이며 권리입니다.

우리는 미제 간섭자들 때문에 우리의 민족적 대사를 그르칠 수 없습니다. 남북 예술 단체 대표나 개별적 인사들의 접촉과 래왕으로 조국 통일의 실머리를 풀자는 것이 무엇 때문에 접수될 수 없으며 또 실현될 수 없는 일이겠습니까. 우리들은 다른 사람 아닌 우리 인민의 지향과 현실적 움직임을 가지고 인민 대중들을 깨우쳐 주어야 할 작가 예술가들입니다.

우리들은 남북 조선의 현실을 자기 눈으로 보고 진실을 이야기해야 하며 자기의 작품을 통하여 사람들로 하여금 온갖 불신임과 편견을 버리게 하고 호상간 친화와 리해로써 오래 동안 막혔던 인공적 장벽을 헐어 버리며 평화적 조국 통일을 성취하는 데 도움을 주어야 할 사명을 지니고 있습니다.

나는 남조선 작가, 예술가들이 이러한 민족적 사명을 자각하고 남북 작가, 예술가들의 접촉과 협상을 하루 속히 실현시키는 데 호응하여 나설 것을 우리 북반부 전체 작가, 예술가들의 이름으로 다시 한 번 간곡하게 호소하는 바입니다.

친애하는 동지들!

우리 북반부에서의 사회주의 건설은 7개년 계획의 웅대한 설계도를 펼치고 새로운 승리를 향하여 천리마적 기세로 약진하고 있으며 우리의 민족적 지상 과업인 조국 통일의 위업을 성취할 날은 점차 가까와 오고 있습니다.

우리 나라의 위대한 혁명 발전은 우리 문학 예술 분야에 더욱 광활한 전망과 확고한 승리의 신심을 안겨 주고 있습니다. 우리들은 사회주의와 공산주의가 승리하는 시대에 살고 있으며 천리마의 기상으로 나래치는 로동당 시대에 살고 있습니다. 우리들은 유구한 력사와 찬란한 문화 전통을 이은 나라에 태여났으며 리규보, 리제현, 박연, 김시습, 김만

중, 박연암, 김홍도, 신재효와 같은 탁월한 문학 예술의 천재들을 낳은 민족의 후손들입니다. 우리들에게는 경애하는 수령 김일성 동지를 수반으로 하는 조선 로동당의 현명한 령도가 있으며 우리 문학 예술을 휘황한 사회주의, 공산주의 대로로 이끄는 우리 당의 정확한 문예 로선이 있습니다.

또한 우리에게는 우리 당의 령도 밑에 가혹한 전쟁의 시련을 이겨 냈으며 전후의 어려운 환경에서 인민 경제를 복구하고 새 사회를 훌륭히 건설한 영웅적 우리 인민이 있으며 공산주의적으로 일하고 배우며 사는 위대한 모범을 보여 주면서 우리 조국 땅 우에 인민의 행복한 락원을 더 빨리 건설하려고 수 많은 기적들을 창조하고 있는 수천 수만의 천리마 기수들이 있습니다.

항일 무장 투쟁 시기의 빛나는 혁명 문학과 카프 문학의 우수한 전통을 계승하고 보람찬 로동당 시대의 혁명 위업의 일익적 임무를 담당하여 나선 우리 작가 예술가들이 있습니다.

우리들은 모름지기 우리의 영웅적 천리마 기수들과 호흡을 같이하면서 문학 예술 창조 사업을 통하여 자기에게 주어진 력사적 사명을 완수하리라는 것을 서로서로 확신하는 바입니다.

모두다 7개년 계획을 승리에로 이끄는 위력한 사회주의, 공산주의 문학 예술의 창조를 위하여 유구한 우리 나라 문학 예술 발전에서 새롭게 백화 만발하는 보다 높은 봉우리를 축성하기 위하여 힘차게 나아갑시다.

—『조선문학』163, 1961.3(1961.3.9)

북조선 평론 목록 (1946~1967)

1946.7   관기응, 유문화 역, 「중국문화사업의 대혁명」, 『문화전선』 1.

1946.7   낄보쩐, 기석영 역, 「쏘베트문학의 저명한 작품」, 『문화전선』 1.

1946.7   리기영, 「창작방법상에 대한 기본적 제문제」, 『문화전선』 1.

1946.7   아여고린, 김동철 역, 「소연방에 잇어서의 사회주의문화의 개화」, 『문화전선』 1.

1946.7   안막, 「조선문학과 예술의 기본임무」, 『문화전선』 1.

1946.7   안함광, 「예술과 정치」, 『문화전선』 1.

1946.7   엠 흐립챈쓰, 이득화 역, 「승리한 소련인민의 예술」, 『문화전선』 1.

1946.7   한설야, 「국제문화의 교류에 대하야」, 『문화전선』 1.

1946.11   리청원, 「조선민족문화에 대하여」(평론), 『문화전선』 2.

1946.11   안막, 「신정세와 민주주의 문학예술전선강화의 임무」(평론), 『문화전선』 2.

1946.11   안함광, 「민주문화 창건과 문화파류의 문제―일본문화의 비판을 중심으로」(평론), 『문화전선』 2.

1946.11   윤세평, 「신민족문화수립을 위하여」(평론), 『문화전선』 2.

1946.11   한효, 「창작방법론의 전제―문학비평의 상태와 과제」(평론), 『문화전선』 2.

1947.2   김주경, 「조선미술유산의 계승문제」(평론), 『문화전선』 3.

1947.2   안함광, 「북조선창작계의 동향」(평론), 『문화전선』 3.

1947.2·4·8 한효, 「현대조선문학사조(1~3)」(평론), 『문화전선』 3~5.

1947.4   안함광, 「의식의 논리와 문예창조의 본질적인 제문제」(평론), 『문화전선』 4.

1947.4	최승일, 「조선민족고전연극론」(평론), 『문화전선』 4.
1947.8	신고송, 「연극운동의 신단계」(평론), 『문화전선』 5.
1947.8	안막, 「민족예술과 민족문학건설의 고상한 수준을 위하여」(평론), 『문화전선』 5.
1947.8	윤세평, 「신조선문화의 성격과 그 기반―인민경제계획실시와 문화문제」(평론), 『문화전선』 5.
1947.9	안함광, 「북조선민주문학운동의 발전과정과 전망」(평론), 『조선문학』 1.
1947.9	윤세평, 「해방과 문학예술」(평론), 『조선문학』 1.
1947.9	한효, 「고상한 리알리즘의 체득―문학창조에 대한 김일성장군의 교훈」(평론), 『조선문학』 1.
1948.4	「김일성장군의 애국적 호소에 격동된 전 문학가 예술가들은 조국을 예속화시키려는 미제국주의의 침략적 시도를 반대하여 투쟁한다」(권두사), 『문학예술』 1.
1948.4	「브 무라델리의 오페라 「위대한 친선」에 관한 전연맹공산당(볼세비끼)중앙위원회결정서」(평론), 『문학예술』 1.
1948.4	게르쯔베르그, 김시학 역, 「로씨야인민의 위대한 미술가 브 이 쑤리꼬브」(평론), 『문학예술』 1.
1948.4	기석영, 「위대한 혁명적 민주주의자는 곌곈 벨린쓰끼 체르늬쉡쓰끼 도부로류보브는 로씨야사회민주주의자의 선구자들이다」(평론), 『문학예술』 1.
1948.4	민병균, 「북조선시단의 회고와 전망」(평론), 『문학예술』 1.
1948.4	올레그 레오니도브, 현빈 역, 「영화의 거장들」(평론), 『문학예술』 1.
1948.4	이 그린베르그, 엄호석 역, 「1917년부터 1947년까지의 쏘베-트 로씨야의 시문학」(평론), 『문학예술』 1.
1948.4	이골차꼬프, 신고송 역, 「연출에 대하여」(평론), 『문학예술』 1.
1948.4	한식, 「조선문학의 발전을 위하여―창작방법에 대한 제문제」(평론), 『문학예술』 1.
1948.7	「미제국주의자들의 음흉간악한 기도를 반대하여 결사적으로 투쟁하자」(권두사), 『문학예술』 2.
1948.7	아렉산다까라가노브, 고강 역, 「국가와 문학」(평론), 『문학예술』 2.
1948.7	엠 치아우레리, 이득화 역, 「두 영화계」(평론), 『문학예술』 2.
1948.7	윤광, 「작가와 현실」(평론), 『문학예술』 2.

1948.7	주영섭,「연출과 사실주의」(평론),『문학예술』2.
1948.11	니꼬라이 오첸, 한상로 역,「쏘베트희곡의 주인공」(평론),『문학예술』3.
1948.11	드 라비노비치, 현빈 역,「쏘베트교양곡」(평론),『문학예술』3.
1948.11	박철민,「북조선영화사업에 있어서의 자체교양과 인재육성―사상의식제고와 기술연마 및 후진양성」(평론),『문학예술』3.
1948.11	아 롬므, 이휘창 역,「쏘련의 풍속화」(평론),『문학예술』3.
1948.11	한효,「민촌연구―그 작가생활의 요람기」(평론),『문학예술』3.
1948.12	브 야투스또브스끼, 엄호석 역,「음악에 있어서의 고전적 전통과 개혁적 정신」(평론),『문학예술』4.
1948.12	아 따라쎈꼬브, 이득화 역,「쏘베트문학은 사회주의적 사실주의의 궤도위에 서 있다」(평론),『문학예술』4.
1948.12	안함광,「1948년 예술에 있어서의 소설문학의 동태와 방향을 말함―축전참가소설작품을 읽고」(평론),『문학예술』4.
1948.12	한식,「아동문학의 중요성」(평론),『문학예술』4.
1949.1	윤광,「조쏘문화교류의 삼년간 개관과 앞으로의 전망」(평론),『문학예술』2-1.
1949.1	한효,「예술축전의 희곡들」(평론),『문학예술』2-1.
1949.5	「평화옹호를 위한 문학 예술인들의 임무」(권두언),『문학예술』2-5.
1949.5	기석영,「레알리즘의 제특징」(평론),『문학예술』2-5.
1949.6	안승렬,「씨나리오창작에 관하여」(평론),『문학예술』2-6.
1949.6	엄호석,「1·4분기의 작단에 나타난 문학적 성과―「남매」,「호랑영감」,「안나」를 평함」(평론),『문학예술』2-6.
1949.6	한효,「시단소감」(평론),『문학예술』2-6.
1949.7	안함광,「애국사조의 형상―「무지개」가 부르는 길―쏘련 및 신민주주의국가 현대문학예술의 감상(제1회)」(평론),『문학예술』2-7.
1949.7	정률,「시인과 현실―조기천씨의 창작을 평함」(평론),『문학예술』2-7.
1949.7	한식,「주제의 구체화와 단편의 구성―농민소설집을 평함」(평론),『문학예술』2-7.
1949.8	쁘 위신쓰끼, 정관호 역,「세계주의는 제국주의 반동의 무기이다」(평론),『문학예술』2-8.
1949.8	엄호석,「현대성의 주제와 주인공―「문학예술」5월호 창작 3편」(평론),

『문학예술』 2-8.

1949.8 홍순철, 「해방후 4년간 문학예술의 총화와 금후발전을 위하여」(평론), 『문학예술』 2-8.

1949.9 나웅, 「사실주의적 연출 연기 체계확립을 위하여」(평론), 『문학예술』 2-9.

1949.9 리정구, 「창작방법에 대한 변증법적 이해를 위하여」(평론), 『문학예술』 2-9.

1949.9 박종식, 「신인론」(평론), 『문학예술』 2-9.

1949.10 김로만, 이봉천 역, 「일본문학시평—전후각국문학계의 동향(1)」(평론), 『문학예술』 2-10.

1949.10 안함광, 「고상한 레알리즘의 논의와 창작발전도상의 문제」(평론), 『문학예술』 2-10.

1949.10 엄호석, 「농촌묘사와 예술적 진실—농민소설집 『자라는 마을』을 말함」(평론), 『문학예술』 2-10.

1949.10 하앙천, 「중국민주문학운동개관—전후각국문학계의 동향(1)」(평론), 『문학예술』 2-10.

1949.12 김승구, 「쏘련의 희곡문학에 대하여」(평론), 『문학예술』 2-12.

1949.12 아 딤쉬쯔, 박덕수 역, 「독일민주주의문학의 부흥—전후각국문학계의 동향」(평론), 『문학예술』 2-12.

1949.12 아 마까로브, 「시문학의 새로운 영역」(평론), 『문학예술』 2-12.

1949.12 주영섭, 「쓰따니쓸라흐스끼와 그의 배우수업」(신간평), 『문학예술』 2-12.

1949.12 한효, 「「서화」의 작가로서의 민촌」(평론), 『문학예술』 2-12.

1950.1 류창선, 「고려가요에 대한 일 고찰」(평론), 『문학예술』 3-1.

1950.1 명월봉, 「위대한 조국전쟁시기에 있어서의 쏘베트문학의 역할」(평론), 『문학예술』 3-1.

1950.1 한효, 「보다 높은 성과를 향하여—1949년도 소설계의 회고」(평론), 『문학예술』 3-1.

1950.2 느 뻬뜨로브, 신고송 역, 「연출의 길」(평론), 『문학예술』 3-2.

1950.2 리정구, 「쏘베트시문학과 우리시인들」(평론), 『문학예술』 3-2.

1950.2 안함광, 「1949년도 8·15 문학예술축전의 성과와 교훈」(평론), 『문학예술』 3-2.

1950.2 오덕순, 「극영화 「내고향」에 대하여」(평론), 『문학예술』 3-2.

1950.3	레브 뽀도이쓰끼 · 브 뚠꼬브, 홍종린 역, 「낡은 갈등과 새 갈등」(평론), 『문학예술』 3-3.
1950.4	리기영, 「소설가 황건을 말함」(평론), 『문학예술』 3-4.
1950.4	리휘창, 「포올 · 엘류아-르의 예」(평론), 『문학예술』 3-4.
1950.4	야 프리-드, 한재호 역, 「형식주의는 예술의 적이다」(평론), 『문학예술』 3-4.
1950.5	명월봉, 「쏘베-트 시문학에 있어서의 쓰딸린 스승의 형상」(평론), 『문학예술』 3-5.
1950.5	엄호석, 「조선문학에 나타난 김일성장군의 형상」(평론), 『문학예술』 3-5.
1950.6	리기영, 「시인 김상오를 말함」(평론), 『문학예술』 3-6.
1950.6~7	한효, 「장편 「땅」에 대하여(제1~2회)」(평론), 『문학예술』 3-6~7.
1950.7	박화순, 「쏘베트문학에 나타난 빨찌산들과 그들의 고상한 애국주의사상―뽈레보이의 단편집을 읽고」(평론), 『문학예술』 3-7.
1950.7	아 파제예브, 전치봉 역, 「문학평론의 제과제에 대하여―제13차 쏘베트작가동맹에서의 보고」(평론), 『문학예술』 3-7.
1951.4	안함광, 「전시하의 조선문학」(평론), 『문학예술』 4-1.
1951.5	리정구, 「조선인민의 위대한 수령의 형상―조기천 번역 니꼬라이 · 크리바초브 원작 장시 「김일성장군」을 읽고」(평론), 『문학예술』 4-2.
1951.5	엔 페도렌꼬, 윤태웅 역, 「중국문학의 젊은 재능들」(평론), 『문학예술』 4-2.
1951.6	한효, 「우리문학의 전투적 모습과 제기되는 몇 가지 문제」(평론), 『문학예술』 4-3.
1951.7	므 쿠쯔네트쏘브, 박시환 역, 「작가와 생활」(평론), 『문학예술』 4-4.
1951.7	엄호석, 「작가들의 사업과 정열―최근의 창작을 중심으로」(평론), 『문학예술』 4-4.
1951.7	조인규, 「가두 미술 전람회의 성과」(평론), 『문학예술』 4-4.
1951.8	웨 예르밀로프, 전치봉 역, 「사회주의 레알리즘 리론의 몇 가지 문제」(평론), 『문학예술』 4-5.
1951.9	브 예르밀르브, 박시환 역, 「전시문학의 역할과 그 임무―평화의 이름으로」(평론), 『문학예술』 4-6.
1951.9	안함광, 「싸우는 조선의 시문학이 제기하는 주요한 몇 가지 특징」(평론), 『문학예술』 4-6.

1951.10~12·1952.2   한홍수, 「력사미술의 발전을 위하여—주로 력사미술에서 레알리
즘의 적용과 민족적 형식의 계승문제에 관하여(1~완)」(평론), 『문학예술』
4-7~9 · 5-2.

1952.1   세르게이 이와노브, 박시환 역, 「쏘베트 산문학에 새인물들」(평론), 『문학
예술』 5-1.

1952.1   신고송, 「연극에 있어서 형식주의 및 자연주의적 잔재와의 투쟁」(평론),
『문학예술』 5-1.

1952.2   떼 흐렌니꼽, 홍종린 역, 「쏘베트 음악의 새 앙양」(평론), 『문학예술』 5-2.

1952.3   박문원, 「미술에 있어서의 자연주의적 잔재의 극복을 위하여」(평론), 『문학
예술』 5-3.

1952.3   아 예골린, 일파 역, 「위대한 로씨야 작가 고골리—엔·웨·고골리의 서거
100주년에 제하여」(평론), 『문학예술』 5-3.

1952.4   아 메쓰니꼽, 홍종린 역, 「사회주의 레알리즘의 기본적 제특징에 관하
여」(평론), 『문학예술』 5-4.

1952.5   엄호석, 「조국해방전쟁과 문학의 앙양」(평론), 『문학예술』 5-5.

1952.5   찌혼 흐레니꼬브, 일파 역, 「쏘베트 작곡가 동맹 제5차 전원회의 총결」(평
론), 『문학예술』 5-5.

1952.6   웨 뻬르쏘브, 박일파 역, 「마야꼽쓰끼의 언어와 뿌쉬낀의 전통」(평론), 『문
학예술』 5-6.

1952.6   한효, 「조선문학에 있어서 사회주의 레알리즘의 발생조건과 그 발전에 있어
서의 제특징」(평론), 『문학예술』 5-6.

1952.7   김남천, 「김일성 장군 령도하에 장성 발전하는 조선 민족 문학 예술」(평론),
『문학예술』 5-7.

1952.7   리정구, 「시인 조기천의 창작의 특징과 의의—그의 1주기를 제하여 「조기
천 연구」의 일부로서」(평론), 『문학예술』 5-7.

1952.8   「모쓰크바에서 열린 아동문학의 제문제에 대한 협의회—박우천 역, 「꼼쏘
몰스까야 쁘라우다」지에서」(평론), 『문학예술』 5-8.

1952.8   서만일, 「문학에서 있어서의 당성(1)—볼쉐위끼 당과 쏘베트 문학」(평론),
『문학예술』 5-8.

1952.8   한효, 「우리 문학의 새로운 성과—1952년 상반기에 발표된 작품들에 대하
여」(평론), 『문학예술』 5-8.

1952.9	길진섭, 「조국 해방 전쟁 미술 전람회 평」(평론), 『문학예술』 5-9.
1952.9	서만일, 「문학에 있어서의 당성(2)─볼쉐위끼당과 쏘베트 문학」(평론), 『문학예술』 5-9.
1952.9	웨 프블로브, 박혁 역, 「갈등은 극작품의 기본이다」(평론), 『문학예술』 5-9.
1952.10	최창엽 역, 「쏘베트 음악에 있어서의 사회주의 레알리즘」(평론), 『문학예술』 5-10.
1952.10	신고송, 「희곡 창작과 언어 문제」(평론), 『문학예술』 5-10.
1952.10	안파, 일석 역, 「위대한 혁명적 문학가 로신」(평론), 『문학예술』 5-10.
1952.10	추민, 「높은 애국주의적 영웅성의 구현─영화 「또다시 전선으로」에 대하여」(평론), 『문학예술』 5-10.
1952.11~12	드 쎄 삐싸레브스끼, 서창환 역, 「평화를 위하여 투쟁하는 쏘베트 예술(1~2)」(평론), 『문학예술』 5-11~12.
1952.11	리정구, 「시인 조기천의 문학적 활동과 애국주의 사상」(평론), 『문학예술』 5-11.
1952.11	엄호석, 「문학 발전의 새로운 징조─최근의 작품들과 그 경향을 말함」(평론), 『문학예술』 5-11.
1952.12	리효운, 「문학 장르 오-체르크에 관하여─창작 방법을 중심으로」(평론), 『문학예술』 5-12.
1953.1	「쏘베트 미술의 거대한 성과─잡지 박일파 역, 「이스꾸쓰트보」에서」(평론), 『문학예술』 6-1.
1953.1~4	한효, 「자연주의를 반대하는 투쟁에 있어서의 조선문학(1~4)」(평론), 『문학예술』 6-1~4.
1953.2	윤두헌, 「극문학과 그 무대 형상에 대하여─국립 극장 공연 「우리 나라 청년들」을 보고」(평론), 『문학예술』 6-2.
1953.2	이 네스찌예브, 현빈 역, 「쏘베트 음악에 대한 몇 가지 문제」(평론), 『문학예술』 6-2.
1953.4	석영, 「우라지밀 마야꼬브쓰끼의 창작에 대한 맑쓰주의적 해석을 위하여」(평론), 『문학예술』 6-4.
1953.4~7	안함광, 「김일성 원수와 조선 문학의 발전(1~4)」(평론), 『문학예술』 6-4~7.
1953.5	엔 똘체노바, 강필주 역, 「라트비야 인민의 서사시」(평론), 『문학예술』 6-5.
1953.5	추민, 「조선 영화의 새로운 성격─예술영화 「향토를 지키는 사람들」을 보

고서」(평론), 『문학예술』 6-5.

1953.6	브 므 씨쩰리니꼬브, 서창환 역, 「쏘련 인민들의 창작에 나타난 쓰탈린의 형상」(평론), 『문학예술』 6-6.

1953.8   김명수, 「장편서사시 「어러리벌」에 대하여」(평론), 『문학예술』 6-8.

1953.8   에쓰 마르샤크, 「학교와 아동 문학―아동 문학과 학교 교과서 편찬에 관하여」(평론), 『문학예술』 6-8.

1953.9   서만일, 「레닌이 본 똘쓰또이」(평론), 『문학예술』 6-9.

1953.9   웨 오제로보, 「쏘베트 문학에 있어서의 전형성 문제(1)」(평론), 『문학예술』 6-9.

1953.9   윤시철, 「소설 「행복」에 대하여」(평론), 『문학예술』 6-9.

1953.10   웨 오제로브, 현빈 역, 「쏘베트 문학에 있어서의 전형성의 문제(2)」(평론), 『조선문학』 1.

1953.11   박세영, 「수령은 부른다」(신간평), 『조선문학』 1-2.

1953.11   엄호석, 「로동 계급의 형상과 미학상의 몇 가지 문제」(평론), 『조선문학』 1-2.

1953.11   오 모셴쓰끼, 김창호 역, 「10월 혁명에 의하여 탄생한 문학」(평론), 『조선문학』 1-2.

1953.11   웨 오제로브, 현빈 역, 「쏘베트 문학에 있어서의 전형성의 문제(3)」(평론), 『조선문학』 1-2.

1953.12   김명수, 「아동문학 창작에 있어서의 몇 가지 문제―아동문학 12집과 동요 동시집 「항상 배우며 준비하자」를 중심으로」(평론), 『조선문학』 1-3.

1953.12   홍순철, 「문학에 있어서의 당성과 계급성」(평론), 『조선문학』 1-3.

1954.2   박웅걸, 「『싸우는 마을 사람들』에 대하여」(신간평), 『조선문학』.

1954.2   안함광, 「소설 문학의 발전상과 전형화상의 몇 가지 문제」(평론), 『조선문학』.

1954.3   윤두헌, 「극 문학상의 몇 가지 문제―1954년도 각 극장 예술 단체들의 레파토리를 높은 수준에서 보장하기 위하여」(평론), 『조선문학』.

1954.3   윤세평, 「18세기 실학파 사상과 박연암의 문학」(평론), 『조선문학』.

1954.4   김명수, 「장편소설 「력사」에 대하여」(평론), 『조선문학』.

1954.4   김하명, 「풍자 문학의 발전을 위하여」(평론), 『조선문학』.

1954.4   브 류리꼬브, 옥명찬 역, 「쏘련 문학에 있어서의 부정적 인물의 취급에 관하여」(평론), 『조선문학』.

1954.5	리갑기, 「「춘향전」의 비판적 계승을 위하여」(평론), 『조선문학』.
1954.5	리효운, 「시문학 장르-발라다에 대한 고찰」(평론), 『조선문학』.
1954.5	엄호석, 「인간은 사실주의 문학의 심장」(평론), 『조선문학』.
1954.5	한효, 「신경향파 작가로서의 최서해」(평론), 『조선문학』.
1954.6	김명수, 「우리 문학의 형상성 제고를 위하여」(평론), 『조선문학』.
1954.6	최익한, 「정다산과 문학」(평론), 『조선문학』.
1954.7	엄호석, 「생활의 체험과 작가-「싸우는 마을 사람들」을 중심으로」(평론), 『조선문학』.
1954.8	김강, 「최근 문학 평론에서 나타난 몇 가지 결함들과 그의 당면 과업」(평론), 『조선문학』.
1954.8	박태영, 「아동극에 대한 몇 가지 의견」(평론), 『조선문학』.
1954.8	조령출, 「시집 「강철의 대오」에 대하여」(신간평), 『조선문학』.
1954.9	김하명, 「부정적 인물의 형상화에 대하여」(평론), 『조선문학』.
1954.9	리정구, 「최근 우리 시문학상에 제기되는 몇 가지 문제-주로 서정시를 중심으로」(평론), 『조선문학』.
1954.9	뻬 브호드쩨브, 최창섭 역, 「아·뜨왈도브쓰끼의 장시에 있어서의 전형화의 특수성」(평론), 『조선문학』.
1954.10	엔 쏘꼴로바, 박영근 역, 「생활을 빈약화하지 말라!」(평론), 『조선문학』.
1954.10	한효, 「생활과 보조를 같이 하는 것은 작가들의 신성한 의무이다」(평론), 『조선문학』.
1954.11	김승구, 「최근 우리의 희곡들에 대하여-8·15해방 9주년 기념 예술 축전에서 상연된 작품들을 중심으로」(평론), 『조선문학』.
1954.11	미하일 루꼬닌, 김상오 역, 「시인 동지들과의 담화」(평론), 『조선문학』.
1954.11	아 뚜르꼬브, 리득화 역, 「불리한 장르」(평론), 『조선문학』.
1954.12	김명수, 「전투적 문학 장르-단편 소설」(평론), 『조선문학』.
1954.12	신구현, 「연암 박지원의 미학 사상에 대하여」(평론), 『조선문학』.
1955.1	안함광, 「문학의 사상적 기초-전후 인민 경제 복구 건설기의 소설 문학의 특징과 방향」(평론), 『조선문학』.
1955.2	윤세평, 「인민 군대의 형상화를 위하여-「젊은 용사들」을 중심으로」(평론), 『조선문학』.
1955.2	한효, 「고전의 옳은 평가와 옳은 계승」(평론), 『조선문학』.

1955.3	김명수, 「농촌 생활과 문학의 진실」(평론), 『조선문학』.
1955.3	엄호석, 「사회주의 레알리즘과 우리 문학—제2차 전련맹 쏘베트 작가대회와 관련하여」(평론), 『조선문학』.
1955.4	박팔양, 「시인 리상화」(평론), 『조선문학』.
1955.5	박태영, 「희곡의 흥미에 대하여」(평론), 『조선문학』.
1955.5	안함광, 「장편 「두만강」에 대하여」(평론), 『조선문학』.
1955.5	웨 오제로브, 리원주 역, 「생활과 문학에서의 '당적 인간'」(평론), 『조선문학』.
1955.5	윤세평, 「우리 시문학의 새로운 수확—장편 서사시 「어머니」에 대하여」(평론), 『조선문학』.
1955.5	전창식, 「몽떼스뀨에 대하여—그의 서거 200주년을 기념하여」(평론), 『조선문학』.
1955.5	한효, 「리 기영의 생애와 창작—그의 탄생 60주년에 제하여」(평론), 『조선문학』.
1955.6	이 아 마쎄예브, 「예술에 있어서의 전형화」(평론), 『조선문학』.
1955.6~8	한효, 「우리 문학의 10년(1~3)」(평론), 『조선문학』.
1955.7	곽말약, 「호 풍의 반사회주의적 강령」(평론), 『조선문학』.
1955.7	아 쉬슈끼나, 「전후 산문에 있어서의 심리적 분석에 대하여」(평론), 『조선문학』.
1955.8	「작가의 세계관과 창작」(평론), 『조선문학』.
1955.8	리정구, 「우리 시문학의 제 문제—제2차 전 련맹 쏘베트 작가 대회와 관련하여」(평론), 『조선문학』.
1955.8	안함광, 「해방전 진보적 문학」(평론), 『조선문학』.
1955.8	전동우, 「시집 「승리의 길에서」에 대하여」(서적평), 『조선문학』.
1955.9	리원우, 「아동들의 교양과 문학」(평론), 『조선문학』.
1955.10	김명수, 「서정시에 있어서의 전형성 · 성격 · 쓰찔」(평론), 『조선문학』.
1955.10	웨 쓰까쩨르쉬조브, 「쏘베트 문학의 미학적 교양의 역할에 관하여」(평론), 『조선문학』.
1955.10	한석, 「우리 문학에 반영된 새로운 애정의 륜리」(평론), 『조선문학』.
1955.11	박팔양, 「시집 『찌쁠리쓰의 등잔불』」(서적평), 『조선문학』.
1955.11	엄호석, 「한 설야의 문학과 『황혼』」(평론), 『조선문학』.
1955.11	채의, 「호풍의 부르죠아 유심론적 사상을 비판함」(평론), 『조선문학』.
1955.12	김우철, 「시인 김 소월—그의 서거 20주년에 제하여」(평론), 『조선문학』.

1955.12	박종식, 「박 연암의 사실주의 문학—그의 서거 150주년에 제하여」(평론), 『조선문학』.
1955.12	연장렬, 「신인과 문학—작가 학원 제1기생 『창작집』에 대하여」(서적평), 『조선문학』.
1956.1	김명수, 「전후 문학의 위력한 주제」(평론), 『조선문학』 101.
1956.1	김하명, 「'참 사람'의 '참 생활'을 위한 문학—「최 서해 선집」 발간에 제하여」(서적평), 『조선문학』 101.
1956.1	신구현, 「「연암 박 지원」에 대하여」(서적평), 『조선문학』 101.
1956.1	한설야, 「연암 박지원의 생애와 활동」(평론), 『조선문학』 101.
1956.2	서만일, 「하이네와 그의 혁명적 문학」(평론), 『조선문학』 102.
1956.2	엄호석, 「남반부 인민들의 투쟁과 함께 있는 우리 문학」(평론), 『조선문학』 102.
1956.2	한효, 「『고향』에 대한 약간의 고찰」(평론), 『조선문학』 102.
1956.3	최창섭 역, 「문학 예술에서의 전형적인 것에 관한 문제」(평론), 『조선문학』 103.
1956.3	안함광, 「조선의 현실과 평화의 력량—한 설야 작 장편 『대동강』에 대하여」(평론), 『조선문학』 103.
1956.3	안함광, 「최서해의 문학」(평론), 『청년문학』 1.
1956.3	엄호석, 「리 태준의 문학의 반동적 정체」(평론), 『조선문학』 103.
1956.3	엄호석, 「사실주의의 탈을 쓴 반동문학의 정체」(평론), 『청년문학』 1.
1956.4	김명수, 「흉악한 조국 반역의 문학—림 화의 해방 전후 시작품의 본질」(평론), 『조선문학』 104.
1956.4	안함광, 「리 광수의 문학의 반동적 본질」(평론), 『청년문학』 2.
1956.4	윤세평, 「김 일성 원수의 어린 시절과 작품 『만경대』」(평론), 『청년문학』 2.
1956.4	윤세평, 「정 다산과 그의 시가」(평론), 『조선문학』 104.
1956.4	장형준, 「긍정적 주인공의 형상화에 대하여」(평론), 『청년문학』 2.
1956.4	한설야, 「당의 문예 정책과 함께 발전하는 우리 문학 예술」(평론), 『조선문학』 104.
1956.5	김하, 「시집 「봉선화」」(서적평), 『조선문학』 105.
1956.5	김병규, 「헨리크 입센의 생애와 창작」(평론), 『청년문학』 3.
1956.5	리능식, 「입센과 그의 문학—입센 서거 50주년에 제하여」(평론), 『조선문학』 105.
1956.5	백석, 「동화 문학의 발전을 위하여」(평론), 『조선문학』 105.

1956.5	안함광, 「리 광수의 문학의 반동적 본질」(평론), 『청년문학』 3.
1956.5	에쓰 안또노브, 「단편에 대한 편지」(평론), 『청년문학』 3.
1956.5	웨 치체로브, 「문학과 구전 인민 창작」(평론), 『조선문학』 105.
1956.5	윤두헌, 「「일체 면회를 거절하라」에 대하여」(서적평), 『조선문학』 105.
1956.5	윤시철, 「인민을 비방한 반동 문학의 독소—김 남천의 8·15 해방후 작품을 중심으로」(평론), 『조선문학』 105.
1956.5	황건, 「리 광수의 문학의 매국적 정체—「혁명가의 안해」와 「사랑」을 중심으로」(평론), 『조선문학』 105.
1956.6	강능수, 「굴하지 않은 사람들의 노래—『1920~1930 시인 선집』에 대하여」(서적평), 『조선문학』 106.
1956.6	계북, 「남조선의 반동적 부르죠아 미학의 정체」(평론), 『조선문학』 106.
1956.6	김민혁, 「막씸 고리끼와 조선 문학」(평론), 『조선문학』 106.
1956.6	박임, 「남조선의 반동적 자연주의 문학」(평론), 『청년문학』 4.
1956.6	쎄르게이 안또노브, 「단편에 대한 편지」(평론), 『청년문학』 4.
1956.7	리득화 역, 「아름답고 진실한 예술을 위하여」(평론), 『조선문학』 107.
1956.7	강운림, 「『김소월 시 선집』에 대하여」(서적평), 『조선문학』 107.
1956.7	김우철, 「로동을 주제로 한 서정시편들—시집 『영광의 한길』을 중심으로」(평론), 『조선문학』 107.
1956.8	송영, 「해방 전의 조선 아동 문학—카프 시기 아동 문학을 중심으로」(평론), 『조선문학』 108.
1956.8	에쓰 안또노브, 「단편에 대한 편지」(평론), 『청년문학』 6.
1956.8	윤세평, 「우리의 농촌 현실과 극문학—오 철순 작 「새로운 전변」에 대하여」(평론), 『조선문학』 108.
1956.8	한식, 「새로운 농촌 현실과 당적 인간의 형상」(평론), 『청년문학』 6.
1956.9	김명수, 「문학 예술의 특수성과 전형성의 문제」(평론), 『조선문학』 109.
1956.9	김재하, 「포석 조 명희의 소설 연구」(평론), 『조선문학』 109.
1956.9	김헌순, 「작가의 언어와 문장」(평론), 『청년문학』 7.
1956.9	장형준, 「시집 『현해탄』의 반동성」(평론), 『청년문학』 7.
1956.9	한중모, 「시인 리 상화의 문학 활동에 대하여」(평론), 『청년문학』 7.
1956.10	로신, 안효상 역, 「좌익 작가 련맹에 대한 의견—1930년 3월 2일 좌익 작가 련맹 창립 대회 석상에서의 연설」(평론), 『조선문학』 110.

1956.10	로신, 안효상 역, 「현재의 우리의 문학 운동을 론함—병석에서 방문자 O·V 께 준 대답」(평론), 『조선문학』 110.
1956.10	리북명, 「조국의 평화적 통일과 우리 문학」(평론), 『조선문학』 110.
1956.10	박만실, 「중국 현대 문학과 로신—그의 서거 20주년에 제하여」(평론), 『조선문학』 110.
1956.10	최진만, 「풍자시를 말함」(평론), 『청년문학』 8.
1956.10	한설야, 「로신과 조선 문학—그의 서거 20주년에 제하여」(평론), 『조선문학』 110.
1956.10	한욱, 「뿌슈낀의 서정시에 대하여」(평론), 『청년문학』 8.
1956.10	현종호, 「작시법의 제 요소에 관하여」(평론), 『청년문학』 8.
1956.11	류창선, 「신라 향가의 내용 및 형식에 관한 소론」(평론), 『청년문학』 9.
1956.11	백철수, 「단편집 『빛나는 전망』에 대하여」(서적평), 『조선문학』 111.
1956.11~12	아 보로진, 「드라마의 기술에 관한 강화」(평론), 『청년문학』 9~10.
1956.11	연장렬, 「시인 박 팔양과 그의 창작—『박 팔양 선집』을 중심으로」(평론), 『조선문학』 111.
1956.11	추민, 「작가로서의 라 운규의 생애와 예술」(평론), 『청년문학』 9.
1956.11	현종호, 「서정시의 사상-감정을 심화하자—『조선 문학』 1956년 상반기 작품평」(평론), 『조선문학』 111.
1956.12	고정옥, 「고려 시대의 시문학」(평론), 『청년문학』 10.
1956.12	김하, 「폭풍우를 꿰뚫고 온 시인—『박 세영 시 선집』에 대하여」(평론), 『조선문학』 112.
1956.12	리웅수, 「조선의 새로운 정형시 창제 방향에 대한 의견」(평론), 『조선문학』 112.
1957.1	윤세평, 「조선 시가의 운률적 기초에 대한 약간의 고찰」(평론), 『조선문학』 113.
1957.1	한설야, 「현대 조선 문학의 어제와 오늘—아세아 작가 대회에서 진술한 조선 작가 대회의 보고」(평론), 『조선문학』 113.
1957.1.3	김형교, 「비판적 빠포쓰」(단평), 『문학신문』.
1957.1.24	남궁만, 「「승냥이」에 대하여」(단평), 『문학신문』.
1957.1.17	상민, 「시인과 시대 정신」(단평), 『문학신문』.
1957.2	엄호석, 「문학 평론에 있어서의 미학적인 것과 비속 사회학적인 것」(평론),

	『조선문학』 114.
1957.2	오중식, 「인민 생활과 진실한 형상의 모범―소설 「만경대」를 중심으로(『청년문학』 창간 기념 문예 작품 현상 2등 당선 작품)」 (평론), 『조선문학』 114.
1957.2.28	김승구, 「「한 가정의 이야기」에 대하여」 (연극평), 『문학신문』.
1957.2.14	김재하, 「농촌 생활의 형상화와 나의 몇 가지 의견」 (단평), 『문학신문』.
1957.2.21	박산운, 「시에 대한 정확한 평가를 위하여」 (단평), 『문학신문』.
1957.2.7	최창섭, 「서정의 구조와 시 정신」 (단평), 『문학신문』.
1957.3	김명수, 「문학에서 '미학적인 것'을 바로 찾기 위하여―엄 호석의 「문학 평론에서 미학적인 것과 비속 사회학적인 것」을 중심으로」 (평론), 『조선문학』 115.
1957.3	리용철, 「설봉산의 젊은 주인공들」 (평론), 『청년문학』. (미확인)
1957.3~4	아 보로진, 「드라마의 기술에 관한 강화」 (평론), 『청년문학』. (미확인)
1957.3	한중모, 「문학 예술에 있어서의 전형성 문제에 대한 몇 가지 고찰」 (평론), 『청년문학』. (미확인)
1957.4	리맥, 「서정시에 대하여」 (평론), 『청년문학』. (미확인)
1957.4	리효운, 「시인의 얼굴」 (평론), 『조선문학』 116.
1957.4	안함광, 「문학 전통의 심의와 도식을 반대하는 투쟁에서의 새로운 도식들을 중심으로」 (평론), 『조선문학』 116.
1957.4	최시학, 「허 균의 『홍 길동전』」 (평론), 『청년문학』. (미확인)
1957.4.18	박일호, 「이것은 '연극'이 아니다」 (단평), 『문학신문』.
1957.4.25	박근, 「서정시에서의 좋은 징조」 (단평), 『문학신문』.
1957.5	계북, 「전형적인 것에 관한 몇 가지 문제」 (평론), 『조선문학』 117.
1957.5	김영석, 「우리 산문 문학에 반영된 농촌 생활의 진실」 (평론), 『조선문학』 117.
1957.5	김하명, 「15~19세기의 조선 문학(제1회)」 (평론), 『청년문학』 13.
1957.5	리령, 「심 청의 형상과 인민성의 문제」 (평론), 『청년문학』 13.
1957.5	박태민, 「인물 초상의 형상적 제고를 위한 몇 가지 문제―단편 소설 「광명」에 대하여」 (평론), 『청년문학』 13.
1957.5.16	김명수, 「창조적 로동의 미학」 (평론), 『문학신문』.
1957.5.16	리춘영, 「참된 사람들의 영상」 (단평), 『문학신문』.
1957.6	김하명, 「15~19세기의 문학과 소설의 발생 발전(2)」 (평론), 『청년문학』 14. (미확인)

1957.6	렴정권, 「추사의 생애와 그의 시 문학」(평론), 『조선문학』 118.
1957.6	리효운, 「서정시란 무엇인가」(평론), 『청년문학』 14. (미확인)
1957.6	백석, 「큰 문제, 작은 고찰」(평론), 『조선문학』 118.
1957.6	엠 이싸꼽쓰끼, 「'시'적 기교에 대하여」(평론), 『청년문학』 14. (미확인)
1957.6	한효, 「아름다운 것과 미학적 태도」(평론), 『조선문학』 118.
1957.6.6	김우철, 「장편 서사시『그 녀자의 봄』을 읽고」(단평), 『문학신문』.
1957.6.13	강능수, 「장편 소설『조국』에 대하여」(서적평), 『문학신문』.
1957.6.20	상민, 「최근의 서정 시초들」(단평), 『문학신문』.
1957.7	김하명, 「15~19세기의 조선 문학」(평론), 『청년문학』 15. (미확인)
1957.7	엄호석, 「시대와 서정 시인-상반기 서정 시초들을 중심으로」(평론), 『조선문학』 119.
1957.7	장형준, 「작가의 의도와 작품의 빠포쓰-『조선 문학』에 최근 발표된 소설들에 대하여」(평론), 『조선문학』 119.
1957.7.25	「신인들과 혁명적 문학 정신」(사설), 『문학신문』.
1957.7.25	오중식, 「력사적 구체성을!」(단평), 『문학신문』.
1957.8	김하명, 「15~19세기의 조선 문학(제4회)」(평론), 『청년문학』 16. (미확인)
1957.8	꼰쓰딴찐 씨모노브, 최일룡 역, 「사회주의적 사실주의에 관하여」(평론), 『조선문학』 120.
1957.8	신구현, 「탁월한 풍자 시인 김 삿갓」(평론), 『청년문학』 16. (미확인)
1957.8	엠 이싸꼽쓰끼, 「'시'적 기교에 대하여(제2회)」(평론), 『청년문학』 16. (미확인)
1957.8	추민, 「라 운규를 말함-그의 서거 20주년을 제하여」(평론), 『조선문학』 120.
1957.9	고정옥, 「작가의 언어」(평론), 『조선문학』 121.
1957.9	방창락, 「작가 라 도향과 그의 문학」(평론), 『청년문학』 17. (미확인)
1957.9	엘레나 베르만, 백석 역, 「『황혼』의 사상성」(평론), 『조선문학』 121.
1957.9	엠 이싸꼽쓰기, 「'시'적 기교에 대하여(제3회)」(평론), 『청년문학』 17. (미확인)
1957.9	전동우, 「서사시에 있어서의 전형화와 구성-서사시「련대의 기수」, 「돌바위 고지」를 중심으로」(평론), 『조선문학』 121.
1957.9.5	김하, 「가사에 대한 요구성」(단평), 『문학신문』.
1957.9.19	김재하, 「「한 유가족의 이야기」를 읽고」(단평), 『문학신문』.
1957.9.26	강능수, 「전환점」(단평), 『문학신문』.

1957.10	「혁명적 문학 정신이 요구된다」(권두언), 『청년문학』 18. (미확인)
1957.10	김하명, 「19세기 말~20세기 초(계몽기)의 애국적 조선 문학」(평론), 『청년문학』 18. (미확인)
1957.10	신구현, 「서포 김 만중과 『구운몽』―그의 탄생 320주년을 맞이하여」(평론), 『조선문학』 122.
1957.10	청암, 「남조선에서 미제가 류포하는 부르죠아 반동 미학의 본질」(평론), 『조선문학』 122.
1957.10	최창섭, 「시에서의 사실과 진실」(평론), 『청년문학』 18. (미확인)
1957.10.3	추동민, 「생동하는 현실적 쩨마에로」(단평), 『문학신문』.
1957.10.24	김영석, 「미제의 '인간 도살장'을 폭로한 오체르크―『별은 살아 있다』에 대하여」(서적평), 『문학신문』.
1957.10.24	리히림, 「미더운 성장―전국 예술 축전의 첫 공연들에서」(단평), 『문학신문』.
1957.10.31	리춘영, 「오체르크 문학이 거둔 수확―『인도기행』을 읽고」(서적평), 『문학신문』.
1957.10.31	신창규, 「생활의 예술―황북, 평남, 평북 써클을 보고」(단평), 『문학신문』.
1957.11	강능수, 「10월의 사상과 조선 문학」(평론), 『청년문학』 19. (미확인)
1957.11	계북, 「심오한 예술적 개성의 창조를 위하여」(평론), 『청년문학』 19. (미확인)
1957.11	김민혁, 「위대한 10월 혁명과 조선 문학」(평론), 『조선문학』 123.
1957.11	웨 쉐르비나, 최창섭 역, 「레닌과 문학의 사상성 제 문제」(평론), 『조선문학』 123.
1957.11	현종호, 「전형성의 리론과 그의 창작 실천과의 통일」(평론), 『청년문학』 19. (미확인)
1957.11	현종호, 「해방후 조선 문학과 쏘베트 문학」(평론), 『조선문학』 123.
1957.12	김형기, 「남조선의 반동 문학은 무엇을 추구하고 있는가」(평론), 『청년문학』 20. (미확인)
1957.12	리자응, 「신 재효와 그의 예술 활동」(평론), 『청년문학』 20. (미확인)
1957.12	오중식, 「로동의 미와 긍정적 성격」(평론), 『청년문학』 20. (미확인)
1957.12	조중곤, 「『개마고원』에 대한 약간의 고찰」(평론), 『조선문학』 124.
1957.12.5	한성, 「'비극'에 대한 문제」(단평), 『문학신문』.
1958.1	김순석, 「시의 새로운 전진과 목표」(평론), 『조선문학』 126.
1958.1	김재하, 「한 설야 작품 선집 『귀향』에 대하여」(서적평), 『조선문학』 126.

1958.1	김창석, 「전투적 단막극의 예술성을 더 높이자」(평론), 『청년문학』 21.
1958.1	김학연, 「『조 령출 시 선집』을 읽고」(서적평), 『조선문학』 126.
1958.1	라수봉, 「개성 지방의 동요 및 민요의 형식에 대한 고찰」(평론), 『청년문학』 21.
1958.1	리원우, 「우리 시대의 아동들과 그들이 읽고 있는 아동 문학」(평론), 『조선문학』 126.
1958.1	박태영, 「드라마뚜르기야는 현실 생활에서 찾아야 한다」(평론), 『조선문학』 126.
1958.1	방연승, 「김 소월 시 문학의 사상-예술적 특성」(평론), 『청년문학』 21.
1958.1	조중곤, 「생활의 진실을 더 깊이 반영하기 위하여」(평론), 『조선문학』 126.
1958.1.9	박덕수, 「한 당 위원장의 형상에 대하여」(단평), 『문학신문』.
1958.1.23	리종순, 「인물의 왜소화를 반대하여」(단평), 『문학신문』.
1958.2	계북, 「새로운 높이를 지향하는 길에서-『조선 문학』 1957년 5~9호 게재된 단편 소설들에 대하여」(평론), 『조선문학』 126.
1958.2	김영석, 「우리 문학을 보충하는 길에서-1957년 신인들의 창작 상태」(평론), 『청년문학』 22.
1958.2	리상태, 「작가와 작품의 사상-사회주의적 애국주의 사상의 보다 심오한 예술적 재현을 위하여」(평론), 『청년문학』 22.
1958.2	엄호석, 「인민 군대와 우리 문학」(평론), 『조선문학』 126.
1958.2	허진계, 「생황 긍정의 토로-김 우철 시선집을 펼치고」(서적평), 『조선문학』 126.
1958.2.6	상민, 「미제의 고용 '나팔수'」(단평), 『문학신문』.
1958.3	김명수, 「평론은 생활 및 창작과 더욱 밀접히 련결되여야 한다」(평론), 『조선문학』 127.
1958.3	김우철, 「『미제는 물러가라』를 읽고」(서적평), 『조선문학』 127.
1958.3	류연옥, 「『길가의 코스모스』」(서적평), 『조선문학』 127.
1958.3	방창락, 「송 영의 풍자극에 대한 고찰」(평론), 『청년문학』 23.
1958.3	신고송, 「청년들에게 주는 훌륭한 선물-박 태영 희곡집에 대하여」(서적평), 『조선문학』 127.
1958.3	신구현, 「탁월한 시인 리 제현의 고귀한 유산-그의 탄생 670주년에 제하여」(평론), 『청년문학』 23.
1958.3	윤세평, 「정론에 대하여」(평론), 『조선문학』 127.

1958.3.27	강능수, 「새 인간 자질의 탐구—장막 희곡집 『그날'밤의 이야기』를 읽고」(서적평), 『문학신문』.
1958.4	계북 역, 「사회주의적 사실주의의 발생 및 발전(문제 연구에 대한 자료)」(평론), 『조선문학』 128.
1958.4	리맥, 「『벽암 시선』을 읽고」(서적평), 『조선문학』 128.
1958.4	리자웅, 「소설 『사씨 남정기』에 대하여」(평론), 『청년문학』 24.
1958.4	박영근, 「외국 문학 번역 사업의 개선을 위하여」(평론), 『조선문학』 128.
1958.4	박팔양, 「시인 류 완희에 대한 회상」(평론), 『청년문학』 24.
1958.4	신구현, 「고전 평가에서 사상의 날개를 활짝 펴자」(평론), 『조선문학』 128.
1958.4	오중식, 「진실을 위한 투쟁의 길 『윤 기정, 현 경준 단편 소설집』에 대하여」(서적평), 『조선문학』 128.
1958.4	원진관, 「시 아닌 '시', 사기적 '시인'—홍 순철의 시 아닌 '시'를 론함」(평론), 『청년문학』 24.
1958.4.10	안회남, 「사회주의 사실주의와 내면 세계 묘사」(단평), 『문학신문』.
1958.4.17	류영탁, 「예술 영화 「끝나지 않은 전투」를 보고」(단평), 『문학신문』.
1958.4.17	연장렬, 「『새 인간의 탐구』를 읽고」(신간평), 『문학신문』.
1958.5	박산운, 「『새벽길』을 가는 시인—투사의 형상—최 석두 시집을 읽고」(서적평), 『조선문학』 129.
1958.5	박태민, 「사회주의적 애국주의와 긍정적 주인공들—1·4 분기 『청년 문학』에 발표된 소설 작품을 중심으로」(평론), 『청년문학』 25.
1958.5	최창섭, 「드라마찌즘과 날개 돋친 사상—최근의 단막 희곡을 중심으로」(평론), 『조선문학』 129.
1958.5	한경수, 「불란서의 위대한 작가 빅토르 유고」(평론), 『청년문학』 25.
1958.5	한형원, 「씨나리오 창작에서 제기되는 몇 가지 문제」(평론), 『청년문학』 25.
1958.5.1	박웅걸, 「로동 계급의 형상화—리 북명 단편 선집 『질소 비료 공장』에 대하여」(신간평), 『문학신문』.
1958.6	강능수, 「오체르크 문학에서 제기되는 몇 가지 문제」(평론), 『조선문학』 130.
1958.6	강성만, 「사실주의를 위한 열렬한 투사 웨. 게. 벨린쓰끼—그의 서거 110주년에 제하여」(평론), 『청년문학』 26.
1958.6	김현순, 「리 근영 작품집 『첫수확』에 대하여」(서적평), 『조선문학』 130.
1958.6	리진화, 「청소년 교양과 아동 문학—1957년도 산문 작품을 중심으로」(평

론),『조선문학』130.

1958.6   리창환,「벨린쓰끼」(평론),『조선문학』130.

1958.6   한룡옥,「조선 고대 력사 설화를 연구-계승하는 사업에서 제기되는 몇 가지 문제-『조선 사화집』(리 갑기 저)을 읽고」(평론),『청년문학』26.

1958.6.19 박산운,「『리 용악 시선집』을 읽고」(신간평),『문학신문』.

1958.6.26 「천리마로 내닫는 현실과 함께 앞으로!」(사설),『문학신문』.

1958.6.26 원진관,「서정 서사시『황해의 노래』에 대하여」(신간평),『문학신문』.

1958.7   김하,「이싸꼽쓰끼의 시문학」(평론),『청년문학』27.

1958.7   김하명,「풍자 문학과 사회주의적 사실주의-최근에 발표된 풍자 작품을 중심으로」(평론),『조선문학』131.

1958.7   류창선,「김 시습의 생애와 문학 활동-그의 단편집『금오 신화』를 중심으로」(평론),『청년문학』27.

1958.7   백철수,「리 기영 작품 선집『쥐불』」(서적평),『조선문학』131.

1958.7   볼프강 요호, 박홍석 역,「현대 독일 문학」(평론),『조선문학』131.

1958.7   윤세평,「사회주의적 로동의 주제와 형상 문제-장편 소설『시련 속에서』를 중심으로」(평론),『조선문학』131.

1958.7   한중모,「한 설야의 해방전 문학활동」(평론),『청년문학』27.

1958.7.3   박아지,「시집『황금의 땅』을 읽고」(신간평),『문학신문』.

1958.7.3   서만일,「'문학적 모방'을 버리고 생활의 진실을!」(단평),『문학신문』.

1958.7.10 홍건,「씨나리오와 대사」(단평),『문학신문』.

1958.7.24 김우철,「시로쓴 력사-시집『전우에게 영광을』을 읽고」(신간평),『문학신문』.

1958.7.31 김재하,「『인간 수업』에 대하여」(신간평),『문학신문』.

1958.8   김문화,「어린 심장의 노래-강 훈 작품집『산막집』」(서적평),『조선문학』132.

1958.8   리상태,「민촌 리 기영과 그의 소설에 대하여」(평론),『청년문학』28.

1958.8   리상현,「성격 발전의 론리-장편 소설『조국』에 대하여」(평론),『조선문학』132.

1958.8   엄호석,「사회주의적 애국주의와 긍정적 주인공」(평론),『조선문학』132.

1958.8   주양, 김응룡 역,「문학 예술 분야에서의 일대 론쟁」(평론),『조선문학』132.

1958.8   현종호,「미제에 복무하는 남조선 시 문학의 반동적 본질」(평론),『청년문학』28.

1958.8.21	「보수주의와 소극성에 반대하여」(사설), 『문학신문』.
1958.8.28	김승구, 「생활과 극적 진실―연극 「태양을 기다리는 사람들」과 「화전민」에 대하여」(극평), 『문학신문』.
1958.9	김헌순, 「인민과 함께 전진하여 온 해방후 조선 문학」(평론), 『청년문학』 29.
1958.9	리상현, 「남조선 부르죠아 반동 문학의 정체를 논함」(평론), 『청년문학』 29.
1958.9	청암, 「노예의 문학과 반항의 문학―부르죠아적 휴마니즘의 본질」(평론), 『조선문학』 133.
1958.9	현종호, 「서정시에 혁명적인 열정과 예술적인 진실성이 요구된다―『조선문학』 1958년 상반기에 발표된 시를 중심으로」(평론), 『조선문학』 133.
1958.9.4	리문섭, 「생활의 진실을!―평남, 평북, 량강 도립 예술 극장 공연을 중심으로」(단평), 『문학신문』.
1958.9.25	류기홍, 「인간 문제에 대한 심오성―연극 「길은 하나이다」를 보고」(극평), 『문학신문』.
1958.10	김하명, 「피로써 맺어진 친선의 노래」(평론), 『조선문학』 134.
1958.10	리자웅, 「허 균의 생애와 그의 소설 『홍 길동전』―그의 서거 340주년에 제하여」(평론), 『조선문학』 134.
1958.10	조중곤, 「작가 리 북명과 『질소 비료 공장』」(평론), 『조선문학』 134.
1958.10	한석, 「성격의 진실성을 위하여―『청년문학』에 발표된 최근 소설들을 중심으로」(평론), 『청년문학』 30.
1958.10	한형원, 「문학 예술 분야에서 나타난 국제 수정주의적 경향을 반대하여」(평론), 『조선문학』 134.
1958.10.2	김헌순, 「성격 발전의 론리와 생활의 진실」(소설평), 『문학신문』.
1958.11	「천리마의 기상으로!」(권두언), 『조선문학』 135.
1958.11	류창선, 「문학 형식에서의 민족적 특성―18세기 고전 작품을 중심으로」(평론), 『조선문학』 135.
1958.11.20	최진만, 「혁명의 무기로서의 풍자시」(단평), 『문학신문』.
1958.12	김우철, 「생활의 체온을 간직한 시인―『리 용악 시선집』을 일고」(서적평), 『조선문학』 136.
1958.12	김하명, 「임진 조국 전쟁과 조선 문학―임진 조국 전쟁 승리 360년에 제하여」(평론), 『조선문학』 136.
1958.12	박종식, 「우리 나라 작시 체계의 음률적 기초」(평론), 『조선문학』 136.

1958.12	엄호석, 「생활의 체험과 창작 빠포쓰-최근의 서정시와 관련하여」(평론), 『조선문학』 136.
1958.12	조완국, 「『장화 홍련전』과 환상성 문제」(평론), 『청년문학』 32.
1958.12	현종호, 「시대적 감정의 더 심오한 예술적 형상화가 요구된다-『청년 문학』 1958년 1호~9호에 발표된 시 작품들을 중심으로」(평론), 『청년문학』 32.
1959.1	강성만, 「우리 시대의 현실적 빠포쓰와 문학적 빠포쓰」(평론), 『조선문학』 137.
1959.1	계북, 「정신적 빈곤과 문학적 파산-수정주의 문예학자 제씨들에게」(평론), 『청년문학』 33.
1959.1	김헌순, 「위대한 전환기의 농촌 현실과 작가의 과업」(평론), 『조선문학』 137.
1959.1	리맥, 「투쟁과 랑만의 노래-안 룡만 시선집을 읽고」(서적평), 『조선문학』 137.
1959.1	송영, 「조선 문학의 자랑-김 일성 원수가 조직 지도한 항일 무장 투쟁 행정에서의 사회주의적 사실주의 문학에 대하여」(평론), 『청년문학』 33.
1959.1	한룡옥, 「위대한 애국 시인 리 규보-그의 탄생 790주년에 제하여」(평론), 『조선문학』 137.
1959.1.18	「무대 뒤 풍경」(단평), 『문학신문』.
1959.1.18	「위대한 승리의 기록」(사설), 『문학신문』.
1959.1.18	류도희, 「벗과 원쑤」(론평), 『문학신문』.
1959.1.25	「로동 속에서 더 좋은 창작을!」(사설), 『문학신문』.
1959.2	김우철, 「시 문학에 나타난 부르죠아 사상적 요소들」(평론), 『청년문학』 34.
1959.2	김재하, 「로동의 주제에서 제기되는 몇 가지 문제」(평론), 『조선문학』 138.
1959.2	장형준, 「평론에서의 당성을 옹호하여-서 만일의 론문을 비판함」(평론), 『조선문학』 138.
1959.2.5	「레파토리 창작에서 혁신이 요구된다」(사설), 『문학신문』.
1959.2.5	「어째서 단편 소설이 적은가」(단평), 『문학신문』.
1959.2.26	「영광스러운 한 표!」(사설), 『문학신문』.
1959.3	신고송, 「부르죠아 사상과의 철저한 투쟁을 위하여-주로 「불'길」, 「가족」을 중심으로」(평론), 『조선문학』 139.
1959.3	연장렬, 「시대의 영웅-로동 계급의 긍정적 주인공」(평론), 『조선문학』 139.
1959.3	최시학, 「정 다산의 시가에 대하여」(평론), 『청년문학』 35.
1959.3	현종호, 「시 문학에서 부르죠아 사상 잔재를 청산하자」(평론), 『청년문학』 35.
1959.3.5	「인민들의 열화같은 지지와 사랑의 표시」(사설), 『문학신문』.

1959.3.8	강능수, 「생활의 심오한 개척에로」 (창작평), 『문학신문』.
1959.3.12	「공산주의자의 전형 창조는 우리 문학의 중심 과업이다」 (사설), 『문학신문』.
1959.3.15	「대담하게 생각하고 활발하게 론의하자」 (사설), 『문학신문』.
1959.4	강능수, 「오체르크 문학의 질 제고를 위하여―『청년 문학』 지상에 발표된 오체르크들을 중심으로」 (평론), 『청년문학』 36.
1959.4	강능수, 「우리 문학에서의 수령의 형상」 (평론), 『조선문학』 140.
1959.4	김창석, 「문학 예술의 민족적 특성에 대하여」 (평론), 『조선문학』 140.
1959.4	마우룡, 「아름다운 노래―1.4분기 『청년문학』에 발표된 신인들의 서정시에 대하여」 (평론), 『청년문학』 36.
1959.4	한중모, 「소설 분야에서의 부르죠아 사상의 표현을 반대하여―전 재경, 조중곤의 작품을 중심으로」 (평론), 『조선문학』 140.
1959.4.23	「공산주의 문학 건설을 위하여 앞으로!」 (사설), 『문학신문』.
1959.4.26	「당 정책과 창작」 (사설), 『문학신문』.
1959.4.26	리금중, 「소설 「전진」에 대한 나의 의견」 (단평), 『문학신문』.
1959.4.26	한룡옥, 「『고전 작가론』에 대하여」 (서적평), 『문학신문』.
1959.4.30	「시위하자, 자랑하자, 우리의 힘」 (사설), 『문학신문』.
1959.5	강성만, 「문학 작품에서의 현대성과 현대적 주제」 (평론), 『청년문학』 37.
1959.5	김민혁, 「문학의 현대성 문제와 로동 계급의 집단적 영웅주의」 (평론), 『조선문학』 141.
1959.5	김헌순, 「창조적 로동 속에서 자라고 있는 우리 문학의 새싹―『청년 문학』 지상의 써클 작품(소설)에 대하여」 (평론), 『청년문학』 37.
1959.5	방연승, 「서정시의 현대성과 서정성―잡지 『조선 문학』 1.4 분기 시평」 (평론), 『조선문학』 141.
1959.5	한설야, 「공산주의 문학 건설과 신인들의 임무」 (권두언), 『청년문학』 37.
1959.5.3	「귀중한 손님을 열렬히 환영한다」 (사설), 『문학신문』.
1959.5.7	「친선의 사절」 (사설), 『문학신문』.
1959.5.14	리상건, 「생활과 로동의 수확」 (단평), 『문학신문』.
1959.5.17	벽덕주, 「「아저씨의 망치」를 읽고」 (단평), 『문학신문』.
1959.5.24	「형제들을 노예선에 태울 수 없다!」 (사설), 『문학신문』.
1959.5.28	「가사 창작에서 혁신을 일으키자」 (사설), 『문학신문』.
1959.5.31	「새 세대들에게 보다 훌륭한 책을!」 (사설), 『문학신문』.

1959.5.31	리양희, 「아동들에게 형상 높은 작품을!」(단평), 『문학신문』.
1959.6	계북, 「공산주의자의 전형 창조에서 제기되는 몇 가지 문제—최 동무에게 보내는 공개 답장」(평론), 『청년문학』 38.
1959.6	권택무, 「항일 무장 투쟁 시기의 혁명적 연극 활동의 몇 가지 기본 특징」(평론), 『조선문학』 142.
1959.6	김광현, 「극적인 행동과 인간 성격의 창조를 위한 노력—『청년 문학』에 발표된 희곡들을 보고」(평론), 『청년문학』 38.
1959.6	김하명, 「공산주의 문학 건설과 긍정적 주인공의 형상화에서 제기되는 몇 가지 문제」(평론), 『조선문학』 142.
1959.6	로사, 백준선 역, 「짧을수록 힘든 것」(평론), 『청년문학』 38.
1959.6.4	「작가들이여, 분초를 아끼여 창작에 바치라!」(사설), 『문학신문』.
1959.7	김재하, 「혁명 전통을 주제로 한 작품에서의 공산주의자의 전형」(평론), 『청년문학』 39.
1959.7	김헌순, 「공산주의 교양과 장편 소설 『석개울의 새봄』」(평론), 『조선문학』 143.
1959.7	리맥, 「로동 속에서 꽃피는 노래—『청년 문학』 2·4분기에 발표된 신인들의 시를 읽고」(평론), 『청년문학』 39.
1959.7	한중모, 「'색정'과 '란륜'의 문학」(평론), 『조선문학』 143.
1959.7.2	리일복, 「조선 예술 영화 「광명을 찾아서」를 보고」(단평), 『문학신문』.
1959.7.5	「축산 일군들에 대한 다양한 형상을!」(사설), 『문학신문』.
1959.7.14	「전기 공업 발전과 우리 문학」(사설), 『문학신문』.
1959.7.17	안창근, 「단편 소설과 예술적 함축성」(단평), 『문학신문』.
1959.7.28	「더 높은 창작의 앙양에로!」(사설), 『문학신문』.
1959.7.31	김병훈, 「공산주의 전형의 형상」(단평), 『문학신문』.
1959.8~9	아 뜨와르돕쓰끼, 한윤호 역, 「『와씰리 쪼르낀』의 독자들에게 주는 회답(1~2)」(평론), 『청년문학』 40~41.
1959.8	엄호석, 「공산주의적 교양과 창작의 질적 제고를 위하여」(평론), 『조선문학』 144.
1959.8	엘 찌모페예브, 엔 제갈로브, 최일룡 역, 「알렉싼드르 뜨와르돕쓰끼」(평론), 『조선문학』 144.
1959.8	최철윤, 「제 3차 쏘련 작가 대회 문헌을 계속 심오하게 연구하자」(평론), 『조선문학』 144.

1959.8	한형원, 「쏘베트 영화 예술에서의 혁명적 랑만성의 제반 수법들의 구현 —「바다의 서사시」를 중심으로」(평론), 『청년문학』 40.
1959.8.7	「당은 부른다」(사설), 『문학신문』.
1959.8.11	「혁명 전통 교양과 우리 문학」(사설), 『문학신문』.
1959.8.11	김영일, 「촌극집 『날창』을 읽고」(단평), 『문학신문』.
1959.8.14	「우리 인민의 위대한 민족적 명절」(사설), 『문학신문』.
1959.8.21	「우리 당 문예 정책의 찬연한 승리」(사설), 『문학신문』.
1959.8.25	「현직 작가들의 전투적 임무」(사설), 『문학신문』.
1959.9	리상태, 「바다의 랑만과 수산 일군들의 형상」(평론), 『조선문학』 145.
1959.9	리원우, 「아동 시 문학에 나타난 부르죠아 사상 잔재를 청산하기 위하여」(평론), 『조선문학』 145.
1959.9	윤세평, 「작품과 빠포스 문제—신동철의 창작을 일관하는 반동적 미학 사상」(평론), 『조선문학』 145.
1959.9.4	「공업의 새 앙양을 위한 혁명적 조치」(사설), 『문학신문』.
1959.9.8	「전진하는 조국이여 번영하라!」(사설), 『문학신문』.
1959.9.11	김영근, 「단편 소설 「푸른 언덕」을 읽고」(단평), 『문학신문』.
1959.9.15	「쏘련에 열렬한 축하를 보낸다」(사설), 『문학신문』.
1959.9.22	「배신적 책동을 철회하라」(사설), 『문학신문』.
1959.9.25	「형제들의 고통을 방관할 수 없다」(사설), 『문학신문』.
1959.9.29	「의로운 형제들에게 축하를 보낸다」(사설), 『문학신문』.
1959.10	김하명, 「림 제의 창작과 의인화의 수법」(평론), 『조선문학』 146.
1959.10	한형원, 「공산주의자 전형 창조와 씨나리오 문학—씨나리오 「밀림아 이야기하라!」와 「준령을 넘어서」를 중심으로」(평론), 『조선문학』 146.
1959.10	리철화, 「백호 림 제의 문학」(평론), 『청년문학』 42.
1959.10	방연승, 「서정시와 인민적 감촉의 예민성」(평론), 『청년문학』 42.
1959.10.2	「평화를 위한 려행」(사설), 『문학신문』.
1959.10.30	「한자리에 모여 앉자!」(사설), 『문학신문』.
1959.10.30	「다시 한 번 로동하며 창작할 데 대하여」(사설), 『문학신문』.
1959.11	박태민, 「1930년대 혁명 투사들의 형상 창조와 관련하여」(평론), 『청년문학』 43.
1959.11	엄호석, 「공산주의자의 전형 창조를 위하여」(평론), 『조선문학』 147.

1959.11	연장렬, 「혁명 가요의 몇 가지 시학적 특징」(평론), 『조선문학』 147.
1959.11.20	「씨나리오와 영화 예술의 사상 예술성을 높이자」(사설), 『문학신문』.
1959.12	강능수, 「로동 속에서 태여난 노래―시집 『로동 찬가』를 중심으로」(서적평), 『청년문학』 44.
1959.12	권택무, 「신 재효의 창작과 미학 사상의 몇 가지 특성」(평론), 『조선문학』 148.
1959.12	김병걸, 「단편 소설들의 주인공과 공산주의적 전형 창조―최근 『조선 문학』에 발표된 단편 소설들을 중심으로(현상 3등 당선 작품)」(평론), 『청년문학』 44.
1959.12	김창석, 「공산주의자의 전형 창조에서 제기되는 리론적 문제」(평론), 『조선문학』 148.
1959.12.4	「농촌의 기계화와 우리 문학」(사설), 『문학신문』.
1959.12.4	박태민, 「맺힌데 없는 소설」(단평), 『문학신문』.
1959.12.18	「력사적인 상봉」(사설), 『문학신문』.
1959.12.25	「위대한 승리의 해 1959년」(사설), 『문학신문』.
1960.1	김영석, 「이 수준을 넘어 서자―1959년 신인들이 거둔 창조적 성과와 나타난 부족점들」(평론), 『청년문학』 45.
1960.1	방연승, 「붉은 노래―심장의 목소리―시집 『붉은 기발 휘날린다』를 중심으로」(평론), 『조선문학』 149.
1960.1	장형준, 「혁명 전통 형상화에서의 사실과 허구, 원형과 전형」(평론), 『조선문학』 149.
1960.1	한욱, 「체호브 창작의 몇 가지 특성―체호브 탄생 100주년에 제하여」(평론), 『조선문학』 149.
1960.1.5	「창작의 앙양, 이는 질 제고를 의미한다」(사설), 『문학신문』.
1960.1.12	「극 작품의 왕성한 창작으로 레파토리를 보장하자」(사설), 『문학신문』.
1960.1.19	김주명, 「교훈은 무엇인가?」(단평), 『문학신문』.
1960.1.22	한충정, 「현실 연구와 서정시」(창작평란), 『문학신문』.
1960.1.26	리상태, 「성격 창조에서 진실성이 요구된다」(창작평), 『문학신문』.
1960.1.29	「모두 다 왕성한 창작에로」(사설), 『문학신문』.
1960.1.29	로금석, 「신인들의 단편 소설을 중심으로―『청년 문학』 최근호의 일부 소설을 평함」(창작평), 『문학신문』.
1960.2	박종식, 「우리 나라에 있어서 랑만주의 문학의 전통과 혁명적 랑만성」(평

론),『조선문학』150.

1960.2.5	「예술적 창조를 요구하는 긴절한 주제」(사설),『문학신문』.
1960.2.9	「대담하게 사색하며 혁신적인 작품을 창작하자!」(사설),『문학신문』.
1960.2.12	김병걸,「성실하게 창작하자—단편 소설「어머니 선반」을 읽고」(창작평),『문학신문』.
1960.2.16	「작가와 학습」(사설),『문학신문』.
1960.2.19	「후보 맹원들이여 작품 창작에 분발하라!」(사설),『문학신문』.
1960.3	강능수,「현대성과 단편 소설」(평론),『조선문학』151.
1960.3	김하명,「생활의 진실한 반영을 위한 리 규보의 문학 평론」(평론),『청년문학』47.
1960.3	모둔, 강학태 역,「창작과 재능의 관계를 론하여」(평론),『청년문학』47.
1960.3	엄호석,「우리 문학에 있어서의 민족적 특성의 구현」(평론),『청년문학』47.
1960.3.1	「레파토리 보장에서의 결정적 시기」(사설),『문학신문』.
1960.3.4	「현직 작가들의 전투적 과업」(사설),『문학신문』.
1960.3.8	「녀성들에게 보다 큰 행복과 영광이 있으라」(사설),『문학신문』.
1960.3.11	「아동 문학의 전진을 위하여」(사설),『문학신문』.
1960.3.11	김주명,「실패에서 교훈을 찾아야 한다」(단평),『문학신문』.
1960.4	윤세평,「공산주의자의 전형 창조와 관련된 민족적 특성에 대한 약간의 고찰」(평론),『조선문학』152.
1960.4.5	최순성,「주인공들의 형상을 보다 심오하게」(창작평),『문학신문』.
1960.4.22	「레닌적 문예 정책의 승리」(사설),『문학신문』.
1960.4.26	「모여 앉아 국면을 타개하자」(사설),『문학신문』.
1960.5	고정옥,「문학에서의 언어—최근 소설 작품을 중심으로」(평론),『조선문학』153.
1960.5	김영석,「더욱 앞으로—최근『청년 문학』지사에 발표된 단편 소설들에 대하여」(평론),『청년문학』49.
1960.5	신구현,「공산주의자의 성격 창조를 위하여」(평론),『조선문학』153.
1960.5.3	「8.15 레파토리의 사상 예술적 질을 높이자」(사설),『문학신문』.
1960.5.6	「분과 위원회의 창작 지도 수준을 제고하자」(사설),『문학신문』.
1960.5.17	「당의 전투적 호소」(사설),『문학신문』.
1960.5.20	「강도의 죄악」(사설),『문학신문』.

1960.5.31	김병걸, 「단편 소설 「해주-하성'서 온 편지」을 읽고」(창작평), 『문학신문』.
1960.6	「시에 대한 우리 조상들의 생각」(평론), 『시문학』 1.
1960.6	리히림, 「가사는 우선 시여야 한다」(평론), 『시문학』 1.
1960.6	승경희, 「생활의 긍정과 서정의 풍만-1.4분기 『청년 문학』 지상에 발표된 서정시들을 중심으로」(평론), 『청년문학』 50.
1960.6	아 엘리야쉐위치, 김광혁 역, 「시가는 통털어 미지의 세계에로의 려행이다」(평론), 『시문학』 1.
1960.6	한종모, 「작가의 빠포스와 생활의 진실-중편 소설 『형제』를 중심으로」(평론), 『조선문학』 154.
1960.6	현종호, 「새 시대 로동 계급의 형상과 작가 정신」(평론), 『조선문학』 154.
1960.6.7	「학습에서 결정적 전환을 일으키자!」(사설), 『문학신문』.
1960.6.10	「도 지부들에서 창작 지도 사업을 강화하자」(사설), 『문학신문』.
1960.6.10	강능수, 「녀성찬가-시집 『조선의 딸』을 중심으로」(서적평), 『문학신문』.
1960.6.14	「창작 계획의 성과적 수행을 위하여」(사설), 『문학신문』.
1960.6.21	정문향, 「로동하는 인간의 진실-『청년 문학』 3~4호의 시편을 중심으로」(창작평), 『문학신문』.
1960.7	김하, 「들끓는 시 문학」(평론), 『청년문학』 51.
1960.7	김헌순, 「천 세봉과 농촌」(평론), 『조선문학』 155.
1960.7.8	「'분과의 날'을 더 잘 운영하자」(단평), 『문학신문』.
1960.7.15	「현실 생활을 더 깊이 연구하며 창작하자」(사설), 『문학신문』.
1960.8	김영석, 「시대와 함께 자란 15 년 간의 우리 문학 후비대」(평론), 『청년문학』 52.
1960.8	박종식, 「시인과 개성-시인 민 병균을 론함」(평론), 『조선문학』 156.
1960.8	윤세평, 「한 설야와 그의 문학」(평론), 『조선문학』 156.
1960.8.2	방연승, 「현실 탐구와 사색의 결실-『조선 문학』 7호의 시편들을 중심으로」(창작평), 『문학신문』.
1960.8.15	「해방 15주년 만세!」(사설), 『문학신문』.
1960.8.30	김하, 「생활과 시 문학」(서적평), 『문학신문』.
1960.9	고정옥, 「조선 시가의 운률의 기본 형태-우리 시가의 운률에 대한 론의(1)」(평론), 『시문학』 2.
1960.9	류창선, 「운률적 기초와 운률 조성의 수법-우리 시가의 운률에 대한 론의(1)」(평론), 『시문학』 2.

1960.9	박종식, 「시와 생활」(평론), 『시문학』 2.
1960.9	백인준, 「풍자시 및 정론시 창작에 대한 몇 가지 의견」(평론), 『청년문학』 53.
1960.9	장형준, 「시에 정열적인 빠포스를!」(평론), 『시문학』 2.
1960.9	한명천, 「시의 세계」(평론), 『시문학』 2.
1960.9.2	「우리 시대의 영웅―천리마 기수들의 전형화에 일차적 주목을!」(사설), 『문학신문』.
1960.9.16	「청산리 정신을 받들고 전변되는 농촌에 창조적 주목을!」(사설), 『문학신문』.
1960.9.23	류종대, 「교활한 연극으로써는 책임을 면할 수 없다」(사설), 『문학신문』.
1960.9.30	김재하, 「아름다운 내면 세계의 추구―『조선 문학』 8호의 소설을 중심으로」(창작평), 『문학신문』.
1960.10	강능수, 「우리 시대 당적 주인공들의 초상」(평론), 『청년문학』 54.
1960.10	리상현, 「관점과 기교―『청년 문학』 6호의 산문을 보고」(평론), 『청년문학』 54.
1960.10	한형원, 「신 고송과 그의 농촌 주제 희곡들의 특성」(평론), 『조선문학』 158.
1960.10.7	「영광스러운 우리 당 창건 15주년!」(사설), 『문학신문』.
1960.10.21	방연승, 「성격 창조와 생활 반영의 진실성」(창작평), 『문학신문』.
1960.10.25	석광희, 「농촌을 노래한 가사에 대한 의견」(창작평), 『문학신문』.
1960.10.28	「영화 예술의 급속한 발전을 위하여」(사설), 『문학신문』.
1960.11	박영근, 「똘쓰또이와 창작 문제―서거 50 주년에 제하여」(평론), 『조선문학』 159.
1960.11	윤시철, 「윤 세중의 작품 세계」(평론), 『조선문학』 159.
1960.11.4	정동진, 「풍자의 위력―단편 소설 「사마귀」를 읽고」(단평), 『문학신문』.
1960.11.8	김연성, 「산 인간의 내면 세계를 더 풍부하게, 더 다양하게」(가사 단평), 『문학신문』.
1960.12	강능수, 「농촌에로의 기행」(평론), 『시문학』 3.
1960.12	김철, 「서정시와 운률―우리 시가의 운률에 대한 론의(2)」(평론), 『시문학』 3.
1960.12	로금석, 「서정시에 있어서의 로동의 빠포스」(평론), 『조선문학』 160.
1960.12	리원우, 「새 생활 정서의 발견과 새 음률의 발생」(평론), 『시문학』 3.
1960.12	방연승, 「생활 탐구와 시적 발견―『청년 문학』 6~8호의 서정 시편들을 중심으로」(평론), 『청년문학』 56.
1960.12	백인준, 「서정시에 있어서의 '이야기'에 대하여」(평론), 『시문학』 3.

1960.12	신구현, 「동봉 김 시습의 시를 론함」(평론), 『시문학』 3.
1960.12	안함광, 「한 설야의 작가적 행정과 창조적 개성」(평론), 『조선문학』 160.
1960.12	엄호석, 「로동 계급과 당적 인간의 성격」(평론), 『조선문학』 160.
1960.12.2	「군중 가요에 천리마의 기상이 나래치게 하자」(사설), 『문학신문』.
1960.12.6	「모두다 약진하는 천리마적 현실 속으로!」(사설), 『문학신문』.
1960.12.9	「신인들이여, 분발하여 창작하자」(사설), 『문학신문』.
1960.12.16	「천리마 현실을 주제로 한 씨나리오 창작에 력량을 집중하자」(사설), 『문학신문』.
1961.1	엄호석, 「천리마 운동과 창작 정열」(평론), 『조선문학』 161.
1961.1	윤세평, 「조국 통일의 주제와 장편 소설 『사랑』의 세계」(평론), 『조선문학』 161.
1961.1	현종호, 「농촌 현실과 서정시-『조선 문학』 1960년 작품을 중심으로」(평론), 『조선문학』 161.
1961.1.3	「7개년 계획과 우리의 문학 예술」(사설), 『문학신문』.
1961.2	박종식, 「우리 문학에서 주체의 확립과 민족적 특성」(평론), 『조선문학』 162.
1961.2	오승련, 「로동의 주제와 갈등 문제-『청년 문학』 단편 소설들을 중심으로」(평론), 『청년문학』 58.
1961.2	한룡옥, 「리 곡(李穀)과 그의 문학-그의 서거 610 주년에 제하여」(평론), 『조선문학』 162.
1961.3	김상훈, 「「풍요」에 대하여」(평론), 『시문학』 4.
1961.3	동승태, 「시에 대한 나의 요구」(평론), 『시문학』 4.
1961.3	리상태, 「작가의 적극적인 현실 탐구와 새로운 인간 성격의 창조」(평론), 『조선문학』 163.
1961.3	리호일, 「서정시의 형상에 대한 소감」(평론), 『시문학』 4.
1961.3	박산운, 「서정시에서 형상성, 내면 세계」(평론), 『시문학』 4.
1961.3	박승, 「탁물우의(托物寓意)」(평론), 『시문학』 4.
1961.3	박종원, 「항일 혁명 투사의 진실한 성격 창조를 위하여 제기되는 문제-최근에 발표된 소설 작품들을 중심으로」(평론), 『조선문학』 163.
1961.3	상민, 「운률 론의의 론의-우리 시가의 운률에 대한 론의(3)」(평론), 『시문학』 4.
1961.3	한진식, 「운률과 시정신」(평론), 『시문학』 4.
1961.3.7	「문예총 결성과 앞으로의 과업」(사설), 『문학신문』.

1961.3.28	「제4차 당 대회를 새로운 창작적 성과로 맞이하자!」(사설), 『문학신문』.
1961.4	김하, 「작가의 생활 탐구와 성격 창조」(평론), 『조선문학』 164.
1961.4	김진태, 「리 상화의 시 문학」(평론), 『조선문학』 164.
1961.4	윤세평, 「혁명 연극 「혈해의 노래」에 대하여—30 년대 항일 무장 투쟁 속에서 창조된 혁명 문학의 불후의 고전적 유산」(평론), 『조선문학』 164.
1961.4	윤시철, 「구성·성격 창조」(평론), 『청년문학』 60.
1961.4.14	「우주 려행의 꿈은 실현되였다」(사설), 『문학신문』.
1961.4.18	「항쟁의 불'길이여, 더욱 세차게 타오르라!」(사설), 『문학신문』.
1961.5	권택무, 「「광대가」에 반영된 신 재효의 문예 사상」(평론), 『조선문학』 165.
1961.5	안함광, 「혁명 문학 예술에 관한 김 일성 원수의 지도 방침에 대한 약간의 고찰」(평론), 『조선문학』 165.
1961.5.1	「천리마 기수의 전형 창조를 위하여」(사설), 『문학신문』.
1961.5.5	「위대한 강령, 찬란한 현실」(사설), 『문학신문』.
1961.5.30	박영근, 「케네디의 악몽」(풍자소평), 『문학신문』.
1961.6	강능수, 「우리 시대 주인공들에 대한 생각」(평론), 『조선문학』 166.
1961.6	리상태, 「사회주의적 사실주의의 위대한 생활력」(평론), 『청년문학』 62.
1961.6	한형원, 「우리 당 문예 정책의 빛나는 승리와 3~4차 당 대회 간 극문학의 성과」(평론), 『조선문학』 166.
1961.6.6	「씨나리오 창작과 천리마 기수 형상」(단평), 『문학신문』.
1961.6.6	「씨나리오 창작에 총 력량을 동원하자!」(사설), 『문학신문』.
1961.6.30	「전국 예술 축전을 찬란한 창작적 성과로!」(사설), 『문학신문』.
1961.6.30	「조쏘 친선 만세!」(사설), 『문학신문』.
1961.7	김재하, 「공산주의자의 정신적 높이와 그의 내면 세계의 추구」(평론), 『조선문학』 167.
1961.7	로금석, 「신인들의 작품에 반영된 당적 인간의 성격」(평론), 『청년문학』 63.
1961.7	박종식, 「서정시와 현대성—제 3차 당 대회 이후 시기 작품을 중심으로」(평론), 『조선문학』 167.
1961.7.11	「조중 친선 만세!」(사설), 『문학신문』.
1961.7.18	「불패의 동맹, 위대한 승리」(사설), 『문학신문』.
1961.7.25	「모두 다 예술적 질을 위한 투쟁에로!」(사설), 『문학신문』.
1961.8	강능수, 「시대의 진실과 성격」(평론), 『시문학』 5.

1961.8	김상훈, 「박 인로의 작품 세계—우리의 탁월한 시인 박 인로 탄생 400 주년」(평론), 『시문학』 5.
1961.8	김재하, 「항일 무장 투쟁 시기 문학 예술 활동에 대한 김 일성 동지의 사상에 대한 약간의 연구」(평론), 『청년문학』 64.
1961.8	김진태, 「박 인로의 문학과 그의 애국주의 사상」(평론), 『청년문학』 64.
1961.8	김철, 「시상의 솔직성, 표현의 소박성—시집 『건설의 나날』을 읽고」(평론), 『시문학』 5.
1961.8	신구현, 「열렬한 애국자—걸출한 시인—박 인로 탄생 400 주년에 제하여」(평론), 『조선문학』 168.
1961.8	윤세평, 「위대한 현실 생활의 화폭과 공산주의자의 전형 창조—3 차 당 대회 이후의 소설 문학」(평론), 『조선문학』 168.
1961.8	최승칠, 「시에 대한 몇 가지 생각」(평론), 『시문학』 5.
1961.8	한욱, 「보다 높은 현실 구가의 세계를—「별은 오늘도 반짝인다」, 「수리개」, 「젊은 갈매기」, 「붉은 노을」을 중심으로」(평론), 『시문학』 5.
1961.8.15	「승리자들의 민족적 명절」(사설), 『문학신문』.
1961.9	김진태, 「시에서 경물 묘사—리 규보의 시의 몇 가지 특징」(평론), 『시문학』 6.
1961.9	김하, 「시 문학에 보다 높은 형상성을!」(평론), 『시문학』 6.
1961.9	김헌순, 「천리마의 시대 정신과 신인 소설 문학의 발전」(평론), 『청년문학』, 6.
1961.9	리진화, 「공산주의 교양과 아동 문학」(평론), 『조선문학』 169.
1961.9	안함광, 「천리마적 현실의 반영과 전형화의 특성」(평론), 『조선문학』 169.
1961.9	전동우, 「서정시에서의 몇 가지 문제」(평론), 『시문학』 6.
1961.9	정문향, 「서정과 운률에 대한 론의—우리 시가의 운률에 대한 론의(4)」(평론), 『시문학』 6.
1961.9.15	「위대한 총화, 전투적 강령」(사설), 『문학신문』.
1961.9.22	「당은 위대한 승리에로 부른다」(사설), 『문학신문』.
1961.9.29	「영화 예술의 발전에 모든 력량을 집중하자!」(사설), 『문학신문』.
1961.10	「4차 당 대회가 제시한 문학 예술의 강령적 과업」(권두언), 『조선문학』.
1961.10	강능수, 「단편 소설에 대한 의견」(평론), 『청년문학』 66.
1961.10	한욱, 「단편 소설과 성격 창조—『조선 문학』 7, 8호의 단편 소설을 중심으로」(평론), 『조선문학』 170.
1961.10.6	조길석, 「영화 음악에 대한 몇 가지 생각」(단평), 『문학신문』.

1961.10.10	「당―승리, 전진!」(사설), 『문학신문』.
1961.11	「천리마 기수 전형 창조와 집체 창작」(권두언), 『조선문학』 171.
1961.11	「천리마 기수와 신인 문학」(권두언), 『청년문학』 67.
1961.11	박태민, 「단편 소설에 대한 시대적 요구와 작가적 노력」(평론), 『조선문학』 171.
1961.11	한형원, 「씨나리오 문학의 가일층의 발전을 위하여」(평론), 『조선문학』 171.
1961.11.21	「후대들을 위한 창작적 앙양에로!」(사설), 『문학신문』.
1961.12	리시영, 「드라마의 구성과 성격」(평론), 『청년문학』 68.
1961.12	방연승, 「천리마 기수들의 전형 창조에 대한 나의 소감」(평론), 『청년문학』 68.
1961.12	엄호석, 「생활의 요구의 높이에서」(평론), 『조선문학』 172.
1961.12.1	전창식, 「바다 건너 온 반동 문학의 조류」(단평), 『문학신문』.
1961.12.12	「겨울을 예술적 자질 향상의 기간으로!」(사설), 『문학신문』.
1961.12.15	「전국 농촌 부문 예술 써클 축전의 성과적 보장을 위하여」(사설), 『문학신문』.
1961.12.29	「1961년」(사설), 『문학신문』.
1962.1	로금석, 「천리마 기수들의 전형 창조와 작가의 시대적 감각」(평론), 『조선문학』 173.
1962.1	윤세평, 「우리 나라에서 장편 소설의 구성상 특성과 제기되는 문제」(평론), 『조선문학』 173.
1962.1	한윤호, 「시적 탐구와 열매―『조선 문학』 1961년 11월호 시 작품을 읽고」(단평), 『조선문학』 173.
1962.1.1	「여섯 개 고지 점령과 문학의 과업」(사설), 『문학신문』.
1962.1.5	「혁명 전통 주제의 작품 창작에 더욱 창조적 힘을 기울이자!」(사설), 『문학신문』.
1962.1.19	「동화 문학 창작에서 혁신을 일으키자!」(사설), 『문학신문』.
1962.1.19	「전투적으로 생활하며 전투적으로 창작하자!」(사설), 『문학신문』.
1962.1.23	「예술적 자질 향상을 위한 전투적 과업」(사설), 『문학신문』.
1962.1.26	「긴장되고 동원된 태세로 우수한 신춘 레파토리를 보장하자!」(사설), 『문학신문』.
1962.2	리정구, 「전진하는 신인들의 시 문학―『청년 문학』 1961년 7호~12호의 시 작품을 중심으로」(평론), 『청년문학』 70.
1962.2	연장렬, 「혁명 전통 형상화에서 제기되는 문제―단편 소설을 중심으로」(평론), 『조선문학』 174.

1962.2	한욱, 「시대, 사상, 전형」(평론), 『조선문학』 174.
1962.2.6	「전사―영웅들의 형상화에 더욱 주목을 돌리자」(사설), 『문학신문』.
1962.2.9	「인민상 계관의 영예를 보다 풍만한 창작적 성과로 보답하자」(사설), 『문학신문』.
1962.2.9	「창작 지도 사업에서 청산리 방법을 더욱 철저히 구현하자!」(사설), 『문학신문』.
1962.2.20	「문학 평론에서 전투성을 더욱 높이자!」(사설), 『문학신문』.
1962.2.27	「지상락원―북반부로 넘어 오라!」(사설), 『문학신문』.
1962.3	「우리 문학의 당적 기치를 더욱 높이 들자!」(권두언), 『조선문학』 175.
1962.3	강능수, 「현대성과 단편 소설」(평론), 『청년문학』 71.
1962.3	권택무, 「항일 무장 투쟁 시기의 혁명적 희극의 사상 예술성」(평론), 『청년문학』 71.
1962.3	김광현, 「우리의 당적 문학의 순결성을 고수하자―경희극 「소문 없이 큰 일 했네」에 대하여」(평론), 『청년문학』 71.
1962.3	리상태, 「생활과 랑만」(평론), 『조선문학』 175.
1962.3	한형원, 「사상과 기교―씨나리오 「분계선 마을에서」와 「영광이 있으라」를 중심으로」(평론), 『조선문학』 175.
1962.3.2	「문학 예술 총 동맹이 거둔 빛나는 성과」(사설), 『문학신문』.
1962.3.2	「바다의 천리마 기수들을 더 많이 형상화하자!」(사설), 『문학신문』.
1962.3.13	「우리 문학 예술의 당성, 전투성을 가일층 제고하자!」(사설), 『문학신문』.
1962.3.16	「시대와 인민의 생활 감정에 맞는 혁명적인 음악을 더 많이 창작하자!」(사설), 『문학신문』.
1962.3.30	김림, 「도적놈의 권세욕」(단평), 『문학신문』.
1962.4	「우리 문학의 당성, 전투성의 기치를 더욱 높이자」(권두언), 『청년문학』 72.
1962.4	강능수, 「영웅―투사들의 형상」(평론), 『조선문학』 176.
1962.4	김하명, 「『미학 개론』과 「소문 없이 큰 일 했네」에 발로된 그릇된 견해를 반대하여」(평론), 『조선문학』 176.
1962.4	윤세평, 「우리 나라에서 맑스-레닌주의 미학의 창조적 구현」(평론), 『조선문학』 176.
1962.4.3	정동혁, 「독창적 시도의 열매―방송 예술 극장의 음악 서사시 「불멸의 이야기」를 보고」(단평), 『문학신문』.

1962.4.15	「이 승리 이 행복 당과 함께 수령과 함께」(사설), 『문학신문』.
1962.4.17	김병훈, 「오직 한길로 가자」(평론), 『문학신문』.
1962.4.24	「항일 유격대 창건 30 주년」(사설), 『문학신문』.
1962.5	강창호, 「인민군 용사의 형상화에서 제기되는 문제」(평론), 『청년문학』73.
1962.5	리시영, 「발견과 창조―벗에게 보낸 편지」(평론), 『청년문학』73.
1962.5	안함광, 「혁명 문학 예술의 혁신적 특성과 그의 발전에 기여한 사상-미학적 원칙」(평론), 『조선문학』177.
1962.5	최순성, 「인간 성격의 탐구와 그 진실성 문제」(평론), 『청년문학』73.
1962.5.1	「투쟁의 봄, 단결의 명절」(사설), 『문학신문』.
1962.5.18	김북향, 「작가가 견준 것, 독자가 기대한 것―3월 발표된 소설들을 중심으로」(창작평), 『문학신문』.
1962.5.18	김원준, 「「나루터」가 제기한 문제」(단평), 『문학신문』.
1962.5.18	호범, 「유령들의 '반공' 념불」(단평), 『문학신문』.
1962.5.22	「작가들은 언어의 능수가 되여야 한다」(사설), 『문학신문』.
1962.5.25	김림, 「바자 구멍으로 드나드는 도적개들」(단평), 『문학신문』.
1962.5.25	호창룡, 「행동과 계기」(단평), 『문학신문』.
1962.5.29	김성호, 「허무와 죽음을 설교하는 자들」(단평), 『문학신문』.
1962.5.29	김하, 「소박한 녀성들의 형상―장편 소설『전야에 봄이 온다』에 대하여」(서적평), 『문학신문』.
1962.6	강성만, 「시적 형상과 시정」(평론), 『청년문학』74.
1962.6	김원준, 「생활적 바탕과 성격 형상」(평론), 『청년문학』74.
1962.6	리금중, 「체험과 사색」(평론), 『청년문학』74.
1962.6	윤시철, 「감동 깊게! 더 진실하게!―9 편의 단편 소설 독후 소감」(소설평), 『조선문학』178.
1962.6	전동우, 「느낌, 생각, 시 정신」(단평), 『조선문학』178.
1962.6.1	김림, 「날뛰는 푸주'간 강아지」(단평), 『문학신문』.
1962.6.4	「죽음에 직면한 자들」(단평), 『문학신문』.
1962.6.4	「홰'불은 영원히 타오르리라」(사설), 『문학신문』.
1962.6.4	안성수, 「우리 시대의 시 정신으로」(월평), 『문학신문』.
1962.6.8	방연승, 「붉은 충성의 노래―서사시『밀림의 력사』에 대하여」(서적평), 『문학신문』.

1962.6.15	정지수, 「새로운 혁신」(단평), 『문학신문』.
1962.6.19	김진태, 「짧은 시의 맛」(촌평), 『문학신문』.
1962.6.25	「거족 일치하여 미제 침략군을 몰아 내자」(사설), 『문학신문』.
1962.7	김영철, 「전형화와 류형성에 대한 생각」(시평), 『조선문학』 179.
1962.7	리상현, 「성격 창조와 전형화에 대하여」(소설평), 『조선문학』 179.
1962.7	리양희, 「김 동무에게」(단평), 『청년문학』 75.
1962.7.3	김홍무, 「성격 창조에 대한 소감」(단평), 『문학신문』.
1962.7.10	리맥, 「한달 동안의 서정시」(월평), 『문학신문』.
1962.7.17	길수암, 「그 뜻을 길이 살리자!─『라 운규와 그의 예술』을 읽고」(서적평), 『문학신문』.
1962.7.17	남천록, 「가사 창작에서 제기되는 문제」(단평), 『문학신문』.
1962.7.17	윤시철, 「4월의 단편 소설 소감」(월평), 『문학신문』.
1962.7.20	「청소년 교양과 문학의 과업」(사설), 『문학신문』.
1962.8	김북향, 「작가와 진실─잡지 『천리마』에 실린 소설들을 읽고」(평론), 『조선문학』 179.
1962.8	라근영, 「주제・형상─재일 조선 작가들의 작품을 읽고」(평론), 『조선문학』 179.
1962.8	리진화, 「새로운 환상, 새 주인공의 발견─아동 문학 산문 작품에 대하여」(평론), 『조선문학』 179.
1962.8.3	「영화 예술의 질적 비약을 위하여」(사설), 『문학신문』.
1962.8.7	리창규, 「풍경 사진에 대한 소감」(단평), 『문학신문』.
1962.8.7	박태민, 「성격 탐구를 위한 노력」(월평), 『문학신문』.
1962.8.14	「창성 련석 회의에서 제시된 과업을 철저히 집행하자」(사설), 『문학신문』.
1962.8.14	리진화, 「아동 생활에로의 침투」(월평), 『문학신문』.
1962.8.17	정문향, 「시'적 체험의 진실과 사색의 심도에 대한 교훈」(월평), 『문학신문』.
1962.8.21	김성, 「파렴치한 모독 행위」(단평), 『문학신문』.
1962.8.24	김준상, 「'놀음'감에 대한 소감」(단평), 『문학신문』.
1962.8.31	「최고 인민 회의 대의원 선거를 높은 창작적 성과로 맞이하자」(사설), 『문학신문』.
1962.9	리맥, 「시대와 함께, 로동과 함께─『청년 문학』 상반년의 시를 읽고」(평론), 『청년문학』 77.
1962.9	박태민, 「체험과 미학적 리상의 구현─『청년 문학』 1~6호 소설을 읽고」(평

론),『청년문학』77.

1962.9	엄호석, 「성격의 론리와 사실주의적 탐구 정신-『조선 문학』 4~6월호 소설을 읽고」(소설평),『조선문학』181.
1962.9.7	「번영하라, 공화국이여!」(사설),『문학신문』.
1962.9.14	박산운, 「시의 진실성 문제-시집『날개』를 읽고」(서적평),『문학신문』.
1962.9.21	김북향, 「생활의 론리와 형상-단편「생활」을 읽고」(단평),『문학신문』.
1962.9.25	박완식, 「사회 가정의 도덕 륜리에 대한 미학적 탐구」(단평),『문학신문』.
1962.10	강성만, 「도적 놈의 세상은 전복되여야 한다-남반부 작가의 희곡「거룩한 직업」을 읽고」(평론),『조선문학』182.
1962.10	김주명, 「새로운 것에 대한 지향-『청년 문학』에 발표된 단막 희곡들을 중심으로」(평론),『청년문학』78.
1962.10	김헌순, 「형상성 제고와 언어 구사의 기교」(평론),『조선문학』182.
1962.10	로금석, 「혁명 전통 형상과「밀림의 력사」」(평론),『조선문학』182.
1962.10	박종식, 「문학 정신과 단편 소설의 특성」(평론),『조선문학』182.
1962.10	백철수, 「인간에 대하여 깊이 탐구하자」(평론),『청년문학』78.
1962.10.2	「문학 예술에서 혁명성과 전투성을 가일층 제고하자」(사설),『문학신문』.
1962.10.2	「위대한 중국 인민에게 전투적 축하를 보낸다!」(사설),『문학신문』.
1962.10.2	리석형, 「성격 형상과 현실 탐구-단편 소설「아침 노을」을 읽고」(단평),『문학신문』.
1962.10.5	「찬성 투표하자, 후보자들에게!」(사설),『문학신문』.
1962.10.5	리근영, 「천리마 기수의 다양한 풍모」(월평),『문학신문』.
1962.10.9	「당적 인간의 전형을 더 많이 더 훌륭하게 창작하자」(사설),『문학신문』.
1962.10.12	「력사적 승리 위대한 통일」(사설),『문학신문』.
1962.10.12	「창작 생활에서 혁명적 기풍을 더욱 철저히 확립하자」(사설),『문학신문』.
1962.10.12	남응손, 「시'적 발견, 시'적 감동-동시집『웃음의 나라』를 읽고」(서적평),『문학신문』.
1962.10.12	최원근, 「심장의 노래를 쓰자」(단평),『문학신문』.
1962.10.16	리효운, 「생활을 창조하는 혁신자들의 서정」(월평),『문학신문』.
1962.10.19	리현수, 「'추상파' 화가의 '거장'」(단평),『문학신문』.
1962.10.30	「전투적 강령을 높이 받들고 보다 왕성한 창작 실천에로」(사설),『문학신문』.
1962.11	강성만, 권택무, 「천리마 기수 전형 창조에서 극 문학이 거둔 빛나는 수

	화」(평론), 『조선문학』 183.
1962.11	김상훈, 「우리 나라 민요의 몇 가지 특성에 대하여」(평론), 『조선문학』 183.
1962.11	김학연, 「생활에 대한 열렬한 사랑과 시인의 감수성―『청년 문학』 3.4분기 시들을 읽고」(평론), 『청년문학』 79.
1962.11	리효운, 「최근의 서정시」(시평), 『조선문학』 183.
1962.11	송고천, 「미국식 생활 양식'을 부식하는 남조선 반동 문학」(평론), 『청년문학』 79.
1962.11	연장렬, 「전변되는 사회주의 농촌의 진실한 화폭―장편 소설 『석개울의 새 봄』(제 1 부)에 대하여」(평론), 『조선문학』 183.
1962.11	천천송, 「생기 발랄한 시대 정신―『청년 문학』 3.4분기 단편 소설들을 읽고」(평론), 『청년문학』 79.
1962.11.6	「미국의 사냥'개」(단평), 『문학신문』.
1962.11.6	김광혁, 「긍정의 힘―소년 소설집 『갈매기』를 읽고」(서적평), 『문학신문』.
1962.11.9	「문학 평론의 선도성을 높이자」(사설), 『문학신문』.
1962.11.9	호창룡, 「천리마 기수의 전형 창조와 로동에 대한 묘사」(단평), 『문학신문』.
1962.11.13	「군중 가요의 창작적 앙양을 위하여」(사설), 『문학신문』.
1962.11.13	윤동향, 「아동 세계에로 파고 들자」(동요동시평), 『문학신문』.
1962.11.16	장석환, 「충분한 계기 해명과 성격의 진실한 추구」(단평), 『문학신문』.
1962.11.20	우봉준, 「현실 체험과 작가의 노력」(월평), 『문학신문』.
1962.11.23	리정식, 「작가의 사상―작품의 주제―단막 희곡집 『생활의 흐름』을 읽고」(서적평), 『문학신문』.
1962.11.23	주래흠, 「우리 시대를 반영한 화폭―예술 사진 「자연을 정복하는 용사들」에 대하여」(단평), 『문학신문』.
1962.11.30	김학연, 「탐구 정신이 요구된다」(월평), 『문학신문』.
1962.12	강능수, 「당적 문학의 찬란한 개화」(평론), 『청년문학』 80.
1962.12	김북향, 「문제성, 형상, 구성―단편소설 「옥심이」에 대한 지상 토론을 총화하면서」(평론), 『청년문학』 80.
1962.12	리두림, 「사실의 전형화와 성격 문제―최근 『천리마』에 발표된 실화들을 읽고」(평론), 『청년문학』 80.
1962.12	박태민, 「예술적 진실성의 추구」(평론), 『조선문학』 184.
1962.12	박호범, 「허무와 굴종을 설교하는 남조선 반동 문학」(평론), 『조선문학』.

1962.12.4	김병훈, 「만족과 불만족」(월평), 『문학신문』.
1962.12.4	리석형, 「정확하게 묘사하자」(단평), 『문학신문』.
1962.12.7	「당 정책을 기동성 있게 반영하자!」(사설), 『문학신문』.
1962.12.11	조성호, 「모르고 간 '골동품' 뿐」(단평), 『문학신문』.
1962.12.11	황건, 「형상과 설명—『조선 문학』 10호의 단편들을 읽고」(월평), 『문학신문』.
1962.12.14	김영철, 「보다 기동적으로!」(월평), 『문학신문』.
1962.12.18	김대유, 「생활의 진실과 관점」(월평), 『문학신문』.
1962.12.21	「한 손에 총을 잡고 한 손에 붓을 들고 앞으로!」(사설), 『문학신문』.
1962.12.25	「새싹 육성에 더욱 심중한 주목을 돌리자!」(사설), 『문학신문』.
1963.1	강준, 「희곡 「견습공의 일기」가 제기하는 몇가지 문제」(평론), 『조선문학』 185.
1963.1	김헌순, 「체험, 기교, 성격의 매력—장편 소설 『석개울의 새 봄』 제 2 부에 대하여」(평론), 『조선문학』 185.
1963.1	리상현, 「성격의 미와 서정적 힘—『청년 문학』 10~12호 소설을 읽고」(평론), 『청년문학』 81.
1963.1	리시영, 「열정과 사색」(평론), 『청년문학』 81.
1963.1	최학수, 「소설 창작과 언어 구사」(단평), 『청년문학』 81.
1963.1.1	「새로운 전투를 향하여 더 힘차게 전진하자!」(사설), 『문학신문』.
1963.1.11	「당적 문학의 기치를 더욱 높이 들자!」(사설), 『문학신문』.
1963.1.15	「형상성의 결정적 제고는 작가들의 혁명적 임무」(사설), 『문학신문』.
1963.1.15	차용구, 「동화의 형상과 계급성」(월평), 『문학신문』.
1963.1.18	석인해, 「주제와 성격」(월평), 『문학신문』.
1963.1.18	안창만, 「대지에 넘쳐 흐르는 서정—젊은 농장원들의 시를 읽고」(단평), 『문학신문』.
1963.1.22	「씨나리오 창작에서 결정적인 전진을 이룩하자」(사설), 『문학신문』.
1963.1.25	손승태, 「진실성 문제」(단평), 『문학신문』.
1963.1.29	「영웅적 인민 군대의 형상을 보다 활발히 창작하자!」(사설), 『문학신문』.
1963.1.29	차균호, 「아동들에게 주는 훌륭한 선물—『김 일성 원수님의 어린 시절 이야기』에 대하여」(서적평), 『문학신문』.
1963.2	김갑기, 「군사 주제 작품 창작에서 요구되는 몇 가지 문제」(평론), 『청년문학』 82.
1963.2	김문화, 「성격 탐구의 길에서」(평론), 『청년문학』 82.

1963.2	김진태, 「함축과 상상」(평론), 『조선문학』 186.
1963.2	김하, 「서정시에서 제기되는 몇 가지 문제」(평론), 『시문학』 7.
1963.2	김하, 「영웅에 대한 노래—서사시 「수리개」에 대하여」(평론), 『조선문학』 186.
1963.2	방연승, 「천리마 기수의 형상화에서 거둔 몇 가지 문제점—단편 소설 「길동무들」과 「백일홍」을 중심으로」(평론), 『조선문학』 186.
1963.2	정서촌, 「시의 형상성을 결정적으로 제고하자!—1962년도 시 문학 분야를 돌이켜 보고」(평론), 『시문학』 7.
1963.2	황건, 「소설에서 제기되는 문제들」(평론), 『조선문학』 186.
1963.2.1	지향, 「'준 사망 진단서'가 내렸다」(단평), 『문학신문』.
1963.2.1	한진식, 「시인과 통찰력」(단평), 『문학신문』.
1963.2.1	현종호, 「현실의 시'적 탐구와 형상성」(평론), 『문학신문』.
1963.2.8	엄호석, 「형상성은 문학의 법칙이다」(평론), 『문학신문』.
1963.2.12	윤복진, 「시대의 밝은 창문—『박 세영 동시 선집』에 대하여」(서적평), 『문학신문』.
1963.2.22	「청소년들에 대한 교양과 작가들의 과업」(사설), 『문학신문』.
1963.2.22	안함광, 「장편 소설의 형상성 제고를 위하여」(평론), 『문학신문』.
1963.3	김재하, 「혁명 가요의 서정적 주인공의 혁신적 특성」(평론), 『조선문학』 187.
1963.3	류창선, 「김 정희의 시론(試論)」(평론), 『조선문학』 187.
1963.3	정서촌, 「생활과 시—『청년 문학』 1962년 4.4분기에 발표된 시 작품들을 읽고」(평론), 『청년문학』 83.
1963.3	한형원, 「극 문학에서의 슈제트와 성격」(평론), 『조선문학』 187.
1963.3	호창룡, 「천리마 기수의 형상과 계기 해명」(평론), 『청년문학』 83.
1963.3.5	지향, 「갈수록 태산」(단평), 『문학신문』.
1963.3.12	「시대의 요구—로동 계급의 형상화에 보다 더 력량을 집중하자」(사설), 『문학신문』.
1963.4	「풍만한 서정이 시편마다 넘치도록—1962년 미발표 서정시편들을 중심으로」(평론), 『청년문학』 84.
1963.4	김광현, 「청년 공산주의자 전형 창조와 갈등 문제—희곡 「붉은 선동원」의 몇 가지 특징에 대하여」(평론), 『청년문학』 84.
1963.4	김진태, 「단편 소설의 구성」(평론), 『조선문학』 188.
1963.4	안함광, 「우리 단편 소설의 사상적 지향과 미학적 특성」(평론), 『조선문학』 188.

1963.4~6	엄호석, 「천리마의 서정과 전투적 시 정신(1~3)」(평론), 『조선문학』 188~190.
1963.4	윤시철, 「'생활'에 대한 론의와 소설의 기교—단편 소설 연구회에서의 토론」(평론), 『조선문학』 188.
1963.4.12	「혁명 전통 주제 작품 형상화에 더 주력하자!」(사설), 『문학신문』.
1963.4.23	신국봉, 「랑만의 노래」(단평), 『문학신문』.
1963.4.23	신영길, 「아동 생활의 진실한 반영—소설집 『달뜰 무렵』에 대하여」(신간평), 『문학신문』.
1963.4.26	리상현, 「단편 소설의 흥미—『청년 문학』 1963년 1호~3호의 단편 소설들을 읽고」(창작평), 『문학신문』.
1963.5	강진, 「「붉은 선동원」의 몇 가지 사상 미학적 특성」(평론), 『조선문학』 189.
1963.5	강성만, 「서사시의 형상 창조의 특성」(평론), 『조선문학』 189.
1963.5	김병훈, 「젊은 세대의 대담성과 패기를!—『청년 문학』 1.4분기 소설들에 대한 이야기」(평론), 『청년문학』 85.
1963.5	전기영, 「주인공들의 성격과 극적 관계의 적극성—1962년 『청년 문학』에 발표된 단막 희곡들을 중심으로」(평론), 『청년문학』 85.
1963.5.3	지향, 「단말마적 양상」(단평), 『문학신문』.
1963.5.10	「혁명 투사답게 살며 창작하자!」(사설), 『문학신문』.
1963.5.14	지향, 「변 학도도 무색할 군사 깡패들의 광태」(단평), 『문학신문』.
1963.5.17	지향, 「거꾸로 선 '서방 문명'」(단평), 『문학신문』.
1963.5.17	진한, 「매국노가 하는 짓이란 ……」(단평), 『문학신문』.
1963.5.21	오승련, 「한 인간의 생활을 두고」(단평), 『문학신문』.
1963.5.31	지향, 「'신악' 문전에서 '구악'이 얼어 죽을 판」(단평), 『문학신문』.
1963.6	강창호, 「시대와 성격 창조를 론함」(평론), 『청년문학』 86.
1963.6	리맥, 「서정시와 시적 형상—『청년 문학』 1.4분기 시들을 중심으로」(평론), 『청년문학』 86.
1963.6	최언경, 「서정시와 형상성 제고」(평론), 『청년문학』 86.
1963.6	최창섭, 「극적 성격의 창조」(평론), 『청년문학』 86.
1963.6	현종호, 「소재의 전형화와 성격 론리의 생활성 문제」(평론), 『조선문학』 190.
1963.6.11	「당성, 계급성의 기치를 더욱 높이 들자!」(사설), 『문학신문』.
1963.6.18	지향, 「누가 지명했단 말인가!」(단평), 『문학신문』.
1963.6.28	지향, 「금수만도 못 한 매국노들」(단평), 『문학신문』.

1963.7~11	강준, 「단편 소설과 작가의 기교」(평론), 『청년문학』 87~91.
1963.7~8	김헌순, 「형상과 묘사 기법(1~2)」(평론), 『조선문학』 191~192.
1963.7	김형균, 「패륜과 죽음을 설교하는 남조선 반동 문학」(평론), 『청년문학』 87.
1963.7~8	안함광, 「장편 소설의 구성상 문제(1~2)」(평론), 『조선문학』 191~192.
1963.7	오승련, 「성격의 미와 그의 내면 세계」(평론), 『청년문학』 87.
1963.7	장형준, 「신인들의 단편을 읽고」(평론), 『청년문학』 87.
1963.7.2	류만, 「풍자―예리한 총창」(단평), 『문학신문』.
1963.7.2	류일, 「멸망 촉진 계획」(단평), 『문학신문』.
1963.7.9	지향, 「괴상한 족보 꾸미기 놀음」(단평), 『문학신문』.
1963.7.16	조진용, 「력사적 진실과 개성화―단편 소설 「섬월이」를 읽고」(단평), 『문학신문』.
1963.7.30	김창옥, 「계급 교양과 문학의 전투성―단편 소설 「수양 딸」을 읽고」(단평), 『문학신문』.
1963.8	김원준, 「세부 묘사의 진실성을 위하여」(단평), 『청년문학』 88.
1963.8	리정구, 「4월의 문학은 조직되고 단결된 력량으로 되여야 한다」(평론), 『조선문학』 192.
1963.8	리효운, 「서사시에서의 성격, 이야기'거리」(평론), 『시문학』 8.
1963.8	방연승, 「서정시와 전투적 기능을 제고하기 위하여―도해적이며 기록적이며 류형적인 결함을 극복하기 위하여」(평론), 『시문학』 8.
1963.8	정문향, 「서정적 묘사 수법의 다양성과 그 형식적 류형들에 대한 고찰」(평론), 『시문학』 8.
1963.8	한진식, 「보다 진지한 노력을!―서정시에 대한 지상 연단을 총화하며」(평론), 『청년문학』 88.
1963.8.6	허춘식, 「완결된 묘사가 요구된다」(단평), 『문학신문』.
1963.8.9	리금중, 「생활의 요구와 정론시」(단평), 『문학신문』.
1963.8.13	리항구, 「되 생각해야 할 문제」(단평), 『문학신문』.
1963.8.23	김경호, 「또 하나의 탄압책」(단평), 『문학신문』.
1963.9	김병걸, 「단편 소설과 갈등 문제―박 동무에게 보내는 답서」(평론), 『청년문학』 89.
1963.9	석윤기, 「우리 시대의 인간, 우리 시대의 높이」(평론), 『청년문학』 89.
1963.9	원석파, 「시대 정신, 체험, 기량」(평론), 『청년문학』 89.

1963.9.10	「당은 새로운 전투에로 부른다」(사설), 『문학신문』.
1963.10	「당의 새로운 전투적 호소와 신인들의 과업」(권두언), 『청년문학』 90.
1963.10	김순석, 「반제, 반미―조국 통일 주제와 서정시」(평론), 『시문학』 9.
1963.10	김진태, 「원쑤 격멸의 시 정신으로―계급 교양을 주제로 한 시 작품들의 구성 문제를 두고」(평론), 『청년문학』 90.
1963.10	김진태, 「원쑤에 대한 풍자와 그의 표현」(평론), 『시문학』 9.
1963.10	김하, 「거대한 감정과 시적 기교」(평론), 『조선문학』 194.
1963.10	방연승, 「시대와 인간과 투쟁에 대한 대서사적 화폭―장편 소설 『대하는 흐른다』를 읽고」(평론), 『조선문학』 194.
1963.10	백인준, 「몇 편의 시를 중심으로―1963년도 『조선 문학』 지상에 발표된 서정시 중에서」(평론), 『시문학』 9.
1963.10	호창룡, 「조국 통일 주제의 작품 창작에서 제기되는 몇 가지 문제」(평론), 『청년문학』 90.
1963.10.1	「창작에서 새로운 대고조를 이룩하자」(사설), 『문학신문』.
1963.10.11	김경호, 「『춘향전』에 대한 또 하나의 중상 모독」(단평), 『문학신문』.
1963.11	「천리마 기수 전형 창조에서 가일층의 전진을 이룩하자!」(권두언), 『조선문학』 195.
1963.11	강창호, 「시에서의 형상」(평론), 『시문학』.
1963.11	권정웅, 「새 세대가 거둔 풍요한 수확」(평론), 『청년문학』 91.
1963.11	김주명, 「씨나리오 「그 날을 생각하자」가 제기하는 문제」(평론), 『조선문학』 195.
1963.11	리금중, 「군사 주제의 서정시와 사상 전투적 기백」(평론), 『청년문학』 91.
1963.11	리시영, 「계급 교양과 현대성」(평론), 『조선문학』 195.
1963.11	리시영, 「시 세계에로의 침투」(평론), 『시문학』.
1963.11	전동우, 「열정과 사상―최근의 시편들을 읽고」(평론), 『시문학』.
1963.11	최일룡, 「공산주의적 당성의 기치를 더 높이 추켜 들자」(평론), 『조선문학』 195.
1963.12	강능수, 「전형성을 옹호하여」(평론), 『조선문학』 196.
1963.12	김주명, 「한 걸음 더 앞으로!―1963년도 『청년 문학』 지상에 발표된 단막 희곡들을 읽고」(평론), 『청년문학』 92.
1963.12	박산운, 「시적 사고와 예술적 기교―『청년 문학』 7~호에 실린 시편들을 보고」(평론), 『청년문학』 92.

1963.12	신국봉, 「서정시에서의 진실성」(평론), 『청년문학』 92.
1963.12	엄호석, 「계급 교양과 사회주의적 사실주의」(평론), 『조선문학』 196.
1963.12	엄호석, 「평론과 작품」(평론), 『청년문학』 92.
1963.12	장형준, 「긍정적 형상 창조를 거부하는 수정주의를 반대하여」(평론), 『청년문학』 92.
1963.12	최창섭, 「천리마 기수의 내면 세계와 계급 교양」(평론), 『조선문학』 196.
1963.12.13	「당성, 계급성의 기치 높이 창작에서 새로운 일대 비약을!」(사설), 『문학신문』.
1963.12.17	로태순, 「단편 소설에서의 계기 해명 문제―단편 소설 「두 번째 메스」와 「햇불」에 대하여」(단평), 『문학신문』.
1964.1	「투사-영웅들의 전형을 더 많이 더 훌륭하게 창조하자!」(머리글), 『조선문학』 197.
1964.1	강성만, 「문학의 전투성과 서정성 문제」(평론), 『조선문학』 197.
1964.1	김재하, 「현대 수정주의자들의 '전 인류적인 것'의 본질」(평론), 『청년문학』 93.
1964.1	박종식, 「계급 교양과 사회주의적 사실주의 제 문제―'현대적 스찔론'을 반대하여」(평론), 『조선문학』 197.
1964.1	차균호, 「주제와 성격 형상의 심화―단편 소설에서의 주제와 문제성에 대한 지상토론」(평론), 『청년문학』 93.
1964.1.7	「혁명적으로 생활하며 혁명적으로 창작하자!」(사설), 『문학신문』.
1964.1.10	「더 높은 곳으로!―씨나리오 문학의 가일층의 발전을 위하여」(사설), 『문학신문』.
1964.1.17	「박 정희 식 '민족 문화 발전'」(단평), 『문학신문』.
1964.2	김병걸, 「탐구와 형상―박 동무에게 보내는 답서(2)」(평론), 『청년문학』 94.
1964.2	김진태, 「전사-투사의 성격 창조」(평론), 『조선문학』 198.
1964.2	리상태, 「세계관과 창작 방법에 대한 수정주의적 견해를 반대하여」(평론), 『조선문학』 198.
1964.2	리시영, 「혁명의 홰불, 투쟁의 노래―반제 반식민지 투쟁에 바쳐진 시편들을 읽고」(평론), 『조선문학』 198.
1964.2	안함광, 「계급 교양 주제의 작품에서 제기되는 몇 가지 문제」(평론), 『조선문학』 198.
1964.2	오승련, 「주제의 문제성―단편 소설의 주제와 문제성에 대한 지상 토론」(평론), 『청년문학』 94.

1964.2.25	「초록은 동색」(단평), 『문학신문』.
1964.2.25	「혁명적 대작 창작에 화력을 집중하자」(사설), 『문학신문』.
1964.3	강능수, 「사회주의적 사실주의를 옹호하여」(평론), 『청년문학』 95.
1964.3	김하, 「생활과 주제」(평론), 『조선문학』 199.
1964.3	김병제, 「작가의 언어에 대하여」(평론), 『조선문학』 199.
1964.3	김재하, 「현대성과 성격 탐구」(평론), 『조선문학』 199.
1964.3	장형준, 「천리마 시대 아동들의 전형적 성격 창조를 위하여」(평론), 『조선문학』 199.
1964.3	최영주, 「주제와 성격의 통일―단편 소설의 주제와 문제성에 대한 지상 토론」(평론), 『청년문학』 95.
1964.3	최일룡, 「사회주의적 인도주의를 옹호하여」(평론), 『조선문학』 199.
1964.3	호창룡, 「주제와 형상―단편 소설의 주제와 문제성에 대한 지상 토론」(평론), 『청년문학』 95.
1964.3.3	김명수, 「창조적 로동과 성격 발전의 력사―장편 소설 『탄부 일가』를 읽고」(평론), 『문학신문』.
1964.3.20	「작가는 당 언어 문화 정책 관철의 기수가 되여야 한다」(사설), 『문학신문』.
1964.3.20	승경희, 「세부 묘사의 힘」(단평), 『문학신문』.
1964.4	「혁명적 대작의 창작은 시대의 요구이다」(머리글), 『조선문학』 200.
1964.4	강창호, 「주제와 문제성에 대한 론의―단편 소설의 주제와 문제성에 대한 지상 토론」(평론), 『청년문학』 96.
1964.4~5	김홍무, 「단편의 매력」(평론), 『청년문학』 96~97.
1964.4	리상걸, 「주제, 문제성과 전형적 성격―단편 소설의 주제와 문제성에 대한 지상 토론」(평론), 『청년문학』 96.
1964.4	신구현, 「서정시의 서정적 주인공 문제」(평론), 『조선문학』 200.
1964.4	안함광, 「문학 창조에 있어서 성격과 생활, 심리 묘사의 문제」(평론), 『조선문학』 200.
1964.4	엄호석, 「우리 시대 인간들의 정신 세계와 창작 기교」(평론), 『조선문학』 200.
1964.4.10	「쥐구멍 찾는 '훈련'」(단평), 『문학신문』.
1964.4.10	윤석범, 「시적 탐구와 여운」(단평), 『문학신문』.
1964.4.14	최원근, 「두 편의 가사에 대하여」(단평), 『문학신문』.
1964.4.21	「국제 공산주의 운동을 분렬하려는 책동을 저지시키자」(사설), 『문학신문』.

1964.5	강능수, 「력사적 사실과 진실성 문제─혁명 전통 주제의 창작과 관련하여」(평론), 『조선문학』 201.
1964.5	김진태, 「환상 세계와 표현」(평론), 『조선문학』 201.
1964.5	리상태, 「우리 문학에서의 갈등의 특징에 대한 의견」(평론), 『조선문학』 201.
1964.5.29	리관용, 「씨나리오와 지문 형식」(단평), 『문학신문』.
1964.6	「로동 계급의 형상화에서 혁신을!」(머리글), 『조선문학』 202.
1964.6	민인순, 「시적 관찰과 일반화」(단평), 『조선문학』 202.
1964.6	박영근, 「시대적 인간의 성격 창조에 대한 생각」(평론), 『조선문학』 202.
1964.6	오승련, 「시대 정신과 시적 탐구─서정시에서의 시대 정신의 구현에 대한 지상 토론」(평론), 『청년문학』 98.
1964.6	현종호, 「서사시와 예술성」(평론), 『조선문학』 202.
1964.6.9	김재규, 「젊은 세대들의 발랄한 형상─단편집 『젊은 시절』을 읽고」(단평), 『문학신문』.
1964.6.12	안팔웅, 「적극적 주제, 설익은 형상」(단평), 『문학신문』.
1964.6.16	조빈, 「서정, 여운」(단평), 『문학신문』.
1964.6.19	현종호, 「『항일 무장 투쟁 과정에서 창조된 혁명적 문학 예술』에 대하여」(서적평), 『문학신문』.
1964.7	김해균, 「남조선 문학의 최근 동태」(평론), 『조선문학』 203.
1964.7	리령, 「문제성과 극 형상」(평론), 『조선문학』 203.
1964.7	방연승, 「시대 정신과 새 세대의 랑만적 기백」(평론), 『청년문학』 99.
1964.7	장형준, 「혁명적 랑만성의 풍만한 구현을 위하여」(평론), 『조선문학』 203.
1964.7	최길상, 「시대의 서정에 대한 진실한 탐구─서정시에서의 시대 정신의 구현에 대한 지상 토론」(평론), 『청년문학』 99.
1964.7	최창섭, 「천리마 현실에서의 성격 창조─『탄부 일가』와 『회답』을 두고」(평론), 『조선문학』 203.
1964.7.10	리동원, 「시에 진실성을!」(단평), 『문학신문』.
1964.7.14	오영환, 「고임'돌」(단평), 『문학신문』.
1964.7.21	리하규, 「몇 편의 기행문을 읽고」(단평), 『문학신문』.
1964.7.31	김성걸, 「농촌의 서정」(단평), 『문학신문』.
1964.8	강성만, 「서정시와 일반화의 특성」(평론), 『조선문학』 204.
1964.8	김헌순, 「형상성 제고와 언어 구사에서 제기되는 몇 가지 문제」(평론), 『조

선문학』 204.

1964.8	리시영, 「천리마 시대의 서정을 진실하게 노래하자—서정시에서의 시대 정신의 구현에 대한 지상 토론」(평론), 『청년문학』 100.
1964.8	안함광, 「혁명 전통 형상에서의 전형화의 특성」(평론), 『조선문학』 204.
1964.8.14	박정원, 「슈제트와 세부 묘사」(단평), 『문학신문』.
1964.8.21	류만, 「'특이성'이 있는가?」(단평), 『문학신문』.
1964.8.21	호창룡, 「행동 묘사와 심리 묘사」(단평), 『문학신문』.
1964.8.25	민인순, 「시대적 감정의 높이에」(단평), 『문학신문』.
1964.8.28	장영구, 「'재창조'의 륜리」(단평), 『문학신문』.
1964.9	「조국 통일에 대한 주제에서 영웅적 주인공을 창조하자」(머리글), 『조선문학』 205.
1964.9.11	강능수, 「로동 계급의 내면 세계의 탐구(1~2)」(평론), 『조선문학』 205 · 207.
1964.9	강능수, 「새 주제의 발견과 예술적 해명」(평론), 『청년문학』 101.
1964.9	리시영, 「생활과 미학적 리상」(평론), 『조선문학』 205.
1964.9	박완식, 「사건과 성격」(평론), 『청년문학』 101.
1964.9.15	설주용, 「세부 묘사의 진실성」(단평), 『문학신문』.
1964.9.18	「신인 육성 사업을 더욱 적극적으로 전개하자」(사설), 『문학신문』.
1964.9.25	「재일 동포들의 생활을 반영한 작품을 더 많이 창작하자」(사설), 『문학신문』.
1964.9.29	「'귀향'을 주제로 한 영화」(단평), 『문학신문』.
1964.10	김진태, 「서사시에서의 슈제트와 성격」(평론), 『조선문학』 206.
1964.10	김학연, 「서정시에서의 시대 정신의 구현에 대한 지상 토론을 마감하면서」(평론), 『청년문학』 102.
1964.10	최일룡, 「시대적 성격의 탐구」(평론), 『조선문학』 206.
1964.10.6	「혁명적 작품 창작에 력량을 집중하자」(사설), 『문학신문』.
1964.11	「우리 시대 영웅들의 형상을 더욱 빛나게 창조하자!」(머리글), 『조선문학』 207.
1964.11	강성만, 「신인 소설 창작의 새로운 전망을 위하여」(평론), 『조선문학』 207.
1964.11	김광현, 「더 높은 극적 형상을 위하여—『청년 문학』에 발표된 희곡들을 읽고」(평론), 『청년문학』 103.
1964.11	리수립, 「시적 열정과 시 형식」(단평), 『조선문학』 207.
1964.11.17	「모든 힘을 혁명적 작품 창작에로!」(사설), 『문학신문』.

1965.2.12	리석형, 「전사의 형상과 진실성」(단평), 『문학신문』.
1965.2.12	저격수, 「학교 차압」, '승미법' 위반?」(단평), 『문학신문』.
1965.2.12	최국명, 「좀 더 선명했으면 ……—단편 소설 「소생하는 땅」을 읽고」(단평), 『문학신문』.
1965.2.23	저격수, 「좀 모자라지 않겠는가?, '깡패 외교'」(단평), 『문학신문』.
1965.2.26	저격수, 「정말 할 수 없군, '산업 안전'부작」(단평), 『문학신문』.
1965.3	김영근, 「땅과 더불어 자라는 사람들의 형상—단편 소설 「소생하는 땅」을 읽고」(단평), 『조선문학』 211.
1965.3	남천록, 「총창과도 같은 가사를!—혁명적 대작 창작을 위한 지상 연단」(단평), 『조선문학』 211.
1965.3	리수립, 「혁명적 서정의 탐구를 위하여—혁명적 대작 창작을 위한 지상 연단」(단평), 『조선문학』 211.
1965.3	신진순, 「시는 생활의 요구다」(단평), 『조선문학』 211.
1965.4	김영필, 「서정시의 언어와 예술적 조화」(단평), 『시문학』 16.
1965.4	김진태, 「비유의 다양성과 그의 기능」(평론), 『시문학』 16.
1965.4	리시영, 「혁명 전통 주제와 서정적 일반화—혁명적 대작 창작을 위한 지상 연단」(평론), 『조선문학』 212.
1965.4	안함광, 「혁명적 성격 창조와 정황의 문제—혁명적 대작 창작을 위한 지상 연단」(평론), 『조선문학』 212.
1965.4	연장령, 「혁명적 주제의 탐구와 주제 령역의 확대—혁명적 대작 창작을 위한 지상 연단」(평론), 『조선문학』 212.
1965.4	장성진, 「단편 소설의 매력」(단평), 『청년문학』 108.
1965.4	최창섭, 「현실의 시적 파악」(평론), 『시문학』 16.
1965.4.6	류만, 「시초 「옥중에서」를 읽고」(단평), 『문학신문』.
1965.4.9	「시인들은 혁명적이며 전투적인 서정시 창작에 모든 힘을 기울이자」(사설), 『문학신문』.
1965.4.9	리창유, 「단편 소설 「해당화」에서의 사건과 성격 창조」(단평), 『문학신문』.
1965.4.20	조성관, 「시의 사상」(단평), 『문학신문』.
1965.4.23	조성호, 「도적의 심정은 도적이, '자원적' 강제 '규칙'」(단평), 『문학신문』.
1965.5	강성만, 「서정시와 전투성, 현대성—『조선 문학』 1.4 분기 서정시를 읽고」(평론), 『조선문학』 213.

1965.5	김규엽, 「투사—주인공의 정신적 높이—『조선 문학』 4호의 소설을 읽고」(월평), 조선문학』 213.
1965.5	김병걸, 「창조적 로동과 새 인간의 형상—혁명적 대작 창작을 위한 지상 연단」(평론), 『조선문학』 213.
1965.5	리효운, 「서정시에서의 사상과 형상성」(평론), 『청년문학』 109.
1965.5	리히림, 「혁명적 가사를 두고」(단평), 『조선문학』 213.
1965.5	원석파, 「시대의 기'발이 되어 앞으로!—『조선 문학』 4호의 서정시와 가사를 읽고」(월평), 조선문학』 213.
1965.5	차균호, 「성격 창조와 문제성—1·4 분기 『조선 문학』 소설을 읽고」(평론), 『조선문학』 213.
1965.5.4	박태술, 「짧은 시에 대한 생각」(단평), 『문학신문』.
1965.5.7	차균호, 「읽고 싶은 마음이 나게—평론의 제목에 대하여」(단평), 『문학신문』.
1965.5.11	「로동 계급의 혁명 정신으로 무장하자!」(사설), 『문학신문』.
1965.5.11	김원준, 「계속 혁명하는 투사의 형상」(단평), 『문학신문』.
1965.5.14	김화견, 「그 내용에 그 형식……」(단평), 『문학신문』.
1965.5.18	림철삼, 「서정 서사시 「소년 시절」을 읽고」(단평), 『문학신문』.
1965.5.18	윤석범, 「시는 심장의 발동기다」(단평), 『문학신문』.
1965.5.21	리광근, 「작은 것과 큰 것」(단평), 『문학신문』.
1965.5.28	리창유, 「성격 창조와 과거 생활의 묘사」(단평), 『문학신문』.
1965.6	「조국 해방 전쟁에 대한 대서사시적 화폭을 더 훌륭하게 더 왕성하게 창작하자!」(머리글), 『조선문학』 214.
1965.6	강효순, 「동화 창작에서 제기되는 몇 가지 문제」(평론), 『조선문학』 214.
1965.6	리상걸, 「생활 탐구와 성격—『조선 문학』 5호 소설들을 읽고」(월평), 『조선문학』 214.
1965.6	리인직, 「군사 주제 단편 소설에서의 영웅적 성격 문제」(단평), 『조선문학』 214.
1965.6	백철수, 「성격 형상과 생활적 바탕—단편 소설 「초소」를 읽고」(평론), 『청년문학』 110.
1965.6	안룡만, 「시 형식의 다양성을 위하여—『조선 문학』 5호 시 작품을 읽고」(월평), 『조선문학』 214.
1965.6	최일룡, 「혁명적 대작과 구성—혁명적 대작 창작을 위한 지상 연단」(평론), 『조선문학』 214.

1965.6	최창섭, 「산문정신-문학의 탐구」(평론), 『청년문학』 110.
1965.6.1	김대유, 「동화에 환상을 ……」(단평), 『문학신문』.
1965.6.1	차균호, 「억센 주장으로 일관할 때만이 ……-단편 소설 「농촌 녀교원의 편지」를 두고」(단평), 『문학신문』.
1965.6.4	문희준, 「정황의 진실성과 성격」(단평), 『문학신문』.
1965.6.15	한충정, 「선택, 발견, 깊이」(단평), 『문학신문』.
1965.6.18	리창유, 「혁명 투사의 진실한 형상」(단평), 『문학신문』.
1965.6.22	길창진, 「심중하게 정확하게」(단평), 『문학신문』.
1965.6.22	조성호, 「'전략적' 대실패」(단평), 『문학신문』.
1965.7	「반미 구국 투쟁과 우리 서정시」(머리글), 『시문학』 17.
1965.7	길수암, 「주제와 구성의 힘-『조선 문학』 6호 소설들 읽고」(월평), 『조선문학』 215.
1965.7	김진태, 「혁명적 가사에서의 서정적 구조」(평론), 『시문학』 17.
1965.7	류만, 「혁명적 주제와 서사시가 담당한 몫」(평론), 『시문학』 17.
1965.7	리선을, 「어떤 점을 조장하고 무엇을 더 보상할 것인가?-서정 서사시 「사랑한 것처럼 증오하라」를 두고」(평론), 『청년문학』 111.
1965.7	리창유, 「서정 서사시의 시적 계기 문제」(평론), 『시문학』 17.
1965.7	림호권, 「조국 통일 주제와 시인의 위치-『조선 문학』 6호 서정시들을 읽고」(월평), 『조선문학』 215.
1965.7	오승련, 「시 형상의 진실성과 체험의 심각성-조국 통일 주제 서정시를 중심으로」(평론), 『시문학』 17.
1965.7	오승련, 「싸우는 남녘 땅의 현실과 투사의 형상」(평론), 『청년문학』 111.
1965.7	오승련, 「혁명적 열정과 시적 일반화-혁명적 대작 창작을 위한 지상 연단」(평론), 『조선문학』 215.
1965.7	최창섭, 「조국 통일 주제와 형상성-혁명적 대작 창작을 위한 지상 연단」(평론), 『조선문학』 215.
1965.7.9	안창만, 「시는 열정을 낳는다-장시 「집에 대한 추억」을 읽고」(단평), 『문학신문』.
1965.7.16	「북은 우렁차게」(단평), 『문학신문』.
1965.7.30	김병걸, 「우점을 서로 보충해 준다면 ……」(단평), 『문학신문』.
1965.7.30	조성호, 「자멸의 '형식'」(단평), 『문학신문』.

1965.8	김진태, 「해결되어야 할 측면—『조선 문학』 7호의 소설들을 읽고」(월평), 『조선문학』 216.
1965.8	김학연, 「시의 대상과 시의 세계—『조선 문학』 7호의 시들을 읽고서」(월평), 『조선문학』 216.
1965.8	엄호석, 「혁명적 대작과 슈제트 문제(1)—혁명적 대작 창작을 위한 지상 연단」(평론), 『조선문학』 216.
1965.8	원석파, 「서정시와 독창성—『청년 문학』 2·4분기 시평」(평론), 『청년문학』 112.
1965.8	장영, 「생활 사실과 예술적 진실」(평론), 『청년문학』 112.
1965.8	장형준, 「주제, 성격, 구성—『청년 문학』 2·4 분기 단편 소설들에 대하여」(평론), 『청년문학』 112.
1965.9	김희종, 「더 좋은 시를 쓰자—『조선 문학』 8월 호의 시들을 읽고」(월평), 『조선문학』 217.
1965.9	류만, 「조국 통일 주제와 정론시」(단평), 『조선문학』 217.
1965.9	박영근, 「풍부한 내면 세계, 생동한 정신 생활—혁명적 대작 창작과 주인공의 내면 세계의 묘사—혁명적 대작 창작을 위한 지상 연단」(평론), 『조선문학』 217.
1965.9	백철수, 「비극적인 소재와 성격의 미—『조선 문학』 8월 호의 단편 소설들을 읽고」(월평), 『조선문학』 217.
1965.9.10	강영희, 「긴박한 정황—단편 소설 「적후의 새벽」을 읽고」(단평), 『문학신문』.
1965.9.28	차형식, 「랑만적인 성격, 참신한 문제—단편 소설 「미완성 전투화」를 읽고」(단평), 『문학신문』.
1965.10	리달우, 「시적인 사상, 시적인 세계에로—『조선 문학』 9월호 시들을 읽고」(월평), 『조선문학』 218.
1965.10	리원곤, 「시와 시인의 운명—남조선 시단을 살펴 보며」(평론), 『시문학』 18.
1965.10	박효준, 「참신한 주제와 예술적 형상을—『조선 문학』 9월호 소설을 읽고」(월평), 『조선문학』 218.
1965.10	변희근, 「내면 세계의 탐구에 더 노력하자—단편 소설 「폭발」과 「직동령」을 읽고」(평론), 『청년문학』 114.
1965.10	안함광, 「당의 령도 밑에 발전한 문학의 길」(머리글), 『조선문학』 218.
1965.10	장형준, 「혁명적 대작과 주인공의 성격 창조—혁명적 대작 창작을 위한 지

상 연단」(평론), 『조선문학』 218.

1965.10   최창섭, 「생활의 탐구와 주제 사상의 서정화의 방도」(평론), 『시문학』 18.

1965.11 · 12   「혁명적 작품 창작에 더욱 새로운 박차를 가하자」(머리글), 『조선문학』
       219 · 220.

1965.11 · 12   김희종, 「시적 형상과 생활적 진실—『청년 문학』 1965년 7, 8, 9호의 시들을
       중심으로」(평론), 『청년문학』 115 · 116.

1965.11 · 12   리상현, 「생활 탐구와 정서적 파악—10월호의 단편들을 읽고」(월평), 『조선
       문학』 219 · 220.

1965.11 · 12   리호일, 「심장의 고동—시대의 서정」(시평), 『조선문학』 219 · 220.

1965.11 · 12   방연승, 「중심 주인공과 구성」(평론), 『조선문학』 219 · 220.

1965.11 · 12   양운한, 「짧은 시일수록 보다 깊은 사색을……」(단평), 『조선문학』 219 · 220.

1965.11 · 12   엄호석, 「혁명적 대작과 구성의 기교(2)—혁명적 대작 창작을 위한 지상 연
       단」(평론), 『조선문학』 219 · 220.

1965.11.19   리상건, 「주목되는 점과 아쉬운 점」(단평), 『문학신문』.

1965.11.26   「천리마 기수들의 형상을 더 많이 더 훌륭하게 창조하자」(사설), 『문학신문』.

1965.12.7   조춘악, 「인상 깊은 세부 묘사를!」(단평), 『문학신문』.

1966.1   「혁명의 열정과 창조로 타오를 새 해」(머리글), 『조선문학』 221.

1966.1   강능수, 「서사시적 화폭과 구성」(평론), 『조선문학』 221.

1966.1   강효순, 「새해 창작에서 계속 혁신을 일으키자」(머리글), 『청년문학』 117.

1966.1   김진태, 「장편 소설의 구성 문제—장편 소설 『시대의 탄생』의 구성 문제와
       관련된 론의」(평론), 『조선문학』 221.

1966.1   김해균, 「남조선 문학이 걸어 온 길」(평론), 『조선문학』 221.

1966.1   리동수, 「시적 발견과 예술적 일반화」(평론), 『청년문학』 117.

1966.1.18   김정하, 「열정적이며 사색적인 시를」(단평), 『문학신문』.

1966.1.25   「부르기 쉬운 좋은 가사를 많이 쓰자!」(사설), 『문학신문』.

1966.1.28   김상조, 「꾸민 서정, 설'익은 서정」(단평), 『문학신문』.

1966.2   류만, 「시대 정신과 서사시적 탐구의 자취—서사시 「하나의 길 우에서」의
       구성을 말함」(단평), 『조선문학』 222.

1966.2   리창유, 「주인공의 성격 창조와 기교—단편 소설의 형상성 문제를 말함」(평
       론), 『조선문학』 222.

1966.2   손승태, 「풍자시와 담시를 두고」(단평), 『조선문학』.

1966.2	최일룡, 「혁명적 대작과 사실주의 묘사 정신」(평론), 『조선문학』 222.
1966.2.1	남철손, 「극적 감흥에 대한 생각」(단평), 『문학신문』.
1966.2.11	리춘복, 「단편 소설의 맺음」(단평), 『문학신문』.
1966.2.18	「사회주의 농촌 현실을 더 잘 그리자」(사설), 『문학신문』.
1966.3	강능수, 「신인들의 창작에 대한 회고」(평론), 『조선문학』 223.
1966.3	박팔양, 「신인들이 투고한 시 작품들에 대하여」(미발표평), 『청년문학』 119.
1966.3	방연승, 「서정시의 심오성과 인민성」(평론), 『조선문학』 223.
1966.3	손병학, 「동화에서의 환상과 의인화 문제」(평론), 『조선문학』 223.
1966.3.4	「한국 연구를 일본이나 미국에 가서 할 판이니……」(단평), 『문학신문』.
1966.3.18	「신인 문학 작품 현상 모집에 활발히 참가하자」(사설), 『문학신문』.
1966.3.22	「누구와의 '전쟁'?」(단평), 『문학신문』.
1966.4	강홍, 「재일 동포들의 생활과 창작」(평론), 『조선문학』 224.
1966.4	김진태, 「서정성의 제고와 서정적 구조」(평론), 『조선문학』 224.
1966.4	리금중, 「생활의 론리와 작가의 묘사 정신」(단평), 『조선문학』 224.
1966.4	손충섭, 「단편 소설의 세부(평론 부문 3등 당선 작품)」(평론), 『청년문학』 120.
1966.4	엄호석, 「혁명적 대작에서의 생활과 성격의 독창적 탐구―『아들 딸』에 대하여」(평론), 『조선문학』 224.
1966.4.22	「우리 시대의 민요를 창작하자」(사설), 『문학신문』.
1966.5	리령, 「혁명적인 주제와 극적 형상의 탐구」(평론), 『조선문학』 225.
1966.5	박태민, 「갈등과 성격 창조」(평론), 『조선문학』 225.
1966.5	오승련, 「창조적 로동의 미와 로동자―혁명가의 형상」(평론), 『조선문학』 225.
1966.5	오영재, 「탐색의 자취」(분기평), 『조선문학』 225.
1966.5.3	「청소년들의 형상을 더욱 다면적으로」(사설), 『문학신문』.
1966.5.24	「'선물'이요, '기증'이요 하면서 ……」(단평), 『문학신문』.
1966.6	고정옥, 「작가의 개성과 언어 문체를 두고」(평론), 『조선문학』 226.
1966.6	김대유, 「생각되는 점―1·4 분기 『아동 문학』에 발표된 소설, 동화를 읽고」(분기평), 『조선문학』 226.
1966.6	김병걸, 「혁명적 대작에서 작가적 창작적 개성과 예술적 기교」(평론), 『조선문학』 226.
1966.6	김영필, 「작가의 개성과 고유 조선어」(단평), 『조선문학』 226.
1966.6	김하명, 「생동한 개성, 서사시적 생활 화폭의 묘사―장편 소설『계명 산천은

밝아 오느냐」에 대하여」(평론), 『조선문학』 226.

1966.6   박학성, 「농촌 현실의 형상화에서 제기되는 몇 가지 문제」(평론), 『청년문학』 122.

1966.6   윤복진, 「서정과 동심, 시적 형상」(분기평), 『조선문학』 226.

1966.6.7   「앵무새의 '착안'」(단평), 『문학신문』.

1966.7   「문학에서의 주체확립과 사회주의 애국주의 교양의 강화를 위하여」(머리글), 『조선문학』 227.

1966.7   강창호, 「새로운 문제, 형상적 기교─최근에 발표된 『조선 문학』 소설을 평하여」(소설평), 『조선문학』 227.

1966.7   리시영, 「군중 가요와 민족적 특성의 구현」(평론), 『조선문학』 227.

1966.7   현종호, 「작품의 미학적 높이와 탐구정신」(평론), 『조선문학』 227.

1966.7.26   「혁명적인 음악무용작품으로 축전무대를 꽃피우자」(사설), 『문학신문』.

1966.8   경일, 「남조선 반동문학의 조류와 그 부패상」(평론), 『조선문학』 228.

1966.8   권택무, 「성격형상의 고전적풍격과 사실주의적화폭─「춘향전」의 성격형상에 대하여」(평론), 『조선문학』 228.

1966.8   김영철, 「시인의 탐색과 시대정신」(평론), 『조선문학』 228.

1966.8   손충섭, 「작가의 자세와 조형적묘사」(평론), 『청년문학』 124.

1966.8   오정애, 「불타는 남녘땅, 녀성─투사들의 형상」(평론), 『조선문학』 228.

1966.8   최일룡, 「조국해방전쟁주제작품에서의 영웅적성격과 인민의 형상」(평론), 『조선문학』 228.

1966.8.5   「혁명적미술작품창작에서 새로운 전진을 이룩하자」(사설), 『문학신문』.

1966.9   권택무, 「성격형상의 고전적풍격과 사실주의적화폭(2)」(평론), 『조선문학』 229.

1966.9   길수암, 「땅의 주인공들의 형상」(평론), 『조선문학』 229.

1966.9   김진태, 「가사에서의 서정세계와 그의 사상-정서적내용」(평론), 『조선문학』 229.

1966.9   리진화, 「환상, 생활의 빈곤을 타개하자─2,4분기 동화, 소설평」(분기평), 『조선문학』 229.

1966.9   박완식, 「묘사정신과 1인칭단편소설」(평론), 『청년문학』 125.

1966.9   우봉준, 「모대긴 혼적을 더듬어─2 · 4분기 동요, 동시평」(분기평), 『조선문학』 229.

1966.9.16	「천리마현실을 더 잘 반영하자」 (사설), 『문학신문』.
1966.10	강능수, 「시대와 서사시」 (평론), 『조선문학』 230.
1966.10	방연승, 「서사시적화폭에서의 갈등의 일관성과 예리화―장편소설 『아들 딸』과 『거센 흐름』을 중심으로」 (평론), 『조선문학』 230.
1966.10	변희근, 「보다 진실한 성격창조를 위하여―최근에 발표된 『조선문학』 소설평」 (평론), 『조선문학』 230.
1966.10	한중모, 「민족문화유산을 활짝 꽃피우기 위하여」 (평론), 『조선문학』 230.
1966.10.18	「당의 기치 따라 창작에서 일대고조를 이룩하자」 (사설), 『문학신문』.
1966.11	「인민대중을 혁명투사로 교양하는 전투적인 작품을 창작하자」 (머리글), 『조선문학』 231.
1966.11	강능수, 「혁명저 기치를 높이 들고」 (평론), 『조선문학』 231.
1966.11	김해균, 「실존주의미학의 반동적본질과 남조선문학의 퇴폐상」 (평론), 『조선문학』 231.
1966.11	리상현, 「단편소설과 정황」 (평론), 『조선문학』 231.
1966.11	손병학, 「소설문학에서의 '묘사'와 '설화체'에 대한 론의」 (평론), 『조선문학』 231.
1966.11	안함광, 「혁명적대작의 성과와 형상의 론리」 (평론), 『조선문학』 231.
1966.11	최학수, 「원장섭은 나라살림살이의 참된 주인―중편소설 『새 탄전에서』를 읽고」 (단평), 『조선문학』 231.
1966.11	현종호, 「항일의 혁명력사와 인간운명에 대한 영웅서사시적화폭―장편소설 『안개 흐르는 새 언덕』 (상, 하권)을 론함」 (평론), 『조선문학』 231.
1966.11.8	「현 시기 우리 문학예술앞에 제기된 전투적과업」 (사설), 『문학신문』.
1966.12	강능수, 「시대의 혁명적요구와 단편소설」 (평론), 『청년문학』 128.
1966.12	리시영, 「장편소설 『숲은 설레인다』에 대하여」 (평론), 『조선문학』 232.
1966.12	엄호석, 「혁명적대작의 성과와 제기되는 몇 가지 문제」 (평론), 『조선문학』 232.
1967.1	「새해 신인들의 혁명과업」 (머리글), 『청년문학』 129.
1967.1~2	김영철, 「한문서정시번역에서 제기되는 몇 가지 론의점 (고전연구)」 (평론), 『조선문학』 233~234.
1967.1	리금중, 「서정시의 사상적내용과 그 심도」 (평론), 『조선문학』 233.
1967.1	최일룡, 「포연탄우속에서 형성된 전사-영웅들의 성격―중편 『포성』을 중심으로」 (평론), 『조선문학』 233.

1967.2	「조국해방전쟁주제작품창작에서 제기되는 몇 가지 문제」(머리글),『조선문학』234.
1967.2	강능수,「서정시—시대의 가치」(평론),『조선문학』234.
1967.2	김갑기,「혁명전사의 영웅적성격과 사회주의적애국주의」(평론),『조선문학』234.
1967.2	전동우,「우리 시대와 혁명적서정」(평론),『청년문학』130.
1967.2	최길상,「개성적인 성격창조와 정황에 대한 작가의 립장」(평론),『청년문학』130.
1967.3	김하명,「연암 박지원의 조국에 대한 사랑의 시(고전연구)」(평론),『조선문학』235.
1967.3	김홍섭,「조명희 단편소설 연구」(평론),『청년문학』131.
1967.3	리락훈,「과학환상문학에서의 성격과 인식문제」(평론),『청년문학』131.
1967.3	리수립,「혁명적주제의 단편소설에 대한 시대적요구」(평론),『조선문학』235.
1967.3	문예총출판사 서한부,「시는 생활속에서 찾아야 한다—최근 서한부에 투고된 신인들의 시작품들을 두고」(미발표작품평),『청년문학』131.
1967.3	손충섭,「단편소설의 전투성과 정황의 예리화」(평론),『청년문학』131.
1967.3	장형준,「우리 문학의 사상성과 예술성을 더욱 높이기 위하여」(평론),『조선문학』235.
1967.3.17	「작가, 예술인들은 자신을 더욱 철저히 혁명화하자」(사설),『문학신문』.
1967.4	강능수,「혁명전통주제작품에서의 전형성문제」(평론),『조선문학』236.
1967.4	김병걸,「반미구국투사의 영웅적성격창조와 갈등문제」(평론),『조선문학』236.
1967.4	김재하,「혁명가요에서의 혁명적랑만성」(평론),『조선문학』236.
1967.4	김정웅,「반제사상의 구현과 부정인물의 묘사」(평론),『조선문학』236.
1967.4	리상현,「단편소설에서 제기되는 문제점들」(평론),『조선문학』236.
1967.4	백경을,「시대의 요구와 단편소설의 주인공」(평론),『청년문학』132.
1967.4	최용섭,「시적발견과 생활감정의 진실성」(평론),『청년문학』132.
1967.5·6	강능수,「항일무장투쟁과 우리 문학의 과업」(평론),『청년문학』133·134.
1967.5·6	김북원,「시가에 있어서의 인민성, 민족적정서를 생각함」(평론),『조선문학』237·238.
1967.5·6	리상태,「세계관의 해명과 성격창조문제」(평론),『조선문학』237·238.

1967.5·6	박산운, 「혁명적시대와 시인의 서정」 (평론), 『조선문학』 237·238.
1967.5.5	「청소년들을 당과 수령께 무한히 충직한 혁명전사로 교양할 훌륭한 작품을 더 많이 창작하자!」 (사설), 『문학신문』.
1967.6.30	「작가, 예술인들은 당정책으로 더욱 튼튼히 무장하자!」 (사설), 『문학신문』.
1967.7	「당정책을 창작활동에 철저히 관철하자」 (머리글), 『조선문학』 239.
1967.7	강창호, 「반미구국투사의 성격창조─중편 『첫시련』을 론함」 (평론), 『조선문학』 239.
1967.7	엄호석, 「작품의 사상성과 전형화의 높이」 (평론), 『조선문학』 239.
1967.7.7	「당대표자회결정관철에서 일대 혁명적고조를 일으키자」 (사설), 『문학신문』.
1967.7.21	「혁명적대고조로 들끓는 현실속으로 더 깊이 들어가자」 (사설), 『문학신문』.
1967.8	「항일무장투쟁과 혁명가요」 (평론), 『조선문학』 240.
1967.8·10	강능수, 「혁명과 문학(1)~(2)」 (평론), 『조선문학』 240·242.
1967.8	김재하, 「혁명연극의 사상예술적특징」 (평론), 『조선문학』 240.
1967.8	백경을, 「혁명전통주제의 작품창작에서 제기되는 몇 가지 문제」 (평론), 『청년문학』 136.
1967.8	손충섭, 「단편구성의 집약과 집중」 (평론), 『청년문학』 136.
1967.8	최일룡, 「혁명적작품에서의 환경의 전형화」 (평론), 『조선문학』 240.
1967.8.11	「매국노에게 차례진 '보수', 존슨의 '인종평화기도회'」 (단평), 『문학신문』.
1967.8.18	「박정희의 백분율」 (단평), 『문학신문』.
1967.9	「경제건설과 국방건설을 병진시킬데 대한 당의 로선을 받들고 들끓고있는 현실속으로!」 (머리글), 『조선문학』 241.
1967.9	김병걸, 「전사-영웅들의 형상에서 제기되는 몇 가지 문제」 (평론), 『조선문학』 241.
1967.9	김재하, 「혁명가요의 사상적지향과 언어의 전투성」 (평론), 『조선문학』 241.
1967.9	장형준, 「혁명전통주제의 대작창작에서 제기되는 중요한 사상-미학적 요구」 (평론), 『조선문학』 241.
1967.9.1	「혁명적문학예술작품의 창작에서 새로운 대고조를 이룩하자!」 (사설), 『문학신문』.
1967.9.5	「'세계최강'군의 '용맹성'」 (단평), 『문학신문』.
1967.9.5	「조선인민군창건 20주년기념경축 문학작품현상모집에 적극적으로 참가하자」 (사설), 『문학신문』.

1967.9.15	김길순, 「맥나마라와 '포로대책위원회'」(단평), 『문학신문』.
1967.9.19	「혁명적문학예술작품의 창작을 적극 대중화하자」(사설), 『문학신문』.
1967.9.22	「공포와 마약」(단평), 『문학신문』.
1967.9.26	「총칼로 울바자를 둘러치고 들어앉아 봤댔자 ……」(단평), 『문학신문』.
1967.10	김재하, 「항일무장투쟁시기 문학예술활동에 대한 김일성동지의 지도사상」(평론), 『조선문학』 242.
1967.10	리상건, 「혁명시대의 높이에서」(평론), 『조선문학』 242.
1967.10.3	「그 '식료품 쟁반'에는 ……」(단평), 『문학신문』.
1967.10.10	「당문예전사의 영예를 더욱 빛내이자!」(사설), 『문학신문』.
1967.10.24	「아동문학에서 혁명성을 보다 더 높이자」(사설), 『문학신문』.
1967.10.24	리유근, 「시대정신과 시적주장」(단평), 『문학신문』.
1967.10.31	정문향, 「좋은 씨앗과 싹」(단평), 『문학신문』.
1967.11	「모든 힘을 조선혁명에 복무하는 혁명문학창작에로!」(머리글), 『조선문학』 243.
1967.11	박호준, 「단편소설에서 전투적기백을 더욱 높이자―『조선문학』 1967년 상반년도에 발표된 단편소설들을 읽고」(평론), 『조선문학』 243.
1967.11	최일룡, 「혁명전사로서의 인민군용사들의 성격창조」(평론), 『조선문학』 243.
1967.11.7	「혁명적대작을 창작할데 대한 김일성동지의 교시를 더욱 철저히 관철하자!」(사설), 『문학신문』.
1967.11.10	「주구의 '충성심'」(단평), 『문학신문』.
1967.11.17	「박정희의 '무의면 일소책'」(단평), 『문학신문』.
1967.11.24	「모두다 선거에 참가하여 찬성투표함으로써 인민주권을 반석같이 다지자!」(사설), 『문학신문』.
1967.12	류종대, 「시대의 눈과 귀와 심장으로!―잡지 『청년문학』에 발표된 신인들의 서정시를 중심으로」(평론), 『조선문학』 244.
1967.12	리봉진, 「조국해방전쟁주제와 작가의 사상적높이」(평론), 『조선문학』 244.

'북한의 시학' 연구팀

'북한의 시학 연구팀'은 북한시학의 공동 연구를 위해 2010년 구성되었다. 연구팀은 1945년에서 2010년까지의 북한시에 대한 기초 자료를 모으고 개별 시와 시인의 작품을 분석하는 것은 물론 북한의 시학이 형성되는 과정을 미국, 일본, 중국, 러시아와의 영향 관계 안에서 살펴보는 것을 목적으로 하였다. 남북한의 분단이 남북한만의 상황과 선택의 산물이 아닌 것처럼 북한의 문학 또한 한반도를 둘러싼 국제 정세와 국제 사회주의 문학의 자장 안에서 해명될 필요가 있었다. 이를 위해 한국문학 시 연구자, 북한문학 연구자 외에도 일본문학 연구자, 중국 역사 전공자가 연구진으로 참여하였다. '북한의 시학 연구팀'은 2010년 한국연구재단 인문사회지원사업의 연구 과제로 선정되어 2010년 5월부터 2013년 4월까지 안정적인 연구 환경에서 공동 연구를 진행하였다.

연구팀은 국내 외에 산재한 북한 시, 시집, 문예지 및 신문, 잡지 수록 시와 관련 평론, 문학사 자료를 축적하는 한편 작품 분석 작업을 병행하였다. 북한문학 전문가 자문회와 일본문학, 중국문학 연구자들과 함께한 라운드테이블을 기획하여 사회주의 문학의 어제와 오늘을 집중적으로 살펴보았다. 또, 본 연구팀은 2011년 1월 우리어문학회 학술대회와 2011년 12월의 한국근대문학회 학술대회를 통해 연구 성과를 발표하고, 16편에 이르는 관련 논문을 학술지에 게재하였다. 2013년 북한의 대표 시인 50인의 시와 평론을 소개하는 2권의 시선집과 북한시 문학 대표 비평들을 골라 엮은 2권의 평론 선집, 시문학사 부분을 재구성한 1권의 시문학사와 학술적 연구 성과를 모은 연구서 『북한 시학의 형성과 사회주의 문학』을 펴내며 연구 과제를 마무리하였다.